LA VILLE INTROUVABLE

"Lettres chinoises"
série dirigée par Isabelle Rabut

DU MÊME AUTEUR

VIVRE !, Le Livre de poche, 1994 ; Babel n° 880.
UN MONDE ÉVANOUI, Philippe Picquier, 1994.
LE VENDEUR DE SANG, Actes Sud, 1997 ; Babel n° 748.
UN AMOUR CLASSIQUE, Actes Sud, 2000 ; Babel n° 955.
CRIS DANS LA BRUINE, Actes Sud, 2003.
1986, Actes Sud, 2006.
BROTHERS, Actes Sud, 2008 ; Babel n° 1003.
SUR LA ROUTE À DIX-HUIT ANS, Actes Sud, 2009.
LA CHINE EN DIX MOTS, Actes Sud, 2010 ; Babel n° 1217.
LE SEPTIÈME JOUR, Actes Sud, 2014 ; Babel n° 1537.
MORT D'UN PROPRIÉTAIRE FONCIER, Actes Sud, 2018.

Titre original :
Wencheng
文城
Éditeur original :
Beijing shiyue wenyi chubanshe (Pékin)

ISBN 978-2-330-18169-7

YU HUA

La Ville introuvable
Wencheng

roman traduit du chinois
par Angel Pino et Isabelle Rabut

ACTES SUD

AVERTISSEMENT DES TRADUCTEURS

L'action du roman qu'on va lire se déroule entre la fin du XIXe siècle et le début des années 1930, une époque marquée par la chute de la dynastie Qing, laquelle, après avoir régné pendant deux cent soixante-huit ans, fut renversée en 1911 à l'issue d'une révolution qui mettait un terme du même coup au système politique en vigueur en Chine depuis quelque deux millénaires. Une république sera proclamée alors le 1er janvier 1912, qu'un autocrate ambitieux tentera sans y parvenir d'abolir pour restaurer la monarchie à son profit, mais malgré cet échec il s'ensuivra une longue période de troubles, dominée par les rivalités belliqueuses de seigneurs de la guerre qui se partagent une Chine dépourvue désormais de véritable autorité centrale et la mettent en coupe réglée. Il en ira ainsi jusqu'à l'accession au pouvoir du Guomindang, le parti nationaliste, en 1928, dans un pays en proie régulièrement aux calamités naturelles et où sévissent des brigands qui se livrent au pillage et aux enlèvements, et n'hésitent pas au besoin à torturer et à tuer.

A. P. & I. R.

PREMIÈRE PARTIE

L'HISTOIRE DE LIN XIANGFU

I

À Xizhen vivait un homme qui possédait des biens à Wanmudang, plus de mille *mu*[1] de bonnes terres sillonnées par les bras de la rivière, qui s'étalaient comme des racines exubérantes. Le riz et le blé, le maïs et les patates douces, le coton et le colza, les roseaux et les bambous, mais aussi de l'herbe et des arbres alternaient comme le lever et le coucher du soleil sans jamais s'interrompre au fil des saisons et prospéraient trois cent soixante-cinq jours par an. Sa fabrique d'articles en bois était réputée, il en sortait toutes sortes d'objets, des lits, des tables, des chaises, des tabourets, des armoires, des coffrets, des consoles, des baquets, des seaux hygiéniques, qui se vendaient à cent *li*[2] à la ronde, sans parler des palanquins pour transporter les jeunes mariées et des cercueils pour les cortèges funéraires qui paradaient au son des *suona*[3] ou des tubes de bambou frappés par les officiants taoïstes.

Sur les chemins de terre et les voies d'eau qui reliaient Xizhen à Shendian, tout le monde avait entendu parler de cet homme qui s'appelait Lin Xiangfu. On le disait très riche, mais personne ne savait rien de lui. Il n'avait pas l'accent du coin, il parlait avait un fort accent du Nord, et c'était le seul indice qui dénotait son origine, de sorte que les gens en avaient conclu qu'il était descendu du nord au sud jusqu'à Xizhen. Beaucoup croyaient se rappeler qu'il était arrivé au cours de la tempête de neige qui avait frappé la région dix-sept ans auparavant : on l'avait aperçu très souvent marchant dans la neige avec une fillette qui n'avait pas un an, et mendiant du lait de porte en porte. On aurait dit un ours blanc pataud, perdu au milieu de la glace et de la neige.

Presque toutes les femmes de Xizhen qui allaitaient à l'époque avaient eu affaire à Lin Xiangfu. Ces femmes, qui étaient jeunes alors, en avaient conservé le même souvenir : c'était au moment où leur enfant avait pleuré qu'il était venu frapper à la porte. Elles se remémoraient encore la manière dont il avait frappé, on aurait dit qu'il frappait avec ses ongles. Il donnait un coup léger, puis s'interrompait, avant de redonner un autre coup léger. Elles le revoyaient encore clairement quand, l'air épuisé, il avait franchi le seuil de leur porte et tendu sa main droite, paume ouverte, dans laquelle il y avait une sapèque[4]. Son regard d'une tristesse infinie était inoubliable.

— Ayez pitié de ma fille, donnez-lui un peu de lait, disait-il d'une voix rauque.

Ses lèvres desséchées ressemblaient à des peaux de pommes de terre retournées, et la main qu'il tendait était striée de crevasses d'un rouge sombre causées par le gel. Il restait planté sans bouger au milieu de la pièce et son expression impassible donnait le sentiment qu'il s'était coupé du monde des hommes. Il ne paraissait y revenir que quand on lui tendait un bol d'eau chaude, alors une expression de reconnaissance se lisait dans ses yeux. Si on lui demandait d'où il venait, il devenait aussitôt hésitant et murmurait ces deux syllabes : "Shendian." C'était un autre bourg, situé à soixante *li* au nord de Xizhen, un nœud de communication par eau et par terre, plus prospère que Xizhen.

Les hommes d'ici avaient peine à le croire, car avec un tel accent il devait venir de beaucoup plus loin au nord. Ce qu'il refusait de révéler, tout comme il refusait d'en dire plus sur lui-même. À la différence des hommes, les femmes de Xizhen, elles, s'intéressaient surtout à la mère du bébé, mais quand elles l'interrogeaient à son sujet, le visage de Lin Xiangfu se figeait comme les rues de Xizhen prises par la neige et le gel. Ses lèvres se serraient pour ne plus s'ouvrir, comme si on ne lui avait posé aucune question.

Un homme couvert de neige, le visage caché dans ses cheveux et sa barbe, humble comme un saule pleureur et taciturne comme la terre : telle avait été la première impression que Lin Xiangfu avait laissée à tout le monde.

Quelqu'un savait, lui, que ce n'était pas au cours de la tempête de neige que Lin Xiangfu était arrivé à Xizhen, mais plus tôt, après la tornade. Cet homme s'appelait Chen Yongliang. À l'époque, il était contremaître à la mine d'or de Xishan à Xizhen. Il se souvenait, le matin qui avait suivi le passage de la tornade, d'avoir vu l'étranger marcher dans la rue déserte. Chen Yongliang se dirigeait vers Xishan pour constater les dégâts provoqués par la tornade. En sortant de sa maison, qui avait perdu son toit, il avait constaté qu'il n'y avait plus un seul toit dans tout le bourg ; quant aux arbres, peut-être parce que les rues étaient étroites et les maisons serrées les unes contre les autres, ils avaient en partie survécu mais, malmenés par la tempête, ils penchaient dans tous les sens et avaient perdu leurs feuilles, elles avaient été soufflées en même temps que les tuiles du bourg. Xizhen était devenu un bourg aussi chauve que si on lui avait pratiqué la tonsure.

C'est alors que Lin Xiangfu était entré dans Xizhen. Il avançait face au soleil levant et, les yeux plissés, un bébé dans les bras, il marchait en direction de Chen Yongliang. Ce dernier avait été frappé par son apparence : le visage de Lin Xiangfu n'exprimait pas l'abattement qu'on ressent après une catastrophe, au contraire il rayonnait. Quand Chen Yongliang s'était approché de lui, l'autre s'était arrêté et avait demandé avec un fort accent du Nord :

— On est à Wencheng ici ?

Chen Yongliang, qui n'avait jamais entendu prononcer ce nom, avait secoué la tête :

— Non, ici c'est Xizhen.

Puis Chen Yongliang avait vu les yeux d'un bébé : tandis que l'homme répétait "Xizhen" d'un air pensif, Chen Yongliang avait regardé la fillette qu'il tenait contre lui. Ses yeux d'un noir brillant observaient avec curiosité tout ce qui l'entourait. Elle serrait les lèvres comme si elle avait dû faire cet effort pour se sentir proche de son père.

Ce qu'avait vu Chen Yongliang de Lin Xiangfu lorsqu'il était reparti, c'était un énorme ballot. Il était enveloppé dans une étoffe blanche grossière comme il en sort des métiers à tisser grinçants qu'on utilise dans le Nord, et non pas dans une de ces étoffes fines du Sud imprimées de motifs bleus. L'étoffe, qui avait déjà jauni, était couverte de taches. Chen Yongliang n'avait jamais vu un ballot aussi énorme, il se balançait de droite à gauche dans le dos massif de cet homme du Nord, comme s'il avait rangé dedans toute sa maison.

II

Cet homme du Nord exilé loin de son pays natal venait d'une région située au nord du fleuve Jaune, à mille *li* de là. Là-bas, ce n'étaient que plantations de sorgho, de maïs et de blé, et en hiver la terre jaune s'étendait à perte de vue. Son enfance et sa jeunesse avaient jailli d'un océan de tiges, et le ciel sous lequel il avait grandi était plein de feuilles de sorgho. Le jour où il s'était assis devant la lampe à pétrole pour calculer sur le boulier la récolte de l'année, il avait déjà atteint l'âge adulte.

Lin Xiangfu était né dans une famille riche. Son père était l'unique bachelier[5] du canton ; quant à sa mère, c'était la fille d'un licencié du district voisin, et bien qu'au moment de sa naissance sa famille fût sur le déclin, elle était instruite, et ses mains étaient aussi adroites que son esprit était délié. Lorsque Lin Xiangfu avait eu cinq ans, son père était décédé subitement. Ce père qui adorait travailler le bois venait de lui fabriquer une petite table et un petit tabouret. Il avait posé ses outils et avait appelé son fils à plusieurs reprises, mais à la fin, ce n'était plus son nom qui sortait de sa bouche, mais des râles. Il avait porté ses mains à sa poitrine et s'était écroulé sur le sol. Quand, en arrivant à l'entrée de l'atelier, Lin Xiangfu, qui donc n'avait que cinq ans, avait vu son père se débattant par terre, il s'était mis à rire sans pouvoir s'arrêter. Et c'est seulement quand sa mère, qui était accourue, était tombée à genoux en poussant des cris d'effroi, qu'il avait cessé de rire. Après quoi, saisi par la peur, il s'était mis à pleurer bruyamment.

Ce fut sans doute le premier souvenir de Lin Xiangfu. Quelques jours plus tard, il vit son père immobile allongé sur un battant de porte, le corps recouvert d'une étoffe blanche. Comme celle-ci était trop courte, les pieds de son père dépassaient. L'enfant qu'était Lin Xiangfu resta longtemps les yeux rivés sur ces pieds livides et exsangues. Il avait découvert la cicatrice d'une entaille sur la plante d'un des pieds de son père.

Sa mère avait revêtu des vêtements tels qu'il n'en avait jamais vu auparavant. En grand deuil, elle était passée devant lui un bol d'eau entre les mains et avait gagné la porte de la résidence. Elle avait franchi le seuil et posé le bol d'eau par terre, puis elle s'était assise sur le seuil et avait attendu jusqu'à ce que le soleil se couche derrière les montagnes et que la nuit tombe.

En mourant son père lui avait laissé plus de quatre cents *mu* de terres et une résidence de six pièces, ainsi qu'une centaine de livres reliés à l'ancienne. De sa mère, il hérita le goût de l'étude et le sens de l'économie. Du jour où il commença à apprendre à lire, il transporta les derniers objets fabriqués par son père, la petite table et le petit tabouret, et s'installa devant le métier à tisser de sa mère. Tout en tissant, sa mère surveillait ses études, et au milieu des grincements du métier à tisser et des douces paroles qu'elle lui adressait, il lut tout ce qu'il convenait d'avoir lu, depuis le *Classique des trois caractères* jusqu'à l'*Histoire des Han* et aux *Mémoires historiques*[6].

L'année de ses treize ans, il commença à inspecter ses terres en compagnie du régisseur Tian l'Aîné. Comme ses fermiers, il arpentait les levées de terre, les pieds dans la boue, et parfois il descendait dans la rizière avec Tian l'Aîné. De retour à la maison, quand il s'asseyait devant le métier à tisser de sa mère pour reprendre son étude, il avait encore de la boue aux pieds. Il avait hérité la passion de son père pour la menuiserie : depuis son plus jeune âge il maniait la hache, le rabot et la scie, et quand il entrait dans son atelier il n'en ressortait pas de sitôt, au point d'en oublier le boire et le manger. Aussi sa mère, à la morte-saison, l'emmenait-elle apprendre le métier auprès des maîtres menuisiers des environs. Il n'était pas rare qu'il passe chez eux un mois ou deux, et tous ceux qui lui avaient transmis leur art ne tarissaient pas d'éloges à son endroit, louant son intelligence et son habileté, ainsi que son endurance au travail. À leurs yeux, il n'avait rien d'un fils de riche.

Quand il eut dix-neuf ans, sa mère tomba malade. Cette femme qui n'avait pas encore quarante ans était arrivée au bout de son existence. La fatigue accumulée au long de ces années de dur labeur et de veuvage avait blanchi ses cheveux, et les rides creusaient maintenant son visage. C'est alors qu'elle commença à regarder son fils d'un œil nouveau. Face à ce garçon devenu aussi fort que son père, ses yeux s'emplissaient de joie. Lorsqu'il rentrait de ses tournées d'inspection aux champs ou bien de l'atelier de menuiserie, il tirait la petite table et le petit tabouret jusqu'au *kang*[7] où reposait sa mère, et après avoir préparé le pinceau, l'encre, le papier et la pierre à encre, il ouvrait son livre et continuait à écouter les instructions de sa mère. À cette époque, son talent de menuisier lui valait déjà une certaine réputation, et les tables et les tabourets qu'il fabriquait attiraient les acheteurs, mais lui, quand il étudiait auprès de sa mère, il utilisait encore la petite table et le petit tabouret que lui avait laissés son père.

À la veille de quitter ce monde, la mère vit défiler devant ses yeux une série d'images : elle voyait le corps de son fils grandir de plus en plus entre le petit tabouret et la petite table, tandis que le pinceau avec lequel il écrivait rapetissait de plus en plus dans sa main. Alors un sourire serein apparut sur son visage, on aurait dit qu'elle se sentait enfin récompensée des peines de toute une vie.

Le dernier jour d'octobre, la mère, qui ne pouvait déjà plus bouger, se tourna soudain sur le côté dans un dernier sursaut, et fixa longuement la porte grande ouverte. Elle espérait voir apparaître son fils, mais dans ses yeux pleins d'attente la lumière s'éteignait peu à peu. Aussi, pour tout testament, ne laissa-t-elle à son fils que deux larmes accrochées au coin de ses paupières, comme si elle s'était inquiétée de le voir s'engager tout seul sur les chemins de ce bas monde.

Puis la scène à laquelle Lin Xiangfu avait assisté à l'âge de cinq ans se répéta : sa mère gisait sur un battant de porte, le corps recouvert d'une étoffe blanche qu'elle avait tissée elle-même. Lin Xiangfu, en grand deuil, gagna la porte de la résidence, un bol d'eau entre les mains qu'il posa par terre, devant la porte. Comme sa mère quatorze ans plus tôt, il s'assit sur le seuil et resta là jusqu'à l'arrivée du crépuscule à regarder le sentier qui partait de la maison et s'en allait en serpentant rejoindre la grande route au loin, et la grande route qui continuait à avancer sur la vaste étendue de terre où flottaient les fumées des chaumières, jusqu'aux nuages colorés qui incendiaient l'horizon.

Trois jours plus tard, Lin Xiangfu enterra sa mère aux côtés de son père. Ce jeune homme de dix-neuf ans, les deux mains agrippées sur la pelle, resta debout un long moment. Tian l'Aîné, le régisseur, et ses quatre jeunes frères se tenaient derrière lui, silencieux. Et c'est seulement quand Tian l'Aîné lui fit observer que la nuit était tombée, qu'il regagna sa maison à pas lents. Après quoi, il essuya les larmes qui couvraient son visage et reprit sa vie de toujours.

Comme à l'accoutumée, il se rendait chaque matin avec Tian l'Aîné sur les levées de terre, pour vérifier l'état des cultures. Il discutait avec les fermiers qui s'activaient dans les champs, et parfois, retroussant son pantalon, il descendait dans les parcelles pour travailler avec eux. Il n'était pas moins habile que les fermiers aux travaux agricoles. Quand il n'avait rien à faire, il restait longtemps assis sur le seuil de sa porte. Le métier à tisser de sa mère s'était tu et lui-même avait cessé de feuilleter les livres reliés à l'ancienne. Il vécut ainsi dans la solitude pendant cinq ans et il devint de plus en plus taciturne. Ce n'est que lorsque les frères Tian entraient par la porte arrière de la résidence pour l'entretenir des récoltes qu'on entendait résonner le son de sa voix.

À la fin de l'automne, Lin Xiangfu, tenant son âne par la bride, allait porter en ville le produit en pièces d'argent des récoltes de l'année, pour l'y échanger à la banque privée Juhe contre un petit lingot d'or. Et il en profitait pour acheter un ou deux coupons de satin de couleur qu'il rapportait chez lui. Il cachait ses lingots d'or dans un coffret en bois dissimulé à l'intérieur du mur, et rangeait les coupons de satin dans l'armoire de la pièce du fond.

C'était une habitude que sa mère avait de son vivant. On avait commencé à accumuler les lingots d'or du temps des ancêtres de la famille Lin, et les coupons de satin étaient destinés aux visites que le fils aurait à rendre à ses prétendantes. Au cours de la dernière année de sa vie, alors qu'elle était déjà gravement malade, sa mère, par les matins ensoleillés, fourrait un coupon de satin dans son baluchon, elle se hissait péniblement sur le dos de l'âne et, Tian l'Aîné conduisant l'animal par le licol, elle s'éloignait sur le chemin cahoteux balayé par des tourbillons de poussière.

Dans le souvenir de Lin Xiangfu, sa mère s'était déplacée ainsi une dizaine de fois, et invariablement, à son retour, il n'y avait plus de coupon de satin dans son baluchon. Il comprenait que la jeune fille n'avait pas plu à sa mère et qu'elle avait laissé le coupon de satin pour adoucir la déception de la famille de celle-ci. C'était une coutume qui remontait à loin. Une fois rentrée à la maison, elle confiait l'âne à Lin Xiangfu qui était venu à sa rencontre, et lui disait avec un sourire las :

— Je ne suis pas restée déjeuner là-bas.

Lin Xiangfu savait que c'était une façon de conclure la visite : si la mère était restée déjeuner, cela aurait signifié que la jeune fille lui avait plu. Après la mort de sa mère, Lin Xiangfu conserva cette habitude : quand il allait en ville, il en profitait pour acheter un ou deux coupons de satin de couleur en prévision de ses futures visites.

Au cours de cette période, une entremetteuse vint à plusieurs reprises chez lui pour lui proposer une épouse, et il n'hésita pas à entreprendre de longs trajets éreintants pour la suivre jusque chez les jeunes filles. Mais au domicile de ces familles qui étaient pourtant d'un rang social équivalent au sien, il se montrait hésitant.

Habitué à ce que sa mère décide pour lui, Lin Xiangfu ne savait pas au début comment se comporter en pareilles circonstances, et l'ayant vue revenir les mains vides une dizaine de fois, il n'en était que plus désarmé. À chacune de ces rencontres avec une jeune fille, il se demandait en son for intérieur si sa mère l'aurait appréciée, et le résultat était toujours le même : il ne restait pas déjeuner et il laissait sur place le coupon de satin qu'il avait apporté.

Un jour, une jeune fille au physique avenant l'avait troublé. C'était au village des Liu, à plus de trente *li* de chez lui. Lin Xiangfu avait été impressionné par l'imposante demeure de la famille. Après qu'on l'eut installé dans la salle de réception, le père de la jeune fille lui tendit une pipe à long tuyau. Lin Xiangfu était sur le point de décliner l'offre, arguant qu'il ne fumait pas, quand il saisit le signe que l'entremetteuse lui lançait du regard. Alors il prit la pipe. C'est alors que la belle jeune fille sortit de la pièce du fond, la tête basse. Elle avança lentement vers Lin Xiangfu, et déposa du tabac dans la pipe avant de regagner la pièce du fond, la tête toujours baissée.

Lin Xiangfu avait compris que la jeune fille était le parti qu'on lui destinait. Tandis qu'elle bourrait la pipe pour lui, ses mains tremblaient. L'entremetteuse lui avait posé plusieurs questions, auxquelles elle n'avait pas répondu, mais ses yeux, en rencontrant ceux de Lin Xiangfu, s'étaient instantanément illuminés. Quant à Lin Xiangfu, il avait senti son sang bouillir dans ses veines. Tout le temps de la conversation qui avait suivi, son esprit avait battu la campagne et il avait eu du mal à se concentrer. Et lorsque le père de la jeune fille lui avait proposé de rester pour le déjeuner, il avait été manifestement tenté d'accepter, mais le regard de l'entremetteuse lui avait fait changer d'avis. Après un moment d'hésitation, il avait sorti le coupon de satin de son baluchon et l'avait posé sur la table. Devant la surprise du père de la jeune fille, il avait eu honte de lui : le visage en feu il s'était levé en hâte et avait pris congé.

Sur le chemin du retour, Lin Xiangfu avait encore devant les yeux le beau visage de la jeune fille et l'expression de surprise de son père. Il avait l'impression de suffoquer. Pendant le trajet, l'entremetteuse lui expliqua que si elle lui avait fait signe de rejeter la proposition de mariage, c'était parce qu'elle craignait que cette jeune personne de la famille Liu ne soit sourde et muette : tandis que la jeune fille préparait la pipe, elle avait essayé à plusieurs reprises de la faire parler, mais celle-ci n'avait pas eu de réaction, comme si elle n'avait rien entendu. Lin Xiangfu convint que c'était là une hypothèse plausible, néanmoins il n'arrivait pas à détacher ses pensées de cette jeune fille du village des Liu, qui avait pour nom Liu Fengmei. Et c'est seulement quand ils eurent presque parcouru les trente *li* et que la maison fut en vue qu'il poussa un long soupir et se sentit un peu mieux.

III

C'est ainsi que Lin Xiangfu laissa filer toutes les occasions de mariage. Il avait déjà vingt-quatre ans quand un jeune homme et une jeune femme se présentèrent devant chez lui. La femme était vêtue d'un *qipao*[8] à petites fleurs, l'homme d'une robe bleu roi, et la jeune femme avait sur la tête un fichu bleu avec des motifs imprimés blancs. Un baluchon dans le dos, ils se tenaient là devant sa porte, parlant entre eux à toute vitesse comme si chacune de leurs paroles volait.

C'était le crépuscule. Lin Xiangfu, dans la cour, les entendit parler mais sans comprendre un mot de ce qu'ils disaient. Il ouvrit la porte et sortit. Alors le jeune homme s'adressa à lui dans une langue enfin compréhensible. Il avait une allure de lettré et déclara à Lin Xiangfu qu'une des roues de la voiture à cheval dans laquelle la jeune femme et lui voyageaient avait lâché brusquement. La voiture ne pouvait plus rouler et l'auberge la plus proche était à plus de dix *li*, or la nuit allait tomber. À ce point de son discours il s'arrêta et se hasarda à demander si Lin Xiangfu accepterait de les loger pour la nuit.

La jeune femme qui se tenait derrière l'homme commença à défaire son fichu où les motifs blancs se détachaient nettement sur le fond bleu, tout en fixant Lin Xiangfu avec un regard timide et souriant. Lin Xiangfu découvrit un beau et doux visage où se reflétait la lumière du couchant et qui s'inclinait légèrement à droite tandis que la jeune femme ôtait son fichu. Ce geste qui passa comme un éclair l'émut profondément.

Ce soir-là, ils s'assirent tous les trois en rond autour d'une lampe à pétrole, et au fil de la conversation Lin Xiangfu apprit qu'ils n'étaient pas mari et femme, mais frère et sœur. À la façon dont ils se désignaient mutuellement, il comprit que la petite sœur s'appelait Xiaomei et que son frère aîné s'appelait Aqiang. Lin Xiangfu, qui les observait attentivement, trouva qu'ils ne se ressemblaient pas. Aqiang, le frère aîné, devinant les pensées de Lin Xiangfu, expliqua que sa petite sœur ressemblait à leur mère, tandis que lui ressemblait à leur père. S'ils n'avaient pas l'air d'être frère et sœur, c'était parce que leurs parents ne se ressemblaient pas. Ces propos firent rire Lin Xiangfu. Il apprit ensuite que le frère et la sœur venaient d'un bourg du nom de Wencheng situé très loin de là, dans le Sud, à plus de six cents *li* au-delà du Yang-tsé-kiang, dans la région de rivières et de lacs du Jiangnan[9]. Aqiang dit à Lin Xiangfu que chez eux une rivière coulait à la porte des maisons, et qu'on ne se déplaçait qu'en bateau. Leurs parents étaient déjà morts, et tous deux se dirigeaient vers le nord pour demander son aide à un parent du côté maternel, qui vivait dans la capitale. Cet oncle avait servi autrefois au palais du prince Gong[10], et Aqiang était persuadé que ce parent influent lui trouverait une charge à la capitale.

Tandis qu'il parlait, le cri sonore d'un animal retentit dehors. Lin Xiangfu, devant l'air surpris du frère et de la sœur, leur expliqua que c'était un âne, et ceux-ci s'étonnèrent : ils n'avaient jamais entendu braire un âne ! Lin Xiangfu en conclut que dans ce pays méridional de rivières et de lacs où ils vivaient, on ne connaissait pas les ânes.

Ce soir-là, Lin Xiangfu parla longuement de lui-même, il évoqua son père, dont il se souvenait à peine, et sa mère, dont il se souvenait parfaitement, il évoqua les livres reliés à l'ancienne et le métier à tisser de sa mère, ainsi que les tiges de sorgho de son enfance. Et il termina en déclarant qu'on pouvait le tenir pour un des hommes les plus riches à cent *li* à la ronde. Il vit les yeux de Aqiang s'illuminer à cette annonce, puis il tourna son regard vers Xiaomei, dont le sourire était toujours un peu timide.

Pour Lin Xiangfu ce fut une agréable soirée. Depuis le décès de sa mère, la maison était restée silencieuse, et ce soir-là les bruits de conversation ne tarirent pas. Cette jeune Xiaomei lui plaisait beaucoup. Elle parlait très peu, mais ses yeux souriaient. Elle était assise en face de lui, de biais, et ses mains jouaient constamment avec le fichu bleu à motifs blancs. Lin Xiangfu remarqua qu'il s'agissait de motifs de phénix et de pivoines entrelacés. Curieux, il se pencha et s'extasia sur l'élégance du fichu : ici, déclara-t-il, on ne portait que des fichus blancs. Il entendit la voix suave de Xiaomei lui expliquer que c'était le motif dit de la ronde des phénix et des pivoines, et qu'il symbolisait la richesse et les honneurs. Quand Xiaomei eut fini de parler, ses yeux limpides regardèrent Lin Xiangfu à travers les lueurs de la lampe à pétrole. C'étaient ces yeux-là qui avaient rendu Lin Xiangfu intarissable, lui qui était d'habitude si réservé. Xiaomei était d'une beauté dont il n'avait jamais vu de pareille jusqu'alors : elle avait le visage soyeux d'une jeune femme qui a grandi entre les montagnes vertes et les eaux claires du Sud, et les fatigues du voyage n'avaient pas eu raison de sa délicatesse et de sa fraîcheur.

La délicate et fraîche jeune femme tomba malade dès le lendemain. Elle était allongée sur un *kang*, un mouchoir humide sur le front, et ses longs cheveux tombaient du bord du *kang* comme des lianes de saule au bord des eaux du Sud. Son frère, la mine soucieuse, était assis au bord du *kang* et après lui avoir parlé pendant un moment avec son débit rapide, il alla trouver Lin Xiangfu pour lui annoncer d'un air préoccupé que sa petite sœur n'allait pas bien : en se levant le matin, elle avait été prise de vertiges, et elle s'était écroulée avant d'atteindre la porte. Il lui avait touché le front : elle était brûlante comme une patate douce qu'on vient de retirer du four. D'un ton désemparé, il se dit à lui-même qu'il allait devoir reprendre la route seul. Il s'enquit prudemment de savoir si Lin Xiangfu était prêt à garder sa sœur provisoirement auprès de lui. Dès qu'il aurait retrouvé son parent à la capitale, assura-t-il, il reviendrait la chercher. Lin Xiangfu fit oui de la tête. Le frère aîné se dirigea vers le *kang* et échangea encore quelques mots avec sa sœur dans cette langue au débit rapide que Lin Xiangfu ne comprenait pas. Puis il jeta son baluchon sur son dos, franchit le seuil de la résidence en retroussant sa longue robe, et s'engagea sur la petite route, et enfin sur la grande. Il avançait en direction du nord, dans les rayons du soleil levant.

Lin Xiangfu songea que la veille au soir, dans un demi-sommeil, le sourire de Xiaomei n'avait pas cessé de l'obséder. Ce beau visage remuait légèrement tandis qu'il dormait, comme s'il avait flotté sur l'eau. Ensuite, une grande route jaune s'était déployée jusqu'à lui, et il avait vu le beau visage s'éloigner sur cette route. Il s'était réveillé en sursaut, en proie à un sentiment d'angoisse et de désarroi qui ne l'avait plus quitté de toute la nuit. Puis l'aube s'était levée, et Xiaomei était toujours là, et dans le cœur de Lin Xiangfu le jour aussi s'était levé.

Lin Xiangfu s'approcha de Xiaomei, il vit ses yeux fermés s'ouvrir et ses lèvres pulpeuses s'ouvrir en même temps

— Donnez-moi un bol d'eau, lui demanda-t-elle.

Cet après-midi-là, Xiaomei descendit du *kang*, elle tira de son baluchon des socques en bois qu'elle enfila, et commença à s'affairer aux travaux ménagers. Quand le jour tomba, elle s'assit sur le seuil, et dans la lumière cramoisie du soleil couchant, elle regarda en souriant Lin Xiangfu qui rentrait de sa tournée d'inspection dans les champs.

Quand Lin Xiangfu fut devant elle, elle se leva et ils pénétrèrent tous les deux dans la maison. Elle lui tendit le bol d'eau qu'elle avait posé pour lui sur la table, puis elle tourna les talons et s'éloigna. Lin Xiangfu entendit un son étrange dans la maison, puis il remarqua les socques que Xiaomei avait aux pieds. En se déplaçant, elle faisait entendre des claquements cristallins. L'air intrigué de Lin Xiangfu fit rire Xiaomei. Elle lui apprit que cela s'appelait des socques, et Lin Xiangfu avoua n'en avoir jamais vu. Dans son pays natal, expliqua-t-elle, toutes les jeunes filles en portaient. Les soirs d'été surtout, après s'être lavé les pieds au bord de la rivière, elles enfilaient leurs socques et marchaient dans les rues dallées de la ville, et les socques résonnaient ensemble comme un xylophone. Cela produit quel son, un xylophone, demanda Lin Xiangfu, mais sur le coup Xiaomei ne sut quoi lui répondre. Elle réfléchit un moment, puis elle fit le tour de la pièce, et quand le son cristallin des socques se fut éteint, elle dit :

— C'est ça, le son du xylophone.

Lin Xiangfu constata que le ménage avait été fait et que les plats du dîner étaient sur la table. Xiaomei, un sourire aux lèvres, se tenait en retrait, comme si elle attendait quelque chose. Lin Xiangfu avait l'impression d'être en visite. Tout ce qu'il avait sous les yeux le mettait mal à l'aise, et il avait le sentiment que Xiaomei, debout en face de lui, était tout aussi mal à l'aise. Il s'assit sur un tabouret et Xiaomei fit de même. Il prit ses baguettes, elle en fit autant. Xiaomei avait les jours bien roses, Lin Xiangfu en conclut qu'elle s'était déjà remise de la maladie qui s'était déclarée au matin, et il en fut quelque peu étonné : la guérison avait été aussi subite que le mal.

IV

Puis les jours filèrent. À plusieurs reprises, alors qu'il rentrait chez lui en longeant les levées de terre, Lin Xiangfu découvrit Xiaomei assise sur le seuil, le visage entre les mains, plongée dans ses pensées, le regard perdu dans le lointain. Il pensa qu'elle attendait le retour de son frère, ce jeune homme en longue robe bleu roi qui aurait dû surgir sur la grande route balayée par des tourbillons de poussière.

À table, ce frère qui répondait au nom de Aqiang revenait souvent dans la conversation. Pour rassurer Xiaomei, Lin Xiangfu lui répétait que Aqiang devrait être arrivé à la capitale et qu'il reviendrait bientôt la chercher. Tout de suite après, une image surgissait devant les yeux de Lin Xiangfu : Xiaomei, dans son *qipao* à petites fleurs, marchant derrière son frère et s'éloignant lentement sur la grande route à l'heure où le soleil se lève, ses petits pieds[11] chaussés de socques et enveloppés dans des chaussettes à pouce séparé. Cette pensée le plongeait dans une profonde mélancolie : quelle serait sa vie lorsque cette jeune femme du Sud avec laquelle il vivait maintenant depuis un bon moment, cette Xiaomei qui faisait la cuisine et la lessive pour lui l'aurait quitté ?

Un beau jour, Xiaomei prit place devant le métier à tisser qu'avait laissé la mère de Lin Xiangfu. Elle s'exerça dessus longuement, en le faisant grincer. C'était la première fois qu'elle se servait d'un métier à tisser, mais le soir venu elle l'avait enfin bien en main. De retour des champs, Lin Xiangfu, en s'engageant dans la cour, perçut le bruit du métier, et l'espace d'un instant il eut l'illusion que sa mère était dans la maison, mais aussitôt il devina qu'il s'agissait de Xiaomei. Il franchit le seuil et trouva celle-ci assise devant le métier à tisser, le visage cramoisi et le front couvert de sueur. Dès qu'elle vit Lin Xiangfu entrer, Xiaomei se leva pour venir à sa rencontre et elle lui répéta sur tous les tons que ce métier à tisser était beaucoup plus bruyant que ceux de son pays natal, de même que le cri de l'âne était beaucoup plus sonore que celui du mouton. Elle ajouta qu'au tout début, elle avait sursauté, croyant avoir endommagé le métier, et elle conclut en affirmant que maintenant elle savait tisser.

Elle riait tout en parlant, et ses yeux brillaient, c'était la première fois que Lin Xiangfu la voyait ainsi. Elle dont on n'entendait que le bruit des socques quand elle se déplaçait dans la maison, et qui ne riait jamais, se contentant d'esquisser un sourire du coin des lèvres, avait à cet instant un visage radieux.

Lin Xiangfu eut le sentiment que le métier à tisser de sa mère avait eu un effet apaisant sur Xiaomei. De ce jour, il ne la trouva plus jamais assise sur le seuil, et le métier à tisser se fit entendre sans discontinuer. Après être resté silencieux pendant les cinq ans qui avaient suivi le décès de sa mère, il recommençait à chanter entre les mains d'une autre femme. Lin Xiangfu ne parlait plus de Aqiang, son nom était en train de s'éloigner. Xiaomei, elle aussi, semblait avoir oublié son frère : quand elle n'était pas occupée aux fourneaux, à la lessive ou à une autre tâche ménagère, elle s'absorbait dans les grincements du métier à tisser. Lin Xiangfu recommença à prendre sur l'étagère les livres reliés à l'ancienne, il en essuya la poussière avec ses manches et dès qu'il avait un moment à lui il se plongeait dans la lecture. Assis à sa petite table, sur son petit tabouret, il voyait Xiaomei rire sous cape, il savait qu'elle s'amusait de la disproportion entre sa taille et celle de la table et du tabouret, et il riait à son tour. Xiaomei, qui avait remarqué dans l'atelier de menuiserie des tables et des tabourets davantage en rapport avec la taille de Lin Xiangfu, se demandait pourquoi il utilisait ce mobilier pour enfants.

Les jours s'écoulaient paisibles et doux. Simplement Lin Xiangfu s'inquiétait parfois en regardant la silhouette de Xiaomei devant le métier à tisser. Il s'étonnait qu'aucune entremetteuse ne soit jamais venue proposer un parti à la jeune femme.

V

Une nuit, au début de l'hiver, tandis que Lin Xiangfu dormait, un orage de grêle éclata et noya toute la contrée. Lin Xiangfu fut réveillé en sursaut par des bruits semblables à des explosions de pétards. En se redressant, il constata que la fenêtre avait été ouverte par le vent, et que des grêlons blancs de la taille d'un cocon de ver à soie formaient un rideau mouvant dont les scintillements éclairaient la pièce plongée dans l'obscurité.

Lin Xiangfu vit Xiaomei debout devant le *kang*, ses bras enserrant ses épaules. À la lueur que jetaient les grêlons, on lisait la panique sur son visage. C'est alors qu'un grêlon aussi large qu'une écuelle transperça le toit et s'écrasa au sol à côté de Xiaomei. Celle-ci, poussant un cri d'effroi, grimpa sur le *kang* de Lin Xiangfu et se glissa sous la couverture. Par le trou béant du toit, des grêlons de la taille d'un bol tombaient les uns après les autres, et en s'écrasant par terre ils se désagrégeaient telles des fleurs fanées.

Lin Xiangfu sentit le corps recroquevillé de Xiaomei trembler entre ses bras, alors, comme on lisse avec la main une feuille de papier de Xuanzhou[12], le corps de Lin Xiangfu défroissa lentement le corps recroquevillé de Xiaomei. Il sentit celui-ci se déplier. Leurs vêtements étaient collés l'un contre l'autre, le corps de Xiaomei s'enflamma jusqu'à devenir brûlant, et à travers les tissus il communiqua sa chaleur à Lin Xiangfu. Après cela, Lin Xiangfu n'entendit plus le bruit des grêlons. Oreille contre oreille, tempe contre tempe, bien que leurs peaux ne se touchent pas, la fièvre qui émanait du corps de Xiaomei et sa respiration nerveuse firent chavirer Lin Xiangfu. Soudain il fut rappelé à la réalité par une énorme secousse, on aurait dit que la maison était sur le point de s'écrouler. Il sursauta avant de retourner aussitôt vers la chaleur et le souffle de Xiaomei. C'est le lendemain seulement, en ouvrant sa porte et en découvrant devant la maison un grêlon géant aussi gros qu'un mortier de pierre, que le fracas de la nuit précédente lui revint en mémoire.

L'orage de grêle avait laissé derrière lui un paysage de désolation. La terre durcie de l'hiver était recouverte de fragments de glace qui brillaient au soleil comme un lac gelé. Dans le village, beaucoup de chaumières s'étaient effondrées sous l'orage au cours de la nuit, et les gens blessés et apeurés se tenaient dans le vent glacé du jour, leurs silhouettes dispersées ici ou là comme des arbres secs dans la campagne.

Lin Xiangfu alla faire le tour du village. Des femmes en pleurs et des enfants emmitouflés dans des couvertures le regardaient avec un air pitoyable au milieu d'amas d'objets qu'ils étaient allés récupérer dans leurs habitations effondrées. Des hommes s'efforçaient de redresser les chaumières, et le chaume qui se détachait des toits voltigeait dans le vent glacé, il s'accrochait aux branches des arbres et se collait aux cheveux et aux vêtements des gens. Des animaux tués par les grêlons gisaient au sol, aucun ne portait la moindre trace de sang, mais quand on les avait tirés de leurs enclos ils étaient recouverts de chaume et de fragments de glace. Devant ces animaux morts les femmes poussaient des cris déchirants. Assises par terre elles criaient vers le ciel :

— Comment va-t-on faire pour vivre ?

Les hommes, le visage crevassé par le gel, avaient les larmes aux yeux. Leurs voix étaient moins sonores mais encore plus désespérées :

— On ne va plus pouvoir vivre.

Au sud du village, à côté d'un groupe de tombes, un vieillard tué par les grêlons gisait sur une planche en bois. Comparé aux cris de désespoir des villageois qui avaient perdu leurs animaux, le chagrin de ses proches paraissait discret. Un morceau de tissu blanc en lambeaux recouvrait le visage du défunt qui était étendu là, raide.

Ici personne ne le pleurait, près du corps il y avait seulement cinq hommes en train de creuser la fosse qui lui était destinée en agitant leurs pelles. C'étaient les cinq frères de la famille Tian. De la vapeur s'échappait de leurs corps. Les pelles cognaient contre la terre durcie de l'hiver et sous le choc le sang affleurait sur les paumes de leurs mains. Lin Xiangfu marcha jusqu'à eux, ils le regardèrent appuyés sur leurs pelles, et Tian l'Aîné lui dit :

— Jeune maître, c'est notre père qui est mort. Il a été tué par un grêlon, un grêlon gros comme une cuvette qui l'a frappé au visage sans même se briser.

Lin Xiangfu revit l'image du défunt avant sa mort : un vieillard sec, accroupi dans un coin de sa chaumière, les mains enfoncées dans ses manches, et qui toussait sans arrêt.

Vingt-deux ans plutôt, il s'était présenté à la porte de chez Lin Xiangfu avec ses cinq fils et avait dit qu'il s'appelait Tian Donggui. Il avait montré du doigt ses cinq fils comme s'il les comptait : Tian l'Aîné, Tian le Deuxième, Tian le Troisième, Tian le Quatrième, Tian le Cinquième. Lui et ses fils étaient venus jusqu'ici pour échapper à la famine, et ils demandaient simplement à pouvoir louer un morceau de terre. Tian l'Aîné avait alors seize ans et Tian le Cinquième, qui n'en avait que quatre, s'était endormi sur le dos de son frère.

Le père de Lin Xiangfu, debout devant sa porte, avait parlé longuement avec Tian Donggui, puis Tian Donggui et ses fils avaient emménagé dans deux chaumières attenantes à l'arrière de la propriété des Lin. Plus tard, quand les cinq frères Tian eurent fondé chacun leur foyer, dix autres chaumières furent construites au même endroit. Après le décès du père de Lin Xiangfu, sa mère, estimant que Tian l'Aîné était quelqu'un d'honnête, lui offrit le poste de régisseur. Et ses quatre frères, quand ils eurent grandi, se chargèrent de percevoir les loyers et d'accomplir de menus travaux. Lorsque les cinq frères et leur père, Tian Donggui, étaient arrivés, Lin Xiangfu n'avait que deux ans, et les gens du village avaient souvent vu Tian l'Aîné promener Lin Xiangfu sur son dos à travers le village et les champs.

Tian l'Aîné souleva le tissu blanc en lambeaux, Lin Xiangfu vit un visage ravagé. Le corps était couvert de chaume et de morceaux de glace. Lin Xiangfu s'accroupit et recouvrit Tian Donggui avec le tissu blanc en lambeaux, puis il se releva et s'adressa à Tian l'Aîné :

— Ramenez-le chez vous, lavez-le avec l'eau du puits et enfilez-lui des vêtements propres, je vais lui fabriquer un cercueil et nous l'enterrerons.

Tian l'Aîné hocha la tête :

— Entendu, jeune maître.

Xiaomei, qui était restée à la maison, prêtait l'oreille avec inquiétude aux lamentations qui montaient du village. En entendant le bruit des pas de Lin Xiangfu qui revenait, elle sortit pour l'interroger, mais devant son air sombre elle se retint. Lin Xiangfu l'envoya chercher dans l'armoire de la pièce du fond un morceau de tissu blanc. Xiaomei rentra dans la maison tandis qu'il se rendait à l'atelier. Un moment après, Xiaomei le rejoignait avec un morceau de tissu blanc. Lin Xiangfu était en train de choisir dans sa réserve de bois des planches de sapin longues et larges. Elle posa sur un tabouret le tissu blanc qu'elle avait dans la main, elle regarda Lin Xiangfu empiler soigneusement les planches de sapin par terre et s'accroupir pour prendre des cotes.

— Il y a eu des morts ? lui demanda-t-elle timidement.

— Un, répondit Lin Xiangfu.

— Avec tous ces gens qui pleurent, j'ai cru qu'il y en avait eu beaucoup.

— Il y a eu beaucoup de pertes dans le bétail.

Lin Xiangfu marqua une pause avant d'ajouter :

— Il faut dire que le bétail, c'est la moitié de la fortune d'un agriculteur.

— C'est pour faire un cercueil ? demanda Xiaomei.

Lin Xiangfu hocha la tête, puis il fixa la perspicace Xiaomei. Xiaomei, elle, regardait Lin Xiangfu accroupi par terre, et elle se disait que c'était un homme bon. Lin Xiangfu commença à scier les planches. Le défunt était si grand que ça ? s'enquit Xiaomei en voyant la longueur de celle qu'il venait de couper. Non, répondit Lin Xiangfu en secouant la tête, mais les cercueils ont une taille standard. Et il cita le vieil adage :

— Sous le ciel, tout cercueil fait sept pieds et trois pouces.

Lorsque les frères Tian eurent arrangé la dépouille de leur père, ils vinrent donner un coup de main à Lin Xiangfu. Xiaomei quitta l'atelier pour aller préparer le déjeuner. Lin Xiangfu avait déjà taillé et raboté les planches et il était en train de les mortaiser. Les frères Tian l'aidèrent à façonner les tenons, puis à assembler les planches et à les ajuster. Ils entreprirent de nettoyer et de poncer, refusant que Lin Xiangfu s'en charge. Ils apportèrent une chaise, et le firent s'asseoir dessus afin qu'il se repose, il suffisait qu'il dirige le travail.

Tandis qu'ils ponçaient le cercueil, les frères Tian s'extasièrent sur les talents de menuisier du jeune maître : il avait fabriqué un cercueil en une seule journée sans utiliser le moindre clou, on n'aurait pas trouvé quelqu'un d'aussi habile à cent *li* à la ronde.

Lin Xiangfu rétorqua que tous les menuisiers à moins de cent *li* à la ronde étaient capables de fabriquer un cercueil, et il répéta ce que son premier maître lui avait dit : n'importe quelle jeune mariée sait fabriquer des chaussures, n'importe quel menuisier sait fabriquer un cercueil. Il ajouta que s'il avait pu finir le travail en un jour, c'était grâce à l'aide que lui avaient apportée les cinq frères. Le cercueil était grand et lourd, et à lui tout seul il aurait eu de la peine à en venir à bout. S'il avait dû tout faire seul, un jour n'aurait pas suffi, ni même quatre ou cinq.

À l'approche du soir, les frères Tian soulevèrent le cercueil et sortirent par la porte de derrière, suivis par Lin Xiangfu, qui tenait le tissu blanc tissé par Xiaomei. Dans une des chaumières de la famille Tian qui ne s'était pas effondrée, les frères mirent en bière leur père, qu'ils avaient lavé et revêtu de vêtements propres. Ils prirent le tissu blanc tout neuf des mains de Lin Xiangfu et en recouvrirent le corps de leur père. Une fois le couvercle du cercueil refermé, les frères Tian et les autres membres de la famille s'inclinèrent devant Lin Xiangfu.

— Jeune maître, s'écria Tian l'Aîné, mais les sanglots l'empêchèrent de continuer.

Lin Xiangfu avait les yeux humides lui aussi :

— Toutes mes condoléances, leur dit-il.

Le jour avait été sinistre, avec ces pleurs et ces soupirs montant par vagues, mêlés aux mugissements du vent glacé. Accablés par cette atmosphère de désolation, et encore troublés par l'épisode inopiné de la veille, Lin Xiangfu et Xiaomei étaient maintenant silencieux. Le métier à tisser de Xiaomei se mit à grincer tandis que Lin Xiangfu, assis, restait figé. Lin Xiangfu finit par se lever, il regagna sa chambre et s'étendit sur le *kang*. Le métier à tisser de Xiaomei continuait de grincer. C'était comme un discours qui ne cessait jamais. Mais au bout d'un moment, le son s'arrêta tout net. Lin Xiangfu entendit le tabouret bouger à l'instant où Xiaomei se levait. Son pas était aussi léger que si elle avait marché sur une fine couche de glace. Elle quitta la pièce où elle se trouvait et se dirigea vers l'autre chambre.

Cette nuit-là, Lin Xiangfu était sur des charbons ardents. Les rayons de lune se déversaient par le trou que le grêlon avait fait dans le toit, et ils brillaient comme une colonne d'eau. Le silence de la nuit était retombé sur le village en deuil, seul le vent tourbillonnait dans le ciel nocturne en frôlant les avant-toits. Les sifflements des rafales, qui claquaient comme des coups de fouet, incitèrent Lin Xiangfu à se lever et à se diriger vers la chambre de Xiaomei. Au moment où il traversait les rayons de lune semblables à une colonne d'eau, il leva la tête et vit, par le trou du toit, l'obscurité profonde, tandis que des souffles de vent glacé l'assaillaient. Il sortit de la pièce et gagna l'autre pièce, il s'approcha du *kang* de Xiaomei, et à la lueur de la lune il la vit couchée sur le flanc, enveloppée dans sa couverture. Son corps recroquevillé ne bougeait pas. Lin Xiangfu hésita un court instant, avant de se coucher sans bruit à côté d'elle. Il écoutait sa respiration légère et régulière. Il tira tout doucement la couverture qui enveloppait le corps de Xiaomei pour s'en recouvrir avec elle. À cet instant Xiaomei se retourna et nagea jusqu'à lui tel un poisson.

VI

Une fois l'orage de grêle passé, on redressa les chaumières effondrées, et on répara les portes et les fenêtres. Puis, le cou rentré dans le col, les mains cachées dans les manches, le nez rouge dressé face au vent, de la vapeur chaude s'exhalant par la bouche, l'expression du visage cassée par les crevasses, on commença à vivre un hiver encore plus froid que ceux des années précédentes.

Pour Lin Xiangfu, cet hiver-là n'eut rien de pénible. Aux journées glaciales succédait l'ardeur des nuits. En partageant l'oreiller de Xiaomei, en absorbant la chaleur qui émanait de son corps, Lin Xiangfu avait l'impression de dormir dans la douceur du printemps.

Grâce à cette vie tranquille, le visage émacié de Xiaomei s'était peu à peu arrondi, et Lin Xiangfu lui aussi avait pris du poids. Il s'enivrait de cette harmonie conjugale nouvelle pour lui et dès la nuit venue, impatient, il disait à Xiaomei :

— Au lit.

Alors Xiaomei esquissait un sourire, elle rangeait les fils de son métier à tisser et suivait la haute silhouette de Lin Xiangfu jusque dans la pièce du fond.

Le deuxième mois de l'année suivante arriva en un clin d'œil. Xiaomei, de nouveau, avait le regard perdu. Cette fois-là, elle était plantée debout à la porte de la maison devant le grêlon gros comme un mortier et fixait le lointain. Lin Xiangfu, pensant que son frère lui manquait, entreprit de la réconforter : elle n'avait pas à s'inquiéter, Aqiang avait sans doute déjà quitté la capitale et il était sur le chemin du retour. Montrant le grêlon à Xiaomei, il lui assura qu'avant qu'il soit fondu Aqiang ferait son apparition à la porte.

Quand Lin Xiangfu eut fini de parler, Xiaomei murmura en baissant la tête :

— Même si Aqiang revient, je ne pourrai pas le suivre à la capitale.

Les paroles de Xiaomei provoquèrent une brusque réaction de la part de Lin Xiangfu. Il la tira par la manche et la conduisit jusqu'au cimetière à l'est du village. Là, il la fit s'agenouiller avec lui devant deux stèles grises.

C'était un après-midi sans vent, le soleil brillait et la campagne étincelait sous ses rayons. Xiaomei avait devant elle un océan de blanc qui s'étendait à perte de vue, avec des ormes sans feuilles étirant leurs branches cassées, et quelques chaumières éparpillées au milieu. Ce paysage n'avait rien à voir avec celui de son pays natal, au sud. À côté d'elle, Lin Xiangfu invoqua à plusieurs reprises son père et sa mère, Xiaomei baissa la tête. Lin Xiangfu, d'une voix qui semblait pleurer et rire à la fois, déclara dans un flot de paroles :

— Père, mère, j'ai amené Xiaomei avec moi, regardez-la, je veux la prendre pour épouse, et j'espère que vous serez d'accord. Xiaomei a eu une vie difficile, ses deux parents sont morts, elle n'a qu'un frère aîné qui est parti à la capitale il y a longtemps et qui n'est toujours pas revenu la chercher. Elle est ma femme, et je veux l'épouser. J'espère que vous serez d'accord. Mère, Xiaomei sait tisser comme toi. Les étoffes qu'elle tisse sont aussi solides que celles que tu fabriquais…

VII

Trois jours plus tard, dès le matin, les femmes du village se rendirent chez Lin Xiangfu. Elles apportaient une veste rouge matelassée et du papier rouge. Après avoir prié Xiaomei de quitter sa veste matelassée à fleurs et d'enfiler la veste rouge, elles entreprirent de découper dans le papier rouge des caractères "double bonheur[13]". Les hommes du village, eux, amenèrent un cochon et deux moutons, qu'ils égorgèrent devant la porte. Le sang chaud des bêtes éclaboussa le grêlon de la taille d'un mortier, et la glace dure commença à fondre, des filets d'eau se formèrent qui en s'écoulant devenaient de plus en plus pâles.

Un villageois vêtu d'une robe bleu roi se présenta. C'était une robe de demi-saison bien qu'on eût été au cœur de l'hiver, et il avait le visage violacé. Comme il était le seul à être venu présenter ses félicitations dans une telle tenue, les autres villageois firent cercle autour de lui, et examinant cette robe couverte de taches ils lui demandèrent comment il s'était procuré un habit aussi chic. L'homme répondit tout fier qu'il était allé vendre en ville deux sacs de maïs ; alors qu'il ne lui en restait plus qu'un demi-sac, il avait vu s'approcher un homme affamé dans la cinquantaine qui marchait en titubant et qui lui avait échangé cette robe contre le demi-sac en question. Il ajouta que l'homme portait une balafre sur le front, comme s'il avait reçu un coup de couteau.

Cet après-midi-là, à l'intérieur de la maison, les femmes du village jacassèrent comme des pies, tandis que les hommes beuglaient comme des veaux. Xiaomei observait tout ce monde tranquillement. Lin Xiangfu s'approcha d'elle et lui annonça qu'aujourd'hui elle ne devrait rien faire : aujourd'hui, elle était la mariée. Sur ce, accompagné des cinq frères Tian, il s'en alla en ville pour acheter de l'alcool.

— Prenez l'âne avec vous, lui lança quelqu'un. Il vous aidera à transporter ce que vous aurez acheté.

Mais Lin Xiangfu secoua la tête :

— On ne fait pas travailler l'âne en cette saison, c'est mauvais pour lui.

Les six hommes se placèrent en file indienne. Le cou rentré dans les épaules et les mains enfoncées dans leurs manches, ils s'éloignèrent par le petit chemin du village. Après avoir contourné un orme qui avait été incendié par la foudre, ils s'engagèrent sur la grande route menant à la ville.

Midi était passé, les viandes de porc et de mouton étaient cuites et reposaient sur la table, et des "double bonheur" étaient collés sur les portes et les fenêtres. Les femmes continuaient de jacasser, et les hommes de beugler dehors. Ces derniers firent remarquer que les coupes étaient parfaitement alignées sur la table, sur plusieurs rangs, mais que, putain ! ceux qui devaient rapporter l'alcool n'étaient toujours pas là : il n'y avait qu'une dizaine de *li* à parcourir jusqu'à la ville, même une tortue serait déjà rentrée, mais putain ! ceux qui devaient rapporter l'alcool n'étaient toujours pas là. Depuis la maison, les femmes dirent que ce n'était pas grave si ceux qui devaient rapporter l'alcool n'étaient toujours pas là ; le seul problème, c'était que le nouveau marié n'était pas là non plus. Et pourtant la mariée n'était pas inquiète.

— Ils vont arriver, assura Xiaomei en souriant.

Il faisait presque nuit quand Lin Xiangfu et les autres apparurent sur la grande route. Les six hommes étaient maintenant collés les uns contre les autres et avançaient en zigzaguant comme un radeau en peau de mouton tanguant sur la vaste étendue blanche. Quand, après avoir contourné le vieil orme calciné, ils s'engagèrent sur le petit chemin qui menait au village, ils ne ressemblaient plus à un radeau en peau de mouton, ils marchaient de nouveau en rang, en tanguant, en braillant et en riant aux éclats.

Quand les six ivrognes se présentèrent devant la maison, chacun d'eux tenait deux bouteilles d'alcool vides à la main. Lin

Xiangfu, qui titubait, et dont l'haleine empestait l'alcool, souleva les siennes et cria à l'adresse de ceux qui les attendaient :

— Voilà l'alcool, voilà l'alcool.

Il marcha jusqu'à la porte d'un pas chancelant, caressa un moment le chambranle, et quand il se fut assuré que c'était bien la porte, il entra dans la maison en ricanant. Il posa les bouteilles vides sur la table et lança à l'assistance qui se trouvait dans la pièce :

— Allez-y, buvez un coup.

Les hommes qui avaient attendu si longtemps, l'eau à la bouche, examinèrent les bouteilles vides sur la table :

— Boire un coup, tu parles ! s'exclamèrent-ils. Ils ont tout sifflé en route.

Le mariage de Lin Xiangfu se déroula au milieu des ronflements de six ivrognes et des bruits de mâchoires d'une horde de loups affamés. Seule Xiaomei restait assise à l'écart, silencieuse. Elle regardait Lin Xiangfu étendu sur le *kang* dans la pièce du fond, les cheveux sur sa tête ressemblaient à une touffe d'herbes folles. La pièce principale était pleine à craquer et il y avait aussi beaucoup de monde dans la cour. Les invités, qui avaient souffert les affres de la faim, s'empiffraient à s'en gonfler les joues, et la façon qu'ils avaient de mâcher en baissant la tête rappelait à Xiaomei son Sud lointain : un soir d'été, au crépuscule, quelqu'un avait répandu une poignée de riz par terre, et poulets et canards s'étaient précipités en agitant les ailes ; la scène qui s'était ensuivie ressemblait au spectacle de ces gens qui mangeaient entassés là.

Lin Xiangfu avait dormi tout le temps de ses noces, et quand il se réveilla, la nuit était déjà bien avancée. Il avait mal à la tête et ses oreilles bourdonnaient. À la lueur vacillante de la lampe à pétrole, il vit sur le mur la silhouette immobile de Xiaomei assise toute droite, qui lui tournait le dos. Le grognement qu'il poussa la fit se retourner et c'est alors qu'il réalisa qu'elle était assise à côté de lui.

Xiaomei, sans lever la tête, lui rapporta ce qu'il avait fait pendant qu'il était ivre. Son haleine caressait le visage de Lin Xiangfu. C'était une haleine incolore et inodore, aussi pure que la brise du petit matin, qui passait sur son visage avec une douceur indicible.

Puis Xiaomei se leva en lui expliquant qu'elle lui avait préparé une décoction de gingembre. On a mal au crâne quand on a trop bu, lui dit-elle en s'éloignant. Il irait mieux une fois qu'il aurait pris cette décoction. Quand elle revint avec le breuvage, elle apportait aussi un bol de viande, qu'elle avait mis de côté discrètement. Elle ajouta qu'elle n'avait jamais vu une telle bande de goinfres, et balayant l'espace devant elle, elle raconta comment en deux temps trois mouvements toute la viande avait disparu de la table.

— Il y avait pourtant un cochon entier et deux moutons, se lamenta-t-elle.

Ce soir-là, Xiaomei déplia son baluchon pour en montrer le contenu à Lin Xiangfu. Après avoir écarté les vêtements elle en sortit trois fichus bleus à motifs imprimés blancs. Elle confia ne rien posséder d'autre que ces trois fichus, c'était tout ce qu'elle aimait. Elle les étala tous les trois sur le *kang*. Lin Xiangfu avait déjà vu celui avec les phénix et les pivoines entrelacés, mais jamais les deux autres. Xiaomei lui montra leurs motifs : sur le premier une pie perchée en haut d'un prunus, c'était, expliqua-t-elle à Lin Xiangfu, un symbole de félicité ; l'autre motif représentait un lion jouant avec une boule en broderie de soie, et c'était un symbole de bonne fortune.

— Voilà tout mon trousseau, dit Xiaomei à Lin Xiangfu.

Le même soir, Lin Xiangfu déplaça une brique du mur de la pièce du fond pour en extraire un coffret en bois. Il déplia deux feuilles de papier légèrement jaunies, l'une était le titre de propriété de la maison, et l'autre le titre de propriété des terres. En montrant ce dernier, il révéla à Xiaomei qu'il était propriétaire de quatre cent soixante-seize *mu* de terres. Puis il retira du coffret un lourd ballot en tissu rouge, et quand il l'eut ouvert Xiaomei découvrit à l'intérieur dix-sept gros lingots d'or et trois petits. Lin Xiangfu expliqua qu'on appelait gros poissons jaunes les plus gros, et petits poissons jaunes les petits, et qu'il fallait avoir dix petits poissons jaunes pour pouvoir les échanger contre un gros[14].

Lin Xiangfu aligna côte à côte tous les lingots, et les souvenirs du passé remontèrent à lui d'un coup. C'étaient ses ancêtres qui avaient commencé à les accumuler, confia-t-il à Xiaomei. Des quelques souvenirs d'enfance qu'il avait conservés, il lui restait l'image de son père rentrant de la ville en sandales de paille, éreinté par le long trajet qu'il venait de parcourir. Après la mort de son père, c'était sa mère à son tour qui avait dû affronter ces longs trajets éreintants : chaque année, après les moissons, elle se rendait en ville, à la banque Juhe, juchée sur son âne que menait Tian l'Aîné. Il ne pouvait pas se remémorer cette scène sans un pincement au cœur. Il était encore tout jeune, et il regardait sa mère assise sur le seuil de la porte, qui enfilait ses sandales de paille par-dessus des chaussures en toile, avant de s'engager à pied sur le petit chemin avec Tian l'Aîné. Une fois qu'ils étaient parvenus sur la grande route, elle montait sur le dos de l'âne, et ils s'éloignaient peu à peu dans les lueurs du matin pour ne rentrer à la maison que l'après-midi. En arrivant, elle brandissait immanquablement une brochette d'azeroles caramélisées. À cette époque, leur âne portait un pompon rouge sur le creux du front et il avait une clochette accrochée au cou, et quand il prenait la route le pompon voltigeait et la clochette tintinnabulait. L'année où sa mère était tombée malade, après les moissons, c'était lui qui avait accompli à sa place le long trajet éreintant jusqu'à la ville. Quand il était rentré à la maison dans l'après-midi, sa mère avait déjà quitté ce monde et elle avait gardé les yeux ouverts.

Lin Xiangfu poussa un soupir : lorsque quelqu'un meurt, dit-il, ses enfants et ses petits-enfants doivent être à ses côtés. Qu'il en manque un seul, et c'est comme s'il manquait un coin à la lune, alors le défunt ne pourra pas fermer les yeux. Il ajouta que lorsque sa mère était morte, il n'y avait personne à ses côtés, c'était comme si des nuages noirs avaient caché la lune.

Les souvenirs affluaient au cours de cette longue nuit d'hiver. Avec la gueule de bois le passé avait envahi la tête de Lin Xiangfu comme des herbes folles. Ce n'est qu'une fois endormi qu'il recouvra la paix.

VIII

Au cours du deuxième mois de l'année, Lin Xiangfu allait surveiller son blé tous les jours en compagnie de Tian l'Aîné. Cette fois-là, en revenant des champs, il trouva Xiaomei debout devant la porte, les yeux perdus dans le vague. Elle dit que le printemps allait arriver, et que son frère n'était toujours pas là.

Lin Xiangfu resta figé un long moment, le frère de Xiaomei lui était sorti de la tête, cet homme vêtu d'une robe bleu roi qui était parti le front haut à l'aube de l'automne dernier, et qui s'était évanoui dans la nature tel un bœuf d'argile plongé dans la mer.

Xiaomei demanda à Lin Xiangfu s'il y avait un temple dans les parages. Elle voulait faire brûler de l'encens pour implorer le Bouddha de protéger son frère.

Lin Xiangfu se retourna et pointa son doigt vers les brillantes couleurs du crépuscule. Il dit qu'à quinze *li* à l'ouest il y avait un temple de Guan Yu[15].

Ce soir-là, Xiaomei déposa sur le *kang* un petit baluchon, puis elle éteignit la lampe à pétrole et se glissa sous la couverture. Elle posa sa tête sur le bras de Lin Xiangfu et lui chuchota ces mots à l'oreille :

— J'ai mis les provisions sur le bord du fourneau, et tous les vêtements sont dans l'armoire. À gauche, ce sont les vêtements rapiécés, pour aller aux champs, et à droite, ceux qui ne sont pas rapiécés, pour aller en ville. Je t'ai confectionné ces jours derniers un habit neuf et deux paires de chaussures en toile, tu les trouveras aussi dans l'armoire.

— Mais tu ne pars que pour un jour, rétorqua Lin Xiangfu, pas pour plusieurs mois.

Xiaomei ne dit plus rien, et les ronflements de Lin Xiangfu commencèrent à s'élever par vagues. C'était la dernière nuit du deuxième mois, la lune brillait par la fenêtre et sa lumière se déversait sur le sol devant le *kang*. La fenêtre laissait passer également de légers souffles de vent qui apportaient l'humidité de ce qu'il restait de neige.

Lorsque Lin Xiangfu se réveilla aux premières lueurs de l'aube, Xiaomei était déjà partie. Depuis les champs lui parvenaient les cris sonores des animaux, ainsi que le bruit des branches qu'on agite pour les faire avancer et les appels des gens. Lin Xiangfu se rendit dans la pièce de devant et il constata qu'un vieux morceau de toile recouvrait le métier à tisser. Il pensa que Xiaomei était vraiment soigneuse : elle avait protégé son métier à tisser alors qu'elle ne partait que pour un jour. Il se rendit ensuite à la cuisine, et vit que le bord du fourneau était couvert de victuailles, de quoi se nourrir pendant pratiquement quinze jours. Avant de partir Xiaomei avait tout rangé parfaitement, à l'intérieur comme à l'extérieur de la maison, ce dont il se réjouit. Après avoir pris son petit-déjeuner, il s'en alla faire sa tournée d'inspection aux champs.

Une fois dehors, il rencontra Tian le Quatrième qui lui rapporta avoir vu Xiaomei s'engager sur la grande route à la sortie du village avant le lever du jour. Elle portait un baluchon sur le dos et en tenait un autre à la main, comme si elle retournait dans sa famille. Lin Xiangfu expliqua qu'il n'en était rien, et qu'elle était simplement allée au temple de Guan Yu pour y brûler de l'encens. Tian le Quatrième s'étonna : le temple était à l'ouest, pourquoi donc se dirigeait-elle vers le sud ? À ces mots, Lin Xiangfu eut un coup au cœur, il eut peur que Xiaomei ne se soit trompée de chemin.

Ce soir-là, alors que la nuit était déjà tombée, Xiaomei n'était toujours pas de retour. Deux jours s'écoulèrent encore et Xiaomei n'était toujours pas là.

Xiaomei était partie pour ne plus revenir. Lin Xiangfu avait découvert que ses vêtements n'étaient plus dans l'armoire, que ses chaussures en toile n'étaient plus au pied du *kang*, et que ses socques ainsi que le fichu à motifs de phénix et de pivoines entrelacés avaient disparu eux aussi. Avec ses socques et son fichu,

Xiaomei avait apporté le parfum du Sud, et à présent elle les avait emportés. Elle avait laissé le fichu avec une pie perchée en haut d'un prunus et celui sur lequel était représenté un lion jouant avec une boule en broderie de soie. Ils étaient posés sur la pile des vêtements de Lin Xiangfu, et grâce à eux le sourire de Xiaomei était resté dans l'armoire comme le cri de l'oie sauvage qui résonne encore après son passage.

Pendant les quelques jours qui suivirent Lin Xiangfu ne trouva pas le repos. Son sommeil était aussi léger qu'un objet flottant à la surface de l'eau. Il suffisait du chant d'un coq, des aboiements d'un chien ou du bruissement du vent dans les herbes pour l'arracher à ses rêves. Et le moindre bruit de pas au loin lui faisait battre le cœur.

Il savait que Xiaomei n'était pas partie vers l'ouest, en direction du temple de Guan Yu, mais vers le sud. Il sentait bien qu'elle l'avait sans doute quitté, mais il ne comprenait pas pourquoi. Il était totalement désemparé, et la désolation régnait dans son cœur comme sur la campagne en hiver. Il lui arrivait aussi d'imaginer vaguement que Xiaomei allait réapparaître subitement devant lui un soir, son baluchon à la main. Ce genre de pensées lui venaient à intervalles réguliers comme le lever et le coucher du soleil.

Jusqu'au jour où Lin Xiangfu acquit la certitude que Xiaomei ne reviendrait pas. Ce soir-là, il épuisa ce qui restait des provisions que Xiaomei avait laissées sur le bord du fourneau, puis il se coucha sur le *kang* après avoir éteint la lampe à pétrole. La lumière de la lune qui filtrait par la fenêtre l'empêcha longtemps de trouver le sommeil. En partant Xiaomei lui avait préparé de quoi manger pendant à peu près quinze jours. À présent qu'il avait tout terminé il se disait que Xiaomei allait sans doute revenir : elle avait certainement calculé le temps que lui prendrait son voyage, et lui avait préparé de la nourriture en conséquence. À cette pensée la flamme de l'espoir embrasa son cœur, l'émotion et l'excitation l'envahirent.

C'est alors qu'une pensée étrange germa dans son esprit, il se souvint soudain du coffret en bois caché dans le mur, et il fit le lien entre ce coffret et le départ de Xiaomei. Il se rappelait que ce fameux soir il avait sorti le coffret du mur, et qu'il l'avait ouvert pour montrer à Xiaomei les lingots d'or, ainsi que le titre de propriété des terres et celui de la maison. Sur le coup, le visage de Xiaomei s'était figé comme s'il avait été pris par les glaces, et comme il avait eu l'impression qu'elle ne l'écoutait pas, il l'avait poussée de la main et elle avait frissonné.

Il se leva d'un bond du *kang*, alluma la lampe à pétrole et déplaça la brique du mur pour sortir le coffret en bois. Quand il l'eut ouvert, il constata que le ballot en tissu rouge était toujours là, les titres de propriété aussi, et cela le rassura, mais en soulevant le ballot il sentit qu'il était plus léger qu'avant. Il s'empressa de l'ouvrir : il ne restait que dix des dix-sept gros lingots, et un des trois petits avait disparu. Il crut que sa tête explosait : il savait maintenant pourquoi Xiaomei était partie pour ne plus revenir.

Cette nuit-là, ils furent nombreux au village à entendre dans leur sommeil des bruits effrayants. Tantôt aigus et tantôt sourds, ils traversaient le ciel nocturne en rafales mugissantes, et les gens réveillés en sursaut en eurent la chair de poule. Le lendemain, on raconta au village que des fantômes avaient mené une sarabande pendant toute la nuit.

C'est Lin Xiangfu qu'ils avaient entendu. En découvrant que Xiaomei avait raflé près de la moitié des lingots d'or accumulés par sa famille depuis plusieurs générations, il avait été pris de tremblements et avait éclaté en sanglots, et ses pleurs avaient duré plus longtemps encore que ceux d'un bébé. Après quoi, tel un enfant humilié, il était allé trouver ses parents, il avait marché jusqu'à leur tombe, dans la froide lumière de la lune, il s'était agenouillé sur le sol, et leur avait crié, sa voix s'étouffant par moments :

— Père ! Mère ! Je vous demande pardon, je demande pardon à mes ancêtres. Père ! Mère ! Je suis un fils indigne, la honte de la famille Lin. Père ! Mère ! J'ai été aveugle, je me suis laissé tromper ! À cause de ma stupidité, nos biens nous ont été volés. Père ! Mère ! Xiaomei n'est pas une femme bien…

IX

À compter de ce jour, Lin Xiangfu était devenu taciturne et tout sourire avait disparu de son visage. Il était préoccupé en permanence et scrutait souvent, hébété, la grande route à la sortie du village. Il lui arrivait, en pensant à Xiaomei et à ce garçon nommé Aqiang, de se demander s'ils étaient vraiment frère et sœur. Xiaomei se faisait de moins en moins présente dans ses pensées, son doux sourire se flétrissait dans sa mémoire comme les feuilles des arbres à la fin de l'automne. Et le timbre clair de sa voix était en train de s'en aller avec le vent. Au fur et à mesure que Xiaomei s'éloignait dans son souvenir, la colère qu'il éprouvait à son endroit se dissipait.

Il songea à une phrase que sa mère aimait répéter. Une fois, alors qu'il était dans l'atelier, en nage, elle était apparue à la porte. Voir son fils se passionner pour le travail du bois comme son père était une grande consolation pour elle, et elle lui avait dit d'un ton admiratif :

— Mille et mille sapèques sont d'un rapport stérile, face au moindre talent, aussi petit soit-il.

Après la perte financière dont il avait été victime, Lin Xiangfu avait souvent repensé à cette phrase, et il la trouvait de plus en plus sensée : si riche soit-on, on pouvait tout perdre un jour. De tout temps, à cent *li* à la ronde, les exemples ne manquaient pas. Dans la vie, le malheur et le bonheur sont imprévisibles. Avoir un métier en main est un moyen de s'assurer contre le sort, car le savoir-faire qu'on possède n'est jamais perdu. Lin Xiangfu se disait qu'il aurait intérêt à se perfectionner dans le métier du bois, et que pour cela il devait poursuivre son apprentissage auprès d'un maître.

Le printemps succéda à l'hiver. Le grêlon devant la porte commençait enfin à fondre. Les arbres bourgeonnaient, la terre se réveillait, des oiseaux pépiaient maintenant sans arrêt sur le toit de la maison de Lin Xiangfu. Celui-ci, tenant par la bride son âne dont le pompon rouge voltigeait et dont la clochette tintinnabulait, s'engagea sur la grande route à la sortie du village.

Il se mit en quête d'un maître. Tous ceux qu'il sollicita excellaient dans leur art. Le premier qu'il alla trouver, Chen l'Armoire, habitait à une dizaine de *li* de chez lui. C'était un menuisier spécialisé dans les armoires et dans les coffres, mais qui pouvait également fabriquer des tables, des chaises et des bancs. Il était le seul menuisier à cent *li* à la ronde à s'être déjà rendu à la capitale, il avait donc roulé sa bosse. À la capitale il avait vu l'empereur sortir de son palais, cela avait été l'expérience la plus inoubliable de sa vie. Les premiers mots qu'il prononça en voyant Lin Xiangfu furent les suivants :

— Avez-vous déjà vu l'empereur sortir de son palais ?

Lorsque Lin Xiangfu était arrivé, il était en train de réparer un vieux coffre en bois, et tout en travaillant et en fumant sa longue pipe, il lui raconta la scène de la sortie de l'empereur avec un luxe de détails : il expliqua que ce n'était pas l'empereur qui sortait en premier, mais son épée, laquelle était portée solennellement par l'officier des adresses. Celui-ci criait bien fort : "Voici l'épée." Et une fois l'épée sortie, l'empereur sortait à son tour.

Chen l'Armoire avait dépassé la cinquantaine et ses cheveux étaient tout gris. Tandis qu'il décrivait à Lin Xiangfu la scène de la sortie de l'empereur, il n'arrêtait pas d'avaler sa salive, comme s'il ne parlait pas de l'empereur quittant son palais, mais de l'empereur en train de festoyer, et comme si l'apparat qui entourait la sortie de l'empereur n'avait été qu'une suite de mets rares et exquis. Tandis qu'il décrivait l'escorte imposante du souverain, on aurait dit qu'il énumérait l'un après l'autre les plats servis lors d'un de ces fabuleux banquets mandchous-han[16]. Et il postillonnait en se laissant transporter par son imagination.

Face au discours intarissable de Chen l'Armoire, Lin Xiangfu resta bouche bée. Il n'avait jamais rien entendu de tel jusqu'ici.

Mais ce qui le sidéra encore plus, ce fut l'habileté de Chen l'Armoire. Tout en parlant, il avait si bien réparé le vieux coffre qu'il paraissait comme neuf. Chen l'Armoire accueillit les éloges de Lin Xiangfu avec un sourire blasé.

— Pour faire ce métier, déclara-t-il, il ne faut pas seulement savoir fabriquer des armoires, des malles et des coffres, des tables, des chaises et des bancs, il faut en plus acquérir un savoir-faire particulier, celui qui permet de restaurer les vieux objets.

Chen l'Armoire expliqua à Lin Xiangfu que lui ne travaillait que les bois tendres, mais que dans la profession les meilleurs étaient ceux qui travaillaient les bois durs. Les menuisiers spécialisés dans les bois durs sachant évidemment travailler les bois tendres. Ces gens-là étaient capables non seulement de remettre à neuf un vieux meuble, mais aussi à l'inverse d'en fabriquer un neuf qui ressemblait à de l'ancien. Pour lui, le degré le plus bas dans la profession était celui des menuisiers qui fabriquaient des meubles à l'occidentale. Depuis que les étrangers étaient là, la capitale était sur le déclin. La mode étant désormais au mobilier occidental, les menuisiers comme lui s'étaient faits rares, et leur situation s'était dégradée au point qu'ils n'avaient plus de clients. À ce point de son discours, Chen l'Armoire eut un sourire amer, et soupirant sur l'inconstance des choses de ce monde il dit :

— On évite les clous autant que faire se peut pour les meubles ordinaires, et même les coins, on en utilise rarement pour les meubles en bois dur ; alors que les meubles occidentaux, eux, ne tiennent qu'avec des clous.

Là-dessus il pointa le doigt vers la porte et ajouta :

— Marchez une vingtaine de *li* en direction de l'ouest et vous arriverez au village des Xu, vous y trouverez un certain Xu le Bois dur. C'est quelqu'un que j'admire. Il fabrique des meubles en bois dur, et en plus de quarante ans, il n'a jamais utilisé un seul coin. Quant aux clous il ne sait même pas ce que c'est.

Xu le Bois dur du village des Xu fut le deuxième artisan que Lin Xiangfu prit pour maître. Contrairement à Chen l'Armoire, ce Xu le Bois dur qui avait déjà dépassé la soixantaine ne considérait pas que c'était déchoir que de fabriquer des meubles à l'occidentale. Il déclara que les parties rembourrées des meubles occidentaux réclamaient un coup de main : par exemple, pour les fauteuils la pose du capiton en cuir de mouton était extrêmement délicate.

Xu le Bois dur déclara que dans la profession du bois il y avait différents métiers mais qu'il n'y en avait pas un au-dessus des autres.

Prenez les ingénieurs, généralement ils ne savent pas travailler le bois, mais ils sont capables d'évaluer ce qu'il y a à faire et d'estimer les prix en fonction de l'ouvrage à exécuter, ils s'occupent de toute la conception, ils dessinent des esquisses et réalisent des modèles. Prenez les charpentiers, qui sont spécialisés dans la construction : leur domaine de compétence, ce sont les poutres, les piliers, les chevrons, les pannes, les portes, les fenêtres et les claustras. Prenez ceux qui confectionnent des moules : pour faire des moules à gâteaux, non seulement on doit faire en sorte que les motifs soient jolis, mais il faut bien calculer leur profondeur et leur taille car même si les motifs sont différents il faut que les gâteaux qui en sortent soient d'un poids identique. Prenez les chantourneurs : ils sculptent sur les meubles des dentelles que personne d'autre ne serait capable de faire. Prenez ceux qui fabriquent des petits ustensiles : leur spécialité, ce sont les pieds de vase, les porte-réchauds et les porte-bassines, ils font en sorte d'adapter exactement son socle à l'objet, c'est un savoir-faire qui vient de Suzhou et de Hangzhou. Prenez ceux qui travaillent avec un tour à bois : ils sont spécialisés dans les objets en bois de forme cylindrique, dont l'épaisseur et la longueur sont très variables. Prenez ceux qui fabriquent les fauteuils à dossier arrondi : ils utilisent du bois de saule frais et tant qu'il est encore humide ils le tordent pour en faire des sièges de précepteur ; une hache leur suffit, la scie et le ciseau sont accessoires, et non seulement ils n'ont pas besoin de tracer des repères à l'encre, mais ils peuvent même se passer d'une règle. Prenez les tonneliers, qui fabriquent les baquets, les seaux hygiéniques, les cuvettes pour se laver les pieds et les cuvettes pour se laver le visage. Prenez ceux qui fabriquent les cercles à tamis : à part les paniers de cuisson, les boîtes à chapeau et les étuves à étages, ils savent aussi fabriquer les voitures à bascule pour les enfants. Prenez ceux qui fabriquent les semelles pour les chaussures des femmes mandchoues : les femmes des bannières mandchoues de la capitale portent toutes des chaussures à semelle en bois qui font jusqu'à six ou sept pouces d'épaisseur, et cela aussi, c'est un travail que les menuisiers ordinaires sont incapables de faire. Prenez ceux qui fabriquent les palanches pour les coiffeurs des rues : le coffre qui sert de tabouret et qui est porté à l'arrière peut être fabriqué par n'importe quel menuisier, tandis que le cylindre qui est porté à l'avant relève de la compétence des fabricants de cercles à tamis, mais eux sont capables de faire les deux. Prenez ceux qui fabriquent les palanches pour les rétameurs : en apparence, c'est un travail pour les fabricants de coffres et d'armoires, mais le matériel comporte un compartiment à soufflet, et ce travail-là eux seuls savent le faire. Prenez ceux qui fabriquent les mailloches et les poissons en bois[17] : même ces poissons en bois sur lesquels on frappe tout en récitant des soutras relèvent d'une technique particulière. Prenez ceux qui fabriquent les accessoires de théâtre : la fabrication des armes factices pour les scènes de combats à l'opéra, cela constitue aussi une branche importante de la menuiserie. Prenez les charrons, qui ne fabriquent que des charrettes, et prenez ceux qui fabriquent les voitures à bras : le travail de ces derniers réclame beaucoup plus de minutie que celui des premiers, la difficulté essentielle résidant dans la confection des roues. Prenez les fabricants de brouettes, prenez les fabricants de voitures à cheval, et plus précisément des calèches à l'occidentale, prenez les fabricants de pousse-pousse. Prenez les selliers : leur spécialité, ce sont les selles de cheval, les selles d'attelage, ainsi que les bâts pour les ânes et les mulets. Prenez les fabricants de chaises à porteurs : leur travail n'est pas le même que celui des fabricants de voitures à bras, car les voitures qu'ils fabriquent, qu'elles soient portées par des hommes ou par des animaux, n'ont pas de roues. Prenez ceux qui fabriquent des pièces d'apparat pour les cérémonies : eux seuls sont capables de confectionner étendards, gongs, parasols et éventails. Prenez les fabricants de cercueils, là non plus, ce n'est pas un travail pour le tout-venant : une grosse pièce de bois peut fournir un matériau abondant, tout l'art dans cette branche, c'est de savoir utiliser les chutes de façon à faire de beaux cercueils tout en économisant du bois et de la main-d'œuvre.

Et Xu le Bois dur conclut sur ces mots :

— Même les gens qui ont un travail simple en apparence, comme les scieurs de bois ou les ouvriers qui travaillent dans des entreprises de porteurs de cercueils, possèdent des compétences qui leur sont propres. Les scieurs de bois, par exemple, qui doivent découper des planches avec de grandes scies, les meilleurs d'entre eux ne gâchent pas le bois et leurs traits de coupe sont très fins. Quant aux porteurs de cercueils, la structure qui supporte le catafalque lors des processions funéraires se résume en apparence à quelques bâtons de bois : mais si elle ne sort pas des mains d'un spécialiste les épaules des porteurs risquent d'en souffrir. Dans cette branche-là aussi, il faut de vrais spécialistes.

Lin Xiangfu mit beaucoup de cœur à l'ouvrage. Les villageois le voyaient souvent dès l'aube s'engager sur la grande route la tête ceinte d'un foulard blanc, tenant par la bride son âne dont le pompon rouge voltigeait. Et souvent, c'était à la nuit tombée qu'ils entendaient le son de la clochette au cou de l'âne lorsque Lin Xiangfu rentrait. Les jours se répétaient ainsi sans fin, entre la brise du matin et l'apparition de la lune.

X

Tandis que Lin Xiangfu était parti en quête d'un maître pour parfaire son apprentissage, la rumeur qui courait sur le départ de Xiaomei le suivit de village en village. Les gens se mirent à jaser entre eux sur la femme de ce menuisier du nom de Lin, sans pour autant rien connaître des détails de l'affaire. À les en croire Xiaomei, rentrée chez ses parents dans le Sud, ne serait jamais revenue, et ils accompagnaient leurs propos d'autres conjectures fantaisistes.

Cet après-midi-là, les bruits qui couraient autour du départ de Xiaomei attirèrent chez Lin Xiangfu l'entremetteuse qui ne s'était pas présentée chez lui depuis un bon moment. Elle franchit la porte en se tortillant sur ses petits pieds bandés, et s'assit en tailleur sur le *kang*.

L'entremetteuse voulut d'abord savoir si Lin Xiangfu avait fait établir leur carte de naissance à tous les deux avant de comparer ses huit caractères[18] à ceux de Xiaomei. Pour quoi faire ? s'étonna Lin Xiangfu. L'entremetteuse poussa une exclamation et se tapant sur la cuisse elle ajouta :

— C'est inouï ! Un homme et une femme qui pénètrent dans la chambre nuptiale sans avoir rempli leur carte de naissance et sans avoir comparé leurs huit caractères !

L'entremetteuse s'enquit de la date de naissance de Xiaomei, mais Lin Xiangfu l'ignorait et il secoua la tête. L'entremetteuse s'enquit ensuite du signe zodiacal de Xiaomei, mais Lin Xiangfu n'en avait pas la moindre idée non plus, et l'entremetteuse s'exclama de nouveau :

— C'est inouï ! Ramener une épouse à la maison sans connaître ses caractères cycliques de naissance, ni son signe zodiacal ! Pas étonnant que Xiaomei soit partie pour ne plus jamais revenir.

L'entremetteuse expliqua qu'il fallait connaître les caractères cycliques de naissance et les signes zodiacaux des futurs époux afin de savoir s'ils pourraient vivre ou non en bonne intelligence, et s'assurer qu'ils auraient des chances de vivre heureux et longtemps.

— Quand on est du signe du cheval on ne peut pas s'accorder avec quelqu'un du signe du bœuf, affirma-t-elle. Et quand on est du signe de la chèvre, il ne faut surtout pas s'apparier avec quelqu'un du signe du rat. Telle est la signification de toutes ces formules : "Le cheval blanc craint le bœuf noir", "Entre chèvre et rat, pas d'entente durable", "Serpent et tigre sont à couteaux tirés", "Entre lièvre et dragon les larmes sont assurées", "Coq d'or et chien de jade, malheur inévitable", "Quand porc et singe frayent, jamais d'issue heureuse", "Deux chiens ne partagent pas la même gamelle, ni deux dragons le même étang", "La chèvre tombe dans la gueule du tigre"... Toi, tu es du signe de la chèvre, entre vous ce devait être l'association de la chèvre et du rat, ou bien de la chèvre et du tigre.

Tout en comptant sur ses doigts l'entremetteuse poursuivit :

— Si tu n'as pas comparé vos huit caractères ni rempli votre carte de naissance, et si tu ne connais pas la date de naissance ni le signe zodiacal de la jeune fille, au moins l'as-tu fait venir en palanquin le jour du mariage ?

Lin Xiangfu secoua de nouveau la tête. Cette fois, l'entremetteuse se tapa les cuisses avec les deux mains, et elle s'exclama :

— C'est inouï ! Comme dit le proverbe : "Un éventail, fût-il cassé, peut éventer ; un palanquin, fût-il cassé, peut épater." Sans parler même d'en imposer, si tu n'as pas fait venir ta femme en palanquin, ses pieds ne t'appartenaient pas, c'étaient toujours les siens, et à tout moment elle pouvait s'en aller. Ta Xiaomei n'est pas près de revenir.

Assis bien droit sur le banc, Lin Xiangfu regardait l'entremetteuse installée sur le *kang* qui postillonnait en agitant de haut en bas la pipe qu'elle tenait dans sa main. Pour conclure elle soupira :

— Bon, je vais aller prendre des renseignements un peu partout pour voir s'il n'y aurait pas une jeune fille qui te conviendrait.

Elle avertit Lin Xiangfu que cette fois elle avait bien peur de ne pas pouvoir lui trouver une jeune fille de grande famille, car même si Xiaomei était partie définitivement elle n'en était pas moins encore l'épouse légitime : s'il se remariait sa seconde femme ne pourrait être qu'une concubine, une position qu'aucune fille de grande famille n'accepterait.

Lin Xiangfu, découragé, hocha la tête et dit :

— Du moment qu'elle est d'une famille respectable, elle fera l'affaire.

Au moment de s'en aller, l'entremetteuse se souvint subitement de quelque chose. Elle demanda à Lin Xiangfu s'il se rappelait encore cette jeune fille du village des Liu. La jeune fille au physique avenant remonta immédiatement des profondeurs de la mémoire de Lin Xiangfu. Il revit cette personne qui l'avait troublé, et qui s'était avancée lentement vers lui dans la spacieuse salle de réception de l'imposante demeure du village des Liu. Il se souvint que ses mains tremblaient au moment où elle avait bourré sa pipe de tabac. Son nom lui revint, elle devait s'appeler Liu Fengmei.

L'entremetteuse raconta à Lin Xiangfu que cette demoiselle répondant donc au nom de Liu Fengmei n'était en réalité ni sourde ni muette. Elle était désormais mariée, et mariée à un des Sun, la famille qui tenait la banque Juhe en ville. Puis une kyrielle d'exclamations s'échappèrent de la bouche de l'entremetteuse. Elle expliqua qu'avant les noces de Liu Fengmei la demeure était pleine de monde : tailleurs, menuisiers, laqueurs, vanniers, orfèvres, graveurs s'affairaient à lui fabriquer une garde-robe complète et toutes sortes d'objets pour la vie courante. Comme on s'activait jour et nuit, la cour était couverte de lanternes, et les gens allaient et venaient dans un flot continu. Le jour des noces avait été encore plus grandiose : des dizaines de palanches chargées du trousseau de la mariée étaient alignées en une longue file dont on ne voyait pratiquement pas la fin. Généralement les familles aisées ne donnent en dot tout au plus que le mobilier, or la famille Liu avait inclus dans celle de leur fille des terres et une maison. Cela faisait belle lurette qu'on n'avait pas vu une dot de ce genre. La demoiselle Liu avait pris place dans un grand palanquin porté par huit hommes. Des pièces de soie rouge enveloppaient le palanquin sur ses quatre côtés, aux quatre coins étaient suspendues des lanternes en perles de verre, et en dessous pendaient des boules de soie écarlates. Ce qui attirait l'œil plus que tout, c'était le cercueil, qui arrivait en fin de cortège. On avait appliqué dessus au bas mot une dizaine de couches de laque. La couleur en était brillante et si foncée qu'on n'arrivait pas à savoir si elle était rouge ou noire. Un cercueil dans un trousseau, c'est quelque chose qu'on avait encore moins vu depuis des années. C'était la façon pour la famille Liu de marquer son prestige. Ils avaient inclus dans le trousseau tout ce que leur fille aurait à dépenser de son vivant, et ils avaient même préparé le cercueil.

Arrivée à ce point de son discours, l'entremetteuse soupira : si à l'époque, quand elle avait essayé d'engager la conversation avec elle, la demoiselle Liu lui avait répondu, aujourd'hui elle serait à Lin Xiangfu.

Elle regarda Lin Xiangfu et lui dit d'un ton de regret :

— Quel dommage d'avoir manqué un si beau mariage.

L'entremetteuse répéta à Lin Xiangfu ce qu'elle avait entendu raconter : la demoiselle Liu, le jour de ses noces, portait une coiffe de phénix et son visage était recouvert d'un foulard rouge. En haut, elle portait un chemisier en soie légère rouge, avec pardessus une tunique rouge brodée ; et en bas, une jupe rouge, un pantalon rouge et des chaussons brodés en satin rouge. La demoiselle Liu était en rouge des pieds à la tête, et lorsqu'elle était arrivée en ville et qu'elle était descendue du palanquin devant le portail vermillon de la famille Sun, de nombreux badauds s'étaient exclamés : la belle était sortie de son palanquin telle une pivoine qui éclôt.

Ce soir-là, Lin Xiangfu se tourna et se retourna sur son *kang* sans parvenir à trouver le sommeil. Dès qu'il fermait les yeux, il voyait la demoiselle Liu sortant de son palanquin toute de rouge vêtue, et sa silhouette se déplaçant lentement dans la salle de réception. Puis il voyait Xiaomei surgir un soir à sa porte dans son *qipao* à petites fleurs. Ces scènes passaient devant ses yeux comme des rafales de vent.

Lin Xiangfu repensa au coupon de satin de couleur. C'était parce qu'il l'avait sorti et posé sur la table dans la salle de réception des Liu que ce mariage n'avait pas eu lieu, et c'était pour cette raison que par la suite Xiaomei avait fait un bref passage dans son existence. Ce soir-là, l'image de ce coupon de satin, parfois très présente et parfois très lointaine, ne cessa d'obséder Lin Xiangfu, et il finit par se dire que c'était le destin qui avait décidé de tout.

XI

Un mois avant les moissons, Lin Xiangfu se rendit en ville et s'y fit fabriquer plusieurs faucilles par un forgeron, dont il comptait se servir pour faucher le blé. Il en profita aussi pour acheter deux coupons de satin, car même si Xiaomei était partie, la vie continuait malgré tout : il lui fallait reprendre ses visites avec l'entremetteuse, en vue d'épouser une jeune fille avec qui il passerait le reste de ses jours, et qui lui permettrait de donner des descendants à la famille Lin. Simplement, cette fois-ci, il veillerait à épouser une jeune fille convenable, d'une famille convenable, au lieu d'épouser une fille venue d'on ne sait où.

Il faisait nuit noire quand il rentra chez lui. Il vit que la lampe à pétrole était allumée sur le rebord de la fenêtre et il entendit les grincements du métier à tisser. De surprise, il laissa tomber les faucilles qu'il tenait à la main, puis son cœur s'emballa et, tirant l'âne derrière lui, en quelques enjambées il fut dans la maison.

Xiaomei était revenue, elle portait toujours le même *qipao* à petites fleurs. Assise devant le métier à tisser, la tête tournée vers lui, elle regardait Lin Xiangfu. La lumière de la lampe à pétrole laissait dans l'ombre la moitié de son beau visage.

Lin Xiangfu était planté là, tenant son âne par la bride. Il ne s'était pas rendu compte qu'il avait fait entrer l'animal dans la maison. Il regardait Xiaomei fixement. Il avait l'impression qu'elle lui souriait, mais il ne distinguait pas bien l'expression de ses yeux. Au bout d'un moment, comme s'il se parlait à lui-même, il lui demanda :

— C'est toi, Xiaomei ?

Et il entendit la voix de Xiaomei :

— C'est moi.

— Tu es de retour ? demanda-t-il encore.

— Oui, je suis de retour, répondit Xiaomei en hochant la tête.

Lin Xiangfu vit Xiaomei se lever de son tabouret, et il poursuivit :

— Tu as rapporté les gros poissons jaunes ?

Au lieu de répondre, Xiaomei s'agenouilla lentement. Lin Xiangfu insista :

— Et le petit poisson jaune ?

Xiaomei fit non de la tête. À cet instant, l'âne secoua la tête et sa clochette tintinnabula. Lin Xiangfu jeta un regard vers l'âne, puis il cria à l'intention de Xiaomei :

— Alors pourquoi es-tu revenue ? Tu as volé les lingots d'or accumulés par mes ancêtres, tu as les mains vides, et tu oses encore revenir.

Xiaomei, toujours agenouillée, la tête basse, avait été prise de tremblements. L'âne secoua de nouveau la tête, et la clochette tintinnabula de nouveau. Lin Xiangfu, hors de lui, se tourna vers l'âne, et hurla :

— Arrête de secouer la tête !

Après avoir poussé ce cri, Lin Xiangfu sombra dans l'hébétude. Il regardait Xiaomei, à genoux sur le sol, qui tremblait. Il n'y avait pas un bruit dans la maison. Au bout d'un moment, Lin Xiangfu poussa un soupir et, agitant la main, il dit tristement :

— Tu ferais mieux de partir, dépêche-toi avant que je n'éclate.

— Je suis enceinte de toi, lâcha Xiaomei d'une toute petite voix.

Sous le choc, Lin Xiangfu la regarda mieux : son ventre était déjà bombé. Il était désemparé. Face aux pleurs de Xiaomei et à son air implorant, il resta interdit pendant un long moment, et pour finir il poussa un long soupir :

— Relève-toi.

Xiaomei était toujours agenouillée là, et elle continuait de sangloter. Lin Xiangfu haussa la voix :

— Relève-toi, je n'ai pas l'intention de t'aider, relève-toi toute seule.

Xiaomei se releva en tremblant. Tout en essuyant ses larmes elle implora Lin Xiangfu :

— Je t'en supplie, laisse-moi mettre l'enfant au monde ici…

Lin Xiangfu l'arrêta d'un geste de la main :

— Ce n'est pas moi qu'il faut supplier, mais mon père et ma mère.

Dans le silence de la nuit, Lin Xiangfu et Xiaomei prirent le chemin du cimetière à l'est du village. Lin Xiangfu tenait toujours l'âne par la bride, et le son clair de la clochette retentissait dans le ciel nocturne. Mais lui ne l'entendait pas, il avait oublié qu'il tenait encore l'âne. Quand ils furent arrivés devant la tombe des parents de Lin Xiangfu, celui-ci désigna les stèles éclairées par la lune à Xiaomei :

— Mets-toi à genoux, lui ordonna-t-il.

Xiaomei, soutenant d'une main l'enfant qu'elle portait dans son ventre, se courba en se penchant sur le côté, son autre main toucha le sol et elle s'agenouilla avec précaution.

Quand elle fut à genoux, Lin Xiangfu lui dit :

— Vas-y, parle.

Xiaomei hocha la tête, et les deux mains appuyées au sol, elle s'adressa aux stèles des parents de Lin Xiangfu qui baignaient dans la lumière de la lune :

— Je suis Xiaomei, me voilà de retour… Je n'osais pas me présenter à vous, mais je porte en moi l'héritier de la famille Lin, et même si je mérite mille morts, je me devais de rentrer. Si j'avais privé la famille Lin de sa postérité, j'aurais ajouté la faute à la faute. Je vous en supplie, au nom de l'enfant, accordez-moi votre pardon. C'est le descendant de la famille Lin, je ne pouvais pas ne pas le ramener. Je vous en supplie, laissez-moi mettre l'enfant au monde sous le toit des Lin…

La voix de Xiaomei était entrecoupée de sanglots.

— Relève-toi, lui dit Lin Xiangfu.

Xiaomei se releva et essuya ses larmes. Lin Xiangfu, qui tenait l'âne par la bride, prit le chemin du retour, Xiaomei derrière lui. C'est alors, en entendant le bruit de la clochette, qu'il réalisa qu'il n'avait toujours pas lâché l'animal. Il le flatta de la main et lui dit, un rien mélancolique :

— Il n'y a que toi qui ne m'aies jamais quitté.

Au bout d'un moment, Lin Xiangfu, en se retournant, vit Xiaomei qui marchait péniblement, les mains sur son ventre.

Alors il s'arrêta, et quand Xiaomei, qui baissait toujours la tête, fut arrivée à sa hauteur, il la souleva et l'assit sur le dos de l'âne. Xiaomei, d'abord surprise, éclata en sanglots. Lin Xiangfu marchait devant, tenant l'âne par la bride. En entendant les pleurs de Xiaomei, assise sur le dos de l'âne, il soupira et dit doucement :

— Tu m'as trompé, tu as emporté les lingots d'or de ma famille. Je n'aurais pas dû te reprendre. Mais comme tu portes mon enfant, et que la famille Lin a désormais un héritier, alors…

Arrivé à ce point de son discours, Lin Xiangfu secoua la tête :

— Tu n'as pas prêté serment devant la tombe de mes parents, tu n'as pas juré que tu ne repartirais plus.

Là-dessus Lin Xiangfu s'arrêta, et levant la tête il regarda le ciel plein d'étoiles. Il avait l'esprit vide, et c'est seulement lorsque l'âne agita de nouveau sa clochette qu'il recommença à avancer, en tenant l'animal par la bride. Quand ils furent entrés dans la cour, Lin Xiangfu se retourna et prit Xiaomei dans ses bras pour l'aider à descendre de l'âne. Alors qu'il s'apprêtait à la poser par terre, il avisa la barre de seuil, et après un moment d'hésitation, il lui fit franchir le seuil dans ses bras.

Après avoir rentré l'âne, Lin Xiangfu se dirigea vers la pièce du fond, il vit Xiaomei sortir de l'armoire d'un geste assuré la literie et l'étaler sur le *kang* où étaient inscrits les doux souvenirs de leur passé. Une fois la literie en place, Xiaomei leva la tête et vit Lin Xiangfu debout dans l'embrasure de la porte. Malgré elle, elle lui sourit.

— Où sont les lingots d'or ? demanda Lin Xiangfu.

Le sourire de Xiaomei se figea instantanément, elle baissa la tête sans rien répondre.

Lin Xiangfu insista :

— À qui les as-tu donnés ?

Elle se taisait toujours, la tête basse.

Lin Xiangfu poursuivit :

— Qui est Aqiang pour toi ?

— Mon frère, répondit-elle d'une voix hésitante.

Lin Xiangfu tourna les talons et s'en alla. Ce fut une soirée silencieuse, Lin Xiangfu resta assis sans parler sur le tabouret, le regard fixé sur le métier à tisser qu'éclairait faiblement la lampe à pétrole.

Un long moment s'écoula. Lin Xiangfu ne bougeait toujours pas, et c'est seulement quand la lumière disparut subitement, le combustible de la lampe posée sur le rebord de la fenêtre étant épuisé, que dans un brusque sursaut il revint à lui : il n'avait plus devant les yeux que la lumière de la lune. Alors il se leva lentement, versa du pétrole dans le réservoir de la lampe, et quand elle fut rallumée, il s'en saisit et l'emporta dans la pièce du fond.

Xiaomei était toujours assise sur le *kang*, les mains soutenant son ventre bien rond. Elle le regardait d'un air inquiet. À travers les mains de Xiaomei posées sur son ventre, Lin Xiangfu aperçut l'enfant qui était sur le point de venir au monde.

— Dépêche-toi de dormir, lui dit-il doucement.

— Hmm, fit Xiaomei docilement.

Elle se pencha pour ôter ses chaussures en toile, puis ses chaussettes. Et tandis qu'elle commençait à retirer ses vêtements de dessus, Lin Xiangfu vit ses pieds rouges et gonflés. Il songea que c'étaient ces petits pieds-là qui avaient parcouru un long chemin pour ramener son enfant.

Quand Xiaomei se fut glissée sous la couverture, Lin Xiangfu éteignit la lampe, il retira ses vêtements de dessus et se glissa sous sa couverture à lui. Il sentit que Xiaomei était tournée vers lui, le souffle familier était de retour, c'était toujours cette haleine incolore et inodore, aussi pure que la brise du petit matin, qui arrivait délicatement sur son visage. Puis ce fut la main familière qui revint, qui se glissa sous sa couverture et attrapa sa main à lui, une main toujours un peu moite mais qui n'arrêtait pas de trembler. Lin Xiangfu ne bougea pas, il sentait la main de Xiaomei trembler au creux de sa paume comme si elle lui confiait quelque chose. Puis peu à peu elle se calma, et alors l'autre main tout aussi moite revint à son tour, pénétra sous la couverture et attrapa son autre main à lui. Les deux mains de Xiaomei étaient revenues entre ses paumes, et à présent il avait vraiment le sentiment que Xiaomei était de retour.

Les mains de Xiaomei attirèrent sous sa couverture les mains de Lin Xiangfu, elles écartèrent soigneusement les doigts de Lin Xiangfu et les collèrent contre son ventre qui portait la vie. Lin Xiangfu goûtait de nouveau la chaleur du corps de Xiaomei, quand tout à coup quelque chose cogna contre sa paume. Il sursauta et laissa échapper un “Ah”.

— C’est un coup de pied, dit Xiaomei.

— Un coup de pied ? s’étonna Lin Xiangfu.

— Ton enfant t’a donné un coup de pied, dit Xiaomei, qui souriait dans l’obscurité.

C’était comme si Lin Xiangfu se réveillait d’un rêve. L’enfant qui était dans le ventre de Xiaomei commença à enchaîner les coups contre sa paume. Surpris, Lin Xiangfu s’exclama :

— Mince, il y va fort !

Lin Xiangfu se mit à rire, mais aussitôt il songea tristement à ses parents : s’ils avaient toujours été en vie, ils auraient été tellement heureux ! Ce moment de tristesse passé, il appela plusieurs fois Xiaomei, mais elle ne répondit pas, elle s’était endormie, vaincue par les fatigues du voyage. Tandis qu’une des mains de Lin Xiangfu restait exposée aux coups de pied de l’enfant, il sortit l’autre de sous la couverture et la posa sur le visage de Xiaomei. Il se lança dans un long soliloque, confiant à Xiaomei le chagrin et la colère qu’il avait ressentis après son départ. Et pour finir il s’adressa à Xiaomei endormie :

— Certes, tu as volé la moitié des lingots de ma famille et tu n’en as rapporté aucun, mais tu n’as pas donné naissance à mon enfant dans la nature, tu me l’as ramené.

Au bout d’un moment, il ajouta :

— Et d’ailleurs tu n’as pas poussé la cruauté jusqu’à voler tous les lingots. Tu en as laissé plus que tu n’en as pris.

XII

La nouvelle du retour de Xiaomei ne tarda pas à se répandre. Les villageois arrivaient dans la cour de Lin Xiangfu par grappes, et en voyant le ventre arrondi de Xiaomei ils se mettaient à rire. Félicitations, félicitations, disaient-ils, félicitations à la jeune dame pour cet heureux événement. Xiaomei était restée dans sa famille pendant plusieurs mois, et ils avaient trouvé cela louche, mais maintenant qu'elle était revenue tout leur semblait normal : elle avait eu un long chemin à faire et elle était enceinte, pas étonnant dans ces conditions qu'elle ait mis plusieurs mois à faire l'aller et retour.

Lin Xiangfu, tout sourire, leur dit :

— La dernière fois nous avons célébré le mariage à la va-vite, nous n'avons pas rempli notre carte de naissance ni comparé nos caractères cycliques, et la mariée n'est pas venue en palanquin. Ça ne compte pas. Il faut organiser une nouvelle cérémonie, pas besoin de faire les choses en grand, il suffit que tout soit fait dans les règles.

Lin Xiangfu se rendit au village voisin pour y chercher un vieux maître d'école privée[19] qu'il convia à un banquet chez lui. Quand on eut vidé plusieurs coupes d'alcool, le vieux maître s'assit solennellement, il ouvrit une carte pliante en papier saupoudré d'or, dilua le bâtonnet d'encre noire attaché à un fil de soie rouge, prit un pinceau et écrivit dans la partie supérieure de la carte ces mots : "Caractères de naissance de l'homme." Après quoi il écrivit les nom et prénom de Lin Xiangfu ainsi que sa date de naissance, suivis de ces mots "fait sa demande respectueuse", ce qui signifiait que Lin Xiangfu demandait la jeune fille en mariage. Ensuite, le vieux maître changea de pinceau et sur la partie inférieure de la carte il écrivit : “Caractères de naissance de la femme.” Après quoi il écrivit les nom et prénom de Xiaomei ainsi que sa date de naissance, suivis de ces mots “accepte avec déférence”, ce qui signifiait que Xiaomei acceptait la demande en mariage de l’homme. Au moment d’écrire le nom de Xiaomei, le vieux précepteur voulut savoir quel était son patronyme, et Xiaomei, après avoir hésité, répondit qu’elle s’appelait Lin. Lin Xiangfu s’étonna qu’elle porte le même nom que lui, et Xiaomei déclara timidement que jusqu’ici elle ne s’appelait pas Lin mais que ce serait son nom désormais. Pour finir, le vieux précepteur écrivit sur le côté de la carte : Cent ans d’harmonie, union bénie du ciel, entente éternelle.

Lin Xiangfu, tenant la carte à deux mains, la posa respectueusement sur le rebord du foyer, en priant le dieu du Foyer de leur accorder, à Xiaomei et lui, sa protection, et de faire en sorte que la famille Lin vive toujours en paix, et que la lignée ne s’interrompe jamais.

— D’habitude, expliqua Lin Xiangfu à Xiaomei, les gens laissent la carte en place pendant quatre ou cinq jours. Pour nous ce sera différent, nous la laisserons pendant un mois. Si pendant ce mois la paix règne à la maison, si tout marche à souhait, qu’il ne se produit aucun incident, cela voudra dire que nos huit caractères cycliques concordent et que nos destins s’accordent. Si au cours de cette période nous cassons ne serait-ce qu’un bol, il faudra en conclure que nos huit caractères cycliques sont en opposition, et c’en sera fini de nos espoirs de vie commune.

Là-dessus la saison des moissons arriva. Lin Xiangfu annonça que le blé était mûr depuis déjà un bon moment et qu’il fallait se dépêcher de le récolter. Pendant cette période, lui qui habituellement n’allait pas aux champs, s’y rendait tôt le matin avec les cinq frères Tian pour n’en rentrer que tard le soir. Il travaillait avec les fermiers. Xiaomei elle aussi se levait tôt et se couchait tard pour accomplir les tâches ménagères. Au début, à l’heure du déjeuner, promenant son ventre de plus en plus gros, elle allait lui apporter à manger dans les champs. Mais au bout de quelques jours, Lin Xiangfu lui interdit de se déplacer. Il lui fit valoir qu’elle n’était pas en état de continuer, et que si elle tombait à cause d'une seconde d'inattention, le fœtus risquait d'en souffrir ; ou à tout le moins, si dans sa chute elle cassait un ou deux bols, c'en était fini de leur avenir conjugal. Il lui rappela que la carte de naissance était toujours posée sur le rebord du foyer. Lui-même, expliqua-t-il, qui auparavant fauchait le blé à toute vitesse pendant les moissons, une poignée d'épis dans la main gauche et sa faucille dans la main droite, il n'osait plus faire pareil à présent, il fauchait avec prudence. Et pourquoi cela ? Parce qu'il avait peur de se couper les doigts, et ce toujours à cause de la fameuse carte.

Désormais, tous les deux multipliaient les précautions, de crainte qu'un accident ne se produise au cours de cette période. Les moissons furent harassantes, mais elles se déroulèrent sans encombre. Ce soir-là, quand Lin Xiangfu, éreinté, s'étendit sur le *kang*, Xiaomei s'approcha de lui et lui demanda doucement :

— Est-ce que tu me trouves bonne mine ?

Lin Xiangfu l'assura que oui, qu'elle avait les joues bien rouges.

Cette réponse eut l'air de la contrarier :

— Il paraît que quand une femme enceinte a le teint fatigué, c'est qu'elle va avoir un garçon, alors que si elle a le teint frais, ce sera une fille. On raconte aussi que si une femme enceinte lève d'abord le pied gauche quand elle se met en marche, elle aura un garçon, et que si c'est le pied droit, elle aura une fille. Ces jours derniers, c'est souvent le pied droit que je soulève en premier, j'ai peur de ne pas pouvoir te donner un fils, mais simplement une fille.

Devant le visage anxieux de Xiaomei, Lin Xiangfu songea que depuis quelques jours elle avait le front soucieux : c'était donc qu'elle s'inquiétait de ne pas pouvoir donner naissance à un garçon. Il la réconforta : c'est seulement à la naissance qu'on saurait si c'était un garçon ou une fille. Et comme elle hochait la tête d'un air résigné, il lui dit :

— Viens te coucher.

Là-dessus, il s'endormit profondément, mais au milieu de la nuit Xiaomei sortit de l'armoire des vêtements de Lin Xiangfu, et les revêtit. Elle enveloppa aussi sa tête dans le foulard blanc de Lin Xiangfu et se rendit dans la cour. Là, elle commença à tourner lentement autour du puits à la lumière de la lune. Elle regarda son ombre sur le sol : avec ses vêtements trop larges elle ressemblait à un homme. C'était une méthode dont elle avait entendu parler dans son enfance et qui était supposée permettre de changer le sexe du fœtus : si l'on tournait autour d'un puits en portant les vêtements et la coiffe de son mari, et si l'on avançait en regardant son ombre sans tourner la tête et sans se faire voir de personne, alors le fœtus féminin se transformerait en fœtus masculin.

Au cours des nuits qui suivirent, dès que Lin Xiangfu était endormi, Xiaomei se rendait dans la cour ainsi déguisée. La troisième nuit, Lin Xiangfu se réveilla, il tendit la main mais ne trouva pas Xiaomei à ses côtés. Il tâtonna encore, mais toujours en vain. Il se dressa brusquement sur son séant et constata que Xiaomei n'était plus sur le *kang*. Son sang ne fit qu'un tour, il s'imagina que Xiaomei était de nouveau partie. Il sauta à bas du *kang* et courut pieds nus jusque dans la cour. Là, il trouva Xiaomei, dans des vêtements trop larges pour elle, qui tournait autour du puits à la lumière de la lune, et il laissa échapper un cri :

— Xiaomei !

Xiaomei tourna la tête, surprise, et le regarda fixement. Lin Xiangfu s'avança jusqu'à elle les pieds nus et, avisant sa tenue, lui demanda pourquoi elle s'était habillée de la sorte. Xiaomei soupira et avoua que c'était pour changer le sexe du fœtus : elle voulait que le bébé fille qui était dans son ventre se transforme en garçon. Et elle ajouta avec un sourire amer :

— Il suffit que quelqu'un vous surprenne pendant l'opération pour que tout soit fichu.

Lin Xiangfu comprit, il se donna un coup de poing sur le crâne, et de contrariété il poussa un cri. Alors Xiaomei sourit, et prenant la main de Lin Xiangfu elle s'assit sur la margelle du puits :

— En réalité, la méthode n'est efficace que pendant les trois premiers mois de la grossesse. À ce stade l'embryon n'a pas encore pris forme, et peut encore se transformer sous l'effet de l'environnement. Je serai bientôt enceinte de sept mois, et même si tu ne m'avais pas surprise, ça n'aurait sans doute pas marché. C'est simplement que je n'ai pas abandonné l'espoir de mettre au monde un fils pour que la lignée de la famille Lin ne s'éteigne pas.

Lin Xiangfu, toujours aussi contrarié, s'en voulait de s'être réveillé alors qu'il dormait si bien. Xiaomei se mit debout et demanda avec anxiété à Lin Xiangfu :

— Quand tu m'as appelée tout à l'heure, est-ce que j'ai tourné la tête à gauche ou à droite ?

Lin Xiangfu réfléchit un moment et répondit sans en être sûr :

— Je crois que tu as tourné la tête à droite.

Xiaomei baissa la tête. En s'appuyant contre Lin Xiangfu, elle se rassit sur la margelle du puits :

— Si on tourne la tête à gauche, c'est un garçon ; et si on la tourne à droite, c'est une fille. Cette fois-ci, je n'ai plus aucun espoir, je suis certainement enceinte d'une fille. Hélas, je ne pourrai pas te donner le fils qui aurait continué la lignée des Lin.

Lin Xiangfu était maintenant hésitant. Après avoir fait un effort de mémoire il dit :

— À moins que tu ne l'aies tournée du côté gauche.

Xiaomei sourit et Lin Xiangfu saisit sa main :

— En fait, une fille c'est très bien aussi. Si c'est une fille elle perpétuera aussi la famille Lin. D'ailleurs plus tard tu pourras toujours avoir un fils, il n'est pas trop tard. Regarde la famille Tian, ils sont cinq frères. Plus tard, tu pourras en avoir cinq aussi.

À ces mots Xiaomei baissa la tête sans rien dire. Ils restèrent un moment assis tous les deux sur la margelle du puits, puis Lin Xiangfu prit Xiaomei par la main et ils rentrèrent dans la maison. Quand ils se furent couchés sur le *kang*, Xiaomei prit le bras de Lin Xiangfu et le serra contre sa poitrine, c'est dans cette position qu'elle avait l'habitude de dormir. Lin Xiangfu lui confia que tout à l'heure, en se réveillant, quand il s'était aperçu qu'elle n'était plus sur le *kang*, il en avait eu des sueurs froides. Il avait cru qu'elle était partie à nouveau et qu'elle ne reviendrait pas. Il sentit les mains de Xiaomei trembler et il dit :

— Tu es revenue, mais tu n'as rapporté aucun des lingots d'or, et tu as refusé de me dire où ils étaient. Tu dois avoir un secret que tu n'oses pas révéler. Je n'ai pas insisté, simplement par moments j'ai l'impression que tu vas de nouveau t'en aller…

Lin Xiangfu s'arrêta, puis il ajouta d'un ton assuré :

— Si tu me quittes à nouveau sans crier gare, sois certaine que je partirai à ta recherche. Je partirai à ta recherche avec l'enfant et je te retrouverai, quand bien même tu serais à l'autre bout de la terre.

Quand il eut fini de parler, Lin Xiangfu sentit que Xiaomei lui avait pris la main et l'avait posée sur son visage. Les larmes de Xiaomei coulaient entre ses doigts. Elles hésitaient, comme si elles cherchaient leur chemin.

Cet après-midi-là, Lin Xiangfu, sa faucille à la main, se tenait debout dans un champ et il regardait son ombre s'allonger peu à peu sous les rayons du soleil. Il calculait le temps qui s'était écoulé et quand il eut le sentiment qu'on devait avoir passé l'heure de midi, il posa sa faucille sur le sol et se dirigea vers sa maison en marchant à grands pas sur la levée de terre.

Au moment où il franchissait le seuil de la porte, il demanda fébrilement à Xiaomei :

— Depuis ce matin, il ne s'est rien passé à la maison ? Tu n'as brisé aucun bol, hein ? Et le fil n'a pas cassé sur le métier à tisser, hein ?

Xiaomei secoua la tête sans comprendre :

— Non je n'ai pas cassé de bol, ni aucun fil sur le métier à tisser.

Lin Xiangfu fut rassuré. Il prit la carte de naissance sur le rebord du foyer et annonça à Xiaomei que le délai d'un mois était écoulé. Grâce au ciel, durant tout ce temps aucun incident ne s'était produit à la maison. Et il conclut :

— Apparemment nos huit caractères cycliques concordent et nos destins s'accordent.

Xiaomei, la main gauche soutenant son ventre, se leva lentement de son tabouret, elle quitta le métier à tisser pour se diriger vers Lin Xiangfu, elle lui prit la carte des mains et la regarda avec des yeux rêveurs. Elle entendit la voix soulagée de Lin Xiangfu résonner au-dessus de sa tête :

— Pendant tout ce mois, j'ai vécu dans la peur.

XIII

Après la moisson commença le séchage. Lin Xiangfu et les frères Tian sélectionnèrent des plants bien développés, avec des épis lourds, et après les avoir battus, ils les étalèrent dans la cour de la maison pour les faire sécher. Xiaomei assise devant la porte confectionnait des habits pour le bébé, et de loin en loin elle levait les yeux vers Lin Xiangfu qui s'affairait dans la cour avec les cinq frères Tian. Lui et les frères Tian avaient fait brûler la paille et ils en avaient mélangé les cendres avec des grains de blé, avant d'en remplir plusieurs pots. Lin Xiangfu se redressa et dit à Xiaomei qu'après la période de la Rosée blanche[20], on sèmerait ces graines dans les champs. Xiaomei leva le vêtement de bébé qu'elle venait de terminer et dit à Lin Xiangfu :

— À ce moment-là, il y aura une p'tite personne dans cet habit.

Lin Xiangfu s'approcha et prit délicatement dans ses mains le vêtement du bébé, comme si c'eût été l'enfant lui-même. Il le regarda longtemps sans cesser de rire.

Lin Xiangfu et les frères Tian transportèrent les pots dans la pièce d'en face où ils les alignèrent avec soin, puis ils semèrent le sorgho et le maïs dans les champs. Ensuite, Lin Xiangfu eut le sentiment que tout était en ordre et que dans les jours à venir il faudrait s'occuper des préparatifs du mariage.

Lin Xiangfu fit dans la cour la démonstration de ses remarquables talents de menuisier. Il demanda aux frères Tian de sortir de l'atelier des meubles bruts, et il rendit leur jeunesse, en tapant dessus, à des vieux objets tels que tables, chaises, bancs, armoires, malles et coffres. En l'observant, Xiaomei, qui était assise devant la porte à coudre les vêtements du bébé, poussa un cri de surprise :

— Oh !

Lin Xiangfu fit venir du canton voisin deux artisans laqueurs. Ils poncèrent les meubles à plusieurs reprises avec du papier abrasif, puis appliquèrent dessus plusieurs couches de laque pour les faire briller. Xiaomei trouva que ces meubles étaient aussi brillants qu'un miroir.

L'époque de la Rosée blanche allait arriver, et Lin Xiangfu voulait célébrer le mariage avant qu'on sème le blé. Il fit venir un tailleur et lui demanda de confectionner pour Xiaomei une veste rouge, un pantalon rouge, une jupe rouge et une paire de chaussons en satin rouge brodés. Mais le tailleur avisant la silhouette de Xiaomei, enceinte de neuf mois, secoua la tête : il pouvait confectionner les chaussons en satin rouge brodés, mais certainement pas la veste rouge, le pantalon rouge et la jupe rouge. Quand bien même il réussirait à les confectionner, ces vêtements n'auraient aucune allure sur elle. Tant pis pour la veste rouge, le pantalon rouge et la jupe rouge, conclut Xiaomei, faites-moi une tunique rouge dans laquelle je serai au large.

Quand le tailleur fut parti, après avoir terminé la tunique rouge et les chaussons rouges, Lin Xiangfu dit à Xiaomei :

— Cette fois, il va falloir que tu montes dans un palanquin.

Lin Xiangfu fit venir les frères Tian, et à eux six ils retournèrent une table carrée et la transformèrent en palanquin. Les quatre pieds firent office de montants, et le dessus de la table de plancher. De part et d'autre de la table on fixa une perche de bambou, et deux palanches accrochées aux extrémités de chacune des deux perches constituèrent les brancards. On enveloppa les pieds de la table de tissu rouge et on fixa par-dessus un toit rouge. Pour finir, on étendit de la paille sur le plancher du palanquin et sur la paille on posa une couverture matelassée. En moins de quatre heures, Xiaomei eut sous les yeux un palanquin à quatre porteurs.

Lin Xiangfu choisit un jour faste et invita Xiaomei à prendre place sur la table carrée transformée en palanquin. Il avait installé à l'intérieur un petit tabouret. Xiaomei, soutenue par Lin Xiangfu, entra non sans difficulté dans le palanquin et s'assit sur le tabouret. Quatre des frères Tian soulevèrent le palanquin et sortirent de la cour de Lin Xiangfu.

C'était une journée radieuse. Lin Xiangfu proposa d'aller faire un tour assez loin sur la grande route en dehors du village. Tian l'Aîné ouvrait la marche et derrière lui le palanquin s'engagea en grinçant sur le petit chemin, suivi par Lin Xiangfu et par les villageois. La foule qui escortait le palanquin arriva jusqu'à la grande route, d'où commencèrent à s'élever des nuages de poussière. On se dirigeait tout droit vers le village des Li. Une centaine de villageois se pressaient et les passants leur demandaient avec curiosité :

— Qui est dans le palanquin ?

Et les frères Tian de répondre :

— C'est une Diaochan[21] qui est assise dedans.

Alors qu'on approchait du village des Li, Xiaomei, dans le palanquin, commença à pousser des *"Aiyo, aiyo"*. Aussitôt les quatre frères Tian qui portaient le palanquin s'arrêtèrent et ils interpellèrent Lin Xiangfu, qui marchait derrière eux : la jeune dame n'en pouvait plus, elle était sur le point d'accoucher, car toutes les femmes sur le point d'accoucher poussaient des *"Aiyo, aiyo"*.

— Je ne crois pas, objecta un passant, quand elles sont sur le point d'accoucher elles crient *"Aiya"*.

Tian l'Aîné lui rétorqua qu'il n'y entendait goutte : c'est lorsque l'accouchement était fini qu'elles poussaient un *"Aiya"*.

Lin Xiangfu accourut en toute hâte, et, tout rouge, passa la tête dans le palanquin. Il était livide quand il ressortit la tête.

— Elle va accoucher, annonça-t-il en tremblant.

Les quatre frères Tian, le palanquin sur les épaules, se lancèrent dans une course éperdue sur la grande route. Tian l'Aîné et Lin Xiangfu couraient devant. Ils voulaient atteindre le village des Li où résidait une sage-femme très renommée.

Dans le palanquin, Xiaomei n'arrêtait pas de geindre et sur la route les six hommes suaient sang et eau. Lin Xiangfu courait devant en braillant sur les quatre porteurs pour qu'ils pressent l'allure, car il les trouvait aussi lents que des tortues. Les quatre hommes n'osaient pas piper mot, ils couraient comme le vent en soufflant comme des bœufs, le visage grimaçant. Quand ils eurent parcouru deux *li*, Lin Xiangfu, qui était aux cent coups, ordonna aux porteurs de s'arrêter, il arracha Xiaomei du palanquin, et se mit à courir sur la grande route avec la jeune femme dans les bras. Tian l'Aîné ordonna à ses quatre frères de le suivre avec le palanquin vide, et il se lança à la poursuite du jeune maître en expliquant qu'il allait prendre le relais pour porter Xiaomei.

Tian l'Aîné ne parvint pas à rattraper Lin Xiangfu. Lorsque celui-ci était parti en emportant Xiaomei dans ses bras des ailes lui avaient poussé. Tian l'Aîné, qui courait seul par-derrière, ne pouvait pas suivre le rythme, et les quatre porteurs se faisaient distancer de plus en plus. Lin Xiangfu traversa un bosquet et s'évanouit au sortir d'un virage.

Lorsque les cinq frères Tian arrivèrent au village des Li, à la porte de la sage-femme, Lin Xiangfu attendait déjà là, couvert de sueur des pieds à la tête, comme si on venait de le sortir de l'eau, avec deux flaques d'eau sous les pieds. Il regarda arriver sans réagir les cinq frères Tian, qui posèrent le palanquin par terre avant de s'écrouler l'un après l'autre en haletant comme un soufflet de forge. À cet instant, les pleurs d'un nouveau-né s'échappèrent de la maison et le visage de Lin Xiangfu se convulsa, comme s'il riait et pleurait en même temps. Au bout d'un moment, la sage-femme sortit tout sourire et annonça :

— Ça y est, c'est une petite fille.

XIV

Le surlendemain de l'accouchement de Xiaomei, la sage-femme se présenta chez Lin Xiangfu avec des feuilles d'armoise et du poivre du Sichuan. Elle versa les feuilles d'armoise et le poivre du Sichuan dans un wok, et alluma le feu dans le foyer pour préparer une décoction médicinale. Ensuite elle versa le liquide chaud dans un baquet, y ajouta des cacahouètes et des jujubes, et plongea le bébé dans cette décoction afin de lui faire prendre un bain. Elle expliqua qu'éliminer les impuretés était un moyen de conjurer le malheur et les catastrophes.

Lorsque l'enfant eut un mois révolu, la sage-femme revint. Cette fois-ci, elle était accompagnée d'un coiffeur et beaucoup de villageois étaient venus aussi. Avec un rasoir étincelant, le coiffeur rasa les cheveux fœtaux du bébé ainsi que ses sourcils, et Xiaomei enveloppa soigneusement le tout dans un morceau de tissu rouge. Lin Xiangfu sortit dans la cour en portant dans ses bras un bébé sans cheveux ni sourcils. La tête du bébé brillait sous le soleil comme une boule de verre transparente, et les villageois n'arrêtaient pas de rire en le regardant.

L'été s'en était allé, et l'automne était arrivé. En ce jour du dixième mois de l'année, avant l'aube, Lin Xiangfu fut réveillé par les pleurs incessants du bébé. Il appela à plusieurs reprises Xiaomei mais celle-ci ne répondit pas. Il se redressa et alluma la lampe à pétrole pour constater que Xiaomei n'était plus sur le *kang*. Il eut un coup au cœur. La lampe à la main, il sortit de la maison et appela de nouveau Xiaomei à plusieurs reprises, mais elle ne répondait toujours pas.

Il devina que ce qui s'était déjà produit venait de se produire à nouveau. Il ouvrit l'armoire et constata que les vêtements de Xiaomei avaient disparu, de même que ses chaussons ouatés qui ne se trouvaient plus au pied du *kang*. Aussitôt, il alla retirer le coffret en bois de la cachette dans le mur. Mais en l'ouvrant, il constata que les dix gros poissons jaunes et les trois petits étaient toujours dans le sac en tissu rouge : cette fois, Xiaomei n'en avait pas emporté un seul.

Sa fille commençait à s'étrangler à force de pleurer. Lin Xiangfu se précipita et vit que le fichu à motifs de phénix et de pivoines entrelacés avait été déposé sur le corps emmailloté du bébé, et qu'un bol de gruau était posé à côté de lui. Lin Xiangfu prit sa fille dans ses bras, il mit dans sa propre bouche un peu de gruau, puis il le passa lentement de sa bouche à la bouche de sa fille.

Quand sa fille se fut rendormie, Lin Xiangfu sortit de la maison et resta assis sur la margelle du puits jusqu'au point du jour. Il revit des images de son passé avec Xiaomei, il la revoyait tournant autour du puits au clair de lune, vêtue de ses habits à lui, avec l'espoir de changer le sexe du fœtus, il la revoyait assise sur le *kang* et prenant avec soin des mains du coiffeur les cheveux fœtaux et les sourcils de sa fille… Lorsque les premiers rayons du soleil tombèrent sur son visage il se leva et regagna l'intérieur de la maison. Il prit sa fille et la souleva du *kang*, et en empruntant la porte de derrière il se rendit chez Tian l'Aîné, pour que sa femme s'occupe du bébé. Après quoi il revint chez lui, prit dans le coffret en bois le sac en tissu rouge qui contenait les lingots, et partit à grands pas vers la ville dans la lumière du soleil levant.

En ville, Lin Xiangfu se rendit à la banque Juhe, il hypothéqua ses quatre cent soixante-seize *mu* de terre qu'il échangea contre des billets à ordre, et il fit de même avec les gros poissons jaunes et les petits poissons jaunes, à l'exception d'un petit poisson jaune qu'il échangea contre des pièces d'argent. Il se rendit ensuite dans la boutique d'un tailleur où il commanda, à l'intention du bébé, deux ensembles complets de vêtements pour les quatre saisons. Il recommanda qu'on les fasse un peu plus grands que nécessaire. Il se fit aussi confectionner deux porte-bébés en tissu, dont un en tissu matelassé. Il récupérerait le tout dans deux jours. Il faisait déjà nuit noire quand il rentra au village. Il alla récupérer sa fille chez Tian l'Aîné et pria ce dernier de le suivre. Les deux hommes entrèrent dans la maison de Lin Xiangfu et, à la faible lueur de la lampe à pétrole, Lin Xiangfu expliqua son plan à Tian l'Aîné. Stupéfait, Tian l'Aîné resta bouche bée un bon moment.

Lin Xiangfu annonça que dans deux jours il partirait avec sa fille à la poursuite de Xiaomei. Il avait hypothéqué ses terres pour trois ans, mais pas la maison, et il demandait à Tian l'Aîné de venir y vivre avec sa famille et d'en prendre soin à sa place. Dès qu'il aurait retrouvé Xiaomei, il lui enverrait une lettre, et si d'ici deux ans Tian l'Aîné n'avait rien reçu cela signifierait qu'il était mort loin de chez lui. Alors la maison reviendrait aux frères Tian et les terres, une fois expirée la période d'hypothèque, auraient un nouveau propriétaire. Sur ce, Lin Xiangfu remit l'acte de propriété de la maison à Tian l'Aîné.

Tian l'Aîné, qui avait promené le jeune Lin Xiangfu sur son dos dans tout le village, était en larmes. Quand Lin Xiangfu eut fini de parler, il lui dit, l'acte de propriété en main :

— Jeune maître, emmenez-moi avec vous, je veillerai sur vous en route.

Lin Xiangfu secoua la tête :

— Non, tu veilleras sur la maison et tu t'occuperas de mes terres.

Les larmes de Tian l'Aîné tombaient sur l'acte de propriété. Il les essuya soigneusement avec sa manche usée. Il implora de nouveau Lin Xiangfu :

— Jeune maître, emmenez-moi avec vous, si vous partez seul, mes frères et moi nous ne serons pas tranquilles.

— Rentre chez toi, fit Lin Xiangfu en le congédiant d'un geste de la main.

— Bien, jeune maître.

Tian l'Aîné se leva respectueusement et sortit en s'essuyant les yeux.

Deux jours plus tard, Lin Xiangfu installa sa fille profondément endormie dans le porte-bébé matelassé. Un ballot énorme sur le dos, il quitta sa maison avant l'aube. Tenant l'âne par le licol il se rendit d'abord sur la tombe de ses parents à l'est du village. Il s'agenouilla et dit à ses parents :

— Père, mère, pardonnez-moi, et que nos ancêtres aussi me pardonnent. J'ai hypothéqué les terres héritées de nos ancêtres. Je veux ramener Xiaomei. Père, mère, votre petite-fille a besoin de lait, elle ne peut pas se passer de sa mère. Je veux ramener Xiaomei. Père, mère, j'en fais le serment ici, je reviendrai…

XV

Lin Xiangfu prit le chemin du sud. Il avait installé sa fille sur sa poitrine dans le porte-bébé matelassé, posé le ballot sur le bât de l'âne, et tenant le licol à la main il avançait sur la grande route poudreuse. Tout le long du chemin il se renseignait à propos de Xiaomei, il demandait aux gens s'ils avaient vu une jeune femme vêtue d'une veste et d'une jupe en grosse toile bleue. En même temps il cherchait les femmes qui allaitaient afin de mendier auprès d'elles un peu de lait pour sa fille affamée.

Deux jours plus tard, Lin Xiangfu arriva au bord du fleuve Jaune. Un batelier d'un certain âge lui annonça qu'il pourrait le faire passer, mais pas son âne. Le vent soufflait fort et les vagues étaient hautes, l'âne ne pourrait pas tenir debout sur le radeau en peau de mouton et il risquait de tomber à l'eau. Lin Xiangfu voyait les flots du fleuve déferler, charriant à leur surface des blocs de glace depuis l'amont, et un radeau en peau de mouton chahuté par les vagues qui disparaissait par moments. Il regarda sa fille qu'il tenait contre lui, elle était profondément endormie et une goutte de salive tombait du coin de sa bouche. Lin Xiangfu releva la tête et demanda au batelier où se trouvait le relais pour les âniers. Le batelier lui en indiqua un qui était tout proche, à un *li* à l'est en longeant le fleuve.

Lin Xiangfu vendit son âne au relais à un homme, à qui il voulut acheter un peu de fourrage. L'homme le regarda d'un air étonné et lui demanda pourquoi il voulait acheter du fourrage alors qu'il venait de vendre son âne. Lin Xiangfu répondit que l'âne l'accompagnait depuis cinq ans, c'était son compagnon et il désirait le nourrir une fois encore. L'homme apporta un peu de paille, mais Lin Xiangfu secoua la tête : il ne voulait pas de cette paille grossière, il lui fallait quelque chose de plus raffiné. L'homme le regarda de nouveau d'un air étonné et lui demanda de préciser ce qu'il désirait : de l'herbe fraîche, du foin ou du son ? Lin Xiangfu sortit une sapèque et la lui tendit en disant : un peu de tout cela.

Quand le soleil déclina à l'ouest, Lin Xiangfu, sa fille entre ses bras, s'assit sur ses talons et entreprit de mélanger soigneusement les ingrédients. Debout à côté de lui, l'homme ricanait : il affirma n'avoir jamais vu quelqu'un passer autant de temps à préparer du fourrage.

Lin Xiangfu rit à son tour et dit :

— Comme dit le proverbe, qu'il y en ait beaucoup, qu'il y en ait moins, il faut touiller dans tous les coins.

Puis Lin Xiangfu s'adressa à l'âne :

— Tu sais, je n'avais pas l'intention de te vendre. Mais comme malheureusement tu ne peux pas traverser le fleuve, je suis obligé de te laisser ici. Tu m'as accompagné pendant cinq ans et pendant ces cinq ans tu as labouré les champs, fait tourner la meule, tu as porté des gens, tiré des voitures et transporté des marchandises, et tu as toujours tout fait parfaitement. Désormais, tu vas suivre quelqu'un d'autre. Prends soin de toi.

Lin Xiangfu quitta le relais. Le soir tombait quand il traversa le fleuve Jaune à bord d'un radeau en peau de mouton. Secoué par les vagues, il serrait d'une main sa fille dans le porte-bébé matelassé et tenait son ballot de l'autre. Le batelier, agenouillé à l'avant, fendait les flots avec sa rame en bois. Les vagues, qui montaient à l'assaut, inondèrent les vêtements de Lin Xiangfu, et à travers les gouttes d'eau les yeux de Lin Xiangfu virent les terres sans fin sur les deux rives du fleuve Jaune s'enfoncer dans la nuit. Un croissant de lune flottait dans le ciel vide et les pleurs hachés de sa fille se mêlaient au vacarme des flots.

Quand il eut franchi le fleuve Jaune, Lin Xiangfu poursuivit sa route tout droit vers le sud. La suite de son voyage résonna du bruit des sabots des chevaux. Il passait d'une voiture à une autre, d'une voiture à douze chevaux sur trois rangs à une voiture à trois chevaux sur deux rangs. À tout moment retentissaient à ses oreilles les cris du cocher qui pressait ses bêtes en agitant son fouet : *"Jia ! Pa ! He !"* Quand le cocher criait *"Wu, wu"*, sans avoir besoin de regarder il savait qu'on tournait à gauche ; quand il criait *"Wo, wo"*, c'était qu'on tournait à droite ; quand il criait *"Yue, yue"*, c'était qu'on grimpait une côte : et quand il criait *"Dai, dai"*, c'était pour franchir un seuil de pierre au milieu d'une rue.

Il logea dans d'innombrables auberges, et vit toutes sortes d'enseignes. Dans les auberges sans confort qui arboraient une enseigne en forme d'écumoire, il dormit aux côtés de colporteurs qui allaient de village en village ; dans les petites auberges qui avaient pour enseigne un cercle de tamis sous lequel flottaient des lanières de tissu, il s'assit en tailleur en compagnie de pousseurs de brouette et de porteurs de palanches ; dans les auberges avec une enseigne en forme de poire, il bavarda avec des gardiens de bétail ; et dans les grandes auberges dont l'enseigne était constituée de sept cercles de tamis avec une pièce de tissu rouge fixée en dessous, il parla de la pluie et du beau temps avec des commerçants qui avaient des fausses dents en or.

Tandis qu'il suivait le Grand Canal[22] en direction du sud, Lin Xiangfu franchit une multitude de ponts : ponts suspendus, ponts flottants, ponts à poutres et ponts de pierre en arc. Il traversa le Yang-tsé-kiang avec l'hiver, après quoi son parcours cessa d'être une ligne droite allant vers le sud pour se transformer en ligne brisée. Il fit la navette entre les bourgs sur l'eau du Jiangnan, entre plus de vingt bourgs et entre l'hiver et le printemps. Il se renseignait auprès des gens sur un lieu nommé Wencheng, c'était le pays natal de Xiaomei, mais chaque fois il lisait l'embarras sur tous les visages.

L'été succéda au printemps. Ce jour-là, il pénétra dans un bourg du nom de Shendian. Il longea sans but la rue pavée jusqu'à ce que celle-ci s'interrompe brusquement : il était arrivé à l'embarcadère.

Un jeune batelier était debout à la poupe de son embarcation, il riait fort tout en parlant à une jeune femme qui se trouvait sur la rive. Le rythme précipité de leurs paroles remua Lin Xiangfu. Il ne comprenait pas ce qu'ils disaient, mais il reconnaissait cet accent. C'était celui qu'il avait entendu quand Xiaomei et Aqiang s'étaient présentés à sa porte, et il eut le sentiment qu'il était arrivé à Wencheng. Avisant Lin Xiangfu, le jeune batelier lui proposa ses services. Lin Xiangfu monta d'un pas malhabile sur la barque et, baissant la tête, il se glissa sous l'auvent de bambou et s'assit dans l'habitacle. Il vit que des nattes étaient étalées sur le plancher peint en rouge de l'embarcation, et qu'il y avait deux oreillers en bambou. Le jeune batelier lui demanda où il allait, et Lin Xiangfu répondit :

— À Wencheng.

— À Wencheng ?

Le batelier prit un air perplexe, un air que Lin Xiangfu ne connaissait que trop. Il comprit que le batelier n'avait jamais entendu parler de cet endroit. Mais l'accent avec lequel il s'était exprimé à l'instant lui laissait un espoir. Il demanda au batelier d'où il était, et celui-ci répondit :

— De Xizhen.

Lin Xiangfu demanda quel genre d'endroit était Xizhen. Le batelier lui répondit qu'à Xizhen, l'eau coulait à la porte des maisons, et qu'on ne se déplaçait qu'en bateau. Cette réponse remua de nouveau Lin Xiangfu. Il se souvint que c'était ainsi que Aqiang avait décrit son pays natal, alors il dit :

— Allons à Xizhen.

XVI

À la surface des eaux crépusculaires, Lin Xiangfu était maintenant assis dans le bateau, sa fille dans ses bras. Dans un premier temps, il avait pensé se délester de son ballot, mais il s'était rendu compte que le sac faisait comme un coussin dans son dos et qu'ainsi il était plus à son aise. Alors il l'avait laissé en place. En revanche il s'était débarrassé du porte-bébé qu'il avait sur la poitrine pour l'étendre sur ses jambes, avec sa fille à l'intérieur. Il ouvrit l'auvent au-dessus de sa tête et la brise estivale du soir souffla sur lui.

Le batelier était assis à l'arrière du bateau : le dos appuyé contre une planche verticale, une rame coincée sous l'aisselle gauche, il manœuvrait son embarcation en fendant l'eau, ses deux pieds nus collés contre la godille, pliant et étirant alternativement les jambes. Lin Xiangfu écoutait le grincement de la godille dans l'eau, il regardait les petits esquifs à auvent de bambou qui avançaient en brisant les vagues. Les bateliers tenaient dans leur main droite une petite fiole, et tout en pliant et en étirant leurs jambes ils sirotaient leur vin jaune[23], tandis que de la main gauche ils prenaient des fèves dans une soucoupe posée sur le côté du bateau, les jetaient dans leur bouche et les mastiquaient avec délectation.

Les lueurs du soir enflammaient le ciel limpide. Depuis les champs qui bordaient les rives parvenaient les meuglements des bœufs rentrant au bercail, et des fumées s'élevaient en volutes. Des visions s'élevaient en même temps dans l'esprit de Lin Xiangfu. Il voyait Xiaomei, leur fille dans ses bras, assise sur le seuil de sa propriété dans le Nord : les lueurs du soir couvraient de rouge le crépuscule ainsi que la veste en grosse toile bleue de Xiaomei et le bébé dans ses langes ; lui rentrait de la ville, tirant son âne par le licol et tenant dans son autre main une brochette d'azeroles caramélisées, et Xiaomei, à qui il tendait la brochette d'azeroles une fois arrivé devant elle, la collait contre les lèvres de sa fille. C'était la dernière image qu'il avait gardée de Xiaomei. Avant le lever du soleil elle était partie à nouveau pour ne plus jamais revenir.

Un bruit énorme arracha Lin Xiangfu à sa rêverie. Le ciel, qui l'instant d'avant était limpide et rayonnait des lumières du crépuscule, était maintenant plongé dans les ténèbres. Des éclairs jaillissaient et le tonnerre grondait, le vent et la pluie se confondaient. Lin Xiangfu vit les yeux du batelier s'affoler en tous sens à travers la pluie, il leva la tête à son tour et il aperçut un tourbillon en forme d'entonnoir qui arrivait à toute allure. La poussière volait, mêlée à des débris divers, on aurait dit que la terre déversait un déluge vers le ciel. C'est alors que les deux parties superposées de l'auvent de bambou se détachèrent de la barque et s'envolèrent comme si elles exécutaient une danse. "Une tornade", s'écria le batelier, et il sauta dans l'eau. Au moment où il sauta, il tenait toujours la petite fiole dans sa main droite.

Le batelier s'était enfui, mais Lin Xiangfu ne pouvait pas sauter dans l'eau. Il tenait sa fille contre sa poitrine et n'avait pas d'autre choix que de rester assis dans le bateau, en protégeant le bébé avec ses deux mains. Il avait l'impression que ses vêtements, soulevés par le vent, le tiraient pour qu'il s'envole. Il s'assit en tailleur, ferma les yeux, et plia son buste en avant au-dessus de sa fille pour empêcher ses vêtements de l'emporter. Le lourd ballot qu'il avait sur le dos joignit ses efforts aux siens, et tous deux luttèrent pour ne pas s'envoler.

La barque décolla telle une flèche quittant la corde de l'arc, puis après quelques instants elle retomba et fila en sifflant à la surface de l'eau. Sa fille n'arrêtait pas de pleurer dans le porte-bébé collé contre sa poitrine, mais ses pleurs étaient masqués par le fracas de la tornade, tout comme les battements de son propre cœur.

Ensuite la barque cessa de siffler, elle avançait en brinquebalant. Lin Xiangfu rouvrit les yeux et vit des pierres voltiger et des arbres se dresser devant lui : la barque à auvent avait glissé de la rivière jusqu'à la terre ferme, tandis que des toits arrachés à des maisons s'étaient abîmés dans la rivière. La barque était complètement démantibulée, les planches s'étaient disloquées dans la tempête. Il comprit qu'il n'était plus assis dans le bateau mais sur une simple planche. Puis cette planche elle-même se brisa, son corps fut soulevé, ses habits se gonflèrent comme une voile. Il eut l'impression de décoller ou d'être propulsé, et il plana ainsi comme un acrobate qui saute de toit en toit, avant de se heurter à quelque chose, de tomber et de perdre connaissance.

Quand la tornade fut passée, et alors que la nuit d'été s'éloignait peu à peu, Lin Xiangfu revint à lui au milieu de plants de riz couchés sur le sol. Il se réveillait en même temps que la terre. Il vit que le ciel s'éclaircissait, et que ce ciel traversé ici et là par des nuages semblait plein d'énergie.

Comme s'il avait été réveillé en sursaut, il tendit la main pour palper sa poitrine. Il ne trouva pas le porte-bébé, il ne trouva pas sa fille. Il se leva en hurlant, mais le poids qu'il portait dans son dos le fit retomber sur ses fesses. Il passa la main derrière lui. L'énorme ballot était toujours là. Il se mit debout en s'aidant de ses mains. Ses yeux inquiets fouillèrent les environs. Il ne vit pas le porte-bébé, il ne vit pas sa fille. Tout ce qu'il vit, ce fut une planche de bateau brisée qui s'était fichée de biais dans la rizière. Les plants de riz ressemblaient à des touffes de mauvaise herbe. Les arbres tout proches s'étaient envolés, ne laissant à leur place qu'un trou boueux qui racontait leur malheur béant.

Lin Xiangfu courait dans tous les sens, affolé, il cherchait sa fille en hurlant. Il s'était aperçu que l'eau était maintenant à deux ou trois *li* de distance. C'était la bourrasque qui l'avait porté jusqu'ici, avec des gros arbres et le toit d'une maison.

Lin Xiangfu ne retrouvait pas sa fille. Il criait et pleurait. Il dépassa ces gros arbres venus d'on ne sait où qui gisaient à terre, entremêlés, soutenant le toit de la maison, et il se dirigea vers les eaux lointaines en scrutant les alentours : c'était comme s'il ne voyait rien, il était quasiment aveugle. Il se mit à courir, toujours criant et pleurant, il courut ainsi jusqu'au bord de l'eau et, planté là, il regarda la vaste étendue illuminée par les lueurs du soleil levant : des arbres, des planches de bateau, des meubles et des vêtements flottaient… Il cria à pleins poumons face à l'eau, mais n'entendit que l'écho de ses cris. Il vit des vêtements s'enfoncer alors que les arbres et les planches de bateaux continuaient de flotter.

Lin Xiangfu demeura sur place longtemps. Ses pleurs et ses cris s'étaient transformés en de faibles gémissements. Il revint sur ses pas en essuyant ses larmes. Il était persuadé à cet instant d'avoir perdu sa fille. La peur le faisait trembler et il n'arrivait plus à marcher droit. Il continuait à regarder autour de lui, mais ses yeux étaient brouillés par les larmes ; il continuait à crier fort, mais sa bouche s'ouvrait sans qu'il en sorte le moindre son. Il trébucha et sentit qu'il était tombé sur quelque chose. Il chercha à se relever, mais ses mains ne trouvaient rien où s'agripper, et il tomba encore. Il tâtonna avec ses deux mains et, s'appuyant sur un tronc d'arbre épais, il finit par se redresser. Il se mit à nouveau debout, il essuya ses larmes, cligna des yeux à plusieurs reprises, et réalisa qu'il était revenu à son point de départ, devant le toit soutenu par les arbres couchés à terre. C'était sur ce toit qu'il venait de tomber.

C'est alors que Lin Xiangfu aperçut le porte-bébé, il était accroché à une branche d'un des arbres couchés à terre, au-dessous du toit. Lin Xiangfu cligna des yeux à plusieurs reprises de toutes ses forces : le porte-bébé était toujours là. Une rafale de vent souffla et quelques tiges de chaume restées sur le toit s'envolèrent en rasant le porte-bébé. Lin Xiangfu fut pris d'un rire nerveux, il jeta un regard derrière lui comme pour quémander l'avis de quelqu'un, puis il s'engagea avec précaution sous le toit et progressa au milieu des obstacles jusqu'à la branche qui portait tous ses espoirs. Il décrocha le porte-bébé et le serra contre sa poitrine.

Il vit que sa fille avait les yeux fermés, il approcha nerveusement son doigt de ses narines et à cet instant, dans son sommeil, elle bâilla. Il passa des larmes au sourire.

Il accrocha le porte-bébé à sa poitrine, en le protégeant soigneusement avec ses mains. Les deux pieds plantés sous le toit, il balaya les environs du regard. Le paysage était aussi net que s'il avait été lavé. C'était la première fois qu'il contemplait cette vaste terre qu'on appelle Wanmudang. Les rayons du soleil levant avaient transformé cette terre ravagée, en la peignant de rouge vif.

Lin Xiangfu s'éloigna du toit et s'engagea sur un petit chemin. Il avançait à grands pas, le visage rayonnant, et singeant malgré lui l'entremetteuse de son pays natal il dit à sa fille profondément endormie :

— C'est inouï, bâiller en dormant !

Son énorme ballot sur le dos, protégeant de ses deux mains sa fille qu'il tenait contre lui dans le porte-bébé, foulant les plants de riz, les roseaux et les herbes couchées, il se dirigea vers un groupe de maisons au loin.

Lin Xiangfu entra dans Xizhen où les arbres avaient perdu leurs feuilles, et les toits leurs tuiles. Il avait enveloppé la tête de sa fille dans le foulard aux motifs de phénix et de pivoines entrelacés que Xiaomei avait laissé. La première personne qu'il rencontra à Xizhen fut Chen Yongliang. À cet instant, il était encore tout à la joie d'avoir retrouvé sa fille, et c'est pourquoi ce que Chen Yongliang vit, ce n'était pas un homme qui venait d'échapper à une catastrophe : celui qui arrivait dans les lueurs du soleil levant, c'était un père radieux.

XVII

Lin Xiangfu, protégeant de ses deux mains le porte-bébé dans lequel reposait sa fille, parcourut de long en large le bourg de Xizhen ravagé et désolé. Chaque fois qu'il prêtait l'oreille aux propos qu'échangeaient entre eux les passants, c'était l'accent de Xiaomei et de Aqiang qui sonnait à ses oreilles.

Il vit des fichus bleus avec des motifs imprimés blancs, il vit des socques de bois à tous les coins de rue. Après s'être lavé les pieds au bord de l'eau, les jeunes femmes enfilaient leurs socques et allaient par les rues pavées ainsi chaussées. En entendant le bruit qu'elles faisaient en marchant, Lin Xiangfu revoyait Xiaomei et ses socques chez lui, dans le Nord. Xiaomei lui avait expliqué que c'était le même son que le son du xylophone, aussi le soir, à Xizhen, Lin Xiangfu entendait-il régulièrement le son du xylophone.

Lin Xiangfu avait l'impression que ce bourg ressemblait en tout point au Wencheng que lui avait décrit Aqiang. Il avait posé la question à plusieurs reprises à des gens : "Est-ce qu'on est à Wencheng ?"

Mais la réponse obtenue était invariablement : "Ici, c'est Xizhen."

Lin Xiangfu enchaînait : "Où se trouve Wencheng ?"

Lin Xiangfu avait vu des airs perplexes, il avait vu aussi des têtes qu'on secouait avec conviction : personne ne connaissait Wencheng. Depuis qu'il avait franchi le Yang-tsé-kiang à la recherche de Xiaomei, tout le long de sa route, dans chacun des bourgs qu'il avait traversés, il avait été confronté aux mêmes airs perplexes et aux mêmes têtes qu'on secouait avec conviction :

personne non plus ne connaissait Wencheng. Il était maintenant planté dans une rue de Xizhen, comme s'il s'était égaré, et il se sentait totalement perdu.

Une silhouette qui lui parut familière passa comme un trait parmi les autres, telle une feuille d'arbre que le vent emporte par-dessus les buissons. Quand elle fut passée, Lin Xiangfu réalisa en un éclair que cette silhouette lui avait rappelé Xiaomei. Il rebroussa chemin et, la cherchant des yeux, il se lança à sa poursuite. La tête de sa fille endormie dans le porte-bébé cognait tout doucement contre sa poitrine, alors il ralentit le pas et se mit à marcher prudemment en protégeant de sa main droite la tête de l'enfant.

La silhouette apparaissait par intermittence parmi les gens qui allaient et venaient devant lui. Elle se retourna à plusieurs reprises pour lui jeter un regard. Lin Xiangfu ne réussit pas à distinguer ses traits, la seule chose qu'il vit, c'était son *qipao* à motifs de petites fleurs. Le motif et la couleur du *qipao* n'étaient pas les mêmes que ceux du *qipao* de Xiaomei, mais sa silhouette ressemblait à celle de Xiaomei, en plus menue peut-être. Tandis qu'il la suivait Lin Xiangfu se dit qu'elle avait dû maigrir.

Parvenu à l'embarcadère, au moment où il allait s'engager dans une ruelle étroite, il constata que la silhouette avait disparu. Il l'avait pourtant vue tourner à l'angle de cette ruelle, or brusquement elle s'était évanouie. Il s'arrêta un moment à l'entrée de la ruelle avant de s'y enfoncer, mais alors qu'il passait devant une porte qui n'était pas verrouillée, il entendit un grincement et la porte s'ouvrit : la femme en *qipao* à petites fleurs se tenait derrière dans l'ombre, elle regardait Lin Xiangfu en souriant et lui dit quelque chose qu'il ne comprit pas car elle parlait trop vite. Il reconnut bien la silhouette qu'il avait poursuivie, et en même temps il constata que ce n'était pas Xiaomei.

Lin Xiangfu était tout à sa déception quand la silhouette répéta ce qu'elle venait de dire :

— Entrez.

Cette fois, Lin Xiangfu avait compris. Il regarda sans bouger la femme souriante qui se tenait derrière la porte. Elle répéta :

— Entrez.

Lin Xiangfu ne comprenait pas pourquoi elle se montrait aussi aimable à son endroit, mais il entra tout de même. Il la suivit dans les escaliers qui empestaient le poisson. Ils entrèrent dans une pièce. Elle ferma la porte et tira le loquet, puis elle invita Lin Xiangfu à s'asseoir sur une chaise.

Lin Xiangfu, sans le savoir, venait d'entrer chez une prostituée clandestine. Assis sur sa chaise il la regardait d'un air étonné. Elle jeta un coup d'œil sur le bébé que Lin Xiangfu tenait contre sa poitrine et sourit : c'était la première fois qu'elle voyait un client venir chez elle avec un bébé. Elle ouvrit une armoire, en sortit une couverture qu'elle étala soigneusement sur la table, et elle dit en souriant à Lin Xiangfu :

— Confiez-moi la p'tite personne.

Elle débarrassa Lin Xiangfu, hébété, de son porte-bébé, prit le bébé dans ses bras et le déposa sur la couverture. Puis, faisant face à Lin Xiangfu, elle ôta en souriant son *qipao* à petites fleurs et le déposa sur le coffre à côté du lit après l'avoir plié. Au moment où elle dégrafait ses sous-vêtements, Lin Xiangfu comprit où il était tombé. Au même moment le bébé se mit à pleurer, il avait faim…

Soudain, cette femme dont la silhouette ressemblait tant à celle de Xiaomei eut devant elle un homme affolé. Lin Xiangfu, comme mû par un ressort, se leva de sa chaise, il prit dans ses bras le bébé qui pleurait sur la table et se dirigea d'un bond vers la porte. Il tira plusieurs fois sur la porte avant de se rendre compte qu'il n'avait pas ouvert le loquet. Quand il fut sorti, les bruits précipités de ses pas descendant les escaliers retentirent, aussitôt suivis par les bruits précipités de ses pas remontant les escaliers. Le bébé dans les bras il retourna dans la chambre le visage cramoisi, déposa quelques sapèques sur la chaise où il s'était assis l'instant d'avant, puis il tourna les talons et sortit. Ses bruits de pas précipités descendant les escaliers retentirent de nouveau et s'estompèrent dans la ruelle.

XVIII

Au cours des jours qui suivirent, Lin Xiangfu continua d'errer dans les rues de Xizhen. Ses yeux étaient continuellement à l'affût, et il aperçut plusieurs silhouettes qui lui parurent familières, mais sans jamais retrouver le visage de Xiaomei.

Devant les portes délabrées des maisons de Xizhen, traînaient ici ou là des barrières à demi-battant. C'étaient les cicatrices laissées par la tornade. Lin Xiangfu avait entendu Xiaomei décrire ces barrières, il savait qu'elles servaient à empêcher les cochons et les chiens d'entrer. Devant nombre de maisons on avait déposé un bol d'eau claire, et sur la porte de certaines d'entre elles on avait accroché un morceau de soie noire. Lin Xiangfu comprit que, là, des gens avaient perdu la vie dans la tornade.

En voyant tous ces bols d'eau devant les portes Lin Xiangfu repensa avec tristesse à ses parents. Chez lui, on avait également déposé par deux fois un bol d'eau devant la porte : le premier bol, c'était sa mère qui l'avait déposé pour son père ; et le second, c'était lui qui l'avait déposé pour sa mère.

Après la catastrophe la vie à Xizhen avait repris son cours. Même si Lin Xiangfu entendait les pleurs discrets des femmes et les soupirs des hommes, leurs chagrins étaient aussi calmes que la brise. Il trouvait le bourg très accueillant. Quand sa fille pleurait parce qu'elle avait faim, il se trouvait quelqu'un pour venir à lui spontanément et le conduire dans une famille où il y avait une femme qui allaitait. Alors qu'il s'apprêtait à quitter Xizhen, une femme inconnue, un panier en bambou au bras, avait couru derrière lui pour lui donner des vêtements de bébé en satin rouge, ainsi que des chaussons et des bonnets. Lorsque

Lin Xiangfu, la surprise passée, avait voulu lui parler, l'inconnue s'était déjà dépêchée de partir. En suivant des yeux la silhouette de cette femme qui s'éloignait en évitant de regarder derrière elle, il s'était dit tristement qu'un bébé avait dû mourir pendant la tornade, et que c'était pour cela qu'il héritait de cette layette.

À l'extérieur du bourg, on s'était mis à faucher avec soin ce qui restait des récoltes dans les champs. On replantait les arbres, on remettait les bateaux à l'eau et on reconstruisait les chaumières. Si les maisons en briques du bourg ne s'étaient pas effondrées pendant la tornade, les tuiles des toits en revanche s'étaient envolées, et c'est pourquoi les fours à tuiles s'étaient multipliés aux abords du bourg : les colonnes de fumée qui s'en échappaient montaient dans les airs comme une forêt de cyprès.

Lorsque le vent d'automne avait commencé à faire tomber les feuilles des arbres, Lin Xiangfu avait quitté Xizhen avec sa fille dans les bras. Pendant les quelque trois mois qui suivirent, il marcha en direction du sud, toujours à la recherche de ce bourg nommé Wencheng. Il se renseignait en chemin, mais jamais personne ne connaissait Wencheng. Wencheng commençait à perdre de sa réalité dans l'esprit de Lin Xiangfu. Il continuait à se diriger vers le sud, mais plus il descendait vers le sud, plus le parler des gens lui semblait bizarre, et moins il ressemblait à celui dans lequel Xiaomei et Aqiang s'exprimaient quand ils discutaient entre eux. Aussi décida-t-il d'interrompre son voyage. Il resta assis longuement sur un pont, et après mûre réflexion, il conclut que de tous les bourgs qu'il avait visités, c'était Xizhen qui était le plus proche du Wencheng évoqué par Aqiang. Il avait compris qu'il n'existait aucun bourg du nom de Wencheng et que les noms de Aqiang et de Xiaomei devaient être faux eux aussi.

Ayant dû affronter mille épreuves sans parvenir à retrouver Xiaomei, il fut gagné par la mélancolie. Il avait à présent envie de rentrer chez lui. Il songeait à l'âne dont le pompon rouge voltigeait et dont la clochette tintinnabulait, il songeait à ses terres et à la demeure qu'il possédait là-bas. Il palpa les billets à ordre cachés dans les vêtements de sa fille et les pièces d'argent qu'il avait sur lui, et il songea qu'une fois qu'il aurait franchi à nouveau le fleuve Jaune, il lui faudrait remettre la main sur le propriétaire de l'âne afin de le lui racheter, et que de retour au pays il lui faudrait récupérer les terres hypothéquées.

Mais sa fille bouleversa ses projets. Il se tenait maintenant debout sur le pont et la soutenait de la main droite tout en essayant de la faire tenir droite sur sa main gauche. Il eut l'impression qu'elle faisait un effort pour se dresser sur ses jambes et là, sur le pont, il éclata de rire. C'était la deuxième fois qu'il riait depuis son départ vers le sud. La première fois, c'était quand il avait retrouvé sa fille après la tornade.

Lin Xiangfu décida de retourner à Xizhen : sa fille avait besoin d'une mère, et lui-même avait besoin de Xiaomei. Il avait la conviction que le Wencheng dont Aqiang avait parlé n'était autre que Xizhen. Et même s'il ne savait pas où Aqiang et Xiaomei se trouvaient à cet instant, il était persuadé qu'ils finiraient bien par revenir à Xizhen. Il attendrait jour après jour à Xizhen que Xiaomei fasse son apparition.

Lin Xiangfu rebroussa chemin et prit la direction du nord. Quand de nouveau il entra dans Xizhen, la neige d'hiver tourbillonnait.

XIX

Lorsque cette tempête de neige qui devait durer dix-huit jours survint, les habitants de Xizhen étaient loin de se douter qu'une catastrophe allait s'abattre sur eux, ils crurent que c'étaient seulement les premières neiges de l'hiver. Bien que les flocons aussi gros que des plumes d'oie eussent bientôt recouvert les toits et les rues d'un manteau blanc, ils étaient toujours persuadés que la tempête cesserait avant l'aube et que les rayons du soleil levant feraient fondre lentement la neige accumulée. Mais la tempête ne s'arrêta pas, et les rayons de soleil ne brillèrent pas sur Xizhen. Au cours des dix-huit jours qui suivirent, les flocons de neige continuèrent à voltiger, des gros ou parfois des petits. Et même s'il y avait des moments de rémission, jamais le ciel ne perdit sa couleur grise : un ciel gris enveloppait Xizhen en permanence.

Lin Xiangfu, sa fille dans les bras, se déplaçait avec difficulté dans les rues où la couche de neige était de plus en plus épaisse, en quête de lait. Il avait relevé un pan de sa robe matelassée pour emmitoufler sa fille qu'il tenait contre sa poitrine dans le porte-bébé matelassé. Tandis qu'il marchait, ses mollets s'enfonçaient dans la neige. Les flocons qui tourbillonnaient avaient blanchi ses cheveux ainsi que ses vêtements, de sorte qu'il était englouti dans un silence blanc.

Lin Xiangfu parcourait des rues où il ne croisait pas âme qui vive. Sa fille pleurait contre lui, c'était la voix de la faim. Tout en avançant péniblement, il prêtait l'oreille aux maisons des deux côtés des rues en espérant entendre les pleurs d'un bébé, et quand c'était le cas il frappait à la porte.

Une fois entré, il tendait sa main droite, paume ouverte, dans laquelle il y avait une sapèque, et il suppliait du regard la femme qui donnait le sein à son bébé. Les maris prenaient la sapèque dans sa paume, signe qu'ils acceptaient la demande, et aussitôt, une expression de soulagement passait fugitivement sur son visage. Il se défaisait du porte-bébé matelassé qu'il portait contre lui et tendait sa fille à la femme, et quand il voyait l'enfant atteindre enfin la douce poitrine de ces femmes la chaleur l'envahissait. Et lorsque les petits doigts remuaient contre leur sein, ses yeux se mouillaient, il savait qu'elle avait trouvé le téton : c'était comme si elle avait posé le pied sur la terre ferme.

Dans Xizhen paralysé par la neige, chaque jour l'aube se déployait sous un ciel gris, et chaque jour le crépuscule se rétractait sous un ciel gris. Dans la nuit qui arrivait il n'y avait ni étoiles ni clair de lune, le bourg de Xizhen était plongé dans un abîme de ténèbres.

Les gens de Xizhen commencèrent à se dire que ces flocons de neige qui tourbillonnaient allaient tomber indéfiniment, et que cela durerait aussi longtemps qu'ils vivraient. Alors le pessimisme franchit les barrières à demi-battant, il traversa les portes des maisons et vint les assaillir. Souvent ils se demandaient à haute voix s'ils reverraient la lumière du soleil de leur vivant. Ce sentiment se répandit comme une épidémie, et quand Lin Xiangfu poussait la porte d'une maison, presque chaque fois il y avait un homme qui l'interpellait d'un ton plaintif :

— Quand cette neige cessera-t-elle ?

Lin Xiangfu secouait la tête, il n'en savait rien. Il avait arpenté le bourg de long en large, sa fille dans les bras, il avait frappé à quantité de portes. Les femmes de Xizhen se montraient plus fortes et plus sereines que les hommes face à la neige qui paralysait le bourg. Et même si elles avaient le visage fermé, elles vaquaient comme d'ordinaire aux travaux du ménage. C'était de les voir s'activer dans leur intérieur qui donnait à Lin Xiangfu le sentiment qu'il y avait encore un peu de vie dans le bourg de Xizhen paralysé par la neige.

Ce jour-là, Lin Xiangfu arriva devant la demeure de Gu Yimin, le président de la Guilde des commerçants de Xizhen, dont les affaires étaient nombreuses et diversifiées : il était à la fois le propriétaire de la banque locale et celui de la mine d'or de Xishan ; en outre, il possédait plusieurs magasins de soieries à Xizhen, à Shendian et ailleurs. Il était en relation avec des courtiers en soieries de la région de Shanghai, de Suzhou et de Hangzhou. Contrairement à d'autres commerçants qui se contentaient d'encaisser des bénéfices sans remuer le petit doigt, lui envoyait régulièrement ses employés démarcher les clients avec des échantillons de ses marchandises.

La première fois que Lin Xiangfu rencontra cet homme qui avait dans la trentaine, il ignorait que c'était le personnage le plus puissant de Xizhen. Ce furent encore les pleurs d'un bébé qui l'attirèrent jusqu'à cette grande demeure imposante. Alors qu'il longeait un mur haut et long, il aperçut, derrière, de grands arbres couverts de neige. Le portail vermillon n'était pas bien fermé, et à travers la fente il vit que la neige avait été balayée dans la cour. C'était de là que parvenaient, au loin, les pleurs du bébé. Après un moment d'hésitation Lin Xiangfu entra.

Il pénétra dans un vaste hall. Deux piliers robustes soutenaient les poutres. Une dizaine de personnes étaient assises sur des sièges des deux côtés du hall, et six braséros étaient disposés en deux rangées pour qu'elles puissent se réchauffer. Un homme maigre et au teint foncé occupait la place d'honneur. Ils étaient en pleine discussion et en voyant Lin Xiangfu entrer ils cessèrent de parler et observèrent avec étonnement cet invité-surprise. Lin Xiangfu tendit sa main droite dans laquelle il avait mis une sapèque, et quand il eut expliqué la raison de sa venue Gu Yimin, l'homme maigre, tourna la tête et s'adressa à un serviteur :

— Appelle la nourrice.

Le domestique quitta la pièce, et aussitôt la nourrice apparut, une femme plantureuse qui se dirigea vers Lin Xiangfu. Elle jeta un coup d'œil indifférent à la sapèque qu'il tenait dans sa paume, prit sa fille, puis lui tourna le dos et retourna dans la pièce d'où elle venait. Lin Xiangfu avait toujours la main tendue, mais la nourrice n'avait pas pris l'argent. Les hommes présents dans le salon ne faisaient plus attention à lui, ils poursuivaient leur conversation interrompue. Lin Xiangfu écoutait leur débit rapide : ils discutaient de la tempête de neige qui durait depuis quinze jours.

Tous ceux qui étaient assis dans cette salle de réception étaient des personnages importants de Xizhen. Ils étaient partisans de faire au Ciel le sacrifice des trois animaux. Ils avaient l'air sûrs d'eux, persuadés que la neige cesserait de tomber après ce sacrifice. En même temps ils se lamentaient : le bétail était déjà mort de froid, et qui sait si quelqu'un avait encore une bête vivante chez lui.

Lin Xiangfu regardait ces hommes se pencher en parlant vers les braséros, seul le maigre Gu Yimin se tenait droit sur son siège. Ses mains n'étaient pas tendues vers le braséro, elles étaient posées sur les accotoirs de son fauteuil. La vapeur qui s'échappait de sa bouche se dispersait devant son visage tandis qu'il écoutait avec attention ce qui se disait.

La nourrice revint. Lin Xiangfu reprit sa fille qui s'était endormie, repue. La nourrice s'en alla et Lin Xiangfu avait toujours la sapèque au creux de sa main, ce qui le contrariait quelque peu. Gu Yimin, qui avait remarqué son embarras, lui adressa un léger signe de tête. Lin Xiangfu comprit qu'il devait remettre l'argent dans sa poche.

Gu Yimin prit la parole. Cet homme à la mine sévère parlait d'un ton péremptoire :

— J'ai déjà préparé le bois à brûler et les trois animaux pour le sacrifice au Ciel, et j'ai également prévenu les prêtres taoïstes du pavillon du Dieu de la ville. Le sacrifice pourra avoir lieu demain. La question est de savoir combien de temps il va durer. Cette fois, ce n'est pas un sacrifice ordinaire, comme les sacrifices au Soleil, à la Lune, aux Ancêtres ou à la Terre. Un sacrifice d'un jour ne suffira pas pour produire des résultats. Comme dit le proverbe, il faut du temps pour connaître le cœur des hommes, et le Ciel a besoin de temps lui aussi.

Au cours des trois jours qui suivirent, Lin Xiangfu, sa fille affamée entre ses bras, continua d'arpenter les rues vides et enneigées. Il ne voyait Xizhen s'animer qu'aux abords de l'esplanade située devant le pavillon du Dieu de la ville.

Le premier jour, plusieurs dizaines d'hommes avaient pris place autour d'une table rectangulaire. Tremblant sous la neige, ils installèrent dessus un mouton. Lin Xiangfu vit les yeux de l'animal. Au moment où on allait le frapper, ils brillaient, mais quand la lame acérée s'enfonça dans son corps, ils devinrent vitreux. Ensuite, on plaça sur la table un cochon mâle. Une mince couche de glace s'était formée à sa surface et aussitôt posé le cochon glissa à l'autre bout de la table. Quand la scène se fut répétée à plusieurs reprises, les cris que poussait le cochon en se débattant s'étaient mués en des plaintes semblables à des ricanements, provoquant des rafales de rires parmi les hommes qui s'affairaient. C'était la première fois que Lin Xiangfu entendait rire Xizhen depuis que la neige avait paralysé le bourg. Après quoi, huit gars costauds immobilisèrent les quatre pattes de l'animal, et alors le couteau de boucher s'abattit, le sang du cochon jaillit en aspergeant les hommes et le sol enneigé. Pour finir, on hissa un bœuf sur la table. Comme l'attente avait été trop longue, le bœuf était engourdi par le froid, il avait les yeux mi-clos, et une expression docile comme s'il était sur le point de s'endormir. Le couteau s'enfonça dans sa poitrine, le bœuf eut un spasme comme si on l'avait arraché à son sommeil, et il poussa un lourd soupir.

Le deuxième jour, lorsqu'il passa devant le pavillon du Dieu de la ville, Lin Xiangfu vit une foule de gens agenouillés à l'intérieur. Un grand autel était dressé dans la salle principale, sur lequel on faisait brûler les trois animaux sacrifiés. Le parfum de la viande grillée arrivait par bouffées. Les moines taoïstes se tenaient à droite et à gauche de la salle principale, ils avaient dans leurs mains des flûtes traversières, des flûtes droites, des *suona* et des poissons en bois. Au rythme des poissons en bois, le son des flûtes traversières, des flûtes droites et des *suona* s'élevait gracieusement, emplissant tout l'espace, résonnant entre les poutres et les piliers, et flottant parmi les flocons de neige. À l'intérieur du pavillon, les hommes agenouillés se prosternaient jusqu'à terre, les mains et la poitrine collées au sol, et leurs corps se baissaient et se relevaient comme des vagues au rythme de la musique.

Le troisième jour, il y avait de plus en plus de monde en prière. À l'extérieur du pavillon du Dieu de la ville, sur l'esplanade, une centaine d'hommes et de femmes étaient agenouillés : les sons gracieux retentissaient à l'unisson, et les corps se baissaient et se relevaient en rythme. La neige qui s'était accumulée sur l'esplanade avait été balayée avant la cérémonie, mais en moins de trois jours elle était revenue. Lin Xiangfu ne voyait pas les mollets des gens agenouillés, la neige leur montait plus haut que les genoux, c'était comme si elle leur avait effacé les mollets. La vapeur qui s'échappait de toutes ces bouches avait formé une brume qui s'élevait et se dispersait comme de la fumée dans le ciel gris.

XX

C'est ce jour-là que Lin Xiangfu fit la connaissance de Chen Yongliang. À l'époque, le deuxième fils de Chen Yongliang n'avait que trois mois, et ce sont ses pleurs qui avaient attiré Lin Xiangfu chez lui. Dans cette maison de deux pièces, Lin Xiangfu trouva une atmosphère chaleureuse. Chen Yongliang portait une barbe qui lui mangeait le visage, il tenait dans ses bras son fils aîné de deux ans tandis que son épouse, Li Meilian, donnait le sein au petit de trois mois. La famille était assise autour d'un feu de charbon de bois.

Quand Lin Xiangfu se présenta chez eux, Chen Yongliang lui tendit un tabouret pour qu'il s'assoie près du feu. À la différence des autres femmes de Xizhen, qui ne manifestaient aucune émotion, Li Meilian, lorsqu'elle prit sa fille contre sa poitrine, montra à Lin Xiangfu un visage empli de tendresse maternelle. Elle s'extasia sur la beauté de l'enfant, puis sur ses vêtements et son bonnet de satin écarlate, dont elle admira la finesse du travail. Elle lui avait ôté son bonnet de satin et n'arrêtait pas de se pencher sur ses cheveux pour en humer l'odeur. Pendant ce temps Chen Yongliang tenait ses deux fils dans ses bras et regardait son épouse en souriant. Lin Xiangfu n'avait pas goûté depuis longtemps une ambiance familiale, et à la vue de cette scène, une idée étrange jaillit dans son esprit : s'il devait lui arriver malheur, sa fille ne pourrait-elle pas rester chez ces gens ?

Lin Xiangfu, qui s'était un peu familiarisé avec l'accent de Xizhen, s'était rendu compte à leur intonation qu'ils étaient, comme lui, venus d'ailleurs. Chen Yongliang expliqua à Lin Xiangfu qu'ils venaient d'un endroit situé à cinq cents *li* plus au nord, mais qu'à cause des sécheresses incessantes ils avaient été obligés de quitter leur pays natal pour prendre la direction du Sud. Il avait vécu de petits travaux à la journée : porteur de palanche, portefaix ou tireur de voiture à bras ; il avait même été batelier, et il précisa qu'il actionnait les rames à la main, et non pas avec les pieds comme les bateliers de Wanmudang. C'est en rencontrant Gu Yimin, deux ans auparavant, qu'il avait mis fin à sa vie errante et s'était fixé à Xizhen. Chen Yongliang raconta d'un ton placide la vie difficile que son épouse et lui avaient connue avec leur premier fils qui venait de naître, couchant à la belle étoile et ne sachant pas de quoi demain serait fait.

C'est à Shendian que Chen Yongliang et sa famille étaient tombés sur Gu Yimin. À l'époque, celui-ci avait un lot de soieries à rapporter à Xizhen, et il avait engagé pour ce faire quatre porteurs, parmi lesquels Chen Yongliang. Tandis que Chen Yongliang marchait vers Xizhen avec sa palanche en compagnie des trois autres journaliers, son épouse et son fils suivaient par-derrière. Comme son mari, Li Meilian portait une palanche, avec d'un côté leurs vêtements et leur couette, et de l'autre leur fils. C'est Chen Yongliang qui aurait dû porter cette palanche mais c'est sur les épaules de Li Meilian qu'elle avait atterri. Assis dans sa chaise à porteurs, Gu Yimin discuta avec Chen Yongliang tout le long du voyage, et apprit ainsi dans quelle situation ils se trouvaient : si son épouse et son fils les suivaient, c'était parce qu'ils n'avaient pas d'endroit où dormir. Gu Yimin observa Li Meilian, qui s'épuisait à les suivre avec son chargement : cette femme menue n'arrêtait pas de courir pour rattraper les hommes. En chemin, lorsque son fils pleurait, elle le prenait dans ses bras, et pour équilibrer la palanche elle plaçait la couette à l'extrémité restée vide, puis elle déboutonnait son vêtement et donnait le sein à son fils en le tenant de la main droite, tandis que de la main gauche elle soutenait sa palanche. Elle continuait de courir, le bruit de sa respiration était comme un bruit de soufflet. Ses cheveux étaient trempés et la sueur ne cessait de couler de son visage, emportée par le vent tandis qu'elle courait. Pourtant elle souriait sans discontinuer. Quand ils furent arrivés à Xizhen, Gu Yimin renvoya chez eux les trois autres porteurs après les avoir payés, et il garda auprès de lui la famille de Chen Yongliang.

En écoutant le récit de Chen Yongliang, Lin Xiangfu comprit que le Gu Yimin dont il parlait n'était autre que cet homme maigre qu'il avait vu quatre jours auparavant. Il repensa au mur d'enceinte haut et long de la résidence des Gu et demanda à Chen Yongliang quelle taille elle faisait. Chen Yongliang secoua la tête et dit que même s'il s'était rendu souvent chez Gu Yimin, il n'avait généralement pas dépassé la salle de réception, sauf une ou deux fois où il était allé dans son cabinet de lecture. Il ignorait quel monde se cachait derrière. Quand il eut fini de parler, Chen Yongliang fixa Lin Xiangfu sans rien dire. Lin Xiangfu comprit qu'il attendait que lui-même parle à son tour, mais il se contenta de cette simple phrase :

— Moi aussi je viens du Nord.

Après avoir prononcé ces mots, Lin Xiangfu vit un soupçon de perplexité se peindre sur le visage de Chen Yongliang, alors il ajouta qu'il avait autrefois appris le travail du bois. Chen Yongliang lui demanda quel bois il avait travaillé, et Lin Xiangfu répondit :

— Le bois dur.

On lut de l'admiration dans les yeux de Chen Yongliang. Lui aussi, confia-t-il, avait appris à travailler le bois, mais sans jamais rien faire d'autre que les tâches les moins nobles, scier du bois ou travailler comme ouvrier dans une entreprise de porteurs de cercueils.

— Dans le travail du bois, protesta Lin Xiangfu, il y a toutes sortes de tâches à accomplir, mais il n'y en a pas de plus ou moins nobles. Quand un scieur de bois connaît son métier, sa scie ne laisse que des traces très fines et n'abîme pas le bois ; et le travail des ouvriers dans les entreprises de porteurs de cercueils n'est pas moins exigeant, ils doivent ménager les épaules des porteurs.

Après la tétée Li Meilian ne rendit pas l'enfant aussitôt à Lin Xiangfu. Pendant que les deux hommes discutaient entre eux, elle essayait de la faire tenir debout, et comme elle sentait que la petite avait de la force dans les jambes elle poussa une exclamation de surprise : l'enfant allait très vite savoir se tenir droite et marcher. La joie sincère de Li Meilian gagna Lin Xiangfu, de sorte que, assis là, il n'avait plus la sensation d'être un étranger.

Chen Yongliang, qui avait connu l'errance, commençait à éprouver de la sympathie pour l'homme assis en face de lui. Lin Xiangfu avait un air misérable et parlait avec modestie, mais c'était quelqu'un qui avait de l'expérience. Tandis qu'il parlait ses yeux brillaient et on le sentait plein d'énergie.

Lin Xiangfu ne se leva pas pour prendre congé comme il le faisait habituellement aussitôt que l'enfant avait fini de téter. La franchise de Chen Yongliang et la cordialité de Li Meilian l'incitèrent à rester sur son siège un long moment. C'était la première fois qu'il se sentait aussi bien depuis que Xizhen était bloqué par la neige. Il lui avait été donné de mettre les pieds dans de nombreux foyers, mais à l'atmosphère mortelle qui régnait partout il avait eu l'impression que le froid qui paralysait le bourg s'était infiltré dans toutes les maisons. Chez Chen Yongliang, le froid était resté à la porte.

Ici il y avait un feu rougeoyant, un homme qui prenait les choses avec philosophie et une femme qui savait se contenter de peu, ainsi que deux garçons tout juste venus au monde. Lin Xiangfu n'avait pas envie de se lever de son tabouret. Il était seul depuis si longtemps qu'il n'en ressentait qu'avec plus d'intensité la chaleur de ce moment. Quand Li Meilian lui tendit un bol de gruau fumant, il se rendit compte que sa main, en prenant le bol, tremblait légèrement. Il savait ce que signifiait ce bol de gruau par ce temps de tempête : ce faisant ils se privaient pour lui d'un bien vital. Il prit sur ses genoux leur fils aîné et commença à lui donner à manger avec précaution tout en soufflant sur le gruau, mais il n'en prit pas une bouchée pour lui-même. Chen Yongliang et Li Meilian le regardaient en silence. Sans un mot, ils mangeaient lentement, et Chen Yongliang avait des traces blanches de bouillie sur sa barbe. Lorsque le fils aîné de Chen Yongliang eut fini de manger, Lin Xiangfu se leva pour prendre congé, il posa discrètement deux sapèques sur le tabouret, au lieu d'une seule. Il avait eu brusquement un scrupule à donner cet argent de la main à la main.

— Est-ce que l'enfant a un nom ? demanda Li Meilian.

— Oui, répondit Lin Xiangfu en hochant la tête. Comme elle a bu du lait chez tout le monde, alors on l'appellera Lin Baijia, Lin des Cent familles[24].

Les paroles de Lin Xiangfu émurent Chen Yongliang et Li Meilian, et ils voulurent retenir Lin Xiangfu : il n'avait qu'à rester chez eux, dehors il y avait plus de deux pieds de neige, qu'arriverait-il si l'enfant tombait malade ? Lin Xiangfu fit non de la tête et ouvrit la porte. Il eut une hésitation en voyant la blancheur glacée qui s'étendait à perte de vue, mais il songea qu'il connaissait à peine ces gens, et ses pieds franchirent malgré tout le seuil de la maison et s'enfoncèrent dans la neige. En fermant la porte, Chen Yongliang constata que la neige arrivait aux genoux de Lin Xiangfu. Sa fille dans les bras, il avait l'air de marcher sur les genoux.

Tandis que Lin Xiangfu avançait péniblement, un oiseau gelé tombait de temps en temps d'un arbre, creusant en silence un petit trou dans la neige accumulée. De part et d'autre les arbres n'avaient pas non plus été épargnés par la catastrophe. Lin Xiangfu entendait d'incessants craquements, ceux du bois qui se fendait sous l'effet du froid, des sons presque identiques à ceux du bois quand il éclate dans le feu, mais plus longs et plus aigus.

La tentative de Chen Yongliang et de Li Meilian pour le retenir fut semble-t-il un signe du destin. Ce jour-là Lin Xiangfu ne retourna pas à l'endroit où il logeait. Au milieu des bruits du bois qui éclatait sous le gel et des vibrations provoquées par la chute des oiseaux, il retourna pas à pas chez eux, et il y resta.

Sa fille maintenant n'arrêtait pas de pleurer. Quand il frappa à la porte de Chen Yongliang, avant même qu'il ait eu le temps de dire quoi que ce soit, celui-ci le tira vers lui pour le faire entrer. Li Meilian prit le bébé et se déboutonna pour lui donner la tétée. Chen Yongliang et Li Meilian ne prononcèrent pas une parole, comme s'il était normal que Lin Xiangfu revienne chez eux.

La nuit tomba, et la fille de Lin Xiangfu pleurait toujours. Elle but quelques gorgées de lait qu'elle recracha immédiatement. Li Meilian lui palpa le front et laissa échapper un cri : l'enfant avait le front brûlant. Cette annonce laissa Lin Xiangfu désemparé : il ne savait que faire. Chen Yongliang puisa une cuvette d'eau fraîche dans le réservoir, y trempa un linge, qu'il tordit, et le posa sur le front du bébé.

Cette nuit-là, Chen Yongliang et Li Meilian voulurent céder le seul lit de la maison à Lin Xiangfu et à sa fille. Chen Yongliang expliqua à Lin Xiangfu que c'était la coutume dans leur pays natal : quand un hôte venait chez eux il dormait sur le lit, et eux-mêmes dormaient par terre.

Lin Xiangfu ne dit rien, mais il secoua la tête. Il s'assit devant le feu, sa fille dans les bras, les yeux fixés comme une corde tendue sur les braises rougeoyantes. Il sentait jusque dans ses paumes la fièvre de sa fille à travers le porte-bébé matelassé, et un mauvais pressentiment l'assaillit. Il songeait avec tristesse que si sa fille devait s'en aller, ses jours en ce monde seraient comptés également.

Pendant ce temps, le bébé fit entendre à plusieurs reprises de faibles cris. Li Meilian, qui dormait dans la pièce du fond, l'entendit, et aussitôt elle jeta un vêtement sur ses épaules et gagna la pièce de devant. Elle prit l'enfant des mains de Lin Xiangfu et lui donna la tétée, mais l'enfant régurgitait chaque fois le lait. Lin Xiangfu vit les taches de lait sur la poitrine de Li Meilian, son visage respirait l'inquiétude. Li Meilian le réconforta en lui expliquant que chaque enfant devait connaître la maladie et les épreuves : toute maladie était un obstacle franchi, et toute épreuve, une montagne gravie.

Tard dans la nuit, l'enfant sembla s'être endormie. Lin Xiangfu resta assis jusqu'à l'aube, avec sa fille dans les bras. Silencieuse jusque-là, elle se mit soudain à pleurer. Cette fois ses cris étaient stridents et ils réveillèrent en sursaut Li Meilian et Chen Yongliang, qui sortirent tous les deux de la pièce du fond avec un vêtement sur les épaules. À en juger par les cris de l'enfant, la fièvre était tombée, assura Li Meilian. Elle prit le bébé, lui tâta le front et confirma qu'elle n'avait plus de fièvre. Elle lui donna la tétée, et le bébé affamé fit entendre des bruits de succion sonores qui arrachèrent des larmes à Lin Xiangfu.

Li Meilian vit de la lumière à la fenêtre, puis des rayons lumineux, tous de la même longueur, qui s'infiltraient par la fente de la porte comme s'ils voulaient la scier en deux. Un cri lui échappa, et elle demanda à Chen Yongliang si c'était le soleil. C'est alors qu'ils prirent conscience du brouhaha qui régnait dehors. Chen Yongliang ouvrit la porte, et les rayons du soleil levant déferlèrent comme des vagues.

XXI

L'hiver fini, le printemps arriva. Lin Xiangfu resta à Xizhen et ne partit pas avec l'hiver. Lorsque les pousses sortirent des fentes des arbres que le gel avait fait éclater, Lin Xiangfu avait pris racine à Xizhen.

Victime coup sur coup de la tornade et de la tempête de neige, Xizhen était ravagé et le désastre était visible partout sur les portes et les fenêtres. Déployant ses talents de menuisier, Lin Xiangfu remit à neuf la porte et les fenêtres déformées et abîmées de chez Chen Yongliang, et il fit de même chez les voisins d'à côté. Sa réputation s'étendit dans le quartier, et d'autres familles firent appel à lui. Incapable de faire face à lui tout seul, il reçut le renfort de Chen Yongliang, lequel montra son savoir-faire comme scieur de bois : sans autre instrument de mesure que la paume de sa main, il était capable de couper un morceau de bois aux dimensions voulues, et le trait de scie était à la fois droit et fin. Chen Yongliang mit également à profit ses compétences dans la fabrication des palanches pour aider à la restauration des portes et des fenêtres. À eux deux, ils travaillaient vite et bien, il leur suffisait d'une journée pour remettre en état les portes et les fenêtres d'une maison, mais quand les voisins voulurent savoir ce qu'ils leur devaient pour prix de leur travail, ils restèrent muets l'un et l'autre, ne sachant que répondre. C'est Li Meilian qui les tira d'embarras : elle accrocha un panier en bambou à la porte, sous l'avant-toit, pour que les clients y jettent d'eux-mêmes leur obole. Ils pouvaient déposer ce qu'ils voulaient, ou même se contenter de quelques mots aimables. Tous les voisins versèrent de l'argent dans le panier, et les propos amènes ne manquèrent pas.

Comme il y avait à Xizhen quantité de portes et de fenêtres déformées et abîmées, Lin Xiangfu et Chen Yongliang se dirent qu'il serait dommage d'arrêter en si bon chemin. Chen Yongliang expliqua qu'il n'y avait plus tellement de pépites dans la mine d'or de Xishan et qu'en plus la tornade qui avait précédé la tempête de neige avait endommagé les machines. À présent il n'y avait plus aucun ouvrier dans la mine, il ne restait plus que lui, un contremaître sans troupe. Si Gu Yimin ne l'avait pas licencié, c'était parce qu'il n'avait nul endroit où aller, mais maintenant il pouvait lui demander son congé.

Les deux hommes commencèrent à aller de maison en maison. Chen Yongliang, qui avait été scieur de bois et qui avait travaillé comme ouvrier dans une entreprise de porteurs de cercueils, se lança dans un ouvrage plus ambitieux et construisit une voiture à bras. Elle était très solide, simplement, quand on la tirait dans la rue, elle produisait un son bizarre. Ils y entassaient le bois, et le son de leur charrette était devenu le cri par lequel ils annonçaient leur passage. Dès qu'on entendait ce grincement qui faisait penser à un pont de bois en train de s'effondrer, on savait que les deux réparateurs de portes et de fenêtres arrivaient.

Ils emportaient un sac à riz aussi sale que s'il avait contenu du charbon, et ils y glissaient l'argent qu'on leur donnait. Et le soir, une fois rentrés à la maison, la première chose qu'ils faisaient était de transvaser les sapèques du sac dans le panier en bambou. Li Meilian avait déplacé le panier et l'avait installé sous un pêcher devant la maison. Au fur et à mesure que les sapèques s'entassaient, les pétales de fleurs éclatants tombaient dessus, et les fleurs de pêcher et les sapèques se mélangeaient. Li Meilian disait que cela donnait à cet argent un air de fête.

Cependant qu'ils allaient de maison en maison avec leur charrette pour réparer les portes et les fenêtres, Lin Xiangfu continuait à chercher Xiaomei. Il rencontra cinq hommes qui s'appelaient Aqiang et sept femmes qui s'appelaient Xiaomei, mais ce n'étaient ni le Aqiang ni la Xiaomei qu'il cherchait. Il était passé avec Chen Yongliang dans presque toutes les maisons de Xizhen sans trouver trace de Xiaomei. Il n'y avait que les maisons vides où il n'était pas entré, et dans celles-là les portes et les fenêtres étaient hermétiquement closes.

Tandis qu'il réparait les portes et les fenêtres chez les habitants de Xizhen, Lin Xiangfu, à l'insu de Chen Yongliang, se renseignait auprès d'eux sur les raisons pour lesquelles les maisons en question étaient vides. On lui répondait parfois que le propriétaire était parti et n'était pas revenu, et d'autres fois que le propriétaire était mort. Lin Xiangfu était obsédé par ces maisons dont le propriétaire était parti pour ne plus jamais revenir. Persuadé que dans l'une ou l'autre de ces maisons vides il retrouverait la trace de Xiaomei, il aurait bien voulu y entrer pour jeter un coup d'œil. Quand ils eurent réparé pratiquement toutes les portes et les fenêtres de Xizhen, Lin Xiangfu dit à Chen Yongliang :

— Les portes et les fenêtres des maisons vides sont déformées et abîmées elles aussi. Certes les propriétaires ne sont plus là, mais est-ce qu'on ne devrait pas quand même les réparer ?

Chen Yongliang acquiesça de la tête. Il ignorait les intentions de Lin Xiangfu et pensait qu'il voulait accomplir une bonne action. En traînant leur charrette gémissante, ils allèrent jusqu'à la première de ces maisons. Avisant la barre en fer qui servait de verrou à la porte, Chen Yongliang hésita :

— C'est bien de réparer les portes et les fenêtres des gens, dit-il à Lin Xiangfu, mais ça ne se fait pas de forcer une porte.

Lin Xiangfu hésitait lui aussi. Il brûlait d'envie d'aller voir à l'intérieur, mais effectivement cela ne se faisait pas de forcer une porte. Il hocha la tête et dit à Chen Yongliang :

— Allons voir la prochaine.

Ils passèrent encore devant d'autres maisons vides, dont les portes étaient toutes munies d'une barre de fer. Sans un mot Chen Yongliang regarda Lin Xiangfu, qui dit :

— Allons voir plus loin.

Les deux hommes, tirant la charrette, étaient passés voir toutes les maisons vides de Xizhen. Chen Yongliang avait l'impression que Lin Xiangfu ne se souciait plus de savoir s'il y avait ou non une barre de fer à la porte. En revanche il scrutait dans toutes les directions afin de repérer l'emplacement de la maison. Il en conclut que Lin Xiangfu avait l'intention de revenir réparer les portes et les fenêtres quand le propriétaire serait de retour.

XXII

Les remarquables talents de menuisier de Lin Xiangfu et de Chen Yongliang ne tardèrent pas à être connus dans le bourg de Xizhen. Des gens apportèrent de vieux meubles pour que Lin Xiangfu les restaure. Un meuble d'abord, puis dix, puis cent, et des meubles de plus en plus nombreux arrivèrent à la porte de Chen Yongliang. Un jour, même, les armoires, les tables, les chaises, les baquets et autres objets en bois s'alignèrent comme une file de réfugiés. Un tel rassemblement de vieux meubles attira aussi des cafards de tous les coins de Xizhen. Ils jaillissaient sans se gêner des vieux meubles et s'égaillaient dans les maisons de part et d'autre de la rue.

Les cafards jouaient à cache-cache chez Chen Yongliang, ils grimpaient sur les murs, dégringolaient du toit, émergeaient de sous les couvertures. Quand on ouvrait l'armoire, on les voyait sauter à l'intérieur. Quand on préparait à manger, on les voyait filer sur le rebord du foyer. En pleine nuit ils vous passaient sur le visage. Li Meilian était devenue très méfiante. Quand elle se déplaçait dans la maison, elle marchait sur la pointe des pieds, en scrutant à droite et à gauche, et n'arrêtait pas d'en écraser avec la main ou le pied. Souvent elle se levait en catimini vers la fin de la nuit pour aller les attaquer dans l'étroite cuisine, qui était leur lieu de rassemblement.

Plus tard quelqu'un vint commander des meubles neufs. Lin Xiangfu expliqua à Chen Yongliang que s'ils ouvraient une menuiserie leurs affaires pourraient prospérer. Chen Yongliang acquiesça : l'heure était venue de se lancer vraiment dans le métier. Li Meilian fut ravie d'apprendre que les deux hommes comptaient fabriquer des meubles neufs, car, remarqua-t-elle, il n'y avait pas de cafards dans les meubles neufs.

Ils étaient là à bavarder, assis à l'intérieur de la maison, tandis que Li Meilian faisait la lessive devant la porte. Les deux fils de Chen Yongliang étaient sur les genoux de leur père, et Lin Xiangfu soutenait sa fille des deux mains. Lin Xiangfu déclara que sur le côté est de la rue il y avait un terrain vacant, et qu'on pourrait y construire deux bâtiments parallèles. Le rez-de-chaussée de chacun de ces bâtiments servirait pour le travail, et les logements seraient à l'étage. Les deux bâtiments seraient reliés par un mur qui délimiterait une cour. Simplement il ignorait s'il était possible d'acquérir ce terrain. Chen Yongliang lui expliqua que tous les terrains vacants de Xizhen appartenaient à Gu Yimin. Ce n'était pas un problème, il irait se renseigner auprès de Gu Yimin, et celui-ci leur ferait une offre équitable. Construire une maison, et qui plus est en deux bâtiments, cela ne se faisait pas en un jour ou deux. Il faudrait compter à peu près un an et le bruit des travaux risquait de déranger les voisins. Cela non plus n'était pas un problème. Ils avaient déjà remis à neuf les portes et fenêtres des habitants du quartier, mais elles n'avaient pas encore été repeintes, il suffirait qu'ils fassent venir des peintres et qu'ils les payent de leur poche pour accomplir le travail, ainsi les voisins s'accommoderaient sans broncher du bruit des travaux. Pour Chen Yongliang le problème, c'était de trouver les fonds pour financer la construction, car s'ils avaient déjà gagné un peu d'argent, ils étaient loin d'avoir réuni une somme suffisante.

Lin Xiangfu déboutonna consciencieusement le vêtement de sa fille et en sortit un sac en tissu. Il l'ouvrit et retira les douze billets à ordre qu'il avait obtenus en hypothéquant ses terres et en se dessaisissant de ses lingots d'or, et les tendit à Chen Yongliang. Chen Yongliang fixa avec stupéfaction cette liasse de billets d'un montant énorme. Jamais il n'aurait soupçonné qu'en quittant son pays natal, cet homme avait emporté une telle fortune. Il lui rendit les billets et tout en regardant Lin Xiangfu les remettre soigneusement dans le vêtement de sa fille il lui demanda pourquoi il les avait placés à cet endroit. Lin Xiangfu répondit que si les billets étaient perdus, lui et sa fille ne survivraient pas. Et si sa fille était perdue, rétorqua Chen Yongliang, est-ce que les billets ne seraient pas perdus eux aussi ?

— Si je perdais ma fille, rétorqua Lin Xiangfu, à quoi me serviraient les billets ?

Quand les portes et les fenêtres des voisins du quartier eurent été repeintes, Lin Xiangfu et Chen Yongliang entreprirent les travaux. Ils embauchèrent successivement des maçons et des peintres, et s'attelèrent eux-mêmes à tout ce qui était en bois, les poutres, les piliers, les portes et les fenêtres. Ils travaillaient sur ce terrain vacant dès le lever du soleil et jusqu'à son coucher. Au bout de six mois les deux bâtiments à étage, aux murs de briques et aux toits de tuiles, étaient sortis de terre et ils furent ensuite reliés par des murs d'enceinte. Chacune des deux familles occupait un étage, et au rez-de-chaussée d'un des deux bâtiments se trouvait la menuiserie, tandis que le rez-de-chaussée de l'autre abritait la cuisine de Li Meilian et deux débarras, et il y avait encore une pièce, la plus grande, qui servait d'entrepôt.

Chen Yongliang demanda à un géomancien de choisir un jour faste qui serait la date de l'inauguration de la menuiserie en même temps que celle de l'installation des deux familles.

Ce jour-là, une vingtaine de voisins se présentèrent chez eux. Ces hommes et ces femmes au débit rapide se pressèrent tout sourire à leur porte, et en deux temps trois mouvements ils eurent vidé le logement de Chen Yongliang. Chacun portait quelque chose, et ils prirent aussi dans leurs bras les trois enfants. Les derniers arrivés, voyant qu'il n'y avait plus rien à déménager, coururent derrière eux pour leur prêter main-forte. Le flot qu'ils formaient avait envahi la rue, et les enfants, encore plus nombreux, les suivirent jusqu'aux deux bâtiments neufs construits à l'extrémité est de la rue. Li Meilian, qui fermait la marche, avait les yeux humides. Cette femme qui avait connu la douleur de l'errance avait le sentiment d'être enfin arrivée quelque part.

— Tous ces gens qui sont venus nous aider, ils sont formidables, dit-elle à Chen Yongliang qui marchait devant elle.

Gu Yimin était venu lui aussi. Il avait apporté plusieurs chapelets de pétards et il ordonna à deux de ses serviteurs de les allumer devant le portail de la cour. Au milieu des crépitements, Gu Yimin regarda les bâtiments flambant neufs, puis la foule de ceux qui étaient venus aider, et il dit à Lin Xiangfu et à Chen Yongliang :

— À présent, vous êtes des gens d'ici.

Gu Yimin avisa la fille de Lin Xiangfu debout sous une table et qui riait, s'accrochant à un pied de la table comme à la jambe de son père. Il demanda à Lin Xiangfu comment elle s'appelait.

— Comme elle a bu du lait chez tout le monde, expliqua Lin Xiangfu, alors on l'a appelée Lin Baijia.

Gu Yimin hocha la tête :

— C'est un bon nom, un nom qui porte chance.

Li Meilian, qui se tenait à leurs côtés, eut un pincement au cœur en les entendant, et quand tout le monde fut parti, elle glissa discrètement à Lin Xiangfu qu'il devrait se chercher une femme qui lui convienne :

— Si ce n'est pas pour toi, fais-le pour l'enfant, qu'elle ait une mère.

Lin Xiangfu sourit, et écarta ces propos d'un geste de la main :

— Sa mère, c'est toi.

XXIII

Lin Xiangfu écrivit à Tian l'Aîné une lettre dans laquelle il relatait brièvement ce qui lui était arrivé pendant ces deux années passées loin de chez lui. Il prévenait qu'il ne rentrerait pas pour le moment car il voulait attendre sur place le retour de Xiaomei. Il avait la conviction que Wencheng était en réalité Xizhen. Il priait Tian l'Aîné d'entretenir régulièrement les tombes de ses parents et de ses ancêtres.

Le soir venu, étendu sur son lit, Lin Xiangfu, humant l'odeur du bois frais et de la peinture, repensa à ce que lui avait dit Li Meilian pendant la journée, et l'image de Xiaomei ressurgit devant ses yeux. Il revoyait chaque pouce de son corps, et c'était comme si une main avait poussé dans sa mémoire, qui palpait la moindre parcelle du corps de Xiaomei. Au cours de ces nuits passionnées, leurs deux corps s'étaient unis sur le *kang*. Son corps attaquait avec force Xiaomei, et le corps de Xiaomei accueillait avec douceur ses assauts.

Lin Xiangfu se rendit compte qu'il n'avait plus éprouvé de désir depuis longtemps. Il essaya de se rappeler quand cela avait commencé : était-ce pendant la tempête de neige qui avait paralysé Xizhen, ou bien au cours du long voyage qui l'avait épuisé physiquement et moralement ? Il avait du mal à s'en souvenir, toutefois il constatait que depuis un certain nombre de jours, quand il se réveillait au petit matin, son membre ne se dressait plus comme un pieu mais restait avachi comme une serviette mouillée.

Lin Xiangfu songea à cette silhouette qui lui avait paru familière et qui avait surgi dans la rue après le passage de la tornade pour disparaître dans une ruelle étroite et reparaître ensuite dans une maison obscure. Après un moment d'hésitation, il se leva en silence et sortit de sa nouvelle demeure. Au clair de lune il se rendit à l'embarcadère de Xizhen et reconnut la ruelle étroite, il s'y engagea. Il ne se rappelait plus dans quelle maison il était entré et il avançait en prêtant attention au moindre détail. Passant devant une porte qui n'était pas verrouillée, il sentit une odeur de poisson et il se souvint de cette odeur. Il poussa alors tout doucement la porte et entra.

En le voyant arriver, une jeune femme assise à une table se leva en lui souriant et se présenta : elle s'appelait Cuiping. Puis elle prit une lampe à huile et le conduisit à l'étage. Elle le fit entrer dans une pièce dont elle referma la porte, et après avoir tiré le loquet elle posa la lampe sur le meuble à la tête du lit, et tout en souriant à Lin Xiangfu elle commença à se déshabiller.

À la lumière de la lampe, Lin Xiangfu, cette fois-ci, vit distinctement son visage. La dernière fois, il avait simplement constaté que ce n'était pas Xiaomei, il n'avait pas remarqué ses lèvres pulpeuses et ses grands yeux.

Elle ôta d'abord son *qipao* à petites fleurs, et après l'avoir plié soigneusement elle le posa sur un tabouret à côté du lit. Puis elle retira ses sous-vêtements en grosse toile rayée. Chaque fois qu'elle enlevait un de ses vêtements, elle le pliait avec soin et le posait sur le tabouret. Quand elle se pencha pour plier sa culotte, Lin Xiangfu vit soudain les os de son bassin se dessiner sur son derrière levé, et c'est alors qu'il se rendit compte à quel point la femme qu'il avait devant lui était maigre. Quand elle s'étendit sur le lit, toute nue, il vit son ventre plat se creuser.

Lin Xiangfu, toujours debout, ne bougeait pas. Il sentait son cœur battre comme un tambour et sa respiration s'accélérer, mais c'était toujours une serviette mouillée qui pendait à cet endroit-là.

La jeune femme s'assit sur le lit en souriant et lui demanda :

— Est-ce que tu veux que je t'aide à te déshabiller ?

Lin Xiangfu secoua la tête et dit qu'il allait le faire lui-même. Il retira ses vêtements dans un état proche de la panique, puis il grimpa sur le lit à la lumière de la lampe. Ce faisant, il aperçut la toison clairsemée de la femme, ce qui provoqua en lui un début d'excitation. Il se coucha sur elle en frissonnant, elle ferma les yeux, ses seins légèrement saillants avaient des mamelons rouge foncé. Les mains de Lin Xiangfu commencèrent à jouer doucement avec ses mamelons, et il entendit sa respiration se faire de plus en plus profonde.

Cependant, les mamelons attrayants de la jeune femme ne suffirent pas à maintenir l'excitation que Lin Xiangfu avait ressentie plus tôt. Il sentit son désir se dissiper progressivement comme de la fumée. Ses mains quittèrent les seins de la jeune femme et descendirent le long de son corps lisse jusqu'à son bas-ventre. À cet instant, il sentit sa main à elle toucher également son bas-ventre à lui. Au bout d'un moment, sa main à lui quitta son bas-ventre à elle et se posa sur son épaule. Il dit en s'excusant qu'il n'y arrivait pas.

Cette femme aux lèvres pulpeuses ouvrit les yeux, sa main toucha le front de Lin Xiangfu et elle lui fit remarquer qu'il transpirait. Puis elle le réconforta en lui disant de ne pas s'inquiéter et de prendre son temps. Certains clients, affirma-t-elle, étaient encore plus longs que lui à se mettre en condition.

La main de Lin Xiangfu recommença à palper le bas-ventre de la femme, cet endroit mouillé qui glissait sous ses doigts. Il lui demanda dans un murmure s'il pouvait quand même entrer même si son membre était mou.

Elle rit doucement et lui dit qu'il n'avait qu'à essayer.

Elle écarta les jambes, Lin Xiangfu, dans un dernier espoir, essaya à plusieurs reprises et elle l'aida de la main, mais il ne parvenait toujours pas à la pénétrer.

Lin Xiangfu était en nage et sa confiance était partie, entraînée dans le flot de sa sueur. Il roula sur le côté et se leva du lit, puis il se rhabilla à la hâte. Il s'assit sur une chaise dans un coin sombre, il était rouge de honte. Il regarda la femme remettre soigneusement ses vêtements un à un. Lin Xiangfu se leva de la chaise, sortit de sa poche une pièce en argent et la lui tendit dans l'obscurité. Elle la prit et poussa une exclamation : il s'était trompé, c'était un dollar d'argent[25], et pas une sapèque !

Lin Xiangfu dit qu'il ne s'était pas trompé, et elle rangea l'argent en le remerciant. Elle prit la lampe à huile et raccompagna Lin Xiangfu dehors. L'escalier qui grinçait était envahi par de forts effluves de poisson. Lin Xiangfu lui demanda si son mari était marchand de poisson. Oui, répondit-elle, et son mari pour l'heure était à Suzhou. Lin Xiangfu s'étonna : le métier de poissonnier de son mari ne suffisait-il pas à la faire vivre, qu'elle doive encore se prostituer ? Elle expliqua qu'il fumait de l'opium et qu'avec ce qu'il gagnait il avait à peine de quoi subvenir à ses propres besoins.

Lin Xiangfu quitta cette femme aux lèvres pulpeuses et s'en alla par les rues désertes. Il ressentait une fatigue qu'il n'avait jamais connue. Ses jambes étaient aussi lourdes que des pierres, son corps engourdi semblait sur le point de s'écrouler. De retour dans sa chambre, dans sa nouvelle maison, il se coucha sans même s'être déshabillé.

Il dormit jusqu'au lendemain midi. Lorsque Li Meilian vint lui porter le déjeuner, elle constata qu'il n'avait pas touché à son petit-déjeuner. Elle demanda à Chen Yongliang de monter le voir dans sa chambre, mais celui-ci jugea que c'était inutile car on l'entendait ronfler d'en bas. Il était trop fatigué, mieux valait le laisser dormir.

Ce long somme effaça la fatigue que Lin Xiangfu accumulait depuis des mois. En se réveillant, il entendit sa fille rire au rez-de-chaussée. Il se leva et descendit. Li Meilian était en train de faire des nattes à Lin Baijia. La petite fille, âgée de deux ans, était assise sur les genoux de Li Meilian et tenait dans ses mains un petit miroir rond. Elle contemplait ses nattes dans le miroir et n'arrêtait pas de rire.

Après le dîner, Lin Xiangfu emmena sa fille et ils parcoururent les sept rues de Xizhen. Ils allèrent jusqu'à Xishan, puis rentrèrent à la maison. La petite Lin Baijia parcourut à pied la première rue, traînée par son père. Quant aux six autres rues, elle les fit dans les bras de son père, puis sur son dos, et enfin à cheval sur ses épaules.

Tout le long du chemin Lin Xiangfu ne cessa de parler. Il expliqua à Lin Baijia qu'il ne prendrait ni femme ni concubine, et que Lin Baijia n'aurait pas de frères ni de sœurs. Désormais il ne vivrait plus que pour elle. La toute jeune Lin Baijia, comprenant que son père s'adressait à elle, répondait par des "hum" à chacune de ses phrases.

XXIV

Lin Xiangfu et Chen Yongliang suspendirent l'enseigne de leur entreprise de menuiserie à l'entrée de la cour. Ils passèrent une soirée entière à fixer les dimensions et les prix des différents articles en bois. Après quoi Lin Xiangfu les recopia en petits caractères réguliers sur du papier de Xuanzhou, et après avoir entoilé la feuille il l'accrocha sur le mur près de la porte d'entrée de la menuiserie. Pour lui, c'était ce qui s'appelle afficher clairement les prix : sitôt franchi le seuil de la porte, les clients étaient informés de ce qu'ils auraient à payer. Chen Yongliang admira la calligraphie : il trouvait l'écriture de Lin Xiangfu encore plus belle que celle du maître de l'école privée de son village.

Les affaires de la menuiserie prenaient de plus en plus d'importance, et les deux hommes ne savaient plus où donner de la tête. Après discussion, ils conclurent qu'il leur faudrait embaucher un ouvrier. Alors Lin Xiangfu rédigea une annonce en une vingtaine d'exemplaires, et les deux hommes placardèrent le document écrit en petits caractères réguliers à tous les coins de rue du bourg de Xizhen.

Un homme dépenaillé, une branche d'arbre en guise de canne, se tenait au coin d'une rue. Il resta longtemps à examiner l'annonce, puis avec un fort accent du Nord, il dit aux gens de Xizhen qui passaient à côté de lui que même sans savoir lire il avait reconnu l'écriture. Et il leur demanda si ce n'était pas Lin Xiangfu qui avait écrit ce texte.

Comme on lui avait répondu par l'affirmative, l'homme se présenta devant les deux bâtiments à étage, un ballot sur le dos et une paire de sandales de paille accrochées autour du cou. Il s'arrêta à l'entrée de la cour, hésitant à entrer. Les familles de

Lin Xiangfu et de Chen Yongliang étaient en train de dîner. En sortant de la cuisine, Li Meilian l'aperçut, il était appuyé sur une branche d'arbre, un bol ébréché à la main, et elle crut qu'il s'agissait d'un mendiant. Alors elle revint sur ses pas, remplit un bol de riz, et ressortit pour en verser le contenu dans le bol ébréché de l'homme. Celui-ci regarda avec gratitude le riz dans son bol, mais il resta planté là et ne paraissait pas décidé à partir. Alors Li Meilian retourna prendre avec ses baguettes un peu de légumes qu'elle revint déposer dans le bol de l'homme. Il ne bougeait toujours pas, et Li Meilian remarqua que ses yeux épiaient l'intérieur de la maison. Alors elle lui demanda s'il voulait encore quelque chose.

Cette fois il ouvrit la bouche :

— J'ai l'impression que l'homme qui parle à l'intérieur est notre jeune maître.

Li Meilian sourit :

— Et qui est donc ton jeune maître ?

— Justement, c'est celui qui parle, répondit-il.

Li Meilian, qui avait entendu Lin Xiangfu parler, rentra dans la maison et s'adressa à lui :

— Dehors, il y a quelqu'un qui a l'air de te connaître.

Lin Xiangfu se leva et sortit, il regarda avec étonnement cet homme dépenaillé. Face à lui, l'homme, appuyé sur sa branche d'arbre, éclata en sanglots :

— Jeune maître, dit-il en pleurant, vous n'avez plus donné de nouvelles depuis votre départ. Cela fait déjà deux ans, deux mois et quatre jours, et nous pensions que vous étiez mort.

Lin Xiangfu le reconnut, c'était Tian l'Aîné. Il poussa une exclamation et s'avança pour le soutenir. Il l'observa attentivement, cela faisait plus de deux ans qu'il ne l'avait pas vu. Tian l'Aîné, qui n'avait que la quarantaine, avait déjà les cheveux gris et son visage était sillonné de rides.

— Qu'est-ce qui t'amène ? lui demanda Lin Xiangfu.

— Au début du printemps, j'ai reçu votre lettre, expliqua Tian l'Aîné entre deux sanglots, alors je me suis dépêché de venir.

Tout en parlant Tian l'Aîné sortit de sous son vêtement un morceau de tissu rouge et après l'avoir ouvert de ses mains tremblantes il le tendit à Lin Xiangfu :

— Jeune maître, c'est le titre de propriété de la maison, je vous l'ai apporté.

Lin Xiangfu prit le tissu rouge, le déplia et regarda l'acte de propriété. Il était au nom de son grand-père, et cela réveilla en lui une foule d'émotions. Tian l'Aîné fouilla de nouveau dans son vêtement et en sortit un petit sac en tissu qu'il tendit à Lin Xiangfu. Lin Xiangfu l'ouvrit et découvrit deux petits lingots d'or. Il regarda Tian l'Aîné sans comprendre.

— C'est le fruit de deux ans de récoltes, expliqua Tian l'Aîné. Je suis allé en ville à la banque pour l'échanger contre des petits poissons jaunes, et les voici.

Lin Xiangfu regardait Tian l'Aîné qui se tenait devant lui dans ses vêtements en lambeaux, et il était bouleversé. Après être resté un moment figé, il rangea l'acte de propriété et le petit sac en tissu, et en le soutenant il conduisit Tian l'Aîné vers la maison. Arrivé à l'entrée, Tian l'Aîné s'assit sur le seuil, il retira ses sandales de paille usées par la marche, et décrocha la paire neuve qu'il avait autour du cou. Il essuya ses larmes et expliqua en souriant à Lin Xiangfu qu'au moment de partir il avait préparé cinq paires de sandales. Il en avait déjà usé quatre, et c'était la dernière. Jusqu'ici il n'avait pas osé l'utiliser, mais maintenant qu'il avait retrouvé le jeune maître, il pouvait l'enfiler.

Tian l'Aîné entra donc dans la maison avec ses sandales neuves aux pieds. Au premier coup d'œil il reconnut Lin Baijia qui était en train de manger. Et de nouveau ses yeux se remplirent de larmes.

— C'est la petite demoiselle, n'est-ce pas ?

Tout en pleurant, il voulut prendre Lin Baijia dans ses bras, mais celle-ci recula, effrayée par ce visage hirsute. Tian l'Aîné arrêta son geste et dit à Lin Xiangfu :

— La petite demoiselle a bien grandi, elle ressemble à la jeune maîtresse.

Le lendemain, Lin Xiangfu fit venir un barbier qui coupa les cheveux de Tian l'Aîné et lui rasa la barbe. Il fit venir aussi un tailleur qui lui confectionna un ensemble non doublé et un ensemble matelassé. Comme Tian l'Aîné semblait pressé de repartir, il lui dit :

— Puisque tu es là, reste encore quelques jours.

Au bout de trois jours, Tian l'Aîné rapporta du dehors une botte de paille de riz et, assis sur le seuil de la maison, il entreprit de tresser des sandales. Lin Xiangfu, comprenant alors qu'il était sur le départ, demanda à Li Meilian de préparer un peu plus à manger de façon à ce qu'il puisse emporter de quoi se nourrir en chemin. Et lui-même alla en ville acheter une canne pour Tian l'Aîné.

Lorsque Tian l'Aîné eut fini de tresser la cinquième paire de sandales, Lin Xiangfu le fit venir dans sa chambre, car il avait des choses à lui confier. Il lui donna six billets à ordre pour qu'à son retour il rachète les terres hypothéquées, et lui remit l'acte de propriété de la maison.

— Tu dois prendre soin de mes terres et de ma maison, lui dit-il, ainsi que des tombes de mes ancêtres. Tu n'auras qu'à habiter dans la maison, et toi et tes quatre frères vous vous partagerez le produit des récoltes. Le jour où je reviendrai, vous me rendrez la maison et les terres.

Comme Tian l'Aîné, sur le coup, n'osait pas prendre ce qu'on lui tendait, Lin Xiangfu ajouta sèchement :

— Prends.

Tian l'Aîné finit par prendre les billets à ordre et l'acte de propriété, puis il dit en s'essuyant les yeux :

— Quand reviendrez-vous, jeune maître ?

Lin Xiangfu secoua la tête :

— Pour le moment, je ne sais pas. Mais un jour ou l'autre je rentrerai.

Le lendemain matin à l'aube, Tian l'Aîné prit la route avec cinq paires de sandales de paille suspendues autour du cou. Il avait revêtu ses habits neufs et portait sur son dos deux ballots neufs en toile bleue à fleurs blanches. L'un d'eux contenait des vêtements, et l'autre la nourriture que Li Meilian avait préparée pour lui. En franchissant la porte, il s'inclina devant Chen Yongliang et Li Meilian en les priant de veiller sur son jeune maître qui, assura-t-il, était la meilleure personne qui soit au monde. Puis, voyant Lin Baijia qui s'accrochait à un coin du vêtement de Li Meilian, il s'approcha d'elle le dos courbé et lui caressa délicatement le visage. À nouveau il répéta que la petite demoiselle avait bien grandi et qu'elle ressemblait à la jeune maîtresse.

Lin Xiangfu accompagna Tian l'Aîné jusqu'à l'embarcadère de Xizhen. Tandis qu'ils marchaient dans les rues de Xizhen, Tian l'Aîné garda constamment contre sa poitrine la canne rutilante. Lin Xiangfu lui demanda pourquoi il ne s'en servait pas, et Tian l'Aîné lui répondit en riant qu'il n'avait pas le cœur à utiliser une aussi belle canne. Avant que Tian l'Aîné ne monte sur la barque à auvent de bambou, Lin Xiangfu fourra dans son ballot cinq pièces en argent, en expliquant que c'était pour la route. Cette fois, Tian l'Aîné ne dit rien, il se courba et se glissa sous l'auvent. Lorsque le bateau commença à s'éloigner de la rive, il se mit à pleurer et, s'adressant à Lin Xiangfu resté sur le rivage, il lui lança :

— Jeune maître, revenez vite.

XXV

Le temps s'écoulait sans bruit, en un clin d'œil dix ans étaient passés. Durant tout ce temps, Lin Xiangfu n'avait pas cessé de chercher Xiaomei. Il se souvenait de ces maisons vides de Xizhen dont les propriétaires étaient partis pour ne plus revenir. Il s'était mis en tête qu'une de ces maisons vides appartenait à Xiaomei et à Aqiang, et il attendait leur retour. En dix ans, huit familles rentrèrent à Xizhen. Il se présenta chez les cinq premières, expliquant qu'il était Lin Xiangfu de la menuiserie et qu'il se proposait de réparer leurs portes et leurs fenêtres. Et quand ils s'enquéraient du prix, Lin Xiangfu leur signifiait d'un geste de la main qu'ils n'auraient rien à payer. Quant aux trois dernières familles, ce sont elles qui vinrent le trouver spontanément. De retour à Xizhen, elles avaient su par leurs voisins que Lin Xiangfu de la menuiserie réparait les portes et les fenêtres gratuitement, aussi vinrent-elles à la menuiserie pour demander, tout sourire, qui était Lin Xiangfu.

Tout en réparant leurs portes et leurs fenêtres avec son ouvrier Zhang Pinsan, Lin Xiangfu bavardait de choses et d'autres avec ces gens et se renseignait sur leur passé. Aucune des huit familles n'avait le moindre lien avec Xiaomei et Aqiang.

À cette époque, Lin Xiangfu possédait déjà plus de mille *mu* de terres à Wanmudang. Les premières terres qu'il acheta furent acquises avec les billets à ordre qu'il avait apportés. Puis les revenus des terres et de la menuiserie lui permirent d'en acquérir d'autres au fur et à mesure. La menuiserie elle aussi était florissante, et comme on y était maintenant trop à l'étroit, on construisit une nouvelle menuiserie sur un terrain vacant à proximité ainsi qu'un entrepôt.

Ce paysan du Nord vouait un attachement indescriptible à la terre, tel celui d'un bébé à sa mère. Douze ans auparavant, après le passage de la tornade, alors qu'il venait de retrouver sa fille qu'il croyait perdue, il avait embrassé du regard pour la première fois, dans les rayons du soleil levant, la terre de Wanmudang, ces parcelles sillonnées de voies d'eau, ces arbres déracinés éparpillés çà et là, ces plants de riz couchés dans tous les sens comme des herbes folles piétinées, ces planches de bateaux brisées, ces touffes de chaume, ces gros arbres et ces toits flottant à la surface de l'eau… Malgré tout, à travers ce paysage ravagé, Lin Xiangfu devinait encore la richesse et la prospérité qui régnaient auparavant à Wanmudang, de la même façon que sur le visage d'une vieille femme se lit encore sa beauté passée.

Après l'effondrement de la dynastie des Qing, il y eut des guerres incessantes et les troupes de brigands pullulèrent. À Wanmudang leur nombre augmentait de jour en jour. Les rapts auxquels ils se livraient concernaient surtout les femmes. Ils enlevaient les jeunes filles des familles riches et réclamaient des rançons élevées. Les familles qui redoutaient de voir leur fille déshonorée se dépêchaient de les marier, et sur les rivières et les chemins de terre menant à Xizhen ou à Shendian les cortèges des mariés allant chercher leur promise au son des *suona* se succédaient sans fin. Dans les maisons, c'était un va-et-vient ininterrompu de troupes de comédiens, et les musiques qui accompagnaient les noces ne s'interrompaient ici que pour reprendre ailleurs. Les brigands mettaient à sac les maisons, poussant les grandes familles de Wanmudang à brader leurs terres pour s'installer à Shendian ou à Xizhen. Une fois les grandes familles parties, c'étaient les familles un peu moins fortunées qui devenaient la cible des brigands. Elles ne tardaient pas à leur tour à brader leurs terres pour s'installer à Xizhen ou à Shendian. Lin Xiangfu, quant à lui, continuait à acquérir des terres. Il ne se souciait pas des troubles de l'heure et il ne s'inquiétait pas des conséquences des exactions des brigands sur le rendement des terres de Wanmudang. Pour lui, tant qu'il y aurait des montagnes, il y aurait du bois à brûler.

Gu Yimin était toujours aussi maigre et son teint toujours aussi foncé, mais il avait perdu son optimisme d'antan. Les troubles de l'heure l'avaient plongé dans l'inquiétude, et souvent quand il parlait il oubliait de finir ses phrases.

— Les présidents de la République se succèdent comme sur une lanterne magique[26], dit-il à Lin Xiangfu. Impossible de savoir qui gouverne.

La lassitude s'était emparée aussi de Lin Xiangfu. Malgré sa robuste silhouette d'homme du Nord, on l'entendait tousser quand il passait dans les rues.

Les deux hommes commencèrent à discuter des fiançailles de leurs enfants : Lin Baijia avait douze ans, et le fils aîné de Gu Yimin, Gu Tongnian, quinze. Gu Yimin déclara qu'avec ces guerres incessantes et ces brigands qui pullulaient, le moment n'était pas favorable pour des fiançailles, cependant on ne pouvait tarder davantage, il fallait bien continuer à vivre, et ce qui était à faire devait être fait. Ils convinrent que la cérémonie des fiançailles aurait lieu le 12 du douzième mois lunaire.

XXVI

Gu Tongnian était interne dans une école de Shendian et il avait déjà acquis une réputation de petit démon. Dans le réfectoire de son école, il n'était pas question qu'il entre une seule mouche, faute de quoi les cuisiniers s'exposaient à une lourde amende. Gu Tongnian s'amusait à attraper des mouches et à les jeter dans le seau à légumes, si bien que le responsable de la cuisine avait été mis à l'amende plusieurs fois. L'homme, qui avait dépassé la cinquantaine, ignorait d'où venait le coup, mais un jour il n'hésita pas à s'agenouiller devant les élèves pour les supplier :

— Nous gagnons déjà péniblement notre vie, comment voulez-vous qu'on paie des amendes !

Ce petit démon s'entraînait depuis des années au saut à la perche. L'école était séparée du théâtre par une petite rivière. C'était devant le théâtre que les prostituées racolaient leurs clients. Gu Tongnian s'était procuré une perche en bambou épaisse, et à la nuit tombée il sautait par-dessus la rivière et entrait avec sa longue perche dans le théâtre pour assister aux représentations qu'on y donnait. Lorsqu'il eut douze ans, il cessa de s'intéresser à ces spectacles. Ce garçon qui n'était pas encore un homme rôdait devant le théâtre en traînant sa perche derrière lui et, sans qu'on le lui enseignât, il apprit à aborder les prostituées et à marchander avec elles. À douze ans, il loua pour la première fois une chambre dans un hôtel voisin, et passa la nuit avec des prostituées.

Le rejeton de la famille Gu n'en était pas moins avare de ses deniers. Aux prostituées avec lesquelles il allait, il n'offrait que la moitié du prix normal : arguant qu'il ne faisait que la moitié de la taille d'un homme, il prétendait en conséquence payer demi-tarif. Au début, les prostituées ne daignaient pas prêter attention à ce petit bâtard qui n'avait pas de poil au menton, alors Gu Tongnian fit les cent pas devant le théâtre avec sa perche, en déversant sur elles un torrent d'injures et en protestant de son bon droit. Sa voix aiguë et sonore attira de nombreux badauds. Il discourait à perte de vue sans éprouver la moindre honte, exposant ses griefs à qui voulait l'entendre, et ce furent les prostituées, paradoxalement, qui se mirent à rougir. Malgré son jeune âge, Gu Tongnian était doté d'un solide appétit, et il voulut en prendre deux à la fois. Celles-ci se dirent que certes elles ne seraient payées qu'à la moitié du tarif, mais qu'en revanche il leur serait plus facile à deux d'affronter ce petit morveux. Aussi acceptèrent-elles de le suivre avec sa longue perche dans la chambre d'hôtel. Mais à peine au lit, elles commencèrent à crier grâce. Contre toute attente ce petit bâtard avait un membre aussi dur que la perche qu'il avait posée devant le lit. Qui plus est, il aimait varier les positions et il les retournait dans tous les sens. Si bien qu'après s'être occupées de lui pendant toute une nuit, elles eurent l'impression d'être des portefaix qui viennent d'accomplir une journée de labeur sur les quais. Dorénavant, dès qu'elles voyaient Gu Tongnian franchir la rivière avec sa perche, les prostituées qui racolaient devant le théâtre couraient se cacher. À leurs yeux ce petit bâtard était un fieffé démon.

Gu Tongnian, qui était du genre à brûler les étapes, commença à prendre les prostituées par trois ou par quatre. Un soir, il en prit cinq à qui il commanda de se déshabiller et de s'allonger sur le lit. Il les besogna l'une après l'autre, et quand il fut fatigué il se coucha sur leurs ventres à toutes les cinq pour faire un somme, après quoi il recommença à les besogner. Quand les cinq prostituées furent parties, épuisées, il dormit jusqu'à midi du sommeil du juste. Il était comme une chiffe molle quand il quitta l'hôtel avec sa perche. Et alors qu'il s'apprêtait à franchir la rivière, ses mains et ses jambes le lâchèrent et il tomba la tête la première dans l'eau. Après avoir regagné la terre ferme, il éternua à plusieurs reprises, puis il fut pris d'une forte fièvre, et de retour à Xizhen il resta couché à la maison pendant vingt-trois jours. Le vingt-quatrième jour, il réintégra en chaise à porteurs son école de Shendian, et dès le soir venu il franchissait derechef la rivière avec sa perche. Désormais, toutefois, il ne prenait plus les prostituées par quatre ou par cinq, généralement il se contentait de deux, voire trois à la rigueur.

Par la suite Gu Yimin envoya successivement ses trois autres fils à l'internat de Shendian, et Gu Tongnian entraîna ses trois jeunes frères, Gu Tongyue, Gu Tongri et Gu Tongchen, pour en faire des champions de saut à la perche. Ce n'était plus un mais quatre petits démons que les prostituées qui racolaient devant le théâtre virent traverser la rivière. Ces quatre-là, quand ils arrivaient avec leurs perches en bambou, avaient vraiment l'allure de michetons : leurs quatre paires d'yeux brillantes lançaient des regards sournois alentour, puis chacun faisait son choix et ils filaient à l'hôtel. Ils ne louaient qu'une seule chambre, et quand les quatre prostituées nues étaient étendues sur le lit, ils se livraient d'abord à une leçon d'anatomie, comparant avec entrain leurs seins, leurs visages, leurs jambes et leurs fesses. Ces comparaisons pouvaient bien prendre une heure, si bien que les prostituées couchées sur le lit commençaient à bâiller. Puis les comparaisons terminées, ils montaient sur le lit par ordre d'âge : Gu Tongnian d'abord, puis Gu Tongyue et Gu Tongri, et enfin Gu Tongchen. Souvent, Gu Tongnian ne descendait pas du lit avant de s'être occupé des quatre prostituées, alors que Gu Tongyue et Gu Tongri éjaculaient dès la première. Celui que les prostituées redoutaient le plus, c'était Gu Tongchen. Ce garçon qui n'avait que sept ans s'intéressait plus que tout à leurs seins. Il grimpait sur elles et s'en prenait à leur poitrine, il la pinçait et la pétrissait, la suçait et la mordait, il les malmenait si bien qu'on entendait leurs cris de douleur à travers la fenêtre close.

XXVII

Lin Xiangfu n'envoya pas Lin Baijia à l'école. À l'époque, aucune école à cent *li* à la ronde n'acceptait de filles, alors il se chargea lui-même de son éducation.

Lin Baijia, Chen Yaowu et Chen Yaowen avaient grandi ensemble dans ces deux bâtiments à étage. Ils montaient et descendaient les escaliers à toute allure en faisant vibrer le plancher sous leurs pas, et la poussière qui tombait par les interstices entre les lattes du parquet finissait souvent dans les woks dans lesquels Li Meilian faisait revenir la viande ou les légumes. De sa cuisine, elle criait pour que les enfants cessent de courir à l'étage. Dès que les trois gamins l'entendaient, ils se mettaient carrément à trépigner pour faire tomber encore plus de poussière. Et ils entreprirent même de lui jouer de vilains tours : ils allaient prendre à la menuiserie des poignées de sciure qu'ils glissaient ensuite dans les fentes du plancher. Après quoi, et que je saute, et que je tape des pieds. Plus Li Meilian criait fort en bas, plus ils s'en donnaient à cœur joie en haut. À bout de ressources, Li Meilian demanda aux deux ouvriers de la menuiserie de coller du papier au plafond de façon à colmater les espaces entre les lattes du plancher, et elle parvint ainsi à empêcher la sciure de bois de tomber.

Lin Xiangfu, qui voyait les trois enfants s'agiter toute la journée, jugea qu'il était temps que le son des récitations remplace le martèlement des pieds. Avec l'aide de Chen Yongliang il vida une pièce du rez-de-chaussée qui servait de débarras et accrocha un petit tableau noir au mur, à côté duquel il afficha l'"Amplifications du Saint Édit" de l'empereur Yongzheng[27]. Et il apporta trois petits pupitres et trois petits tabourets. Il convoqua les trois enfants et leur dit :

— À partir de maintenant, vous allez apprendre à lire. Désormais, vous devrez vous tenir bien droits et marcher correctement.

Lin Xiangfu commença à faire la classe à Lin Baijia, Chen Yaowu et Chen Yaowen. Dix jours plus tard, il apporta deux autres pupitres et deux autres tabourets : Gu Yimin lui avait confié ses deux filles, Gu Tongsi et Gu Tong'nian[28].

Les deux sœurs Gu avaient respectivement dix et sept ans. Lin Xiangfu les fit entrer tout sourire et, après les avoir présentées à Lin Baijia, Chen Yaowu et Chen Yaowen, il ajouta :

— Ce seront vos camarades de classe mais aussi vos petites sœurs.

Gu Tongsi et Gu Tong'nian, dont l'une portait un *qipao* rouge cerise et l'autre un *qipao* vert clair, regardèrent en rougissant ces trois enfants plus âgés qu'elles, elles s'approchèrent de Lin Baijia, et l'aînée des sœurs, Gu Tongsi, lui remit les trois petits sacs en tissu qu'elle tenait dans sa main. Celle-ci les prit d'un air étonné, elle en ouvrit un et découvrit qu'il contenait des bonbons. Elle comprit qu'il s'agissait d'un cadeau de première rencontre que leur offraient les sœurs Gu, et tendit les deux autres sacs à Chen Yaowu et à Chen Yaowen. Après avoir ouvert le leur, Chen Yaowu et Chen Yaowen commencèrent à dévorer goulûment les bonbons, tandis que Lin Baijia en déposait quelques-uns au creux de sa main. Elle en prit un qu'elle approcha des lèvres de Gu Tongsi, puis un autre des lèvres de Gu Tong'nian, et mit le troisième dans sa bouche.

Quand ils eurent englouti les bonbons, Chen Yaowu et Chen Yaowen regardèrent avec envie Lin Baijia et les sœurs Gu déguster lentement les leurs. Lin Xiangfu, debout devant le tableau, observait sans rien dire Lin Baijia et les sœurs Gu qui savouraient leurs bonbons, et il en oubliait de faire classe. Il se réjouissait que Lin Baijia et les sœurs Gu s'entendent si bien dès leur première rencontre.

Au contact de Gu Tongsi et de Gu Tong'nian, Lin Baijia se métamorphosa. Elle n'était plus ce garçon manqué qui cavalait partout du matin au soir avec Chen Yaowu et Chen Yaowen. Elle ressemblait maintenant à une fille, et même à une demoiselle.

Pendant les récréations, tandis que Chen Yaowu et Chen Yaowen se battaient dans la cour avec des sabres et des épées en bois, Lin Baijia et les sœurs Gu jouaient au volant[29]. Lorsque Gu Tong'nian, qui n'avait que sept ans, levait le pied pour frapper le volant, elle perdait souvent l'équilibre et tombait par terre. Alors Lin Baijia attacha une ficelle au volant et, tout en soutenant Gu Tong'nian de la main gauche, elle tirait la ficelle de la main droite pour que le volant ne puisse pas s'échapper quand Gu Tong'nian donnait un coup de pied dedans. Après la classe, Lin Baijia raccompagnait les sœurs Gu jusqu'à leur chaise à porteurs qui les attendait dehors. Et même si elles devaient se revoir le lendemain, elles se faisaient des adieux qui n'en finissaient pas. Le matin, Lin Baijia guettait devant le portail de la cour l'arrivée de la chaise à porteurs des sœurs Gu.

Lin Xiangfu s'était pris de passion pour l'enseignement. Il abandonna les affaires de la menuiserie à Chen Yongliang et se consacra tout entier à ses leçons. Comme c'était l'usage dans toutes les écoles privées, il enseignait aux enfants les classiques confucéens : les *Entretiens de Confucius*, le *Classique de la piété filiale*, *La Grande Étude*, *L'Invariable Milieu*, ainsi que le *Mencius* et le *Livre des rites*, aucun des grands textes ne manquait à l'appel[30]. Par la suite, ayant eu vent de l'essor de l'éducation nouvelle, il se rendit à l'internat de Shendian pour en savoir plus.

Ce soir-là, Lin Xiangfu aperçut les quatre fils de Gu Yimin qui sortaient d'un restaurant avec leurs perches de bambou. Après avoir essuyé leurs bouches luisantes de graisse, ils prirent leur élan sur quatre ou cinq mètres, puis ils franchirent la petite rivière en s'aidant de leurs perches. Ils franchirent la distance avec la légèreté d'une hirondelle, après être restés un moment en l'air, leur perche plantée à la verticale. Même le plus jeune, Gu Tongchen, était passé de l'autre côté en chantonnant.

XXVIII

Les fiançailles de Gu Tongnian et de Lin Baijia furent célébrées comme prévu le douzième jour du douzième mois. Lin Xiangfu fit venir chez lui un barbier qui lui coupa les cheveux et lui rasa la barbe, ainsi qu'à Chen Yongliang, et qui leur tailla aussi les sourcils. Après quoi, les deux hommes revêtirent une robe matelassée et sortirent dans les rues du bourg. À Xizhen, la coutume voulait que du côté de la fiancée deux personnes au moins participent à la cérémonie. Le nombre importait peu, du moment que c'était un nombre pair. Lin Xiangfu avait donc fait appel à Chen Yongliang. Quand ils arrivèrent à la résidence des Gu, les abords étaient décorés de lanternes et de pièces de soie multicolores. Les voitures arrivaient en un flux continu. On entendait les éclats sonores d'un duo de *suona*, et le rythme assourdissant des gongs et des tambours frappés par quatre hommes. Debout sur le perron, Gu Yimin accueillait ses hôtes en souriant, et les saluait les mains jointes.

Les gens qui avaient reçu une invitation de Gu Yimin étaient tous des personnages importants de Xizhen, et tout naturellement ils étaient venus en chaise à porteurs. Ce jour-là, il n'y avait plus une chaise libre au bourg de Xizhen, car tous les invités tenaient à venir dans cet équipage même s'ils n'habitaient qu'à deux pas. Ils demandaient aux porteurs de leur faire faire d'abord un tour en ville pour que les simples particuliers sachent bien qu'ils étaient les invités de Gu Yimin. Ce jour-là, les seuls à être venus à pied furent Lin Xiangfu et Chen Yongliang. Les mains enfoncées dans leurs manches, ils marchaient d'un pas pressé sous le soleil d'hiver. Quand ils saluèrent Gu Yimin les mains jointes, celui-ci vit la sueur perler sur le visage rougi de Lin Xiangfu.

La cérémonie des fiançailles se tint dans la grande salle des Gu. On y avait installé vingt tables carrées pour huit personnes, et plusieurs dizaines de braséros entouraient la pièce, dans lesquels rougeoyaient des braises scintillantes. Le mouvement des têtes qui se pressaient et le brouhaha des voix rappelaient l'effervescence d'un théâtre. Quand les invités furent installés, la cérémonie débuta. Tout d'abord, c'est un lettré invité par la famille du fiancé qui donna lecture de la liste des présents offerts par cette dernière. Sur cette liste, rien qu'en argent, il n'y avait pas moins de cinq mille taëls[31], ce qui provoqua des frémissements dans l'assistance. À quoi s'ajoutaient des soieries, des boucles d'oreilles, des bagues, des bracelets, des colliers et des montres. Puis, ce fut Chen Yongliang qui, au nom de la famille de la fiancée, lut la liste des présents offerts par l'autre partie : cinq cents *mu* de bonne terre de Wanmudang, ainsi que toutes sortes d'ustensiles de la vie quotidienne, et des vêtements pour les quatre saisons. Quand Chen Yongliang eut fini de parler, des murmures admiratifs s'élevèrent dans la grande salle des Gu.

Le banquet commença et les serviteurs de la famille Gu entrèrent en file indienne, apportant une kyrielle de plats délicieux. Pratiquement tout ce qui se mange était là : tout ce qui vole dans le ciel, tout ce qui nage dans l'eau, tout ce qui pousse dans la terre. Plusieurs dizaines de jarres d'alcool étaient alignées, dans lesquelles chatoyaient plusieurs dizaines de vins du Sud à la couleur plus ou moins foncée et aux arômes plus ou moins prononcés : du vin vieux de Shaoxing, du fuzhen de Suzhou, du sanbai de Songjiang, du hongyou de Yixing, du mugua de Yangzhou, du baihua de Zhenjiang, du xiaruo de Tiaoxi, du lahuang de Huai'an, du pujiu de Pukou, du xunjiu du Zhexi, du sharendou de Suqian, et du wujiapi de Gaoyou.

XXIX

Ce jour-là, Li Meilian avait fait revêtir à Lin Baijia une jupe rouge, un pantalon rouge, des chaussons brodées en satin rouge et une veste matelassée brodée en satin rouge. Radieuse, elle lui dit :

— Aujourd'hui, c'est un grand jour : tu vas entrer dans la famille Gu. Alors aujourd'hui tu dois rester assise bien sagement sur ta chaise, tu ne dois pas gigoter, ni salir tes vêtements. Les femmes de la famille Gu n'ont pas de poussière sur leurs vêtements, et pas de terre sur leurs chaussures. Elles ont les dents parfaitement blanches, et leurs cheveux sont parfumés et d'un noir brillant.

Li Meilian fit asseoir sur une chaise une Lin Baijia tout en rouge. Elle plaça le braséro rougeoyant à ses pieds et demanda à ses deux fils, Chen Yaowu et Chen Yaowen, de veiller sur elle : ils devaient rajouter du charbon dès que le feu du braséro faiblirait, et se dépêcher de lui servir du thé dès qu'elle aurait soif. Là-dessus, elle partit faire des courses, son panier au bras. Lin Xiangfu et Chen Yongliang s'étaient rendus au banquet, et elle voulait régaler aussi les trois enfants.

Lin Baijia se tenait assise bien droite sur sa chaise, et Chen Yaowu surveillait le feu du braséro. Il marmonnait : dépêche-toi de faiblir, dépêche-toi de faiblir, que je puisse rajouter du charbon. Chen Yaowen était planté à côté de Lin Baijia, la théière à la main, et il n'arrêtait pas de lui demander si elle avait soif, mais chaque fois Lin Baijia faisait non de la tête.

— Je dois rester assise sans bouger, expliqua Lin Baijia, ça n'est pas drôle de faire partie de la famille Gu.

À cet instant, deux inconnus pénétrèrent dans la cour, leurs visages apparurent fugitivement derrière la fenêtre, puis ils entrèrent. L'un d'eux portait un fusil dans le dos, et l'autre un pistolet à la ceinture. Une fois dans le salon, ils regardèrent Lin Baijia d'un air réjoui, et l'homme au fusil demanda :

— À quelle famille appartient cette demoiselle parée comme une fleur ?

— C'est la demoiselle de la famille Gu, répondit Chen Yaowen d'une voix sonore.

— On reconnaît les arbres à leurs feuilles et les gens à leur apparence, dit l'homme au pistolet. À en juger par sa toilette, elle doit valoir cinq cents dollars d'argent.

Chen Yaowu et Chen Yaowen restèrent cois. Lin Baijia demanda à Chen Yaowen pourquoi il ne proposait pas de thé à leurs hôtes.

— Du thé, tu parles ! déclara l'homme au pistolet, dépêche-toi plutôt de nous suivre.

L'homme au fusil intervint :

— On a bien le temps de boire une tasse de thé.

Chen Yaowen s'empressa de les servir, les deux brigands s'assirent et tout en buvant leur thé ils jetaient des regards sur Lin Baijia, sur Chen Yaowu et Chen Yaowen, et sur la pièce dans laquelle ils se trouvaient. Quand elle vit qu'ils avaient fini, Lin Baijia se leva et leur dit :

— Allons-y.

Chen Yaowen, qui ne comprenait pas ce qui se passait, demanda à Lin Baijia :

— Où allez-vous ?

Chen Yaowu, lui, avait compris, et il expliqua à son petit frère :

— Ce sont des brigands, ils viennent pour enlever des gens.

Lin Baijia sortit de la pièce avec les deux brigands, puis elle se retourna vers Chen Yaowu :

— Grand frère, cours prévenir mon père, qu'il prépare cinq cents dollars d'argent pour me racheter.

Sur ce, elle s'adressa au brigand au fusil :

— Où devra-t-il aller pour me racheter ?

Le brigand au fusil répondit :

— Nous lui enverrons un message.

XXX

Sur le chemin du retour, après avoir fait ses courses, Li Meilian apprit qu'une troupe de brigands était entrée dans Xizhen pour enlever des gens. Elle songea alors aux trois enfants restés seuls à la maison, et sa tête se mit à bourdonner. Elle rentra en courant, en se tortillant sur ses petits pieds. Chen Yaowu et Chen Yaowen vinrent à sa rencontre et lui annoncèrent que Lin Baijia était partie avec des brigands. Les jambes de Li Meilian se dérobèrent et elle tomba les fesses par terre sur le seuil de la porte. Elle se rappela les légendes qui couraient sur les brigands : les hommes qu'ils enlevaient, ils leur plantaient un bambou dans l'anus, et ils le faisaient pivoter, c'était ce qu'ils appelaient "tourner la manivelle du téléphone" ; quant aux femmes, ils leur introduisaient un bambou dans le vagin, qu'ils faisaient entrer et sortir, et c'était ce qu'ils appelaient "actionner le soufflet".

— Vite, vite, va te proposer à la place de Lin Baijia, ordonna Li Meilian à son fils aîné Chen Yaowu. Tu es un homme, s'ils "tournent la manivelle du téléphone", cela te fera simplement un peu mal. Tandis que s'ils "actionnent le soufflet", Lin Baijia ne pourra plus jamais garder la tête haute.

Le garçon de quatorze ans sortit de la maison et interrogea des passants paniqués pour savoir par où les brigands étaient partis. On lui répondit qu'ils étaient partis vers le sud. Chen Yaowu se précipita dans cette direction. Il remonta la grande rue de Xizhen et courut d'une traite jusqu'à la porte sud, puis il continua à courir sur la grande route, hors des murailles de la ville, si vite qu'il en eut un point de côté et qu'il ruisselait de sueur. Tout en courant, il enleva sa veste matelassée, et après l'avoir gardée un moment à la main, comme elle l'encombrait, il s'en débarrassa. Puis il aperçut devant lui une vingtaine d'otages qui marchaient en file indienne le long de la route, attachés entre eux par une corde. Devant, derrière, à gauche et à droite, il y avait des brigands armés de fusils. En s'approchant, il constata que Lin Baijia était en tête de la file, de même que les deux brigands qui étaient venus chez eux. Il courut droit jusqu'à eux, et se planta au milieu de la route pour les arrêter :

— Messieurs les brigands, dit-il, à bout de souffle, j'ai une proposition à vous faire.

Le brigand au pistolet s'avança vers lui et lui flanqua une gifle :

— Ma parole, tu ne tiens pas à la vie !

— Si, si, répondit Chen Yaowu en protégeant son visage avec ses mains, ce que je veux, c'est prendre la place de ma petite sœur.

Tout en parlant, il pointa son doigt vers Lin Baijia, et dit au brigand au pistolet :

— Elle se fiance aujourd'hui, c'est pour ça qu'elle porte de beaux vêtements. Habituellement elle n'est pas aussi bien habillée. C'est une fille, elle ne vaut pas grand-chose. Moi, je suis le fils aîné de la famille. Si elle vaut cinq cents dollars d'argent, alors moi j'en vaux mille. Vous aimez mieux cinq cents dollars ou mille dollars ?

Aussitôt Lin Baijia s'empressa de réagir :

— Grand frère, ne prends pas ma place. Nous ne sommes pas riches, nous sommes simplement des gens un peu aisés. On ne peut pas payer cinq cents dollars de plus.

À ces mots, Chen Yaowu hocha la tête :

— Tant pis, je ne prendrai pas la place de ma petite sœur, dit-il au brigand au pistolet. Cinq cents taëls, ça n'est pas rien.

Sur ce, il s'écarta, mais le brigand au pistolet rugit :

— Putain, reviens ici. Mézigue préfère tes mille à toi plutôt que ses cinq cents à elle.

Le brigand défit la corde à laquelle Lin Baijia était attachée et tira Chen Yaowu vers lui pour le ligoter. Voyant Chen Yaowu trembler dans son vêtement non doublé trempé de sueur, Lin Baijia lui demanda ce qu'il avait fait de sa veste matelassée. Chen Yaowu répondit qu'il l'avait jetée, car il n'arrivait pas à courir en la gardant à la main. Lin Baijia enleva sa veste matelassée brodée en satin rouge et la lui tendit. Elle était un peu petite pour lui, et il eut de la peine à l'enfiler. Le brigand au fusil voulut l'aider à passer son bras dans l'emmanchure, mais le brigand au pistolet l'engueula :

— Tu es un brigand, pas un moine, tu n'as pas besoin de jouer les bodhisattvas.

Le brigand au fusil, sans un mot, brandit sa baïonnette et en piqua le bras gauche de Chen Yaowu. Chen Yaowu poussa un cri de surprise, puis il vit que la baïonnette avait transpercé le tissu de la veste sans le blesser. Le brigand au fusil passa la corde à travers le trou qu'il venait de faire dans la manche avec sa baïonnette, et il attacha Chen Yaowu avec les autres otages.

Les brigands ordonnèrent en beuglant aux otages de se remettre en marche. Lin Baijia s'approcha de Chen Yaowu et lui murmura à l'oreille :

— Grand frère, l'homme au fusil est un peu plus gentil que l'autre, reste près de lui.

XXXI

Chez les Gu, la fête battait son plein. Gu Tongnian fit son entrée sous les regards joyeux des invités. Le garçon de quinze ans était vêtu d'une robe matelassée en soie rouge et noir, et il était coiffé d'un bonnet à six côtes au bout pointu. Accompagné du majordome, et au milieu du brouhaha des voix, il fit le tour des tables pour aller se présenter, tout sourire, à Lin Xiangfu et à Chen Yongliang.

Gu Tongnian s'agenouilla, Lin Xiangfu le releva et prit des mains de Chen Yongliang une enveloppe rouge qu'il glissa dans la main de Gu Tongnian. Lin Xiangfu examina attentivement Gu Tongnian. Ce garçon était aussi maigre que son père et il avait le teint aussi foncé, mais son visage respirait le cynisme, bien loin du sérieux de Gu Yimin, et malgré lui un doute le saisit.

C'est alors qu'un domestique se précipita vers Gu Yimin. Il se pencha vers lui et lui murmura quelque chose à l'oreille. Le visage épanoui de Gu Yimin se figea instantanément, comme gelé. Il chuchota à l'adresse de Lin Xiangfu et de Chen Yongliang, assis à ses côtés, qu'à l'instant des brigands étaient entrés en ville pour enlever des gens, et que Lin Baijia faisait partie des otages.

Lin Xiangfu regardait Gu Yimin d'un air incrédule. Gu Yimin répéta ce qu'il venait de dire. Cette fois, Lin Xiangfu eut l'impression qu'une pierre s'abattait sur lui. Il bondit comme pour l'éviter, puis se précipita dehors en se frayant un chemin entre les tables et les chaises, de sorte que les invités qui mastiquaient encore, un verre d'alcool à la main, en restèrent abasourdis. Aussitôt ils virent Chen Yongliang sortir en trombe de la grande salle comme venait de le faire Lin Xiangfu. Ignorant ce qui s'était passé, les invités fixaient sur Gu Yimin des regards inquiets. Celui-ci s'efforçait de garder le sourire, et d'un ton qui se voulait rassurant, il dit :

— Une bande de brigands est entrée en ville pour enlever des gens. Pas de panique, ils sont déjà repartis.

Lin Xiangfu courait comme un fou dans la rue. Chen Yongliang, qui le suivait, se rendit compte qu'il prenait le chemin de la maison, alors il tenta de l'arrêter : pointant du doigt des passants dans la rue, il lui expliqua qu'ils avaient vu les brigands quitter la ville par la porte sud. Lin Xiangfu s'arrêta, resta interdit un instant puis, hochant la tête, il tourna les talons et partit en direction de la porte sud. Tout en courant, il sentit que ses yeux étaient irrités, et en les touchant de sa main il comprit que la sueur coulait dedans. Au moment où il franchissait la porte sud de Xizhen, il eut l'impression qu'un enfant vêtu de rouge passait à côté de lui. Il entendit les cris de Chen Yongliang qui courait derrière lui. Il s'arrêta et, en se retournant, il aperçut Chen Yongliang en compagnie d'une jeune fille. Chen Yongliang lui faisait des signes de la main. Il essuya la sueur au coin de ses yeux et reconnut Lin Baijia à côté de Chen Yongliang. Alors il courut vers sa fille, essuya avec sa manche la sueur qui lui couvrait le visage et, s'agenouillant, il la prit dans ses bras. Tandis qu'il la serrait contre lui, il sentit qu'elle n'avait pas grand-chose sur elle. Il se rendit compte alors qu'elle ne portait qu'un fin chemisier en gaze de soie rouge, et lui demanda pourquoi elle n'avait pas mis sa veste matelassée.

C'est ainsi qu'ils apprirent que Chen Yaowu était parti avec les brigands. Lin Xiangfu vit une expression de désarroi passer dans les yeux de Chen Yongliang, qui se mit à suivre du regard la grande route menant vers le sud. Au bout de la route se trouvait Wanmudang où l'eau et le ciel se confondaient. Lin Xiangfu proposa de se lancer sans tarder à la poursuite des brigands, mais Chen Yongliang secoua la tête, et prenant Lin Baijia dans ses bras il dit :

— Rentrons.

Li Meilian, debout sur le trottoir, regardait au loin. Elle vit Lin Xiangfu et Chen Yongliang tourner au coin de la rue. Lin

Baijia sauta des bras de Chen Yongliang et courut vers elle. Li Meilian, les mains serrées contre sa poitrine, laissa échapper un soupir de soulagement.

De retour à la maison, Li Meilian fit venir Lin Baijia auprès d'elle et l'examina sous toutes les coutures. Quand elle constata qu'elle avait seulement les cheveux un peu ébouriffés, elle fut enfin rassurée. Elle voulut chercher un peigne pour la recoiffer. Chen Yongliang lui fit observer qu'il valait mieux d'abord lui faire mettre une veste matelassée, et c'est alors seulement que Li Meilian remarqua que Lin Baijia ne portait pas de vêtement chaud. Elle dit en souriant que la joie lui avait tourné la tête, et aussitôt se rendit dans la pièce voisine. Elle en rapporta une veste qu'elle fit enfiler à Lin Baijia, mais au moment où elle attachait les boutons en tissu, elle fondit brusquement en larmes. C'était elle qui avait demandé à Chen Yaowu de prendre la place de Lin Baijia, avoua-t-elle aux deux hommes. Elle avait craint que les bandits "n'actionnent le soufflet", et comme elle avait deux fils et une seule fille, elle avait envoyé Chen Yaowu. Les larmes de Li Meilian plongèrent Lin Xiangfu dans une douleur profonde. Il sortit de la maison, la tête basse. Chen Yongliang sortit à son tour et posa la main sur son épaule :

— Elle a raison, lui dit-il. Nous avons deux fils et une seule fille.

XXXII

Quand on apprit que des brigands étaient entrés en ville pour capturer des otages, ce fut comme un coup de tonnerre dans un ciel serein. Les habitants de Xizhen, épouvantés, ne parlaient que de cela, et les propos qu'ils échangeaient ne leur servaient qu'à se faire peur. Le choc avait été tel pour ces gens habitués à une vie tranquille qu'ils dramatisaient de plus en plus la situation, peignant l'avenir de Xizhen sous les couleurs les plus sombres.

Plusieurs personnes qui avaient déjà eu affaire à des brigands à Wanmudang, et qui étaient venues s'installer à Xizhen pour être plus en sécurité, tinrent à partager leur expérience. Pâlissant au fur et à mesure qu'ils s'exprimaient, ils racontèrent aux habitants de Xizhen toutes les atrocités commises par les brigands. Ils arrachaient les yeux des otages ou leur coupaient les oreilles, et ils pratiquaient toutes sortes de tortures : "la manivelle du téléphone", "le soufflet", "la barre", "la carpe striée", "la chaise joyeuse" et "le labour". Au fil du discours, ils n'arrivaient déjà plus à distinguer ce à quoi ils avaient assisté en personne et ce qui relevait de la rumeur.

D'après leur récit, les habitants de Xizhen comprirent que le supplice de "la carpe striée" consistait à tracer des losanges au couteau sur le dos d'un homme, comme on le fait sur le dos d'une carpe avant de la faire frire dans le wok ; "la chaise joyeuse", à faire asseoir l'otage sur un siège recouvert de clous pointe en l'air. La torture la plus sophistiquée était celle du "labour". N'ayant pas su l'expliquer clairement, quelques-uns de ceux qui avaient été torturés par les brigands durent se résoudre à faire une démonstration dans la rue. L'otage était étendu par terre, on fixait un bâton à chacune de ses jambes et on se mettait à deux pour le soulever à la verticale au moyen de bâtons, après quoi on lui ordonnait d'avancer en rampant. Les quelques personnes qui se risquèrent poussaient des cris de douleur tandis qu'elles rampaient sur le sol. Trois d'entre elles supplièrent qu'on arrête au bout d'un mètre à peine, et elles restèrent affalées sur place comme des chiffes molles, la sueur dégoulinant à grosses gouttes de leur front.

La démonstration de "labour" devait se transformer rapidement en un concours de "labour". Ils furent nombreux à vouloir s'y essayer, et les habitants du bourg de Xizhen se mirent alors en tête de désigner un lauréat. Finalement, trois concurrents se détachèrent du lot : Chen Shun, un serviteur de Gu Yimin, Zhang Pinsan, de la menuiserie, et Zeng Wanfu, un batelier. Ces trois jeunes hommes costauds avaient rampé sur plus de cinq mètres, mais il avait été impossible de déterminer qui avait rampé le plus loin. Tous les trois réclamaient qu'on les départage, bien décidés chacun à remporter la palme.

Des esprits éclairés de Xizhen, affligés qu'en ces temps où sévissaient des brigands leurs tortures puissent devenir l'objet d'une compétition, se rendirent chez Gu Yimin, le président de la Guilde des commerçants, pour lui demander d'intervenir et d'interdire la poursuite du concours.

Gu Yimin était en train de constituer une milice. Cette affaire d'enlèvement l'avait profondément choqué, et il avait le sentiment que Xizhen ne cesserait plus désormais d'être harcelé par les brigands. Il avait fait la navette entre Shendian et Xizhen pour obtenir de l'armée régulière qu'elle vienne protéger Xizhen, mais en ces temps de chaos, il était vain de compter sur elle. Aussi n'avait-il eu d'autre ressource que de mettre sur pied une milice au nom de la Guilde des commerçants et de faire acheter des fusils dans les campagnes avoisinantes. Il avait vaguement eu vent de ce concours de "labour", et quand ces messieurs furent venus lui exposer leur avis, il secoua légèrement la tête et s'opposa à ce qu'on l'interdise.

— Certes c'est un concours absurde, concéda-t-il, mais dans le climat de terreur actuel, cela ne peut qu'aider à apaiser la population.

C'est donc ainsi que débuta officiellement le concours de "labour" organisé par la Guilde des commerçants. Ce jour-là, les habitants de Xizhen s'étaient rassemblés sur le terre-plein devant le pavillon du Dieu de la ville. Certains étaient perchés sur les arbres alentour, et beaucoup avaient pris place sur les toits des maisons avoisinantes. Aux étages, les visages se pressaient aux fenêtres grandes ouvertes.

Les trois concurrents, Chen Shun, Zhang Pinsan et Zeng Wanfu, avaient revêtu des tenues d'arts martiaux : une chemise noire moulante et un pantalon bouffant, ainsi qu'une ceinture lombaire de protection. Face à la foule chauffée à blanc, les trois hommes étaient rouges d'excitation. Gu Yimin leva lentement la main droite, et les trois hommes se jetèrent immédiatement à terre, puis ils levèrent la jambe gauche à la manière d'un chien qui pisse, et on leur attacha un bâton à la jambe. Ensuite, dans un bel ensemble, ils levèrent la jambe droite à laquelle on attacha également un bâton. Après quoi la main de Gu Yimin retomba. Six gaillards par groupes de deux, munis chacun d'un bâton, commencèrent à pousser les trois hommes comme s'ils avaient empoigné une charrue, les forçant à aller de l'avant en rampant. Sans proférer un son, les trois hommes avaient déjà parcouru environ cinq mètres et ils continuaient à avancer en serrant les dents. Leurs visages étaient passés du rouge au violacé, puis du violacé au bleu, et finalement le bleu et le violacé se mélangèrent comme si on les avait tabassés.

Au milieu des cris d'encouragement qui montaient par vagues, les trois hommes avaient maintenant parcouru dix mètres. Après avoir franchi la ligne des dix mètres tracée à la chaux, ils continuèrent à ramper. Zeng Wanfu, incapable de supporter plus longtemps la douleur, fut le premier qui commença à crier, imité aussitôt après par Chen Shun et Zhang Pinsan. L'épidémie se répandit rapidement dans la foule, et en un rien de temps les cris d'encouragement se muèrent en cris de douleur. Les trois hommes avaient dépassé la ligne des vingt mètres. Personne ne les avait crus capables d'aller aussi loin, et au-delà de la ligne des vingt mètres il n'y avait plus d'autre marque tracée à la chaux. Or les trois hommes continuaient à avancer, mais cette fois ils ne criaient plus. Ils faisaient entendre des gémissements sourds, semblables à des miaulements de chat au cœur de la nuit. Très vite la foule, gagnée par la contagion, se mit elle aussi à gémir. Alors qu'ils atteignaient presque les trente mètres, Chen Shun, le premier, s'écroula. Sa tête heurta le sol, en faisant le même bruit qu'un seau jeté dans un puits. Le bruit se répéta, cette fois c'était Zhang Pinsan. Zeng Wanfu, le batelier, qui avait l'habitude de se servir de ses mains et de ses pieds, tenait toujours bon et il fut le dernier à s'effondrer. C'est ainsi qu'il devint le lauréat du concours de "labour".

Les trois hommes étaient étalés par terre, sans mouvement. Quand on les eut libérés des bâtons attachés à leurs jambes, ils restèrent couchés là à plat ventre. Leurs jambes ne répondaient plus, elles étaient aussi faibles que si elles eussent été en papier plié, et quand on tenta de les relever, leurs corps vacillèrent un moment avant de retomber au sol. Gu Yimin fit venir trois chaises à porteurs pour les ramener chez eux.

Trois jours plus tard, les habitants de Xizhen croisèrent les trois hommes en différents lieux de la ville. Ils ne se montrèrent pas au même endroit ni à la même heure, mais tous les trois avançaient lentement, en se tenant aux murs comme des bébés qui apprennent à marcher et en marquant une pause tous les quelques pas. Leurs visages portaient les traces des chutes qu'ils avaient faites durant le concours, et le sourire qu'ils affichaient était couturé de cicatrices.

XXXIII

Les messages des brigands arrivèrent onze jours après les enlèvements. Les parents des otages, en ouvrant leur porte au petit matin, découvrirent, planté dessus, parmi les flocons de neige qui voltigeaient, un poignard étincelant qui transperçait une feuille de papier couverte de neige. Sur ce papier étaient mentionnés le montant de la rançon et l'adresse à laquelle il fallait se rendre pour racheter l'otage.

Li Meilian avait passé onze nuits blanches, et Chen Yongliang, couché à ses côtés, se retournait dans le lit en soupirant. Par instants Li Meilian s'assoupissait, mais des bruits de pas dans la rue la réveillaient de nouveau. Elle se redressait et tendait l'oreille pour savoir si ces pas allaient s'arrêter ou non devant la porte extérieure. Ce soir-là, tard dans la nuit, elle entendit des pas qui s'arrêtaient devant l'entrée de la cour, puis le bruit de quelque chose qu'on plantait dans le portail. Quand les pas se furent éloignés, Li Meilian jeta un vêtement sur ses épaules, descendit du lit et sortit. En ouvrant le portail, elle découvrit le message qu'avaient laissé les brigands. Elle arracha le poignard en tirant fort dessus, et de retour dans la chambre elle trouva Chen Yongliang assis sur le lit.

Chen Yongliang regardait le papier et le poignard que Li Meilian tenait dans sa main :

— Le message est arrivé ? souffla-t-il.

Li Meilian hocha la tête :

— Oui.

À la lumière de la lampe à pétrole, ils lurent l'un et l'autre à plusieurs reprises le message des brigands. Lin Xiangfu frappa à leur porte, lui aussi avait entendu le bruit. Une fois entré dans la chambre il s'assit à côté d'eux, lut attentivement le message et poussa un soupir de soulagement : on allait pouvoir racheter Chen Yaowu. Il ajouta que les mille taëls d'argent de la rançon étaient prêts, et il s'inquiéta de savoir si c'était Zhang Pinsan de la menuiserie qu'on enverrait les porter. Chen Yongliang secoua la tête : il les apporterait lui-même.

Cet après-midi-là, Gu Yimin convoqua chez lui les membres importants de la Guilde des commerçants. Il déclara que ce n'était pas aux parents des otages de rassembler la somme nécessaire au paiement de la rançon : celle-ci devait être prélevée sur le montant de la taxe annuelle collectée par la Guilde des commerçants. Aujourd'hui, c'était un tel qui était enlevé, et demain ce serait quelqu'un d'autre. Tandis qu'il parlait on entendait vaguement au loin des bruits de tirs. Devant les mines effarées de l'assistance, Gu Yimin se fit rassurant : ce n'étaient pas des brigands, car les brigands n'avaient pas d'artillerie, c'étaient l'armée Beiyang[32] et l'Armée nationale révolutionnaire[33] qui s'affrontaient à Shendian. Puis d'une voix plus forte il reprit :

— En ces temps de troubles, les gens de Xizhen doivent rester plus que jamais unis pour affronter ensemble les difficultés.

Après concertation, il fut décidé que les rançons seraient payées par la Guilde des commerçants, et pour s'assurer que tout se passerait bien, c'est elle aussi qui choisirait les porteurs des rançons. Zeng Wanfu, Chen Shun et Zhang Pinsan, auréolés de gloire depuis leur participation au concours du "labour", s'imposaient comme des candidats idéals. Gu Yimin penchait également en faveur des trois hommes, simplement il craignait qu'après le concours du "labour" les six jambes concernées ne soient plus capables de courir.

Le jour même, au cours de l'après-midi, sur le terre-plein devant le pavillon du Dieu de la ville, sous les acclamations d'un public nombreux, les trois hommes firent des lancers de jambe, des étirements, et des courses entre deux plots. Gu Yimin était ravi, il déclara que c'étaient là six jambes épatantes : au lancer, on aurait dit que ces hommes avaient des pattes de chat, et à la course on aurait dit qu'ils avaient des pattes de chien.

Au matin du vingt-septième jour du douzième mois lunaire, sur le perron du pavillon du Dieu de la ville, Gu Yimin, les cheveux blanchis par la neige, remit à Zeng Wanfu, Chen Shun, et Zhang Pinsan, vingt-trois billets à ordre de montants différents et il célébra leur départ au milieu des flocons qui voltigeaient. Il leva bien haut sa coupe d'alcool, et les trois braves de l'épreuve du "labour", la tête couverte de neige, levèrent la leur également, ainsi que les représentants des familles des otages. Tous essuyèrent la neige accrochée à leurs lèvres et vidèrent leur coupe d'un trait, puis Gu Yimin apostropha les trois hommes :

— Allez et revenez vite.

Les trois hommes avaient noué une ceinture autour de leur veste matelassée noire et entouré leurs jambes de bandes molletières. Ils passèrent au milieu de la foule la tête haute, et, peut-être parce qu'ils étaient trop émus, sous leurs airs de matamores perçaient des ricanements nerveux.

Une fois sortis de Xizhen, ils prirent la direction de Shendian, et au bout d'une dizaine de *li* ils s'engagèrent sur un petit chemin sinueux qui les mena jusqu'à Wuquan. Il leur fallait marcher encore un moment sur un chemin de montagne sinueux avant d'atteindre l'endroit où déposer les rançons tel que les brigands l'avaient indiqué dans leurs messages. Là-bas se trouvait un temple dédié à Guanyin.

Alors qu'ils avaient dépassé Wuquan, ils rencontrèrent un paysan qui portait une palanche vide et qui fit un bout de chemin avec eux. Le paysan leur rapporta que la veille, aux abords de Shendian, il avait vu de ses propres yeux l'armée Beiyang et l'Armée nationale révolutionnaire s'affronter. Ils s'étaient battus toute la journée, et lui, caché sous un pont, il avait entendu les tirs durant tout ce temps. Il en avait encore les oreilles qui bourdonnaient.

Alors qu'ils approchaient du temple de Guanyin, ils entendirent dans leur dos une rafale de bruits de pas. Ils se retournèrent : une troupe de plusieurs dizaines d'hommes, fusil à l'épaule, couraient dans leur direction. À cet instant, un même bruit de pas retentit devant eux : une troupe comprenant à peu près le même nombre d'hommes courait elle aussi dans leur direction. Les deux troupes s'arrêtèrent simultanément à une trentaine de mètres l'une de l'autre, les hommes levèrent leurs fusils et se mirent mutuellement en joue. Nos trois hommes et le paysan se trouvaient à portée de tir des deux camps. À cause de la neige qui tombait, les deux troupes étaient incapables de distinguer qui elles avaient en face d'elles, et chacune se renseigna auprès de nos trois hommes et du paysan pour savoir qui était la troupe d'en face. Deux accents leur parvinrent alors des deux côtés, un accent du Nord et un accent cantonais. Alors le paysan prit la parole et, pointant le doigt sur la troupe qu'il avait devant lui, il dit :

— Vous, vous avez l'accent du Nord, j'en conclus que vous êtes l'armée Beiyang. Et comme en face, ils ont l'accent cantonais, ce doit être certainement l'Armée nationale révolutionnaire.

À peine avait-il fini de parler que des coups de feu retentirent comme un chapelet de pétards et que les balles venues des deux côtés se croisèrent en sifflant. Avant que Zeng Wanfu ait compris de quoi il retournait, le paysan s'écroulait sur le sol, tête la première, puis ce furent Chen Shun et Zhang Pinsan qui tombèrent comme s'ils avaient reçu un coup de massue. Maintenant Zeng Wanfu avait compris, et agitant ses mains il cria :

— Arrêtez, arrêtez, vous vous battrez plus tard.

Les cris de Zeng Wanfu n'arrêtèrent pas les coups de feu. Il vit les troupes des deux côtés se déployer sur les bords du chemin sans cesser de faire feu. Les balles sifflaient autour de lui. Il prit ses jambes à son cou et tout en courant il agitait les mains, comme pour se protéger des balles. Alors qu'il était presque hors de portée des tirs, une balle lui coupa le majeur de la main droite. Il ne s'en aperçut pas, tout à sa course éperdue. Sa ceinture, trop tendue, craqua sous l'effort et son pantalon glissa sur ses jambes. Il mit sa main sur son entrejambe et continua de courir en tenant son pantalon.

Zeng Wanfu courut ainsi d'une traite sur plus de dix *li*. Il ignorait dans quelle direction il allait, il se voyait simplement tantôt prendre un virage, tantôt traverser un pont. Il courait, tenant toujours son pantalon de sa main droite. Sa main droite amputée du majeur dégoulinait de sang, et en maintenant son pantalon, il avait maculé de rouge son entrejambe.

Zeng Wanfu courut d'une traite jusqu'à Xizhen, et c'est seulement lorsqu'il se retrouva devant chez Gu Yimin qu'il se rendit compte que les balles ne sifflaient plus. Il s'arrêta, hors d'haleine, tenant son pantalon de la main droite, et après avoir jeté des regards inquiets autour de lui, il s'aperçut qu'il était devant la porte de la résidence des Gu.

Quand Gu Yimin, qui était dans son cabinet de lecture, entendit un serviteur lui annoncer que Zeng Wanfu était de retour, il sursauta : Zeng Wanfu et les autres étaient partis depuis moins de six heures, et aussitôt il eut un mauvais pressentiment. Il se leva, sortit de son cabinet de lecture et se rendit dans la salle principale. Zeng Wanfu était planté là, tenant son pantalon, l'air hagard.

Quand il vit arriver Gu Yimin, Zeng Wanfu articula des mots sans suite : guerre, balles, armée Beiyang et Armée nationale révolutionnaire. Il remarqua que les yeux de Gu Yimin étaient braqués sur son entrejambe. Il baissa lui aussi le regard sur son entrejambe et constata qu'il était tout rouge. Sa tête chavira, et il s'écroula par terre, évanoui.

Zeng Wanfu, qui avait échappé à la mort *in extremis*, eut l'esprit dérangé pendant les jours qui suivirent. Quand on lui posait une question, il vous regardait avec perplexité, comme s'il cherchait à savoir qui lui parlait. Quand il était seul, il levait régulièrement sa main droite à laquelle il manquait le majeur et la regardait avec un air tout aussi perplexe, comme s'il se demandait pourquoi il n'avait que quatre doigts à cette main. Personne ne réussit à lui faire dire ce qu'il était advenu de Chen Shun et de Zhang Pinsan. On fouilla ses poches sans y trouver les vingt-trois billets à ordre. Or Gu Yimin se souvenait qu'avant leur départ, devant le pavillon du Dieu de la ville, c'est à lui qu'il les avait personnellement remis. Quelqu'un affirma avoir vu Zeng Wanfu les remettre à Chen Shun, et un autre qu'il les avait remis à Zhang Pinsan. Mais la plupart des gens n'avaient pas remarqué ce qui était arrivé aux billets. Sur le moment, ils avaient été fascinés par l'allure de ces trois hommes prêts à prendre la route. En partant ils respiraient l'héroïsme, et finalement Zeng Wanfu était revenu l'esprit dérangé, comme un idiot, et l'on n'avait plus de nouvelles de ses deux compères.

XXXIV

L'homme que Gu Yimin avait envoyé pour retrouver Chen Shun et Zhang Pinsan n'était toujours pas rentré quand une nouvelle effroyable tomba : une unité de l'armée Beiyang avait été défaite à Shimen, à environ deux cents *li* de Xizhen. Tandis qu'elle battait en retraite elle avait été interceptée par une troupe de l'Armée nationale révolutionnaire, et ce qui en restait avait rebroussé chemin en direction de Xizhen. Ces soldats et ces officiers en déroute pillaient sur leur passage, semant la panique et faisant fuir les habitants. Les réfugiés étaient éparpillés par grappes sur des dizaines de *li*, marchant sans fin dans le froid glacial.

Ce matin-là, les habitants de Xizhen, quand ils ouvrirent leur porte, virent entrer par la porte nord une centaine de réfugiés. Ces gens arrachés à leur foyer, chargés de paquets, se déplaçaient par familles entières. Certains étaient enveloppés dans des couvertures, d'autres portaient leurs enfants sur leur dos ; d'autres enfin poussaient des vieillards dans des brouettes. Ils traversèrent le bourg par la grande rue et en ressortirent par la porte sud. Ils avaient l'air épuisé et annoncèrent aux habitants de Xizhen que les troupes débandées de Beiyang approchaient.

Ce genre de scènes se répéta tout au long de la journée. Les réfugiés surgissaient par groupes de quatre ou cinq dans les rues de Xizhen. Quelques-uns se rendaient chez des parents ou des amis qu'ils avaient dans le bourg. Là, ils buvaient un bol de gruau chaud et, avec un sourire amer, ils racontaient comment les troupes de Beiyang en déroute brûlaient, tuaient, pillaient et violaient. À leurs yeux ils étaient pires encore que des brigands.

Il y en avait même qui expliquaient en pleine rue comment ils avaient échappé à la mort : qui en se cachant sous un panier, qui en grimpant sur les poutres du toit, qui encore en se couvrant de briques et en faisant le mort… Une femme qui tenait un bébé dans ses bras raconta l'exécution de son mari : elle était cachée dans la cave et avait mis son téton dans la bouche de l'enfant pour l'empêcher de faire du bruit. Elle n'avait même pas osé pleurer en entendant les cris affreux que son mari avait poussés avant de mourir. Mais maintenant qu'elle racontait cela, elle sanglotait bruyamment.

Des habitants de Xizhen firent leurs paquets et quittèrent Xizhen par la porte sud avec les réfugiés pour trouver asile ailleurs, chez des parents ou des amis. La panique gagna le bourg. Alors que le flot de réfugiés entrant par la porte nord ne cessait de grossir, les habitants de Xizhen s'enfuyaient les uns après les autres avec eux par la porte sud.

D'autres estimaient que la fuite n'était pas la meilleure solution. Les soldats débandés de Beiyang pouvaient bien se conduire comme des brigands, au bout du compte ils n'en étaient pas et ils ne risquaient donc pas de prendre racine. Certes ils brûlaient, tuaient et pillaient mais ils ne faisaient que passer. Il suffisait qu'on se protège le temps qu'ils passent et quand ils se seraient éloignés Xizhen redeviendrait le Xizhen d'aujourd'hui. Quelqu'un pensa à la grande roselière de Wanmudang : ce serait l'endroit idéal pour se cacher. Ils furent nombreux à approuver l'idée, mais comment aller jusque là-bas ? Quelqu'un proposa qu'on s'y rende en bateau, mais aussitôt un autre objecta que ce n'était pas possible : combien de familles les petites barques à auvent de bambou et les bateaux en bois un peu plus grands amarrés à l'embarcadère pourraient-ils prendre à leur bord ? Quelqu'un suggéra de demander à la menuiserie de Lin Xiangfu de construire en vitesse quelques bateaux. Ce qui laissa tout le monde sceptique : l'armée Beiyang était à leurs portes, non seulement il était trop tard pour construire des bateaux, mais on n'avait même plus le temps de fabriquer un baquet pour se laver les pieds. L'homme qui avait émis la proposition ergota :

— Comment ça, pas le temps de fabriquer un baquet pour se laver les pieds ! Mais c'est l'affaire d'un après-midi.

Les autres rétorquèrent qu'il eût été impossible de faire tenir les vingt mille habitants de Xizhen dans un baquet pour se laver les pieds. Il aurait fallu en fabriquer au moins vingt mille, sans compter qu'il était déjà difficile de faire tenir un adulte dans un baquet.

C'est alors que quelqu'un proposa de fabriquer des radeaux. À peine avait-il fini de parler que quelques personnes plus vives que les autres s'étaient déjà précipitées chez elles pour y prendre une hache et courir à la forêt de bambous de Xishan. L'après-midi venu, les hommes de Xizhen avaient envahi la colline, et les bruits de hache tranchant les bambous se mêlaient à leurs appels. Une bonne partie de l'épaisse bambouseraie fut bientôt rasée. Ils arrachèrent les feuilles sur place, coupèrent les tubes de bambou à la même longueur avec une serpe, avant de les transporter depuis le sommet de la colline jusqu'au bord de l'eau, et les endroits où la rive était plane se couvrirent bientôt de bambous. Ils construisirent d'abord la structure des radeaux avec des cordes, puis ils posèrent dessus les tubes de bambou. L'effervescence régnait sur les quais de Xizhen et les enfants excités couraient partout. Beaucoup de gens n'avaient jamais fabriqué de radeau auparavant, et ils apprenaient sur le tas. Pour fixer entre eux les tubes de bambou, ils ne firent pas deux tours de corde, dans un sens puis dans l'autre, mais les attachèrent comme ils auraient lié du petit bois.

Le surlendemain, les radeaux étaient mis à l'eau, on aurait dit des plants de riz couchés les uns à côté des autres après la récolte d'automne. Les hommes qui les avaient fabriqués étaient rentrés chez eux en nage et des cloques plein les mains. Leurs femmes avaient déjà fait les paquets et elles étaient prêtes à embarquer à tout moment pour aller se cacher dans les roseaux de Wanmudang. Tous ces radeaux rassuraient pleinement les habitants restés au bourg. Ils comptaient bien, dès que les soldats débandés de Beiyang seraient en vue, monter à bord et se réfugier dans la roselière.

Quelques familles, craignant que l'armée Beiyang ne profite de la nuit pour attaquer Xizhen, avaient roulé leur literie à l'avance et, dès le soir, elles se rendirent au bord de l'eau avec leurs paquets sur le dos. Elles embarquèrent sur des radeaux et voguèrent vers la roselière. Leurs silhouettes qui s'éloignaient peu à peu au clair de lune plongèrent les autres habitants de Xizhen dans la panique. Persuadés que si ces gens s'en allaient, c'était certainement qu'ils avaient eu vent de quelque chose, ils s'empressèrent de les imiter. À la faveur de la nuit, ils s'embarquèrent sur les radeaux en emmenant enfants et vieillards. Quand un plus grand nombre de silhouettes se furent éloignées sur l'eau, le bruit se répandit que l'armée Beiyang qui brûlait, tuait et pillait, n'était plus qu'à une dizaine de *li* de Xizhen, et en un éclair le rivage fut envahi d'une foule de fuyards, jouant des coudes pour atteindre leur propre radeau. Certains radeaux se disloquaient avant même qu'on ait commencé à les manœuvrer. D'autres se disloquèrent en plein milieu de l'eau. Beaucoup de gens tombèrent dans les eaux glacées. Des vieillards et des enfants frigorifiés coulèrent à pic après s'être débattus quelques instants, tandis que des hommes et des femmes plus robustes tentaient désespérément de s'agripper au radeau voisin et de grimper dessus. Ne supportant pas ce poids supplémentaire, plus de radeaux encore se disloquèrent, plus de gens encore tombèrent à l'eau et coulèrent à pic. Les appels au secours angoissés s'envolaient dans le ciel nocturne de Xizhen.

XXXV

Lin Xiangfu et Chen Yongliang n'étaient pas allés couper des bambous à Xishan. Eux avaient l'intention de s'enfuir par voie de terre. Quand le bruit courut que l'armée Beiyang était à une dizaine de *li* de Xizhen, ils avaient déjà préparé leurs paquets et les avaient entassés sur la charrette gémissante de Chen Yongliang. Lin Xiangfu installa dessus Lin Baijia et Chen Yaowen, Li Meilian verrouilla la porte, mais alors que Chen Yongliang avait saisi les bras de la voiture et s'apprêtait à partir, Li Meilian déverrouilla la porte et, se plantant devant, elle annonça aux deux hommes :

— Je ne pars pas, je reste. Vous, vous n'avez qu'à partir.

— Ce n'est pas le moment, répondit Chen Yongliang. Ces brigands de soldats seront en ville sous peu, et toi tu veux rester !

— Je ne peux pas partir. Si notre fils revient et qu'il ne nous trouve pas, que va-t-il faire ?

Chen Yongliang secoua la tête :

— Il n'est plus temps de se soucier de lui.

— Vous n'avez qu'à partir, leur dit Li Meilian. J'attends ici le retour de notre fils.

— Si tu ne pars pas, nous non plus, déclara Chen Yongliang.

Li Meilian secouait obstinément la tête :

— Je ne peux pas partir.

Chen Yongliang rugit :

— Tu veux qu'on meure tous ici ?

Li Meilian se mit à pleurer :

— Mais non.

Chen Yongliang montra du doigt Lin Baijia et Chen Yaowen installés sur la voiture :

— Tu les vois ces deux enfants, si tu ne veux pas qu'ils meurent, verrouille la porte et pars avec nous !

Sur ce, Chen Yongliang reprit les bras de la voiture et commença à avancer.

— Je ne peux pas verrouiller la porte, dit Li Meilian. Si notre fils revient, il faut tout de même qu'il puisse entrer.

— Alors ne la verrouille pas, dit Chen Yongliang en se retournant, et dépêche-toi de venir.

Li Meilian marcha derrière la voiture tout en séchant ses larmes. Mais au bout d'une dizaine de mètres, ils s'aperçurent que Lin Xiangfu ne les avait pas suivis. Il était resté planté devant la porte.

— Je vais attendre le retour de Chen Yaowu, leur dit-il. Et vous, emmenez Lin Baijia et Chen Yaowen.

Chen Yongliang secoua la tête :

— Tant qu'il y a quelqu'un qui ne part pas, personne ne part.

Lin Xiangfu montra du doigt Lin Baijia et Chen Yaowen installés sur la voiture :

— Dépêchez-vous de partir, pour les enfants.

Chen Yongliang reposa les bras de la voiture et se dirigea vers Lin Xiangfu :

— Je vais rester, vous emmènerez les enfants.

Li Meilian s'approcha à son tour de Lin Xiangfu :

— Moi aussi je reste. Toi, emmène les enfants.

Lin Xiangfu eut un sourire amer :

— Si Lin Baijia est avec vous, je ne m'inquiéterai pas.

— Si Chen Yaowen est avec toi, dit Chen Yongliang, nous serons rassurés nous aussi.

C'est alors qu'un des domestiques de Gu Yimin arriva en courant : son maître priait Lin Xiangfu et Chen Yongliang de le rejoindre chez lui pour discuter d'une affaire importante. Ils cessèrent alors de palabrer et promirent au domestique de venir sur-le-champ. Le domestique expliqua qu'il avait encore d'autres messieurs à prévenir et il fila. Chen Yongliang alla chercher la voiture à bras qu'il rentra dans la cour. Tout en regardant Lin Baijia et Chen Yaowen sauter de la voiture, il demanda à Li

Meilian de patienter à la maison. Puis il s'en alla avec Lin Xiangfu.

Le soir tombait sur Xizhen. Lin Xiangfu et Chen Yongliang marchaient dans les rues désertes. Alors qu'ils approchaient de la porte sud, ils virent des gens qui étaient partis et qui revenaient. Ces derniers leur annoncèrent que l'armée Beiyang était encore à une centaine de *li* de Xizhen.

Lorsque Lin Xiangfu et Chen Yongliang entrèrent dans la salle principale de chez Gu Yimin, ils trouvèrent assis là presque tous les personnages importants du bourg. Gu Yimin était en plein discours :

— Cet après-midi je suis passé faire un tour sur les quais. Près de la moitié des radeaux se sont disloqués et il y a des tas de bambous dispersés sur l'eau. Beaucoup de gens sont tombés dans l'eau et bon nombre d'entre eux se sont noyés. Je ne crois pas que ce soit une bonne solution que d'aller se cacher. L'armée Beiyang en déroute s'empare de tout ce qu'elle trouve en chemin avant d'incendier les maisons. Si les gens peuvent lui échapper, les villes, elles, ne le peuvent pas. L'armée Beiyang va mettre à sac et réduire en cendres Xizhen. Si nous nous cachons, j'ai bien peur que nous ne retrouvions que des ruines à notre retour. Nos pertes n'en seront que plus grandes. Je crois que nous devrions tous rester et réserver un bon accueil à l'armée Beiyang. Même si c'est une armée défaite, après tout ce sont des soldats et pas des brigands.

XXXVI

Xizhen était plongé dans le chagrin. Une centaine de ses habitants avaient péri noyés et près d'un millier d'autres, après avoir été repêchés, étaient en proie maintenant à une forte fièvre. Après la peur et le froid, la grippe se répandit dans le bourg : quintes de toux et éternuements résonnaient en rythme dans les rues et les ruelles.

Gu Yimin envoya des membres de la Guilde des commerçants réquisitionner tous les restaurants et les auberges de la ville, afin qu'ils préparent des banquets pour accueillir l'arrivée de l'armée Beiyang. Si des réfugiés passaient encore par Xizhen, aucun habitant du bourg ne partait plus avec eux. Depuis que les radeaux de bambou s'étaient disloqués, ils avaient abandonné toute intention de fuite. Ils estimaient que Gu Yimin avait raison : du moment qu'on réservait un accueil chaleureux à l'armée Beiyang, on écarterait tout danger pour Xizhen.

Xizhen passa deux jours paisibles sous un ciel maussade, puis le soleil perça et ses rayons en se réfléchissant sur les restes de neige illuminèrent le bourg. À midi, quelqu'un s'avisa de ce qu'aucun réfugié ne s'était montré ce jour-là. Ce constat fut transmis à Gu Yimin qui lui-même le transmit aux restaurants et aux auberges du bourg, en leur demandant de préparer poulets, canards, poisson et viande de porc ainsi que du vin jaune local, car l'armée Beiyang allait arriver incessamment. Deux heures plus tard, on commença à entendre un vague bruit de sabots. Gu Yimin se leva aussitôt et, suivi par les membres de la Guilde des commerçants et par un grand nombre de simples citoyens, il se rendit à la porte nord où une haie d'honneur fut formée pour accueillir la troupe.

Un groupe de cavaliers arrivait de loin au galop. Les hennissements aigus déchiraient l'air glacé, et la foule qui attendait devant la porte de la ville frissonna. À quelque deux *li* des murailles de la ville les cavaliers arrêtèrent leurs montures, ils jetèrent un regard sur la foule massée dehors puis rebroussèrent chemin. À cause de la neige soulevée par les sabots des chevaux, on entendait les cavaliers mais on ne les voyait pas. Environ deux heures s'écoulèrent encore, et une grosse unité de l'armée Beiyang apparut. Elle déferla comme une vague qui submergea en même temps la route et les champs. Une centaine d'hommes, et deux canons tirés par huit chevaux, arrivèrent dans un bruit de terre piétinée.

Un jeune et bel officier galopa jusqu'au pied de la muraille, et agitant sa cravache, il cria :

— Qui est le chef ?

Gu Yimin fit un pas en avant et se présenta en tant que président de la Guilde des commerçants de Xizhen. Il déclara que la population de Xizhen était venue accueillir l'honorable armée, et que toutes les auberges du bourg avaient préparé des banquets pour fêter l'arrivée de ces messieurs les militaires. Le jeune officier hocha la tête, fit tourner son cheval et repartit au galop. Puis ce furent plusieurs dizaines de cavaliers rassemblés autour du commandant de brigade, un homme dans la quarantaine, qui s'approchèrent de la muraille de la ville. Le commandant descendit de son cheval, se dirigea vers Gu Yimin, le salua avec les mains jointes, et lui dit dans un grand éclat de rire :

— Grand merci à tous pour votre accueil.

Un millier d'officiers et de soldats de l'armée Beiyang entrèrent en file indienne dans Xizhen par la porte nord, et le long défilé dura une heure. Malgré le froid hivernal, la plupart des soldats portaient des vêtements non doublés, et certains avaient sur eux des vêtements volés : des longues robes, des vestes courtes, des vestes en fourrure enfilées à l'envers, des vestes à fleurs de femmes ; certains étaient coiffés de chapeaux de cérémonie, et d'autres s'étaient couvert le visage d'un foulard à carreaux. Une fois entrés dans Xizhen, ils envahirent immédiatement toutes les auberges et tous les restaurants et commencèrent à s'empiffrer. Les bruits de mastication, les rires et les cris ne cessaient pas, on aurait cru un immense troupeau de bestiaux beuglant aux quatre coins de la ville. Gu Yimin invita chez lui le commandant de brigade, le jeune et bel aide de camp, ainsi qu'une vingtaine d'officiers : il avait préparé chez lui un banquet pour le commandant et ses hommes. Lorsqu'ils eurent mangé et bu tout leur content, Gu Yimin les invita à se reposer dans l'aile latérale de sa demeure et leur fit apporter de l'opium. Tandis que le commandant fumait, Gu Yimin s'enhardit :

— Commandant, en ce douzième mois de l'année, la plupart des soldats de votre honorable armée portent encore des vêtements non doublés. Si jamais la faim ou le froid leur faisaient commettre une faute, et que par la suite il y ait une enquête en haut lieu, la responsabilité ne retomberait-elle pas sur vous ?

Tout en fumant, le commandant de brigade répondit :

— Qu'y puis-je, au point où nous en sommes ?

Gu Yimin reprit :

— Je souhaiterais, dans les trois jours qui viennent, faire confectionner des vêtements d'hiver pour tous les hommes de votre brigade, et leur verser l'équivalent d'un mois de solde. Voudriez-vous bien convoquer ici l'intendant militaire afin qu'il m'indique comment procéder et combien de taëls d'argent seront nécessaires ?

— Inutile de poser la question à l'intendant, dit le commandant de brigade. Je connais parfaitement la situation de mes hommes. Pour les équiper en vêtements d'hiver et leur verser un mois de solde, soixante mille taëls suffiront.

Aussitôt Gu Yimin s'engagea à préparer dans les trois jours un millier de vêtements d'hiver et le montant des soldes. Sachant pertinemment que les ateliers des tailleurs du bourg ne seraient pas en mesure de confectionner mille vêtements en trois jours, il leur fit faire uniquement ceux des officiers. Et c'est la Guilde des commerçants qui se chargea de ceux des simples soldats : on mobilisa pour cela un millier de ménagères. Au cours des trois jours qui suivirent, elles taillèrent les vêtements chez elles, avant de les coudre dehors au soleil. Toutes étaient d'habiles couturières, habituées à habiller elles-mêmes les membres de leur famille.

Gu Yimin donna instruction à la Guilde des commerçants pour qu'on libère les hôtels, les entrepôts et les magasins du bourg et qu'on les transforme en camp provisoire. De peur qu'on n'attente à l'honneur des femmes honnêtes, Gu Yimin fit réquisitionner par la Guilde des commerçants les deux bordels du bourg, à charge pour eux de calmer les ardeurs de la troupe. Il sollicita également les plus jolies parmi les femmes qui se livraient clandestinement à la prostitution. À la différence des dames des maisons closes, ces quelque vingt prostituées clandestines portaient des vêtements en toile bleue à fleurs blanches, et elles n'avaient ni maquillage ni rouge aux lèvres. Elles qui d'ordinaire recevaient les clients discrètement à leur domicile, voilà qu'elles étaient à présent alignées en rang d'oignons, attendant que le commandant de brigade, les commandants de régiment, les commandants d'escadron et les commandants de compagnie fassent leur choix. Tous, depuis le commandant de la brigade jusqu'aux commandants de compagnie, étaient aux anges. Le premier à choisir, le commandant de brigade, hésitait : il aimait tout autant les grosses que les maigres, et il n'arrivait pas à se décider. Chef, vous n'avez qu'à en prendre une grosse et une maigre, lui suggérèrent les autres officiers, un coup à gauche et un coup à droite, il faut montrer de quoi est capable un commandant de brigade. Le commandant approuva de la tête en souriant : un coup à gauche et un coup à droite, pourquoi pas en effet. Il emmena donc deux femmes avec lui, après quoi les autres officiers choisirent à leur tour : une prostituée avec une grosse poitrine pour l'amateur de seins ; une femme au postérieur charnu pour l'amateur de fesses ; une mince pour celui qui aimait les femmes élancées ; une bien en chair pour celui qui préférait les femmes plantureuses ; un menton pointu pour celui qui aimait les visages en forme de graine de lotus ; un menton rond pour celui qui aimait les visages ovales ; un regard sombre et brillant pour celui qui s'intéressait aux yeux. Puis chacun emmena la sienne, comme il aurait emmené un mouton.

Quant aux chefs de peloton et d'escouade, ils durent se mêler aux soldats dans les rues glacées. N'ayant nullement l'intention de rester à se geler les sangs dans la bise cinglante comme de simples soldats, ils s'ouvrirent un passage parmi la troupe massée devant la porte des bordels, à coups de "Merde alors, poussez-vous, même un bestiau sait faire ça". Une fois entrés dans le bordel, ils se précipitèrent chacun vers un box et ordonnèrent impatiemment aux prostituées d'écarter les jambes, et comme celles-ci les priaient de ne pas se montrer aussi pressés, ils recommencèrent à jurer à coups de "Merde alors, écarte les jambes, même une chienne sait faire ça". C'est seulement lorsque les chefs de peloton et d'escouade furent sortis que les soldats entrèrent à leur tour en se bousculant, telle une horde affamée.

Dans l'après-midi, le commandant de brigade couché jusqu'ici entre deux prostituées, une grosse et une maigre, se leva du lit, il enfila son uniforme et, accompagné du jeune et bel aide de camp et de ses gardes du corps, alla voir comment se comportaient ses troupes dans les rues du bourg. En passant devant un bordel il vit une marée de soldats qui se pressaient devant la porte, et sentit la chaleur qui émanait de ces corps. Il demanda à son aide de camp quel était cet endroit, et l'aide de camp lui révéla la nature de l'établissement. Furieux, le commandant de brigade s'écria :

— Quelle honte ! On ne dirait pas une armée, mais des gens affamés qui se disputent de la nourriture. Qu'ils ne restent pas en troupeau, mais qu'ils se mettent en rang par deux et qu'ils entrent dans l'ordre. Exécution ! Même quand il s'agit d'aller voir des prostituées, il faut sauvegarder le prestige de l'uniforme.

L'aide de camp rappela les chefs de peloton et les chefs d'escouade, et ceux-ci réussirent, avec force cris et jurons, à faire aligner les soldats massés dans la rue. Une longue colonne commença à zigzaguer le long des rues et des ruelles, au grand désespoir de ceux qui se trouvaient au bout de la file : tout à l'heure, quand ils étaient serrés les uns contre les autres, ils apercevaient encore la lanterne suspendue à la porte du bordel, et à présent qu'ils avaient quitté la rue et tourné plusieurs fois, ils n'en voyaient même plus le toit.

Le soir venu, les prostituées des bordels étaient épuisées. Chacune avait dû s'occuper de plusieurs dizaines de clients. Elles vinrent se plaindre auprès des mères maquerelles : leurs seins étaient gonflés à force d'avoir été tripotés, leurs fesses et leurs cuisses étaient aussi endolories que si leurs os avaient été déboîtés. De grâce, imploraient-elles, fermez vite la porte. Mais les mères maquerelles, l'air navré, répondirent que ce n'était pas possible, car les clients qui attendaient dehors étaient tous armés ; si on fermait la porte, ils tireraient des rafales de balles et elles finiraient trouées comme des nids de guêpes.

La situation se prolongea jusque tard dans la nuit. Les soldats qui avaient poireauté toute la journée dans le vent glacé avaient les mains et les pieds engourdis. Certains, alors qu'ils n'étaient plus qu'à deux pas de la porte, se rendirent compte, en palpant leur corps gelé comme un bâton de glace, qu'il ne leur servirait plus à rien d'entrer et qu'ils feraient mieux d'aller se coucher. Ils rebroussèrent donc chemin en maugréant, la démarche raide. D'autres s'obstinèrent jusqu'au bout. En entrant dans un box ils trouvaient la prostituée étendue là, nue, aussi inerte qu'une morte. Eux-mêmes n'étaient plus en condition, ils se frictionnaient les mains, les jambes, le corps, et comme les camarades qui attendaient derrière eux leur gueulaient de se presser, ils devaient se résoudre à une retraite précipitée. Ils caressaient le corps de la fille à la va-vite, mais leurs mains gelées n'éprouvaient aucune sensation, c'était comme s'ils avaient caressé la fille avec un bâton.

Le lendemain, les deux bordels de Xizhen avaient hissé le drapeau blanc. Les prostituées avaient combattu vaillamment pendant toute une journée et toute une nuit, et parmi elles certaines saignaient, d'autres souffraient de luxations, et d'autres enfin étaient plus mortes que vives. Les mères maquerelles, quant à elles, évoquant les scènes de la veille, étaient encore sous le choc du nombre et de la barbarie de ces soldats de Beiyang.

Tandis qu'il régalait le commandant de brigade, Gu Yimin déclara, avec un sourire amer :

— Jusqu'ici, l'industrie de la prostitution à Xizhen était florissante, mais après ce coup elle aura du mal à s'en remettre.

— Le président Gu a été d'une très grande générosité envers nous, dit le commandant à ses officiers. Faites passer l'ordre suivant à l'ensemble des officiers et des soldats de la brigade : interdiction de molester ou de voler quiconque, interdiction également de harceler et de violer les femmes. Tout contrevenant sera exécuté sans autre forme de procès.

XXXVII

Informées du sort réservé aux professionnelles, les prostituées clandestines affectées au service des officiers s'étaient enfuies. Au cours des deux jours qui suivirent, les soldats, après avoir mangé et bu tout leur soûl dans les auberges et les restaurants, s'égaillèrent par groupes de quatre ou cinq, leur fusil sur l'épaule, à la recherche d'un endroit pour profiter du soleil. Les officiers ne trouvant plus aucune fille en furent réduits à rester allongés et à fumer de l'opium pour tuer le temps.

Un commandant de compagnie, après avoir fumé de l'opium, se fit ouvrir en pleine nuit, revolver au poing, les portes de cinq maisons, et finit par trouver une jeune femme assez attrayante. Il se démena jusqu'à l'aube sur le corps tremblant de la jeune femme, puis dormit jusqu'à midi.

Les parents de la jeune femme ravalèrent leur colère jusqu'à la fin de la matinée, après quoi ils se rendirent en pleurs chez Gu Yimin. Celui-ci les réconforta et rapporta ensuite l'affaire au commandant de brigade, lequel entra dans une vive fureur et ordonna l'exécution immédiate du coupable. Son aide de camp, accompagné de ses deux gardes du corps, arracha le commandant de compagnie à ses rêves et le traîna hors du lit.

Ce jour-là, l'aide de camp de dix-sept ans aperçut près de l'embarcadère de Xizhen Lin Baijia, douze ans. Lin Baijia était plus grande que les filles de son âge, et elle paraissait avoir treize ou quatorze ans. L'aide de camp et les deux gardes, escortant le coupable, entraient à cet instant dans une auberge. Un groupe d'enfants de Xizhen les suivait, parmi lesquels se trouvait une jolie jeune fille que l'aide de camp ne put s'empêcher de regarder avec insistance. Quand ils se furent installés à l'intérieur de l'auberge, Lin Baijia et les autres enfants restèrent debout derrière la fenêtre à les observer. L'aide de camp commanda une pleine tablée de vin et de plats et dit au commandant de compagnie dont les yeux étaient encore ensommeillés :

— Commandant, aujourd'hui c'est le commandant de brigade qui régale, mangez tout ce que vous voulez.

Le commandant de compagnie, qui avait la trentaine, savait que sa dernière heure allait sonner.

— Aide de camp Li, dit-il, mes parents sont morts depuis longtemps. Alors maintenant que je dois les rejoindre dans l'au-delà, promettez-moi une chose.

L'aide de camp, après avoir jeté un coup d'œil en direction de Lin Baijia, qui se tenait debout derrière la fenêtre, se retourna vers lui :

— Parlez.

Le commandant de compagnie pointa du doigt son propre visage :

— Ne tirez pas ici. Je n'oserai jamais paraître devant mes parents avec le visage en bouillie.

Puis il montra son cœur :

— Vous tirerez ici.

L'aide de camp leva son verre en hochant la tête :

— C'est entendu.

Le commandant de compagnie but le sien d'un trait, puis en vida trois autres. Aussitôt son visage devint aussi rouge que du foie de porc. Il commença à manger sa viande à grosses bouchées et à mastiquer bruyamment. L'aide de camp lui resservait sans arrêt du vin et en même temps il ne cessait de regarder Lin Baijia par la fenêtre. Il commença à lui adresser des sourires, et Lin Baijia lui souriait en retour, trouvant ce jeune et bel officier fort sympathique. Alors l'aide de camp se leva et se dirigea vers la fenêtre, il demanda à Lin Baijia comment elle s'appelait, de quelle famille elle était et où elle habitait. Lin Baijia répondit à toutes ces questions, mais quand elle dit qu'elle était de la famille Lin, Chen Yaowen qui se tenait à côté d'elle, s'écria :

— C'est faux, elle est de la famille Gu.

L'aide de camp vit une rougeur envahir le beau visage de Lin Baijia. En regagnant sa place il ne put s'empêcher de se retourner de nouveau pour la regarder. Une fois assis, il continua à verser à boire au commandant de compagnie et à l'encourager à manger.

Cet après-midi-là, l'aide de camp soûla le commandant de compagnie convaincu de viol, puis il ordonna aux deux gardes du corps de le prendre chacun par un bras et de le sortir de l'auberge. Il vit les têtes se presser à l'extérieur de l'auberge. La nouvelle de l'exécution imminente du coupable bourdonnait dans Xizhen comme un essaim de mouches. Les curieux avaient afflué à l'embarcadère et entouraient l'auberge. Quand l'aide de camp et ceux qui l'accompagnaient prirent la direction du nord, le courant reflua vers la porte nord.

L'aide de camp de dix-sept ans paraissait d'excellente humeur, il agitait la main pour que la foule lui laisse le passage. Le commandant de compagnie, ivre, avançait en titubant, si bien que les gardes du corps qui le soutenaient suaient à grosses gouttes. Tout le long du chemin, il riait bêtement et récitait en chantant à moitié :

— Tralala, tralala, tralala-tralalère, le vent du nord-ouest mugit, le froid me laisse transi, ma sœur, oh ma sœur aide-moi vite, sors ta chatte pour réchauffer ma bite…

Certains habitants de Xizhen qui avaient compris éclatèrent de rire. L'aide de camp et les deux gardes du corps se tordaient de rire eux aussi. Hilare, l'aide de camp dit aux gens de Xizhen :

— Le commandant de compagnie récite une ballade du Shandong. Il est de Liaocheng, au Shandong.

Occupés par les "tralala" du commandant de compagnie, ils en dépassèrent la porte nord. La foule qui les entourait était de plus en plus compacte. Les deux gardes qui traînaient le commandant confièrent à l'aide de camp qu'ils n'en pouvaient plus de marcher et de rire, et qu'ils étaient incapables de faire un pas de plus. Alors l'aide de camp s'arrêta, d'un geste de la main il intima à l'assistance l'ordre de s'écarter, et avisant un grand arbre sur le bord de la route il demanda aux gardes du corps d'y traîner le commandant et de le coller dos contre l'arbre. Le commandant, la tête inclinée, continuait de chanter :

— Tralala, ma sœur, oh ma sœur aide-moi vite…

L'aide de camp ordonna aux gardes chargés de l'exécution de viser le cœur, et pas le visage. Les deux hommes épaulèrent leurs fusils, l'aide de camp donna le signal, et deux balles transpercèrent le ventre du commandant de compagnie. Celui-ci, comme s'il avait reçu un coup de pied dans le ventre, s'écroula par terre, assis sur ses fesses, les yeux écarquillés sous l'effet de la douleur. Comme en état de choc, il regardait l'aide de camp et la foule qui les entourait, et sa bouche laissa échapper un dernier "tralala".

L'aide de camp engueula les deux gardes du corps :

— Je vous avais pourtant dit de le viser au cœur, et vous, vous avez trouvé le moyen de lui tirer dans le ventre.

— Le commandant de compagnie est un costaud, répliqua un des gardes, tout essoufflé. On a dû marcher tellement longtemps pour le traîner jusqu'ici et il nous a tellement fait rire qu'on n'avait vraiment plus de force. On en a eu tout juste assez pour soulever nos fusils jusqu'à la hauteur du ventre, mais pas suffisamment pour monter jusqu'à la poitrine.

L'aide de camp prit son fusil des mains d'un des gardes et s'approcha du commandant de compagnie. Il vit que ce qu'il venait de manger s'échappait de son ventre, en même temps que ses intestins, et se répandait au bord de la route.

Le commandant ne disait plus "tralala", il était revenu à lui et il regarda tristement l'aide de camp pointer le fusil sur sa poitrine. Lorsque l'aide de camp appuya sur la détente une larme tomba du coin de son œil. Le coup de feu retentit, son corps eut un sursaut, puis sa tête retomba sur sa poitrine et il s'affala contre l'arbre.

Le sang avait éclaboussé les vêtements de l'aide de camp. En se retournant il entraperçut le visage de Lin Baijia dans la foule. Avec son regard épouvanté, elle était d'une beauté touchante.

XXXVIII

Gu Yimin livra aux officiers et aux soldats le millier de vêtements d'hiver promis et leur versa comme convenu un mois de solde. Ce matin-là, le commandant de brigade, accompagné de son aide de camp et de ses gardes du corps, se rendit à la menuiserie. Son arrivée plongea dans l'angoisse Lin Xiangfu et Chen Yongliang. Alors que le commandant et ses hommes s'étaient déjà assis, eux deux se tenaient toujours debout, l'échine courbée. Le commandant les invita à s'asseoir, et après avoir demandé lequel des deux était Lin Xiangfu, il lui dit, en désignant l'aide de camp :

— Cet aide de camp est mon neveu. Il s'appelle Li Yuancheng. Il a perdu ses parents très tôt et sa famille était pauvre. Il a appris le métier de tailleur dès son plus jeune âge. Quand je suis repassé par chez moi il y a deux ans, il a laissé tomber ses ciseaux et ses aiguilles pour me suivre à la guerre. Aujourd'hui il a vu à Xizhen une demoiselle aussi belle que la légendaire Xishi[34], et qui n'est autre que la demoiselle de votre famille. Il songe donc à abandonner les armes pour reprendre ses ciseaux et ses aiguilles, en vue de fonder un foyer heureux avec elle.

À ces mots Lin Xiangfu s'assombrit. Il bégaya :

— Ce serait une chance inestimable que d'allier notre famille à la vôtre, cependant ma fille n'a que douze ans, elle n'est pas encore en âge de se marier.

— Il ne s'agit pas de célébrer tout de suite le mariage. Mon neveu et votre fille peuvent d'abord se fiancer, et après les fiançailles il ouvrira une boutique de tailleur à côté de votre entreprise. Le jour des noces je reviendrai trinquer à leur union.

Lin Xiangfu ne put faire autrement que de lui avouer la vérité :

— Ma fille est déjà engagée avec Gu Tongnian, le fils aîné du président de la Guilde des commerçants de Xizhen, Gu Yimin.

Le visage du commandant de brigade se figea. Lin Xiangfu le regardait en tremblant, et Chen Yongliang ajouta :

— Le banquet de fiançailles a déjà eu lieu.

Alors le commandant éclata de rire :

— Si elle est déjà alliée au président Gu, alors félicitations, félicitations.

Sur ce il se leva et, se tournant vers l'aide de camp, il déclara :

— La demoiselle de la famille est déjà promise à quelqu'un d'autre, tu dois te faire une raison. Suis ton oncle : ton destin, c'est de risquer ta vie aux quatre coins du pays.

L'aide de camp, le dénommé Li Yuancheng, hocha la tête :

— Je n'abandonnerai donc pas les armes, mon oncle, et je vous suivrai.

Puis il s'inclina devant Lin Xiangfu et Chen Yongliang :

— Veuillez accepter mes excuses.

Une fois dans la cour, l'aide de camp et son oncle croisèrent Lin Baijia et Chen Yaowen. Le jeune et bel aide de camp s'arrêta et dit à Lin Baijia :

— Souviens-toi de moi, Li Yuancheng. Si plus tard tu lis dans un journal le nom d'un grand héros du nom de Li Yuancheng, ce sera certainement moi. Quant à toi, si un jour tu es en difficulté, prends ce journal et viens me trouver.

Lin Baijia, qui n'avait jamais entendu de tels propos, sourit malgré elle. Le commandant, quant à lui, éclata de rire. Il salua Lin Xiangfu et Chen Yongliang, et quitta la menuiserie avec l'aide de camp, son neveu et ses gardes du corps.

Cette division en déroute qui avait occupé le bourg de Xizhen pendant trois jours se rassembla après le déjeuner devant le pavillon du Dieu de la ville, puis elle quitta Xizhen en fanfare par la porte nord. Gu Yimin chargea la Guilde des commerçants de faire aligner la population tout le long des rues pour saluer le départ des militaires. Lui-même marchait en tête avec le commandant de brigade. Une fois arrivé de l'autre côté de la porte nord, le commandant fit ses adieux à Gu Yimin et déclara :

— Pour ne rien vous cacher, mes troupes avaient l'intention de piller votre honorable bourg. Mais le président Gu a été si généreux qu'il n'était plus question pour nous de mettre notre projet à exécution.

L'armée Beiyang s'éloigna sur la grande route en une longue cohorte sinueuse. L'haleine des soldats ressemblait à un brouillard dans le ciel glacé. Le commandant de brigade et l'aide de camp étaient montés à cheval, et escortés par la cavalerie ils partirent au galop à travers champs. La neige soulevée par eux masquait leurs silhouettes qui s'éloignaient.

Après avoir salué la troupe à la porte nord avec la foule qui l'accompagnait, Gu Yimin monta dans sa chaise à porteurs et ordonna qu'on le mène directement à Xishan. Sur la côte de Xishan, Gu Yimin descendit de la chaise à porteurs. De là, on pouvait embrasser le bourg de Xizhen tout entier. Gu Yimin resta debout longtemps à contempler les maisons et les rues restées intactes dans la neige au pied de la montagne, ainsi que les quelques passants qui circulaient ici et là. Il poussa un long soupir, puis il revint s'asseoir dans sa chaise :

— Rentrons, lança-t-il aux porteurs.

XXXIX

Quelqu'un avait vu Zeng Wanfu à l'embarcadère, assis dans sa barque à auvent de bambou, hélant les clients d'une voix aussi sonore qu'auparavant. Lui à qui le choc éprouvé avait dérangé l'esprit était subitement redevenu normal. Des gens poussés par la curiosité accoururent là-bas pour lui parler. Il répondait avec une grande facilité, en articulant parfaitement. Comme on lui demandait pourquoi il lui manquait le majeur à la main droite, la perplexité se lut sur son visage : il ignorait ce qui s'était passé. Et quand on lui demanda où étaient Chen Shun et Zhang Pinsan, et qu'on l'interrogea sur la remise de la rançon, il regarda ceux qui lui posaient la question d'un air soupçonneux car il ne se souvenait pas du tout non plus de cette histoire de rançon.

Les deux serviteurs que Gu Yimin avait envoyés sur les traces de Chen Shun et de Zhang Pinsan étaient rentrés depuis longtemps. Ils avaient enquêté tout le long du chemin, et alors qu'ils étaient tout près du temple de Guanyin ils avaient découvert de nombreux cadavres recouverts de neige, parmi lesquels ceux de Chen Shun et de Zhang Pinsan. En fouillant dans la poche de Chen Shun ils avaient retrouvé les billets à ordre. Les deux serviteurs étaient revenus peu avant que l'armée Beiyang n'entre en ville, et Gu Yimin avait tu la nouvelle. À présent que l'armée Beiyang était partie, Gu Yimin réfléchissait à la façon dont il allait l'annoncer à tout le monde et à la manière dont on s'y prendrait pour récupérer les otages. C'est alors qu'un barbier ambulant entra dans Xizhen. Il se renseigna sur l'adresse de Lin Xiangfu et de Chen Yongliang, et en arrivant devant chez eux, il sortit une lettre du petit tiroir de son caisson, qu'il brandit en s'écriant :

— Une lettre pour Chen Yongliang, une lettre pour Chen Yongliang.

Li Meilian sortit de la maison, et c'est à elle qu'il tendit la lettre en expliquant que le pli lui avait été confié par les brigands qui avaient enlevé les otages. En apprenant la provenance de la lettre, Li Meilian s'en saisit et rentra en courant dans la maison.

— Une lettre des brigands, annonça-t-elle à Lin Xiangfu et à Chen Yongliang.

Chen Yongliang prit la lettre et en sortant la feuille de l'enveloppe il en sortit également une oreille qui tomba sur la table. Aussitôt il devint livide, et sa main qui tenait la feuille de papier se mit à trembler. Li Meilian, voyant l'oreille sur la table, demanda, affolée :

— Qu'est-ce que c'est ?

Lin Baijia, qui se tenait à côté d'eux, ramassa l'oreille et l'examina attentivement. Elle fit remarquer à Li Meilian qu'elle portait un grain de beauté exactement semblable à celui que Chen Yaowu avait sur l'oreille gauche.

Li Meilian regarda la lettre que tenait Chen Yongliang et demanda en tremblant :

— Qu'est-ce qui est écrit ?

Lin Xiangfu s'empara de la lettre et, après l'avoir lue, il en révéla le contenu à Chen Yongliang et à Li Meilian : les brigands disaient que comme la rançon n'avait pas été remise à l'endroit indiqué la dernière fois, ils avaient coupé une oreille à l'otage ; si la rançon n'était pas payée dans les dix jours, c'est la tête de l'otage qu'on leur enverrait.

Lin Xiangfu avait à peine fini de parler que Li Meilian vacilla et s'écroula sur le sol, évanouie. Quand elle revint à elle la nuit était tombée et elle commença à pleurer interminablement. Ses pleurs ressemblaient à une de ces mélopées de Shengzhou[35] qui recommencent indéfiniment, en longues modulations rythmées de douloureux soupirs.

Au cours de ces deux jours, arrivèrent successivement à Xizhen un marchand ambulant, un dentiste, un cordonnier, un vieillard qui vendait des herbes médicinales et un bûcheron. Ils apportaient des lettres des brigands aux familles des otages. Chaque enveloppe contenait une oreille, et le contenu de la lettre était identique à celui de la lettre reçue par Chen Yongliang. Elles n'étaient pas écrites de la même main, les phrases n'étaient pas de la même longueur, et le lieu de remise de la rançon était différent également. D'après leur récit, les messagers étaient tombés en différents endroits sur des brigands, parfois deux ou trois, au plus cinq ou six. Ceux-ci les avaient détroussés, avant de leur ordonner de porter les lettres à Xizhen. Le dentiste et le vieillard qui vendait des herbes médicinales déclarèrent que ceux qu'ils avaient rencontrés étaient illettrés et leur avaient dicté la lettre.

Toutes ces lettres se retrouvèrent pour finir chez Gu Yimin, et c'est dans la grande salle de la famille Gu que les parents des otages se rassemblèrent. Après avoir lu attentivement chacune des lettres, Gu Yimin déclara que, contrairement à la fois précédente où un seul lieu avait été fixé pour la remise des rançons, cette fois-ci les brigands en avaient choisi plusieurs. Comme la bataille faisait rage entre l'armée Beiyang et l'Armée nationale révolutionnaire, les brigands n'avaient plus le loisir de piller les maisons. Ils avaient donc adopté la stratégie dite de la division du tout en parties, et c'est pourquoi les lieux de remise des rançons étaient diversifiés.

Gu Yimin annonça qu'on avait retrouvé les cadavres de Zhang Pinsan et de Chen Shun, ainsi que les billets à ordre :

— Cette fois, dit-il, il vaut mieux que ce soient les parents qui apportent eux-mêmes les rançons. Il faudra faire preuve de la plus grande prudence. Je n'ai qu'une recommandation à vous faire : si vous vous apercevez que la rançon n'est pas arrivée au bon destinataire, jouez le jeu et ne vendez pas la mèche. Il faut ramener l'otage à sa famille, même si ce n'est pas le vôtre. Tous les otages doivent revenir sains et saufs. Tant pis pour les erreurs, il n'y a que le résultat qui compte.

XL

Quand la lune se leva dans le ciel, Chen Yongliang sortit par la porte nord de Xizhen avec, dans son vêtement, un billet à ordre. Il se rendait à l'endroit indiqué par les brigands dans leur lettre.

La nuit était déjà tombée avant qu'il ne quitte la maison. Li Meilian, inquiète, lui avait conseillé d'attendre le lendemain matin pour apporter la rançon. Chen Yongliang avait levé les yeux vers le ciel et il avait dit que par ce beau clair de lune il ne risquait pas de s'égarer. Lin Xiangfu avait voulu l'accompagner, ils auraient pu ainsi veiller l'un sur l'autre. Chen Yongliang avait refusé : l'entreprise était dangereuse et il fallait absolument que l'un des deux reste à la maison. Alors Lin Xiangfu s'était proposé d'y aller lui, plutôt que Chen Yongliang. Chen Yongliang avait secoué la tête : jusqu'ici, il craignait uniquement pour Chen Yaowu ; or si Lin Xiangfu y allait, il craindrait pour les deux. Il préférait y aller lui-même que de rester à la maison à se ronger les sangs. Les deux hommes étaient sortis de la maison en se disputant à voix basse. En chemin, Lin Xiangfu avait mis les choses au clair : si jamais il arrivait malheur à Chen Yongliang, pourrait-il décemment vivre avec Li Meilian et les enfants ? Il valait mieux que ce soit lui qui aille porter la rançon. Chen Yongliang resta ferme sur sa position, il ne serait pas tranquille s'il n'allait pas lui-même l'apporter. C'est seulement quand ils approchèrent de la porte nord que Lin Xiangfu, à bout d'arguments, s'arrêta et suivit du regard Chen Yongliang qui s'éloignait.

Après avoir franchi la porte nord de Xizhen, Chen Yongliang aperçut une dizaine de personnes qui marchaient devant lui. Ils avançaient en silence. L'un d'eux se retourna et vit Chen

Yongliang, il dit quelque chose et tous les autres s'arrêtèrent, laissant venir à eux Chen Yongliang. Chen Yongliang les reconnut, c'étaient des pères ou des fils d'otages. Il se mêla à eux, ils étaient toujours immobiles, les yeux fixés sur la porte nord au loin. Chen Yongliang se retourna pour regarder dans cette direction : peu à peu arrivaient d'autres pères et fils d'otages. Quand tous ces hommes qui allaient apporter les rançons aux brigands se furent rassemblés, quelqu'un compta les présents, et arrivé au chiffre de vingt-trois il s'arrêta et annonça que tout le monde était là.

Ils marchaient. À cette heure il faisait nuit et le clair de lune silencieux éclairait le groupe silencieux. Ils savaient qu'ils se rendaient dans un lieu où les attendait un destin imprévisible, et pourtant un léger sourire transparaissait sur leur visage. Aucun d'eux n'avait attendu l'aube pour aller porter la rançon, et ils puisaient dans ce constat un encouragement mutuel. Quand ils arrivèrent à un grand carrefour, sept d'entre eux tournèrent à gauche. Les autres s'arrêtèrent pour les regarder comme s'ils leur faisaient leurs adieux, et ils attendirent qu'ils aient parcouru une vingtaine de mètres avant de tourner eux-mêmes à droite. Ainsi, chaque fois que quelqu'un prenait une route différente, les autres s'immobilisaient pour les suivre du regard. Ils étaient maintenant de moins en moins nombreux à faire la route ensemble, et quand Chen Yongliang s'engagea sur un petit chemin, ils ne furent plus que quatre à s'arrêter et à le regarder s'éloigner. Après avoir parcouru une dizaine de mètres, Chen Yongliang se retourna et vit qu'ils n'avaient toujours pas bougé. Alors il leur fit un signe de la main, et ils lui firent un signe à leur tour, puis ils se retournèrent et s'en allèrent.

XLI

Les brigands qui avaient fait irruption au bourg le douzième jour du douzième mois lunaire et avaient enlevé les otages se répartissaient en trois groupes, dont les chefs portaient respectivement les sobriquets de “Marche-sur-l’eau”, “Li la Panthère” et “le Moine”. Marche-sur-l’eau était à la tête du groupe le plus important, qui se composait de sept hommes ; Li la Panthère avait quatre hommes sous ses ordres ; et le Moine, seulement deux. Les quinze brigands, emmenant avec eux vingt-trois otages de Xizhen, avaient franchi la porte nord et s’étaient engagés sur la terre enneigée.

Chen Yaowu, vêtu de la veste matelassée en soie rouge brodée, ouvrait la marche. Venaient ensuite Li, le patron de la fabrique de condiments de soja, ainsi que Xu, le forgeron, Chen San, le vendeur de beignets, et Tang les gros yeux, l’employé du magasin de tofu. Pour laisser le moins de traces possible dans la neige, le brigand appelé Marche-sur-l’eau, qui portait un pistolet à la ceinture, avait ordonné aux otages de mettre leurs pas dans les empreintes des pas de ceux qui les précédaient. Ainsi les vingt-trois otages gardaient-ils la tête baissée, s’appliquant à bien marcher dans les traces de celui de devant. Ils avançaient en file indienne sur le chemin couvert d’une neige immaculée, tel un ver de terre qui se tortille. Li, le patron de la fabrique de condiments de soja, n’ayant pas posé son pied au bon endroit, le brigand nommé Li la Panthère brandit la crosse de son fusil et l’abattit sur sa tête. Il poussa un gémissement et s’écroula dans la neige, entraînant dans sa chute Chen Yaowu, Xu le forgeron et tous ceux qui étaient attachés à la même corde que lui.

Marche-sur-l'eau et Li la Panthère leur flanquèrent une rafale de coups de pied et les relevèrent un par un. Seul le patron Li, à plat ventre dans la neige, ne bougeait pas. Ni les coups de crosse qu'on lui assénait, ni les coups de pied qu'il recevait dans la tête ne le faisaient réagir.

— Il est peut-être bien mort, dit le brigand nommé le Moine, qui portait un fusil dans le dos.

— Mon cul, il fait semblant, rétorqua Marche-sur-l'eau. Abats-le.

Li la Panthère posa le canon de son arme sur le front du patron Li, il tira la culasse du fusil et l'arma. En entendant le bruit de la culasse, le patron Li se redressa d'un bond en répétant :

— Maître, maître, je peux marcher.

Tout en calant leurs pieds dans les traces de pas de ceux qui les précédaient, les otages gravirent lentement un chemin de montagne et aperçurent un ruisseau qui coulait en murmurant. Les brigands les firent descendre jusqu'au ruisseau et les obligèrent à marcher dans l'eau, pour faire disparaître toute trace de pas. En avançant dans l'eau hivernale, ils ressentirent sur le coup un froid qui les glaçait jusqu'aux os, puis leurs pieds engourdis devinrent insensibles.

Au crépuscule, ils traversèrent une forêt. Dans une chaumière délabrée, un vieil homme, si pauvre qu'il n'avait pas de quoi se vêtir, était assis sur son lit, enveloppé dans une couverture. Plusieurs brigands entrèrent chez lui et lui arrachèrent sa couverture. Le vieil homme se cramponnait à elle, suppliant les brigands de lui laisser cette vieille couverture qui ne valait pas un sou. Li la Panthère entra alors et sans rien dire il leva son fusil et abattit la crosse sur le visage du vieil homme. La face en sang, le vieil homme rampa ensuite jusqu'à la porte et regarda, les yeux pleins de larmes, les brigands déchirer sa couverture pour en faire des bandeaux dont ils couvrirent les yeux des vingt-trois otages. Tandis que le brigand appelé le Moine lui bandait les yeux, Chen Yaowu vit que le vieil homme l'observait.

Encadrés par les brigands, les otages aux yeux bandés montaient et descendaient les pentes en claudiquant. Puis ils entendirent des chiens aboyer et ils comprirent qu'ils étaient entrés dans un village.

— J'ai l'impression qu'on est au village des Liu, glissa Tang les gros yeux, l'employé du magasin de tofu, à Chen San, le vendeur de beignets.

À peine avait-il fini de parler, qu'il reçut un violent coup de crosse en plein visage. Il poussa quelques gémissements qui ressemblaient à des soupirs. Les otages entendirent la voix féroce de Li la Panthère qui les menaçait :

— Putain, le prochain qui parle est un homme mort.

À la nuit tombée, les brigands les firent entrer dans une pièce humide, ils leur retirèrent leurs bandeaux et, à la lueur d'une lampe à huile, les otages constatèrent qu'ils se trouvaient dans un grand local sans fenêtre. Après quoi ils découvrirent le visage violacé de Tang les gros yeux. L'employé du magasin de tofu de Xizhen, connu pour ses grands yeux, avait à cet instant le visage tellement enflé que ses yeux n'étaient plus que deux fentes.

Les brigands ligotèrent chaque otage puis les attachèrent ensemble. Ils les firent asseoir contre le mur, et accrochèrent le bout de la corde entre eux, au plafond, de façon à pouvoir les surveiller plus facilement. Un brigand nommé Petit Cinquième fit son entrée avec une botte de paille de riz sèche. Il étala la paille au milieu de la pièce, posa dessus un matelas, et jeta une couverture sur ses épaules. Il posa un fouet à côté de lui et, tenant dans ses mains un pied de cochon, il se mit à le grignoter assis sur le matelas.

Les vingt-trois otages étaient assis sur le sol froid et dur. La paille qu'ils avaient sous eux était pourrie. Ils avaient faim et soif, et ils étaient accablés de fatigue et de sommeil. Ils regardaient Petit Cinquième mordiller son pied de cochon comme s'il lui donnait des baisers, et leurs estomacs vides gargouillaient. Ils avaient si soif que l'eau ne leur venait même plus à la bouche, et ils en étaient réduits à sortir leur langue sèche pour lécher leurs lèvres sèches. Les autres brigands, dans la pièce voisine, buvaient et jouaient à la mourre. Leurs exclamations et leurs rires se mêlaient à des bruits de mastication. Ils n'arrêtaient pas de se lever et de sortir de la maison pour uriner contre le mur de la pièce où se trouvaient les otages. Ces derniers n'osaient pas se plaindre, mais Xu le forgeron, qui n'en pouvait vraiment plus, murmura :

— On n'a rien à manger, donnez-nous donc un bol d'eau.

Le brigand nommé Petit Cinquième, son pied de cochon dans la main gauche, empoigna son fouet dans la main droite et fixa Xu le forgeron pendant un moment. Quand il eut acquis la certitude que c'était bien lui qui venait de parler, il leva le fouet et le fit claquer, et aussitôt une marque apparut sur le visage de Xu le forgeron.

— Le premier qui parle, dit Petit Cinquième, est un comploteur, et il risque sa tête.

Sur ce, Petit Cinquième reposa son fouet, il lécha le gras qu'il avait sur les doigts et continua à mordiller son pied de cochon comme s'il lui donnait des baisers. Tous les otages se tenaient la tête basse, et, dans les affres de la faim et du froid, ils écoutaient les brigands installés dans la pièce voisine qui, après avoir bien mangé et bien bu, commençaient à fumer de l'opium, et à jouer au *pai gow*[36] et aux dés.

XLII

Le lendemain matin, les brigands sortirent les otages un par un pour les soumettre à la question. Le premier qu'on sortit fut le patron de la fabrique de condiments de soja. Marche-sur-l'eau lui demanda en ricanant combien de dollars il avait chez lui. Deux mille ? Le patron Li, la mine défaite, s'agenouilla et tout en frappant le sol du front il supplia :

— J'ai juste un petit commerce, souvent je n'arrive pas à joindre les deux bouts. Maître, ayez un bon geste, laissez-moi partir.

Les brigands éclatèrent de rire :

— Un bon geste ? dit Li la Panthère. Pour ça, va-t'en chercher un moine au temple. Nous, on vend de la chair humaine et ça s'achète avec de l'argent.

Sur ce, Li la Panthère flanqua un coup de pied au patron Li et le renversa comme il aurait renversé un tabouret. Petit Cinquième et un autre brigand le relevèrent, le dépouillèrent de ses vêtements, lui maintinrent les bras en l'air au moyen d'une palanche, puis le suspendirent avec une corde à une poutre du toit. Après quoi, le premier à gauche et le deuxième à droite, ils brandirent leurs fouets et les abattirent sur la poitrine et le dos du patron Li. À chaque claquement, une marque se dessinait sur son corps, et quand la boursouflure éclatait il en sortait un filet de sang. Le patron Li poussait des cris à fendre l'âme. Les deux brigands lui infligèrent plus de quarante coups de fouet, qui lui arrachèrent autant de hurlements. Marche-sur-l'eau prétendit qu'il en avait assez de l'entendre beugler et, saisissant une poignée de cendres du foyer, il la fourra dans la bouche du patron Li au moment où celui-ci se remettait à crier. Les hurlements cessèrent immédiatement, le patron Li ne respirait plus et son visage était aussi blanc que si on l'avait enduit de chaux. Il écarquilla les yeux et fut secoué de longs tremblements avant de retrouver enfin son souffle. Quand il hurla de nouveau, du sang jaillit de sa bouche et de son nez, aspergeant les otages assis contre le mur.

Marche-sur-l'eau, tout sourire, lui demanda :

— Chez toi, il doit bien y avoir tout de même deux mille dollars, pas vrai ?

Le patron Li hocha la tête en gémissant.

— Que sa famille verse mille taëls d'argent, dit Marche-sur-l'eau au Moine qui tenait les comptes, assis à côté de lui.

L'otage qu'on sortit ensuite fut Tang les gros yeux, l'employé du magasin de tofu. Marche-sur-l'eau lui demanda combien il avait de dollars chez lui, et Tang les gros yeux dit en secouant la tête qu'il n'en avait pas un seul. Marche-sur-l'eau regarda son visage violacé et tuméfié :

— Fouettez-lui le cul, ordonna-t-il à deux des brigands, qu'il ait le cul aussi bariolé que son visage.

Les deux brigands lui baissèrent son pantalon, l'allongèrent sur un banc puis ils brandirent leurs fouets et commencèrent à frapper frénétiquement. Tang les gros yeux serrait les dents et ne laissait échapper aucun son, on entendait seulement sortir de son nez le roulement de sa respiration. Un des deux brigands s'arrêta de frapper au bout d'une centaine de coups, il s'épongea le visage et dit qu'il voulait boire une gorgée d'eau et se reposer un moment. Un autre brigand lui prit le fouet des mains et frappa à son tour une centaine de fois. Les fesses de Tang les gros yeux étaient aussi gonflées qu'un tambour, ce n'étaient plus des zébrures qu'on voyait dessus, mais comme des écailles de poisson. Tang les gros yeux persistant à ne pas broncher, Marche-sur-l'eau envoya Petit Cinquième chercher dans la pièce voisine du piment en poudre et lui ordonna d'en saupoudrer le derrière de Tang les gros yeux. Alors Tang les gros yeux commença à gémir, et d'énormes gouttes de sueur tombèrent en pluie sur le sol, tandis que ses larmes jaillissaient.

Marche-sur-l'eau jeta un coup d'œil sur ses fesses et dit :

— Pour être bariolé, c'est bariolé. Mais ça ne ressemble pas encore à un visage, il y manque les yeux.

Petit Cinquième apporta une paire de pinces chauffées au rouge et fit sur les fesses de Tang les gros yeux deux marques de la taille d'un œuf de poule. Une odeur de chair brûlée s'éleva au milieu des grésillements. Tang les gros yeux poussait tout bas de longs cris plaintifs, semblables aux gémissements d'un loup blessé dans une lande déserte.

— À présent, ça ressemble un peu plus à un visage, conclut Marche-sur-l'eau en souriant. Changeons d'endroit et fouettons-lui le visage pour qu'il ressemble à un cul.

Deux brigands soulevèrent Tang les gros yeux et le poussèrent vers le coin du mur.

— Faites-le asseoir sur le banc, dit Marche-sur-l'eau, tout contre le mur.

Les deux brigands déplacèrent le banc pour y faire asseoir Tang les gros yeux. À peine ses fesses ensanglantées eurent-elles touché le banc, qu'aussitôt il se releva comme s'il s'était brûlé, et les brigands éclatèrent de rire.

Petit Cinquième lui donna un coup de fouet et lui dit :

— Putain, assieds-toi.

Tang les gros yeux se rassit prudemment sur le banc, mais la douleur aiguë le fit se relever de nouveau, et les brigands s'étranglèrent de rire. Les yeux enflés de Tang les gros yeux se tournèrent vers les otages assis le long du mur : ils virent une rangée de corps tremblants et des regards épouvantés. Il sourit tristement et s'assit sur le banc en serrant les dents. Son visage se tordit sous la douleur.

Petit Cinquième brandit son fouet et le fit claquer, le fouet glissa le long du mur et frappa Tang les gros yeux au visage. Tang les gros yeux poussa un lourd gémissement. Puis il y eut plusieurs claquements. Le visage de Tang les gros yeux était en charpie, il s'écroula à terre, évanoui.

Marche-sur-l'eau s'approcha :

— C'est bon, on ne distingue plus rien sur son visage, on dirait un cul.

Petit Cinquième rangea son fouet et dit d'un air réjoui :

— Il est tout rouge, comme le cul d'un singe.

Après que les brigands eurent bien ri, Tang les gros yeux revint lentement à lui. Marche-sur-l'eau s'accroupit et lui tapa sur l'épaule :

— Raconte, tu as combien de dollars chez toi ?

Tang les gros yeux ouvrit légèrement la bouche, cracha du sang et répondit d'une voix pâteuse :

— Je n'en ai pas, je suis pauvre.

Li la Panthère, qui se tenait juste à côté, pointa son fusil sur le crâne de Tang les gros yeux :

— Putain, t'es sérieux ? lui demanda-t-il.

Tang les gros yeux hocha la tête, à bout de forces.

— S'il est pauvre, à quoi bon le laisser en vie ? dit Li la Panthère. Qu'il crève.

Et il appuya sur la détente, un coup de feu retentit, et le crâne de Tang les gros yeux fut réduit en bouillie, le sang éclaboussa le mur tout entier, ainsi que le visage de Marche-sur-l'eau.

Marche-sur-l'eau s'essuya le visage en grommelant :

— Putain, tu aurais pu prévenir avant de tirer, tu m'en as mis plein la figure.

C'en était trop pour le Moine :

— Parmi les otages il y a des riches et des pauvres. Si on a capturé un pauvre, c'est pas de chance, mais ce n'était pas une raison pour le tuer.

— Sapristi, tu te prends vraiment pour un moine, s'emporta Marche-sur-l'eau. Mais putain, t'es un brigand.

Puis il se retourna et s'adressa aux otages assis contre le mur :

— On ne vous a pas enlevés par erreur, vous devez tous cracher au bassinet.

Petit Cinquième tira à lui Xu le forgeron. Ce solide gaillard s'avança en tremblant, le coup de fouet qu'il avait reçu la veille avait laissé une marque sur son visage. Avant même que le brigand n'ouvre la bouche, il dit :

— Maître, je ne suis pas pauvre moi, je suis riche.

Parmi les otages se trouvait un professeur d'une école privée du nom de Wang. Il n'attendit même pas qu'on le fasse venir pour s'écrier :

— Maître, je suis riche.

Tous les autres otages, l'un après l'autre, se déclarèrent riches, et les brigands, aux anges, fixèrent le montant de leurs rançons. Quand ce fut son tour, Chen Yaowu dit :

— La mienne a été fixée hier.

Marche-sur-l'eau se souvint et dit en souriant :

— Ah oui, pour toi, mon garçon, ce sera mille taëls.

XLIII

Les otages de Xizhen vécurent quinze jours d'une vie inhumaine à l'intérieur de cette pièce humide et sombre. Ils n'avaient droit chaque jour qu'à deux bols de gruau clair et à une galette de farine, et occasionnellement à quelques légumes à la saumure. Pour empêcher qu'ils ne complotent entre eux, les brigands les faisaient dormir tête-bêche, l'un couché sur le ventre et l'autre sur le dos. Quand leur tour était venu de dormir sur le dos, la situation était encore supportable. Ce qu'ils redoutaient, c'était de devoir dormir sur le ventre, le visage collé contre la paille de riz moisie. Au bout de quelques nuits, la peau de leur visage avait pris une odeur infecte de pourriture. Chaque matin, à 6 heures, ils se levaient pour aller prendre l'air, et s'ils tardaient à se lever Petit Cinquième, qui était chargé de les surveiller, les frappait avec son fouet. Prendre l'air, cela signifiait faire ses besoins, et c'était leur seule sortie de la journée. Passé ce moment, il n'était plus question de prendre l'air, il fallait se retenir. À un otage qui n'en pouvait plus et s'était mis à crier en se tenant le ventre, Petit Cinquième avait répondu :

— Putain, ici vous êtes otages, vous n'êtes pas à la maison, vous n'êtes pas libres de faire ce qui vous plaît.

L'homme fut contraint de se soulager dans son pantalon. Au bout de quinze jours, les pantalons de tout le monde étaient souillés. Dans le froid de l'hiver la merde avait gelé et était devenue aussi dure que de la pierre, et comme les otages devaient rester assis bien droits toute la journée, ils avaient les fesses rongées. Du sang s'échappait des engelures de leurs mains et de leurs pieds. À cause de l'humidité du sol leurs vêtements commençaient à moisir. La corde, après avoir usé les vêtements, entamait maintenant leurs bras, et elle était imbibée de sang. Ils puaient des pieds à la tête, et les poux sautaient dans leurs cheveux collés en touffes.

Le seizième jour, les deux groupes de brigands emmenés par Marche-sur-l'eau et par Li la Panthère descendirent de la montagne dans la neige qui tourbillonnait, laissant les otages sous la surveillance du Moine et de ses hommes.

— Votre calvaire touche à sa fin, annonça le Moine aux otages. Les rançons vont être remises aujourd'hui, vous pourrez rentrer chez vous demain.

À midi la neige cessa de tomber et le soleil perça. Le Moine fit sortir de la maison les otages en les tenant au bout de la corde comme des bœufs ou des moutons, et les fit asseoir contre le mur.

— Vous êtes couverts de mousse, dit-il, prenez bien le soleil, vous rentrerez chez vous une fois secs.

Le soleil brillait sur leurs corps, et le vent froid et sec soufflait sur leurs visages. Ils se regardaient, et sur ces visages tous différents on lisait la même expression de ravissement. Chen San le vendeur de beignets, les yeux mi-clos, aspirait à grandes goulées l'air ensoleillé, et les vingt et un autres otages, les yeux mi-clos, aspiraient de même à grandes goulées l'air sec et frais. Ils ouvraient la bouche avidement, c'était comme s'ils ne respiraient pas l'air frais, mais qu'ils le dévoraient. Xu le forgeron, la tête baissée, fit entendre un petit rire, et les autres otages, à leur tour, firent entendre le même petit rire, tête basse. Mais lorsque le rire de Chen Yaowu se transforma en pleurs, ils eurent bientôt tous le visage ruisselant de larmes, que le soleil sécha ensuite. Ils regardaient les arbres couverts de neige devant eux et savaient qu'ils étaient sur la montagne, mais ils ne voyaient pas les cimes qui ondulaient, car les arbres leur bouchaient la vue. Ils voyaient seulement la large étendue vide qui s'étendait de la maison jusqu'à la forêt, et le bois pourri émergeant ici ou là de la neige.

Vers le soir, les deux groupes de brigands qui étaient descendus de la montagne revinrent. Ils avaient attendu une journée entière près du temple de Guanyin à se geler les mains et les pieds : Zeng Wanfu, Chen Shun et Zhang Pinsan, qui devaient apporter les rançons, ne s'étaient pas montrés. Une fois de retour, ils se mirent à gueuler méchamment comme une meute de chiens enragés. Petit Cinquième brandit son fouet et en frappa sauvagement les otages, tout en déversant sur eux une bordée d'injures :

— Putain, ça fait quinze jours que vous êtes ici. Putain, vos familles n'ont envoyé personne et n'ont pas remis l'argent. Putain, vous êtes là à vous faire engraisser. Putain, vous profitez mieux ici que chez vous.

Là-dessus, Marche-sur-l'eau ordonna à ses hommes de faire sortir un à un les otages. Le premier à sortir fut Xu le forgeron. Au début il n'y eut aucun bruit, mais alors que les otages, assis dans la pièce, se perdaient avec angoisse en conjectures, ils l'entendirent pousser un cri horrible. Au bout d'un moment, Xu le forgeron revint la tête inclinée sur le côté et les autres s'aperçurent qu'il lui manquait une oreille. À la place de celle-ci il y avait de la cendre, et son cou et sa veste étaient rouges de sang. Xu le forgeron était livide, il s'assit par terre, le corps chancelant, les yeux fixés sur ses pieds, le regard hébété. Le deuxième à sortir fut Chen San. Il n'avait pas encore compris ce qui se passait. Il se tourna vers Xu le forgeron, et franchit la porte en courbant le dos. Les otages restés dans la pièce l'entendirent pleurer et supplier, puis hurler comme un cochon qu'on égorge. Quand il revint, il lui manquait aussi une oreille et l'endroit où aurait dû se trouver le pavillon de l'oreille était recouvert de cendre noire. Lui aussi était livide, le regard fixe et le corps chancelant.

Chen Yaowu fut le septième à sortir. Le soleil descendait à l'ouest, il vit ses lueurs empourprées venir à lui à travers les branches des arbres couverts de neige et il plissa les yeux. Petit Cinquième le poussa devant le Moine. Celui-ci lui prit l'oreille gauche en étau entre deux baguettes, dont il serra les extrémités avec de la ficelle. Chen Yaowu se rendit compte que Marche-sur-l'eau tenait dans sa main couverte de sang un rasoir couvert lui aussi de sang, et il comprit qu'il allait lui couper l'oreille. Quand le Moine resserra la ficelle, la douleur lui arracha des larmes et il implora le Moine de relâcher la pression des baguettes.

— Plus c'est serré, mieux c'est, expliqua le Moine. Si je serre moins, cela fera encore plus mal quand on va couper.

Chen Yaowu sentit que Marche-sur-l'eau saisissait son oreille gauche déjà engourdie, et que le rasoir était collé contre son front. Le rasoir passa plusieurs fois, Chen Yaowu entendit ses “tchac, tchac”, et aussitôt le Moine attrapa une poignée de cendres pour arrêter le sang et l’appliqua sur la plaie. Avec son autre oreille, il entendit Marche-sur-l’eau dire :

— Ce petit bâtard avait l’oreille drôlement tendre, elle est tombée comme rien.

Chen Yaowu se sentit brusquement plus léger du côté gauche et plus lourd du côté droit. Le vent froid soufflait sur le côté gauche de son visage, un froid pénétrant. Chen Yaowu retourna dans la pièce en chancelant, il sentait le sang chaud couler le long de son cou. Il ressentit soudain une douleur aiguë. Chen Yaowu eut l’impression que son corps était de plus en plus mince, si mince qu’il se mettait à flotter. Quand il s’assit, ce fut comme si son corps en tombant était tout mou. Il regarda les autres otages, ils étaient flous, puis il ferma les yeux et s’évanouit.

XLIV

Quand les vingt-deux otages sortirent au matin pour prendre l'air, il manquait vingt-deux oreilles. Ils se regardaient, et chacun avait l'impression que celui qui lui faisait face avait tout à coup beaucoup maigri. Marche-sur-l'eau et quelques autres brigands, en passant à côté d'eux, exhibèrent gaiement les oreilles coupées :

— Vous voyez ça ? dit Marche-sur-l'eau. Putain, si les rançons n'arrivent pas, ce sont vos têtes qu'on va couper.

Quelques-uns des brigands descendirent de la montagne, à la recherche de gens qu'ils pourraient intercepter sur la route pour leur faire porter les oreilles des otages jusqu'à Xizhen. Mais ils n'avaient fait qu'une vingtaine de pas quand ils entendirent des coups de feu. Ils rebroussèrent chemin en vitesse en criant :

— Merde alors, voilà l'armée.

Li la Panthère, debout sur le terre-plein, cria :

— Vite, partagez-vous les oreilles et amenez les otages, deux par personne, courez vers la forêt, allez aussi loin que vous pourrez.

Les brigands coupèrent la corde qui liait entre eux les otages et, les oreilles des otages à la main, ils traversèrent avec eux le terre-plein devant la maison et les entraînèrent vers la forêt. Li la Panthère, qui avait harponné deux otages, courut lui aussi vers la forêt, et sans cesser de courir il décocha un coup de pied au brigand qui se trouvait à côté de lui en l'engueulant :

— Putain, ne reste pas collé à moi.

Marche-sur-l'eau attrapa Chen Yaowu qui courait droit devant lui et le poussa vers le Moine, à qui il lança en même temps l'oreille du garçon :

— Voilà pour toi, le Moine, c'est une marchandise qui vaut de l'argent. Tu es bon tireur. Emmène tes frères avec toi et battez-vous à mort. Nous, nous allons faire le tour par le nord.

Li la Panthère et Marche-sur-l'eau, emmenant leurs hommes et leurs otages, coururent au milieu du vacarme incessant des coups de feu qui claquaient comme des pois dans une poêle à frire et s'enfoncèrent dans la forêt.

Marche-sur-l'eau se retourna et cria :

— Moine, tu entends ? C'est une putain de mitrailleuse. On ne peut rien contre une mitrailleuse. Finalement, mieux vaut ne pas faire le tour. Putain, prends soin de toi, et à un de ces jours.

— Salopard ! jura le Moine.

Le Moine et ses deux hommes, poussant devant eux Chen Yaowu, partirent en courant le dos courbé. Les balles sifflaient autour d'eux. Couchez-vous, cria le Moine. Alors les quatre hommes se couchèrent sous un arbre pourri. Ils entendaient les balles voler au-dessus de leurs têtes, avec des sons brefs et rapprochés qui faisaient penser à des pépiements de moineaux.

Ils restèrent à plat ventre sous l'arbre. Quand il eut compris que les balles venaient des deux côtés, le Moine eut un petit rire et dit aux deux autres brigands :

— Ce n'est pas après nous qu'ils en ont, c'est l'armée Beiyang qui se bat avec l'Armée nationale révolutionnaire.

Ils demeurèrent là pendant près de deux heures et ne se relevèrent que quand les coups de feu eurent cessé. Un des brigands demanda au Moine s'ils ne devraient pas essayer de rattraper Marche-sur-l'eau, Li la Panthère et les autres.

— Ils ont pris la poudre d'escampette, répondit le Moine. Tu te sens capable de les rattraper ?

Le Moine et ses hommes n'osèrent pas emprunter la grande route, ils suivirent des sentiers dans la montagne et Chen Yaowu les accompagna dans leur périple. Voilà plusieurs jours qu'il ne mangeait pas à sa faim et qu'il manquait de sommeil, et comme on lui avait coupé l'oreille, il marchait d'un pas mal assuré. Depuis qu'il n'avait plus son oreille gauche, son corps déviait malgré lui vers la droite. Il avançait penché sur le côté, de sorte qu'il finit par quitter le sentier. Son pied dérapa et il dégringola le long de la colline. Le Moine et les deux autres brigands furent contraints de se laisser glisser en bas de la pente pour le remonter. Les hommes du Moine n'arrêtaient pas de pester contre lui : ils étaient déjà à bout de souffle à force de crapahuter, et s'ils devaient continuer à se coltiner ce petit bâtard, ils allaient bientôt y laisser leur peau. L'un des deux suggéra de creuser une fosse et qu'on l'y enterre, mais l'autre se récria : tu rigoles, on n'aurait pas la force de creuser ; une balle dans la tête et vlan, l'affaire est réglée. Vers le soir, Chen Yaowu dévala à nouveau la pente, et ne réussit pas à se relever. Les deux brigands avaient beau lui flanquer des coups de pied, il se contentait de remuer la tête sans parvenir à prononcer une parole. Constatant qu'il n'était vraiment plus en état de bouger, le Moine proposa qu'on le porte. Les deux brigands secouèrent la tête : ils n'avaient pas porté leur propre père, déclarèrent-ils, ce n'était pas pour porter ce petit bâtard. Le Moine eut un sourire amer, il prit lui-même Chen Yaowu sur son dos, et reprit la route non sans mal.

Dès qu'il fut couché sur le dos du Moine, Chen Yaowu s'endormit. Au milieu de la nuit des aboiements de chiens le réveillèrent, et il comprit qu'ils étaient entrés dans un village. Ils marchèrent jusqu'à une maison et s'arrêtèrent devant. Le Moine frappa à la porte. Au bout d'un moment une lampe à huile s'alluma à l'intérieur, et on entendit la voix d'une vieille dame :

— Qui est là ?

— Maman, c'est moi, Xiaoshan, répondit le Moine.

La mère du Moine jeta une veste matelassée sur ses épaules et sortit de la maison, la lampe à la main. En voyant Chen Yaowu, elle demanda :

— Qui est cet enfant ?

— C'est un otage qu'on a capturé à Xizhen, répondit le Moine.

Au cours des quatre jours qui suivirent, Chen Yaowu fut terrassé par une forte fièvre. Plongé dans un état léthargique il passa tout ce temps dans la remise à bois de la maison du Moine. Un voile brumeux couvrait ses yeux, il entendait dans son oreille un bruit d'eau, et son corps était aussi lourd qu'un rocher. Il avait la vague impression que le Moine et quelqu'un d'autre étaient entrés plusieurs fois dans la pièce, qu'ils s'étaient tenus devant lui et qu'ils avaient dit quelque chose. Dans son sommeil léthargique, une silhouette lui était devenue familière, celle de la mère du Moine. Chaque fois que la vieille dame venait, elle avait les mains tendues pour lui apporter soit de l'eau, soit du gruau, ou parfois une infusion de gingembre, et elle lui disait alors d'une voix cassée :

— Prends un peu d'eau… prends un peu de gruau… prends un peu d'infusion de gingembre…

Après ces quatre jours où il lui sembla flotter entre la vie et la mort, au matin du cinquième jour, en se réveillant, Chen Yaowu entendit le chant clair des oiseaux et il vit les rayons du soleil tomber à travers la lucarne de la remise à bois. Le brouillard s'était dissipé devant ses yeux, le bruit dans son oreille avait disparu, et son corps n'était déjà plus aussi lourd. Il entendit son ventre gargouiller et comprit qu'il avait faim. Puis il s'aperçut avec étonnement qu'une cordelette rouge était attachée à son poignet.

La mère du Moine entra, un bol de gruau de riz à la main, et le trouvant assis elle lui tâta le front :

— Grâces soient rendues au Bouddha, la fièvre est tombée.

La vieille dame lui demanda quel était son nom, à quelle famille de Xizhen il appartenait. Il répondit qu'il s'appelait Chen Yaowu, et qu'il était le fils de Chen Yongliang, de la menuiserie de Xizhen. La vieille dame lui expliqua que c'était elle qui avait attaché la cordelette rouge à son poignet : cette cordelette était censée le protéger.

La vieille dame avait fait également bouillir deux œufs pour Chen Yaowu, dont il ne fit qu'une bouchée, en s'en bourrant les joues. Et il but d'un trait le gruau de riz qui tomba dans son estomac comme une pierre au fond d'un puits.

Pendant que Chen Yaowu luttait contre la fièvre, le Moine était parti avec un autre brigand pour expédier la demande de rançon. Ils arrêtèrent sur la grande route un barbier ambulant qu'ils chargèrent de porter le message jusqu'à Xizhen et de le remettre à Chen Yongliang, de la menuiserie.

XLV

Chen Yaowu passa dix jours dans ce hameau au pied de la montagne. Il dormait par terre dans la remise à bois. La mère du Moine avait étendu sur le sol une couche épaisse de paille de riz, et lui avait donné un matelas et une couverture. Le Moine avait défait la corde qui l'entravait. Il pouvait se mouvoir d'une pièce à l'autre et sortir, les mains dans ses manches, pour prendre le soleil. Il aidait la vieille dame dans son travail. Quand elle préparait la cuisine, il s'asseyait devant le foyer pour s'occuper du feu. La vieille dame lui avait expliqué comment procéder : quand elle faisait cuire du riz, le feu devait être modéré ; et quand elle faisait sauter des légumes, il devait être plus vif. Lorsqu'elle lui signalait que le feu était trop vif, Chen Yaowu s'empressait de ramasser des cendres et de les jeter sur les flammes qui dansaient pour les étouffer, et lorsqu'elle lui disait que le feu était trop faible, il prenait aussitôt le soufflet à bouche et soufflait dedans jusqu'à ce que les flammes montent haut et emplissent tout le foyer en dansant. Chaque fois qu'elle avait fini de cuisiner, tandis que les flammes s'éteignaient peu à peu à l'intérieur du fourneau, la vieille dame tendait une patate douce à Chen Yaowu pour qu'il la fasse rôtir en l'enterrant sous les braises sombres. Au cours des quelques jours qu'il passa chez le Moine, Chen Yaowu eut droit à une patate douce rôtie après chaque repas.

Ce matin-là, le Moine et un autre brigand quittèrent le hameau pour aller récupérer la rançon, laissant Chen Yaowu sous la surveillance du deuxième brigand. En rentrant dans l'après-midi, ils jetèrent un coup d'œil sur Chen Yaowu qui prenait le soleil accroupi au coin du mur, et firent un signe de la main au brigand debout à côté de lui pour qu'il les rejoigne. Les trois hommes entrèrent dans la maison et quand ils en ressortirent au bout d'un moment, un des brigands s'approcha de Chen Yaowu, toujours accroupi, et lui flanqua un coup de pied.

— Debout, lui cria-t-il.

Chen Yaowu se leva et voyant le Moine tout sourire il ne comprit pas quelles étaient leurs intentions. Le brigand qui lui avait donné le coup de pied lui dit :

— Ça fait un moment que tu es ici, petit bâtard, et ta famille ne se soucie pas de toi. On te donne à manger, à boire, on te loge, et on te laisse même te prélasser au soleil. Et tout ça pourquoi ?

L'autre brigand enchaîna :

— Allons-y, ta fosse est déjà creusée.

En entendant cela, Chen Yaowu crut qu'on s'apprêtait à l'enterrer vivant. Ses jambes devinrent comme du coton et il se mit à trembler de tout son corps.

— On y va, dit le Moine, tout sourire.

Chen Yaowu essaya de mouvoir ses jambes mais il fut incapable de faire un pas. Il vit que le Moine souriait, et que la vieille dame, qui debout à la porte lui faisait des signes, souriait elle aussi. Il découvrit avec étonnement qu'on pouvait sourire à quelqu'un qu'on s'apprêtait à tuer. Le visage défait il dit :

— Je ne peux pas avancer.

Le Moine lui banda les yeux avec un morceau d'étoffe noire et les deux brigands l'emmenèrent en l'empoignant par les bras. Ils tournèrent à la sortie du hameau, et empruntèrent un sentier qui montait. Les deux brigands qui traînaient Chen Yaowu grommelaient en haletant, et Chen Yaowu, le cœur gros, leur dit :

— Pas la peine d'aller plus loin, ne vous fatiguez pas, ça ira bien ici.

Le Moine et ses hommes ne répondirent pas. Ils continuèrent à avancer en le tirant. L'ascension fut suivie d'une descente, et après plusieurs ascensions et plusieurs descentes, ils arrivèrent à une grande route. Les jambes de Chen Yaowu étaient devenues aussi insensibles que deux souches d'arbre. Il se mit à pleurer et supplia le Moine :

— Je ne peux vraiment plus marcher. Comme je dois mourir de toute façon, autant mourir ici.

Le Moine s'arrêta, les deux brigands qui tenaient Chen Yaowu par les bras le lâchèrent, et le Moine s'adressa à lui d'une voix douce :

— On ne va pas t'enterrer vivant, on te renvoie chez toi.

On lui retira le bandeau des yeux, et Chen Yaowu découvrit qu'il se trouvait en plein milieu d'une grande route. Un des brigands pointa le doigt devant lui et dit :

— Dépêche-toi, cours.

Chen Yaowu les regarda tous les trois d'un air méfiant. Alors le brigand brandit son fusil et le mit en joue :

— Dépêche-toi donc, cours.

Chen Yaowu sentit qu'il avait récupéré ses jambes, mais alors qu'il était sur le point de tourner les talons, le Moine le rappela. De nouveau ses jambes se dérobèrent. Le Moine lui accrocha un sac en tissu à l'épaule et lui dit :

— Ma mère a préparé quelque chose pour toi, pour que tu le manges en chemin.

Puis il ajouta :

— Suis toujours la grande route et tu arriveras à Xizhen. Ne prends pas de petits chemins, tu risquerais de t'égarer.

Chen Yaowu hocha la tête, tourna les talons et commença à marcher prudemment droit devant lui. Au bout de quelques pas, il entendit un brigand lancer dans son dos :

— Dépêche-toi, on va tirer.

Aussitôt Chen Yaowu prit ses jambes à son cou. Comme il n'avait plus qu'une oreille, il avait du mal à garder son équilibre et il courait de travers. L'autre brigand cria derrière lui :

— Cours tout droit, ne cours pas en zigzag.

Chen Yaowu se dit qu'il valait mieux qu'il ne coure pas tout droit pour ne pas offrir une cible facile et se faire tirer dessus par-derrière. Il se mit donc à courir en zigzag, et il entendit le Moine et ses hommes rire aux éclats dans son dos. Il courait aussi vite qu'il le pouvait, mais leurs rires continuaient à le poursuivre. Il avait parcouru presque dix *li* et n'arrivait vraiment plus à avancer, mais il avait l'impression que les rires le suivaient encore. Il s'arrêta et sanglota un moment, puis il dit en se retournant :

— Allez-y, tirez.

Chen Yaowu se tenait debout au milieu de la route, à bout de souffle. Il essuya la sueur sur ses paupières, et regarda mieux : la route était déserte. Étonné, il cligna des yeux, mais il ne voyait toujours personne. Il se dit que le Moine et ses hommes l'avaient relâché pour de bon, mais aussitôt après il pensa que, pour peu qu'ils aient des regrets, ils risquaient de se lancer à sa poursuite. Alors il se remit à courir comme un dératé. Aussitôt, les rires du Moine et de ses hommes reprirent. Il regarda derrière lui : il n'y avait personne. C'est alors seulement qu'il se rendit compte que ce n'étaient pas leurs rires qu'il entendait, mais le bruit de sa propre respiration. Tout en continuant à courir il éclata de rire.

Il parcourut encore près de cinq *li* et comme il n'avait plus aucune force dans les jambes, il se mit à marcher lentement. Mais au bout d'un temps qu'il n'aurait su mesurer, il sentit qu'il n'était plus en état de faire le moindre pas, et il s'écroula. Il resta allongé un instant, puis il songea qu'il ne pouvait pas rester comme cela et qu'il devait continuer à avancer car il en allait de sa vie. Il se releva et continua sa marche entrecoupée de pauses, et quand il sentit qu'il avait repris des forces il recommença à courir.

Quand la nuit fut tombée, Chen Yaowu s'égara. Il n'aurait su dire à quel moment il avait quitté la grande route pour bifurquer dans un sentier à travers la forêt. Le bruissement des feuilles des arbres lui fit prendre conscience du vent froid qui soufflait par rafales. Il leva les yeux vers le ciel et vit les étoiles apparaître et disparaître derrière les nuages. Il était complètement désorienté, incapable de localiser Xizhen. Tout ce qu'il pouvait faire, c'était continuer à avancer le long du sentier.

Chen Yaowu marchait depuis longtemps dans la forêt quand il aperçut une chaumière éclairée par la lune. Arrivé à la porte de cette chaumière, il frappa. Il n'y eut aucun mouvement à l'intérieur. Il tenta de pousser la porte, mais elle était verrouillée. Alors il frappa de nouveau :

— Braves gens qui vivez ici, s'écria-t-il, je suis Chen Yaowu, de Xizhen. J'ai été enlevé par les brigands. Je leur ai échappé, mais je me suis égaré.

La porte de la chaumière s'ouvrit en grinçant. Un vieillard se tenait devant Chen Yaowu :

— Entre, lui dit-il.

Chen Yaowu entra. Quand le vieillard eut allumé la lampe à huile, Chen Yaowu vit son regard bienveillant.

— Je n'ai pas de tabouret, lui dit-il, assieds-toi sur le lit.

Chen Yaowu s'assit sur le lit, épuisé. Il sentait un poids sur son oreille droite qui entraînait son corps malgré lui de ce côté. Et aussitôt il sombra dans un profond sommeil. Il dormit jusqu'à l'aube. Quand il se réveilla les rayons du soleil filtraient déjà par la fente de la porte. Il se souleva et vit le vieillard debout devant lui qui tenait dans ses mains un bol de gruau chaud.

— Bois ça, lui dit le vieillard.

Tous les deux, assis sur le lit, commencèrent à boire le gruau chaud. Le liquide qui descendait le long de sa gorge donnait à Chen Yaowu la sensation d'un doux feu glissant lentement au fond de son corps. Il remarqua qu'il avait sur lui un sac en tissu, et il se rappela que c'était le Moine qui le lui avait donné. Il l'ouvrit, il y avait à l'intérieur deux œufs et deux galettes. Il les sortit pour les partager avec le vieillard. Les deux hommes mangèrent d'abord les galettes, puis ils frappèrent les œufs contre le bol, et après avoir brisé les coquilles ils les écalèrent soigneusement. Chen Yaowu ne fit que deux bouchées du sien. Le vieillard, en revanche, mastiquait lentement, et de temps en temps il buvait une gorgée de gruau pour avaler plus facilement. Chen Yaowu sentit que ses forces étaient revenues, il regarda autour de lui et constata qu'il n'y avait rien dans la pièce, à part ce vieux lit grinçant sur lequel il n'y avait même pas de couverture. Le vieillard lui apprit que les brigands la lui avaient volée.

Chen Yaowu se souvint que c'était ici, chez ce vieillard, que les brigands avaient déchiré une couverture pour en faire des lanières et leur bander les yeux. Il se souvint que Li la Panthère avait frappé le vieillard au visage avec la crosse de son fusil. Il examina attentivement le visage du vieillard, la cicatrice était encore visible. Chen Yaowu baissa la tête et annonça qu'il allait partir.

Le vieillard accompagna Chen Yaowu jusqu'au flanc de la montagne, il lui montra une grande route en bas et lui expliqua qu'en se dirigeant vers le sud il arriverait à Xizhen. Chen Yaowu descendit la pente et, arrivé à la grande route, il leva les yeux vers le sommet de la montagne. Le vieillard était toujours là-haut, et il agitait la main pour lui indiquer la direction du sud.

Le vieillard ne laissa retomber sa main que quand il eut pris la bonne direction.

Chen Yaowu marchait sur la grande route, le soleil brillait, et la neige accumulée étincelait, la bise coupante était tombée, seule soufflait une brise légère. Sur la route apparurent des paysans portant des palanches, des femmes coiffées de fichus et des petits marchands ambulants. Chen Yaowu se joignit à eux.

Chen Yaowu vit devant lui un homme qui, en avançant, déviait constamment vers la droite. Quand il était sur le point de quitter la route, il faisait à la hâte quelques pas vers la gauche, mais aussitôt il était derechef déporté vers la droite. Chen Yaowu remarqua que lui non plus n'avait plus d'oreille gauche. Il courut pour le rattraper et reconnut Chen San, le vendeur de beignets. Il le tira par son vêtement :

— Eh, toi aussi tu t'es échappé.

Chen San reconnut à son tour Chen Yaowu. Étonné et ravi, il lui sourit et lui prit la main. Leurs deux mains ne se séparèrent plus. Ils marchaient main dans la main en se déportant vers la droite, puis ils s'empressaient de faire quelques pas vers la gauche afin de corriger leur trajectoire, mais malgré eux ils étaient de nouveau déportés vers la droite.

Tandis qu'ils avançaient vers Xizhen, ils n'arrêtèrent pas de voir surgir devant eux des gens qui ne marchaient pas droit, et c'est ainsi que Xu le forgeron, Li le patron de la fabrique de condiments de soja, Wang le professeur d'école privée, et deux autres hommes les rejoignirent. Parmi ces sept hommes, quatre avaient perdu leur oreille gauche, et trois leur oreille droite. Ils se retrouvaient avec un mélange de surprise et de joie, et leurs mains se mêlèrent instinctivement. Ils allaient tous les sept main dans la main, et comme quatre d'entre eux penchaient à droite et trois à gauche, ils se mirent à marcher correctement.

Ce furent les premiers otages à rentrer. Quand ils franchirent main dans la main la porte nord de Xizhen, le bourg entra en ébullition. La nouvelle de leur retour se répandit comme un souffle de vent à travers la ville. Les gens se pressaient vers eux en les interpellant par leurs noms. Eux marchaient toujours main dans la main, entourés par la foule, ils entendaient d'innombrables voix crier leurs noms. Ils ne souriaient pas, ne pleuraient pas, ils se contentaient de hocher la tête sans arrêt et de répondre machinalement par des “Hummm, hummm”. Puis ils se séparèrent car leurs proches en pleurs s’étaient montrés et les entraînaient avec eux.

Chen Yaowu vit sa mère, Li Meilian. Elle pleurait tellement qu’elle n’était plus qu’un bonhomme de larmes. À croire que le mouchoir qu’elle serrait dans sa main versait des larmes lui aussi. Il vit son père, Chen Yongliang, le visage rayonnant et couvert de larmes. Lin Xiangfu et Lin Baijia, et aussi Chen Yaowen, tous étaient en pleurs.

Chen Yaowu vit sa maison, il entra à l’intérieur et s’assit sur un tabouret. Sans dire un mot, il regarda sa famille qui pleurait autour de lui. Lin Baijia s’assit à côté de lui, elle lui prit le bras et lui demanda en pleurant :

— Pourquoi ne pleures-tu pas ?

Et Chen Yaowu lui répondit :

— Je n’y arrive pas.

XLVI

Les premiers temps, les otages rentrés à Xizhen s'étaient mis à aller de travers, souvent à leur insu. Après avoir dormi pendant trois jours, Xu le forgeron avait repris le travail du fer. Une fois, il leva son marteau et visa un bloc de fer chauffé au rouge, mais alors qu'il frappait dessus, un cri affreux le fit sursauter. Il s'aperçut que le marteau n'était pas tombé sur le bloc de fer mais sur la main gauche de son apprenti Sun Fengsan, et la lui avait écrasée de telle sorte qu'on ne distinguait plus les doigts entre eux. Alors il éteignit son feu et resta assis hébété toute la journée dans sa forge. Son apprenti Sun Fengsan était assis à côté de lui, la mine défaite, sa main abîmée enveloppée dans des bandelettes. Li le patron de la fabrique de condiments de soja avait compris qu'en restant debout il aurait du mal à conserver son équilibre, et que pour peu que son attention se relâche il risquait de basculer légèrement sur le côté. C'est pourquoi, sitôt levé, il s'installait sur une chaise, les mains enfoncées dans ses manches, et tandis qu'il dirigeait ses employés en toussant, il ramenait de temps en temps à gauche sa tête qui s'inclinait vers la droite. Chen San le vendeur de beignets, debout dans la rue, faisait frire ses beignets tout en ajustant sa position selon la direction du vent, de façon à ce que les rafales glacées soufflent sur son côté droit, et qu'à la manière d'une béquille elles le soutiennent et l'empêchent de pencher vers la droite. Wang le professeur d'école privée, dont la réputation n'était plus à faire, et qui avait sept élèves, semblait comme tiré par une corde depuis qu'on lui avait coupé son oreille droite. Quand, les yeux mi-clos, il enseignait Confucius ou Mencius, tout à ses explications il penchait malgré lui vers la gauche et se rapprochait insensiblement de la sortie, de sorte qu'il se retrouvait en train d'expliquer *L'Invariable Milieu* debout devant la porte. Dès qu'il en prenait conscience, il regagnait le centre de la pièce, la tête basse, sans un mot, et regardait piteusement ses sept élèves. Ceux-ci avaient face à eux un homme à la mine livide, son oreille gauche rescapée aussi rouge que des braises. Par la suite, l'un d'eux quitta la classe avec son pupitre, et ses camarades déplacèrent à leur tour leur pupitre pour aller chez le professeur Zhang. Et il suffit qu'une fois de plus le professeur Wang dérive jusqu'à la porte pendant son cours, pour que le dernier élève déménage le sien.

La culture et la réputation du professeur Zhang n'égalaient pas celles du professeur Wang et s'il avait quatre élèves, c'était parce que les frais de scolarité chez lui étaient modestes. Maintenant que les sept élèves du professeur Wang avaient trouvé refuge chez lui, il rayonnait de fierté. Quand il passait devant chez le professeur Wang, il s'arrêtait un moment et le regardait, assis dans sa salle vide, l'air morne. Il échangeait avec lui quelques banalités, puis s'en allait en ricanant.

Naturellement, le professeur Wang saisissait bien les sous-entendus du professeur Zhang, et un jour il sortit de chez lui et, devant tout le monde, pointa un doigt rageur sur celui-ci :

— Vous profitez du malheur d'autrui, lui lança-t-il.

Comme l'émotion lui avait fait perdre l'équilibre et l'avait entraîné vers la gauche, sa main elle aussi avait dévié, et ce n'était pas le professeur Zhang qu'il avait pointé du doigt en parlant mais Chen San, qui arrivait au même moment. Le professeur Zhang s'éloigna la tête haute, comme s'il n'était en rien concerné. Quant à Chen San, le vendeur de beignets, qui se voyait désigné ainsi du doigt par un professeur Wang furieux, il regarda derrière lui, et comme il n'y avait personne, il se fendit d'un sourire innocent.

Depuis son retour, Chen Yaowu était devenu taciturne : toujours assis dans un coin, il restait là des heures sans faire de bruit. Quand Chen Yongliang et Li Meilian lui adressaient la parole, il posait sur eux un regard flottant, comme s'il regardait au loin. Le sourire s'effaçait des visages de Chen Yongliang et de Li Meilian, remplacé par une expression inquiète. Lin Xiangfu, lui aussi, en était affecté, et le sourire avait disparu de son visage.

Un jour, Lin Baijia vint s'asseoir à côté de Chen Yaowu. Désormais, quand il était assis tout seul dans son coin, elle venait le rejoindre. Chen Yaowu pouvait passer ainsi toute la journée sans rien dire, et Lin Baijia faisait de même.

La vie paisible avait repris, et Lin Xiangfu avait recommencé à faire classe. Les deux filles de Gu Yimin n'avaient pas reparu : comme les brigands étaient venus à Xizhen et avaient capturé des otages chez Lin Xiangfu et Chen Yongliang, Gu Yimin, sans doute soucieux de la sécurité de ses filles, avait cessé d'y envoyer Gu Tongsi et Gu Tong'nian.

Lorsque les cours eurent repris, Chen Yaowu ne resta plus assis dans son coin, il prit la place devant la fenêtre. Il avait les yeux constamment fixés dehors et Lin Baijia, assise à côté de lui, tournait elle aussi très souvent la tête pour regarder par la fenêtre. Quand Chen Yaowen ne laissait pas vagabonder ses regards à droite et à gauche, il passait son temps à bâiller. Lin Xiangfu avait également la tête ailleurs, et chaque jour il expédiait ses leçons.

La salle dans laquelle enseignait Lin Xiangfu était située en face de l'école privée du professeur Wang. Par la fenêtre, Chen Yaowu avait assisté au déménagement des sept pupitres, et il avait vu le professeur Wang, debout dans la rue, l'air abattu. Au cours des jours qui suivirent, Chen Yaowu garda un œil sur la porte grande ouverte du professeur Wang, mais sans l'apercevoir, lui. L'après-midi, grâce aux rayons entrants du soleil, il voyait l'ombre du professeur, assis bien droit, s'étirer sur le sol jusqu'à la porte.

C'est alors qu'en plein cours, Chen Yaowu souleva brusquement son pupitre, quitta la salle de classe en heurtant le pupitre de Chen Yaowen, et alla s'installer dans l'école privée du professeur Wang.

Le professeur Wang qui était resté assis sans bouger plusieurs jours durant, les mains enfoncées dans ses manches, vit Chen Yaowu, à qui il manquait comme à lui une oreille, débarquer avec son pupitre. D'abord stupéfait, il baissa la tête, et quand il la releva au bout d'un moment il rayonnait. Comme Chen Yaowu s'était assis timidement dans un coin, il se leva et installa le pupitre au beau milieu de la pièce, puis il prit un livre et commença à l'expliquer à haute voix.

Le geste de Chen Yaowu avait laissé Lin Baijia et Chen Yaowen sans voix. Ils virent Lin Xiangfu s'approcher de la fenêtre à la place laissée vide par Chen Yaowu : la porte du professeur Wang, en face, était grande ouverte, et grâce aux rayons entrants du soleil, il distingua sur le sol les ombres du professeur et de son élève. Ils parlaient à tour de rôle, et Chen Yaowu, qui n'avait pas dit un mot depuis si longtemps, avait la voix aussi sonore qu'un coq au petit matin.

Chen Yongliang n'était pas à la maison. Quand elle fut au courant, Li Meilian se précipita à la porte du professeur Wang, et appela doucement Chen Yaowu pour qu'il revienne. Mais Chen Yaowu ne tourna les yeux vers elle qu'une fois, après quoi il garda la tête droite, comme sourd à ses appels. Là-dessus Li Meilian vit Lin Baijia et Chen Yaowen arriver avec leurs pupitres et entrer dans l'école privée du professeur Wang. Et en se retournant, elle vit Lin Xiangfu debout devant l'entrée de la résidence, tout sourire : il n'avait pas l'étoffe d'un professeur, lui confia-t-il, il n'était après tout qu'un menuisier.

Le professeur Wang avait repris confiance. Bien qu'il n'eût récupéré que trois élèves après en avoir perdu sept, il criait plus qu'il ne parlait, comme si ses élèves étaient assis de l'autre côté d'une montagne. Quand les voisins passaient devant sa porte et jetaient un regard curieux à l'intérieur de la classe, il ne manquait pas une occasion de leur faire un signe de tête. Par la suite il fit une découverte étrange : il s'était planté là, à un endroit précis, et au bout d'un moment il s'y trouvait toujours. Il regarda vers la porte d'un air soupçonneux et se hasarda à demander aux trois enfants si l'instant d'avant il n'était pas allé jusqu'à la porte. Non, répondirent ceux-ci, il n'avait pas bougé de sa place. Le professeur s'empourpra, il comprit que sans s'en rendre compte il avait corrigé son problème d'équilibre. Il ouvrit la bouche sans qu'il en sorte un son, il tendit la main sans savoir ce qu'il allait faire. Ce moment de désarroi passé, il prit les *Entretiens de Confucius* et en lut à haute voix, en y mettant le ton, deux pages et quatre lignes.

Ce jour-là, le professeur Wang garda ses élèves longtemps. Quand le professeur Zhang passa devant sa porte, la voix stridente du professeur Wang le fit s'arrêter. Tout en parlant, le professeur Wang jeta quelques coups d'œil en direction du professeur

Zhang, et chaque fois celui-ci eut l'impression qu'il le regardait sans le voir. Quand le professeur Zhang se fut éloigné, le professeur Wang baissa le livre qu'il tenait à la main et dit, épuisé :

— Vous pouvez partir.

Le cours fini, le professeur Wang resta debout devant son école privée jusqu'au crépuscule, les mains dans ses manches. Voyant approcher Lin Xiangfu, il alla à sa rencontre, l'interpella respectueusement et s'inclina devant lui.

XLVII

Pour faire pièce aux brigands, Gu Yimin mit sur pied la milice de Xizhen, et Shendian et les autres bourgs en firent autant. Depuis la déroute de l'armée Beiyang, beaucoup d'armes circulaient parmi la population. Gu Yimin, au nom de la Guilde des commerçants, entreprit d'acheter ces armes et leurs munitions éparpillées dans la nature. Dans le même temps, les différentes troupes de brigands cherchaient à consolider leurs forces en pillant ou en achetant des armes un peu partout. Dès lors, les trafiquants commencèrent à pulluler. On trouvait parmi eux des agriculteurs, des commerçants qui tenaient des boutiques ou des étals, des hommes et des femmes, des vieillards et des enfants. Bravant le vent glacé, et foulant le blanc tapis neigeux, ils allaient de maison en maison, achetant les armes à vil prix pour les revendre au prix fort aux brigands ou aux milices de Xizhen, de Shendian ou d'ailleurs. Pendant un temps, le commerce des armes fut florissant. Dans les rues et les ruelles on ne parlait que de fusils, de fusils et encore de fusils, à croire que Xizhen était devenu un arsenal : qui s'était procuré quel fusil, qui avait gagné combien. Le prix des armes monta en flèche. Pour un fusil fabriqué à Hanyang[37] on demandait 78 dollars d'argent, les fusils à manchon et les fusils type 38 se vendaient à plus de 100 dollars, et un parabellum pouvait monter à plus de 200 dollars. Gu Yimin, quant à lui, avait acquis un revolver Browning pour un prix exorbitant.

Il y avait de plus en plus de trafiquants et de moins en moins d'armes. Xu le forgeron, avec son oreille en moins, et Sun Fengsan, avec sa main enveloppée dans des bandelettes, avaient également rejoint les rangs des revendeurs d'armes. Ils partirent pendant trois jours, des provisions de bouche sur le dos, et revinrent avec une arme sur l'épaule. Ce n'était ni un fusil fabriqué à Hanyang, ni un fusil à manchon ou un type 38, mais une lance rouillée.

La main bandée de l'apprenti soutenait le bras du maître pour l'empêcher de dévier. Il voulait que celui-ci fasse une entrée digne dans Xizhen. En réalité, le maître ne marchait plus de travers. La lance rouillée reposait entre leurs épaules, et malgré les moqueries des gens qui les montraient du doigt, ils étaient aussi fiers que s'ils avaient porté un type 38 rutilant.

Xu le forgeron et Sun Fengsan ne persévérèrent pas dans le commerce des armes. Le maître et son apprenti, après en avoir discuté, décidèrent de rejoindre la milice. Le premier, après avoir perdu son oreille, n'avait jamais retrouvé son équilibre d'antan, et l'autre avait une main hors d'usage. Ils ne pouvaient plus compter sur le travail du fer pour gagner leur vie. Et à la réflexion, il ne s'offrait plus rien à eux que le métier des armes. Ils se rendirent donc sur le terre-plein situé devant le pavillon du Dieu de la ville. Ce matin-là, la milice recrutait. Au moment où ils écrivaient leurs noms sur une table carrée, ils remarquèrent qu'il y avait déjà cent vingt-sept noms avant les leurs.

Gu Yimin, qui prévoyait de constituer une milice de trente hommes, ne s'attendait pas à ce que plus de deux cents hommes viennent s'enrôler. Quand la forêt est grande, elle abrite toutes sortes d'oiseaux : il y avait là des fils de riches familles, des mendiants et des gens sans abri, des gars honnêtes et des voyous. Parmi les vingt-deux otages qui avaient été enlevés par les brigands à Xizhen, dix-neuf s'étaient présentés également.

Les gens massés devant le pavillon du Dieu de la ville se dressèrent sur la pointe des pieds et tendirent le cou pour essayer d'apercevoir la chaise à quatre porteurs qui arrivait par les rues. Gu Yimin avait fait venir de la capitale provinciale un homme du nom de Zhu Bochong, avec l'intention de lui confier le commandement de la milice. Zhu Bochong avait déjà commandé une troupe de dix hommes dans les bataillons de braves de l'armée des Qing[38], et il avait commandé aussi un régiment dans l'armée du Nord-Ouest de la clique de l'Anhui[39]. Quand il descendit de sa chaise à quatre porteurs, les habitants de Xizhen découvrirent un homme de haute taille dans la cinquantaine, aux cheveux blancs et à la barbe argentée, et qui avait le regard brillant. Aussitôt la foule stupéfaite s'écria :

— Il a vraiment l'allure d'un grand mandarin !

Zhu Bochong, avec son allure de grand mandarin, un parabellum à la ceinture, prit son élan et sauta sur la table carrée. La foule qui l'entourait poussa de nouveau des cris de stupéfaction. Zhu Bochong prit la parole : d'une voix sonore, il expliqua qu'une milice n'était pas un bazar, et que tout le monde ne pouvait pas en faire partie. Après avoir jeté un regard vers Gu Yimin, lequel portait un revolver Browning à sa ceinture, il ajouta qu'une milice, c'était un peu comme une herboristerie : il fallait sélectionner soigneusement la marchandise qu'on y faisait entrer. Et il conclut que seuls ceux qui auraient satisfait à un test seraient admis. Mais quel test ? Zhu Bochong sauta de la table carrée et demanda d'une voix forte qui était volontaire pour tenter sa chance le premier.

Un jeune homme vêtu d'une robe matelassée s'avança d'un air dégagé, c'était Guo, le jeune maître de l'herboristerie de Xizhen. Il s'attendait à être testé sur son savoir, et avisant la table vide, il voulut savoir en quoi consisterait l'épreuve, puisqu'il n'y avait ni pinceau, ni pierre à encre, ni papier. Zhu Bochong sortit un bol d'un baquet en bois et, après l'avoir rempli d'eau, le posa sur la tête du jeune maître Guo en lui ordonnant de se tenir bien droit et de ne pas bouger. Lui-même s'éloigna d'une vingtaine de mètres, prit en main son parabellum et mit en joue le jeune homme.

Le brouhaha des voix s'effondra instantanément, on aurait entendu une mouche voler. L'assistance avait compris maintenant de quel genre de test il s'agissait : la balle du parabellum allait être tirée en direction de la tête du jeune maître Guo. Celui-ci avait compris également, et ses jambes, ses mains puis ses lèvres se mirent à trembler. Zhu Bochong le mit en joue, mais voyant que des têtes bougeaient derrière le jeune maître Guo, il baissa son parabellum et dit d'une voix forte :

— Les balles n'ont pas d'yeux, veuillez s'il vous plaît vous écarter afin de les laisser passer.

Dans le dos du jeune maître Guo, ce fut la pagaille. On aurait dit que la balle était déjà partie : les gens se poussaient sur les côtés en criant. Le vide s'était fait également autour de Zhu Bochong, les gens s'étaient placés à bonne distance de lui. Zhu Bochong secoua la tête :

— C'est une balle, pas un boulet de canon. Vous n'avez pas besoin d'aller si loin.

Zhu Bochong leva son parabellum et mit à nouveau en joue le jeune maître Guo, mais il ne le trouva pas derrière sa mire. Il remua le parabellum de haut en bas et de droite à gauche, sans plus de succès. Il entendit la foule exploser de rire et baissa son parabellum : le jeune maître Guo avait déguerpi. Zhu Bochong resta debout là, sans bouger, et lorsque les rires furent retombés, il s'écria :

— Au suivant !

Zhu Bochong attendit un moment sans voir personne sortir des rangs. Il cria à nouveau :

— Qui est le prochain ?

Xu le forgeron fendit la foule et se présenta. Il se mit à la place qu'avait occupée l'instant d'avant le jeune maître Guo. Son apprenti Sun Fengsan sortit de la foule lui aussi et alla se coller contre son maître, en lui tenant le bras comme il avait l'habitude de le faire. Zhu Bochong, voyant ces deux hommes plantés devant lui, droits comme des piquets, hocha la tête et fit un signe pour qu'on leur place un bol d'eau sur la tête, après quoi il leva son parabellum et visa. Deux coups partirent, le bol d'eau sur la tête de Sun Fengsan était en miettes. Quant à Xu le forgeron il avait rentré le cou instinctivement, et son bol s'était brisé en tombant par terre.

Les exclamations fusèrent parmi l'assistance, persuadée que Zhu Bochong avait touché les deux bols. Xu le forgeron et Sun Fengsan étaient toujours immobiles, le visage dégoulinant d'eau.

Zhu Bochong leur fit un signe de sa main gauche :

— Vous êtes engagés.

Comme s'ils sortaient d'un rêve, les deux hommes s'essuyèrent le visage en regardant tout autour d'eux, et face à la foule compacte qui braillait, Sun Fengsan demanda à Xu le forgeron :

— Maître, est-ce que vous avez vu arriver la balle ?

— Non, répondit Xu le forgeron. J'avais fermé les yeux.

— Moi, je l'ai vue, reprit Sun Fengsan. Le bol que j'avais sur la tête s'est brisé avant même que je voie arriver la balle. Comment la balle a-t-elle pu arriver après ?

Par la suite Zhu Bochong tira à vingt-huit reprises. Vingt-sept bols furent brisés, la plupart du temps parce que celui qui le tenait sur sa tête tremblait et qu'il l'avait laissé tomber. Seul Chen San n'avait pas tremblé. Il était le dernier, et après que le coup de feu eut retentit il avait toujours le bol sur la tête. La foule cria bravo, pensant que Zhu Bochong n'avait manqué qu'un seul tir. La balle était passée comme un vent froid au-dessus de la tête de Chen San, si bien que pendant plusieurs jours d'affilée ce dernier eut l'impression qu'une balle lui passait sur la tête et en eut des picotements sur le cuir chevelu.

La milice de Xizhen était à présent constituée. Les dix-neuf hommes à qui il manquait une oreille avaient tous été admis. Et parmi les onze autres, il y avait des agriculteurs, des gens qui vivaient de petits boulots, des oisifs et des voleurs de poules. Armés jusqu'aux dents, avec des fusils à manchon, des fusils type 38, des fusils fabriqués à Hanyang ou même des fusils de chasse, ils partaient tôt le matin à l'entraînement et rentraient tard le soir. Zhu Bochong leur apprit d'abord à marcher avec un fusil. Il leur faisait porter le fusil sur l'épaule droite, mais pour cette raison les hommes à qui manquait l'oreille gauche et qui depuis avaient retrouvé leur équilibre recommencèrent à dévier vers la droite, ce que voyant Zhu Bochong leur fit porter le fusil à gauche. Désormais, pendant l'entraînement, les uns portaient leur fusil à gauche et les autres à droite, mais les fusils s'entrechoquaient lorsqu'il fallait tourner à gauche ou à droite, au grand désespoir de Zhu Bochong. Plus tard encore, Zhu Bochong leur apprit à viser dans toutes les positions : couché, un genou à terre, debout, en courant. Ils devaient viser sans tirer, car les munitions coûtaient cher, elles valaient autant que de l'or ou de l'argent. Les habitants de Xizhen disaient d'eux qu'ils pétaient sans chier : toute la journée ils entendaient crier "tirez" ou "feu", mais sans jamais entendre le moindre coup de feu.

XLVIII

Chen Yaowu entra dans une période d'agitation intérieure. Depuis son retour, Lin Baijia et lui étaient devenus inséparables : quand elle n'était pas assise à côté de lui, elle marchait à ses côtés. Au début, Chen Yaowu ne ressentit rien de particulier, jusqu'à un certain soir où, en se retournant, il vit le visage bouleversant de Lin Baijia dans les derniers rayons du soleil couchant. À cet instant, il réalisa que ce n'était plus la Lin Baijia d'autrefois : celle qui, la morve au nez, s'accrochait à son vêtement en l'appelant grand frère.

Quand il regardait Lin Baijia, il lui arrivait d'oublier tout le reste. Même en classe, à l'école privée du professeur Wang, il tournait souvent la tête vers la jeune fille assise à gauche. C'était déjà la saison où l'air se réchauffe et où les fleurs s'épanouissent. Lin Baijia était assise derrière son pupitre, vêtue d'une veste courte à manches mi-longues et d'un pantalon ample. Chen Yaowu remarqua sa poitrine légèrement saillante. Son regard commença à glisser depuis le visage de Lin Baijia et à descendre le long de son cou délicat jusqu'à sa poitrine où il s'arrêta longuement. Lin Baijia ne bougeait pas, mais une discrète rougeur apparut sur ses joues.

Le professeur Wang, sa férule à la main, était aux anges : les sept élèves qui l'avaient quitté étaient tous revenus. Il était encore plus sévère qu'auparavant. Dès qu'un élève était distrait en classe, il levait sa férule et lui frappait la paume de la main en le menaçant, la fois suivante, de faire claquer la baguette comme un pétard. Cependant il fermait les yeux sur les moments de distraction de Chen Yaowu, se contentant, quand vraiment il était excédé, de donner un coup léger de sa férule sur le pupitre du garçon.

Lin Baijia, elle aussi, commença à ressentir une certaine agitation. Le regard de Chen Yaowu était aussi ardent que les flammes d'un poêle. Elle savait qu'il avait changé, et qu'elle-même avait changé. Souvent elle rougissait, son cœur battait plus vite, et parfois ses lèvres se mettaient brusquement à trembloter.

Un midi, au début de l'été, Lin Baijia, qui était en jupe plissée, faisait la sieste, étendue sur une chaise en bambou, à l'ombre des arbres de la cour. Chen Yaowu en passant à côté de la jeune fille profondément endormie aperçut sa cuisse blanche qui dépassait de la jupe plissée. Malgré lui son cœur s'accéléra et sa respiration se fit plus rapide. Il resta debout là à regarder la cuisse de Lin Baijia, puis il posa sa main dessus. La fraîcheur de sa peau le surprit, il retira craintivement sa main avant de la coller de nouveau au même endroit. La peau de Lin Baijia était toujours aussi fraîche et il se mit à la caresser doucement, ce qui lui donna la sensation de quelque chose de lisse, comme du satin.

Lin Baijia se réveilla en sursaut et vit Chen Yaowu. Elle fut d'abord saisie, puis elle ferma les yeux, gênée. Elle sentait la main de Chen Yaowu le long de sa cuisse. Sous le coup de l'émotion et de la tension, cette main n'arrêtait pas de trembler, et aussitôt le tremblement gagna Lin Baijia, son corps aussi se mit à trembler. Après que leurs corps eurent frémi un moment, Lin Baijia réalisa subitement qu'ils se trouvaient dans la cour, à l'ombre des arbres. Elle se leva et repoussa Chen Yaowu. Avant que celui-ci eût compris ce qui arrivait, il entendit le cri de Li Meilian qui avait surgi sur le pas de la porte :

— Quelle honte !

Chen Yongliang, qui était sorti en même temps que Li Meilian, ramassa une palanche posée à côté de la porte et se précipita sur Chen Yaowu en la tenant haut levée. Chen Yaowu franchit le portail et s'enfuit en courant dans la rue tel un cheval qui a cassé son licol. Chen Yongliang était sur ses talons, brandissant sa palanche. Il était dans une fureur noire :

— Je vais te massacrer, criait-il en le poursuivant.

Les gens, des deux côtés de la rue, étaient abasourdis et personne n'osait intervenir pour tenter d'arrêter Chen Yongliang.

Lin Xiangfu, qui arrivait dans le sens contraire, vit Chen Yongliang courir vers lui en brandissant sa palanche. Il se précipita, le saisit à bras-le-corps et lui demanda en criant ce qui s'était passé. Chen Yongliang se débattait pour lui échapper, mais Lin Xiangfu le tenait d'une poigne ferme. Au bout d'un moment Chen Yongliang se calma, il fit demi-tour et, la tête basse, reprit le chemin de la maison en traînant sa palanche. Lin Xiangfu, qui marchait à côté de lui, s'enquit à nouveau de ce qui s'était passé, mais il refusait de parler. De retour à la maison, il ferma le portail et se rendit dans la grande salle :

— Pardon, dit-il à Lin Xiangfu, l'air navré.

C'est Li Meilian qui expliqua ensuite à Lin Xiangfu ce qui venait de se passer. Celui-ci se retourna et regarda Lin Baijia. Elle se tenait debout dans un coin de la pièce comme un oiseau apeuré. Lin Xiangfu ne dit rien, il se contenta de hocher la tête légèrement pour signifier qu'il avait compris, puis il s'assit sur la chaise et s'absorba dans ses pensées.

Chen Yaowu, dans sa course folle, était allé jusqu'à Xishan. Lorsqu'en se retournant il ne vit plus Chen Yongliang derrière lui il s'arrêta enfin et, à bout de souffle, s'engagea dans un bosquet. Il resta assis là jusqu'à ce que le ciel se remplisse d'étoiles. Les moustiques bourdonnaient autour de lui, il était piqué de partout et son corps le démangeait. Quand il sortit de la forêt, Xizhen, au pied de la montagne, était plongé dans l'obscurité. Il avait faim et soif. Une fois redescendu, il se rendit jusqu'à l'embarcadère, et se mit à plat ventre sur la rive pour se remplir l'estomac d'eau. Puis il s'en alla au hasard. Il entendit le sonneur frapper la troisième veille[40]. Arrivé devant chez lui, il essaya de pousser le portail, mais celui-ci était verrouillé. Il aurait voulu frapper, mais il n'osait pas. Après être resté debout un moment, il s'assit et s'endormit, appuyé contre le portail.

Au matin, quand Li Meilian ouvrit le portail, elle trouva Chen Yaowu qui dormait, elle le réveilla et le traîna jusqu'à la grande pièce. Chen Yongliang et Lin Xiangfu étaient assis là, ainsi que Lin Baijia et Chen Yaowen. Chen Yaowu se frotta les yeux et vit qu'ils étaient en train de prendre leur petit-déjeuner. Li Meilian amena Chen Yaowu devant Chen Yongliang. Chen Yongliang hocha la tête, il se leva, alla chercher une corde et, prenant Chen

Yaowu par la main, il voulut l'entraîner dehors. Lin Xiangfu tenta de l'arrêter, mais Chen Yongliang fit non de la tête :

— Dans un pays il y a des lois, dans une famille il y a des règles.

— Laisse-le d'abord manger et dormir un peu, dit Lin Xiangfu.

Devant le visage privé d'oreille gauche de Chen Yaowu, Chen Yongliang eut un pincement au cœur :

— D'accord, qu'il mange, dit-il, mais pas question qu'il dorme.

Après avoir dévoré son petit-déjeuner en face de Lin Baijia, Chen Yaowu suivit Chen Yongliang dehors. Il était debout sous l'orme, la tête affaissée, et comme il n'était pas bien réveillé il poussa un bâillement. Chen Yongliang le ligota avec une corde et le suspendit à l'orme. Chen Yaowu vit son père s'approcher, un fouet à la main :

— Papa, s'il te plaît, redescends-moi, dit-il, laisse-moi retirer mon maillot de corps avant de me fouetter, je n'en ai que deux.

Chen Yongliang, après un instant d'hésitation, fit redescendre Chen Yaowu et desserra la corde pour qu'il puisse retirer son maillot, puis il l'attacha de nouveau et le suspendit à l'arbre. Son fouet claqua sur le dos de Chen Yaowu, qui poussa des cris à fendre l'âme. Des zébrures apparurent sur sa peau et aux endroits où la peau avait éclaté sortirent des filets de sang.

Assise dans la grande salle, Lin Baijia tremblait et pleurait en entendant les cris de Chen Yaowu. La douleur qu'elle manifestait ouvrit les yeux à Lin Xiangfu : il comprit que ce qui venait de se passer n'était pas du seul fait de Chen Yaowu, mais aussi de celui de sa fille. Les cris de Chen Yaowu étaient comme des flèches acérées qui perçaient le cœur de Lin Baijia. Son visage devint livide, puis ses lèvres à leur tour pâlirent. Et après un nouveau cri déchirant de Chen Yaowu, elle s'écroula sur le sol, évanouie.

Le malaise de Lin Baijia provoqua la panique dans la grande salle. Chen Yongliang accourut, abandonnant son fouet. Li Meilian lui criait quelque chose, et il comprit qu'elle lui demandait d'aller chercher en vitesse le praticien de médecine traditionnelle. Alors il tourna les talons et sortit en courant.

Lin Xiangfu prit Lin Baijia dans ses bras et la monta dans la chambre à l'étage où il l'étendit sur le lit. Elle resta couchée sans dire un mot pendant une heure, et quand Chen Yongliang revint avec le docteur Guo, elle était tout juste revenue à elle. Le docteur lui tâta le pouls et conclut que le feu de l'inquiétude lui avait attaqué le cœur mais que maintenant elle était tirée d'affaire. Toute la famille fut soulagée, et c'est alors qu'on se souvint que Chen Yaowu était toujours suspendu à l'arbre. Lin Xiangfu et Chen Yongliang se dépêchèrent d'aller le décrocher et le trouvèrent lui aussi évanoui. Ce fut à nouveau la panique. On monta Chen Yaowu à l'étage pour le coucher. Le docteur Guo, assis à son chevet, l'ausculta : le pouls était un peu faible, mais peu après il avait repris de la vigueur. Le médecin se leva et dit que le garçon se réveillerait dans un moment. Puis, examinant les plaies sur le corps de Chen Yaowu, il dit à Chen Yongliang :

— Saupoudrez les marques du fouet avec de la cendre, ainsi le feu toxique n'attaquera pas le cœur.

Li Meilian prit une poignée de cendre et en saupoudra soigneusement les plaies de Chen Yaowu. La douleur causée par la brûlure le réveilla d'un coup. Il se mit à crier, croyant que c'était encore le fouet qui le frappait, mais en découvrant à ses côtés Li Meilian et non pas Chen Yongliang, et en s'apercevant qu'il était couché dans son lit, il cessa de crier et se mit à gémir doucement.

Devant le corps zébré de son fils, devant son visage auquel manquait l'oreille gauche, Li Meilian eut le cœur brisé.

— La demoiselle appartient déjà à la famille Gu, dit-elle en secouant la tête. Si ce qui s'est passé devait se savoir, elle serait déshonorée.

Une fois Chen Yaowu endormi, Li Meilian se rendit dans la chambre de Lin Baijia, elle s'assit à côté du lit et soupira en regardant son visage livide. Quand Lin Baijia vit Li Meilian, un flot d'amertume remonta en elle, elle saisit Li Meilian par la manche et éclata en sanglots. Li Meilian lui caressa les cheveux :

— Tout était déjà écrit dans une vie antérieure.

XLIX

Lin Xiangfu et Chen Yongliang restèrent assis jusqu'à une heure avancée de la nuit dans la lumière vacillante de la mèche de la lampe. Ils burent deux livres de vin jaune, mais ne touchèrent pas aux quatre plats que Li Meilian avait préparés pour eux. Chen Yongliang compta sur ses doigts : cela faisait quinze ans que Li Meilian et lui avaient quitté leur pays natal. Treize années aussi avaient passé en un éclair depuis que Lin Xiangfu était descendu dans le Sud en portant Lin Baijia dans le porte-bébé. Les deux hommes étaient mélancoliques. Chen Yongliang confia à Lin Xiangfu qu'il souhaitait retourner au pays et que sa décision était prise. Lin Xiangfu savait ce qu'il avait en tête : il voulait éloigner Chen Yaowu de Lin Baijia. Lin Xiangfu lui parla longuement. Il n'essaya pas de le convaincre de rester, il espérait simplement qu'il ne partirait pas trop loin : par ces temps de désordre, nul ne savait quelle catastrophe pouvait se produire, et les deux familles devaient continuer à veiller l'une sur l'autre. Il ajouta qu'il possédait plus de mille trois cents *mu* de terres à Wanmudang, dont cinq cents devaient constituer la dot de Lin Baijia, il en restait donc encore huit cents. Et pour finir il alla droit au but : du moment que Lin Baijia et Chen Yaowu ne se revoyaient plus, Chen Yongliang n'avait pas besoin de recourir à une solution aussi radicale en retournant au pays. Certes, ici, ils n'étaient pas chez eux, mais Lin Xiangfu leur offrait une occasion rare de s'établir.

Ces paroles donnèrent à réfléchir à Chen Yongliang et au bout d'un long moment il hocha la tête et accepta la proposition de Lin Xiangfu. Ils avaient fini leur vin jaune mais ils avaient encore envie de boire. Ils se levèrent et sortirent, et ils traversèrent les rues de Xizhen désertes au cœur de la nuit, jusqu'à ce qu'enfin, à la porte sud, ils trouvent une taverne encore éclairée. Ils commandèrent deux plats et deux livres de vin jaune, et assis près de la fenêtre ils commencèrent à discuter : Lin Xiangfu voulait céder à Chen Yongliang la totalité des huit cents *mu* de terres qui restaient ; Chen Yongliang ne voulait en accepter que cent. Lin Xiangfu insista, mais Chen Yongliang ne voulut pas aller au-delà de deux cents ou trois cents.

Cette nuit-là, Lin Xiangfu raconta tout de sa vie à Chen Yongliang : s'il avait fait tout ce chemin pour venir jusqu'à Xizhen, c'était afin de retrouver une femme nommée Xiaomei, la mère de Lin Baijia. Bien qu'il eût de plus en plus la conviction que Aqiang et Xiaomei étaient mari et femme, il parlait toujours d'eux comme s'ils étaient frère et sœur.

Chen Yongliang écouta patiemment le récit de Lin Xiangfu. Il cohabitait avec lui depuis treize ans et au fond de lui-même il savait depuis longtemps que si Lin Xiangfu était venu du nord avec sa fille dans ses bras pour s'installer à Xizhen, un lourd secret devait le lier à cette ville. Un secret qu'aujourd'hui il révélait.

Chen Yongliang rappela qu'il était arrivé à Xizhen deux ans seulement avant Lin Xiangfu, et que le bourg ne lui était guère plus familier qu'à lui. À Xizhen, il connaissait trois femmes qui s'appelaient Xiaomei et deux hommes qui s'appelaient Aqiang, mais ni par l'âge ni par le physique ils ne correspondaient à la description que Lin Xiangfu avait faite d'eux.

Lin Xiangfu commença à évoquer les moments où Chen Yongliang et lui passaient dans les rues en tirant leur voiture à bras et réparaient les portes et les fenêtres des habitants de Xizhen. Il avait rencontré sept femmes nommées Xiaomei et cinq hommes nommés Aqiang, mais ce n'étaient pas la Xiaomei et le Aqiang qu'il cherchait.

— Puisque Wencheng est un faux nom, dit-il, il est probable que Xiaomei et Aqiang soient aussi des faux noms.

Chen Yongliang hocha la tête. Il se souvenait qu'à l'époque Lin Xiangfu insistait pour réparer les portes et les fenêtres des maisons vides, et qu'il n'avait pu y pénétrer parce que les portes étaient verrouillées. Au cours des années qui avaient suivi, chaque fois que quelqu'un, parti ailleurs, revenait à Xizhen, Lin Xiangfu offrait spontanément de réparer les portes et les fenêtres de chez lui. À présent Chen Yongliang en comprenait la raison : à Xizhen, Lin Xiangfu guettait le retour de Xiaomei et de Aqiang.

— Désormais, à cent *li* à la ronde, presque tout le monde connaît Lin Xiangfu et la menuiserie de Xizhen. La Xiaomei et le Aqiang dont tu parles doivent fatalement être au courant.

Chen Yongliang hésita un moment avant de conclure :

— Ils ne reviendront pas à Xizhen.

Lin Xiangfu eut un sourire amer : treize ans s'étaient écoulés, dit-il, et il n'avait pas retrouvé Xiaomei et Aqiang, on ne trouvait trace d'eux nulle part. Au début, il s'était entêté à vouloir que Xizhen soit Wencheng, mais maintenant il avait le sentiment de s'être fourvoyé : Wencheng n'était pas Xizhen, c'était un autre endroit. Il aurait bien voulu rentrer chez lui, dans le Nord, mais il ne pouvait pas le faire pour le moment parce que Lin Baijia n'était pas encore mariée et n'appartenait pas encore officiellement à la famille Gu. Ces propos émurent beaucoup Chen Yongliang. Il déclara qu'un jour viendrait où lui et les siens rentreraient eux aussi au pays.

Là-dessus les deux hommes se turent, ils levaient fréquemment leur coupe, et comme ils ignoraient quand ils boiraient de nouveau ensemble, chaque fois ils se regardaient et souriaient.

Le lendemain matin, Chen Yongliang, avec sur le dos un sac en tissu empli de provisions de bouche, sortit de chez lui, il gagna l'embarcadère de Xizhen, monta à bord d'une petite barque à auvent de bambou pour se rendre à Wanmudang et décider de l'endroit où il allait s'installer. Après son départ, Li Meilian commença à préparer les bagages. En rangeant les vêtements, elle tomba sur le porte-bébé matelassé en toile grossière, et aussitôt l'image de Lin Xiangfu entrant chez eux en ce jour de froid et de neige avec Lin Baijia contre son ventre lui revint. Elle alla trouver Lin Xiangfu le porte-bébé à la main, et lui demanda s'il voulait bien le lui donner puisqu'il n'en avait plus l'usage. Peut-être en aurait-elle besoin plus tard. Elle avait les larmes aux yeux en disant cela. Lin Xiangfu comprit qu'elle voulait garder quelque chose de Lin Baijia. Après avoir vécu sous le même toit pendant treize années elles étaient devenues comme mère et fille. Lin Xiangfu hocha la tête :

— Tu peux l'emporter, lui dit-il.

Lin Baijia, assise dans sa chambre, était inquiète : elle avait deviné que la famille de Chen Yongliang s'apprêtait à partir, et des larmes coulaient de ses yeux de temps en temps. Chen Yaowu pouvait quitter son lit maintenant, et de nouveau il restait assis hébété comme quand il était rentré de chez les brigands. Il ne se retrouvait en présence de Lin Baijia qu'au moment des repas. Lin Baijia levait parfois les yeux vers lui. Chen Yaowu, en revanche, gardait la tête obstinément baissée. Les marques du fouet sur son corps étaient encore douloureuses, et il n'osait pas regarder Lin Baijia.

Chen Yongliang rentra au bout de deux jours. Il annonça à Lin Xiangfu qu'il avait choisi de s'installer au village des Qi, à Wanmudang, où Lin Xiangfu possédait plus de deux cents *mu* de terres. Il avait donc acheté une maison là-bas, une maison en briques qui plus est. Lin Xiangfu invita le professeur Wang de l'école privée d'en face pour qu'il leur serve de témoin et ils signèrent un engagement écrit par lequel les deux cents *mu* de terre du village des Qi devenaient la propriété de Chen Yongliang.

Ensuite, Chen Yongliang sortit de la menuiserie la voiture à bras qui grinçait et qu'on avait remisée là pendant des années, et y posa les bagages. Il regarda Lin Xiangfu. Le soleil d'été lui faisait plisser les yeux, il baissa la tête et souleva les bras de la voiture, et il sortit de la cour. Lin Xiangfu l'avait rattrapé, tandis que Li Meilian marchait de l'autre côté en tenant Lin Baijia par la main. Chen Yaowen poussait la voiture par-derrière, et Chen Yaowu suivait son petit frère, la tête basse. Au début, il marchait encore à peu près normalement, mais quand il s'engagea dans la grande rue, sa tête partit brusquement vers la droite.

Ils étaient arrivés à l'embarcadère de Xizhen, Chen Yongliang sauta sur un bateau, Lin Xiangfu lui passa les bagages un par un. Quand Chen Yaowen et Chen Yaowu furent montés à bord, Chen Yongliang remonta sur la rive pour faire ses adieux à Lin Xiangfu. Chen Yongliang était debout face à Lin Xiangfu, il aurait voulu dire quelque chose, mais il ne dit rien, et à la place il se gratta la tête en souriant. Lin Xiangfu ne savait pas quoi dire lui non plus, il hochait la tête et donnait des tapes sur l'épaule de Chen Yongliang.

À cet instant, Li Meilian, qui souriait jusque-là, fondit en larmes. Elle prit le visage de Lin Baijia entre ses mains et la regarda, et Lin Baijia se mit à pleurer à son tour. Li Meilian essuya les larmes de Lin Baijia, elle disait "Ne pleure pas, ne pleure pas", mais elle-même était en pleurs. Chen Yongliang tira Li Meilian par son vêtement et l'aida à monter sur le bateau. À quoi ça sert de pleurer, lui dit-il, mais lui-même ne put retenir ses larmes. Il donna le signal du départ au batelier. Debout à la proue, il agita la main en direction de Lin Xiangfu, et pour finir il lui lança cette phrase d'adieu :

— Prenez soin de vous.

Lin Xiangfu avait les yeux humides. Lorsque le bateau en bois s'éloigna sur la vaste étendue d'eau, il eut le sentiment que la famille de Chen Yongliang était en fait devenue la sienne. Il regarda sa fille, le visage de Lin Baijia était sillonné de larmes, elle ne quittait pas des yeux le bateau qui s'éloignait. Elle fixait Chen Yaowu qui se tenait debout à la poupe. Il avait la tête penchée, si bien qu'elle avait l'impression qu'à tout moment il risquait de tomber dans l'eau.

L

Gu Yimin fut très surpris d'apprendre que Chen Yongliang et les siens avaient déménagé au village des Qi.

— Wanmudang est infesté de brigands, s'étonna-t-il devant Lin Xiangfu. On y compte au total une dizaine de bandes, des grandes et des petites. Tous les gens un tant soit peu riches sont venus s'installer à Xizhen. Pourquoi donc Chen Yongliang est-il parti là-bas ?

Lin Xiangfu resta muet pendant un moment, puis il dit comme s'il se parlait à lui-même :

— Il faut laisser faire le destin.

Les premiers temps, Lin Baijia pleurait souvent toute seule. Elle restait devant la fenêtre de la pièce qui avait servi de salle de classe, le regard perdu, émouvante, aussi immobile qu'une falaise. Un jour, une pensée lui vint à l'esprit : elle alla trouver Lin Xiangfu et lui demanda qui était sa mère.

Lin Xiangfu fut surpris. Il se rendait compte seulement maintenant à quel point Li Meilian occupait une place importante dans le cœur de sa fille. En treize ans, Lin Baijia n'avait jamais demandé qui était sa mère. C'est maintenant que Li Meilian était partie qu'elle pensait à sa mère.

Xiaomei resurgit dans la mémoire de Lin Xiangfu : elle était là, devant ses yeux. Son visage, sa voix, la chaleur de son corps commençaient à reprendre vie. Lin Xiangfu percevait tout cela, mais ce ne fut qu'une vision éphémère, et en un clin d'œil le sentiment de ce qu'il avait perdu l'envahit. De nouveau, il eut la sensation que Xizhen n'était pas le Wencheng dont Aqiang avait parlé. De nouveau, il eut la sensation qu'il avait attendu en vain

Xiaomei pendant treize ans dans un endroit où elle n'était pas. Il songea avec tristesse qu'il ne reverrait plus Xiaomei dans cette vie, alors la Xiaomei qui à l'instant était là devant ses yeux s'éloigna, son visage devint flou, sa voix s'affaiblit et la chaleur de son corps se dissipa lentement.

Lin Baijia vit les lèvres de son père trembler légèrement, et il lui parla de sa mère. La personne dont il parlait n'était pas Xiaomei. À cet instant, il pensait à une autre, à cette Liu Fengmei qu'il était allé voir avec l'entremetteuse, cette jeune fille au joli visage qui n'avait pas prononcé une parole, et qui lui avait fait manquer ainsi un beau mariage. Lin Xiangfu s'efforçait de retrouver dans sa mémoire les traits de Liu Fengmei. Il se corrigeait tout en parlant, et finalement il s'aperçut que tout ce qu'il racontait, c'étaient des bribes du passé de Xiaomei. Pour finir, il dit à sa fille que sa mère s'appelait Liu Fengmei, et qu'elle était morte peu de temps après l'avoir mise au monde.

Lin Baijia lui demanda si les trois fichus bleus avec des motifs imprimés blancs qui étaient dans l'armoire avaient appartenu à sa mère. Lin Xiangfu, d'abord pris de court, fit oui de la tête. Il vit une expression de tristesse gagner le visage de sa fille.

Lin Baijia fut triste pendant une dizaine de jours : elle était distraite et avait perdu l'appétit. Au sortir de ces dix jours, Lin Xiangfu l'entendit soudain rire et la vit sortir de l'école privée d'en face un livre à la main, le visage aussi resplendissant que les lueurs du couchant à l'horizon. Lin Xiangfu fut soulagé, il se dit que par bonheur Lin Baijia était encore petite et qu'elle oubliait facilement. Il se réjouit que tout cela soit passé et que Lin Baijia soit redevenue aussi gaie qu'avant.

LI

Chen Yaowu, alors âgé de seize ans, était dévasté depuis qu'il avait quitté Lin Baijia. Tous les jours, debout au bord de l'eau, au village des Qi, il regardait dans la direction de Xizhen, perdu dans ses pensées. Les bateaux de marchandises qui circulaient sur les eaux de Wanmudang lui inspirèrent une idée qui l'excita. Ce jour-là, il se déshabilla et sauta dans l'eau. Tenant ses vêtements d'une main au-dessus de sa tête, il fendit les flots avec son autre main et nagea ainsi jusqu'au milieu de l'étendue d'eau. Quand il fut tout près d'un bateau de marchandises, il s'accrocha à sa coque et demanda au batelier s'il pouvait l'emmener à Xizhen. Comme le batelier était d'accord, il grimpa à son bord d'un coup de reins, et resta debout tout nu à la proue pour que le soleil d'été sèche sa peau, après quoi il se rhabilla.

Il mit pied à terre à l'embarcadère de Xizhen et courut directement à l'école privée du professeur Wang. Lorsqu'il surgit dans sa classe, salué par des exclamations, il vit le visage de Lin Baijia s'empourprer. Le professeur Wang lui demanda comment il était venu, et quand il eut tout raconté, il vit Lin Baijia pleurer en se mordant les lèvres. Il s'assit à côté d'elle, tournant sans cesse la tête pour la regarder. Lin Baijia, elle aussi, tournait fréquemment la tête vers lui, et dans ses yeux Chen Yaowu lut pour la première fois une expression de tendresse infinie.

Dans l'après-midi, Chen Yaowu se leva et quitta l'école, il courut jusqu'à l'embarcadère et monta à bord d'un bateau de marchandises qui repartait avec son chargement. L'embarcation fila sur les eaux de Wanmudang et à l'approche du village des Qi Chen Yaowu se déshabilla à nouveau et sauta dans l'eau. Il nagea vers la rive en tenant ses vêtements au-dessus de sa tête, et une fois arrivé à terre il s'ébroua en sautillant. Après quoi il remit ses vêtements et rentra chez lui comme si de rien n'était.

Au cours de ses allers et retours entre le village des Qi et Xizhen, Chen Yaowu se lia avec les bateliers qui faisaient la navette avec leurs marchandises, et que son attitude, debout tout nu à la proue, intriguait. Un batelier voulut savoir ce qu'il allait faire à Xizhen.

— Je vais voir ma femme, lui répondit-il.

Les bateliers avisant les quelques poils pubiens qu'il avait au bas du ventre ne purent s'empêcher de rire. Désormais, quand il se tenait debout à la proue, face au vent, ceux des autres bateaux en l'apercevant lui faisaient des signes et lui criaient :

— Comment va ta femme ?

Et Chen Yaowu répondait toujours de manière laconique :

— Elle va bien.

Plus tard, Lin Xiangfu vit une silhouette qui ressemblait à celle de Chen Yaowu sortir de l'école privée du professeur Wang et emprunter la rue à vive allure. Sur le coup, il n'y prêta pas attention, mais un mois après il aperçut de nouveau cette silhouette et reconnut Chen Yaowu. Chen Yaowu n'avait pas remarqué Lin Xiangfu, mais au moment où il tournait au coin de la rue, Lin Xiangfu le vit et il vit la joie qui rayonnait sur son visage. Désormais Lin Xiangfu était inquiet : il comprenait enfin pourquoi Lin Baijia était aussi radieuse et pourquoi elle riait aussi fort.

LII

Cet après-midi-là, Gu Yimin arriva, tenant à la main un exemplaire du *Shenbao* de Shanghai[41]. Après avoir échangé quelques mots avec Lin Xiangfu sur la situation de l'heure, il se leva et prit congé en oubliant son journal sur la table.

Le soir venu, Lin Xiangfu feuilleta le *Shenbao* et tomba par hasard sur un article qui parlait d'une école sino-occidentale pour filles. C'est ainsi qu'il apprit qu'à Shanghai il existait des établissements pour filles, et que dans cette école sino-occidentale, en plus de l'enseignement qu'on dispensait dans les écoles privées, on enseignait également la musique occidentale et le catéchisme. Une idée lui traversa l'esprit : pourquoi Lin Baijia n'irait-elle pas là-bas ? Mais il ne creusa pas cette idée. Il la mit de côté en même temps que le *Shenbao*. Puis ses soucis le reprirent. Il ne savait pas comment séparer pour de bon Lin Baijia et Chen Yaowu. Il commençait à en perdre le sommeil, et se disait que si les deux enfants se rencontraient chez le professeur Wang les voisins étaient peut-être déjà au courant.

Lin Xiangfu songea subitement que peut-être Gu Yimin avait eu vent de quelque chose. Il repensa à sa visite de l'après-midi et au *Shenbao* qu'il avait laissé traîner, et il en conclut que c'était peut-être une façon indirecte pour Gu Yimin de lui suggérer d'envoyer Lin Baijia à l'école sino-occidentale pour filles de Shanghai.

Quinze jours plus tard, Lin Xiangfu prenait place dans une barque à auvent de bambou avec Lin Baijia et ses bagages. Une fois arrivés à Shendian, ils empruntèrent une voiture à cheval qui partait pour Shanghai. Tout le long du chemin, Lin Xiangfu garda un air sévère. Lin Baijia n'était pas tranquille, elle ignorait où ils allaient et n'osait pas poser la question. Elle avait le pressentiment que son père était au courant des visites clandestines que lui rendait Chen Yaowu. Ce n'est que lorsqu'ils furent à Shanghai, à l'école sino-occidentale pour filles, qu'elle découvrit où son père l'envoyait.

Le lendemain de son arrivée là-bas coïncidait avec la fête des Sœurs organisée par l'école. Revêtue de l'uniforme de sa classe, une fleur orange cousue sur la poitrine, Lin Baijia se tenait sur la pelouse avec les autres nouvelles élèves qui portaient cousue sur la poitrine la fleur de leur classe, une fleur rouge, jaune, verte, bleue ou mauve selon les cas. Aux accents d'une musique occidentale jouée par un phonographe, un groupe d'élèves des classes supérieures s'approchèrent d'elles en souriant : chacune devait choisir une nouvelle élève, qu'elle considérerait dès lors comme sa petite sœur. Elle tendait une fleur fraîche à celle qu'elle avait choisie, et si celle-ci l'acceptait, elles seraient sœurs désormais. La beauté de Lin Baijia avait attiré plusieurs élèves des classes supérieures qui, toutes, lui tendirent la fleur qu'elles tenaient en main. Lin Baijia rougit, mais alors qu'elle ne savait laquelle prendre, deux élèves plus jeunes vinrent vers elle, une fleur à la main, en s'écriant :

— Grande sœur Lin.

Lin Baijia reconnut Gu Tongsi et Gu Tong'nian. Elles avaient beaucoup grandi. Cette rencontre inattendue fit oublier toute politesse à Lin Baijia : sans un mot elle planta là ces élèves pleines d'espoir et se dirigea vers Gu Tongsi et Gu Tong'nian.

Gu Tongsi vint à sa rencontre et lui tendit sa fleur. Gu Tong'nian fit de même mais voyant que sa sœur aînée avait déjà tendu la sienne, elle se recula d'un pas pour laisser Lin Baijia prendre la fleur que lui tendait Gu Tongsi.

Lin Baijia prit la fleur de Gu Tongsi, qui souriait, et se dirigeant vers Gu Tong'nian, qui était un peu intimidée, elle prit aussi la sienne. Un sourire naïf s'épanouit sur le visage de Gu Tong'nian. Tandis qu'elle serrait dans ses bras les sœurs Gu, qu'elle n'avait pas vues depuis une éternité, Lin Baijia ne put retenir ses larmes, et les sœurs Gu versèrent aussi des larmes à travers leur sourire.

Puis Gu Tongsi, baissant la tête, dit une prière :

— Merci au Seigneur de m'avoir donné pour sœur la belle Lin.

Gu Tong'nian baissa également la tête et pria :

— Merci au Seigneur de m'avoir permis de retrouver la grande sœur Lin.

Une vie toute nouvelle s'ouvrit pour Lin Baijia : elle partageait la chambre des sœurs Gu et avait rejoint le groupe de prière de l'école. Au moment du dîner, ses camarades de classe et elle s'asseyaient autour de la table et chantaient à l'unisson : "Dieu de miséricorde, bénis notre nuit, jusqu'au lever du jour, nous te sommes reconnaissants, de nous nourrir et de nous protéger, toute joie vient de toi Seigneur."

Avant de se coucher, elle faisait une toilette soignée avec les sœurs Gu, et de retour dans la chambre, devant leurs lits, toutes les trois priaient en silence :

— Merci Seigneur de nous accorder la paix.

Après l'extinction des feux, Gu Tongsi accrochait une couverture à la fenêtre et allumait une bougie pour broder en cachette. Gu Tong'nian, qui respectait le règlement de l'école, se couchait sagement dans son lit et à la faible lueur de la bougie elle regardait Lin Baijia assise à côté du lit. Lin Baijia regardait Gu Tongsi broder tout en ruminant ses pensées. Gu Tongsi levait parfois les yeux de son travail et lui souriait. Lin Baijia, après lui avoir rendu son sourire, regardait Gu Tong'nian, et voyant que celle-ci avait les yeux grands ouverts et la regardait aussi, elle lui disait tout bas de dormir, et Gu Tong'nian faisait oui de la tête et fermait les yeux.

L'école sino-occidentale pour filles possédait une chambre des larmes qui était ouverte le vendredi après-midi : les nouvelles élèves qui n'étaient pas habituées à la vie de l'école pouvaient y aller pour pleurer tout leur soûl. À la fin de sa première semaine passée à l'école, Lin Baijia finit par s'y rendre. Les mains sur la bouche elle sanglota longtemps, les larmes inondaient son visage, comme un fleuve qui a rompu ses digues. Les émotions se bousculaient en elle et la tristesse l'écrasait. Elle songeait à Chen Yaowu, à Li Meilian et à Chen Yongliang, à Chen Yaowen, à beaucoup de moments du passé, et à sa mère qui n'était plus de ce monde. Elle essayait d'imaginer son visage, mais c'était toujours celui de Li Meilian qui surgissait. Elle pensait à son père qu'elle n'avait jamais quitté durant treize ans et dont elle était séparée dorénavant.

Lin Baijia sortit de la chambre des larmes, les yeux rouges et gonflés. Gu Tongsi et Gu Tong'nian se tenaient devant la porte. Gu Tongsi offrit à Lin Baijia la broderie qu'elle avait achevée et qui représentait trois fleurs de prunier sur leur tige, de tailles différentes, et qui symbolisaient les trois sœurs. Les trois filles se regardèrent et sourirent en même temps, puis elles allèrent se mêler à un groupe d'élèves qui riaient aux éclats.

LIII

De retour à Xizhen, Lin Xiangfu alla trouver Gu Yimin pour lui annoncer qu'il avait envoyé Lin Baijia à l'école sino-occidentale pour filles de Shanghai. Gu Yimin n'eut pas eu l'air surpris d'apprendre la nouvelle, il se contenta de hocher tranquillement la tête, et il déclara que ses deux filles, Gu Tongsi et Gu Tong'nian, étaient également scolarisées là-bas. Ce qui étonna Lin Xiangfu : Gu Yimin ne lui en avait jamais parlé et lorsqu'il avait accompagné Lin Baijia à l'école, il n'y avait pas aperçu les sœurs Gu. Il avait fait un simple aller et retour, et n'avait fait que déposer Lin Baijia avant de retourner à Xizhen.

Lin Xiangfu se réjouissait de ce que Lin Baijia et les sœurs Gu aient pu se retrouver à l'école sino-occidentale pour filles.

— Elles se sont sûrement vues, dit-il à Gu Yimin.

Lin Xiangfu commença à mener une vie solitaire. Les enlèvements commis par les brigands avaient stimulé les affaires à la menuiserie : désireux de marier leurs enfants au plus vite, les parents défilaient sans arrêt pour commander des meubles, mais cette prospérité fut de courte durée, et les commandes se firent par la suite de plus en plus rares. À présent lits, tables, chaises, malles, armoires, coffres, cuvettes, seaux, coffrets, mais également supports de vases, dessous de réchaud et autres porte-cuvettes, s'entassaient dans l'entrepôt, couverts de poussière, et les araignées s'amusaient à tendre leurs fils entre eux.

Lin Xiangfu vivait dans une maison vide et son cœur était vide lui aussi. Une nuit, il se leva de son lit, il quitta le bâtiment où il logeait, puis franchit le portail et se rendit chez la prostituée clandestine, près de l'embarcadère. Après avoir gravi l'escalier grinçant il s'assit en face de Cuiping, cette femme maigre aux grands yeux et aux lèvres pulpeuses. Dans la lumière vacillante de la lampe à pétrole, Lin Xiangfu ne disait rien. Chez Cuiping on ne sentait plus l'odeur du poisson et des crevettes, son mari était mort d'avoir fumé trop d'opium. Cuiping raconta à Lin Xiangfu que par une nuit sans lune il avait été ramené à la maison la bouche remplie de boue, il en avait même dans les narines. On lui avait expliqué qu'on avait fait cela pour tenter de sauver son mari : on pouvait tirer d'affaire les fumeurs d'opium victimes d'une surdose en les mettant en contact avec de la terre humide, on combattait ainsi la "terre à fumer" avec de la terre. Sur le coup, elle n'avait pas su quoi en penser, mais à bien y réfléchir cette histoire de terre à fumer qu'on combattait avec de la terre lui semblait étrange : de toute évidence son mari était mort étouffé par cette boue.

Cette femme nommée Cuiping avait perdu sa beauté d'antan, plus aucun client ne venait la visiter. Avec les années elle était devenue de plus en plus maigre, les rides avaient envahi les coins de ses yeux et ses prunelles, autrefois brillantes, avaient perdu leur éclat. Lorsque Lin Xiangfu, qui ne supportait plus sa solitude, se présenta chez elle, elle laissa échapper un cri de surprise et face à cet homme qui semblait très intimidé, elle fut à son tour désemparée. Elle n'avait pas oublié cet homme du Nord qui était déjà venu chez elle et s'était montré si généreux, sans compter que Lin Xiangfu s'était fait une réputation à Xizhen depuis une dizaine d'années, et elle savait qu'il était presque aussi riche que Gu Yimin.

Au début, Lin Xiangfu restait assis pendant deux heures sans ouvrir la bouche avant de s'en aller, et en se levant il déposait furtivement une pièce d'un candarin[42] sur la chaise. Cuiping, qui savait que Lin Xiangfu était devenu impuissant, ne cherchait pas à l'aguicher. Elle lui préparait une tasse de thé, puis elle retournait discrètement s'asseoir sur le bord du lit, et quand Lin Xiangfu avait bu son thé, elle se levait pour remplir de nouveau sa tasse.

Après que Lin Xiangfu fut venu plusieurs fois, ils commencèrent à échanger de temps en temps quelques mots. Lin Xiangfu parlait invariablement de sa fille et parfois il tirait de l'intérieur de son vêtement une lettre de Lin Baijia dont il lisait un passage en souriant. Une fois, Cuiping évoqua également son défunt mari. Elle confia à Lin Xiangfu que presque tout l'argent qu'elle avait gagné étant plus jeune en vendant son corps avait été dilapidé par son opiomane d'époux. Tandis qu'elle se plaignait de lui, ses yeux n'en étaient pas moins remplis de nostalgie. Pour une femme, conclut-elle, avoir un homme quel qu'il soit valait toujours mieux que de ne pas en avoir.

Un soir, Lin Xiangfu, après être resté longtemps assis chez Cuiping, décida de ne pas rentrer chez lui. Il déclara que cette nuit il resterait là. Cuiping s'empressa de se lever et de préparer le lit. Lin Xiangfu se contenta d'enlever ses vêtements de dessus et se coucha en chemise et caleçon. Et il glissa furtivement une pièce d'un candarin sous l'oreiller.

Après avoir hésité pendant quelques instants à côté du lit, Cuiping ôta tous ses vêtements et s'allongea entièrement nue à côté de Lin Xiangfu. Ils restèrent couchés sans rien dire pendant un moment, puis Cuiping sentit la main de Lin Xiangfu se poser sur sa poitrine et descendre tout doucement. Elle sentit sa main devenir espiègle comme un enfant qui joue. Ensuite la main de Cuiping pénétra à son tour sous les sous-vêtements de Lin Xiangfu et commença à caresser lentement son corps. La main fraîche de Cuiping se réchauffa peu à peu, et Lin Xiangfu eut la sensation que son corps se détendait, tel un vêtement froissé qu'on vient de repasser.

Dans les jours qui suivirent, Lin Xiangfu, quand il venait ici le soir, ne rentrait plus chez lui ensuite. Il se déshabillait complètement et se glissait sous la couverture, et il s'endormait profondément sous la caresse des doigts de Cuiping. Lorsqu'elle le caressait, ses ongles l'effleuraient, et à leur contact son corps raide s'amollissait, comme la terre qu'on a labourée après la récolte.

LIV

Quand pour la dernière fois Chen Yaowu prit un bateau pour se rendre à Xizhen, la fraîcheur de l'automne se faisait déjà sentir, et les eaux de Wanmudang étaient froides. Une fois à bord, un souffle de vent le fit éternuer et frissonner, mais il n'en resta pas moins debout tout nu à la proue et ne se rhabilla que lorsque le vent froid l'eut séché. En arrivant à l'école du professeur Wang, il ne trouva pas Lin Baijia : sa place était vide et même son pupitre avait disparu. Il s'assit à côté du siège qu'elle occupait auparavant, jetant de temps en temps des regards vers la porte. Après en avoir lu un passage, le professeur Wang posa le livre qu'il avait en main et dit :

— Elle ne viendra pas.

Et il expliqua à Chen Yaowu que Lin Baijia était partie faire ses études à Shanghai. Chen Yaowu baissa la tête, puis sa tête bascula sur le côté, il éternua trois fois de suite, se leva, et comme s'il était frigorifié il quitta l'école privée du professeur Wang en tremblant et se dirigea vers l'embarcadère. Il s'arrêta devant un bateau de marchandises qui chargeait des sacs de soja, il tremblait encore les bras serrés autour de son corps. Quand toute la marchandise fut chargée, Chen Yaowu monta à bord à son tour. Les bateliers le connaissaient tous et le voyant grelotter, la mine déconfite, ils lui demandèrent en souriant :

— Comment va ta femme ?

Chen Yaowu leur répondit tristement :

— Je n'ai plus de femme.

Cette fois, Chen Yaowu ne resta pas debout à la proue, mais se recroquevilla entre des sacs de soja. Des bateliers tentèrent de plaisanter avec lui : des femmes, ce n'était pas ce qui manquait sur terre ; sans parler des demoiselles de grande famille et des filles à marier de familles ordinaires, même les veuves il y en avait plus que de fèves de soja sur ce bateau, et il y avait aussi les filles des bordels et les prostituées clandestines ; si les poules à trois pattes ne couraient pas les rues, les femmes à deux pattes, ça se trouvait partout.

Tandis que les bateliers parlaient en riant à gorge déployée, plusieurs barques à auvent de bambou s'approchèrent à toute vitesse et se collèrent au flanc du bateau. Un homme qui portait à la ceinture un parabellum et qui tenait une hache à la main sauta d'un bond sur le bateau, aussitôt suivi par d'autres hommes armés de fusils. Un des bateliers brandit sa rame et essaya d'en asséner un coup à un des assaillants, mais celui qui avait sauté le premier à bord fondit sur lui et, abattant sa hache, lui trancha la moitié de l'épaule. Avant d'avoir pu dire ouf, le batelier était mort. Les quatre autres membres de l'équipage, comprenant qu'ils avaient affaire à des brigands, s'agenouillèrent l'un après l'autre, et le timonier supplia, les mains jointes :

— Maîtres, le bateau et la cargaison sont à vous, mais épargnez nos vies.

L'homme à la hache s'approcha sans un mot, et levant son arme trucida successivement les quatre hommes dont il balança les cadavres à l'eau d'un coup de pied. Parmi les quatre bateliers tués, seul le premier poussa un hurlement, les trois autres furent abattus sans même avoir le temps de crier. Assis au milieu des sacs de soja, Chen Yaowu s'aperçut que le dernier brigand monté à bord était celui qu'on surnommait le Moine. Il lui souffla :

— Moine, Moine, sauve-moi.

En s'entendant interpeller, le Moine fut saisi. Il regarda de plus près et reconnut Chen Yaowu, et quand l'homme à la hache s'approcha, le Moine lui dit :

— Celui-ci, tu me le laisses.

Le Moine ligota Chen Yaowu en faisant en sorte de ne pas trop serrer la corde, puis il le poussa par-dessus bord. Une fois dans l'eau, Chen Yaowu parvint à se libérer. Quand il réapparut à la surface le sang qui colorait la rivière avait rougi également ses cheveux et son visage. Ce fut le sang des bateliers qui lui sauva la vie : son visage avait l'air en bouillie et le brigand à la hache le prit simplement pour un cadavre flottant sur l'eau. Lorsque le bateau de marchandises dont s'étaient emparés les brigands se fut éloigné, Chen Yaowu grimpa sur une des barques à auvent de bambou, abandonnée par les brigands. Il fondit en larmes. Les bateliers qui plaisantaient l'instant d'avant n'étaient plus de ce monde à présent. La hache les avait fendus depuis l'épaule. Ils flottaient sur l'eau rougie, l'épaule détachée du tronc auquel elle n'était plus reliée qu'au niveau de la taille, et leur corps ainsi ouvert voguait à la surface.

Au cours des trois années qui suivirent, Chen Yaowu ne quitta plus le village des Qi. Il avait grandi et était devenu un homme costaud. Il lui arrivait de penser à Lin Baijia. La Lin Baijia à laquelle il pensait était toujours une jeune fille de treize ans, et il avait l'impression qu'il n'éprouvait plus rien pour elle. Il ignorait que depuis trois ans Lin Baijia n'avait pas cessé de lui écrire. Elle envoyait ses lettres au professeur Wang pour qu'il les lui remette. Ce dernier les avait conservées dans son armoire, mais trois ans avaient passé sans qu'il ne revoie Chen Yaowu, et il commençait à se plaindre de n'avoir presque plus de place pour ranger ses vêtements.

LV

Un brigand du nom de Zhang Yifu défrayait la chronique. Ce brigand, qui sévissait à Wanmudang, avait au cours des trois dernières années pillé cinquante-sept bateaux de marchandises et tué quatre-vingt-neuf bateliers avec sa hache. Les brigands qu'il avait sous ses ordres ramenaient les bateaux détournés jusqu'à la rive, et chaque fois les marchandises qu'ils déchargeaient étaient couvertes de sang humain. Une fois écoulés, le riz, le soja, les tissus, le thé et autres marchandises souillées de sang humain faisaient leur apparition chez les commerçants de Xizhen, Shendian et autres lieux. Les récits courant sur Zhang Yifu s'étaient diffusés à mesure que se répandaient ces marchandises ensanglantées.

Zhang Yifu ne possédait pas seulement une hache qui semait la terreur, c'était aussi un tireur hors pair capable de transpercer une feuille de peuplier à cent pas. Il était de surcroît d'une grande agilité : il avait l'air de voler quand il marchait, et sa spécialité, c'était de franchir les murs à l'aide d'une perche et de sauter d'un bateau à l'autre. Il pratiquait aussi la divination sur les doigts de la main[43], ayant suivi tout jeune un diseur de bonne aventure itinérant. Zhang Yifu tuait et volait sur les eaux de Wanmudang, et il ravageait également les villages des alentours. Il se plaisait à manger du foie humain sauté au vin jaune. Dès qu'on ne lui versait pas la rançon d'un otage capturé, il lui ouvrait le ventre tout vif et lui arrachait le foie, qu'il faisait sauter à la casserole pour le déguster avec un verre d'alcool.

En sept ans Zhang Yifu avait eu sept épouses, et en sept ans il en avait tué sept. La dernière de ses victimes avait fait tomber son aiguille alors qu'elle lui reprisait ses vêtements et n'arrivait pas à la retrouver. Il n'avait pas fallu longtemps à Zhang Yifu pour mettre la main dessus. Son épouse lui avait dit en souriant qu'il avait bien le coup d'œil du voleur. C'était le mot de trop : Zhang Yifu avait sorti son parabellum et tué sa femme sur-le-champ.

La férocité et la cruauté de Zhang Yifu avaient inspiré de la crainte à Marche-sur-l'eau, à Li la Panthère et aux autres bandes de brigands autrefois renommées, et toutes s'étaient placées peu à peu sous son commandement. Renforcé par ces ralliements, Zhang Yifu comptait attaquer Xizhen. Il convoqua Marche-sur-l'eau, Li la Panthère et d'autres, et leur dit :

— Il n'y a plus tellement de bateaux de marchandises à Wanmudang, et toutes les familles riches des villages alentour se sont réfugiées à Xizhen. Il n'y a plus de gras à se faire, sauf dans ce putain de bourg de Xizhen.

La rumeur de l'attaque imminente des brigands sur Xizhen se répandit, et le chef de la milice de Xizhen, Zhu Bochong, se prépara à les affronter. Il plaça des sentinelles sur les portes de la ville, qu'il faisait fermer dès la tombée de la nuit. Il distribua des munitions et emmena les miliciens à Xishan pour les entraîner au tir. Les habitants de Xizhen entendaient enfin de vrais coups de feu. Cette milice qui se contentait de péter sans chier tirait désormais pour de bon, mais les habitants de Xizhen n'en étaient que plus inquiets. Ils se demandaient si ces miliciens qui n'avaient qu'une seule oreille tiendraient le choc : ces dix-neuf hommes à qui les brigands avaient tranché une oreille n'allaient-ils pas faire dans leur culotte en se retrouvant face aux brigands ?

LVI

Par un jour du mois d'avril, Zhang Yifu, à la tête d'une centaine de brigands, se présenta à la porte sud de Xizhen dans un tapage indescriptible. Ils trimbalaient deux échelles de siège, deux charrettes remplies de couvertures mouillées, ainsi qu'une bombarde.

Zhu Bochong envoya des hommes garder les trois autres portes de la ville tandis que lui-même, avec dix-sept hommes, se postait à la porte sud : dix hommes étaient placés sur les remparts, et sept protégeaient l'entrée. Pour empêcher les brigands de forcer la porte, des sacs pleins de terre humide avaient été entassés derrière.

Une fois arrivés au pied des remparts, les brigands s'arrêtèrent au milieu d'un brouhaha de voix. Quelques-uns d'entre eux baissèrent leur pantalon et pissèrent là, et l'un des brigands cria aux hommes qui se trouvaient au-dessus des remparts :

— Frères, nous sommes l'armée de Zhang Yifu, et nous voudrions passer la nuit à Xizhen. Ouvrez-nous la porte s'il vous plaît.

Les miliciens postés sur les remparts, qui avaient entendu les brigands crier mais ne savaient quoi leur répondre, allèrent trouver Zhu Bochong. Celui-ci lança d'une voix forte aux brigands qui attendaient au pied de la muraille :

— Le bourg de Xizhen est trop petit pour vous accueillir, vous feriez mieux de partir.

Un brigand qui avait fini de pisser s'écria en secouant son pantalon :

— Putain, on fait comme vous le métier des armes. Combien vous voulez pour nous ouvrir la porte ? On est prêts à payer.

Plusieurs miliciens à l'oreille coupée postés sur les remparts le reconnurent et s'écrièrent, affolés :

— Petit Cinquième, c'est Petit Cinquième.

Petit Cinquième les avait entendus. Il leva la tête pour les dévisager, puis se retourna en riant pour glisser quelque chose à ses compagnons, après quoi il leva de nouveau la tête :

— Frères, comment se fait-il qu'il vous manque une oreille ?

En bas les brigands se tordaient de rire, en haut les huit miliciens à qui il manquait une oreille baissèrent piteusement la tête. Petit Cinquième, en bas, continua à les apostropher :

— C'est de naissance ou bien vous l'aurait-on coupée ?

Zhu Bochong vit ses huit miliciens rougir de honte : la mine déconfite, ils s'appuyaient sur leur fusil comme sur une béquille. Apparemment on ne pouvait pas compter sur ces huit-là.

— Ce sont des fusils, pas des béquilles, leur cria-t-il, levez-les.

Au pied des remparts, Zhang Yifu s'impatientait :

— Putain, ouvrez-moi cette porte en vitesse. Si vous obligez mézigue à la forcer, ce ne sont pas les oreilles qu'on va vous couper, c'est vos tripes qu'on va vous arracher.

Soudain, un coup de feu retentit et aussitôt, au pied des remparts, Petit Cinquième s'écroula. C'était Xu le forgeron qui avait tiré. Quand il s'aperçut qu'il avait tué Petit Cinquième il ressentit une telle excitation qu'il s'empourpra et se mit à bégayer.

— Quand… quand… on tombe… sur… sur un… ennemi, on… on… voit… rouge.

Le coup de feu tiré par Xu le forgeron avait ragaillardi les sept autres miliciens à l'oreille coupée. Ils levèrent tous ensemble leurs fusils et firent feu en direction du pied des remparts. Voyant plusieurs brigands tomber à terre dans le fracas des balles, ils furent à leur tour gagnés par l'excitation, et tout en continuant de tirer ils s'écrièrent à l'unisson :

— Quand on tombe sur un ennemi, on voit rouge.

Les balles frappaient les arbres au pied des remparts en faisant tomber une pluie de feuilles. Les brigands, qui s'étaient écartés, ripostèrent en tirant des rafales de balles en direction des remparts.

Chen San fut touché à la main gauche. Il l'agitait comme s'il avait touché une flamme en braillant :

— Ça brûle, ça brûle.

Les autres miliciens à l'oreille coupée restèrent sidérés devant sa main ensanglantée. Zhu Bochong leur cria de s'agenouiller, et ils s'empressèrent d'obtempérer et de se cacher derrière les remparts. La puissance de feu des brigands eut bientôt raison de celle qui venait des remparts. Deux groupes de brigands accoururent avec les deux échelles de siège.

Zhu Bochong ordonna aux miliciens postés sur les remparts de faire feu au plus vite, et lui-même fit usage de son parabellum. De nouveau la puissance de feu des remparts se concentra sur les attaquants.

À cet instant, Xu le forgeron aperçut Marche-sur-l'eau qui courait derrière une des échelles.

— Marche-sur-l'eau, s'écria-t-il, j'ai vu Marche-sur-l'eau. Putain je vais te tuer.

En l'entendant crier, les autres miliciens à l'oreille coupée coururent vers lui :

— Où ça, où ça ?

— Derrière l'échelle, dit Xu le forgeron. Vous le voyez ?

— Oui, oui, répondirent-ils, et d'ajouter : Tuons-le, tuons-le.

Toutes les balles tirées depuis les remparts se concentrèrent sur Marche-sur-l'eau et frappèrent le sol autour de lui en soulevant un nuage de poussière. Marche-sur-l'eau s'aperçut qu'il était devenu la cible unique. Comprenant que les choses se gâtaient pour lui, il rebroussa chemin en sautillant tel un singe au milieu de la forêt de projectiles, pour aller se cacher derrière un gros arbre.

À l'autre bout, un milicien à l'oreille coupée avait aperçu Li la Panthère, et lui aussi se mit à hurler, attirant de ce côté les autres miliciens à l'oreille coupée. Li la Panthère beuglait ses ordres à une troupe de brigands pour qu'ils installent l'échelle de siège contre les remparts. Une dizaine de brigands se mirent sur la tête des couvertures mouillées de toutes les couleurs, puis, un sabre ou un parabellum à la main, ils entamèrent leur escalade. Les autres brigands, tout en tirant vers le haut des remparts, criaient en même temps que ceux qui grimpaient :

— Nous sommes invulnérables, nous sommes invulnérables.

Tandis que les brigands s'apprêtaient à escalader les remparts aux cris de "Nous sommes invulnérables", les miliciens à l'oreille coupée s'étaient agglutinés et, le doigt pointé devant eux, ils tentaient de repérer Li la Panthère parmi les brigands.

— Putain, tirez, fulmina Zhu Bochong. On est à la guerre, pas au théâtre.

Les miliciens à l'oreille coupée s'étaient enfin rendu compte que les brigands étaient en pleine ascension, ils s'empressèrent de tourner leurs fusils vers eux et de tirer sur les couvertures multicolores. Les balles frappaient les couvertures mouillées avec un bruit mat, et la bourre de coton s'envolait. Les "Nous sommes invulnérables" poussés par les brigands avaient tétanisé les miliciens à l'oreille coupée. De toute évidence leurs balles atteignaient bien les brigands, et pourtant ceux-ci continuaient à monter :

— Nom d'un chien, s'écrièrent-ils, c'est pourtant vrai qu'ils sont invulnérables.

Deux brigands étaient parvenus au sommet. Ils sautèrent sur le rempart en se débarrassant de leur couverture, et l'un des deux, brandissant un sabre, voulut frapper Zhu Bochong, lequel lui fracassa le visage d'une balle dans la tête, avant de tirer sur l'autre brigand et de l'abattre à son tour. La lumière se fit soudain dans l'esprit des miliciens à l'oreille coupée :

— Invulnérables, tu parles, s'écrièrent-ils, ils ont des couvertures sur la tête.

À cet instant, quatre brigands sautèrent de l'échelle. Ils s'apprêtaient à faire feu après s'être débarrassés de leur couverture quand tous les miliciens à l'oreille coupée fondirent sur eux, les plaquèrent au sol et les mordirent à pleines dents, leur arrachant des cris de douleur. L'apprenti de Xu le forgeron, Sun Fengsan, braqua successivement son fusil contre la poitrine de chacun des quatre brigands, et les tua l'un après l'autre à bout touchant.

— Repoussez l'échelle, repoussez l'échelle, hurla Zhu Bochong.

Lui-même se précipita et renversa une des échelles, tandis que Chen San fonçait vers l'autre. Un brigand venait de se débarrasser de sa couverture, Chen San se rua sur lui et le ceintura, il le mordit de toutes ses forces au visage, lui arrachant un gros morceau de chair, après quoi il donna une violente poussée des deux pieds contre le rempart et tomba dans le vide avec l'échelle et le brigand.

Chen San avait la tête qui tournait en se relevant. Les joues gonflées il se précipita sur le brigand qui lui faisait face. Plusieurs autres tirèrent sur lui simultanément. Ses jambes cédèrent et il tomba à genoux par terre, crachant quantité de sang et expulsant en même temps le morceau de chair qu'il avait arraché. Il le ramassa et l'examina : c'était une oreille. Il se releva en chancelant et, se retournant, il brandit au-dessus de sa tête l'oreille arrachée au brigand, exhibant fièrement son trophée aux hommes postés sur les remparts. Une rafale de balles le transperça, l'oreille qu'il brandissait tomba et lui-même tomba ensuite.

Chen San était mort en héros. Sur les remparts, un milicien à l'oreille coupée éclata en sanglots. Il ramassa un sabre à terre, sauta en bas des remparts et se précipita sur les brigands qui portaient l'échelle.

Voyant cet homme en larmes fondre sur eux tel un forcené, sabre au clair, les brigands lâchèrent l'échelle et s'enfuirent à toutes jambes. Les autres brigands firent feu sur lui. Sans se soucier des balles qui le visaient, le milicien à l'oreille coupée frappait de toutes ses forces sur l'échelle, qu'il brisa. Alors que plusieurs balles l'avaient déjà atteint, il se précipita vers l'autre échelle, qu'il attaqua avec son sabre.

— Ne tirez pas, s'écria Zhang Yifu.

Zhang Yifu arriva en courant et abattit sa hache sur le bras gauche du milicien à l'oreille coupée. Celui-ci, sans même se retourner, continuait à asséner des coups de sabre sur l'échelle avec sa main droite. Lorsque Zhang Yifu lui coupa la tête avec sa hache, l'échelle était déjà en deux morceaux.

Les deux échelles étaient brisées, et Zhang Yifu comprit que ses hommes n'arriveraient pas à escalader les remparts, il leur ordonna alors de reculer et d'apporter la bombarde.

Tandis qu'ils s'éloignaient, les brigands entendirent des sanglots venant des remparts. Face au sacrifice courageux des deux miliciens à l'oreille coupée, leurs camarades n'avaient pu retenir leurs larmes.

Zhu Bochong, voyant le canon arriver, ordonna aux miliciens postés sur les remparts de se déployer, et aux sept miliciens qui gardaient la porte de la ville de se reculer de vingt mètres. Sur les remparts, les miliciens, accroupis avec leur fusil dans les bras, écoutaient le raffut que faisaient les brigands à leurs pieds. Au signal que leur lança Zhu Bochong, ils se levèrent d'un bond et firent feu en direction du pied des remparts, puis ils s'accroupirent de nouveau pour recharger leurs armes, tandis que des gémissements s'élevaient du côté des brigands. Xu le forgeron ricana, aussitôt imité par les autres.

C'est alors qu'il y eut une énorme détonation : le canon avait ouvert une brèche dans les remparts en faisant voler des fragments de pierres et de la poussière. Le bruit avait étourdi les miliciens installés au-dessus. Quand ils se relevèrent, couverts de poussière, ils s'aperçurent que leur commandant, Zhu Bochong, était blessé.

Zhu Bochong avait un trou dans le ventre par lequel s'échappaient ses intestins fumants. Les miliciens affolés l'entourèrent. Zhu Bochong, tout en leur criant de retourner à leur poste, s'efforçait de remettre en place ses intestins et ce faisant il laissait entrer de petits cailloux dans son ventre. Zhu Bochong ordonna à ses hommes de surveiller la brèche, et il fit monter les sept miliciens qui attendaient au pied des remparts. Assis par terre il continuait à donner des ordres et lorsque les brigands se précipitaient vers la brèche, il levait la main pour indiquer aux miliciens de tirer. Les brigands montèrent à l'assaut à trois reprises, et à trois reprises ils furent repoussés. Zhu Bochong sentait que sa fin était proche. Dans un moment d'accalmie, il appela à voix basse Xu le forgeron qui se trouvait non loin de là, et lui demanda de rassembler les miliciens. Tous, le visage couvert de poussière et de sang, s'accroupirent autour de Zhu Bochong. Zhu Bochong les compta, il en restait douze. Il sourit en regardant leurs visages :

— Je n'arrive plus à distinguer qui est qui.

Zhu Bochong annonça qu'il n'en avait plus pour longtemps. Il vit leurs larmes jaillir de leurs yeux couverts de poussière et couler sur leurs visages couverts de poussière. Il confia son parabellum à Xu le forgeron : ce serait désormais lui le chef et il conduirait les opérations à sa place. Pointant du doigt le pied des remparts, il dit :

— Rappelez-vous : deux ennemis mortels ne peuvent vivre sous le même ciel. Vous devez défendre la porte de la ville coûte que coûte. Ne laissez sous aucun prétexte les brigands entrer.

Et avant d'expirer, dans un dernier sursaut, il fit ses adieux :

— J'ai consacré toute ma vie à la carrière des armes, de l'armée des Qing à l'armée du Nord-Ouest, et pour finir j'ai dirigé la milice de Xizhen. Jamais je n'aurais pensé que les hommes les plus valeureux se trouveraient parmi ces miliciens. Ce fut pour moi un cadeau du destin que d'avoir été votre chef. Je meurs sans regret.

Les douze miliciens postés sur les remparts se remirent à pleurer. Xu le forgeron était assis par terre comme Zhu Bochong et lorsque les brigands se lancèrent à nouveau à l'assaut, il leva la main comme l'avait fait Zhu Bochong, et aussitôt les autres combattants se levèrent et ouvrirent le feu.

Après plus de quatre heures d'une bataille acharnée, il ne resta des douze hommes que Xu le forgeron et son apprenti Sun Fengsan. Ce dernier était blessé en huit endroits, et un des yeux de Xu le forgeron s'échappait de son orbite. Le maître et l'apprenti étaient couchés au-dessus de la brèche, bien décidés à défendre Xizhen jusqu'au bout. Chaque fois qu'une de ses balles atteignait un brigand, Sun Fengsan s'inquiétait de savoir auprès de son maître si c'était Li la Panthère qu'il avait touché.

Au début, Xu le forgeron arrivait encore à y voir clair, mais lorsqu'il eut l'œil arraché, sa vue se brouilla. Il avait l'impression que quelque chose pendait sur son œil, alors il demanda à Sun Fengsan :

— Qu'est-ce que j'ai sur l'œil ?

Sun Fengsan le regarda :

— Maître, c'est votre œil qui pend sur votre œil.

Xu le forgeron s'arracha l'œil d'un coup sec, et il sentit que son autre œil s'obscurcissait peu à peu. Il passa son parabellum à Sun Fengsan :

— Je suis aveugle, je te donne le revolver du commandant Zhu, c'est toi désormais le chef.

Sun Fengsan, dont la vie ne tenait plus qu'à un fil, prit le parabellum en riant. À cet instant, une détonation énorme retentit à l'extérieur des remparts : le canon des brigands avait explosé.

Zhang Yifu, à la tête d'une centaine de brigands, avait livré l'assaut contre Xizhen pendant une journée, sans réussir à prendre la ville. Le moral de ses troupes était ébranlé. Il n'avait pas eu d'autre choix que de faire tirer de nouveau au canon contre la porte de la ville, mais cette fois, la bombarde avait été trop chargée et elle avait explosé, tuant trois brigands et en blessant cinq autres. Zhang Yifu constata qu'en tenant compte des morts et des blessés, il lui restait à peine soixante hommes. C'est alors qu'une clameur s'éleva brusquement à l'intérieur de la ville, et que des têtes surgirent en haut des remparts. Zhang Yifu comprit que les choses tournaient mal et il ordonna la retraite.

Tandis que les miliciens à l'oreille coupée résistaient aux brigands avec le dernier acharnement, des jeunes gens hardis étaient montés sur les toits pour suivre la bataille et ils avaient vu les miliciens se battre courageusement pour défendre coûte que coûte la porte de la ville. Emportés par leur ardeur, ils étaient descendus des toits et avaient couru par les rues et les ruelles de Xizhen pour informer la population de ce qui se passait. Alors encore plus de gens grimpèrent sur les toits, encore plus de gens assistèrent au sacrifice héroïque des miliciens, et encore plus de gens coururent raconter aux autres ce qui se passait. Certains prirent chez eux un couteau de cuisine, une serpe, un gourdin, une barre de fer, une lance et s'égaillèrent dans les rues aux cris de : "Sus aux brigands." En un instant, tous les couteaux furent raflés dans les boucheries et les quincailleries, et même les ciseaux disparurent dans les boutiques de tailleur. Un millier d'hommes convergèrent à la porte sud de Xizhen. Certains parmi eux portaient des sacs sur le dos : ils avaient eu l'intention de s'enfuir à l'arrivée des brigands, mais à présent eux aussi se précipitaient vers la porte sud en criant.

Ils déferlèrent comme le déluge par la brèche ouverte dans la muraille, et les brigands, en entendant leurs cris assourdissants et en voyant cette foule en désordre fondre sur eux, s'enfuirent, terrorisés. Certains jetèrent leurs armes pour pouvoir courir plus vite. Ceux qui étaient blessés ou qui ne couraient pas assez vite furent massacrés à coups de couteau ou de bâton par leurs poursuivants, et un malchanceux fut tué à coups de ciseaux.

La déroute des brigands avait regonflé le moral des habitants de Xizhen. Ils pourchassèrent les brigands sur plus de dix *li*. Beaucoup d'entre eux, fatigués de courir, s'arrêtèrent à mi-chemin, et il ne resta plus à la fin qu'une dizaine de poursuivants. Ceux-là continuaient à crier, lancés aux trousses des brigands, mais ils entendaient autour d'eux de moins en moins de cris, et c'est ainsi qu'ils se rendirent compte qu'ils n'étaient plus très nombreux. Et quand ils virent une vingtaine de brigands contre-attaquer, ils s'empressèrent de rebrousser chemin et ce fut à leur tour de fuir. Les brigands qui avaient lancé la contre-attaque, craignant de voir surgir d'autres poursuivants, se contentèrent de tirer quelques coups de feu dans leur direction, avant de continuer à s'enfuir vers le sud.

Après avoir repoussé les brigands, les habitants de Xizhen affluèrent à la porte sud. Ils dégagèrent des amas de pierres accumulés sur les remparts et au pied des remparts les cadavres de dix-sept miliciens dont ceux de Zhu Bochong, de Xu le forgeron et de Chen San. Seul Sun Fengsan avait encore un souffle de vie, et il serrait contre sa poitrine le parabellum. Ils démontèrent dix-sept battants de porte, posèrent dessus les cadavres des miliciens et, conjuguant leurs forces, ils les portèrent vers le pavillon du Dieu de la ville. Les rues étaient noires de monde et sur le passage des dix-sept battants de porte les gens leur emboîtaient le pas et les suivirent jusqu'au pavillon du Dieu de la ville.

Sun Fengsan, qui respirait encore, fut porté jusqu'à l'herboristerie Guo. Gu Yimin avait fait venir tous les praticiens de médecine traditionnelle de la ville. Ils examinèrent le corps criblé de blessures de Sun Fengsan en poussant des soupirs et en secouant la tête : ils expliquèrent à Gu Yimin que Sun Fengsan avait reçu huit balles qu'il était impossible d'extraire, sans parler des autres plaies trop nombreuses pour être comptabilisées.

Comme Sun Fengsan saignait encore, les médecins enduisirent ses plaies de pollen de typha grillé à sec. Pour eux il n'y avait pas d'autre remède, tout ce qu'on pouvait faire c'était d'essayer de stopper ainsi l'hémorragie, de calmer la douleur et de combattre l'inflammation. Une foule de gens attendait à la porte de l'herboristerie, dont beaucoup étaient venus pour avoir des nouvelles de Sun Fengsan.

Au moment d'expirer, Sun Fengsan, qui était jusqu'alors dans le coma, ouvrit brusquement les yeux et vit le parabellum toujours posé sur sa poitrine, et Gu Yimin debout à ses côtés. Il sourit, souleva le parabellum des deux mains pour le tendre à Gu Yimin et lui dit d'une voix faible :

— Avant de mourir le commandant Zhu a confié le commandement à mon maître, et mon maître me l'a confié à moi avant de mourir. À présent que je vais mourir, je vous le confie à mon tour. Je veux que sur ma stèle et sur celle de mon maître on grave "commandant de la milice".

Gu Yimin lui prit le parabellum des mains et lui ferma les yeux. Puis, tenant le parabellum, il sortit et annonça aux gens qui attendaient que Sun Fengsan était mort. Aussitôt un silence total se fit dans l'assistance qui l'instant d'avant discutait avec animation. Levant le parabellum, Gu Yimin déclara :

— Il y a trois ans, je me suis rendu à la capitale provinciale et j'ai demandé à Zhu Bochong de constituer une milice à Xizhen et d'en prendre le commandement. Avant de mourir, Zhu Bochong a confié ce commandement à Xu le forgeron. À son tour Xu le forgeron l'a confié à Sun Fengsan, et à l'instant Sun Fengsan vient de me le confier en me donnant ce parabellum. Désormais, je suis le quatrième commandant de la milice de Xizhen.

Les dix-huit miliciens morts en héros ne furent pas enterrés à Xishan. Gu Yimin les fit ensevelir sur le terre-plein devant le pavillon du Dieu de la ville car il voulait que les habitants se rappellent qui avait défendu Xizhen. Dix-huit stèles furent dressées devant le pavillon. Sur celle de Zhu Bochong on grava les mots "premier commandant de la milice de Xizhen", sur celle de Xu le forgeron "deuxième commandant de la milice de Xizhen", et sur celle de Sun Fengsan "troisième commandant de la milice de Xizhen".

LVII

La réputation des miliciens à l'oreille coupée de Xizhen fit tache d'huile et lorsqu'on apprit que Gu Yimin réorganisait la milice, les volontaires affluèrent de partout. Gu Yimin se rendit à la capitale provinciale pour acheter vingt fusils fabriqués à Hanyang, et des familles riches de Xizhen firent également don de fusils qui leur appartenaient. Gu Yimin mit sur pied un nouveau groupe de trente miliciens, et à compter de ce jour le commandant qu'il était ne se sépara plus de son arme. Chaque fois qu'il paraissait en public, il portait le parabellum de Zhu Bochong en bandoulière, même lors des réceptions et des banquets. À l'instar de Zhu Bochong, il faisait faire des exercices aux miliciens devant le pavillon du Dieu de la ville, les entraînant à marcher avec leur arme sur l'épaule, à viser dans toutes les positions : couché, un genou à terre, debout, en courant. Tout comme Zhu Bochong il emmenait les miliciens à Xishan pour qu'ils s'entraînent à tirer, et comme lui il les félicitait d'une voix forte. Mais si Zhu Bochong félicitait ses hommes lorsqu'ils avaient touché la cible, lui, à peine le coup parti, ne pouvait se retenir de crier :

— Bien visé !

Les milices des villes et bourgs avoisinants vinrent le trouver afin de signer avec la milice de Xizhen des conventions de défense conjointe. Même Shendian, réputé imprenable, envoya quelqu'un pour établir une convention de ce genre. Là-bas, à part la milice, il y avait aussi des troupes régulières envoyées par le gouverneur de la province pour nettoyer le pays des brigands.

Gu Yimin, qui se voyait en général en chef des différentes milices, convoqua à Xizhen leurs commandants respectifs afin de mettre au point la stratégie à adopter. Il déclara que le moral de la population était au plus haut, et qu'il fallait profiter de cet élan pour passer à l'attaque. Désormais, les milices ne serviraient plus uniquement à défendre les enceintes des villes, elles devraient prendre l'offensive. C'est pourquoi, dès qu'il avait vent de la présence de brigands où que ce soit, Gu Yimin prenait en personne la tête de la milice et partait en opération. En trois mois, il effectua pas moins de treize sorties, et même s'il ne rencontra aucun brigand, le prestige de la milice ne cessa de se renforcer. À la différence de Zhu Bochong qui combattait en première ligne, Gu Yimin, lors de ses sorties, ne se départait jamais de sa dignité de président de la Guilde des commerçants. En temps ordinaire, il se déplaçait dans une chaise à quatre porteurs ; mais quand il quittait la ville pour une de ces opérations contre les brigands, afin d'encourager ses troupes, c'était dans une chaise à huit porteurs qu'il prenait place. L'été, lorsque la chaise à huit porteurs paradait à travers les rues, deux miliciens postés de part et d'autre le rafraîchissaient avec un éventail. Et dès qu'il descendait de la chaise, on déployait derrière lui une ombrelle en toile huilée afin de le protéger du soleil ardent.

LVIII

Zhang Yifu avait perdu la moitié de ses hommes à la bataille de Xizhen, et plusieurs brigands, comme Marche-sur-l'eau ou Li la Panthère, rompirent avec lui en emmenant ce qui leur restait de troupes, chacun reprenant séparément ses activités de bandit de grand chemin.

Il restait à Zhang Yifu moins de vingt hommes. Sachant qu'il ne ferait pas grand-chose avec cette vingtaine de fusils, il entreprit de lever une armée et d'acheter des chevaux dans la région de Wanmudang, en enrôlant les gens sous la contrainte. Il avait fait ses débuts en pillant les bateaux de marchandises, de sorte que le trafic avait cessé sur les eaux de Wanmudang. Les familles riches qui habitaient dans les villages de la zone avaient déménagé les unes après les autres. Zhang Yifu avait d'abord méprisé ces villages où il n'y avait pas tellement de gras à se faire. Mais depuis sa déroute à Xizhen il lorgnait de nouveau de leur côté. Ce jour-là, à la tête de ses hommes, il se présenta au village des Qi où vivait la famille de Chen Yongliang.

Les brigands s'étaient éparpillés dans les rizières et ils avançaient tout en donnant des coups de sabre dans les plants de riz. Les villageois avaient le cœur serré de les voir saccager ce riz sur le point d'être récolté, mais personne n'osait dire quoi que ce soit. Seul Chen Yaowu, avec toute la fougue de sa jeunesse, apostropha les brigands :

— Vous vous nourrissez de céréales ou bien d'herbe ? Pourquoi coupez-vous les plants de riz ?

Un brigand le menaça de son sabre :

— Putain, ce n'est pas seulement ton riz que mézigue va couper, mais ta caboche.

Chen Yongliang retint son fils par le bras et lui ordonna de se taire. Zhang Yifu et ses hommes étaient sortis des rizières. Zhang Yifu portait un parabellum sur son côté gauche et il tenait une hache de la main droite. Chen Yaowu le reconnut au premier coup d'œil : c'était ce brigand-là qui à l'époque avait tranché l'épaule à cinq bateliers d'affilée. Aussitôt il sentit ses cheveux se dresser sur son crâne.

Zhang Yifu s'approcha des villageois :

— Ceci est mon territoire, leur annonça-t-il. Il va falloir m'obéir en tout. Vous êtes un grand village, choisissez vingt jeunes gens qui viendront avec moi. Et vous devrez aussi me fournir de l'argent et des vivres.

Chen Yongliang s'avança d'un pas et dit :

— Nous vivons du travail de la terre et nous n'avons pas les moyens de vous fournir des hommes et de nous priver ainsi de main-d'œuvre. Pour ce qui de l'argent et des vivres, nous sommes prêts à faire de notre mieux pour vous satisfaire.

Zhang Yifu se rembrunit, et au bout d'un moment il prononça lentement ces mots :

— Dans ce cas, commencez par nous donner l'argent et les vivres.

Les brigands entreprirent de piller le village des Qi. Ils allèrent de maison en maison, retournant les coffres et les armoires, et ils emportèrent sur leurs bateaux tout ce qui avait un tant soit peu de valeur. Ils remplirent ainsi quatre bateaux de vêtements et de vivres. Ensuite, ils installèrent un foyer dans la cour de la maison de Chen Yongliang, tuèrent des cochons et des moutons et les firent cuire dans de grands chaudrons : les préparatifs culinaires s'enchaînèrent et les festins se succédèrent. Les céréales qu'ils avaient gâchées jonchaient la cour de la maison de Chen Yongliang, et les poulets et les canards qui n'avaient pas encore été sacrifiés les picoraient. Après avoir banqueté pendant deux jours au village des Qi, comme ils avaient englouti tout ce qu'ils ne pouvaient pas emporter – céréales, poulets, canards, cochons et autres moutons –, ils se levèrent de table en se tapant sur les fesses, et, la bouche luisante de graisse, ils se dirigèrent en rotant vers leurs bateaux. Avant de monter à bord, Zhang Yifu donna une tape sur l'épaule de Chen Yongliang et lui dit en riant :

— On repassera vous voir le mois prochain.

Quand les brigands furent partis, les femmes en larmes se demandèrent en soupirant comment le village allait survivre. Chen Yongliang rassembla toutes les familles et leur parla :

— Je crains bien que nous n'ayons à vivre des jours difficiles. Tout le monde doit être vigilant et cacher soigneusement les objets de valeur qui n'ont pas été pris. Chaque famille devra aussi cacher les céréales qu'elle aura pu récolter.

Et pour finir Chen Yongliang mit en garde les villageois :

— Ne cherchez pas les problèmes, réglez vos différends de manière pacifique. Il faut vous montrer conciliants, si vous voulez éviter qu'il ne nous arrive le pire.

LIX

En un an, Zhang Yifu avait rassemblé une troupe de brigands d'une cinquantaine d'hommes. Comme la bande manquait d'armes, elle ne pouvait opérer que dans les villages de la région de Wanmudang. Le spectacle majestueux de Gu Yimin quittant la ville dans sa chaise à huit porteurs pour aller combattre les brigands faisait baver d'envie Zhang Yifu. Il se disait que si lui aussi parvenait un jour à s'asseoir dans une chaise à huit porteurs, escorté en grande pompe par des centaines d'hommes, il n'aurait pas vécu en vain.

Gu Yimin était devenu la cible de Zhang Yifu. Ce dernier réunit ses meilleurs lieutenants pour discuter avec eux de son projet. Il expliqua que pour tuer un serpent il fallait viser le cœur, et que pour vaincre une troupe il fallait d'abord s'emparer de son chef. Prendre Gu Yimin en otage leur permettrait de porter un coup au prestige de la milice de Xizhen. De plus, en se servant de lui comme monnaie d'échange, ils pourraient contraindre la milice à leur livrer ses fusils. Ils en sortiraient ainsi plus forts.

Zhang Yifu prépara un cercueil dans lequel il dissimula des fusils, et il emmena avec lui dix de ses meilleurs hommes. Tous étaient vêtus d'habits de deuil. Les brigands débarquèrent dans le village de Dangxi, à l'ouest de Wanmudang. De là, on pouvait se rendre par voie terrestre jusqu'à Xizhen. Les brigands n'empruntèrent pas la grande route, ils prirent des chemins détournés et arrivèrent à Xishan.

Des habitants de Xizhen qui ramassaient du bois sur la colline virent un cortège funéraire monter par un sentier : onze hommes en vêtements de deuil qui portaient un cercueil en poussant des lamentations sinistres. Intrigués, ils regardèrent ces inconnus approcher d'eux et leur demandèrent d'où ils venaient. Sans leur répondre, les brigands déposèrent le cercueil devant la tombe ancestrale de la famille de Gu Yimin, après quoi ils saisirent des houes et commencèrent à attaquer la tombe.

Choqués, les gens de Xizhen se précipitèrent pour les arrêter. C'était la tombe ancestrale de la famille Gu, expliquèrent-ils, et s'ils y touchaient ils allaient finir en prison. Sans leur prêter attention, les brigands continuèrent de creuser en pleurant.

— Vous avez certainement entendu parler de Gu Yimin ? dit un des habitants de Xizhen C'est le commandant de la milice de Xizhen, et le président de la Guilde des commerçants.

Zhang Yifu se retourna :

— Cet emplacement vient d'être racheté par ma famille, la famille Zhang. Regardez, j'ai l'acte de propriété.

Zhang Yifu exhiba une feuille de papier. Ils constatèrent qu'il y avait en effet quelque chose d'écrit dessus, avec une empreinte de pouce en guise de signature. Zhang Yifu remit le papier dans sa poche de poitrine, et se retournant il se lamenta :

— Papa, papa, ne nous abandonne pas.

Les habitants de Xizhen ne savaient que faire. L'un d'eux proposa d'aller prévenir en vitesse Gu Yimin, et deux hommes descendirent la colline en courant.

Gu Yimin était dans son cabinet de lecture. Les deux hommes qui avaient dévalé la colline arrivèrent devant lui tout essoufflés, et à travers leur récit haché Gu Yimin comprit qu'une dizaine d'hommes montés à Xishan avec un cercueil étaient en train d'attaquer la tombe ancestrale de sa famille. Qui plus est, ces hommes possédaient un document qui attestait leur droit de propriété sur cet emplacement. Le sang de Gu Yimin ne fit qu'un tour, et oubliant sa chaise à porteurs il prit avec lui deux serviteurs et se précipita en direction de Xishan en soulevant de sa main droite le bas de sa longue robe.

Gu Yimin et ses deux serviteurs coururent à perdre haleine jusqu'à Xishan. Lorsque les trois habitants de Xizhen qui étaient restés sur place virent arriver Gu Yimin, ils annoncèrent triomphalement aux brigands :

— Le commandant et président Gu est là. Alors, qu'avez-vous à dire pour votre défense ?

Gu Yimin se précipita et, voyant la tombe éventrée, il trépigna de colère. Le doigt pointé vers les brigands il dit en tremblant :

— Vous…

Avant qu'il ait pu finir sa phrase, les brigands avaient déjà jeté leurs houes. Ils ouvrirent le cercueil et en sortirent des fusils. Zhang Yifu ceintura Gu Yimin, et les autres brigands tirèrent trois coups de feu. Deux des habitants de Xizhen ainsi qu'un des serviteurs de Gu Yimin s'écroulèrent, touchés par une balle. Les brigands empoignèrent Gu Yimin et se dirigèrent en courant vers le sentier par lequel ils étaient arrivés, et se retournant ils crièrent à l'intention des deux hommes qui avaient été épargnés mais que la frayeur paralysait :

— Allez dire aux gens de chez vous que nous sommes la troupe de Zhang Yifu. Nous avons enlevé Gu Yimin, attendez notre message.

La nouvelle de l'enlèvement de Gu Yimin, le prestigieux président de la Guilde des commerçants de Xizhen et chef de la milice, fit l'effet d'un coup de tonnerre au bourg. Les simples citoyens de Xizhen furent pris de panique. Durant toute l'année qui avait suivi la victoire des miliciens à l'oreille coupée, ils n'avaient pas cessé de se pousser du col. Mais maintenant, ils sentaient que le vent avait tourné. Certains commencèrent à faire leurs bagages en catimini, prêts à prendre la poudre d'escampette dès que les brigands attaqueraient la ville.

Les trente miliciens étaient comme une bande de dragons sans tête. Ils se réunirent par petits groupes, serrant contre eux comme un oreiller leur fusil fabriqué à Hanyang ou leur fusil type 38 et s'interrogeant mutuellement sur la conduite à tenir, sans trouver la réponse. Les vice-présidents de la Guilde des commerçants, eux, furent plus avisés : après avoir tenu une réunion d'urgence, ils firent immédiatement fermer les quatre portes de la ville et y postèrent des miliciens. Ils chargèrent également Lin Xiangfu d'aller réconforter les proches de Gu Yimin.

Ce jour-là, pleurs et gémissements avaient envahi la vaste demeure de la famille Gu. Parmi les femmes de Gu Yimin, son épouse et ses concubines, l'une avait la tête qui tournait, une autre se frappait la poitrine, une autre soupirait, une autre enfin avait le souffle coupé. Lorsque Lin Xiangfu se présenta, l'épouse légitime rassembla les concubines dans la grande salle, et toutes s'assirent en cercle pour discuter de la conduite à tenir. En fait de discussion, elles se contentaient de pleurer autour de Lin Xiangfu venu les réconforter. Leurs visages maquillés trempés de larmes étaient aussi bariolés que les ailes d'un papillon.

Les deux filles de Gu Yimin étaient toujours à l'école sino-occidentale de Shanghai, et trois de ses quatre fils étaient encore en pension à Shendian. L'aîné, Gu Tongnian, avait fait la connaissance à Shendian d'une toute jeune fille originaire de Shanghai, et il était parti voir du pays avec elle en emportant un billet à ordre d'un montant de mille taëls destiné à acheter de la marchandise, qu'il avait volé dans le cabinet de lecture de son père.

La jeune fille en question s'exprimait dans un mélange de shanghaïen et d'anglais. Elle prétendait être issue d'une famille riche. Son père aurait possédé de nombreux magasins de soieries à Shanghai. Au cours de leur périple, elle se fit offrir par Gu Tongnian beaucoup de bijoux, ainsi que trois *qipao* sur mesure.

Gu Tongnian avait les poches presque vides lorsqu'ils arrivèrent à Shanghai. La jeune fille prétendit que grâce aux relations de son père elle avait trouvé un emploi lucratif à Gu Tongnian : il s'agissait de travailler sur les docks pour une firme étrangère. Gu Tongnian la suivit jusque sur les quais, et dans un bureau un étranger barbu lui tendit un contrat en anglais. Comme il ne comprenait pas cette langue, la jeune fille le lui traduisit. Le contrat stipulait en substance qu'il travaillerait d'abord comme assistant, avec un salaire mensuel de cinquante dollars d'argent. Elle lui assura que les gérants des magasins de soieries de son père ne gagnaient pas plus de huit dollars par mois.

Gu Tongnian, ravi, signa et parapha le contrat. L'étranger se leva et rangea le contrat dans son armoire, puis il fit un signe de la main à Gu Tongnian tout en lui parlant en anglais. Gu Tongnian, qui ne comprenait rien, regarda la jeune fille. Jambes croisées, celle-ci avait allumé une cigarette et elle en tira tranquillement une bouffée. Après avoir recraché quelques ronds de fumée, elle lui expliqua que l'étranger voulait l'emmener visiter le bureau qui serait le sien, et qu'elle attendrait son retour ici.

Gu Tongnian sortit de la pièce avec l'étranger et monta avec lui sur un gros bateau. Il s'étonna que son bureau se trouve à bord d'un bateau. L'étranger souleva une trappe en fer sur le pont et l'invita d'un geste à descendre. Gu Tongnian vit qu'en bas il faisait noir comme dans un four, et il lui sembla qu'il y avait beaucoup de gens assis là. Alors qu'il était pris d'un mauvais pressentiment, l'étranger le poussa pour le forcer à entrer et Gu Tongnian roula jusqu'en bas des escaliers. Avant qu'il ait pu se relever, la trappe en fer s'était refermée.

La cale n'était éclairée que par la faible lueur d'une lampe à pétrole. Gu Tongnian vit que ceux qui étaient assis là étaient pour la plupart vêtus de haillons. En les interrogeant, il comprit qu'il avait été vendu comme coolie pour aller travailler en Australie. Après un long moment de sidération, il lâcha la bonde à ses larmes, et il répéta en gémissant :

— Papa, papa, viens à mon secours…

Mais ni les pleurs, ni les cris ne changeraient rien à son destin : dorénavant il allait vivre dans le dénuement le plus total, soumis à un travail harassant dans les mines australiennes.

LX

La nuit était déjà avancée quand Gu Yimin fut emmené par les brigands de Zhang Yifu au village des Qi à Wanmudang. Les brigands pénétrèrent bruyamment dans le village en brandissant des torches, arrachant un à un les villageois à leur sommeil. Ils les rassemblèrent et leur ordonnèrent de leur apporter des vivres et d'allumer du feu pour faire cuire des aliments et pour faire bouillir de l'eau. Zhang Yifu, après avoir obligé Chen Yongliang et les siens à se réfugier dans la bergerie, s'installa avec quelques brigands dans leur maison en briques, tandis que les autres bandits occupaient les maisons voisines.

Chen Yongliang ne s'aperçut pas que l'otage n'était autre que Gu Yimin : à la lueur des torches il vit simplement que les brigands poussaient dans la remise à bois un homme dont les bras et les jambes étaient entravés et à qui on avait fourré dans la bouche un chiffon roulé en boule. Cette nuit-là, les brigands ne s'occupèrent pas de Gu Yimin. Après avoir festoyé, ils commencèrent à fumer de l'opium et à jouer aux cartes, avant de s'endormir sitôt couchés.

Le lendemain, les brigands se rendirent dans la remise à bois. Zhang Yifu ordonna à un de ses hommes de détacher Gu Yimin et de lui ôter le chiffon qu'il avait dans la bouche. Gu Yimin, habitué à vivre dans le confort, avait le corps endolori d'être resté attaché une nuit entière, et le chiffon qu'on lui avait mis dans la bouche, sorti dont ne sait où, sentait si mauvais qu'il en avait eu des haut-le-cœur toute la nuit. Lorsqu'il fut débarrassé du chiffon puant, il crut qu'il allait vomir : il avait des remontées acides dans la bouche, mais se rappelant qui il était, il prit sur lui et les ravala. Quand on l'eut détaché, il tira sur sa robe et fit deux pas en avant pour s'asseoir sur le tabouret qui faisait face à Zhang Yifu. Alors, le brigand qui se tenait derrière lui retira le tabouret et Gu Yimin se retrouva les fesses par terre. Les brigands éclatèrent de rire, et Zhang Yifu assis sur une chaise fit mine de les tancer :

— Restons polis.

Gu Yimin se releva et comme il allait se rasseoir, le brigand tira derechef le tabouret. Gu Yimin tomba une deuxième fois par terre, déclenchant une nouvelle salve de rires. Zhang Yifu répéta qu'il fallait rester poli : ce monsieur était un personnage important, c'était le commandant et président Gu. Montrant le tabouret, il invita Gu Yimin à s'asseoir dessus. Au milieu des rires, Gu Yimin saisit prudemment le tabouret entre ses mains et s'y assit.

Zhang Yifu s'adressa en souriant à Gu Yimin :

— Vous êtes une marchandise de grande valeur.

Gu Yimin se tenait bien droit sur son tabouret. Il regarda Zhang Yifu et les autres, puis leur dit :

— Vous savez qui je suis. De grâce, dites-moi combien de taëls je devrai verser pour être libéré. Je vais écrire immédiatement à ma famille pour qu'on vous apporte la rançon.

Zhang Yifu secoua la tête :

— Ce n'est pas ton argent que nous voulons, ni tes magasins, ni tes femmes, ni ta maison. Ce que nous voulons, ce sont simplement les fusils de la milice de Xizhen.

— Les fusils de la milice ne m'appartiennent pas, répondit Gu Yimin. Il me sera difficile de satisfaire vos exigences.

Zhang Yifu se leva en ricanant :

— Quand nous vous aurons soumis à la torture, les fusils vous appartiendront.

Zhang Yifu fit deux pas en avant et d'un coup de pied il renversa Gu Yimin. Les brigands fondirent sur lui. On infligea d'abord à Gu Yimin le supplice de "la barre" : on lui fit mettre les deux genoux à terre, puis on plaça sur ses jambes un bâton, après quoi deux brigands, l'un à l'extrémité gauche et l'autre à l'extrémité droite, écrasèrent simultanément du pied le bâton de toutes leurs forces. Ensuite on lui appliqua la torture de "la carpe striée" : on enleva à Gu Yimin sa robe et sa chemise, et avec un couteau acéré on dessina des losanges sur sa poitrine et son dos avant de saupoudrer de la poudre de piment sur son corps ensanglanté. Et pour finir, on lui introduisit un bambou dans l'anus, qu'on fit pivoter.

— C'est ce qu'on appelle "tourner la manivelle du téléphone", dit un brigand à Gu Yimin.

Gu Yimin perdit connaissance à plusieurs reprises, et à plusieurs reprises il revint à lui au milieu de ces tortures. Avec le supplice de "la barre", il sentit ses os se rompre ; avec "la carpe striée" il sentit que sa chair s'en allait par morceaux, et quand on saupoudra ses plaies de poudre de piment, il lui sembla qu'on l'avait mis dans une poêle à frire ; et tandis qu'on "tournait la manivelle du téléphone", il eut l'impression que son corps était devenu un champ de bataille. Gu Yimin, au supplice, demanda grâce d'une voix faible :

— Je vais écrire, je vais écrire…

Ses supplications étaient entrecoupées de gémissements. Zhang Yifu ordonna à ses hommes de retirer le bambou de l'anus de Gu Yimin et, se penchant vers lui, il lui lança :

— Les fusils de la milice sont bien à toi, n'est-ce pas ?

— Oui, oui, ils sont à moi, répondit Gu Yimin d'une voix geignante.

Gu Yimin, l'homme le plus respecté de Xizhen, trempa son doigt dans son propre sang et s'humilia à écrire une lettre dans laquelle il demandait à la milice de Xizhen qu'elle livre tous ses fusils pour lui sauver la vie.

Zhang Yifu prit la lettre et après avoir jeté un coup d'œil dessus il dit :

— Le bonhomme est tout de travers, mais, putain, son écriture est sacrément droite.

Zhang Yifu songea à la chaise à huit porteurs dans laquelle Gu Yimin prenait place lorsqu'il quittait la ville pour mener une opération contre les brigands, et il lui ordonna d'en faire mention également dans la lettre écrite avec son sang.

LXI

Lorsque la lettre écrite avec son sang par Gu Yimin parvint à Xizhen, apportée par un émissaire de Zhang Yifu, elle déclencha la panique dans le bourg. Les gens haut placés de la ville allèrent frapper à toutes les portes pour discuter de la stratégie à adopter. Un groupe, représenté par Lin Xiangfu, était d'avis d'obéir aux demandes formulées dans la lettre et de donner les fusils de la milice en échange de la libération de Gu Yimin. Ils considéraient que s'il était facile de lever une armée d'un millier d'hommes, il était plus difficile en revanche de trouver un bon général. Lin Xiangfu rappela divers événements du passé, y compris cette fois où l'armée débandée de Beiyang était arrivée au bourg après s'être livrée à des pillages tout le long de son chemin, et où Gu Yimin avait réagi avec sang-froid, sauvant ainsi le bourg de Xizhen.

— Xizhen peut se passer d'une milice, déclara Lin Xiangfu, mais pas de Gu Yimin.

Les gens de l'autre groupe voulaient également obtenir la libération de Gu Yimin, simplement ils étaient opposés à l'idée de remettre les fusils de la milice en échange. Selon eux, sans fusils il n'y aurait plus de milice à Xizhen, et sans milice les brigands entreraient tambour battant dans le bourg pour mettre le feu, tuer et piller : les maisons seraient réduites en cendres et la population plongée dans un abîme de souffrance.

— Il faut absolument racheter le président Gu, disaient-ils, mais pas au prix de la vie de tous les habitants de la ville. Il ne faut pas laisser détruire le patrimoine millénaire de Xizhen.

Tandis que la discussion restait bloquée, quelqu'un suggéra d'aller se procurer des armes à la capitale provinciale. On pourrait ainsi racheter Gu Yimin sans toucher aux fusils de la milice de Xizhen. Tout le monde fut séduit par l'idée, toutefois elle était trop compliquée à mettre en œuvre : cela prendrait sans doute un ou deux mois, alors que les bandits avaient donné un délai de dix jours seulement. C'est alors que quelqu'un d'autre suggéra d'acheter des fusils auprès de l'armée régulière cantonnée à Shendian. Cela pouvait se faire en deux ou trois jours, une semaine tout au plus. Cette proposition fut approuvée à l'unanimité.

À Shendian, craignant qu'une milice locale ne soit pas de taille à résister aux brigands, on avait payé pour que le gouverneur de la province envoie des troupes régulières chargées de les éliminer. Mais les troupes à peine installées, les habitants de Shendian avaient compris qu'ils avaient laissé entrer le loup dans la bergerie. Une fois par mois, ou à peu près, les soldats quittaient la ville en fanfare, leur fusil sur l'épaule, en clamant qu'ils allaient anéantir les brigands. Au moment du face-à-face, ils abandonnaient leurs fusils, ramassaient les dollars d'argent lâchés par les brigands, et détalaient ; les brigands, quant à eux, abandonnaient leurs dollars d'argent, ramassaient les fusils lâchés par les soldats, et détalaient. Les habitants de Shendian voyaient les soldats, partis le fusil à l'épaule, revenir au grand complet, sans un grain de poussière sur leurs uniformes et sans rien sur l'épaule. Les brigands qu'ils étaient censés éliminer étaient de plus en plus nombreux, comme étaient de plus en plus nombreux les fusils perdus. Il fallait donc racheter des fusils, et c'est la Guilde des commerçants qui en supportait le coût.

Les principaux contributeurs de la Guilde des commerçants de Xizhen se réunirent, et après discussion ils décidèrent que la Guilde avancerait les fonds nécessaires pour acheter trente fusils à l'armée régulière cantonnée à Shendian. Évidemment, la transaction se ferait sous le manteau. Ils avaient entendu parler des trafics entre l'armée régulière et les brigands. Un membre de la Guilde qui avait déjà eu affaire à l'armée cantonnée à Shendian annonça qu'il pouvait se rendre là-bas : il savait comment traiter avec elle.

Après cela, ils discutèrent quant à savoir qui irait récupérer Gu Yimin. Tout le monde était d'avis qu'il ne s'agissait pas d'une rançon ordinaire, celle-ci se montait à trente fusils ; l'otage à racheter n'était pas non plus un otage ordinaire, c'était une personnalité de premier plan à Xizhen. Aussi ne pouvait-on pas choisir n'importe qui pour remettre les trente fusils aux brigands, il fallait choisir une personne de poids.

À cet instant, tout le monde se tut. Les notables frémissaient déjà en pensant à la cruauté de Zhang Yifu. Le silence les enveloppa. Au bout d'un moment, quelqu'un regarda Lin Xiangfu, et d'autres, à sa suite, regardèrent dans sa direction. Lin Xiangfu comprit ce qu'ils avaient en tête, il savait aussi que lui-même n'était pas homme à se dérober. Il baissa la tête sans rien dire. Lui aussi pensait à la cruauté de Zhang Yifu. L'image de sa fille Lin Baijia apparut soudain devant ses yeux, le plongeant dans l'angoisse. Il pensa à Chen Yongliang : si celui-ci avait été là, il se serait certainement levé pour se proposer. Puis il songea que même si Chen Yongliang avait été là, il ne l'aurait pas laissé y aller, il y serait allé lui-même. Il releva la tête et, constatant que les yeux fixés sur lui devenaient fuyants, il murmura :

— C'est moi qui irai.

LXII

Pendant les deux jours au cours desquels les personnages importants de la Guilde des commerçants de Xizhen discutèrent de la stratégie à suivre, les membres de la milice passèrent par toutes les émotions. Ils avaient entendu dire que dans la lettre du commandant Gu il était question de remettre leurs fusils aux brigands, mais ils ignoraient s'il s'agissait aussi de livrer aux brigands les membres de la milice. Serrant leur fusil contre eux ils se renseignaient les uns auprès des autres. Certains disaient que oui, d'autres que non. L'argument des premiers était que les brigands de Wanmudang cherchaient pour l'heure à recruter des troupes et que les miliciens expérimentés qu'ils étaient constituaient naturellement pour les brigands une cible de choix. L'argument des seconds était fondé sur leur confiance envers les qualités morales du commandant Gu : jamais il ne trahirait aucun de ses hommes. Ils discutèrent donc pendant deux jours, jusqu'à ce que, croisant Lin Xiangfu dans la rue, ils apprennent de sa bouche que la lettre écrite avec son sang par Gu Yimin ne parlait pas de les livrer aux brigands. Ils en furent quelque peu rassérénés. Mais aussitôt après de nouvelles interrogations leur vinrent :

— Sans fusils, que fera-t-on si les brigands arrivent ?

— Sans fusils, nous ne sommes plus une milice, nous redevenons de simples citoyens. Qu'allons-nous faire si les brigands arrivent ? Nous n'aurons plus qu'à fuir comme de simples citoyens.

Lorsque la nouvelle se répandit que Gu Yimin avait été enlevé et que les fusils de la milice allaient être remis aux brigands en guise de rançon, des habitants du bourg bouclèrent leurs bagages et franchirent les portes de la ville en emmenant avec eux toute leur famille. Leur fuite anticipée provoqua un vent de panique parmi le reste de la population et suscita beaucoup de colère. Certains, en pleine rue, montraient du doigt ces fuyards avec leurs fardeaux sur le dos, et s'en prenaient même à eux verbalement :

— La milice n'a pas encore livré ses armes que vous foutez déjà le camp. Si tout le monde en faisait autant, qui veillerait sur Xizhen ?

Les fuyards surpris en plein jour rougissaient sous les invectives, ce qui incita les suivants à quitter la ville discrètement, de nuit. Depuis que Gu Yimin avait été enlevé, les portes de Xizhen étaient fermées dès le coucher du soleil et les membres de la milice qui les gardaient avaient trouvé là un bon filon. Il suffisait que les fuyards leur glissent en douce de l'argent dans la main pour qu'ils leur ouvrent une porte et les laissent sortir. Les miliciens que Gu Yimin avait recrutés dernièrement venaient pour la plupart d'autres districts. C'étaient des hommes sans emploi, qui n'avaient rejoint la milice que pour gagner leur vie. Dans ce sauve-qui-peut qui s'annonçait, voilà qu'une petite fortune s'offrait à eux.

— Quand la fortune arrive, disaient-ils, aucune porte ne saurait l'arrêter.

Quatre jours plus tard, des fusils fabriqués à Hanyang et des fusils type 38 achetés en secret à l'armée régulière cantonnée à Shendian furent déposés dans la chaise à huit porteurs, et celle-ci, portée par huit miliciens, fit son entrée à Xizhen.

Quelqu'un à la Guilde des commerçants proposa de faire escorter Lin Xiangfu par des miliciens. Mais il refusa : il estimait que si l'escorte était trop réduite, elle ne servirait à rien, et que si elle était trop importante, on donnerait immanquablement l'impression de vouloir en découdre, et on risquait ainsi de mettre en danger Gu Yimin. Il déclara n'avoir besoin que d'un bateau et d'un batelier.

LXIII

La veille de son départ, dans l'après-midi, Lin Xiangfu, étendu sur une chaise longue, les yeux fermés, revit sa maison dans le Nord, il revit le sourire de sa mère, et il revit aussi son père. L'image jusqu'alors floue de ce dernier s'éclaircit, puis Xiaomei lui apparut, elle s'approchait de lui en tenant Lin Baijia par la main. C'est alors qu'il entendit sa mère l'appeler par son nom, et il se réveilla en sursaut, réalisant qu'il s'était endormi.

Il se leva de sa chaise longue, se dirigea vers son bureau et s'y assit. Il écrivit à Tian l'Aîné, resté dans sa ville natale du Nord : il lui demandait de venir le chercher avec ses frères à Xizhen pour le ramener chez lui. Il ne disait rien d'autre dans cette lettre, qu'il concluait par cette phrase : "Si la feuille en tombant retourne au pied de l'arbre, l'homme qui va mourir doit rentrer au pays." Quand il eut fini d'écrire, il relut la lettre et arrivé à cette dernière phrase il fut pris soudain d'une hésitation et la raya de son pinceau. Il demeura assis à son bureau pendant un moment puis il écrivit une autre lettre adressée cette fois à Gu Yimin. Dans cette lettre il disait que s'il lui arrivait malheur, il priait Gu Yimin de célébrer le mariage de Gu Tongnian et de Lin Baijia à la date qui avait été convenue entre eux. Pour finir il voulut écrire à sa fille, des milliers de mots se bousculaient dans sa tête, mais il était incapable d'en écrire un seul. Après être resté très longtemps figé à son bureau, il se contenta de lui expliquer qu'il y avait cinq jarres enterrées dans le cabinet de lecture, et que chacune contenait mille dollars d'argent. Après quoi il alla chercher le livre de comptes de la menuiserie et les actes de propriété de ses terres à Wanmudang, et les enveloppa dans une étoffe sur laquelle il traça ces deux mots : "Lin Baijia." Et il plaça le tout dans une cachette du mur que Lin Baijia connaissait bien.

Lin Xiangfu se rendit chez Cuiping avec ses deux lettres. Tandis qu'il montait l'escalier grinçant, Cuiping, qui ne recevait plus de clients, ouvrit sa porte pour l'accueillir : le bruit des pas familiers dans l'escalier l'avait prévenue de son arrivée.

Il entra dans la chambre de Cuiping, il la regarda refermer la porte et tirer le verrou. Il s'assit devant la table et s'abîma dans ses pensées. Cuiping lui prépara une tasse de thé, puis elle alla s'asseoir sur le bord du lit. Ils ne parlaient pas. La nouvelle selon laquelle Lin Xiangfu devait apporter les fusils aux brigands pour racheter Gu Yimin avait déjà fait le tour de Xizhen, et Cuiping était au courant elle aussi. Elle regardait Lin Xiangfu inquiète, sans oser lui poser les questions qui lui brûlaient les lèvres.

Au bout d'un moment, Lin Xiangfu annonça à Cuiping qu'il souhaitait rester chez elle pour le dîner. Cuiping se troubla. C'était la première fois que Lin Xiangfu manifestait l'intention de manger chez elle, elle ne s'y attendait pas et alla en toute hâte ouvrir l'armoire. Elle plongea sa main droite dans une pile de vêtements et en tira un sac en tissu qu'elle ouvrit avant de se rappeler qu'il n'y avait plus aucune sapèque à l'intérieur. Elle resta debout, tournant le dos à Lin Xiangfu, marqua un temps d'arrêt et remit le sac au milieu des vêtements. Quand elle se retourna après avoir refermé la porte de l'armoire, la honte se lisait sur son visage. Elle sourit à Lin Xiangfu d'un air embarrassé, puis elle se mit à plat ventre et rampa sous le lit. On entendit, venant de dessous, quelque chose comme le bruit d'un carreau qu'on déplace, et quand Cuiping ressortit, elle tenait dans sa main un dollar d'argent.

Lin Xiangfu regarda le dollar d'argent et lui demanda ce qu'elle comptait en faire. Elle répondit qu'elle comptait sortir acheter de la viande et du poisson pour le dîner. Lin Xiangfu s'étonna qu'elle eût besoin pour cela d'un dollar d'argent. Le visage cramoisi elle expliqua qu'elle n'avait plus de sapèques, plus une seule. Lin Xiangfu tira une sapèque de sa poche et l'y remit aussitôt : on se contenterait de manger ce qu'il y avait à la maison. Confuse, elle répondit qu'elle n'avait que du riz froid et des légumes en saumure. Va pour le riz froid et les légumes en saumure, dit Lin

Xiangfu. Elle secoua la tête et se dirigea vers la porte, mais alors qu'elle s'apprêtait à l'ouvrir, Lin Xiangfu retint sa main et la tira en arrière. Il lui demanda si elle avait assez de riz froid pour deux, elle lui répondit que oui, et aussitôt elle ajouta que pour économiser le bois elle préparait toujours du riz pour deux jours : on était déjà à la mi-automne et en deux jours le riz n'avait pas le temps de moisir. Va pour le riz froid et les légumes en saumure, répéta Lin Xiangfu d'un ton décidé. Après avoir hésité, Cuiping imagina un compromis :

— Je vais faire sauter le riz avec de la sauce de soja.

Cuiping cueillit un peu de la ciboulette qu'elle faisait pousser dans un pot en porcelaine posé sur le rebord de sa fenêtre, elle ouvrit la porte et descendit au rez-de-chaussée. Lin Xiangfu sortit sur le palier et, debout en haut de l'escalier, il la regarda hacher la ciboulette sur le bord du fourneau puis allumer le feu, et quand le wok fut bien chaud, verser dedans le saindoux et la ciboulette. Elle fit sauter la ciboulette, puis elle ajouta le riz froid qu'elle agita dans le wok pour séparer les grains, avant de verser la sauce de soja et de mélanger le tout.

Le parfum du riz mélangé au saindoux, à la ciboulette et à la sauce de soja avait envahi l'escalier. Lin Xiangfu, qui se tenait en haut, sentit l'eau lui monter à la bouche, et lorsque Cuiping remonta, le plat dans les mains, elle vit Lin Xiangfu s'essuyer les coins des lèvres.

Ensuite, Lin Xiangfu s'assit en face de Cuiping, et tous les deux mangèrent le riz sauté à la sauce de soja et les légumes en saumure. Depuis que Chen Yongliang et les siens avaient déménagé au village des Qi et que Lin Baijia était partie à Shanghai, c'était la première fois que Lin Xiangfu prenait un repas avec quelqu'un, et qui plus est un savoureux plat de riz sauté à la sauce de soja. Il complimenta Cuiping sur ses talents de cuisinière : son riz sauté était excellent, de même que les légumes en saumure qu'elle avait préparés. Cuiping ne prit que quelques bouchées, puis elle cessa de manger, ses baguettes à la main. Elle regardait Lin Xiangfu d'un air gêné, elle était désolée de n'avoir pu lui servir un somptueux dîner.

Lorsque la nuit commença à tomber, Cuiping se leva pour allumer la lampe à pétrole qu'elle revint poser sur la table, entre eux deux. Après avoir fini de manger, Lin Xiangfu, les yeux fixés sur le visage de Cuiping qu'éclairait la lueur vacillante de la lampe, lui expliqua que le lendemain il devait se rendre au village des Liu pour livrer les fusils aux brigands. Et tout en parlant, il sortit de sa poche les deux lettres, et lui tendit d'abord celle qui était adressée à Gu Yimin. Il lui expliqua que s'il ne devait pas revenir mais que Gu Yimin, lui, revenait, il faudrait qu'elle lui remette la lettre ; et si Gu Yimin ne revenait pas non plus, c'est à son épouse qu'il faudrait la remettre. Cuiping hocha la tête, mal à l'aise. Puis Lin Xiangfu lui remit la lettre adressée à Tian l'Aîné, en lui demandant de l'envoyer à son destinataire si d'aventure il ne revenait pas. Enfin il sortit d'une autre poche un billet à ordre d'un montant de cent taëls qu'il posa sur la table. C'était un cadeau pour elle.

Au bord des larmes, Cuiping regarda le billet à ordre posé sur la table et, tenant en main les deux lettres, elle se risqua à demander à Lin Xiangfu :

— Et si vous revenez ?

— Si je reviens, déclara Lin Xiangfu, tu n'auras qu'à me rendre ces deux lettres.

LXIV

Zhang Yifu ne laissait entrer que ses hommes dans la remise à bois, c'est pourquoi Chen Yongliang ignorait que l'otage torturé par les brigands dans sa remise était Gu Yimin. Il avait travaillé de nombreuses années pour lui, et l'avait toujours entendu parler d'une voix douce : jamais Gu Yimin n'avait élevé le ton en sa présence. Tandis que Gu Yimin hurlait de douleur dans la remise et poussait des gémissements semblables à des sanglots, il était loin d'imaginer qui poussait ces cris horribles et ces plaintes interminables.

Au soir du neuvième jour, les brigands qui gardaient Gu Yimin relâchèrent leur vigilance et, oubliant l'ordre que Zhang Yifu avait donné de ne laisser entrer personne du village dans la remise à bois, ils demandèrent à Li Meilian d'apporter à manger à l'otage qui se trouvait à l'intérieur. Jusqu'alors, ils lui jetaient les reliefs de leurs repas comme ils les auraient jetés à un chien, et ils s'amusaient de voir cet homme affamé manger à quatre pattes la nourriture qu'on lui lançait. Comme ce jour-là ils n'avaient pas de restes, ils avaient demandé à Li Meilian de préparer quelque chose et de le lui apporter.

Li Meilian entra dans la remise à bois avec un bol de gruau de riz entre les mains. Elle s'approcha de l'otage qui n'était plus qu'une plaie, et d'une voix douce elle l'invita à manger un peu de gruau chaud. Elle s'adressa ainsi à lui une dizaine de fois avant que l'otage ne relève lentement la tête. Et quand elle vit le visage de Gu Yimin, elle laissa échapper un cri :

— Maître, c'est vous !

Gu Yimin regardait Li Meilian d'un œil éteint. Li Meilian l'appela à nouveau plusieurs fois, mais il ne l'avait toujours pas reconnue. Quand elle approcha le bol de ses lèvres, il se rendit compte que c'était du gruau et comme un bébé qui tète il l'aspira goulûment.

Li Meilian retourna à la bergerie, les yeux pleins de larmes, et c'est alors seulement que Chen Yongliang apprit l'identité de l'otage détenu dans la remise à bois. Il resta stupéfait un long moment, puis il s'assit par terre et écouta, la tête baissée, Li Meilian qui n'arrêtait pas de dire en sanglotant tout bas :

— Le maître est couvert de sang, ils l'ont presque battu à mort. On dirait qu'il a perdu l'esprit.

Zhang Yifu ignorait la relation de maître à serviteur qui unissait Gu Yimin à Chen Yongliang. Après avoir passé dix jours au village des Qi, il venait de se rendre au village des Liu avec le gros de sa troupe pour récupérer les fusils qui devaient servir de rançon, laissant Gu Yimin sous la surveillance de deux brigands.

Les brigands ayant débarrassé le plancher, Chen Yongliang sentit que le moment était venu d'agir. Il rassembla secrètement les aînés qui avaient quelque autorité dans le village et leur expliqua qu'il était résolu à secourir Gu Yimin coûte que coûte. Les aînés du village des Qi l'approuvèrent :

— Quand bien même ce serait un otage quelconque, et non pas le président de la Guilde des commerçants de Xizhen, on ne saurait le laisser périr sans essayer de le sauver.

Chen Yongliang déclara que lorsqu'ils auraient délivré Gu Yimin, les brigands ne manqueraient pas de se venger. Il conseilla aux villageois de préparer discrètement leurs bagages et d'emporter tout ce qui devait l'être. Ceux qui avaient des parents ou des amis dans les villages voisins n'auraient qu'à se cacher chez eux provisoirement, quant à ceux qui ne connaissaient personne, ils n'auraient qu'à prendre un bateau pour se réfugier dans les roselières de Wanmudang. Chen Yaowu et lui allèrent chercher quelques jeunes gens costauds et ensemble ils discutèrent de la meilleure façon de faire évader Gu Yimin. Ils décidèrent finalement que la position du soleil donnerait le signal de l'opération : quand le soleil de l'après-midi éclairerait le mur ouest de la cour, les jeunes gens viendraient se cacher sans bruit à la porte extérieure ; lui et son fils commenceraient par maîtriser les brigands, et quand ils les entendraient appeler, les jeunes gens feraient irruption pour les aider à ligoter les brigands.

— Pourquoi les attacher ? s'étonna Chen Yaowu. On n'a qu'à tuer ces deux ordures.

Chen Yongliang secoua la tête à plusieurs reprises :

— Surtout pas. Notre but, c'est de sauver, pas de tuer.

LXV

Au lever du jour, Lin Xiangfu se présenta à l'embarcadère de Xizhen, suivi de huit miliciens qui portaient la chaise. Debout sur les marches de pierre humides, face à une dizaine de bateliers assis sur des embarcations de différentes tailles, il lança à la cantonade :

— Je vais au village des Liu porter la rançon, qui veut bien m'emmener ?

Les bateliers assis dans le soleil matinal ne pipèrent mot. La réputation de cruauté de Zhang Yifu les terrorisait. Debout là, Lin Xiangfu les apostropha à trois reprises, mais les bateliers baissèrent la tête ou regardèrent ailleurs, quand ils ne tournèrent pas carrément le dos pour pénétrer dans l'habitacle de leur embarcation. Lin Xiangfu les apostropha pour la quatrième fois :

— Qui veut bien m'emmener au village des Liu ?

Lin Xiangfu entendit un bruit de rames frappant l'eau et de coques qui s'entrechoquaient. C'était Zeng Wanfu, dont la peur avait naguère troublé l'esprit, qui se faufilait à travers les autres bateaux sur sa barque à auvent de bambou. Il se colla contre les marches de pierre, aux pieds de Lin Xiangfu, et lui dit :

— Maître Lin, montez je vous prie.

Lorsque les fusils furent chargés à bord, Zeng Wanfu partit avec le soleil levant en direction du village des Liu de Wanmudang. Lin Xiangfu était assis à l'avant, l'air grave ; Zeng Wanfu, à l'arrière, ramait de toutes ses forces et le bateau avançait en fendant les vagues. Les pensées se bousculaient dans l'esprit de Lin Xiangfu : il se revoyait dix-sept ans plus tôt, serrant Lin Baijia contre lui, son ballot sur le dos, dans le bateau qui l'emmenait à Xizhen où il espérait retrouver Xiaomei. C'était la même vaste étendue d'eau, c'était aussi une barque à auvent de bambou comme celle-là, avec un batelier comme celui-là. Lin Xiangfu eut soudain l'intuition que Zeng Wanfu était peut-être le batelier qui l'avait amené à Xizhen dix-sept ans plus tôt. Il lui posa la question et Zeng Wanfu confirma que c'était bien lui : s'il s'en souvenait encore, c'était à cause du ballot énorme que Lin Xiangfu portait alors sur le dos. Lin Xiangfu eut un léger sourire : il n'aurait jamais imaginé, confia-t-il à Zeng Wanfu, que dix-sept ans plus tard il monterait de nouveau à bord de sa barque. Et il lui annonça qu'il serait payé deux dollars d'argent pour la traversée. Afin d'éviter que l'argent ne soit dérobé par des brigands, il l'avait laissé en dépôt à la Guilde des commerçants, où Zeng Wanfu pourrait le récupérer dès qu'ils auraient ramené le président Gu à Xizhen. Zeng Wanfu déclara que c'était trop et qu'une traversée comme celle-ci coûtait tout au plus quelques sapèques. Lin Xiangfu secoua la tête : deux dollars d'argent, ce n'était pas trop pour un déplacement aussi exceptionnel. Après quoi il cessa de parler, il écoutait le frottement les vagues sur la coque du bateau, qui lui rappelait celui du papier de verre quand il ponçait les meubles dans la menuiserie.

Alors qu'on était à la saison des récoltes d'automne, Lin Xiangfu ne voyait pas âme qui vive autour de lui, seulement des champs à l'abandon et des masures écroulées, ainsi que quelques ossements lugubres abandonnés sur les berges. Lin Xiangfu se remémora la prospérité d'antan : le riz, le blé, le coton, les fleurs de colza, les roseaux, les herbes, les bambouseraies et les bosquets qui couvraient la campagne, les volutes de fumée qui montaient des toits, les bœufs qui meuglaient dans les champs et les paysans qui allaient et venaient par petits groupes sur les levées de terre… À présent les ravages causés par les brigands et par les soldats avaient réduit les habitants à une vie errante, et les massacres commis avaient quasiment vidé Wanmudang de toute présence humaine. Lin Xiangfu aperçut sur la rive un vieillard aux cheveux blancs s'appuyant sur une branche d'arbre tordue et tenant par la main un jeune enfant, qui les regardait.

À midi, ils arrivèrent à l'embarcadère du village des Liu. Plusieurs brigands et une voiture à bras les y attendaient. Les brigands interpellèrent Lin Xiangfu debout à l'avant du bateau :

— Vous avez les fusils ?

— Ils sont ici, répondit Lin Xiangfu en montrant l'habitacle.

Quand le bateau fut plus près, les brigands lancèrent :

— Donnez-nous les fusils.

— Où est le président Gu ? demanda Lin Xiangfu.

— On te mènera auprès de lui quand tu nous auras remis les fusils.

Lin Xiangfu fit un signe de la tête à Zeng Wanfu, et celui-ci colla le bateau contre la rive et l'arrima à un saule qui poussait au bord de l'eau. Après avoir pénétré dans l'habitacle, il passa les fusils un à un à Lin Xiangfu qui se tenait à l'avant du bateau, et celui-ci à son tour les passa aux brigands. Quand les fusils furent chargés sur la voiture à bras, Lin Xiangfu sauta à terre, et Zeng Wanfu retourna à l'arrière du bateau où il s'accroupit, regardant Lin Xiangfu qui s'éloignait par le sentier avec les brigands et la cargaison de fusils.

Quand Lin Xiangfu entra dans le village, des brigands, un fusil en bandoulière et leur pipe à opium accrochée autour du cou, gloussèrent en le voyant. Un bol à la main, ils échangèrent quelques mots avec les brigands qui marchaient devant Lin Xiangfu, tout en engloutissant leur riz à toute vitesse avec leurs baguettes.

— Les fusils sont là ?

— Oui, ils sont là.

Le brigand qui ouvrait la marche conduisit Lin Xiangfu jusqu'à une maison en briques et le fit asseoir sur le seuil.

— Occupez-vous bien de lui, ordonna-t-il aux autres brigands qui se tenaient là.

Lin Xiangfu, les yeux plissés, était assis sur le seuil inondé de soleil. Une dizaine de brigands, un bol de riz à la main, l'entouraient, la mine réjouie, en poussant des jurons. L'un d'eux tendit un bol à Lin Xiangfu. Lin Xiangfu se leva et prit le bol. Les brigands lui dirent :

— Tiens, mange, mange avec nous.

Lin Xiangfu hocha la tête et se rassit sur le seuil. Il avala une bouchée de riz et, remarquant qu'il y avait aussi dans le bol des lamelles de foie frit, il en prit une avec ses baguettes, la porta à sa bouche et mastiqua. Ce faisant, il lui sembla que ce n'était ni du foie de porc, ni du foie de bœuf ou de mouton, et encore moins du foie de canard ou de poulet. Il se demanda ce que c'était que ce foie. Il avala ce qu'il avait dans la bouche en fronçant les sourcils, mais aussitôt il se souvint qu'on racontait que les brigands de Zhang Yifu avaient l'habitude de manger du foie humain. Son estomac se souleva et le morceau de foie qu'il venait d'avaler lui remonta dans la bouche. N'osant pas le recracher, il avala de nouveau, les larmes aux yeux, cette chose collante et acide. Puis il arrêta de manger, et son bol à la main il regarda les brigands qui mastiquaient allègrement devant lui.

— Mange, mange, lui dit l'un d'eux. Pourquoi tu ne manges pas, bordel !

— Je n'ai plus faim, répondit Lin Xiangfu.

— Tu n'as pris qu'une putain de bouchée, fit remarquer un autre brigand, et tu prétends que tu n'as plus faim ? Putain, tu vas me faire le plaisir de tout bouffer.

Lin Xiangfu regarda le riz et le foie frit noirâtre dans son bol. Il n'avait vraiment plus envie de mettre quoi que ce soit dans sa bouche.

— Je vous assure, je n'ai plus faim, répéta-t-il.

Les brigands se mirent à brailler :

— Mange, mange, putain tu vas manger.

À cet instant, la voix de Zhang Yifu parvint de l'intérieur de la maison :

— Il faut rester poli. Ce monsieur qui vient de Xizhen est habitué aux mets délicats. Comment voudriez-vous qu'il avale votre nourriture tout juste bonne pour les cochons ou les chiens ? Dites-lui d'entrer.

Les brigands qui étaient à l'extérieur de la maison poussèrent Lin Xiangfu à l'intérieur, dans la pièce latérale qui se trouvait à l'ouest. Lin Xiangfu découvrit un homme couché sur un lit à opium, qui fumait, et il pensa que ce ne pouvait être que Zhang Yifu.

— Messire, demanda-t-il, seriez-vous le célèbre Zhang Yifu ?

Zhang Yifu posa sa pipe à opium et hocha la tête, il se redressa et s'assit en tailleur. Lin Xiangfu regarda tout autour de lui :

— J'ai apporté les fusils, remettez-moi s'il vous plaît le président Gu.

Zhang Yifu regarda Lin Xiangfu, debout devant lui, qui avait gardé son bol à la main, et il dit à ses hommes :

— Qu'est-ce que vous attendez pour faire asseoir ce monsieur ?

Un brigand, qui était en train d'éplucher des patates douces avec un couteau pointu, poussa un tabouret du pied, tandis qu'un autre brigand forçait Lin Xiangfu à s'asseoir dessus en faisant pression sur ses épaules.

— Avez-vous apporté aussi la chaise à huit porteurs ? demanda en souriant Zhang Yifu.

— J'ai été pris par le temps, répondit Lin Xiangfu, et la barque que j'ai trouvée n'était pas assez grande pour transporter la chaise. Dès que le président Gu sera rentré sain et sauf à Xizhen, la chaise vous sera immédiatement envoyée sur un bateau plus grand.

Le visage souriant de Zhang Yifu se mua instantanément en un visage féroce :

— Votre président Gu est mort.

Lin Xiangfu se leva d'un bond et fixa Zhang Yifu comme s'il n'avait pas bien entendu ce qu'il venait de dire. Zhang Yifu avisa le bol que tenait encore Lin Xiangfu, et son visage féroce se mua à nouveau en un visage souriant :

— Ce foie est délicieux, n'est-ce pas, lui dit-il.

Lin Xiangfu restait planté là sans réagir. Zhang Yifu ajouta d'un air enjoué :

— Ce que vous mangez là, c'est le foie de votre président Gu.

Au milieu des rires de Zhang Yifu et de ses hommes, Lin Xiangfu resta là immobile, son bol à la main. Les brigands se remirent à beugler :

— Putain, tu n'as pris qu'une bouchée et tu t'es arrêté de manger. C'est comme ça que tu montres ton respect pour le foie du président Gu ? Putain, tu ne le trouves pas bon, c'est ça ? Un bon foie frais comme ça, putain, tu n'as pas dû avoir souvent l'occasion d'en manger. C'est du foie prélevé à vif. À peine sorti, on le jette dans l'huile et on le fait sauter rapidement avec du vin jaune, de la sauce de soja, et des ciboules hachées. Votre président Gu n'était pas encore mort que son foie était déjà cuit. Et toi, putain, tu fais la fine bouche. Alors tu vas manger, oui ou non ? Mange, bordel, mange tout…

Les yeux de Lin Xiangfu s'injectèrent de sang, il fixait Zhang Yifu et son regard rouge sang était rivé sur lui comme un clou. Devant l'air bizarre qu'avait pris Lin Xiangfu, Zhang Yifu éclata de rire et il fit signe aux autres brigands pour qu'ils viennent voir. Quelques-uns s'approchèrent et face à Lin Xiangfu, immobile comme une statue, ils furent pris d'un rire inextinguible. Mais aussitôt l'un d'eux laissa échapper un cri d'effroi : le bol que tenait Lin Xiangfu volait vers eux, et le brigand qui tenait d'une main un couteau pointu et de l'autre une patate douce découvrit subitement que la patate douce était toujours là mais plus son couteau.

Lin Xiangfu se rua sur Zhang Yifu, et les brigands qui étaient entre eux s'écartèrent machinalement. Lin Xiangfu, le couteau pointu à la main, tenta de frapper Zhang Yifu aux yeux. Celui-ci sauta à bas de son lit à opium. Lin Xiangfu se précipita et essaya à nouveau de le frapper aux yeux. Zhang Yifu esquiva encore par un roulé-boulé. Lin Xiangfu emporté par son élan se retrouva par terre et son couteau se ficha entre deux dalles du sol. Zhang Yifu, qui avait roulé plus loin, appela à la rescousse ses hommes qui observaient la scène sans bouger. Ces derniers réagirent enfin, et lorsque Lin Xiangfu après avoir arraché son couteau de la fente où il était coincé tentait une nouvelle fois de frapper Zhang Yifu, ils fondirent sur lui comme un seul homme, le terrassèrent et lui arrachèrent le couteau.

Zhang Yifu se releva, enchaînant les "putain" tout en tâtant ses yeux.

— Attachez-le ! cria-t-il à ses hommes.

Après que les brigands eurent ligoté Lin Xiangfu à terre, Zhang Yifu ordonna à deux d'entre eux de le relever, puis il commanda à un autre brigand de ramasser le couteau et de le lui donner. Le couteau à la main il s'approcha de Lin Xiangfu et lui dit avec un rire narquois :

— Alors comme ça tu aimes jouer du couteau !

À cet instant, Lin Xiangfu ne voyait plus rien devant lui. Il était maintenant debout, jambes écartées, maintenu solidement.

Zhang Yifu l'attrapa de la main gauche par les cheveux et de sa main droite il planta le couteau à la racine de son oreille gauche, après quoi il imprima au couteau un vigoureux mouvement de rotation. Le sang de Lin Xiangfu jaillit, et les brigands qui l'immobilisaient s'écartèrent en criant et en essuyant comme ils pouvaient le sang qui avait aspergé leurs visages.

Lin Xiangfu était mort, mais il était toujours debout, ficelé des pieds à la tête : on aurait dit un roc. Le couteau était encore fiché à la racine de son oreille gauche, et sa tête pendait un peu vers la gauche. Avec sa bouche entrouverte et ses yeux plissés il avait l'air de sourire. Au moment où la vie le quittait, dans un ultime regard, il avait aperçu sa fille : Lin Baijia, la fleur orange de sa classe brodée sur le devant de sa robe, s'avançait vers lui dans le couloir de l'école.

Dans la pièce un silence total régnait. Les brigands regardaient stupéfaits Lin Xiangfu, se demandant pourquoi il n'était pas tombé. Au bout d'un moment, un brigand le fit remarquer aux autres :

— Putain, il sourit.

— Est-ce qu'il ne se serait pas transformé en démon ? demanda un autre brigand.

— Si vite ?

— Putain, quand on meurt, on devient forcément un démon.

— Merde alors, j'aurais donc vu de mes yeux quelqu'un se transformer en démon.

Les brigands, terrorisés, sortirent précipitamment de la maison l'un après l'autre, et Zhang Yifu se rendit compte qu'il était resté seul. Il sentit un frisson lui parcourir l'échine. Il donna un coup de pied à Lin Xiangfu, qui s'écroula lourdement par terre. Il sortit alors de la maison et dit aux brigands qui avaient pris la fuite l'instant d'avant :

— Il est tombé.

Les brigands revinrent dans la maison pour voir Lin Xiangfu qui était maintenant à terre. Les derniers rentrés demandaient à ceux qui les précédaient :

— Est-ce qu'il sourit encore ?

Et ceux-ci jetaient un coup d'œil et s'écriaient :

— Merde alors, il sourit encore.

Pendant ce temps, Zeng Wanfu était accroupi à l'arrière du bateau. Alors qu'il commençait à avoir les jambes engourdies, deux brigands accoururent en criant. Zeng Wanfu ne savait pas ce qu'ils criaient, mais il leur trouva un air féroce. Il se leva en tremblant et les accueillit avec des courbettes. Quand ils furent plus près, il comprit que les brigands lui demandaient de mettre pied à terre. Ils criaient :

— Putain, amène-toi vite et dépêche-toi d'emmener ce démon.

Zeng Wanfu, qui ne comprenait pas de quoi il était question, continuait à leur faire des courbettes :

— Messeigneurs, de quel démon parlez-vous ?

— Putain, de celui qui est arrivé avec toi.

Zeng Wanfu suivit les brigands jusqu'à la maison en briques. Il vit que les brigands qui se tenaient dehors semblaient inquiets. Quelques-uns lui désignèrent la maison et le pressèrent d'y entrer. Zeng Wanfu s'engagea à l'intérieur, le cœur battant. Dans la pièce latérale qui se trouvait à l'ouest il trouva Lin Xiangfu gisant à terre, un couteau planté à la racine de son oreille gauche. Lui aussi sursauta devant l'air souriant de Lin Xiangfu. Il se pencha sur lui et l'appela doucement :

— Maître Lin, maître Lin.

Lin Xiangfu, au sol, ne bougeait pas. Zeng Wanfu, désemparé, retourna à la porte, et tout en faisant des courbettes aux brigands qui étaient à l'extérieur, il leur demanda :

— Messeigneurs, qu'est-il arrivé à maître Lin ?

— Il est mort.

— S'il est mort, comment se fait-il qu'il sourie encore ? s'étonna Zeng Wanfu.

Les brigands se fâchèrent :

— Dépêche-toi de l'emmener, bordel.

Zeng Wanfu s'inclina profondément devant les brigands, et retourna en courant dans la maison, avant de reparaître à la porte presque aussitôt. Et avec force courbettes il dit aux brigands :

— Messeigneurs, est-ce que quelqu'un pourrait me donner un coup de main, juste pour le hisser sur mon dos ?

Un brigand leva son fusil et l'arma :

— Fais-le toi-même, bordel, et ne reviens plus nous parler.

Zeng Wanfu s'inclina à nouveau devant les brigands et retourna dans la maison. Cette fois il resta un long moment dedans sans ressortir. Dehors, les brigands attendaient, ils se demandaient pourquoi le bonhomme ne revenait pas, et s'il n'avait pas été emporté par le démon. C'est alors que Zeng Wanfu reparut, Lin Xiangfu sur le dos. Il franchit le seuil de la maison et s'arrêta pour faire des courbettes aux brigands.

Le brigand qui tenait son fusil à la main s'écria :

— Arrête tes courbettes et dépêche-toi de foutre le camp. Putain, quel abruti, j'ai bien envie de lui faire la peau.

Zeng Wanfu marcha tout le long du chemin avec Lin Xiangfu sur le dos, suivi par plusieurs brigands. Il déposa Lin Xiangfu dans l'habitacle vacillant du bateau, et, à bout de souffle, il se planta à l'arrière de l'embarcation. Il vit non loin de là des brigands qui lui faisaient des signes de la main. Il ne comprenait pas qu'ils lui disaient de foutre le camp au plus vite, et croyant qu'ils lui disaient au revoir, il leva la main à son tour pour leur faire des signes. Aussitôt une rafale de coups de feu retentit, faisant voler les feuilles et les branches d'arbres sur la rive. Zeng Wanfu s'assit en pleurnichant, et en pleurnichant il empoigna les rames et s'éloigna rapidement.

LXVI

Les deux brigands qui étaient restés pour surveiller Gu Yimin avaient trouvé suspecte la sortie prolongée de Chen Yongliang et de Chen Yaowu. Prenant leurs fusils, ils sortirent de la cour et observèrent un moment les alentours sans rien voir. Une fois rentrés, ils tirèrent le verrou du portail et dirent à Chen Yongliang et Chen Yaowu :

— Putain, vous n'avez rien à faire dehors.

Les deux brigands, leur fusil dans les bras, restèrent assis dans la cour jusqu'au début de l'après-midi. À rester ainsi sans rien faire, ils furent pris de bâillements. Ils se levèrent en essuyant leurs yeux larmoyants et rentrèrent à l'intérieur de la maison où, à moitié allongés sur le lit, ils se mirent à fumer de l'opium.

Chen Yongliang et Chen Yaowu sortirent de la bergerie et vinrent les rejoindre dans la pièce avec les plats préparés par Li Meilian :

— Messeigneurs, leur dirent-ils, voici votre dîner.

Les deux brigands ne réagirent pas. Cela ne faisait pas si longtemps qu'ils avaient déjeuné, et ils étaient surpris qu'il faille déjà dîner. Et puis, c'était Li Meilian qui aurait dû leur apporter leur repas. Pourquoi était-ce maintenant le père et le fils ? Les brigands jetèrent un coup d'œil dehors : il faisait un soleil éclatant. Ils eurent un mauvais pressentiment et s'empressèrent d'empoigner leurs fusils. C'est alors que Chen Yongliang et Chen Yaowu leur jetèrent les plats à la figure. Le père se précipita sur un des deux brigands, et le fils sur l'autre. Il y eut une mêlée sur le lit, puis les quatre hommes roulèrent à terre et sans cesser de se battre ils finirent par se retrouver à l'extérieur. Tout en se battant, Chen Yongliang et Chen Yaowu criaient :

— Amenez-vous ! Amenez-vous !

La porte de la cour avait été verrouillée, et les hommes qui étaient venus en renfort entendaient ces appels sans pouvoir entrer. Ils tambourinaient à la porte de la cour en criant :

— Vite, vite, ouvrez-nous !

Li Meilian et Chen Yaowen, qui étaient encore dans la bergerie, sortirent en trombe dans la cour. Chen Yaowen, une brique à la main, courut vers son frère. Chen Yaowu avait eu un doigt cassé dans la bagarre, mais malgré tout il tenait toujours son brigand et ne le lâchait pas. Quand il vit Chen Yaowen arriver avec une brique, il lui cria de la casser sur la tête du brigand. Chen Yaowen s'efforçait de bien viser, mais il n'osait pas frapper, de crainte de casser la brique sur la tête de son frère. Li Meilian, que la scène avait tétanisée, criait en pleurant aux gens qui étaient dehors :

— Venez vite.

Ceux-ci continuaient à donner des coups contre la porte de la cour, en criant :

— Vite, ouvrez !

Au lieu d'aller déverrouiller la porte, Li Meilian restait plantée là, à se lamenter :

— Vite, vite ! Mais qu'est-ce que vous attendez ?

Chen Yaowu avait réussi à retourner le brigand, qui était maintenant sur lui. Il cria à Chen Yaowen :

— Vas-y, frappe-le.

Chen Yaowen se précipita sur le brigand avec sa brique qu'il lui écrasa sur la tête. Le brigand fut assommé, tandis que Chen Yaowen tombait lourdement par terre. En se relevant, il regarda le brigand qui ne bougeait plus et il vit Chen Yaowu foncer sur l'autre brigand et le maintenir au sol avec l'aide de son père. Le brigand se débattait comme un beau diable. Chen Yaowen accourut et lui asséna un coup avec sa brique. Le brigand fut assommé à son tour, mais la brique cette fois était en miettes. Chen Yaowen se releva à nouveau et, entendant les cris et les coups frappés à la porte de la cour, il courut la déverrouiller. La porte s'ouvrit d'un coup, et les gens qui poussaient derrière, emportés par leur élan, roulèrent à terre un à un, entraînant avec eux Chen Yaowen. En se relevant, ils virent les deux brigands qui gisaient inertes sur le sol, et les Chen, le père et les deux fils, assis par terre, cherchant à reprendre leur souffle. Li Meilian passa des larmes au rire.

Les brigands une fois ligotés furent traînés dans la maison. Chen Yongliang ramassa une couverture qu'il jeta sur ses épaules, et comme on lui demandait à quoi elle servirait, il expliqua que le maître était couvert de plaies et que le moindre contact risquait de lui faire mal.

Chen Yongliang prit Gu Yimin sur son dos avec l'aide de ses deux fils, et ils se rendirent ainsi jusqu'à l'embarcadère du village. Lorsqu'ils furent devant le bateau, Chen Yongliang demanda à ses fils de reprendre Gu Yimin, tandis que lui-même montait à bord et étalait la couverture. Puis, ensemble, ils déposèrent Gu Yimin dans l'habitacle. Au moment où le bateau s'éloignait de la rive, Chen Yongliang lança cet avertissement aux villageois restés sur la rive : tout le monde devait quitter le village car les brigands de Zhang Yifu, à leur retour, chercheraient sans aucun doute à se venger.

Chen Yongliang, manœuvrant la barque, s'éloignait peu à peu sur les eaux de Wanmudang. Il vit sur le sentier qui partait du village des gens qui s'enfuyaient avec enfants et bagages. Des embarcations se dirigeaient vers les roselières touffues. De loin il reconnut sur l'une d'elles les silhouettes de Li Meilian et de ses deux fils. Puis, baissant les yeux, il regarda Gu Yimin. Celui-ci était couvert de sang et il était toujours inconscient. Chen Yongliang se souvint de leur première rencontre à Shendian, quand lui-même et trois autres porteurs avaient transporté les soieries de Gu Yimin de Shendian à Xizhen. En un éclair les années avaient passé, et le Gu Yimin magnifique de l'époque n'avait plus maintenant qu'un souffle de vie.

Gu Yimin revint progressivement à lui dans le bruit limpide des rames qui frappaient l'eau et dans le balancement du petit bateau. Il vit un visage qui lui parut familier, et qu'il reconnut peu à peu.

— C'est toi, Chen Yongliang ? demanda-t-il d'une voix faible.

En entendant Gu Yimin l'appeler par son nom, Chen Yongliang posa aussitôt ses rames et se pencha au-dessus de lui.

— Oui c'est moi, maître, vous voilà réveillé.

— Où suis-je ? demanda Gu Yimin.

— Maître, vous êtes sur un bateau, je vous ramène à la maison.

Gu Yimin vit le ciel envahi par les lueurs du soir, il entendit le bruit de l'eau et sentit le balancement du bateau. Les tourments que lui avaient infligés les brigands lui revinrent en mémoire, il s'efforça de rassembler ses idées, et peu à peu les choses s'éclaircirent. Alors il dit :

— C'est toi qui m'as sauvé ?

Chen Yongliang hocha la tête :

— Oui, maître.

Chen Yongliang continua à faire avancer le bateau. Gu Yimin avait fermé les yeux, il ne disait plus rien. Chen Yongliang vit un léger sourire se dessiner sur son visage, puis des larmes couler au coin de ses yeux. Les couleurs du couchant s'estompaient déjà, la nuit tombait. Tout en ramant, Chen Yongliang aperçut au loin les lumières de Xizhen.

La voie d'eau qui menait à Xizhen arrivait par la porte est, et la vanne qu'on abaissait au coucher du soleil empêchait maintenant le bateau de passer. Chen Yongliang héla les miliciens qui se tenaient en haut de la muraille. Il leur dit son nom et leur demanda de relever la vanne. Mais ces miliciens, originaires d'autres districts, ignoraient qui était Chen Yongliang. Pas question de relever la vanne, répondirent-ils, qui nous assure que vous n'êtes pas un brigand ? Chen Yongliang leur expliqua qu'il était le Chen Yongliang de la menuiserie. Il ajouta qu'il avait sur son bateau le président Gu Yimin, lequel était grièvement blessé, et il leur demanda de lever la vanne. Les miliciens éclatèrent de rire en entendant son histoire : ne te fiche pas de nous, dirent-ils, si encore tu parlais de quelqu'un d'autre on pourrait te croire, mais putain, à qui feras-tu croire que tu as Gu Yimin, sur ton bateau ; Gu Yimin est entre les mains des brigands de Zhang Yifu. Chen Yongliang les pria de se pencher pour regarder ce qu'il avait sur son bateau, mais ils rétorquèrent qu'il faisait noir et qu'on n'y voyait goutte. Chen Yongliang s'énerva, il les injuria et les menaça : s'il arrivait malheur au président Gu, il réclamerait leurs têtes. Tu parles vraiment comme un brigand, répliquèrent les miliciens. Chen Yongliang en fut réduit à les supplier, il leur fit observer qu'ils n'avaient rien à craindre de lui, car même s'il était un brigand, il était tout seul face à eux.

— Où es-tu allé chercher qu'on avait peur ? dirent-ils.

Chen Yongliang patienta près de deux heures devant la vanne qui barrait la voie d'eau à la porte est. Il eut beau pester et supplier, les miliciens qui gardaient les remparts refusèrent de la relever. Plus tard, vaincus par la fatigue et le sommeil, ils cessèrent de répondre à Chen Yongliang. Ils s'assirent et piquèrent un somme, appuyés contre le mur. Chen Yongliang était épuisé lui aussi, il entendait les ronflements des miliciens, et ne savait plus à quel moyen recourir pour faire relever la vanne. Gu Yimin, qui avait à présent retrouvé entièrement ses esprits, n'avait pas la force de crier. D'une voix faible, il réconfortait Chen Yongliang : quand le jour se lèverait, des bateaux quitteraient la ville et alors on relèverait la vanne.

C'est alors qu'une famille qui avait décidé de s'enfuir se présenta en catimini à la porte est sur un petit bateau. Ils glissèrent de l'argent aux miliciens qui gardaient la muraille, et la vanne fut enfin levée. Ces gens reconnurent Chen Yongliang et Gu Yimin, et en entendant leurs exclamations les miliciens de garde comprirent qui étaient ces deux hommes.

La nouvelle du retour de Gu Yimin, sauvé par Chen Yongliang, se répandit rapidement dans Xizhen. Les gens importants du bourg se pressèrent à la résidence de Gu Yimin. Son épouse et ses concubines, qui avaient déjà ravalé leurs sanglots, se remirent à pleurer de plus belle.

LXVII

Zeng Wanfu ramait sans relâcher son effort sur la vaste étendue d'eau. La rafale de balles tirée par les brigands avait réveillé en lui un souvenir oublié depuis longtemps : les balles sifflaient dans le vent glacé de l'hiver, Chen Shun et Zhang Pinsan étaient tombés dans la neige, lui courait comme un dératé, en agitant les mains, au milieu des balles qui se croisaient, et une balle lui avait coupé le majeur.

Cette scène l'obsédait encore lorsque la barque à auvent de bambou fut de retour à l'embarcadère de Xizhen. Le soleil se couchait et Zeng Wanfu était épuisé quand il posa le pied à terre. Les gens qui se trouvaient à l'embarcadère firent cercle autour du bateau, observant Lin Xiangfu qui gisait dans l'habitacle : la cervelle était mêlée au sang qui avait coulé de sa blessure, et il avait un couteau planté à la racine de l'oreille gauche. D'une voix plus ou moins forte, parlant tous en même temps, ils voulurent savoir ce qui était arrivé.

— Ce qui est arrivé ? dit Zeng Wanfu qui se parlait à lui-même, en essuyant la sueur sur son visage. Et levant lentement sa main gauche pour montrer son majeur coupé, il poursuivit d'une voix rauque : Je vais vous le dire, il a été touché par une balle.

La dépouille de Lin Xiangfu fut transportée au pavillon du Dieu de la ville. Les habitants de Xizhen s'y rendirent à la queue leu leu et devant le spectacle tragique de Lin Xiangfu étendu là, certains fondaient en larmes, d'autres soupiraient et d'autres encore restaient silencieux.

Zeng Wanfu, assis sur les marches de pierre menant à la porte du pavillon du Dieu de la ville, répétait inlassablement comment il avait porté sur son dos le cadavre de Lin Xiangfu jusqu'au bateau, et comment il s'était enfui sous les balles des brigands. Quand on l'interrogeait sur la manière dont Lin Xiangfu était mort, il restait perplexe et regardait son doigt auquel il manquait une phalange.

Au cœur de la nuit, quand les habitants de Xizhen furent repartis les uns après les autres, Chen Yongliang arriva. Aidé de quelques hommes il transporta Gu Yimin jusque chez lui. En chemin il avait appris que Lin Xiangfu avait été assassiné par les brigands de Zhang Yifu alors qu'il leur livrait les fusils qui devaient servir de rançon. Une fois devant la demeure des Gu, il n'entra pas, mais resta là le temps que ceux qui l'accompagnaient portent Gu Yimin à l'intérieur de la maison, puis il fit demi-tour et se rendit au pavillon du Dieu de la ville. À cette heure, les prêtres taoïstes avaient arrêté leur office, et le pavillon était entièrement vide. Lin Xiangfu était étendu sur une longue table, et une veilleuse était posée à ses pieds. Cette femme du nom de Cuiping se tenait debout à côté de lui, et pleurait tout bas. Chen Yongliang eut l'impression de l'avoir déjà vue, mais il ignorait pourquoi elle était si triste.

Cuiping, entendant un bruit de pas, leva la tête et à la faible lueur de la veilleuse elle reconnut Chen Yongliang. Elle recula de quelques pas pour se placer dans l'obscurité. Chen Yongliang ne prêta plus attention à elle. Il resta longtemps planté à côté de la table, à regarder le visage souriant de Lin Xiangfu et la lame plantée à la racine de son oreille gauche.

Le passé ressurgit devant les yeux de Chen Yongliang comme un buisson d'herbes folles. Il revit surtout ce jour, en pleine tempête de neige, où Lin Xiangfu, un ballot énorme sur le dos et sa fille dans les bras, était entré chez lui. Cette scène, telles les gouttes qui tombent du toit pendant une averse, lui revenait en mémoire par bribes… Il eut l'impression que ses yeux se brouillaient, et en les essuyant il se rendit compte qu'il avait le visage trempé de larmes. Après avoir séché ses larmes, il arracha la lame plantée à la racine de l'oreille gauche de Lin Xiangfu, et alors la bouche entrouverte de Lin Xiangfu se referma. Chen Yongliang regarda le couteau souillé de sang et dit à Lin Xiangfu :

— Ce couteau, je le rendrai à Zhang Yifu.

Ce furent les derniers mots que Chen Yongliang adressa à Lin Xiangfu. Après quoi, sa main droite se posa sur son front glacé, et descendant lentement elle lui ferma les yeux.

LXVIII

Lorsque Chen Yongliang et les siens furent partis, un des deux brigands qu'ils avaient ligotés coupa avec ses dents la corde qui attachait l'autre. Après s'être défaits de leurs liens, les deux brigands s'enfuirent du village des Qi à la faveur de la nuit et coururent au village des Liu. Ils se présentèrent en nage devant Zhang Yifu, ruisselants, tels deux chiens tombés à l'eau, et lui firent leur rapport :

— Les gens du village des Qi se sont rebellés. Ils ont fait évader Gu Yimin. Ils étaient plus nombreux que nous et nous ont ligotés. Nous nous sommes enfuis après avoir coupé nos liens avec les dents.

Le jour n'était pas encore levé que Zhang Yifu avait déjà rassemblé une cinquantaine de brigands pour attaquer le village des Qi.

— Massacrez-les tous, n'épargnez ni les chiens ni les poulets, ordonna-t-il à ses hommes avant qu'ils ne se mettent en route.

Au matin, à l'entrée du village, des enfants qui n'étaient pas partis aperçurent une troupe nombreuse de brigands qui arrivait en longeant les levées de terre. Ils détalèrent en criant :

— Les brigands sont là ! Les brigands sont là !

Une rafale de balles les rattrapa, et ils s'écroulèrent un par un, comme s'ils avaient trébuché. Les coups de feu semèrent la panique dans le village des Qi. La veille, en partant, Chen Yongliang avait recommandé aux villageois de s'en aller au plus vite. Mais la plupart d'entre eux n'en étaient encore qu'à faire leurs bagages. Ils ne s'attendaient pas à ce que les brigands fassent irruption aussi vite.

À mesure qu'ils avançaient, les brigands tiraient sur les gens avec leurs fusils ou les attaquaient avec leurs sabres. Ce fut le sauve-qui-peut dans le village. Les femmes, qui avaient vu leurs enfants tomber sous les balles, s'étaient précipitées vers eux les unes après les autres en poussant des cris stridents, et Zhang Yifu, armé de sa hache, leur assénait des coups tandis que les autres brigands les frappaient avec leur sabre. Le sang jaillissait, emplissant l'air de son odeur. La mère qui voyait celle de devant l'épaule, le bras ou bien la tête tranchés n'en continuait pas moins de courir vers son enfant, aveugle à tout le reste. Zhang Yifu s'approcha d'une femme qui arrivait en courant dans sa direction avec son enfant dans les bras et il décapita l'enfant. Le sang gicla, couvrant le visage de la femme, qui pourtant ne se rendit compte de rien et continua à courir avec son enfant sans tête. Elle sortit ainsi du village, croyant l'enfant hors de danger.

Les brigands fouillèrent les maisons une par une, trucidant tous ceux qu'ils rencontraient et volant tout ce qu'ils trouvaient, et quand ils eurent tué tout le monde et volé tout ce qu'il y avait à voler ils mirent le feu aux maisons. En un rien de temps le village des Qi était devenu un océan de flammes. Ceux qui couraient assez vite s'enfuirent par les champs, beaucoup d'entre eux sautèrent dans l'eau et nagèrent jusqu'aux roselières lointaines. Un homme était parti en barque et ramait en direction des roselières quand une vingtaine de personnes qui s'étaient jetées à l'eau cherchèrent à le rejoindre et à monter sur l'embarcation, mais avant que tous soient à bord, la barque chavira. Ce fut la pagaille dans l'eau, chacun s'efforçant de grimper sur la coque renversée.

Plus de deux cents habitants du village n'avaient pas réussi à s'échapper. Dans la lumière aveuglante des flammes, les brigands les rassemblèrent sur l'aire de séchage des grains.

— Rangez-vous par groupes de vingt, leur cria Zhang Yifu, et faites-moi le plaisir de vous tenir droits, mézigue va couper les mauvaises herbes.

Les brigands choisirent vingt personnes parmi les présents en les traînant comme des agneaux, puis ils brandirent leurs sabres et leur tranchèrent le cou, aux vieux comme aux jeunes. D'autres brigands lancèrent leurs javelines sur des hommes et des femmes en les transperçant de part en part, et des enfants à naître périrent ainsi dans le ventre de leur mère. Quand ils ne parvenaient pas à extirper leur javeline des cadavres, les brigands les arrachaient de force d'une pression du pied sur les corps qui respiraient encore. Le sang de plus de deux cents personnes jaillit dans l'air, éclaboussant les arbres tout autour de l'aire de séchage et retombant goutte à goutte de leurs feuilles agitées par le vent. Il teignit de rouge la terre de l'aire de séchage, les cheveux blancs des vieillards, les pupilles des enfants et les visages livides des femmes. Tandis que les brigands exécutaient un groupe de villageois comme ils auraient coupé des courges ou haché des légumes, ceux du groupe suivant assistaient à la scène, le visage noyé de larmes, hurlant leur terreur et leur détresse. Et en entendant leurs cris, qui s'élevaient dans l'air par vagues, les villageois cachés dans les roselières tremblaient de tous leurs membres.

Il ne resta pour finir qu'une dizaine de jeunes femmes. La cinquantaine de brigands se ruèrent sur elles et les violèrent au-dessus du sang et des cadavres. Ils se disputaient les filles à coups de sabre. Deux d'entre eux, bien décidés à ne pas lâcher leur proie, s'infligèrent de telles blessures avec leurs armes qu'ils étaient couverts de sang, mais le temps qu'ils se retournent, un autre brigand s'était déjà emparé de la fille qu'ils convoitaient. Ils rappliquèrent au galop, furieux, et tuèrent la fille d'une balle chacun avant de recommencer à se rendre des coups. Le brigand qui violait la fille avait le visage couvert de sang. Il se mit en rogne et, remontant d'une main son pantalon, il essuya de l'autre le sang sur son visage comme si c'eût été de la sueur, puis il ramassa un sabre par terre et le brandit en direction des deux hommes qui continuaient à se battre : s'ensuivit alors une mêlée à trois. Les brigands occupés à violer des filles à proximité tournèrent la tête vers eux, et sans s'interrompre ils se fendirent d'un commentaire :

— Qui sont les fils de pute qui se battent ?

— Putain, j'en sais rien !

Zhang Yifu, qui venait de violer deux femmes, rattacha sa ceinture et s'approcha en grommelant des trois brigands qui se battaient. Il les sépara à coups de pied et les engueula :

— Putain, bande de cons ! Vous avez de la marchandise fraîche et bien vivante à côté de vous et vous vous étripez pour de la marchandise morte.

Après avoir été violées à tour de rôle par les brigands, les jeunes femmes furent décapitées au sabre. Le village des Qi n'était plus qu'un océan de flammes qui crépitaient sans arrêt. Sur les quelque six cents habitants du village, deux cent quarante-neuf connurent une mort tragique : l'eau de la rivière, l'herbe, les feuilles des arbres, la terre, tout était devenu rouge. Les cadavres s'empilaient ici et là, partout dans le village. Durant tout le jour, l'air charria une odeur de carnage et ce ne furent que pleurs et cris ; après le coucher du soleil, le vent souffla en tempête et ses gémissements ne cessèrent pas de la nuit.

Les cadavres de quarante-trois villageois furent jetés dans la petite rivière du village par les brigands. C'était un cours d'eau qui communiquait avec les eaux de Wanmudang. Les cadavres qui flottaient à sa surface furent emportés jusque là-bas puis, au fil du courant de la grande étendue d'eau de Wanmudang, jusqu'à l'embarcadère de Xizhen. Ces cadavres, couverts de mouches, dégageaient une odeur pestilentielle qui obligeait les bateliers à se boucher le nez. Ils étaient contraints d'écarter les cadavres avec leur perche de bambou pour pouvoir accoster ou quitter l'embarcadère. Les quarante-trois cadavres flottèrent pendant plusieurs jours à l'embarcadère de Xizhen, attirant des bancs de poissons qui se les disputaient et les réduisirent en charpie, pour ne laisser au bout du compte que des ossements qui finirent par couler au fond de l'eau.

Pendant ces quelques jours, l'air de Xizhen fut irrespirable, les gens furent atteints de vomissements et de diarrhées inexpliqués, et les herboristeries qui vendaient des médicaments antiémétiques et antidiarrhéiques furent dévalisées. Plusieurs mois durant, les gens n'osèrent plus boire l'eau de Wanmudang, ni manger les poissons qu'on y pêchait. Dans le ventre de plusieurs gros poissons on découvrit des ongles de mains et de pieds qui provenaient des cadavres.

LXIX

Les villageois en fuite revinrent petit à petit le lendemain. Devant le spectacle tragique qui s'étalait sous leurs yeux ils éclataient en sanglots, et beaucoup même s'évanouissaient. Après avoir passé la nuit à Xizhen, Chen Yongliang revint en bateau. Il mit pied à terre au milieu des pleurs, le couteau ensanglanté dans la main. Li Meilian et ses deux fils vinrent à sa rencontre. Il poussa un soupir de soulagement en voyant qu'ils étaient sains et saufs, puis il leur annonça que Lin Xiangfu était mort : il était allé au village des Liu livrer les fusils qui devaient servir de rançon pour la libération de Gu Yimin, et le brigand Zhang Yifu l'avait assassiné en lui enfonçant un couteau à la racine de l'oreille.

— Celui-là même, ajouta-t-il, en levant le couteau ensanglanté.

Les malheurs succédaient aux malheurs. Li Meilian et ses deux fils, d'abord atterrés, fondirent en larmes, et leurs sanglots, mêlés à ceux de tout le village des Qi, faisaient vibrer l'air.

En parcourant le village, Chen Yongliang vit les villageois de retour accroupis par petits groupes au milieu des décombres de leurs maisons. Ils creusaient, pleuraient et pestaient, à la recherche de tout ce qui n'avait pas brûlé. Dans plusieurs caves, les feux n'étaient toujours pas éteints, et le grain entreposé à l'intérieur continuait de brûler. Les mains plongées dans les flammes et la fumée, ils s'efforçaient de sauver ce qui subsistait de grain.

Le village avait été le plus prospère de Wanmudang. C'était là que s'échangeaient naguère encore les cotonnades, le bétail, la soie et les céréales. Les maisons étaient serrées les unes contre les autres, il y avait même un théâtre et un kiosque. Mais à présent, les cadavres jonchaient le sol, et où qu'on porte le regard on ne voyait que bâtiments détruits, et partout ce n'étaient que cendres et ruines.

Ensuite, on creusa des tombes pour enterrer les villageois morts. Ils étaient trop nombreux et il n'y avait pas assez de place pour tous dans le village, sans compter les quarante-trois cadavres qui étaient partis à la dérive sur les eaux de Wanmudang. On n'eut pas d'autre choix que de les enterrer sur un terrain vague à l'est du village. Deux cent quarante-neuf tertres furent érigés, dont quarante-trois étaient vides. À l'entrée de ce cimetière, on dressa une stèle de pierre sur laquelle étaient gravés ces mots : "Cimetière des deux cent quarante-neuf." Avec au dos les noms de toutes les victimes.

Debout devant la stèle, Chen Yongliang s'adressa aux villageois :

— Si nous ne voulons pas vivre comme des chiens, il nous faut mener une guerre sans merci à Zhang Yifu et à ses brigands.

Chen Yongliang attacha le fameux couteau à son bras gauche et il récupéra une serpe dans les décombres de sa maison ; Chen Yaowu dénicha un sabre abandonné par les brigands ; et Chen Yaowen ramassa une lance. D'autres villageois extirpèrent des décombres des fusils de chasse, des couteaux et des gourdins. Il restait au village quarante et un jeunes gaillards. Ceux-ci décidèrent de suivre Chen Yongliang dans son entreprise vengeresse, et ils sortirent du village pâles de colère.

La troupe vengeresse du village des Qi traversa deux villages voisins, demandant en chemin où se trouvaient les brigands. Au crépuscule ils apprirent qu'un de leurs groupes avait fait halte pour la nuit au village des Qian, non loin de là. Chen Yongliang fit asseoir tout le monde au bord de la route. Ils avaient marché une journée entière, leur dit-il, ils devaient maintenant bien se reposer, boire un peu d'eau et manger la nourriture sèche qu'ils avaient emportée, afin de reprendre des forces en prévision de l'attaque. Quarante-quatre habitants du village des Qi étaient éparpillés des deux côtés de la route. Leurs fusils de chasse, leurs sabres et leurs lances effrayèrent des passants qui, les prenant pour des bandits de grand chemin, se tinrent à bonne distance. Chen Yongliang les héla pour leur expliquer qu'ils n'étaient pas des brigands mais des gens du village des Qi à la poursuite de brigands dont ils cherchaient à se venger.

Le bain de sang que Zhang Yifu et ses hommes avaient provoqué au village des Qi avait bien vite été connu de tous les villages alentour. En apprenant qu'ils venaient de là-bas, les passants qui s'étaient écartés revinrent vers eux pour s'enquérir des atrocités commises par les brigands dans leur village. Certains parmi eux reconnurent même Chen Yongliang et ceux qui l'accompagnaient. C'est ainsi qu'au coucher du soleil la route était noire de monde. Les hommes du village des Qi, qui ne pensaient plus qu'à leur vengeance, avaient cessé de pleurer. Mais à mesure qu'on les questionnait et qu'ils rentraient dans le détail des faits, les sanglots les étouffaient, et ceux qui les écoutaient fondaient en larmes à leur tour et pleuraient avec eux. Plus tard, des habitants d'autres villages, dont des parents avaient été tués sauvagement par Zhang Yifu et ses hommes, relatèrent le drame qu'ils avaient subi. Un homme raconta d'une voix hachée, entre deux sanglots, comment sa femme avait été abattue d'un coup de fusil par Zhang Yifu et ses hommes, et comment un brigand avait jeté en l'air son petit garçon et l'avait embroché avec sa baïonnette : enferré sur la baïonnette, l'enfant continuait de remuer ses bras et ses jambes. Un autre homme n'avait déjà plus de larmes. Il raconta que sa femme s'était précipitée sur le corps de leur fils qui respirait encore, cherchant à le protéger de son corps. Zhang Yifu et ses hommes l'avaient frappée sauvagement avec leurs bâtons, si bien que ses yeux étaient sortis de leurs orbites. Et pour finir, un brigand avait transpercé la mère et le fils d'un seul coup de baïonnette. Une femme narra une scène atroce qui s'était déroulée dans son village. Zhang Yifu et ses brigands avaient emmené une dizaine d'hommes dans la forêt. Après les avoir ligotés ils leur avaient ôté leur pantalon, et avec un couteau pointu ils leur avaient fendu l'anus pour leur arracher les intestins. Puis ils avaient attaché les intestins à des branches d'arbre qu'ils avaient pliées en deux, et lorsqu'ils les avaient relâchées les intestins avaient été catapultés et étaient restés accrochés comme des chapelets à l'extrémité des branches. Les hurlements des hommes s'étaient achevés dans des râles. Tout en relatant ces événements atroces, ceux qui les rapportaient étaient secoués de sanglots, et les gens du village des Qi commencèrent à pleurer sur le sort de leurs voisins. Quand la nuit fut tombée, il n'y avait plus de différences entre les uns et les autres. Certains annoncèrent en pleurant qu'ils ne rentreraient pas chez eux et qu'ils voulaient se joindre à la troupe vengeresse du village des Qi : ils iraient tuer avec eux Zhang Yifu et ses brigands.

Chen Yongliang essuya ses larmes et se renseigna sur le village des Qian. Selon un marchand ambulant qui était allé là-bas, c'était un tout petit village, de moins de vingt foyers ; les brigands qui y passaient la nuit ne devaient donc pas être très nombreux. Une fois pourvu de ces informations, Chen Yongliang donna le signal du départ. La troupe vengeresse se mit en marche au clair de lune. Chen Yongliang eut le sentiment qu'ils n'étaient plus quarante-quatre comme au début. Il s'arrêta sur le bord du chemin et compta : ils étaient soixante-huit. Ces renforts subits le bouleversèrent.

— Nous sommes soixante-huit, s'écria-t-il, soixante-huit braves.

Chen Yaowu, à côté de lui, corrigea son père :

— Soixante-neuf braves, papa, tu as oublié de te compter.

Les soixante-neuf hommes marchaient dans la nuit en direction du village des Qian. Ils n'arrêtaient pas de parler, chacun s'enquérant du nom de l'autre, et de son passé. On aurait dit une foule qui se rendait à la foire et non pas une troupe partie pour une expédition contre des brigands.

Alors qu'ils approchaient de leur but, Chen Yongliang, depuis le versant de la colline, distingua, à la lumière de la lune, le village qui s'étalait en dessous. Il compta et recompta : il n'y avait que dix-sept foyers.

— C'est un village pauvre, dit-il, il n'y a pas de maisons en briques. Les dix-sept familles vivent dans des chaumières. Il suffira de les encercler, et les brigands auront du mal à s'échapper, quand bien même il leur pousserait des ailes.

Chen Yongliang avait à peine fini de parler, que quelqu'un, brandissant son gourdin, cria :

— À mort les brigands, tous sur eux !

Les autres reprirent en chœur :

— À mort les brigands, tous sur eux !

Soixante-huit hommes brandissant des sabres, des hachoirs, des gourdins ou des fusils de chasse, dévalèrent la colline tels des rochers roulant sur la pente à la lumière de la lune. Chen Yongliang resta seul à l'arrière, leur criant de revenir car le plan de l'attaque n'avait pas encore été arrêté. Personne ne l'entendit, chacun avait les oreilles emplies de ses propres cris. Quelques-uns de ceux qui avaient des fusils tirèrent de loin sur les chaumières, et pendant un moment l'air résonna de cris, de coups de feu, et du bruit des sabres et des gourdins qui s'entrechoquaient. À l'arrière, Chen Yongliang avait beau s'égosiller à s'en casser la voix, personne ne se retourna, et il n'eut d'autre choix que de dévaler la colline à son tour.

Les brigands qui passaient la nuit au village des Qian n'étaient que sept. Ils s'étaient répartis dans quatre maisons. À peine s'étaient-ils endormis qu'ils entendirent un fracas de cris arrivant du versant de la colline, mêlé de coups de feu. Ils sortirent précipitamment des maisons en tenant d'une main leur pantalon et de l'autre leur fusil. Découvrant avec effroi cette foule compacte qui déferlait du haut de la colline éclairée par la lune aux cris de "À mort les brigands", ils contournèrent les maisons et filèrent droit devant eux.

— Pas par là, cria leur chef, de ce côté-là, c'est la falaise.

— Par où alors ? demandèrent les brigands qui avaient fait demi-tour.

— Ils nous barrent la route, dit le chef en montrant du doigt le flanc de la colline. Grimpons sur les toits.

Les sept brigands s'exécutèrent en toute hâte. À cet instant, soixante-neuf hommes déboulaient, criant d'une seule voix et exigeant que les brigands sortent pour qu'on leur règle leur compte. Les habitants du village des Qian, pris de panique, sortirent de chez eux, pensant que cette troupe qui tombait du ciel était elle aussi une troupe de brigands. Ils les implorèrent de se montrer cléments et de ne pas brûler leurs maisons. Chen Yongliang s'époumona pendant un bon moment avant de réussir à imposer silence à la troupe.

— Villageois, dit-il aux habitants du village des Qian, nous ne sommes pas des brigands, nous sommes du village des Qi et nous sommes ici pour éliminer les brigands.

À peine Chen Yongliang avait-il mentionné le nom du village des Qi, que des voix, derrière lui, ajoutèrent ceux d'autres villages. Une dizaine de noms furent prononcés à la suite. Quand les voix se turent, Chen Yongliang poursuivit :

— Nous sommes ici pour nous venger de Zhang Yifu et de ses brigands. Faites-les sortir, s'il vous plaît.

Les habitants du village des Qian furent rassurés d'apprendre que ces gens venaient du village des Qi pour se venger des brigands. Ils parlèrent entre eux, évoquant le bain de sang qui s'était produit au village des Qi. L'un d'eux s'adressa à Chen Yongliang et à ceux qui l'accompagnaient :

— Les brigands ne sont pas dans les maisons, ils sont à plat ventre sur les toits, il y en a sept au total.

Apprenant cela, Chen Yongliang et ses hommes tendirent le cou et se hissèrent sur la pointe des pieds pour inspecter les toits. Ils aperçurent des gens allongés sur les toits de trois des chaumières, et leur crièrent :

— Dépêchez-vous de descendre, sinon on va vous faire rôtir.

Aussitôt les habitants du village des Qian se récrièrent :

— Non, non, ne mettez pas le feu à nos maisons !

— On ne va pas mettre le feu à vos maisons, assura Chen Yongliang, c'est seulement pour leur faire peur.

Quelques-uns, parmi les soixante-neuf hommes du groupe, voulaient monter sur les toits pour en faire descendre les brigands, mais les habitants du village des Qian les en dissuadèrent :

— Pas la peine de monter, ils tomberont tout seuls. Les toits sont faits en paille de riz et les chevrons sont des tiges de tournesol. S'ils ne bougent pas, ça ira encore, mais au moindre éternuement les chevrons vont céder.

À peine ces mots avaient-ils été prononcés qu'un craquement se fit entendre, et que les toits des trois maisons s'effondrèrent. Les sept brigands tombèrent au sol en poussant des cris de douleur. Plus de soixante personnes se bousculèrent pour leur mettre la main au collet. Quelques-uns brandirent leur sabre, prêts à les frapper, mais Chen Yongliang les arrêta :

— Non, ne les tuons pas ici, ne salissons pas le village des Qian. Ligotons-les et ramenons-les au village des Qi. On les tuera là-bas, en sacrifice aux âmes des deux cent quarante-neuf victimes innocentes.

C'est alors qu'un des brigands intervint :

— Nous ne faisons pas partie de la bande de Zhang Yifu. Nous n'avons rien à voir avec ce qui s'est passé dans votre village. Si vous voulez vous venger, c'est à Zhang Yifu qu'il faut vous adresser.

— Si vous ne faites pas partie de la bande de Zhang Yifu, à quelle bande appartenez-vous ?

— Nous sommes les hommes du Moine.

Dès qu'il entendit prononcer ce nom, Chen Yaowu demanda :

— Où est le Moine ?

— C'est moi, répondit un des brigands qui se tenait derrière lui.

Chen Yaowu se retourna et le regarda de près. C'était bien le Moine.

— Papa, c'est le Moine, c'est bien le Moine, cria-t-il à Chen Yongliang. C'est un brigand, mais c'est quelqu'un de bien, il m'a sauvé la vie.

Chen Yaowu détacha le Moine :

— Tu te souviens encore de moi ? Je suis Chen Yaowu de Xizhen, c'est toi qui m'as coupé l'oreille et qui m'as sauvé la vie.

Chen Yaowu n'arrêtait pas de parler, et les gens à côté de lui étaient de plus en plus perplexes. Ils ne comprenaient rien à ce qu'il racontait : on lui avait coupé l'oreille et en même temps sauvé la vie. Le Moine l'avait reconnu :

— C'est bien cela, tu es le garçon qui a passé quelque temps chez moi. Zhang Yifu a failli te tuer sur le bateau. Tu as bien grandi.

Chen Yaowu raconta à Chen Yongliang et aux autres comment la mère du Moine lui avait attaché au poignet une cordelette rouge, et lui avait préparé des œufs durs et des galettes pour qu'il les mange en chemin. Ces retrouvailles entre Chen Yaowu et le Moine rassurèrent les six autres brigands, qui s'adressèrent à Chen Yongliang :

— C'est le cas de le dire, les vagues ne reconnaissent pas toujours le roi des mers. Dépêchez-vous de nous détacher, nous sommes des vôtres.

Les six hommes du Moine se joignirent aux soixante-huit hommes de Chen Yongliang, et ils passèrent la nuit ensemble au village des Qian. Assis en cercle ils discutèrent des perspectives qui s'offraient à eux. Le Moine confia à Chen Yongliang que lui et ses six compagnons ne supportaient plus la brutalité de Zhang Yifu et qu'ils s'étaient séparés de lui avant l'attaque contre Xizhen.

— En ces temps de troubles, si on veut vivre de la terre, dit le Moine, on est fatalement victime des brigands qui vous pillent et vous tuent ; et si l'on se fait brigand, on ne peut pas survivre sans piller.

— Il n'y a rien de honteux à être un brigand en ces temps de troubles, dit Chen Yongliang, mais même un brigand doit se montrer humain.

— À présent nous sommes plus nombreux que Zhang Yifu, reprit le Moine, mais si nous voulons le combattre avec quelques fusils de chasse et une poignée de sabres et de lances, cela revient à jeter des œufs contre des pierres.

— Quelle est ton idée ? demanda Chen Yongliang.

— Le terrain de chasse de Zhang Yifu, c'est Wanmudang, répondit le Moine. Quand il est sur l'eau, il est dans son élément. Commençons par le priver de cet avantage et allons dans la région de Wuquan, où les montagnes offrent les meilleures cachettes qui soient. Quand les conditions seront mûres, nous le combattrons.

Après avoir réfléchi un long moment, Chen Yongliang hocha la tête, et s'adressant à tous il dit :

— Le Moine a raison. Épargnons pour l'instant ce chien de Zhang Yifu. Cela ne signifie pas que nous renonçons à notre vengeance, simplement le moment n'est pas encore venu.

Durant le mois qui suivit, la troupe de Chen Yongliang grossit jusqu'à rassembler une centaine d'hommes. Mais cette centaine d'hommes n'avait en tout et pour tout que vingt fusils, dont onze fusils de chasse. Alors que Chen Yongliang et le Moine s'inquiétaient du manque d'armes et de munitions, l'un des serviteurs de Gu Yimin arriva à l'improviste. Il expliqua à Chen Yongliang qu'il était en route depuis quatre jours et que pour les retrouver il avait dû se renseigner tout le long du chemin sur les directions qu'avait prises la troupe vengeresse du village des Qi.

Il sortit de sous son vêtement une lettre qu'il tendit à Chen Yongliang :

— C'est une lettre du maître.

Chen Yongliang prit la lettre et demanda au serviteur :
— Comment va le maître ?
— Il est tiré d'affaire, mais il ne peut pas encore quitter son lit.
Le serviteur ajouta qu'il devait rentrer sur-le-champ car le maître attendait des nouvelles. Chen Yongliang fit venir Chen Yaowu, à qui il demanda de prendre quelques hommes avec lui pour raccompagner le serviteur de Gu Yimin au-delà de la passe et le remettre sur la grande route.

Chen Yongliang prit l'enveloppe, elle était épaisse et il n'y avait rien d'écrit dessus. Chen Yongliang la décacheta soigneusement. Il n'y avait pas de lettre à l'intérieur, seulement dix billets à ordre, de mille taëls chacun. Chen Yongliang en fut très touché. Il remit les dix billets au Moine, lequel, après les avoir comptés, ne cacha pas son enthousiasme :
— On parlait d'armes et de munitions, les voilà.
— Comment faire pour se les procurer ?
Le Moine expliqua alors à Chen Yongliang comment les soldats de l'armée régulière cantonnée à Shendian quittaient la ville avec fusils et cartouches pour aller combattre les brigands et comment, au moment du face-à-face, ils abandonnaient leurs fusils, ramassaient les dollars d'argent lâchés par les brigands, et détalaient, tandis que les brigands abandonnaient leurs dollars d'argent, ramassaient les fusils lâchés par les soldats et détalaient. Et il ajouta :
— Je vais négocier avec l'armée régulière de Shendian.

LXX

Les plaies que Gu Yimin avait sur la poitrine et dans le dos commencèrent à s'infecter, le pus et le sang qui s'en écoulaient restaient collés au drap, et quand il se retournait il emportait celui-ci avec lui. Ses serviteurs décollaient le drap avec mille précautions comme si c'eût été une peau, et Gu Yimin n'arrêtait pas de geindre. Les praticiens de médecine traditionnelle déclarèrent que si les parties infectées n'étaient pas éliminées, la chair aurait de la peine à se régénérer. Il fallait utiliser de l'oxyde de mercure, un produit hautement toxique et corrosif. On alla donc en chercher à l'herboristerie. Ce produit était obtenu par sublimation à partir d'un mélange de mercure, de salpêtre et d'alun ; on y ajoutait du gypse avant de le broyer en une fine poudre et de l'appliquer sur tout le corps de Gu Yimin. La toxicité de l'oxyde de mercure accéléra le pourrissement des chairs infectées de Gu Yimin. Les médecins grattaient sur son corps des quantités importantes de chair putréfiée. Chaque jour, ils en sortaient de sa chambre un bol entier. Son épouse et ses concubines ne cessaient de se lamenter, elles avaient l'impression que bientôt Gu Yimin n'aurait plus de chair sur les os. Quand l'oxyde de mercure eut éliminé la chair putréfiée, les médecins eurent recours à l'ail, une substance non toxique piquante et chaude, aux propriétés anti-inflammatoires et antibactériennes. Ils écrasaient l'ail et en enduisaient le corps de Gu Yimin.

Après avoir souffert le martyre, Gu Yimin cessa de geindre et il recouvra toute sa lucidité. Il était maintenant capable de parler, même s'il n'avait qu'un filet de voix. Quand ils apprirent que Gu Yimin était hors de danger et qu'il pouvait recevoir couché dans son lit, les personnages importants de Xizhen vinrent lui rendre visite.

Gu Yimin, qui était maintenant pleinement conscient, sentit des effluves nauséabonds. Les quarante-trois cadavres qui flottaient à l'embarcadère de Xizhen avaient été dévorés par les poissons de la rivière, et leurs ossements étaient en train de sombrer au fond de l'eau. Gu Yimin demanda à ses hôtes d'où provenaient ces odeurs. Il apprit ainsi qu'après que Chen Yongliang l'avait sauvé, Zhang Yifu avait sauvagement noyé dans le sang le village des Qi, et que Chen Yongliang avait formé une troupe pour se venger de Zhang Yifu et de ses brigands et s'était lancé à leur recherche. Un visiteur ayant entrepris de lui raconter ce qu'il avait entendu dire des atrocités commises par Zhang Yifu dans le village, Gu Yimin s'évanouit avant même que l'autre ait terminé son récit. L'incident provoqua l'effroi et la panique, et par la suite plus personne n'osa parler de Chen Yongliang ni évoquer la mort de Lin Xiangfu en sa présence.

Lorsque Gu Yimin revint à lui, il garda les yeux fixés au plafond. Il avait appris par ses visiteurs que l'endroit où Zhang Yifu l'avait emmené après l'avoir enlevé était le village des Qi. Il se rappela que lorsque Chen Yongliang et sa famille avaient quitté Xizhen, c'était au village des Qi qu'ils s'étaient installés. Le souvenir des tortures que les brigands lui avaient infligées là-bas lui revint par bribes : dans sa demi-conscience il avait entendu la voix d'une femme. Sur le moment il n'avait pas su à qui appartenait cette voix, mais à présent il le savait. C'était la voix de Li Meilian qui l'avait appelé. Plus tard, sur le bateau qui tanguait, il avait reconnu Chen Yongliang. C'était Chen Yongliang qui l'avait sauvé et qui l'avait ramené à Xizhen.

Gu Yimin pensa aux quelque deux cents habitants du village des Qi qui avaient été massacrés, et ses poings se serrèrent. Puis il pensa à la troupe qu'avait constituée Chen Yongliang pour se venger, et ses poings se desserrèrent lentement. Il se dit que si Chen Yongliang voulait mener une guerre sans merci contre Zhang Yifu, il aurait besoin de beaucoup d'hommes, et que ces hommes devraient disposer d'armes et de munitions.

Gu Yimin appela son comptable et lui demanda d'aller chercher des billets à ordre pour un montant de dix mille taëls d'argent et de les glisser dans une enveloppe. Puis il fit venir un serviteur qu'il chargea de remettre l'enveloppe à Chen Yongliang. Constatant que l'enveloppe était vierge, le serviteur demanda timidement à Gu Yimin :

— Maître, où trouverai-je Chen Yongliang ?

Gu Yimin répondit d'une voix lasse :

— Là où sont les brigands.

LXXI

Le Moine échangea les billets à ordre de Gu Yimin contre des dollars d'argent, qu'il échangea ensuite contre des fusils et des munitions auprès de l'armée régulière cantonnée à Shendian, et il recruta également des soldats débandés qui avaient quitté l'armée Beiyang.

Zhang Yifu, de son côté, cherchait lui aussi à renforcer ses effectifs. Li la Panthère et Marche-sur-l'eau, qui s'étaient séparés de lui, étaient revenus se placer sous ses ordres, ainsi que d'autres groupes de brigands. Chen Yongliang dressa des tréteaux dans la montagne et invita des troupes d'opéra à se produire, profitant de ces rassemblements pour enrôler des hommes. Quant à Zhang Yifu, il installa un tripot à Wanmudang pour que les brigands des petites bandes venues se mettre sous sa protection puissent se divertir.

Le Moine mit à contribution les soldats de l'armée Beiyang nouvellement recrutés pour entraîner les villageois. Dès lors les ordres ne cessèrent de retentir : au pas de course, sautez, couchez-vous ; dès lors on ne cessa d'entendre des bravos saluant la balle ou la javeline qui avait touché sa cible. Certains villageois, qui chassaient le lapin à longueur d'année dans les montagnes, étaient déjà de bons tireurs ; d'autres, qui avaient l'habitude de harponner les poissons debout à la proue de leur barque, lançaient naturellement la javeline avec précision.

Plus tard, la troupe de Chen Yongliang rencontra les brigands de Zhang Yifu au hameau des Wang près de Xizhen. Plus de trois cents personnes des deux côtés s'affrontèrent pendant deux jours et la bataille fit rage. Des flammes s'élevaient aux quatre coins du hameau des Wang, la fumée des armes à feu recouvrait tout, le bruit des fusils, des pistolets et des canons faisait vibrer le ciel, et on se battait au corps à corps à la hache, à la lance ou à la javeline. Les habitants du hameau des Wang et ceux des villages voisins avaient abandonné leurs maisons en masse, et s'étaient enfuis par familles entières vers Shendian ou vers Xizhen.

La veille de l'affrontement, le Moine avait confié à Chen Yongliang que quatre ans auparavant Li la Panthère et Marche-sur-l'eau avaient fait appel à lui pour qu'ensemble ils combattent Zhang Yifu au village des Liu. Mais comme ils n'avaient pas réussi à le vaincre, ils avaient provisoirement fait de nouveau allégeance à Zhang Yifu. À cette époque, Li la Panthère et Marche-sur-l'eau totalisaient à eux deux trente-sept hommes, tandis que lui-même n'avait que trois compagnons. Zhang Yifu, quant à lui, avait quarante-trois hommes sous ses ordres. Le Moine s'était placé en embuscade à l'entrée du village des Liu avec ses trois compagnons et cinq hommes de la bande de Marche-sur-l'eau. Il avait perdu deux compagnons dans la bataille. Le premier tirait depuis un toit, Zhang Yifu l'avait découvert et l'avait abattu d'un coup de feu, faisant ruisseler son sang le long de l'avant-toit. Le second était embusqué sur un arbre : les hommes de Zhang Yifu l'avaient repéré quand il avait tiré sur eux, lui aussi avait été abattu, et son cadavre était resté suspendu à une branche. L'unique survivant était embusqué à la fenêtre d'une maison et quand il s'était aperçu qu'il ne pourrait pas résister aux hommes de Zhang Yifu, il s'était dissimulé dans le cercueil vide que la famille chez qui il se trouvait conservait chez elle. Les gens de Zhang Yifu ne l'avaient pas découvert, ce qui lui avait sauvé la vie. Le Moine lui-même, tout en continuant à se battre, avait reculé jusqu'à se retrouver à la position qu'occupait Li la Panthère. La bataille avait été confuse. Des deux côtés, on s'était dispersé dans toutes les directions et personne ne savait où étaient les siens.

Le Moine déclara que la bataille du lendemain serait confuse elle aussi. Il demanda à Chen Yongliang de donner l'ordre à tous les hommes d'attacher une bande de tissu blanc à leur bras gauche afin qu'ils puissent se reconnaître si d'aventure ils se retrouvaient isolés.

Chen Yongliang hocha la tête :

— C'est toi qui donneras l'ordre.

— C'est toi le chef, dit le Moine.

Chen Yongliang regardait le Moine sans rien dire. Le Moine parla à nouveau de Zhang Yifu : ce dernier était d'un naturel cruel, il vous tuait un homme comme on tue un poulet et traitait les autres avec brutalité. Les brigands comme Li la Panthère ou Marche-sur-l'eau se ralliaient à lui quand il était puissant et le quittaient quand il perdait de sa puissance. Même si ceux qui le suivaient depuis des années étaient des gens sans foi ni loi, ils ne lui étaient pas forcément loyaux. Zhang Yifu était un tireur adroit, mais il préférait utiliser sa hache pour couper la tête ou l'épaule de son adversaire. Il impressionnait par sa force. C'est pourquoi pour l'affronter de face, il ne fallait pas avoir peur. À la moindre hésitation sa hache s'abattait sur vous. Zhang Yifu avait de bons réflexes, et si l'on voulait venir à bout de lui il fallait le prendre de vitesse.

Le Moine demanda à Chen Yongliang d'informer tout le monde de cela avant le départ.

— C'est toi qui connais bien Zhang Yifu, c'est à toi de parler, dit Chen Yongliang.

— C'est toi le chef, répéta le Moine.

Après un moment de réflexion, Chen Yongliang dit au Moine :

— Bien que nous ne nous connaissions pas depuis longtemps, nous voilà maintenant aussi proches que des frères. Demain, la bataille va être terrible et nul ne sait si nous en réchapperons. Pourquoi ne pas devenir frères jurés dès aujourd'hui ?

À ces mots, le Moine éclata de rire :

— Si tu t'allies avec un brigand, alors tu dois suivre les usages des brigands.

— Quels usages ?

— Quand des brigands s'allient, ils doivent prononcer leur serment devant la bouche d'un revolver.

Le Moine défit le parabellum qu'il portait sur lui et le posa sur la table. Chen Yongliang en fit autant avec le sien. Les deux revolvers étaient placés côte à côte, les canons pointés vers les deux hommes. Ils s'agenouillèrent, se prosternèrent face aux canons des armes et le Moine prononça ces paroles que Chen Yongliang répéta après lui :

— À compter de ce jour, nous voilà frères jurés ; nous partagerons les joies et les épreuves ; et si nous ne pouvons pas survivre ensemble, nous sommes prêts à mourir ensemble. Celui qui trahira sera jugé par les armes.

LXXII

Chen Yongliang fut le témoin du duel tragique qui opposa son frère juré le Moine à Zhang Yifu. À cet instant, dans les deux camps, on avait épuisé les munitions et on se battait maintenant au sabre et à la hache, à la lance et à la javeline. Zhang Yifu maniait sa hache avec une vigueur effrayante. Il venait de tuer trois personnes d'affilée, quand il avisa le Moine à vingt pas devant lui.

— Toi le Moine, s'écria-t-il, je vais t'envoyer dans l'au-delà !

Le Moine se retourna et vit Zhang Yifu se précipiter sur lui en brandissant sa hache. Il comprit qu'il n'aurait pas d'échappatoire et que pour espérer gagner contre Zhang Yifu il devrait risquer le tout pour le tout. Sans hésiter, il se porta à sa rencontre le sabre levé. Chacun, qui avec sa hache et qui avec son sabre, visait le cou de l'autre comme s'ils devaient périr ensemble. Quand il vit la hache s'abattre sur lui, le Moine ne fit rien pour l'esquiver, mais quand Zhang Yifu vit le sabre s'abattre sur lui, il se baissa et renversa la tête en arrière pour l'éviter. La hache de Zhang Yifu ne trancha pas la tête du Moine, mais son épaule gauche ; le sabre du Moine ne trancha pas non plus la tête de Zhang Yifu, il lui effleura les yeux et l'aveugla.

Chen Yongliang entendit le sabre du Moine briser l'arête du nez de Zhang Yifu avec un bruit sec. C'était un son ténu et pourtant il l'entendit au milieu du fracas des sabres et des haches, des lances et des javelines, et des cris des combattants.

Zhang Yifu s'écroula, le visage en sang. Il se couvrit les yeux des deux mains en hurlant. Le Moine, à qui il avait coupé l'épaule gauche, était toujours debout. Il s'appuyait sur son sabre, qu'il tenait dans sa main droite, pour ne pas tomber. Il dit à ses vieux compères Li la Panthère et Marche-sur-l'eau :

— Zhang Yifu va bientôt mourir, suivez maintenant votre propre chemin.

Le Moine avait pour habitude de ne jamais crier et de ne jamais élever le ton, et à cette minute sa voix était toujours aussi douce et cordiale. Malgré son épaule coupée, et le sang s'écoulant goutte à goutte de sa blessure, il tenait encore debout. Les brigands Li la Panthère et Marche-sur-l'eau en étaient horrifiés.

Quand ils virent Zhang Yifu se rouler par terre en gémissant, le visage ensanglanté, Li la Panthère et Marche-sur-l'eau s'en allèrent avec leurs hommes, et plusieurs autres brigands les imitèrent. Les hommes de Zhang Yifu, comprenant que la situation était désespérée, s'empressèrent de battre en retraite avec leur chef qu'ils portaient à plusieurs.

Le Moine s'écroula : il avait perdu trop de sang. Avant d'expirer, il regarda Chen Yongliang agenouillé devant lui. Il n'entendait rien de ce que Chen Yongliang lui hurlait. Il voulut lui dire quelque chose, il ouvrit la bouche mais aucun son n'en sortit. Puis un voile noir tomba sur ses yeux.

Devant celui qui était devenu son frère juré depuis trois jours seulement, Chen Yongliang sanglotait bruyamment. Sur le corps du Moine, mort dans des circonstances affreuses, il pleurait toute la douleur accumulée depuis la fin tragique de Lin Xiangfu jusqu'à celle des deux cent quarante-neuf victimes du village des Qi. Les larmes de Chen Yaowu, elles, coulaient en silence : il ne reverrait plus le Moine en cette vie. Dans l'assistance, saisie par cette atmosphère dramatique, tout le monde se taisait.

La troupe de Chen Yongliang ramena à Wuquan le Moine et les autres morts, ainsi que les blessés graves, après les avoir allongés sur des panneaux de porte. Chen Yongliang envoya chercher des menuisiers dans les villages avoisinants, et lui-même se mit au travail. Ils fabriquèrent cinquante-huit cercueils. Onze soldats de l'armée Beiyang tombés au combat furent enterrés à Wuquan, ainsi que trois des six hommes du Moine. Des gens vinrent de divers villages emporter les autres morts. Quant au Moine et aux habitants du village des Qi tombés au combat, ils furent transportés au village des Qi. Chen Yongliang répartit le reste de l'argent entre les hommes encore vivants et leur laissa emporter les fusils, et la troupe fut dissoute sur-le-champ.

Ensuite Chen Yongliang fit venir auprès de lui Chen Yaowu, Chen Yaowen et les trois hommes du Moine, et il demanda à ces derniers de leur servir de guide. Ils empruntèrent un chemin de montagne jusqu'à un petit village. En route, Chen Yongliang avait demandé aux trois hommes quel était le prénom du Moine, mais tous les trois l'ignoraient. Chen Yaowu, lui, le connaissait : le Moine s'appelait Xiaoshan.

Quand ils furent arrivés à la maison de la mère du Moine, Chen Yongliang frappa à la porte. De l'intérieur parvint la voix d'une vieille dame. Quand elle eut ouvert la porte, Chen Yongliang lui dit :

— Mère, je suis le frère juré de Xiaoshan. Je m'appelle Chen Yongliang. Nous venons vous chercher pour vous emmener vivre au village des Qi.

La vieille dame regarda Chen Yongliang, puis Chen Yaowu et Chen Yaowen, et enfin les trois hommes du Moine, dont deux ne lui étaient pas inconnus. Elle comprit que son fils était mort. Ce qui, elle l'avait toujours su, devait arriver tôt ou tard était arrivé maintenant. Son fils lui avait dit que si quelqu'un venait la chercher après sa mort pour l'emmener, cela signifierait qu'il avait des frères dans le monde des brigands ; si personne ne venait, cela signifierait qu'il n'en avait pas.

La vieille dame en conclut que son fils avait des frères dans le monde des brigands. Elle s'inclina devant eux et les invita à entrer dans la maison : elle allait prendre quelques vêtements, puis elle les suivrait. Tandis qu'elle rassemblait ses vêtements dans la pièce du fond, Chen Yongliang et les autres, restés dans la pièce de devant, l'entendaient pleurer par intermittence. Chen Yongliang songea qu'il devrait lui dire quelque chose, mais quand elle réapparut un paquet au bras, elle avait déjà séché ses larmes.

Lorsqu'ils furent sortis de la maison et qu'ils s'engagèrent sur la route de montagne, Chen Yaowu prit le paquet de la vieille dame et le passa à Chen Yaowen :

— Grand-mère, lui dit-il, je vais vous porter.

Avant que la vieille dame ait eu le temps de réagir, elle était déjà sur le dos de Chen Yaowu. Tout en marchant avec la vieille dame sur son dos, il lui demanda :

— Grand-mère, vous souvenez-vous de moi ?

— Qui es-tu ?

— Réfléchissez bien.

La vieille dame remarqua qu'il manquait une oreille à Chen Yaowu et qu'à la place il y avait un trou. Elle posa sa main à cet endroit et se mit à pleurer.

— Tu es Chen Yaowu de Xizhen, dit-elle. Tu as bien grandi.

La vieille dame sanglotait. L'oreille perdue de Chen Yaowu avait réveillé le chagrin de la perte de son fils. Elle n'arrivait plus à contenir sa peine, et même si ses pleurs étaient discrets ils paraissaient sans fin comme la route de montagne sur laquelle ils marchaient.

Chen Yongliang et les autres ne prononcèrent pas un mot de tout le voyage. Ils marchaient la tête basse en écoutant les pleurs de la vieille dame. Lorsqu'ils quittèrent la route de montagne et qu'ils arrivèrent au bord des eaux de Wanmudang, ses pleurs cessèrent. Ils montèrent à bord d'un bateau, et la vieille dame et Chen Yaowu commencèrent à se parler. Chen Yaowu lui rappela comment elle lui avait attaché une cordelette rouge au poignet, et comment, au moment où il était parti, elle lui avait préparé deux galettes et deux œufs durs. De son côté, la vieille dame lui rappela comment, tandis qu'elle préparait les repas, assis devant le poêle il s'occupait du feu. Quand cet enfant attisait le feu, dit-elle à Chen Yongliang, les flammes montaient très haut.

Chen Yongliang mit sur pied ses propres forces armées au village des Qi. Il fit construire des fortifications et édifia à l'entrée du village un mur percé de vingt meurtrières. Il aida également les villages voisins à se doter de leurs propres forces armées. Il fédéra cinq villages au sein d'une association. Dès que des brigands tentaient une attaque, le village concerné ripostait, et les quatre autres arrivaient en renfort pour prendre les brigands à revers, leur infligeant de lourdes pertes. À compter de ce jour, et pendant une longue période, les brigands ne revinrent plus.

LXXIII

À la violente bataille qui avait eu lieu au hameau des Wang, Zhang Yifu n'était pas mort, mais depuis qu'il avait perdu la vue, il était devenu plus irascible que jamais. Au début, les gens sans foi ni loi qu'il avait sous ses ordres arrivaient encore à supporter son mauvais caractère, mais bientôt leur patience fut à bout. À leurs yeux Zhang Yifu n'était plus désormais qu'un fardeau inutile, qui plus est un fardeau qui n'avait que l'injure à la bouche. Ils décidèrent en conséquence de l'abandonner. Ils s'assirent pour discuter de l'endroit le plus approprié pour ce faire. Sur une montagne déserte ou dans une forêt sauvage, il mourrait forcément de faim ; aussi, par égard pour les liens amicaux qui les avaient unis par le passé, ils choisirent de l'abandonner sur l'embarcadère de Shendian. Il y avait là-bas beaucoup de passage, et ainsi il pourrait mendier sa nourriture et ne risquerait pas de mourir de faim.

Ils le ligotèrent par surprise pendant qu'il dînait. Comme Zhang Yifu, qui n'arrivait pas à se dégager de leur prise, leur lançait une bordée d'injures, ils lui fourrèrent un chiffon dans la bouche, et il en fut réduit à les maudire en soufflant fort par ses narines. Ils le portèrent sur un bateau et ramèrent jusqu'à Shendian, puis à la faveur de la nuit ils le débarquèrent et l'abandonnèrent sur le quai en laissant à côté de lui un ballot. Ils lui expliquèrent que dans ce ballot il y avait des habits matelassés pour l'hiver ainsi qu'un parabellum et vingt balles. Il avait beaucoup d'ennemis, ajoutèrent-ils, il avait donc intérêt à économiser les munitions.

— C'est vous, salopards, que mézigue va liquider en premier ! hurla-t-il dès qu'on lui eut enlevé le bâillon de la bouche.

— Tu ferais mieux de ménager tes forces pour appeler au secours et pour demander qu'on te détache, répondirent-ils en riant.

Zhang Yifu hurla à nouveau :

— Plutôt crever que d'appeler au secours.

— Eh bien crève !

Tandis qu'il tempêtait, Zhang Yifu les entendit monter sur le bateau et s'éloigner. Il ignorait où il se trouvait. Il avait la sensation d'être assis sur une dalle de pierre, et il entendait un bruit d'eau tout près de lui : il était sans doute sur un embarcadère, et comme les abords étaient silencieux, on devait être au cœur de la nuit. Au bout d'un long moment, il entendit la voix du veilleur qui frappait les veilles s'approcher, alors il s'écria :

— Au secours, au secours…

Par la suite Zhang Yifu ne devint pas mendiant. Sous le nom de Zhang le Demi-Immortel, il se fit diseur de bonne aventure, le métier qui avait été le sien avant qu'il ne se fasse brigand.

Il s'asseyait contre un mur dans une rue animée proche de l'embarcadère, une table posée devant lui. À deux des pieds de cette table, il avait fixé des tiges de bambou entre lesquelles il avait accroché une banderole portant ces mots : "Le Demi-Immortel vous parle." La table était recouverte d'une étoffe blanche sur laquelle était dessiné le diagramme des huit trigrammes[44]. Il retirait le tiroir de la table et le posait à ses pieds, et dans ce compartiment vide il plaçait son parabellum chargé. Un barbier était installé à sa gauche, et à sa droite un cordonnier. Il devint rapidement célèbre dans le quartier de l'embarcadère. On prétendait que cet aveugle était très fort : il suffisait de lui indiquer vos huit caractères de naissance pour qu'il vous révèle tout sur votre passé et sur votre avenir.

Ce jour-là, à midi, Chen Yongliang était venu à Shendian sur un petit bateau à auvent de bambou. Après avoir posé le pied sur le quai, il ne s'en éloigna pas et inspecta les abords de l'embarcadère. L'information selon laquelle Zhang Yifu, devenu aveugle, avait été abandonné là par ses hommes s'était répandue comme une traînée de poudre parmi les brigands. Chen Yongliang la tenait de deux brigands qui avaient été capturés au cours d'une attaque contre le village des Qi. Et voilà pourquoi il était là.

Alors qu'il s'engageait dans cette rue animée proche de l'embarcadère, il entendit les appels d'un diseur de bonne aventure :

— Ciel de naissance, voie du destin. Pour savoir où tu vas, sache d'où tu viens.

Chen Yongliang marcha dans la direction d'où venait la voix, et entre un barbier et un cordonnier il découvrit Zhang Yifu, qu'il reconnut au premier coup d'œil malgré sa barbe hirsute et ses cheveux qui lui tombaient sur les épaules. Chen Yongliang resta planté là un moment. Zhang Yifu sentit la présence de quelqu'un en face de lui. Sa main gauche se leva de dessous la table, et désignant le tabouret qui était devant lui il dit :

— Asseyez-vous, je vous en prie.

Chen Yongliang s'assit sur le tabouret, il indiqua huit caractères cycliques au hasard, et tandis que Zhang Yifu marmonnait il l'observa attentivement. Il levait ses yeux vides, aux prunelles atrophiées, et entre ses deux yeux la racine du nez était barrée d'une balafre qui formait un bourrelet. Il avait également des cicatrices aux coins des yeux.

— Si on fait le compte des cinq éléments contenus dans vos huit caractères de naissance, dit Zhang Yifu, on trouve une fois le métal, zéro fois le bois, quatre fois l'eau, une fois le feu, et deux fois la terre. Il vous manque le bois. Votre première grande période de dix ans a commencé quand vous aviez deux ans et huit mois. Tous les dix ans, on entre dans une nouvelle période. Vous avez beaucoup de frères, au moins cinq ou six…

Chen Yongliang l'interrompit :

— Non je n'ai pas de frères, je suis fils unique.

Zhang Yifu leva sa main gauche et donna un coup sur la table :

— Ceux qui sont nés aux heures *zi*, *wu*, *mao* ou *you*, ont beaucoup de frères. Ceux qui sont nés aux heures *chen*, *xu*, *chou* ou *wei*, sont fils uniques[45].

Chen Yongliang insista :

— Pourtant je suis bien fils unique.

La main gauche de Zhang Yifu frappa à nouveau la table :

— Vous vous êtes certainement trompé pour l'heure, vous n'êtes pas né à l'heure *zi*, vous devez être né à l'heure *chou*.

— Je suis né entre l'heure *zi* et l'heure *chou*, il est possible que ce soit l'heure *chou*.

La main gauche de Zhang Yifu désigna Chen Yongliang :

— Une différence d'un millimètre peut provoquer une erreur de mille *li*.

— Si je suis né à l'heure *chou*, est-ce que le bois manque encore dans mes cinq éléments ?

Zhang Yifu posa sa main gauche sous la table, il marmonna un moment, puis dit :

— Une fois le métal, zéro fois le bois, trois fois l'eau, une fois le feu, et trois fois la terre. Il n'y a toujours pas de bois.

Chen Yongliang avait remarqué que Zhang Yifu sortait de temps en temps sa main gauche de dessous la table, mais que sa main droite, elle, ne bougeait jamais. Il avait vu que le tiroir de la table avait été retiré et posé à côté du pied droit de Zhang Yifu. Il comprit qu'un revolver était pointé sur lui.

Zhang Yifu se mit à parler avec volubilité, en commençant par l'enfance de Chen Yongliang. Chaque fois que Zhang Yifu marquait une pause pour tester la réaction de Chen Yongliang, celui-ci aussitôt approuvait, et le visage de Zhang Yifu s'illuminait, sa main gauche gesticulait mais la droite restait immobile sous la table. Chen Yongliang se souvint de ce que le Moine lui avait dit : Zhang Yifu avait la gâchette rapide, et si l'on voulait venir à bout de lui il fallait le prendre de vitesse. Quand il eut fini d'évoquer le passé de Chen Yongliang, Zhang Yifu commença à aborder son avenir. Sur l'avenir, il pouvait être intarissable. Zhang Yifu prédit à Chen Yongliang une réussite fulgurante, mais il lui prodigua également un avertissement : il devait surveiller ses paroles et ses actes, car si on ne fait pas attention à ce qu'on dit, ce n'est pas perdu pour celui qui écoute. Il lui faudrait soigner tout particulièrement ses relations avec autrui, afin de ne pas sacrifier la morale à l'argent.

Tandis que Chen Yongliang avait les yeux fixés sur le visage de Zhang Yifu, sa mémoire le ramena à cette nuit au pavillon du Dieu de la ville où la dépouille de Lin Xiangfu était étendue sur une longue table. Il fit un effort de mémoire : assurément, c'était bien de la racine de l'oreille gauche de Lin Xiangfu qu'il avait retiré le couteau.

La voix de Zhang Yifu s'interrompit et sa main gauche retourna sous la table, ses yeux sans regard étaient posés sur Chen Yongliang. Celui-ci sortit un dollar d'argent qu'il posa sur la table. En entendant le bruit de la pièce tombant sur la table, Zhang Yifu comprit que ce n'était pas une sapèque.

— C'est une pièce en argent, dit-il, ravi.

Ses deux mains sortirent de dessous la table, de la droite il saisit le dollar d'argent et le porta à sa bouche pour le mordre. Chen Yongliang se leva sans faire de bruit et tira de sa manche le couteau qu'il avait arraché de la racine de l'oreille de Lin Xiangfu, il contourna la table, s'approcha de l'oreille gauche de Zhang Yifu et lui murmura :

— Je te rapporte ton couteau.

De surprise, Zhang Yifu laissa tomber le dollar d'argent par terre, mais au moment où sa main droite s'emparait du revolver, le couteau s'enfonçait déjà à la racine de son oreille gauche. Il eut le réflexe d'appuyer sur la détente et le coup partit. La balle jaillit de dessous la table et alla percuter le mur de l'autre côté de la rue. Le barbier et le cordonnier qui encadraient Zhang Yifu tournèrent la tête vers lui, affolés, et leurs clients, assis l'instant d'avant, se levèrent comme mus par un ressort et regardèrent du côté de Zhang Yifu avec des yeux écarquillés.

De sa main gauche Chen Yongliang avait attrapé Zhang Yifu par les cheveux, et il avait tapé si violemment avec la paume de sa main droite que le manche du couteau était entré à moitié à la racine de l'oreille gauche de Zhang Yifu. Chen Yongliang perçut un bruit semblable à celui que produit une lame contre une pierre, et il comprit alors que le couteau avait heurté le crâne de Zhang Yifu.

Avant de s'en aller, Chen Yongliang poussa le corps de Zhang Yifu contre le mur. Les mains et les vêtements ruisselant du sang de Zhang Yifu, il se dirigea vers la foule craintive qui commençait à faire cercle autour de lui, et il la fendit d'un air serein. Arrivé à l'embarcadère, il sauta dans le petit bateau à auvent de bambou qui l'attendait et s'éloigna sur la vaste étendue d'eau.

LXXIV

Au bout de trois mois, Gu Yimin fut capable de se lever de son lit. Soutenu par ses serviteurs, il se rendit dans le jardin de derrière. Son épouse et ses concubines constatèrent que cet homme qui n'était déjà pas bien gros n'avait plus maintenant que la peau sur les os. Gu Yimin songea à Lin Xiangfu : pendant tous ces jours où il avait été cloué au lit il avait reçu de nombreuses visites, mais pas celle de Lin Xiangfu.

— Pourquoi Lin Xiangfu n'est-il pas venu me voir ? s'étonna-t-il.

Un serviteur lui révéla alors comment Lin Xiangfu avait été assassiné sauvagement par Zhang Yifu lorsqu'il était allé lui livrer les fusils au village des Liu pour payer sa rançon. Gu Yimin, assis dans la lumière du soleil hivernal, regardait fixement le serviteur qui lui parlait. Celui-ci ajouta qu'avant de partir Lin Xiangfu avait laissé une lettre à l'intention du maître, et que c'était une femme du nom de Cuiping qui l'avait apportée. Gu Yimin tendit sa main droite, et le serviteur, comprenant qu'il voulait lire la lettre, se précipita vers le cabinet de lecture pour aller la chercher. Gu Yimin, les mains tremblantes, la décacheta, et quand il eut fini de lire les ultimes recommandations de Lin Xiangfu à propos du mariage de Gu Tongnian et de Lin Baijia, il hocha doucement la tête, puis, se souvenant que Gu Tongnian s'était volatilisé après avoir dérobé le billet à ordre, il secoua la tête.

Gu Yimin demanda d'une voix faible à son serviteur ce qu'on avait fait de la dépouille de Lin Xiangfu. Le serviteur répondit que la dépouille de maître Lin avait été exposée pendant trois jours dans le pavillon du Dieu de la ville, que les prêtres taoïstes avaient pratiqué les rites pendant trois jours, et qu'enfin des messieurs de la Guilde des commerçants, ne sachant quoi faire de la dépouille, l'avaient fait porter au domicile de Lin Xiangfu où elle était depuis lors, dans l'attente de la décision de maître Gu. Gu Yimin resta silencieux pendant un long moment, puis il demanda si la dépouille de Lin Xiangfu était en bon état. Le serviteur lui répondit que les messieurs de la Guilde des commerçants, craignant qu'elle ne se décompose, avaient fait venir deux artisans qui avaient enrobé de cire d'abeille le corps de maître Lin.

Gu Yimin se rendit chez Lin Xiangfu dans une chaise à quatre porteurs. Les habitants de Xizhen, voyant sortir la chaise, lui emboîtèrent le pas : le commandant et président Gu est rétabli, se disaient-ils entre eux. Mais quand Gu Yimin descendit de sa chaise à porteurs, ils eurent de la peine à reconnaître sa frêle silhouette. Le Gu Yimin majestueux d'hier était maintenant si maigre qu'il n'était plus que l'ombre de lui-même. Le dos voûté, s'aidant d'une canne, il pénétra à tout petits pas chez Lin Xiangfu, soutenu par un serviteur. Il se dirigea vers la pièce où reposait la dépouille de Lin Xiangfu, et quand il fut devant son vieil ami il resta là, appuyé sur sa canne, à pleurer. Il tremblait de tous ses membres en essuyant ses larmes, la tête enfouie dans sa manche. Le serviteur approcha un siège :

— Maître, veuillez vous asseoir.

Au moment où il s'asseyait, Gu Yimin s'effondra. Le serviteur laissa échapper un cri d'effroi, et voyant Gu Yimin allongé par terre sur le dos, de l'écume blanche à la bouche, il s'empressa de demander à deux personnes qui se trouvaient là de l'aider à le porter jusqu'à sa chaise. Celle-ci partit à fond de train vers la résidence des Gu, tandis que le serviteur, dans l'affolement, lançait à la cantonade les noms de plusieurs praticiens de médecine traditionnelle en exhortant les passants à aller les quérir au plus vite : maître Gu avait de l'écume aux lèvres, maître Gu s'était évanoui.

Dans la soirée, quand Gu Yimin revint à lui, il vit plusieurs médecins debout à son chevet. La colère affecte le foie, rappelèrent les médecins, la joie affecte le cœur, la pensée affecte la rate, le chagrin affecte les poumons, et la peur affecte les reins. Si Gu

Yimin s'était évanoui, c'était parce que le chagrin avait affecté ses poumons. Une réaction émotionnelle trop vive avait provoqué un blocage du *qi*[46] des poumons, les liquides organiques ne circulaient plus, ils se coagulaient sous forme de flegme, et le flegme se mêlait au *qi*. Ils lui prescrivirent une poudre à base de bézoard de singe, de musc, de mica, de *Shiraia bambusicola* et de borax, laquelle aiderait à dissoudre le flegme et à débloquer le *qi*.

Le lendemain matin, Gu Yimin envoya un serviteur à l'embarcadère pour qu'il ramène Cuiping. Gu Yimin se tenait assis non sans difficulté dans son cabinet de lecture, Cuiping debout devant lui. Gu Yimin l'invita à s'asseoir, mais elle refusa. Il l'interrogea en détail à propos de la lettre que Lin Xiangfu avait laissée pour lui. Cuiping ne le regardait pas, elle gardait continuellement la tête baissée et parlait tout bas. Elle révéla à Gu Yimin que Lin Xiangfu avait écrit une autre lettre à l'intention d'un certain Tian l'Aîné qui vivait dans son pays natal, dans le Nord. Elle l'avait envoyée le jour même où la dépouille de Lin Xiangfu avait été ramenée du pavillon du Dieu de la ville jusque chez lui. Gu Yimin, après quelques instants de réflexion, hocha la tête : il se dit que la lettre envoyée dans son pays par Lin Xiangfu devait renfermer ses dernières volontés.

Quand Cuiping fut partie, Gu Yimin se plongea dans ses pensées. Il hésitait à écrire à Lin Baijia pour la prier de rentrer à Xizhen dès qu'elle aurait lu la lettre. Il était toujours sans nouvelles de Gu Tongnian, il faudrait donc repousser le mariage à plus tard.

Après avoir hésité, Gu Yimin estima qu'il fallait quand même demander à Lin Baijia de revenir pour qu'elle voie une dernière fois son père, on prendrait ensuite tout le temps nécessaire pour discuter de l'avenir. Mais à peine avait-il pris en main son pinceau qu'il hésita de nouveau : la dépouille que Lin Baijia verrait était recouverte de cire, ce n'était plus Lin Xiangfu, on aurait dit un mannequin. Il songea ensuite que les brigands continuaient à sévir et que si elle en croisait sur sa route, elle avait tout à craindre d'une telle rencontre. Quand bien même elle arriverait à bon port, sa sécurité n'était pas plus assurée à Xizhen. Mieux valait que pour le moment elle ne revienne pas. Malgré tout, elle était plus en sécurité dans son école à Shanghai.

En songeant que Lin Baijia partageait son dortoir avec Gu Tongsi et Gu Tong'nian, et qu'elles s'aimaient comme des sœurs, Gu Yimin se sentit quelque peu réconforté. Après avoir encore réfléchi, il se dit qu'il fallait quand même qu'il écrive à Lin Baijia. Il fallait qu'il lui annonce la mort de Lin Xiangfu, mais comme la période était agitée, et qu'elle ne serait en sécurité ni sur la route ni à Xizhen, il lui recommanderait de poursuivre ses études à l'école sino-occidentale pour filles.

Une fois sa lettre achevée, Gu Yimin fit venir auprès de lui un serviteur, il lui confia la lettre et lui ordonna de partir dès le lendemain pour Shanghai afin de l'apporter à l'école sino-occidentale pour filles et de la remettre à Lin Baijia. Quand le serviteur fut sorti, Gu Yimin pensa au chagrin que Lin Baijia aurait en lisant la lettre, et brusquement il se troubla et son cœur commença à battre plus vite. Mais aussitôt après il se dit que Gu Tongsi et Gu Tong'nian partageraient le chagrin de Lin Baijia, et cela le tranquillisa.

LXXV

Le serviteur de Gu Yimin partit pour Shanghai avec la lettre. En franchissant la porte de la ville, il vit venir face à lui quatre hommes du Nord dépenaillés et une charrette totalement délabrée sur laquelle quelqu'un était allongé. Les quatre hommes du Nord s'arrêtèrent et levèrent les yeux pour regarder les deux caractères géants gravés dans la pierre qui surmontaient la porte de la ville. Ils se dirent quelque chose entre eux. Quand le serviteur de Gu Yimin arriva à leur hauteur, ils lui demandèrent si c'était bien le nom de Xizhen qui était écrit là-haut, ce que celui-ci confirma en hochant la tête. Ils trouvèrent que le serviteur de Gu Yimin avait un accent différent du leur, mais son hochement de tête leur donna l'assurance que c'était bien Xizhen.

— On est arrivés, on est arrivés, dirent-ils, soulagés.

Ils entrèrent dans Xizhen avec leur charrette. Des badauds les regardèrent approcher avec curiosité et allèrent à leur rencontre pour se renseigner sur eux. Les quatre hommes du Nord les fixaient avec des yeux ronds, incapables de comprendre ces gens qui parlaient trop vite. À force de répétitions, les quatre hommes du Nord comprirent enfin qu'on leur demandait d'où ils venaient. Ils donnèrent le nom d'un endroit que les gens de Xizhen ne connaissaient pas. Quelqu'un leur demanda où ce lieu se trouvait. Après avoir échangé un regard entre eux, ils répétèrent le nom. Les autres insistèrent : était-ce au nord du Yang-tsé-kiang ? Il fallut répéter plusieurs fois avant qu'ils finissent par comprendre. Ils répondirent en secouant la tête que c'était au nord du fleuve Jaune, et les gens de Xizhen surent à peu près d'où ils venaient.

À cet instant quelqu'un montra du doigt l'homme qui était allongé immobile dans la charrette et demanda de quelle maladie il souffrait. Cette fois ils comprirent tout de suite la question.

— Il est mort, répondirent-ils.

Et l'un d'eux, montrant le mort dans la charrette, expliqua aux gens de Xizhen que c'était leur frère aîné et qu'il était mort de maladie en cours de route.

Les gens de Xizhen les regardaient, surpris : pourquoi avaient-ils parcouru un si long chemin pour venir à Xizhen ? Les hommes du Nord prirent un air plein de déférence :

— Nous venons chercher notre jeune maître pour le ramener à la maison.

Les gens de Xizhen s'étonnèrent qu'ils soient venus chercher leur jeune maître avec un mort dans leur charrette. Qui était donc leur jeune maître ? Les hommes du Nord se rappelèrent alors qu'ils ne savaient pas où habitait Lin Xiangfu.

— Où habite notre jeune maître ? demandèrent-ils.

Les gens de Xizhen leur retournèrent la question :

— Qui est votre jeune maître ?

— Lin Xiangfu.

Comprenant que ces hommes venaient du pays natal de Lin Xiangfu au nord pour le ramener là-bas, les gens de Xizhen soupirèrent, et quelqu'un leur dit :

— Votre jeune maître est mort.

Les quatre hommes du Nord échangèrent des regards, comme s'ils n'avaient pas saisi ce qu'on venait de leur annoncer. Les gens de Xizhen se mirent à parler tous en même temps pour leur raconter comment Lin Xiangfu était allé porter une rançon et comment il avait été tué par les brigands. Les quatre hommes avaient compris maintenant, et trois d'entre eux fondirent en larmes. Le plus âgé, Tian le Deuxième, lui, ne pleura pas. Il ne croyait pas que Lin Xiangfu fût mort. Il sortit de son vêtement la lettre de celui-ci, qu'il montra aux gens de Xizhen en leur expliquant que le jeune maître l'avait écrite de sa main, qu'il voulait rentrer au pays et leur demandait de venir le chercher.

— Si notre jeune maître était mort, dit-il, il ne nous aurait pas écrit.

Les gens de Xizhen expliquèrent à Tian le Deuxième que Lin Xiangfu était encore en vie lorsqu'il avait écrit cette lettre mais qu'il était déjà mort quand eux l'avaient reçue. Tian le Deuxième ne voulait toujours pas y croire. Il secoua la tête et suivit les gens de Xizhen jusqu'à la maison de Lin Xiangfu. Là, il vit la dépouille de Lin Xiangfu enveloppée dans de la cire, et il lui sembla que ce n'était pas leur jeune maître. Il demanda à ses trois jeunes frères de regarder à leur tour. Tian le Troisième et Tian le Cinquième trouvèrent eux aussi que cela ne ressemblait pas à leur jeune maître. Seul Tian le Quatrième voulut bien admettre que c'était lui : le jeune maître avait une couche de cire sur le visage, et il fallait observer de plus près pour le reconnaître. Tian le Deuxième s'approcha, examina un moment ce visage et le reconnut. Submergé par la douleur, il dit en pleurant :

— Tous les jours, nous attendions avec impatience votre retour. Nous avions été si contents de recevoir enfin votre lettre ! Notre grand frère était déjà malade. Nous lui avions déconseillé de faire le voyage, mais il voulait absolument venir. Il disait que le jeune maître allait enfin rentrer au pays et il tenait à venir vous chercher. Alors, nous avons fait fabriquer une charrette pour le transporter et nous sommes partis. Notre grand frère est mort en cours de route, il était gravement malade. Nous étions allés trouver le médecin, qui lui avait délivré huit paquets d'herbes médicinales. En chemin, des personnes nous ont aidés gentiment à préparer les décoctions. Mais il est mort avant d'avoir fini de prendre toutes ses tisanes.

Quand Gu Yimin apprit que cinq personnes étaient venues du pays natal de Lin Xiangfu pour le ramener là-bas, et que l'une d'elles était couchée, morte, dans une charrette, il se rendit chez Lin Xiangfu dans sa chaise à porteurs. Il s'approcha, soutenu par quelqu'un. Il passa devant la charrette délabrée et jeta un coup d'œil sur Tian l'Aîné, qui était allongé dessus. Il soupira en secouant la tête.

Lorsque Gu Yimin entra dans la maison, Tian le Deuxième se lamentait toujours en pleurant, et les trois autres essuyaient leurs larmes. Quelqu'un les prévint que maître Gu, le président Gu, était là. Ils cessèrent de pleurer et saluèrent cet homme qui paraissait tellement frêle.

Gu Yimin les invita à s'asseoir. Après avoir séché leurs larmes, les frères Tian ne s'assirent pas sur les sièges qu'on avait avancés pour eux, ils se serrèrent tous les quatre sur un banc. Gu Yimin les regardait avec bienveillance. Il leur demanda depuis combien de temps ils étaient partis et s'ils avaient fait bon voyage. Ils s'étaient mis en route sitôt après avoir reçu la lettre du jeune maître, répondirent-ils, et ils n'avaient pas rencontré de problèmes en chemin, si ce n'est que la maladie de leur grand frère les avait un peu retardés. Ils évoquèrent de nouveau le médecin et les huit paquets d'herbes médicinales, et le fait que leur grand frère était mort avant d'avoir fini toutes ses tisanes. Arrivés à ce point de leur récit, ils ne purent s'empêcher de pleurer à nouveau.

— Nous lui avions déconseillé de faire le voyage, mais il voulait absolument venir.

Puis Tian le Deuxième demanda à Gu Yimin :

— Quand notre jeune maître est-il parti ? Il était encore en parfaite santé quand nous avons reçu sa lettre.

Gu Yimin demanda où était cette lettre, et Tian le Deuxième la sortit de sa poche intérieure et la lui tendit. Gu Yimin la déplia, elle se résumait à deux phrases. Par la première, Lin Xiangfu annonçait son intention de rentrer au pays, et par la deuxième il les priait de venir le chercher. Gu Yimin remarqua que sous ces deux phrases il y en avait une troisième qui avait été recouverte d'encre. Il souleva la lettre et en l'exposant à lumière du jour, il parvint à déchiffrer ces mots : "Si la feuille en tombant retourne au pied de l'arbre, l'homme qui va mourir doit rentrer au pays." Les yeux de Gu Yimin se mouillèrent, il comprit qu'avant de se rendre chez les brigands avec les fusils pour payer sa rançon, Lin Xiangfu avait déjà pris toutes ses dispositions. Il baissa la tête pour s'essuyer les yeux, et il dit aux quatre frères Tian :

— Avant que vous ne receviez la lettre, il était déjà parti.

Les quatre frères Tian se remirent à sangloter, et quand ils eurent pleuré un bon moment Tian le Deuxième se souvint de quelque chose. Il jeta un coup d'œil circulaire et demanda à Gu Yimin :

— Où est la demoiselle ?

— Elle est à Shanghai, répondit Gu Yimin, elle fait ses études là-bas.

— Elle va bien ? reprit Tian le Deuxième.

Gu Yimin hocha la tête :

— Ça va.

Puis les quatre frères Tian annoncèrent que dès le lendemain ils ramèneraient Lin Xiangfu au pays. Gu Yimin réfléchit, il songea que la dépouille ne se conserverait pas indéfiniment et qu'il y avait un long chemin à faire. Les frères Tian avaient donc intérêt à partir le plus vite possible en profitant de ce que l'hiver n'était pas encore fini.

— Partez dans deux jours, leur conseilla-t-il.

Tian le Deuxième fit oui de la tête, il sortit de son vêtement l'acte de propriété de la terre et celui de la maison, ainsi qu'un billet à ordre, et tendit le tout à Gu Yimin. Il expliqua que c'étaient là les possessions du jeune maître. Les terres qu'à l'époque il avait hypothéquées avaient été rachetées conformément à ses instructions : c'était leur grand frère qui les avait rachetées il y avait de cela une dizaine d'années. Leur intention était de remettre ces titres en personne au jeune maître, mais maintenant que celui-ci était parti, ils n'avaient pas d'autre choix que de les confier à maître Gu pour qu'il les transmette à la demoiselle.

Gu Yimin prit les actes de propriété ainsi que le billet à ordre. Il les examina longuement, puis exhibant le billet à ordre, il demanda à Tian le Deuxième :

— Ce billet à ordre c'est…

— C'est ce qu'ont rapporté les terres au cours des dix dernières années.

Gu Yimin rendit à Tian le Deuxième le billet à ordre et les actes de propriété :

— Gardez-les encore. Plus tard, quand la demoiselle rentrera pour aller sur la tombe de son père, vous les lui remettrez en main propre.

Le jour même Gu Yimin fit venir les deux ciriers qui enveloppèrent la dépouille de Tian l'Aîné dans de la cire d'abeille. Il fit venir aussi deux tailleurs qui confectionnèrent des habits matelassés pour chacun des quatre frères Tian. Enfin, il fit appel à trois ouvriers de l'ancienne menuiserie pour qu'ils consolident la charrette délabrée. Puis, d'un pas claudicant, il se rendit à l'entrepôt de la menuiserie, plein de poussière et de toiles d'araignée, et avisant trois cercueils invendus il ordonna à ses gens d'en sortir deux, de les nettoyer et de les installer sur la charrette. Celle-ci était trop étroite et les deux cercueils ne pouvaient pas tenir côte à côte. Alors Gu Yimin fit fabriquer en toute hâte par trois ouvriers un cercueil à deux places qui s'adapterait aux dimensions de la charrette. Deux jours plus tard, il revint inspecter le travail et il se montra très satisfait du cercueil à deux places, que les ouvriers avaient réalisé en travaillant jour et nuit. Anticipant les cahots de la route, il leur demanda de le fixer sur la charrette.

Quand tout cela fut fait, Tian le Quatrième exposa respectueusement cette requête à Gu Yimin :

— Ne pourrait-on pas monter sur la charrette un auvent qui protège de la pluie ?

Tian le Troisième disputa son frère : il n'aurait pas dû formuler de nouvelles exigences.

— Le président Gu a déjà fait assez comme ça, lui dit-il.

— Si la pluie tombe sur le cercueil, fit remarquer Tian le Quatrième, les enfants et les petits-enfants souffriront de la pauvreté et du froid.

Tian le Cinquième intervint :

— Notre grand frère est mort en cours de route, et il a reçu la pluie bien des fois en chemin.

Tian le Quatrième rétorqua :

— Pour notre grand frère, il n'y avait pas moyen de faire autrement. Mais nous ne pouvons pas laisser notre jeune maître sous la pluie. Comme dit le proverbe : Cercueil mouillé, petits-fils trempés.

Tian le Deuxième prit la parole pour tancer Tian le Quatrième :

— La demoiselle fait déjà partie de la famille du président Gu, elle ne risque rien.

Gu Yimin avait assisté avec un petit sourire à la dispute entre les frères Tian.

— Installez un auvent de bambou sur la charrette, ordonna-t-il d'une voix faible aux ouvriers. Il la protégera du soleil et de la pluie.

Le jour du départ, au petit matin, les frères Tian, vêtus de leurs vêtements matelassés neufs, déposèrent Lin Xiangfu avec mille précautions dans le cercueil posé sur la charrette. Tian l'Aîné y reposait déjà dans des vêtements neufs et il y attendait Lin Xiangfu. Les quatre frères les recouvrirent tous les deux avec l'étoffe blanche que Gu Yimin leur avait fait porter la veille, puis ils fermèrent le couvercle du cercueil.

Les frères Tian avançaient dans les rues matinales de Xizhen en tirant la charrette qui transportait le cercueil. Cette charrette délabrée qui grinçait à leur arrivée paraissait neuve maintenant qu'elle avait été retapée pendant deux jours par les trois ouvriers. Elle ne grinçait plus quand on la tirait, on entendait seulement le bruit des roues qui attira l'attention des habitants de Xizhen, et les portes s'ouvrirent les unes après les autres. Debout sur le seuil de leur maison, les gens commentaient à voix basse le retour de Lin Xiangfu dans son pays natal au nord. D'après la coutume de Xizhen, seuls les parents d'un défunt pouvaient s'approcher de son cercueil, toutes les autres personnes devaient se tenir à l'écart pour éviter que le malheur ne s'abatte sur elles.

Quand les frères Tian approchèrent de la porte nord, ils virent Gu Yimin debout là, appuyé sur une canne. Le soleil levant illuminait sa silhouette voûtée qu'un souffle de vent aurait suffi à renverser. Derrière lui il y avait sa chaise et ses quatre porteurs, et à ses côtés un serviteur. Lorsque les frères Tian arrivèrent à sa hauteur, ils arrêtèrent la charrette et s'inclinèrent profondément devant Gu Yimin, et chacun d'eux le salua d'un : "Président Gu." Gu Yimin prit des mains de son serviteur un sac de toile qui contenait un viatique et le remit à Tian le Deuxième. Celui-ci prit le viatique, et les quatre frères s'inclinèrent à nouveau devant Gu Yimin.

Gu Yimin fixa un moment le cercueil sur la charrette, puis il dit aux quatre frères Tian :

— Vous avez un long chemin à faire, soyez prudents.

Les quatre frères hochèrent la tête :

— Entendu.

Ils reprirent les bras de la charrette et sortirent de Xizhen par la porte nord. Les roues de la charrette tournaient. Quand ils eurent rejoint la grande route, Tian le Troisième jeta un regard en arrière, il vit Gu Yimin avancer d'un pas chancelant en s'appuyant sur sa canne. Son serviteur et sa chaise à quatre porteurs le suivaient. Tian le Troisième héla ses trois frères, et ils arrêtèrent la charrette pour regarder Gu Yimin qui avançait lentement vers eux. Constatant qu'ils s'étaient arrêtés, Gu Yimin leur fit signe de reprendre leur marche, ce qu'ils firent, mais comme Gu Yimin continuait à avancer ils s'arrêtèrent de nouveau, et Gu Yimin, de nouveau, leur fit signe de continuer. Tian le Quatrième avait compris, il dit à ses frères que c'était sa façon à lui de faire ses adieux au jeune maître. Les quatre frères reprirent donc les brancards de la charrette et partirent droit devant eux. Tout en marchant, ils jetaient des regards en arrière. Gu Yimin les suivait toujours, et sa silhouette devenait de plus en plus petite dans la lumière du soleil.

Les frères Tian, tirant la charrette sur laquelle reposaient leur frère aîné et leur jeune maître, commencèrent leur long voyage sous le doux soleil de l'hiver. Lin Xiangfu avait passé son enfance sur les épaules de Tian l'Aîné. Tian l'Aîné l'avait porté à travers le village et à travers les champs maintes et maintes fois. À présent, il était couché avec Tian l'Aîné, et il empruntait le chemin que prennent les feuilles mortes quand elles retournent au pied de l'arbre.

De part et d'autre de la route, les villages prospères de jadis étaient maintenant à l'abandon. Personne ne travaillait plus dans les champs. On apercevait de loin quelques frêles silhouettes de vieillards. Les champs où naguère poussaient en abondance le riz, le coton et le colza, étaient à présent des étendues désolées envahies par les mauvaises herbes ; et les eaux des rivières, si limpides naguère qu'on en voyait le fond, n'étaient plus à présent que des eaux turbides charriant une odeur de sang.

DEUXIÈME PARTIE

L'HISTOIRE DE XIAOMEI

I

À Xizhen, ils étaient quelques-uns, déjà d'un certain âge, à avoir connu Xiaomei et Aqiang petits. Tandis que les autres gamins chahutaient dans la rue avec leur bol de riz à la main, eux deux, à l'heure des repas, restaient sagement assis à table. Tandis que les autres gamins riaient et sautaient à la corde dans la rue, eux deux, dans la boutique, s'initiaient en silence à l'art du reprisage. Ils vivaient à l'écart, séparés des autres enfants ou plutôt de l'enfance par la mince couche de papier[47] qui recouvrait la fenêtre.

Xiaomei venait d'une famille qui habitait au village de Xili, à Wanmudang, et dont le patronyme était Ji. À dix ans, elle était entrée comme enfant fiancée chez les Shen à Xizhen. La famille Shen tenait un atelier de reprisage, et bien que leur activité fût d'un rapport modeste, ils étaient connus dans tout Xizhen. La qualité de leur travail était remarquable : que l'étoffe soit de laine ou de soie, et quelle qu'en soit la couleur, un trou provoqué par une brûlure ou bien un accroc, une fois raccommodé, devenait parfaitement invisible. Aqiang était le fils unique de la famille Shen, il s'appelait Shen Zuqiang, et Aqiang était son surnom.

Personne n'avait cherché à savoir comment s'appelait l'enfant fiancée de la famille Shen. Un jour qu'un client à qui l'on avait fait crédit était venu pour rembourser sa dette, elle se trouvait seule à garder la boutique. Le client la regarda ouvrir le livre de comptes avec le plus grand sérieux, prendre maladroitement le pinceau, le tremper soigneusement dans l'encre noire et tracer d'une écriture toute tordue son propre nom, Ji Xiaomei, et c'est ainsi qu'on sut à Xizhen quel était le nom de l'enfant fiancée de la famille Shen.

Les parents de Xiaomei avaient trois garçons et une fille, elle était la deuxième. Ils cultivaient la terre comme fermiers au village de Xili, à Wanmudang. Accablés par les difficultés du quotidien, ils s'étaient convaincus qu'ils n'avaient pas les moyens de nourrir quatre enfants. La préférence accordée aux garçons sur les filles était une idée bien ancrée : puisque leur fille tôt ou tard appartiendrait à une autre famille, mieux valait chercher le plus vite possible un foyer qui accepterait de la prendre comme enfant fiancée. Cette solution les soulagerait d'un fardeau tout en offrant un avenir à leur fille. Quant aux Shen, si, en tant qu'artisans réputés, ils jouissaient d'une relative aisance, ils n'étaient pas riches pour autant. De plus, Aqiang était leur fils unique et ils n'avaient pas de fille. L'enfant fiancée qu'ils accueilleraient sous leur toit pourrait aider aux travaux ménagers, et ce serait aussi plus tard autant de moins à débourser pour les présents de fiançailles et pour le mariage de Aqiang.

Xiaomei avait donc dix ans quand elle quitta pour la première fois le village de Xili. Sa mère avait sorti tous les bouts de tissu acceptables qu'elle avait pu rassembler pour lui confectionner de nouveaux habits, mais ils avaient beau être neufs, avec tous ces bouts de tissu dépareillés on aurait encore dit qu'elle était en haillons. Tandis qu'elle marchait en tenant son père par le pan de sa veste, Xiaomei avait l'air perdu. Elle se retournait sans arrêt pour regarder derrière elle et elle voyait sa mère debout devant la chaumière qui relevait un coin de son vêtement pour essuyer ses larmes. En revanche ses trois frères, qui étaient habillés comme des chiffonniers, la regardaient avec envie partir pour Xizhen, ce bourg légendaire.

Plus tard les mains de son père la soulevèrent pour la déposer sur un petit bateau à auvent de bambou qui tanguait. Elle était assise sur une natte de paille rapiécée, qui brillait d'un éclat huileux là où elle n'avait pas été rafistolée. L'auvent de bambou au-dessus de sa tête faisait obstacle à ses regards affamés, elle ne voyait que les pieds nus du batelier qui poussaient la godille d'avant en arrière, et le dos de son père qui remuait au rythme des vagues. Elle écoutait son père parler avec le batelier : il lui disait qu'il emmenait sa fille à Xizhen pour la placer comme enfant fiancée dans la famille Shen. Leur conversation l'ennuyait.

Elle rêvait de la vaste étendue d'eau au-delà de l'auvent de bambou. Entre la silhouette de son père et les pieds nus du batelier actionnant la godille, elle s'efforçait de dérober des bribes du paysage extérieur. Le balancement du petit bateau et le bruit de l'eau frottant contre la coque la plongeaient dans un ravissement continu.

Environ quatre heures plus tard, les mains de son père la soulevèrent de nouveau, cette fois pour la déposer sur l'embarcadère de Xizhen. Elle marchait dans les rues de Xizhen en s'accrochant de la main droite à la veste de son père. Ses yeux brillaient comme des pépites d'or. C'était la première fois qu'elle découvrait des maisons en briques, des rues, des magasins, et des flots de passants comme on n'en voyait pas au village de Xili. À deux reprises, elle ne se rendit pas compte qu'elle avait lâché son père. Sa main droite était restée dans la même position, comme si elle était toujours accrochée à sa veste. Son père s'arrêta et attendit qu'elle le rattrape. La première fois il ne fit aucune remarque, mais la deuxième il la disputa tout bas. Elle répondit à la réprimande de son père en s'agrippant des deux mains à sa veste, mais ses yeux n'en continuaient pas moins de briller comme des pépites d'or.

Ils s'arrêtèrent devant la boutique de reprisage de la famille Shen. Xiaomei regarda avec curiosité l'enseigne suspendue sur le côté de la porte, une planche de bois rectangulaire avec gravé au milieu un mot qu'elle ne connaissait pas : "Reprises."

Puis Xiaomei, cette gamine de dix ans, rencontra pour la première fois ses futurs beaux-parents. Ils s'activaient dans la boutique tout en montrant les points à un garçon d'une dizaine d'années. Xiaomei ignorait que ce garçon qui l'observait avec curiosité était son futur mari. À cet instant, elle s'accrochait toujours à la veste de son père. Celui-ci se présenta poliment, d'une voix bégayante. Le futur beau-père de Xiaomei avait un visage avenant, il se leva pour céder son siège à son père, mais sa future belle-mère, elle, ne prononça pas un mot, elle la regardait froidement, ce qui l'intimida. C'est alors qu'elle entendit dans son dos des éclats de voix cadencés. Elle se retourna et vit avec surprise quatre hommes portant une chaise à porteurs filer dans la rue au pas de gymnastique.

Debout dans la boutique des Shen, Xiaomei jetait des regards tout autour d'elle, ce qui agaça sa future belle-mère : cette gamine était décidément un peu trop éveillée. Mais elle était jolie et soignée, ce qui n'était pas pour lui déplaire. Cette femme à l'abord sévère fut incapable de se décider sur-le-champ. Remarquant les vêtements confectionnés avec des bouts de tissu que Xiaomei portait, elle dit :

— On ne se présente pas comme ça chez les Shen.

En entendant cela, le père de Xiaomei passa par toutes les couleurs. À peine ses fesses avaient-elles touché le tabouret qu'aussitôt il se releva. Il bégaya quelques mots pour prendre congé, attrapa Xiaomei par la main et s'en alla avec elle, honteux.

Le père marchait d'un pas précipité dans les rues de Xizhen en traînant Xiaomei. Tandis que celle-ci avançait en trébuchant, ses yeux brillants continuaient à jeter des regards à droite et à gauche. Ils montèrent de nouveau sur le petit bateau à auvent de bambou. Le père ne parla pas avec le batelier, il demeura pensif pendant tout le trajet. Xiaomei ne resta pas assise sagement derrière son père, elle vint furtivement s'asseoir à côté de lui, et cette fois le paysage qui s'offrait à elle s'élargit d'un seul coup. Ses yeux de dix ans sautillaient de joie comme des moineaux et ce n'est que le soir, lorsqu'elle fut de retour au village de Xili, que l'éclat des pépites d'or s'éteignit au fond de ses yeux.

II

Un mois plus tard, la famille Shen de Xizhen fit porter chez les Ji du village de Xili une tenue complète en toile bleue à motifs blancs. À cette heure, la famille Ji avait déjà demandé à quelqu'un de chercher une nouvelle famille pour Xiaomei. Persuadés que les Shen n'avaient pas trouvé la fillette à leur goût, ils ne s'attendaient pas à ce que ceux-ci leur fassent livrer cet ensemble. La mère de Xiaomei pleurait de joie, et son père riait bêtement. Ils firent le tour du village pour annoncer fièrement à tout le monde que les Shen, les fameux repriseurs de Xizhen, avaient trouvé Xiaomei à leur goût.

— C'est une bonne famille ! s'extasiaient-ils.

Xiaomei n'attendit pas le moment approprié pour enfiler les vêtements bleus à motifs blancs et pour se montrer dans le village, escortée par ses trois frères habillés comme des chiffonniers. Elle était rouge d'excitation et ses trois frères n'arrêtaient pas de crier :

— Voilà la mariée, voilà la mariée.

D'autres gamins du village, habillés eux aussi comme des chiffonniers, se joignirent au cortège et les cris redoublèrent :

— Voilà la mariée, voilà la mariée.

Un sourire éclatant s'affichait sur le visage cramoisi de Xiaomei. Ce qui la rendait heureuse, ce n'était pas d'être la jeune mariée, mais de porter pour la première fois des habits neufs aussi beaux.

Ses parents étaient en train de faire la tournée des habitants du village pour leur raconter que Xiaomei allait entrer dans la famille Shen, les repriseurs de Xizhen, quand Xiaomei fit son apparition dans ses beaux habits, sous les cris de : "Voilà la mariée." Sur le visage des villageois, l'expression envieuse laissa place à l'amusement. Le père de Xiaomei, presque livide, ramena Xiaomei de force à la maison, et ses parents la déshabillèrent tout doucement, avec autant de soin que s'ils avaient pelé un fruit.

Une pluie de reproches s'abattit sur elle comme un orage. Toute à sa joie, Xiaomei, les yeux levés vers son père en colère, n'entendit rien de ses réprimandes. Elle était si fière de son habit bleu à motifs blancs qu'elle se sentait flotter comme une voile de navire gonflée par le vent. Elle savait que bientôt elle remettrait cette belle tenue qui la rendait si heureuse.

La mère de Xiaomei leva bien haut le vêtement pour vérifier à la lumière du jour qu'il n'était pas taché car, ne cessait-elle de répéter, Xiaomei devait être envoyée le lendemain chez les Shen à Xizhen. La colère du père ne retomba que lorsque la mère annonça que le vêtement neuf n'avait pas été sali.

Lorsque Xiaomei reparut devant la boutique de reprisage des Shen à Xizhen, à l'intérieur trois paires d'yeux s'illuminèrent. Dans son habit de toile bleue à motifs blancs, Xiaomei était métamorphosée. Ce n'était plus la petite paysanne de Wanmudang, mais une fille de la ville comme on en voyait à Shendian. Le visage fermé de la sévère belle-mère se détendit, et l'ombre d'un sourire passa dessus. À cet instant, un sentiment de satisfaction l'avait envahie, elle avait la conviction d'avoir fait en définitive le bon choix. Au cours du mois passé, on lui avait proposé plusieurs candidates, elles avaient toutes un physique banal et un air godiche, et après mûre réflexion elle s'était tout de même décidée pour cette petite qui lui avait paru un peu trop éveillée.

Mais le lendemain matin, la belle-mère eut à nouveau la vague intuition qu'elle s'était peut-être trompée. En se réveillant Xiaomei s'aperçut que l'habit de toile bleue à motifs blancs avait disparu, c'étaient ses vêtements anciens qui étaient posés au pied de son lit. Elle fondit en larmes. Contrairement à la fois où, chez elle, au village de Xili, on lui avait retiré ses beaux habits, cette fois elle ignorait quand elle pourrait les remettre. Sa belle-mère fit son entrée la mine revêche et la réprimanda :

— Encore au lit ! Tu sais quelle heure il est ?

Xiaomei, qui ne connaissait pas les usages, se plaignit :

— Mes beaux habits ne sont plus là.

— Ce ne sont pas des habits pour tous les jours, répondit froidement la belle-mère.

Sur ce, elle tourna les talons et sortit. La silhouette de cette femme qui venait tout juste d'atteindre la quarantaine était aussi rigide qu'un vieux battant de porte. Xiaomei débutait dans les larmes sa première matinée dans sa nouvelle maison. La belle-mère eut un mauvais pressentiment, l'idée l'effleura qu'elle devrait renvoyer cette gamine écervelée au village de Xili, à Wanmudang.

Ce sentiment s'estompa progressivement dans les jours qui suivirent. Petit à petit elle commença à apprécier Xiaomei. Même dans ses vieux vêtements, celle-ci restait jolie et vive, de plus elle était travailleuse, et quand elle balayait ou qu'elle essuyait la table elle était très méticuleuse. La sévère belle-mère ne disait rien, mais elle observait tout cela et en prenait note. Un mois après son arrivée chez les Shen, on mit Xiaomei au reprisage. La décision qui avait été prise de lui enseigner les techniques ancestrales signifiait que la belle-mère avait accepté cette enfant fiancée. La belle-mère s'aperçut alors que Xiaomei comprenait vite et qu'elle était habile de ses mains : au bout de deux mois, son savoir-faire dépassait déjà celui du fils de la maison qui avait deux ans d'apprentissage derrière lui.

III

Xiaomei comprit peu à peu que son beau-père si affable était un gendre entré dans la famille de sa femme après le mariage. Il était issu d'une famille pauvre de Shendian, et à douze ans il était arrivé dans la boutique de reprisage des Shen à Xizhen pour y faire son apprentissage. Comme il était honnête et consciencieux, il se fit apprécier du patron, qui non seulement lui enseigna les techniques du reprisage mais lui apprit aussi à lire et lui donna la main de sa fille. Il avait dix-sept ans quand eut lieu le mariage qui faisait de lui un membre de la famille Shen. En ces temps où l'autorité appartenait aux hommes, il était un parfait contre-exemple. Il était d'une très grande humilité devant son épouse et l'écoutait en tout. Ce gendre entré dans la famille de sa femme se rendait une fois par semaine à la Guilde des commerçants pour y emprunter de vieux journaux, qu'il lisait de la première à la dernière page à ses moments perdus, avant de les rapporter à la Guilde. C'est Gu Yimin qui faisait venir ces journaux de Shanghai et qui, après avoir fini de les lire, les déposait à la Guilde où ils étaient à la disposition de tous. Le beau-père de Xiaomei était un fidèle lecteur de journaux, c'était son unique passion. Quand Aqiang fut plus grand, il les lui fit lire à son tour, et comme il craignait que celui-ci ne les salisse il lui ordonnait de se laver les mains avant d'y toucher. Aqiang était tout content de pouvoir parcourir ces journaux, simplement ce n'était pas aux articles qu'il s'intéressait mais aux photos et aux illustrations, qui n'étaient en fait que des publicités.

Ayant grandi au milieu des vastes étendues de Wanmudang, Xiaomei était douée d'une spontanéité qu'elle avait dû refouler en arrivant chez les Shen à Xizhen, mais qui par la suite se cristallisa secrètement sur l'habit neuf de toile bleue à motifs blancs.

Cet habit l'obsédait en permanence. Lorsqu'elle essuyait la poussière sur l'armoire à vêtements dans la chambre de sa belle-mère, ses gestes étaient pleins de tendresse, c'était comme si elle caressait le meuble. Sa belle-mère était ravie de la voir si soigneuse. En réalité, Xiaomei rêvait de son bel habit. Elle savait qu'il se trouvait dans l'armoire, cette armoire qui avait été jadis d'un vermillon éclatant, mais qui avait noirci avec le temps.

Tandis qu'elle essuyait soigneusement l'armoire, Xiaomei ne se lassait pas d'imaginer la beauté de l'habit. Jusqu'au jour où, sa belle-mère et son beau-père étant sortis, elle ouvrit pour la première fois la porte de l'armoire. Celle-ci s'ouvrit dans un lourd grincement qui la fit sursauter. Sentant une présence derrière elle, elle se retourna craintivement et se retrouva face à ce garçon du même âge qu'elle, debout à l'entrée de la pièce. Son futur mari la regardait d'un air perplexe, ne comprenant pas ce qu'elle était en train de faire.

Xiaomei était soulagée. Elle tourna la tête de nouveau vers l'armoire dont elle commença à explorer le contenu. Les vêtements étaient empilés, et son bel habit se trouvait tout en bas d'une pile, recouvert par les vêtements de sa belle-mère. Xiaomei le tira de dessous la pile et, devant l'armoire, elle ôta ses vieux vêtements rapiécés. Puis, sous les yeux de son futur mari, elle enfila son bel habit et alla se contempler dans le miroir comme si elle était seule, non sans jeter un regard vers le garçon qui se tenait derrière elle, et le garçon debout à l'entrée de la pièce aperçut à cet instant les pépites d'or qui brillaient dans ses yeux.

Dès l'âge de dix ans, Xiaomei et Aqiang avaient tissé entre eux une véritable complicité, comme s'ils étaient déjà mari et femme. Dans les jours qui suivirent, à peine les parents sortis, Xiaomei se rendait dans leur chambre. Elle retirait ses vieux vêtements rapiécés, enfilait son bel habit et s'attardait devant le miroir. Aqiang, de lui-même, s'asseyait sur le seuil de la boutique et montait la garde pour sa future épouse. Dès qu'il voyait de loin ses parents arriver, il s'écriait :

— Les voilà.

Xiaomei réagissait immédiatement. Elle quittait en vitesse son bel habit, et après l'avoir replié elle le glissait sous les vêtements de sa belle-mère. Quand celle-ci, de retour à la maison, se rendait dans la chambre, Xiaomei avait déjà remis ses vieux vêtements rapiécés et elle frottait comme si elle la caressait l'armoire dont le rouge avait noirci.

IV

Aqiang avait de fréquents moments d'absence, y compris quand, assis sur le seuil de la porte, il montait la garde pour Xiaomei. De ce fait, tôt ou tard il était inévitable que l'affaire soit éventée. Un jour, presque deux mois plus tard, trop occupé à regarder, captivé, les passants dans la rue, Aqiang ne remarqua pas que ses parents étaient rentrés. C'est seulement quand son père lui donna une tape sur le front qu'il sortit brutalement de sa rêverie. Il se leva d'un bond : il n'y avait personne devant lui. Alors qu'il restait là sans comprendre, il reçut une autre tape sur le front, et en se retournant il aperçut son père debout à l'intérieur de la boutique. En même temps, il vit sa mère qui s'apprêtait à entrer dans la chambre. Il ignorait à quel moment ses parents étaient passés à côté de lui et avaient franchi le seuil de la porte. Il lança ce cri aussi tardif que malheureux :

— Les voilà.

La belle-mère découvrit Xiaomei, dans son habit de toile bleue à motifs blancs, qui se pavanait devant le miroir. Les gestes naïfs que faisait cette gamine de dix ans, les deux bras écartés, lui parurent indécents. Quand elle entendit Aqiang crier dehors, Xiaomei se dépêcha de retirer son bel habit, mais en se retournant elle rencontra le regard froid de sa belle-mère. Un voile noir passa devant ses yeux. Elle cligna des yeux et vit de nouveau la silhouette de sa belle-mère dressée à l'entrée de la pièce, semblable à une ombre. Elle frissonna.

Le cri de Aqiang l'avait trahi : il était donc de mèche avec Xiaomei et c'est lui qui fut puni en premier. Sur le coup, ce garçon distrait ne réalisa pas ce qui l'attendait. Il regardait avec curiosité son père remettre en place les panneaux de porte à l'extérieur de la boutique, et se demandait pourquoi on fermait si tôt. Puis ses parents prirent deux chaises en rotin et allèrent s'asseoir dans la cour intérieure. Son père avait à la main une baguette en rotin. Xiaomei se tenait devant eux, toute tremblante. Aqiang avait encore un air insouciant, quand son père lui ordonna d'une voix sévère :

— Va chercher le banc.

Aqiang comprit enfin quel malheur allait s'abattre sur lui. La tête basse il entra dans la maison et en ressortit avec un banc qu'il plaça devant ses parents. Il défit prestement sa ceinture, baissa son pantalon jusque sous ses cuisses et se coucha sur le banc les fesses nues. Tandis qu'il fermait les yeux, il entendit son père demander à voix basse à sa mère :

— Combien de coups ?

— Dix, répondit celle-ci après un moment d'hésitation.

Un sourire se dessina sur le visage de Aqiang, il se disait au fond de lui-même : c'est une punition légère. En voyant ce sourire fugitif, Xiaomei fut un tantinet surprise. Quand elle habitait encore au village de Xili, à Wanmudang, Xiaomei avait souvent vu son père suspendre ses trois frères à un arbre et les fouetter avec une branche. Ses frères criaient comme des cochons qu'on égorge. Leurs plaintes s'envolaient dans le vaste ciel et revenaient avec l'écho. Xiaomei était habituée à ce genre de scènes – la fureur de son père, les hurlements de ses frères – et elle n'en avait pas peur. À présent, dans cette cour intérieure exiguë, son futur mari était allongé en silence sur le banc, son futur beau-père le fouettait avec une baguette en rotin, et le visage de sa future belle-mère était complètement inexpressif. Ici la violence était tellement calme qu'elle eut peur.

Aqiang ne pleura pas. Il compta les coups en serrant les dents, et quand il eut compté jusqu'à dix, le même sourire apparut à nouveau sur son visage. Dès que son père eut posé la baguette en rotin, il redescendit du banc, remonta prestement son pantalon, boucla sa ceinture et retourna dans la maison avec le banc. Les meurtrissures sur ses fesses lui donnaient une démarche de canard. Puis il ressortit avec sa démarche de canard et s'arrêta devant Xiaomei, attendant la prochaine étape du châtiment.

Xiaomei se disait que c'était son tour. Son futur mari avait rentré le banc dans la maison, l'instrument punitif avait disparu. Elle attendait dans la terreur et l'incertitude.

Le beau-père et la belle-mère se levèrent et rentrèrent dans la maison. Aqiang était debout en face de Xiaomei. Xiaomei le regardait, inquiète. Bizarrement, il bâilla, tourna les talons et entra dans la maison en se tortillant. Dans la cour intérieure il n'y avait plus que Xiaomei et les deux chaises en rotin. C'était comme si on l'avait oubliée, mais la terreur se souvenait d'elle. Elle était toute seule dans la cour, attendant que la punition arrive. Le temps s'étirait, les minutes ressemblaient à des mois, et les secondes à des jours.

V

Le sort de Xiaomei fut réglé à l'intérieur de la maison, une fois la nuit tombée. Son futur beau-père rédigea un brouillon de lettre à la lueur de la lampe à huile et le remit à sa belle-mère également assise sous la lampe. Elle le lut attentivement et hocha la tête en signe d'approbation. Alors le beau-père se leva et alla chercher le sceau et la pâte à sceau qu'il posa devant la belle-mère.

Xiaomei, qui se tenait debout à l'écart, assista à tout le processus de sa répudiation. Elle les regardait, anxieuse. Ils étaient assis là comme s'il se fût agi de simples formalités administratives. Pendant qu'il rédigeait la lettre, le beau-père avait levé la tête plusieurs fois pour solliciter l'avis de la belle-mère. La belle-mère avait répondu sans dire un mot, par de simples mouvements de tête. À partir des rares paroles prononcées, Xiaomei avait pressenti le malheur qui allait la frapper : on la renvoyait au village de Xili, à Wanmudang. Les frêles épaules de cette gamine de dix ans tremblaient légèrement, elle se mordait très fort les lèvres pour empêcher ses larmes de couler.

La belle-mère prit la lettre et l'exhiba, puis elle la reposa sur la table et dit :

— Tu vas emporter cette lettre et tu la remettras à ton père.

Alors que la belle-mère était sur le point d'ajouter qu'elle la renvoyait à Wanmudang, Xiaomei murmura soudain :

— Ce n'est pas une lettre.

Xiaomei secouait la tête, le désespoir lui avait fait oublier toute prudence. Elle répéta :

— Ce n'est pas une lettre.

— Si ce n'est pas une lettre, alors qu'est-ce que c'est ? demanda la belle-mère.

— C'est un acte de répudiation, dit Xiaomei en se mordant la lèvre jusqu'au sang.

La belle-mère était sidérée, elle regarda attentivement Xiaomei qui se tenait dans l'ombre, et se mordait très fort les lèvres. Elle songea que cette fille était décidément très intelligente.

— Tu n'es pas encore officiellement mariée, lui dit-elle, on ne peut donc pas parler de répudiation.

Tout en prononçant ces mots, elle secoua la tête et se corrigea :

— Il n'est pas faux non plus de dire que c'est un acte de répudiation.

La belle-mère regarda pendant un moment Xiaomei, toujours dans l'ombre, qui continuait à se mordre très fort les lèvres. Elle dit lentement :

— D'après les anciens il y a sept motifs pour répudier une épouse : la désobéissance envers les beaux-parents, l'absence d'héritier mâle, le dévergondage, la jalousie, une maladie incurable, la tendance au bavardage, le vol.

La belle-mère pressa son sceau dans la pâte à sceau en demandant à Xiaomei :

— De quoi t'es-tu rendue coupable ?

La belle-mère retira le sceau de la pâte à sceau et le tint levé sous la lampe à huile. Elle regarda Xiaomei, qui répondit d'une voix chagrine :

— De vol.

— Non, dit la belle-mère en secouant la tête, tu n'as pas sorti les vêtements de la maison.

Xiaomei hocha la tête et, après avoir bien réfléchi, elle dit en baissant la tête de honte :

— De dévergondage.

Là-dessus, Xiaomei finit par fondre en larmes. Elle avait laissé retomber ses bras et elle pleurait tout bas, les épaules secouées par les sanglots. La main de la belle-mère qui tenait le sceau était toujours en l'air, elle avait été prise d'un sentiment de compassion : la Xiaomei qu'elle avait devant elle était une gamine d'une intelligence et d'une vivacité rares. Au lieu d'apposer le sceau sur la lettre, elle prit un chiffon qui servait à nettoyer la table et elle essuya lentement la pâte vermillon sur le sceau, puis elle dit :

— Considérant que tu es jeune et sans expérience, on ne te renverra pas chez toi pour le moment.

Xiaomei ouvrit la bouche et éclata bruyamment en sanglots. Voyant que sa belle-mère fronçait les sourcils sous la lampe à huile, elle prit une brusque bouffée d'air, comme si elle aspirait ses pleurs, et ses pleurs cessèrent instantanément.

Après avoir échappé à la catastrophe, Xiaomei n'ouvrit plus jamais l'armoire dont le rouge avait noirci. Désormais, cette armoire était pour elle aussi sombre qu'une tombe, une tombe dans laquelle le bel habit auquel elle pensait du matin au soir était maintenant enseveli.

Lorsque le Nouvel An du calendrier lunaire arriva, tous les enfants des familles riches de Xizhen revêtirent leurs habits neufs. Aqiang avait enfilé une robe en grosse toile bleue, et avec ses cheveux cirés il avait un peu une allure de jeune maître. Xiaomei portait toujours de vieux vêtements, mais qui n'étaient pas rapiécés. En ce premier jour de l'année, la sévère belle-mère ne l'avait pas autorisée à porter l'habit en toile bleue à motifs blancs, signe que la punition n'avait toujours pas été levée. En voyant les enfants vêtus de leurs vêtements neufs qui jouaient dans la rue, et en contemplant ses vieux habits à elle qui avaient déteint à force de lavages, elle en eut malgré elle les larmes aux yeux. À cet instant, le bel habit enfermé dans l'armoire lui manquait terriblement.

Une année s'écoula encore, dans le calme et la tranquillité. C'était le deuxième Nouvel An lunaire que Xiaomei passait à Xizhen. Cette fois, sa belle-mère l'autorisa à porter son bel habit, mais il était devenu trop petit. Les manches et les jambes de pantalon étaient trop courtes. Xiaomei avait douze ans et elle pouvait porter le bel habit qu'elle adorait, passer sous le nez de sa belle-mère et aller dans la rue où tout le monde la regarderait. Mais, désormais, il n'y avait plus de pépites d'or dans ses yeux.

VI

La belle-mère façonna Xiaomei à son image, elle lui apprit à lire, à repriser et à tenir les comptes. Quand Xiaomei eut seize ans, elle crut se revoir jeune fille. Xiaomei était propre et ordonnée, discrète et réservée, diligente et économe. Aqiang et elle étaient désormais en âge de se marier et la belle-mère décida de choisir une date pour organiser la cérémonie selon les coutumes locales.

Les repriseurs Shen étaient une famille relativement aisée à Xizhen. Ils auraient dû normalement renvoyer Xiaomei dans sa famille, au village de Xili, à Wanmudang, en attendant le jour des noces où l'on viendrait la chercher chez elle. Mais l'économe belle-mère préféra sauter cette étape. Elle se contenta d'inviter les parents de Xiaomei pour un repas suivi d'une simple cérémonie de prosternation rituelle, après quoi les deux jeunes gens entreraient dans leur chambre et le mariage serait consommé.

C'est ainsi que par un bel après-midi d'hiver les parents de Xiaomei et ses trois frères se présentèrent devant la boutique de reprisage des Shen. Ils portaient de grosses vestes rapiécées, tous les cinq avaient les mains enfoncées dans leurs manches, et les cinq visages avaient la même expression obséquieuse.

Dans la lettre que les Shen avaient fait porter au village de Xili à Wanmudang, ils invitaient les parents de Xiaomei, et eux seuls. Ils ne s'attendaient pas à ce que les trois frères de Xiaomei soient de la partie. Aussi, quand le beau-père de Xiaomei les vit tous les cinq debout devant la boutique, il ne réalisa pas tout de suite qui ils étaient, et croyant avoir affaire à des clients, il leur expliqua aimablement :

— Aujourd'hui nous sommes fermés pour cause de mariage.

Aussitôt, les cinq personnes qui attendaient dehors se regardèrent et éclatèrent de rire. Le beau-père de Xiaomei était perplexe, il avait cru qu'ils s'en iraient après avoir prononcé quelques mots de félicitations, or ils n'avaient pas bougé et ils étaient là à rigoler.

Alors le père de Xiaomei intervint :

— Nous sommes la famille Ji du village de Xili…

Le beau-père de Xiaomei, comprenant enfin qu'ils étaient les parents de la mariée, s'empressa de s'effacer pour les laisser entrer dans la boutique. Il se confondit en excuses :

— Cela faisait six ans qu'on ne s'était pas vus, je ne vous avais même pas reconnus.

Le père de Xiaomei, les mains enfoncées dans ses manches, bredouilla quelques sons, et derrière lui, les quatre autres, les mains également enfoncées dans leurs manches, entrèrent en file indienne dans la grande salle. Les parents de Xiaomei furent invités à s'asseoir sur des chaises en rotin et les trois frères se serrèrent sur un banc.

La belle-mère de Xiaomei fit son apparition, leur adressa quelques mots de bienvenue et s'assit à côté de son mari. Puis Xiaomei et Aqiang apparurent à leur tour. Aqiang regarda l'un après l'autre les parents et les frères de Xiaomei, il les vit lui adresser leur plus beau sourire, et il leur sourit en retour, mal à l'aise.

Xiaomei restait plantée comme un piquet, les six ans écoulés avaient passé pour elle comme un éclair. Elle regardait ses parents et ses frères, elle n'avait eu aucunes nouvelles d'eux pendant ces six ans, et à l'instant où ils surgissaient devant elle, ils lui paraissaient soudain tellement étrangers. Elle avait l'impression de ne plus les connaître. Avec leurs mains enfoncées dans leurs manches, ils avaient l'air tassés. Ses parents, assis sur leurs chaises en rotin, étaient tout sourire, et ses trois frères serrés sur le banc la dévisageaient avec curiosité, comme un objet bizarre. Dans leurs yeux elle ne voyait pas le regard de frères de sang mais le regard d'hommes inconnus. À cet instant, des larmes perlèrent au coin des yeux de la mère de Xiaomei. Elle leva la tête et les essuya. Alors un sentiment lointain se réveilla enfin au fond du cœur de Xiaomei, elle réalisait maintenant que sa famille était là.

Au dîner Xiaomei, face à l'embarras de ses parents et de ses frères, garda la tête basse, elle avait le cœur serré. Sa belle-mère avait préparé un banquet somptueux, mais les cinq parents désargentés venus de Wanmudang osaient à peine toucher aux plats. Ils avaient le ventre qui gargouillait et le parfum du poulet, du canard, du poisson et de la viande de porc sur la table leur chatouillait les narines, et pourtant leurs mains restaient enfoncées dans les manches, comme si chacun attendait que quelqu'un d'autre se serve en premier. Lorsque le père sortit ses mains de ses manches pour saisir un morceau de viande avec ses baguettes et le mettre dans sa bouche, les quatre autres sortirent également leurs mains de leurs manches et prirent un morceau de viande avec leurs baguettes. Lorsque les mains du père réintégrèrent ses manches, leurs mains à tous les quatre en firent autant. Puis il y eut de nouveau un moment d'attente, jusqu'à ce que le frère aîné de Xiaomei se lance à son tour. Il sortit hardiment les mains de ses manches, et les quatre autres, encouragés, l'imitèrent. Et lorsque les mains du frère aîné eurent regagné ses manches, les mains des quatre autres reprirent le même chemin. Ainsi leurs mains sortaient rapidement de leurs manches et y retournaient tout aussi rapidement, elles allaient et venaient à toute vitesse comme des mains de voleur. Xiaomei était assise, la tête basse, et à la fin ce n'était plus seulement la tristesse qui l'étreignait, mais un sentiment d'humiliation. Le beau-père et la belle-mère de Xiaomei avaient fini par laisser leurs baguettes de côté, ils étaient assis là, muets, et seul Aqiang mastiquait bruyamment, la bouche toute graisseuse.

Ce dîner interminable et oppressant se termina enfin et les prosternations rituelles commencèrent. La belle-mère n'avait pas préparé pour Xiaomei la coiffe ornée du phénix, ni le carré rouge destiné à couvrir le visage, ni le chemisier en gaze de soie rouge à porter sous la veste, mais simplement une veste et un pantalon matelassés rouges, ainsi qu'une paire de chaussons rouges brodés. Elle avait poussé le souci de l'économie au-delà même de ce qui était nécessaire. En revanche, elle n'avait pas fait l'impasse sur la coutume des douze œufs. Tandis que, dans la chambre, elle faisait revêtir sa tenue rouge à Xiaomei, elle avait elle-même déposé un par un chacun des douze œufs dans le pantalon de la jeune fille en les passant par la taille pour qu'ils ressortent par le bas des jambes. Xiaomei avait senti les œufs glacés rouler l'un après l'autre le long de ses cuisses, et avant qu'ils n'atteignent ses mollets, il lui avait semblé qu'ils avaient marqué un temps d'arrêt au niveau de ses genoux avant de frapper ses rotules comme on frappe à une porte. Aucun ne s'était cassé, et quand elle les eut récupérés tous au bas de son pantalon, la belle-mère expliqua à Xiaomei que ces douze œufs représentaient les douze mois de l'année et que s'ils avaient roulé sans se casser cela signifiait que quand elle accoucherait, quel que soit le mois, les choses se passeraient aussi facilement que lorsqu'une poule pond un œuf.

Xiaomei hocha la tête d'un air sérieux. C'était devenu une habitude : depuis six ans qu'elle était chez les Shen, dès que sa belle-mère avait parlé, elle hochait la tête d'un air sérieux. Puis une Xiaomei toute de rouge vêtue fit son entrée dans la grande salle, elle se plaça du côté est de la pièce, son épaule collée contre celle de Aqiang, lequel était habillé d'une longue robe et d'un gilet sans manches, et ils saluèrent d'abord le ciel et la terre, puis leurs parents, avant de se saluer mutuellement. La cérémonie de mariage de l'enfant fiancée fut ainsi expédiée.

Alors les parents et les frères de Xiaomei, qui avaient toujours les mains enfoncées dans leurs manches, se levèrent pour prendre congé. Ils étaient venus comme cinq étrangers et c'est comme cinq étrangers qu'ils repartaient maintenant. Ils sortirent de chez les Shen au milieu de la nuit, en les saluant avec force courbettes. Tandis qu'ils s'éloignaient, seule la mère regarda une fois derrière elle, et comme elle ne vit pas Xiaomei, des larmes coulèrent à nouveau au coin de ses yeux.

Lorsque ces cinq-là, avec leurs mains enfoncées dans leurs manches, eurent quitté les Shen et qu'ils arrivèrent dans les rues de Xizhen, ils retrouvèrent instantanément leurs réflexes innés de gens qui ont grandi en rase campagne. Dans les rues désertes ils se parlaient comme s'ils criaient. Jamais on n'aurait cru qu'ils marchaient ensemble, ils avaient l'air de s'interpeller d'un bout à l'autre d'une rizière. Ils s'extasiaient sur tout : la maison en briques des Shen était tellement magnifique, le banquet tellement somptueux, le marié avait tellement d'allure dans sa longue robe et son gilet sans manches, et Xiaomei avait tellement de classe toute de rouge vêtue. La mère de Xiaomei, tout en hochant la tête, leva sa manche pour essuyer ses larmes. C'étaient des larmes de joie, car sa fille était mariée dans une bonne famille.

Ils s'égarèrent à trois reprises sur le chemin menant à l'embarcadère de Xizhen. Seul le père de Xiaomei était déjà venu à Xizhen, les quatre autres n'étaient jamais allés en ville avant. Chaque fois ils restèrent plantés au milieu de la rue, perdus, et continuèrent à discourir jusqu'à ce que le père croie avoir trouvé la bonne direction, et ils prirent donc ce qui avait l'air d'être la bonne direction. Finalement leur discussion se concentra sur le poulet, le canard, le poisson et la viande de porc qui ornaient cette table somptueuse. De nouveau leurs ventres gargouillèrent, puis on les entendit ravaler leur salive. Les cinq affamés se lancèrent alors dans des discours enthousiastes sur le poulet, le canard, le poisson et la viande de porc. Une fois arrivés à l'embarcadère de Xizhen, ils réveillèrent un batelier qui poussait des petits rires dans son rêve, et quand ils furent assis dans le petit bateau à auvent de bambou ils continuèrent à parler poulet, canard, poisson et viande de porc. Au bout de quelque quatre heures, ils étaient de retour à leur village de Xili. Les premières lueurs de l'aube commençaient tout juste à illuminer leur chaumière délabrée.

VII

En cette morne nuit de noces, Xiaomei roula sa natte sur sa tête, faisant ainsi ses adieux à la jeune fille qu'elle avait été, puis elle entra avec Aqiang dans la chambre nuptiale.

Assise silencieusement sur une chaise, elle entendit ses parents et ses frères sortir de la maison des Shen et s'engager dans les rues de Xizhen, elle entendit son beau-père et sa belle-mère regagner leur chambre, et fermer leur porte dans un grincement.

Elle attendait, la tête basse, ignorant ce qu'elle était censée faire maintenant. Elle savait que personne ne viendrait chahuter dans la chambre des mariés : elle n'entendrait personne entonner des chansons grivoises, personne ne se cacherait derrière la porte ou sous la fenêtre pour les épier en ricanant tout bas, et ainsi personne ne colporterait à l'extérieur des détails croustillants dont le voisinage se gausserait.

Le jeune marié vêtu de sa longue robe et de son gilet sans manches, assis sur le lit, poussa un bâillement, puis il se leva et s'approcha d'elle. Bien qu'ils aient grandi ensemble pendant six ans, et même si elle savait depuis six ans que ce garçon deviendrait son mari, lorsqu'il s'avança vers elle dans cette chambre au soir de leurs noces, elle était si nerveuse que son cœur battait à tout rompre. L'ancien jeune maître, et maintenant jeune marié, de la boutique de reprisage, une fois arrivé devant elle, commença, sans la quitter des yeux, à faire lentement les cent pas, tel un chien de chasse qui tourne autour de sa proie. Il réfléchissait à la façon de l'aborder, et ne parvenait pas à se décider. Xiaomei voyait son ombre glisser sur le sol dans un sens puis dans l'autre. Soudain l'ombre s'immobilisa et Xiaomei se mit à trembler de tous ses membres, puis l'ombre repartit. Mais alors que son corps tremblant se calmait peu à peu, Xiaomei vit brusquement l'ombre d'une main surgir de l'ombre du corps sur le sol, et Aqiang se précipita sur elle. Ce qui s'ensuivit laissa Xiaomei abasourdie : en l'espace d'un instant, elle avait quitté sa chaise et s'était retrouvée sur le lit. Après que le jeune marié de la boutique de reprisage l'eut couchée sur le lit, elle ouvrit les bras dans un geste de soumission. Depuis six ans elle était habituée à se soumettre au bon vouloir des Shen, et il en alla de même au cours de sa nuit de noces. Elle ferma les yeux, serra les dents et sans proférer un son elle laissa le jeune marié haletant, en sueur, se démener sur elle sans ménagement.

Le jour suivant, Xiaomei se leva tôt comme d'habitude. Quand sa belle-mère se leva à son tour, Xiaomei avait déjà préparé le petit-déjeuner et elle était en train de balayer soigneusement le sol. La belle-mère ne s'attendait pas à cela : selon la coutume de Xizhen, la nouvelle mariée ne devait pas mettre les pieds à la cuisine pendant trois jours. Or la courageuse Xiaomei avait repris ses habitudes dès le lendemain de son mariage, et la belle-mère y fut sensible. Puis elle remarqua que Xiaomei ne portait pas sa veste rouge et son pantalon rouge, et qu'elle n'avait pas non plus ses chaussons rouges brodés aux pieds. Elle était vêtue d'une vieille veste matelassée, ses cheveux étaient relevés et un chignon était apparu sur sa nuque. La belle-mère ignorait à quel moment Xiaomei avait secrètement appris à nouer ses cheveux en chignon. Visiblement, elle n'avait pas encore le coup de main, car déjà quelques mèches s'en échappaient. Tout en balayant, Xiaomei leva la tête et vit sa belle-mère debout devant elle ; croyant qu'elle l'empêchait de passer elle s'écarta immédiatement, son balai à la main.

La belle-mère regardait Xiaomei en souriant. Elle se souvenait vaguement du premier matin qui avait suivi l'arrivée de Xiaomei chez eux, six ans auparavant : elle n'avait pas cessé de pleurer parce que son habit en toile bleue à motifs blancs avait disparu. Et voilà que dès le lendemain de ses noces, elle avait quitté ses vêtements de mariée. Un sentiment de tendresse afflua dans le cœur de la belle-mère. Elle prit la main de Xiaomei, fit pression sur son épaule pour la faire asseoir sur une chaise, et arrangea son chignon. Puis elle tira de derrière sa propre nuque une épingle à cheveux en argent qu'elle planta dans le chignon de Xiaomei.

Xiaomei, tête baissée, ne disait rien. Sa belle-mère venait de lui donner son épingle à cheveux en argent, et pour la première fois depuis six ans, elle ressentit de l'affection de sa part. Elle se mit à pleurer en silence, ses larmes tombaient une à une sur sa poitrine.

VIII

Xiaomei trimait du matin au soir, elle devait repriser tout en s'occupant de la maison. Elle n'avait quasiment pas un instant à elle. Et pourtant ses cheveux étaient invariablement lisses et brillants, et une épingle à cheveux en argent retenait son chignon derrière sa nuque.

Deux ans après son mariage, au cours de l'hiver, un homme dépenaillé s'arrêta devant la boutique de reprisage des Shen. Les beaux-parents de Xiaomei ainsi que son mari s'étaient rendus à Shendian : des parents à eux avaient presque fini de faire construire leur nouvelle maison et les avaient invités pour célébrer la pose de la poutre maîtresse[48]. Ce jour-là, Xiaomei était seule dans la boutique. La tête baissée, elle reprisait avec des gestes habiles. L'homme resta debout un bon moment devant la boutique. Xiaomei, la tête penchée sur son ouvrage, eut la vague impression qu'une silhouette s'attardait à la devanture. Elle leva la tête, jeta un regard indifférent sur l'homme, puis s'absorba de nouveau dans son ouvrage. Elle pensa que ce devait être un mendiant.

L'homme à l'allure de mendiant finit par ouvrir la bouche :

— Grande sœur.

Xiaomei sursauta, elle leva la tête et regarda l'homme fixement.

— Grande sœur, répéta celui-ci, c'est moi, ton petit frère.

Ce fut comme si le regard de Xiaomei essuyait la poussière des années, laissant les souvenirs émerger avec toute leur netteté. Dans ce visage jeune et fatigué, elle reconnut en effet son plus jeune frère.

— Oh, c'est toi, petit frère s'exclama-t-elle tout bas.

Xiaomei se leva, elle se retourna et jeta un regard inquiet à l'intérieur de la boutique puis, se souvenant que ses beaux-parents et son mari étaient allés à Shendian et qu'elle était seule à la maison, alors, rassurée, elle dit à son jeune frère, qui était toujours dehors :

— Entre, petit frère.

Le frère de Xiaomei avait maintenant les yeux pleins de larmes, il secoua la tête et, au lieu d'entrer dans la boutique, il se lança dans un long récit. Après avoir annoncé pour commencer que leur frère, le cadet des trois, était sur le point de se marier, il en arriva à une femme nommée Caifeng, qui était de toute évidence la fiancée du frère. Devant l'expression perplexe de Xiaomei, il interrompit sa narration pour évoquer un autre village de Wanmudang, celui dont Caifeng était originaire. Le nom de ce village évoquait quelque chose à Xiaomei, et elle hocha légèrement la tête. Ce que voyant, son frère parla d'une famille de leur village à eux. Xiaomei fouilla à nouveau dans sa mémoire, mais cette fois cela ne lui rappelait rien. Son frère n'arrêtait pas de parler, il ne se souciait plus des réactions de Xiaomei. Il expliqua que Caifeng était une parente de cette famille, et que c'était cette même famille qui s'était entremise pour le mariage de leur frère. Xiaomei hocha la tête, comme si elle avait compris. Son frère sautait du coq à l'âne. À présent, il était question d'un cochon, "Grassouillet", dont il n'arrêtait pas de citer le nom : il racontait comment Grassouillet avait grandi et comment il avait emmené Grassouillet en bateau à Xizhen. Xiaomei le regardait les yeux écarquillés : elle n'avait pas compris qui était Grassouillet, et c'est seulement quand il eut raconté, dans un discours méandreux, comment il avait vendu Grassouillet à la boucherie de Xizhen, qu'elle réalisa qu'il s'agissait d'un cochon. Il continua à sauter du coq à l'âne, expliquant que l'argent de la vente du cochon était destiné aux préparatifs de la noce de leur frère, mais que la ligature de sapèques avait disparu. Il se mit à pleurer tristement, ouvrit sa veste matelassée usée jusqu'à la corde, enfonça sa main dans sa poche de poitrine et la ressortit vide pour la montrer à Xiaomei.

Xiaomei comprit où son frère voulait en venir. Il avait perdu la ligature de sapèques qu'il avait gagnée en vendant le cochon.

Peut-être lui avait-elle été dérobée par un voleur à Xizhen. N'osant pas rentrer chez lui, il était venu ici et il se lamentait devant la boutique. Xiaomei le regardait, mal à l'aise. Dans le tiroir à côté d'elle, il y avait bien des sapèques, mais elles appartenaient aux Shen, pas à elle. Cela faisait huit ans qu'elle était entrée dans la famille Shen et elle n'avait jamais eu un sou à elle. Xiaomei écoutait sans bouger les plaintes interminables de son frère. Il lui paraissait tellement étranger ! Elle en vint à penser à ses parents et à ses autres frères restés au village de Xili à Wanmudang : ils lui paraissaient tout aussi étrangers que ce petit frère qu'elle avait devant elle. Elle était restée sans nouvelles d'eux pendant huit ans, sauf le jour de ses noces quand elle les avait vus entrer en file indienne, les mains enfoncées dans leurs manches, puis ressortir pareillement.

Les plaintes de son jeune frère changèrent alors de contenu. Il déclara que son père et ses deux frères aînés étaient déjà venus à Xizhen, qu'ils avaient poussé jusqu'aux abords de la boutique de la famille Shen et qu'ils l'avaient aperçue elle, Xiaomei. Mais comme ses beaux-parents étaient dans la boutique, ils n'avaient pas osé s'approcher plus. En entendant cela, Xiaomei fut gagnée par la tristesse, une tristesse d'enfant fiancée. Son petit frère poursuivit : aujourd'hui, lui aussi était resté longtemps dans les parages, et il n'avait osé s'approcher que quand il avait vu que Xiaomei était toute seule dans la boutique.

Il avait touché la corde sensible dans le cœur de Xiaomei : malgré elle, elle fit un pas en avant, ouvrit le tiroir de sa main droite, en sortit des sapèques réunies ensemble par une cordelette de coton et les remit très vite des deux mains à son frère, qui se tenait de l'autre côté du comptoir. Son petit frère s'empressa de tendre les mains pour les recevoir, et il les posa sur le comptoir dans un bruit de ferraille. Il défit le nœud de la cordelette et compta à haute voix : un, deux, trois, quatre, cinq. Et quand il fut arrivé au nombre de sapèques correspondant au produit de la vente du cochon, il retira de la cordelette les sapèques en trop, les prit dans ses deux mains et les rendit à Xiaomei.

— Grande sœur, dit-il, je n'ai pas besoin de celles-ci.

Xiaomei reprit mécaniquement les pièces de cuivre en trop et les remit dans le tiroir. Son petit frère refit soigneusement le nœud sur la cordelette, et glissa avec précaution dans sa poche de poitrine la ligature de sapèques que venait de lui donner Xiaomei. Il essuya ses larmes et eut un rire bonasse :

— Grande sœur, je m'en vais.

Xiaomei hocha la tête et le regarda partir : il marchait les bras croisés sur sa poitrine, afin de protéger les pièces. Quand il fut loin, elle s'assit sur son tabouret et reprit son travail de reprisage, mais les gestes de ses mains n'étaient plus aussi vifs, ils étaient devenus lents, puis ses mains ne bougèrent plus.

Xiaomei sombra dans l'inquiétude. Son malaise grandissait de plus en plus, il s'étendait comme la vaste campagne. Le visage sévère de sa belle-mère commença à lui apparaître par intermittence. Xiaomei était transie de peur, elle était consciente d'avoir commis une faute irréparable. Elle n'aurait pas dû profiter de l'absence de sa belle-mère pour donner de l'argent à son petit frère de sa propre initiative. Elle aurait dû d'abord le renvoyer chez lui, au village de Xili, à Wanmudang, et attendre que sa belle-mère soit rentrée pour intercéder en sa faveur. Alors seulement, elle lui aurait fait signe pour qu'il vienne chercher l'argent. À cette pensée, Xiaomei ne put réprimer un sourire amer : elle songea que face à sa belle-mère jamais elle n'aurait osé formuler une telle demande. C'était justement parce que sa belle-mère n'était pas là qu'elle avait pu agir aussi témérairement.

IX

Ce fut un après-midi oppressant. Xiaomei ignorait ce qui allait se passer à présent. Elle ressentait simplement de la peur, mais peur de quoi au juste ? Elle n'en savait rien. Elle était assise là, la tête baissée, l'esprit embrouillé. Puis elle entendit des voisins appeler leurs enfants dans la rue pour qu'ils viennent manger. Elle leva les yeux et vit que la nuit tombait. Elle songea que ses beaux-parents et son mari allaient bientôt rentrer et qu'elle n'avait pas encore préparé le repas. Alors elle se leva en hâte et se rendit à la cuisine.

Il faisait nuit noire quand ses beaux-parents et son mari rentrèrent de chez leurs parents de Shendian, où ils étaient allés fêter la pose de la poutre maîtresse. En arrivant, constatant que la boutique était encore ouverte, ils mirent eux-mêmes en place les panneaux de la porte. La belle-mère fila directement à la cuisine, le visage renfrogné, et elle réprimanda Xiaomei qui était en train de préparer le dîner :

— Il fait déjà nuit, pourquoi n'as-tu pas installé les panneaux de la porte ?

Xiaomei tremblait, elle aurait voulu expliquer qu'elle avait oublié de le faire, mais elle n'osa même pas dire cela. Sa belle-mère continua à la gronder :

— Tu as vu l'heure ? Et le repas qui n'est pas encore prêt.

Xiaomei frissonna, sa belle-mère se tut et sortit de la cuisine, elle traversa la cour intérieure et se rendit dans la boutique, à l'avant de la maison. Là, à la lueur de la lampe à huile, elle ouvrit le tiroir, sortit le livre de comptes, et compta les sapèques qu'il y avait en caisse, pour vérifier la recette des deux jours pendant lesquels elle avait été absente. Elle s'aperçut qu'il en manquait beaucoup. Sur le coup elle ne dit rien, elle referma le livre de comptes, le rangea dans le tiroir, se leva et retourna dans la maison. En entrant dans la cuisine elle vit que Xiaomei était en train de disposer les plats sur la table. Les deux autres membres de la famille étaient déjà attablés, attendant que le dîner commence. La belle-mère s'adressa à Xiaomei sur un ton glacial :

— Viens par ici.

Tout en s'essuyant les mains sur son tablier, Xiaomei suivit sa belle-mère jusqu'à la boutique. Lorsque cette dernière posa sur le comptoir le livre de comptes et les sapèques contenues dans le tiroir, Xiaomei se mit à trembler de tous ses membres et elle se lança dans un discours incohérent, aussi méandreux que celui que lui avait tenu son petit frère dans l'après-midi. Lorsque sa belle-mère eut compris de quoi il retournait, elle remit le livre de comptes et ce qui restait des sapèques dans le tiroir, le visage inexpressif, puis, passant devant Xiaomei, elle traversa la cour intérieure et regagna la cuisine.

Les plats fumants étaient déjà sur la table, et le beau-père et le mari de Xiaomei, toujours assis, n'avaient pas touché à leurs baguettes. La belle-mère de Xiaomei s'approcha et s'assit sous la lueur faible et vacillante de la lampe à huile. Les deux hommes lui trouvèrent la mine sombre. Elle avait pris ses baguettes, mais ne se servait pas et ne mangeait rien : elle paraissait réfléchir à quelque chose. Le beau-père de Xiaomei ne mangeait pas lui non plus, ses baguettes à la main il regardait la maîtresse de maison. Quant à Aqiang, il s'était mis à manger lentement sans s'occuper de personne. Xiaomei entra la tête basse, elle tremblait comme si elle avait froid. Elle prit place à table en se faisant le plus discrète possible.

Pour la belle-mère de Xiaomei, cette femme autoritaire à l'esprit rigide et au comportement dogmatique, le fait que Xiaomei ait pu prendre sans sa permission des sapèques pour les donner à son frère dans le besoin relevait purement et simplement du vol. Huit ans auparavant, quand à peine entrée dans la famille Shen, Xiaomei, jeune et ignorante, avait enfilé ses beaux habits en cachette, l'idée de la renvoyer avait germé dans la tête de la belle-mère, avant qu'elle y renonce. À cet instant, elle s'interrogeait sur la façon de punir Xiaomei.

Quand l'interminable dîner eut pris fin, Xiaomei nettoya la vaisselle et rangea la cuisine, puis elle se rendit dans la pièce principale, anxieuse : elle remettait ses pas dans la scène qui s'était produite huit ans auparavant.

Sa belle-mère était assise bien droite, la mine sévère, et le beau-père était en train de rédiger une lettre à la lueur de la lampe à huile. Quand il entendit Xiaomei entrer, il leva les yeux vers elle, soupira et, baissant la tête, retourna à sa lettre. L'incompréhension se lisait sur le visage de Aqiang, le mari de Xiaomei. Au moment où elle entrait, il ouvrit la bouche sans émettre un son. La belle-mère adressa un discret signe de tête à Xiaomei pour qu'elle s'assoie. Xiaomei s'assit à distance, sur un tabouret. Ses mains posées sur ses cuisses tremblaient légèrement ; elle avait vu, à côté de la feuille sur laquelle son beau-père écrivait, le sceau et la pâte à sceau, et elle comprenait ce qui allait suivre : un acte de répudiation allait la renvoyer au village de Xili, à Wanmudang, qu'elle avait quitté voilà huit ans. Xiaomei sentit les larmes rouler dans ses yeux et elle se mordit la lèvre pour empêcher qu'elles ne coulent.

Le beau-père de Xiaomei secouait doucement la tête en écrivant, il s'interrompait sans cesse, hésitait, et à plusieurs reprises il jeta un coup d'œil vers la maîtresse de maison comme s'il s'apprêtait à dire quelque chose, mais chaque fois l'air sévère de celle-ci le découragea et il se résigna à baisser la tête et à reprendre sa lettre. Quand il l'eut achevée, il la tendit à la belle-mère qui la lut attentivement et se montra fort mécontente :

— Pourquoi ne pas dire qu'il s'agit d'un vol ? demanda-t-elle.

Le beau-père de Xiaomei regarda craintivement la belle-mère et tenta de plaider d'une petite voix :

— Venir en aide à un frère, il me semble que ça ne devrait pas être considéré comme du vol.

La belle-mère de Xiaomei resta interdite. Voilà plus de vingt ans que cet homme lui obéissait au doigt et à l'œil, et c'était la première fois qu'il regimbait. Elle secoua la tête, puis se tourna vers son fils et exigea de lui qu'il prenne position :

— Et toi, qu'en penses-tu ?

Aqiang, dont le visage exprimait jusqu'ici l'incompréhension, sembla se réveiller. Il fit écho aux paroles de son père :

— Venir en aide à un frère, ça ne devrait pas être considéré comme du vol.

Les larmes de Xiaomei jaillirent, en revanche le visage de la sévère belle-mère restait de marbre. Le pouvoir suprême qu'elle détenait dans la maison avait été bravé. Pendant un long moment elle ne réagit pas, comme si elle était ailleurs, puis son visage se tourna vers Xiaomei, et d'une voix raide elle prononça ces mots qu'elle avait déjà prononcés huit ans plus tôt :

— Il y a sept motifs pour répudier une épouse : la désobéissance envers les beaux-parents, l'absence d'héritier mâle, le dévergondage, la jalousie, une maladie incurable, la tendance au bavardage, le vol.

Elle vit que Xiaomei tremblait de tout son corps et que ses larmes ruisselaient. Elle lui posa la même question qu'il y a huit ans :

— De quoi t'es-tu rendue coupable ?

Xiaomei enfouit son visage dans ses mains. Les larmes coulaient entre ses doigts. Luttant contre elle-même, elle répondit :

— De vol.

La belle-mère de Xiaomei approuva d'un signe de tête et se tourna vers le beau-père : ce gendre venu vivre dans la famille de son épouse plus de vingt ans auparavant gardait les yeux baissés sans rien dire. Puis elle se tourna vers son fils qui ne la regarda pas : il s'inquiétait pour Xiaomei qui pleurait en silence. Puis la belle-mère haussa le ton :

— Oui c'est un vol.

Sur ce, elle tendit à son mari, assis à côté d'elle, la lettre dont elle n'était pas satisfaite et ordonna d'un ton qui n'admettait pas la réplique :

— Écris qu'il s'agit d'un vol.

Le beau-père de Xiaomei prit son pinceau mais après un instant d'hésitation il le reposa et murmura :

— Depuis huit ans qu'elle est chez nous, Xiaomei ne s'est jamais permis le moindre écart, elle a toujours été travailleuse et obéissante. Pourquoi l'accabler ?

La belle-mère de Xiaomei regarda son mari comme si elle ne le reconnaissait pas. Voilà que cet homme avait osé lui résister deux fois de suite. Puis elle regarda son fils, qui évita son regard en baissant la tête et prononça au bout d'un moment ces mots définitifs :

— Elle est à moi, c'est donc à moi de décider.

La belle-mère de Xiaomei fixa son fils, stupéfaite. Elle déchira en quatre morceaux la lettre inachevée qu'elle posa à côté de la lampe à huile. Elle jeta un regard vers son mari, toujours muet, et vers son fils, livide, puis vers Xiaomei, qui avait déjà cessé de pleurer, prête à accepter son destin. Xiaomei implora sa belle-mère d'une petite voix :

— Il n'y a pas besoin d'acte de répudiation, je vais m'en aller de moi-même.

La belle-mère de Xiaomei secoua la tête, elle ramassa un des morceaux de la lettre déchirée et dit à Xiaomei :

— C'était une lettre d'avertissement et pas un acte de répudiation. La punition consistera à te renvoyer pour deux mois au village de Xili.

Xiaomei ne s'attendait pas à ce que la punition infligée par la belle-mère se limite à un éloignement de deux mois au village de Xili, au terme desquels elle pourrait revenir chez les Shen à Xizhen. Ses larmes qui avaient cessé recommencèrent à couler. Elle dit en sanglotant à sa belle-mère :

— Je ne recommencerai plus.

Cependant, le beau-père comme le mari de Xiaomei estimaient qu'il n'y avait pas lieu de la punir : Xiaomei n'avait pas commis de faute en portant secours à un membre de sa famille, sans compter qu'il ne s'agissait que d'une petite somme. Le beau-père répéta à la belle-mère :

— Pourquoi l'accabler ?

Aqiang renchérit d'un ton plus ferme :

— Il ne faut pas l'accabler.

La belle-mère de Xiaomei regarda tristement son mari et son fils. Son intention était simplement d'infliger à Xiaomei une punition légère pour marquer le coup, or même cela, son mari et son fils y étaient opposés. Elle en fut exaspérée. D'une voix lasse, elle dit à Aqiang et à Xiaomei :

— Demain, à l'aube, nous sortirons par la porte ouest et nous prendrons la grande route, et nous réglerons l'affaire selon la coutume de Xizhen.

Sur ce, elle se leva et monta à l'étage. Le beau-père et le mari de Xiaomei restèrent assis à leur place, abasourdis. Ils ne s'attendaient pas à une telle décision. En voulant simplement prendre la défense de Xiaomei, ils avaient abouti à l'effet inverse. Maintenant le mal était fait, et ils regardaient Xiaomei, désemparés. Celle-ci, les yeux embués de larmes, se forçait à leur sourire.

Xiaomei comprenait vers où l'entraînait son destin. Depuis huit ans qu'elle vivait à Xizhen, elle s'était imprégnée des coutumes du lieu. Elle savait que la coutume à laquelle sa belle-mère avait fait allusion voulait que tous les trois s'engagent sur la grande route : la belle-mère et la belle-fille partiraient dans deux directions opposées, laissant le fils choisir qui il suivrait. Xiaomei avait entendu parler de deux cas où une épouse avait été répudiée de cette façon : dans les deux cas, comme le mari n'avait pas le cœur de se séparer de son épouse et n'arrivait pas à rédiger l'acte de répudiation, sa mère l'avait emmené jusqu'à la grande route ; la mère et l'épouse étaient parties chacune dans un sens, et le mari, en définitive, avait suivi sa mère, car la piété filiale est la première des vertus. Xiaomei se dit que son mari, en bon fils, agirait de même. Elle ne pleurait plus et, soulevant un pan de son vêtement, elle sécha le coin de ses yeux. Elle avait versé des larmes tant qu'il y avait eu de l'espoir, et le désespoir, paradoxalement, l'apaisait. Elle se leva, quitta la table et, comme à son habitude, elle alla porter de l'eau chaude à ses beaux-parents pour qu'ils se lavent les pieds, bien que la belle-mère soit déjà montée à l'étage.

X

Cette nuit-là fut pour Xiaomei à la fois interminable et courte. Ce serait la dernière nuit qu'elle passerait avec cet homme qu'elle connaissait depuis huit ans et dont elle partageait le lit depuis deux ans.

Durant ces deux années où ils avaient fait couche commune, la même scène s'était répétée chaque fois : après s'être glissé sous les couvertures, Aqiang parlait avec les mains, jamais avec la bouche. Il lui ôtait en vitesse ses sous-vêtements en grosse toile, grimpait en vitesse sur elle, et la pénétrait en vitesse. Depuis deux ans, il n'avait quasiment pas fait entendre un son sous les couvertures, si ce n'est le bruit de son souffle et de ses gémissements à l'approche de l'orgasme. Au cours des six derniers mois, trop paresseux pour lui retirer le haut, il se contentait de lui enlever sa culotte en grosse toile. Il semblait avoir oublié sa poitrine, et quand d'aventure il s'en souvenait, sa main se faufilait sous le sous-vêtement de grosse toile et lui pétrissait les seins.

Mais cette nuit-là, les choses se passèrent différemment. Après lui avoir retiré sa culotte en grosse toile, il lui ôta également son haut de sous-vêtement. Il la prit dans ses bras et la serra entre ses jambes. Elle eut l'impression d'être ligotée. Il commença à la mordre : il lui mordit d'abord les lèvres, si fort qu'elle sentit un goût salé et comprit qu'il les lui avait entaillées ; puis le menton, des morsures longues et profondes. Alors qu'elle allait crier de douleur, sa bouche lâcha prise et il s'attaqua à son épaule, la gauche puis la droite, encore et encore. Après quoi elle arriva à ses seins, qu'elle mordit longuement. Xiaomei endura la douleur jusqu'à ce qu'il lui morde le mamelon, lui arrachant quelques faibles gémissements. Tandis que sa bouche descendait le long de son corps nu, il continuait à mordre. Il avait disparu tout entier sous les couvertures, et lorsqu'il lui mordit la cuisse, il les souleva en même temps que ses fesses, laissant l'air froid s'y engouffrer. De peur qu'il n'attrape froid, elle dégagea ses pieds de sous les couvertures qu'elle coinça de toutes ses forces avec ses orteils. Pour finir il lui mordit le sexe, provoquant une réaction douloureuse à cet endroit sensible. À cet instant, les larmes de Xiaomei coulèrent : elle avait compris que cet homme ne se résignait pas à la voir partir. Ce n'est qu'ensuite qu'il se coucha sur son corps nu. Après avoir tâtonné pendant un moment il la pénétra, ressuscitant la sensation familière. Cette nuit-là, au lieu de bâcler l'affaire comme à l'accoutumée, il s'attarda longtemps en elle. Tout en s'agitant, il mordait lentement ses lèvres, son menton, ses épaules, ses seins, et quand il mordit ses mamelons, elle gémit de douleur. Comme par un réflexe conditionné, il gémit lui aussi ; son corps tremblait violemment, puis peu à peu il s'apaisa. Quand il eut terminé, contrairement à son habitude, il ne s'endormit pas tout de suite après s'être écarté d'elle, il resta collé contre son corps, immobile, et ce n'est qu'au bout d'un long moment qu'il s'en détacha. Elle l'entendit soupirer, il semblait vouloir lui dire quelque chose, mais peu après sa respiration se fit régulière et elle comprit qu'il s'était endormi.

Cette nuit-là, Aqiang avait laissé des marques sur tout le corps de Xiaomei, mais elle ne ressentait aucune douleur. Les yeux grands ouverts dans le noir, elle revoyait son passé. Les ronflements réguliers de l'homme couché à côté d'elle faisaient ressortir par contraste le silence de la nuit. Les huit années de vie étale qu'elle avait vécues chez les Shen étaient pareilles à cette nuit. Chaque coup frappé par le veilleur qui passait dans la rue rompait le calme de la nuit et réveillait en même temps les heures de sa vie où le calme avait été rompu. Elle se souvint de ce moment merveilleux où elle avait revêtu pour la première fois l'habit en toile bleue à motifs blancs, elle se souvint du lendemain de ses noces, quand sa belle-mère avait planté son épingle à cheveux en argent dans son chignon…

Quand beaucoup de scènes du passé eurent défilé devant ses yeux, le chant d'un coq retentit dans le lointain, et aussitôt le coq du voisin lui répondit. Elle sut qu'il était temps de préparer le petit-déjeuner. Elle se leva et s'habilla sans bruit, prête à quitter la pièce en marchant sur la pointe des pieds. Le grincement de la porte interrompit les ronflements de Aqiang. Elle resta là, immobile, et ne se décida à franchir le seuil que lorsque Aqiang se fut retourné et se fut remis à ronfler. Quand la porte se referma, il y eut à nouveau un long grincement. Elle s'arrêta derechef et après avoir attendu quelques instants elle se dirigea vers la cuisine, tandis que le coq de la maison chantait à son tour.

XI

Ce jour-là, la belle-mère de Xiaomei se leva plus tôt que de coutume. Après avoir fait sa toilette, elle s'assit devant sa coiffeuse, peigna soigneusement ses cheveux qui commençaient à s'éclaircir, passa de la cire dessus et les roula en chignon à l'arrière de sa nuque. Elle regarda le ciel maussade par la fenêtre, et se leva pour ouvrir l'armoire où elle choisit les vêtements qu'elle portait à l'extérieur. À cet instant, le beau-père de Xiaomei se réveilla. Alors qu'il passait sa veste, assis dans son lit, il vit son épouse habillée comme pour sortir. D'abord surpris, il se souvint de ce qui s'était passé la veille. Cet homme dont les tempes blanchissaient secoua doucement la tête, et ne put s'empêcher de soupirer. Elle entendit son soupir, mais ne le regarda pas. Elle prit une poignée de sapèques dans le tiroir, les mit dans un sac en tissu qu'elle soupesa, et estimant qu'il était suffisamment lourd elle quitta la pièce, le sac en tissu à la main.

Le sac à la main, la belle-mère se dirigea vers la chambre de Xiaomei. Alors qu'elle s'apprêtait à frapper, la porte s'ouvrit. Aqiang se tenait devant elle, l'air abattu. En la voyant, il baissa la tête et sortit en passant tout près d'elle. Elle entra dans la chambre, le visage de marbre, et posa le sac en tissu sur la coiffeuse de Xiaomei. En sortant, elle vit Xiaomei se diriger vers la cuisine avec un bol et des baguettes. Elle la suivit. Xiaomei sentit une présence dans son dos, et quand en se retournant elle constata que c'était sa belle-mère, elle s'écarta aussitôt pour la laisser passer. La belle-mère remarqua que Xiaomei avait les lèvres entaillées et des marques sur le menton. Elle resta interdite un instant, puis passa devant elle.

Tous les quatre, assis autour de la table, prirent leur petit-déjeuner. Xiaomei gardait la tête baissée, elle tenait son bol en l'air et avait du mal à avaler. Son beau-père semblait soucieux et il mangeait très lentement. Aqiang, la mine renfrognée, marquait un temps d'arrêt après chaque bouchée. Seule la belle-mère mangeait avec un calme imperturbable, comme si tout avait été normal. Remarquant que son fils portait ses vieux vêtements fripés de tous les jours, ceux qu'il mettait pour travailler, elle lui dit :

— Va te changer, habille-toi pour sortir.

Xiaomei fut la dernière à finir de manger. Elle mit dans sa bouche ce qui restait de gruau de riz au fond de son bol, et l'avala sans mastiquer. Puis elle débarrassa la table, lava la vaisselle sale et remit de l'ordre dans la cuisine, avant de retourner dans sa chambre. Assise devant sa coiffeuse, elle se repeigna et, après avoir enduit de cire ses cheveux, elle les roula en chignon derrière sa nuque. Elle hésita, l'épingle à cheveux en argent dans la main droite, et finalement elle ne la planta pas dans son chignon et la reposa sur sa coiffeuse. C'est alors qu'elle remarqua le sac en tissu sur la table. Elle l'ouvrit et vit qu'il était plein de sapèques. Elle comprit que c'était le viatique que lui avait préparé sa belle-mère, elle en fut émue et ses yeux se mouillèrent.

Xiaomei se leva et ouvrit l'armoire, elle en sortit ses vêtements dont elle fit un ballot. Il y avait aussi les trois fichus en toile bleue à motifs blancs que l'économe belle-mère lui avait offerts en cadeau de fiançailles. Elle les plia soigneusement et les fourra dans son ballot. Au moment où elle refermait la porte de l'armoire elle aperçut le vêtement en toile bleue à motifs blancs. C'était dans cet habit qu'à dix ans, elle était arrivée chez les Shen. Elle le sortit de l'armoire, prête à l'emporter, mais cela lui rappelait de trop tristes souvenirs. Elle le remit donc à sa place et referma la porte de l'armoire. Elle ramassa sur la coiffeuse le sac en tissu qui contenait les sapèques et le fourra dans son ballot.

Xiaomei, vêtue d'une veste matelassée en coton grossier immaculée, sortit de sa chambre, son ballot au bras. Elle vit que Aqiang avait revêtu une robe matelassée et sa belle-mère un *qipao* matelassé, et qu'ils semblaient l'attendre. La voyant sortir, sa belle-mère se retourna et se dirigea vers la porte, Aqiang sur ses talons. Xiaomei marchait derrière. Au moment de franchir la porte, elle se retourna vers son beau-père qui se tenait debout dans la boutique, elle vit qu'il s'essuyait le coin des yeux avec ses doigts.

XII

Dans le petit matin maussade de Xizhen, Xiaomei, son ballot à la main, marchait derrière sa belle-mère et Aqiang. À la différence de la première fois où elle était arrivée au bourg, et où elle jetait des regards tout autour d'elle, elle gardait la tête basse et fixait ses pieds, tandis que pas après pas elle faisait ses adieux à Xizhen. Des gens de leur connaissance les saluaient, mais la belle-mère ne leur répondait pas et Aqiang pas davantage, aussi n'avait-elle pas besoin de relever la tête.

Tous les trois, aussi muets les uns que les autres, sortirent par la porte ouest et s'engagèrent sur la grande route. Quand ils furent parvenus à un carrefour, la belle-mère s'arrêta et Aqiang fit de même. Xiaomei leva la tête, elle scruta le visage de Aqiang, elle voulait graver ses traits dans sa mémoire. La belle-mère se tenait à l'écart, sans un mot : laissons-la faire, se disait-elle. C'est alors que les yeux de Xiaomei se posèrent sur sa belle-mère, qu'elle fixa avec la même intensité, et malgré elle sa belle-mère détourna les yeux.

La belle-mère regarda des deux côtés de la route. Il n'y avait personne à cette heure matinale.

— Bon, c'est ici, dit-elle.

Sur ce, elle prit la direction du sud, et Xiaomei, après avoir hoché la tête, prit la direction du nord. Elle avançait vers le nord tête baissée, et quand elle eut marché une centaine de pas, elle s'aperçut en tendant l'oreille que personne ne la suivait. C'était ce qu'elle avait prévu. Elle comprit que Aqiang avait pris la direction du sud, comme sa mère. Xiaomei leva la tête : devant elle, des nuages noirs roulaient dans le ciel, et la route qui s'en allait au loin semblait plongée dans la nuit. Elle continua à avancer sans se retourner. Le vent froid de l'hiver soufflait sur son visage, mêlé à des gouttes de pluie éparses. Xiaomei ne sentait pas le froid, mais elle avait mal partout. Elle se demandait avec étonnement pourquoi elle avait mal, et pourquoi la douleur devenait de plus en plus vive. La tête légèrement inclinée elle avançait, tout en cherchant à comprendre d'où provenait cette douleur. Elle marcha longtemps avant de se souvenir que la veille, sous les couvertures, Aqiang l'avait mordue sur tout le corps, et alors ses larmes coulèrent.

Xiaomei savait quel destin l'attendait : elle retournerait au village de Xili qu'elle avait quitté huit ans auparavant. Elle se tenait sur la route fouettée par le vent froid et la pluie, s'interrogeant sur l'itinéraire à suivre pour gagner l'embarcadère de Xizhen. L'embarcadère était tout près de la porte est. Elle n'avait pas envie de rebrousser chemin car si elle repartait vers la porte ouest et rentrait en ville, elle se retrouverait dans des rues pleines de monde. Or elle avait envie de marcher seule. Elle décida donc de rallier la porte est en faisant le tour par l'extérieur de la ville. Elle essuya la pluie qui lui brouillait la vue et quand elle se fut repérée, elle continua à avancer tout droit avant de tourner et d'emprunter un sentier. Ce sentier sinueux la mena jusqu'à la porte est de Xizhen : elle était arrivée à l'embarcadère.

Tandis que Xiaomei se tenait debout sur l'embarcadère, plusieurs bateliers lui firent signe en la hélant. Elle monta en chancelant sur la barque à auvent de bambou la plus proche et, aidée par le batelier, s'assit sur la natte de paille dans l'habitacle. Le batelier fit partir son bateau en appuyant des deux mains sur sa perche. La pluie tombait de plus en plus dru. Le batelier portait un chapeau conique en paille et un imperméable en fibre de palmier. Il demanda à Xiaomei où elle voulait aller, puis il s'assit à l'arrière du bateau. Le dos appuyé contre une planche, une rame coincée sous l'aisselle gauche, il manœuvrait le bateau, ses deux pieds nus collés contre la godille, pliant et étirant alternativement les jambes. Au milieu des grincements, le petit bateau filait à la surface de l'eau sur laquelle rebondissaient les gouttes de pluie.

Le batelier était un homme dans la quarantaine. Voyant que Xiaomei, après s'être installée dans l'habitacle, gardait son ballot à la main, il lui dit :

— Posez-le derrière votre dos et appuyez-vous dessus, vous serez plus à l'aise.

Xiaomei acquiesça d'un mouvement de tête, mais elle garda son ballot à la main. Le batelier répéta la même phrase encore deux fois, et Xiaomei acquiesça encore deux fois d'un mouvement de tête, mais elle avait toujours son ballot à la main. Le batelier sourit et, changeant de sujet, il reprit :

— Je vous reconnais, vous êtes la belle-fille de la famille Shen, les repriseurs.

Xiaomei hocha la tête, et le batelier ajouta :

— Vous rentrez chez vos parents, à Wanmudang, pas vrai ?

Xiaomei hocha encore la tête. La barque à auvent de bambou filait droit vers le village de Xili, à Wanmudang, et Xiaomei cessa de prêter attention aux propos du batelier.

Après huit ans d'absence, Xiaomei n'arrivait plus à se souvenir des visages de ses parents et de ses frères. Pas même de celui de son petit frère, qu'elle avait vu deux jours plus tôt. Elle plongea fébrilement dans ses souvenirs, mais dans les profondeurs de sa mémoire elle ne retrouvait pas les traits de son père ni ceux de sa mère. En revanche, elle se souvenait d'un geste de sa mère, un geste qu'elle avait fait pour essuyer ses larmes. Quand était-ce, et où ? Elle réfléchit longuement et finit par se souvenir : c'était le jour de ses noces, sa mère était assise en face d'elle et des larmes avaient perlé au coin de ses yeux. Puis elle revit ses parents et ses frères, tous les cinq, les mains enfoncées dans leurs manches, entrant en file indienne et sortant en file indienne. Ils étaient heureux et fiers qu'elle soit admise dans la famille Shen, repriseurs à Xizhen. Maintenant que la famille Shen l'avait renvoyée et qu'elle rentrait au village de Xili, à Wanmudang, comment allaient-ils réagir ? Elle n'osait pas y penser.

Elle avait dix ans quand elle avait quitté ses parents et ses frères, et elle était restée huit ans chez les Shen, à Xizhen. Au fond de son cœur, les Shen étaient devenus sa famille. Aqiang ne lui avait jamais parlé grossièrement, son beau-père était quelqu'un de gentil, et même si elle était sévère, en huit ans sa belle-mère ne l'avait jamais maltraitée. Les cas étaient fréquents à Xizhen d'enfants fiancées maltraitées par leur belle-mère. Les coups, les insultes et les châtiments corporels étaient monnaie courante. En huit ans, Xiaomei avait entendu parler à plusieurs reprises d'enfants fiancées qui avaient préféré se pendre ou se jeter dans un puits.

Xiaomei sanglotait dans l'habitacle, si bien que le batelier était décontenancé. Depuis l'arrière du bateau, sous la pluie, il l'appela en criant, et alors seulement Xiaomei se ressaisit et réalisa qu'elle se trouvait à bord d'un petit bateau à auvent de bambou. Dehors, il pleuvait à verse, elle ne distinguait pas le visage du batelier et entendait seulement ses cris. Après avoir essuyé ses larmes, elle parvint à distinguer sous la pluie le visage du batelier. Sa bouche s'ouvrait et se fermait, mais elle n'entendait pas bien ce qu'il lui disait. Elle comprit qu'il s'inquiétait à son sujet, et elle lui fit un geste de la main pour lui signifier que tout allait bien. Puis elle recouvra son calme, et la bouche du batelier cessa de s'ouvrir et de se fermer sous la pluie.

À présent qu'elle était calmée, Xiaomei envisagea ce que serait sa vie désormais. Elle connaîtrait le sort commun aux femmes répudiées par leur mari quand elles retournent dans leur village. Ses parents et ses frères se sentiraient humiliés et les voisins lui fermeraient leur porte. Comme avant, elle travaillerait du matin au soir à la maison et aux champs, mais dorénavant elle ne lèverait plus jamais la tête. Même parmi ses parents et ses frères, même au milieu des gens du village, elle serait seule. La nuit, elle entendrait dans le noir les soupirs de son père, et elle verrait, à la lumière de la lune, sa mère essuyer ses yeux humides.

XIII

Depuis le départ de Xiaomei, c'était la mère de Aqiang qui se chargeait des tâches ménagères : elle faisait la lessive et la cuisine, en plus de ses travaux de reprisage. Levée tôt et couchée tard, elle avait des journées harassantes. À la vérité, elle aurait parfaitement pu prendre une bonne, mais son tempérament économe l'avait emporté, et elle préférait tout faire elle-même. Elle avait abandonné à son mari les relations avec la clientèle, mais continuait à gérer les finances. Le père de Aqiang, lui aussi, était plus occupé qu'avant, il accueillait les clients et les raccompagnait à la porte avec force sourires et hochements de tête. Quant aux débiteurs, le terme échu, il allait les trouver à domicile pour les presser de payer. Dès qu'il avait un moment de libre, il s'asseyait pour faire un peu de reprisage, et comme il était presbyte il devait tenir le fil et l'aiguille à bout de bras pour y voir quelque chose. Aqiang était dans la lune : un vêtement à repriser en main, il restait immobile du matin au soir, incapable de travailler, assis là comme une potiche.

Sa mère, sachant à quoi pensait Aqiang, ne lui faisait aucun reproche. Ce qu'elle ne savait pas, en revanche, c'était que Aqiang, chaque fois qu'il se changeait, voyait, en ouvrant l'armoire, le bel habit que Xiaomei n'avait pas emporté. Alors il restait pétrifié, la tête vide.

Au cours de cette période une entremetteuse vint à plusieurs reprises lui présenter des filles de la campagne. Mais c'est à peine si Aqiang leur jetait un regard. Quant à sa mère, aucune n'eut l'heur de lui plaire : le contraste était trop fort avec Xiaomei, qui était si jolie et si vive. L'entremetteuse leur proposa également deux jeunes filles de la ville : l'une était de Xizhen, l'autre de Shendian, et elles étaient toutes les deux issues de familles peu fortunées. La famille de la fille de Xizhen demanda des présents de fiançailles si élevés que la mère de Aqiang en fut choquée, et naturellement la prétendante fut éconduite. La famille de la fille de Shendian, dans un premier temps, ne posa pas d'exigences dans ce domaine : elle invitait les Shen à venir voir d'abord leur fille et on reparlerait des présents de fiançailles si celle-ci leur plaisait. Ce jour-là, donc, à l'aube, les parents de Aqiang, élégamment vêtus, se rendirent à Shendian pour rencontrer leur éventuelle future belle-fille.

C'était déjà le printemps et voilà trois mois que Xiaomei était retournée au village de Xili, à Wanmudang. Le garçon en apparence pusillanime et souvent absent qu'était Aqiang accomplit un acte qui défiait toutes les convenances de l'époque, et qui plus est sur un coup de tête.

Quand ses parents furent partis, Aqiang resta tout seul dans la boutique, assis à somnoler. L'image de Xiaomei à dix ans, debout devant l'armoire dans son bel habit, flottait vaguement devant ses yeux. Il se réveilla de son demi-sommeil, et une idée soudain le frappa. Il se leva d'un bond, monta à l'étage, entra dans la chambre, ouvrit l'armoire, et en sortit le bel habit que Xiaomei n'avait pas emporté. Puis il rassembla ses propres vêtements, écrivit une lettre pour ses parents et redescendit. Il ouvrit la petite pièce qui servait de débarras, écarta une vieille malle en bois, et descella une dalle du sol. Dessous, il y avait un pot en porcelaine qui contenait deux cents dollars d'argent. Il souleva le couvercle, prit cent pièces en les comptant une à une, puis referma le pot. Il emporta également toutes les sapèques qui se trouvaient dans le tiroir du comptoir de la boutique, posa les panneaux de porte de la boutique et, son ballot sur le dos, il traversa les rues ensoleillées jusqu'à l'embarcadère situé à la porte est.

C'était le matin et l'embarcadère était plein de barques à auvent de bambou. Les bateliers, assis à l'arrière de leur embarcation, discutaient entre eux d'une voix sonore. Quand ils virent Aqiang approcher avec son ballot sur le dos, chacun s'empressa de lui faire signe pour qu'il monte à son bord. Voyant une dizaine de bateliers le héler en même temps, Aqiang eut de la peine à décider avec lequel il embarquerait.

Un batelier risqua cette question :

— Vous allez au village de Xili pour ramener votre femme ?

Aqiang, d'abord surpris, s'empressa de hocher la tête et monta à bord de l'embarcation. À peine était-il assis sur la natte en paille de l'habitacle, que le bateau s'éloignait du quai.

Le batelier lui conseilla de caler son ballot derrière son dos pour qu'il soit assis plus confortablement, et Aqiang suivit son conseil. C'était lui, expliqua le batelier, qui avait transporté sa femme quand elle était retournée au village de Xili. Elle avait pleuré tout le temps de la traversée, pour une raison qu'il ignorait. Des femmes qui pleuraient en retournant dans leur famille il en avait vu, mais jamais une qui pleurât autant. C'est après coup seulement qu'il avait appris qu'elle avait été répudiée. Au passage il parla de deux autres familles de Xizhen qui, plusieurs mois après avoir répudié une épouse, avaient regretté leur geste et étaient allées la rechercher.

— Ça doit faire bientôt trois mois, non ? demanda-t-il à Aqiang.

Aqiang hocha la tête. Le batelier regarda le ballot qui dépassait de derrière son dos et il voulut savoir pourquoi Aqiang s'était chargé de la sorte. Aqiang ne répondit rien. Certes, le village de Xili n'était pas à côté, mais on pouvait faire l'aller et retour dans la journée, alors pourquoi s'encombrer ainsi, s'étonna le batelier.

XIV

À midi, le petit bateau à auvent de bambou accosta au village de Xiaomei. Aqiang laissa son ballot à bord et, soulevant sa longue robe, il sauta sur la rive et se retourna pour dire au batelier :

— Attendez-moi ici, s'il vous plaît.

Il regarda autour de lui. Il n'y avait que des champs, et un seul chemin qui s'en allait tout droit et qu'il emprunta. Quand il eut marché pendant un moment, il vit des villageois qui travaillaient dans les champs et leur demanda où habitaient les parents de Xiaomei. Au lieu de lui répondre, ces villageois se mirent à discuter entre eux, puis ils interpellèrent un autre villageois qui se tenait non loin de là, en lui montrant Aqiang du doigt. Aqiang vit l'homme sauter sur la levée de terre et courir vers lui les pieds nus. Il avait quinze ou seize ans et ressemblait vaguement à Xiaomei. Quand il fut devant lui, il demanda en le regardant :

— Vous êtes bien monsieur mon beau-frère, le mari de ma grande sœur ?

Ce "monsieur" cérémonieux ne laissa pas d'embarrasser Aqiang. Il supposa que ce villageois devait être le petit frère de Xiaomei. Sûr à présent de l'avoir reconnu, celui-ci reprit joyeusement :

— Oui, vous êtes bien monsieur mon beau-frère. Vous ne vous souvenez pas de moi ? je suis son petit frère.

Aqiang eut un frisson : c'était à cause de ce garçon qu'il avait devant lui, et qui avait perdu l'argent de la vente du cochon, que Xiaomei était revenue à Wanmudang. Il regarda de la tête aux pieds le petit frère de Xiaomei, et vit que les jambes de son pantalon étaient retroussées très haut et que ses pieds étaient couverts de boue. Remarquant que le regard de monsieur son beau-frère s'attardait sur ses pieds nus, le petit frère eut un sourire gêné. Il se pencha, baissa les jambes de son pantalon et après s'être relevé il risqua cette question :

— Vous venez rechercher ma grande sœur ?

Aqiang hocha la tête, alors le petit frère de Xiaomei se rangea à sa gauche, et tendant sa main gauche il l'invita à passer devant lui :

— Monsieur mon beau-frère, je vous en prie.

Les villageois qui travaillaient dans les champs s'étaient tous redressés et regardaient avec curiosité cet homme de Xizhen qui, soulevant d'une main sa longue robe, avançait sur le chemin qui traversait les terres. Le petit frère de Xiaomei le suivait, radieux, et il criait aux gens qui étaient dans les champs :

— Monsieur mon beau-frère est venu chercher ma sœur.

Les villageois comprirent que Xiaomei, qui avait été renvoyée au village, était à nouveau admise au sein de la famille Shen, les repriseurs de Xizhen. Ils se disaient entre eux que la famille Shen s'était repentie, faisant mentir le proverbe qui veut que l'eau versée ne puisse être récupérée et que les paroles prononcées ne puissent être reprises.

Aqiang marchait depuis un moment quand le petit frère qui le suivait héla un homme dans un champ :

— Deuxième frère, deuxième frère, monsieur notre beau-frère vient chercher notre sœur aînée.

L'homme, qui travaillait le dos courbé, se redressa d'un coup et sauta sur la levée de terre. Il se précipita vers eux, les pieds nus lui aussi. Quand il fut à leur hauteur, il s'écria, rouge d'excitation :

— Monsieur mon beau-frère !

Aqiang hocha la tête en souriant : il se dit qu'il s'agissait d'un autre frère cadet de Xiaomei. Il continua d'avancer, les deux frères cadets de Xiaomei sur ses talons. Le plus jeune frère tira discrètement son aîné par le coin de son vêtement en lui montrant du doigt ses jambes de pantalon retroussées. L'autre comprit, et il se pencha à la hâte pour les rabattre. En route, tous les trois passèrent devant sept ou huit chaumières d'où sortirent des hommes et des femmes, des jeunes et des vieux, qui les regardaient comme au spectacle. Les deux jeunes frères de Xiaomei expliquaient fièrement à tous ces gens que monsieur leur beau-frère venait chercher leur grande sœur pour la ramener chez les Shen, à Xizhen.

Alors qu'ils passaient devant une chaumière paraissant plus neuve, le plus jeune frère s'écria de nouveau :

— Grand frère, grand frère, monsieur notre beau-frère vient chercher notre sœur.

Un homme sortit de la chaumière. Dès qu'il aperçut Aqiang il courut à sa rencontre. Voyant cet homme venir vers lui, Aqiang le prit pour un autre frère cadet de Xiaomei. Celui-là n'était pas nu-pieds, il portait des sandales de paille. Lorsque l'homme aux sandales de paille fut devant Aqiang, il s'inclina en criant :

— Monsieur mon beau-frère, cher mari de ma petite sœur.

Aqiang hocha la tête et réalisa qu'il s'agissait du frère aîné de Xiaomei. Il était maintenant escorté par les trois frères de Xiaomei, et quelques personnes du village les suivaient. D'autres gens encore plus nombreux, debout dans les champs ou à la porte de leur maison, contemplaient cet homme vêtu d'une longue robe qui marchait tout sourire.

Les parents de Xiaomei travaillaient eux aussi dans les champs. Quand ils apprirent que le jeune maître de la famille Shen était venu chercher leur fille, ils se dépêchèrent de laver leurs pieds boueux dans le canal, et de baisser leurs jambes de pantalon retroussées. Ils enfilèrent les sandales de paille qu'ils avaient laissées sur la levée de terre et rentrèrent à toute vitesse chez eux. Le père de Xiaomei, qui courait devant, se retournait sans arrêt pour houspiller sa femme, laquelle n'avançait pas assez vite à son gré.

À cette heure, Xiaomei, vêtue de vêtements rapiécés, était en train de préparer le repas à la maison. Lorsqu'elle entendit les villageois brailler dehors, elle ne comprit pas ce qui se passait et ne chercha pas à le savoir. Elle continua à mettre du petit bois dans le foyer et à le remuer avec les pinces pour que le feu se répartisse uniformément. C'est alors que ses parents entrèrent en courant, et tandis que son père troquait ses sandales de paille contre des chaussures en toile, il donna des instructions à la mère de Xiaomei :

— Qu'elle arrête de faire la cuisine, et qu'elle aille se laver en vitesse.

La mère de Xiaomei agrippa sa fille et lui annonça, les yeux pleins de larmes :

— Ton mari est venu te chercher, tu fais de nouveau partie de la famille Shen.

Cette nouvelle inattendue laissa Xiaomei sans voix. Sa mère la traîna en pleurant derrière la maison, au bord de l'eau, et l'obligea à s'accroupir pour se laver le visage et les mains, tandis qu'elle-même retournait à fond de train dans la chaumière. Elle fit un ballot avec les vêtements de Xiaomei, puis elle sortit un habit en grosse toile bleue non rapiécé et courut derrière la maison pour le porter à Xiaomei, afin qu'elle aille se changer dans le bosquet de bambous tout proche. Elle-même, une fois encore, retourna en courant dans la chaumière, ôta ses sandales de paille et les remplaça par des chaussures en toile.

C'est alors que Aqiang arriva devant la chaumière. Le père de Xiaomei était déjà là, il se tenait debout pour l'accueillir. La mère de Xiaomei sortit en toute hâte et se planta à côté de son mari. Tous deux s'exclamèrent avec respect :

— Monsieur notre gendre.

Aqiang s'exclama à son tour, tout aussi respectueusement :

— Monsieur mon beau-père, madame ma belle-mère.

Ne sachant que dire ensuite, ils se contentèrent de rester là, à sourire. Beaucoup de gens du village s'étaient rassemblés devant la chaumière des Ji. Quelqu'un remarqua qu'on sentait une odeur de brûlé, et un autre demanda aux parents de Xiaomei s'ils n'avaient pas laissé le riz trop longtemps sur le feu. Les parents de Xiaomei ne réagirent pas.

Deux des trois frères de Xiaomei étaient accourus avec leurs épouses respectives. L'une des femmes s'écria :

— Monsieur notre beau-frère, cher mari de notre sœur cadette.

Et l'autre s'écria :

— Monsieur notre beau-frère, cher mari de notre sœur aînée.

Aqiang inclina la tête devant ces deux femmes qu'il ne connaissait pas. Puis le plus jeune frère dit :

— Monsieur mon beau-frère, venez vous asseoir à l'intérieur.

Les parents de Xiaomei savaient maintenant quoi dire :

— Venez vous asseoir à l'intérieur, répétèrent-ils.

Aqiang vit Xiaomei sortir de la chaumière, un ballot à la main. Elle jeta un coup d'œil vers lui avant de baisser la tête. Son regard fit sentir à Aqiang tout le poids de l'humiliation qu'elle avait endurée au cours de ces trois mois. Au bord des larmes, il dit aux parents de Xiaomei d'une voix étranglée :

— Monsieur mon beau-père, madame ma belle-mère, je suis venu rechercher Xiaomei.

Les parents de Xiaomei hochèrent la tête à plusieurs reprises et répétèrent : bien, bien, bien. Xiaomei, la tête basse se dirigea vers Aqiang, un peu tremblante, les larmes roulant dans ses yeux.

Aqiang s'inclina profondément devant les parents de Xiaomei :

— Monsieur mon beau-père, madame ma belle-mère, je vais prendre congé.

— Monsieur mon beau-frère, vous allez déjeuner avant de partir, intervint le plus jeune frère de Xiaomei.

— Non, merci, répondit Aqiang.

Le père de Xiaomei insista :

— Mangez avant de partir.

Puis se tournant vers la mère de Xiaomei il ajouta :

— Va vite remplir les bols.

La mère de Xiaomei s'empressa de rentrer dans la maison, et le père de Xiaomei invita Aqiang à la suivre. Aqiang regarda Xiaomei qui baissait la tête à ses côtés et lui toucha le bras pour lui faire signe d'entrer avec lui. Au même moment, la mère de Xiaomei ressortait avec dans les mains deux bols de riz carbonisé. Dans son émotion elle n'avait pas remarqué la couleur du riz. Elle tendit les deux bols à Aqiang et à Xiaomei en leur disant :

— Mangez avant de partir.

Le père de Xiaomei la reprit :

— Pas si vite, monsieur notre gendre n'est pas encore entré dans la maison.

Un tonnerre de rires fusa dans l'assistance, et ils réalisèrent alors que le riz calciné était immangeable. Le père de Xiaomei était confus :

— Va vite faire cuire un wok de riz, ordonna-t-il à la mère de Xiaomei, tout aussi confuse.

Aqiang s'inclina à nouveau profondément devant les parents de Xiaomei :

— J'emmène Xiaomei.

XV

Le jeune maître de la famille Shen, les repriseurs de Xizhen, était venu chercher Xiaomei à Xili, et son apparition en ce lieu où il n'y avait pas une seule maison en briques avait mis tout le village en émoi. Les gens d'ici emboîtèrent le pas à Aqiang et à Xiaomei et les accompagnèrent jusqu'au petit bateau à auvent de bambou.

Les trois frères de Xiaomei marchaient derrière eux, rayonnants de joie. Les deux belles-sœurs de Xiaomei étaient perdues dans la foule, et ses parents s'étaient retrouvés loin derrière. Les parents regardaient en riant tous ces gens qui les précédaient : comme le chemin du village était étroit, beaucoup d'entre eux avaient retroussé leur pantalon et marchaient dans les canaux qui le bordaient de part et d'autre.

Xiaomei avançait en baissant la tête et elle ne voyait que des pieds en mouvement. Elle avait les yeux rivés sur les deux pieds qui dépassaient d'une longue robe, les pieds de son mari. Elle ne les lâchait pas.

Trois mois auparavant, quand Xiaomei avait sauté du petit bateau à auvent de bambou sur la rive du village de Xili et qu'elle était retournée chez ses parents, elle marchait d'un pas hésitant et la tête basse. Et depuis lors, elle n'avait plus jamais relevé la tête, même à la maison. Elle n'avait pas avoué à ses parents que si elle avait été renvoyée, c'était pour avoir donné en cachette des sapèques à son petit frère. La raison qu'elle avait invoquée était qu'au bout de deux ans de mariage elle n'était toujours pas enceinte, et que la famille Shen croyait qu'elle ne pourrait jamais avoir d'enfant.

Son père ne l'avait pas grondée, il était resté assis là, sans bouger, abasourdi. Sa mère avait pleuré en silence. Et à compter de ce jour, deux de ses trois frères, estimant qu'elle leur avait fait perdre la face, ne lui adressèrent quasiment plus la parole. Seul le plus jeune de ses frères continuait à parler à sa "grande sœur". Après que Xiaomei avait été renvoyée chez eux, son père avait décrété que puisque c'était la morte-saison et qu'il n'y avait pas grand-chose à faire sur les terres, Xiaomei n'avait pas besoin d'aller travailler aux champs : il suffirait qu'elle s'occupe de la maison. Xiaomei avait compris que si son père lui demandait de ne pas sortir pour le moment, c'était pour lui éviter la honte. Sauf pour rincer le riz et les légumes ou bien pour laver et étendre le linge au bord de l'eau, derrière la maison, Xiaomei ne franchissait pas le seuil de la chaumière. Même si elle gardait continuellement la tête baissée, elle se rendait bien compte que des gens du village cancanaient devant la porte. Certains n'hésitaient pas à faire le tour de la maison pour l'observer quand elle lavait le linge au bord de l'eau, en échangeant entre eux des commentaires à voix basse.

À présent qu'on était venu chercher Xiaomei pour la ramener à Xizhen, ses parents et ses frères se rengorgeaient de nouveau, et pourtant Xiaomei gardait toujours la tête baissée. C'est seulement une fois assise dans le petit bateau à auvent de bambou, quand le batelier poussa sur sa perche pour s'éloigner de la rive et que le bateau partit en se balançant sur l'eau, qu'elle releva la tête pour chercher du regard ses parents sur la berge. Ses yeux aperçurent sa mère parmi la foule qui formait un long ruban sur le rivage, elle essuyait ses larmes avec ses deux mains. Puis elle vit son père, qui pleurait lui aussi et qui s'essuyait les yeux du revers de la main.

Aqiang, à côté d'elle, avait pris le ballot qu'elle tenait dans ses bras, et l'avait glissé derrière son dos pour qu'elle soit installée plus confortablement. Ce geste prévenant de Aqiang lui fit monter les larmes aux yeux. Son destin prenait meilleure tournure. Elle aurait voulu pleurer tout son soûl, mais elle se retint. Le petit bateau à auvent de bambou avançait sur l'eau en fendant les vagues. Xiaomei songeait que dans quatre heures elle serait à Xizhen et qu'ils entreraient dans la maison des repriseurs Shen. L'idée de revoir sa belle-mère la rendit soudain un peu nerveuse.

C'est alors que Aqiang dit au batelier :

— Conduisez-nous à Shendian.

Le batelier, déconcerté, lui demanda :

— Vous ne retournez pas à Xizhen ?

— Non, répondit Aqiang. Conduisez-nous à Shendian.

Xiaomei regarda Aqiang d'un air incrédule, comme si elle n'avait pas bien entendu ce qu'il venait de dire.

— Shendian est plus près que Xizhen, expliqua le batelier, mais ensuite il va falloir que je rentre à Xizhen. Et ce n'est pas facile de naviguer de nuit.

— Je vous paierai le double.

Xiaomei regarda Aqiang sans comprendre. Celui-ci ouvrit triomphalement son ballot pour montrer à Xiaomei son bel habit, qu'il avait placé sur le dessus. Xiaomei fondit en larmes : elle avait compris maintenant que Aqiang n'était pas venu la chercher pour la ramener chez les Shen à Xizhen, mais qu'il comptait l'emmener dans un lieu inconnu.

Xiaomei, la vue brouillée par les larmes, regardait le soleil de l'après-midi se répandre sur l'eau. La surface de l'eau étincelait et le petit bateau filait vers l'avant au-dessus de ce scintillement.

Aqiang débordait d'entrain, Xiaomei ne l'avait jamais vu ainsi. Il observait la vaste étendue d'eau qui s'étalait devant lui avec des yeux brillants, aussi brillants que le son de sa voix quand il parlait au batelier. Leur conversation sautait d'un sujet à l'autre, des ruelles de Xizhen aux magasins de Shendian. La voix enthousiaste de Aqiang donnait le sentiment à Xiaomei que le Aqiang absent d'autrefois avait disparu.

Immergée dans la voix de Aqiang, Xiaomei ne distinguait plus les rires des paroles, elle se sentait enveloppée dans sa voix comme dans un *aoqun*[49] écarlate. Quand Xiaomei, l'année de ses dix ans, avait quitté pour la première fois le village de Xili, et qu'elle marchait dans les rues de Xizhen en s'accrochant à la veste de son père, des pépites d'or brillaient dans ses yeux qui regardaient tout autour d'elle. Cela se passait huit ans plus tôt, et maintenant qu'elle partait avec Aqiang loin d'ici, les pépites d'or étaient revenues dans ses yeux.

XVI

Ils passèrent à Shendian une après-midi et une nuit en toute liberté, tels des oiseaux sortis de leur cage qui, une fois dans le ciel, n'arrêtent pas de battre joyeusement des ailes. Bien qu'ils fussent tenaillés par la faim, ils s'attardèrent dans les rues de Shendian. Elles étaient bien plus larges et bien plus animées que celle de Xizhen.

Au cours de leur promenade, Aqiang, pris d'une inspiration subite, entra chez un tailleur pour faire confectionner un nouvel habit à Xiaomei. Le tailleur prit les mesures de Xiaomei et les invita à venir récupérer le vêtement trois jours plus tard. Mais alors qu'il s'apprêtait à verser un acompte, Aqiang tourna les talons et sortit de la boutique en détalant encore plus vite qu'un lapin. Le tailleur et Xiaomei se regardèrent sans réagir. Puis Xiaomei sortit de la boutique, rouge de confusion. Elle vit Aqiang qui lui faisait des signes de l'autre côté de la rue, et quand elle fut près de lui Aqiang lui souffla qu'ils ne pouvaient se permettre d'attendre trois jours. Le lendemain, il était prévu qu'ils aillent à Shanghai, une fois là-bas ils chercheraient un tailleur, qui lui ferait un bel habit. Les tailleurs de Shanghai étaient certainement meilleurs que ceux de Shendian.

Xiaomei laissa échapper un "Oh" d'étonnement : elle ne savait pas, déclara-t-elle dans un murmure, qu'ils devaient se rendre à Shanghai. Parmi les clients des Shen, il s'en trouvait un qui était déjà allé là-bas, et debout devant la boutique de reprisage il en parlait avec flamme. C'est en l'écoutant que Xiaomei s'était fait une idée de cette ville, un endroit tellement grand qu'on ne pouvait le parcourir en entier, avec des maisons très hautes et plein de gens, y compris des étrangers.

À Shendian, Xiaomei pénétra pour la première fois dans un restaurant et dans un hôtel. Des restaurants et des hôtels, elle en avait certes vu à Xizhen, mais elle n'y était jamais entrée, se contentant de jeter des coups d'œil à l'intérieur en passant.

Quand ils entrèrent dans le restaurant, elle resta prudemment derrière Aqiang. C'était un restaurant de nouilles avec dix grandes tables de huit. Ils se présentèrent au comptoir. Xiaomei, toujours derrière Aqiang, découvrit, en levant les yeux, deux rangées de lamelles de bambou accrochées au mur, sur lesquelles étaient gravés les noms et les prix des différents plats à base de nouilles. Jamais Xiaomei n'aurait imaginé qu'il pût exister autant de façons d'accommoder les nouilles. Tandis qu'elle s'émerveillait, Aqiang, grand seigneur, commanda une portion de nouilles au foie de porc et une portion de nouilles aux rognons, après quoi Xiaomei entendit le bruit des sapèques qui s'entrechoquaient dans ses mains.

Quand ce même bruit retentit de nouveau, c'était le soir. Ils étaient debout à la réception d'un hôtel. Après que Aqiang eut payé la chambre, Xiaomei le suivit dans l'escalier qui grinçait dans la pénombre, à tel point qu'elle eut l'impression qu'il allait s'écrouler. Elle attrapa Aqiang par son vêtement et ne le lâcha que quand ils furent dans la chambre. Elle demanda à Aqiang pourquoi cet escalier grinçait autant, bien plus que celui de la maison de Xizhen. Aqiang répondit que, chez eux, seules quatre personnes empruntaient l'escalier, et que chacun faisait très attention ; alors qu'ici, l'escalier était emprunté par un tas de gens, et qu'il avait souffert à force d'être piétiné sans ménagement.

La chambre était petite, elle était meublée d'un lit, d'une table et de tabourets, et paraissait très propre. Les derniers rayons du soleil couchant pénétraient par la fenêtre et s'arrêtaient sur un coin du lit. Les yeux de Xiaomei examinaient la pièce avec curiosité. Tandis qu'elle regardait le soleil faire ses adieux, elle entendit Aqiang pousser un cri qui la fit sursauter. Affolé, il expliqua à Xiaomei que ses parents se trouvaient aussi à Shendian, il l'avait oublié. Xiaomei frissonna et pâlit, mais Aqiang, en une fraction de seconde, avait retrouvé un visage détendu, tel un acteur qui change de masque. Il contempla les lueurs du soleil couchant par la fenêtre, et dit en souriant qu'à cette heure ses parents devaient déjà être de retour à Xizhen. Comme ses propos n'avaient pas entièrement rassuré Xiaomei, il ajouta :

— Maintenant que nous sommes à l'hôtel, même si mes parents ne sont pas encore rentrés à Xizhen, ils ne risquent pas de tomber sur nous.

À peine Aqiang avait-il terminé sa phrase qu'il empoigna Xiaomei et se jeta avec elle sur le lit comme si leurs destins étaient désormais irrémédiablement liés. Le lit fit entendre un grincement et Xiaomei craignit qu'il ne s'effondre. Aqiang la rassura. Xiaomei fit remarquer que ce lit grinçait plus que le leur, et Aqiang lui expliqua qu'ils n'étaient que deux à dormir dans leur lit à la maison, alors que beaucoup de gens avaient dormi dans celui-ci.

Avec des gestes brouillons, Aqiang déshabilla Xiaomei. En revanche, lui-même se déshabilla avec ordre et méthode. Ils se couchèrent tous les deux nus sous les couvertures, et Xiaomei vécut une nouvelle nuit mémorable. La première étant celle qu'elle avait passée avant de dire adieu à la maison des Shen.

XVII

Les moments que Xiaomei venait de vivre avaient été comme un éblouissement, et d'autres devaient suivre. Elle était maintenant à Shanghai avec Aqiang, où ils virent passer une voiture à deux roues tirée par un homme. Xiaomei avait vu des chaises à porteurs à Xizhen, mais jamais ce genre de véhicule. Elle le montra du doigt et demanda discrètement à Aqiang :

— Qu'est-ce que c'est ?

Aqiang chercha dans sa mémoire le nom qu'il avait lu dans un vieux journal, et le retrouva très vite :

— C'est ce qu'on appelle un pousse-pousse.

Un homme de haute taille, blond aux yeux bleus, avec un nez pointu, en complet-veston et chaussures de cuir, prit place dans un de ces pousse-pousse. Avant que Xiaomei ait eu le temps de lui poser la question, Aqiang lui expliqua :

— C'est un Occidental.

Puis il ajouta :

— Ce qu'il porte, c'est un complet-veston.

C'était la première fois que Aqiang voyait un Occidental et un complet-veston ailleurs que dans un vieux journal. Il regarda l'étranger monter dans le pousse-pousse et s'éloigner, avec la même curiosité que Xiaomei.

Un homme vêtu d'une longue robe et qui portait une valise s'approcha d'eux et fit signe à un pousse-pousse qui se trouvait en face de lui. Le tireur de pousse arriva à toute allure, l'homme s'assit dans le véhicule et lança :

— À l'hôtel Hujiang.

Aqiang, imitant le geste de l'homme, fit signe à un autre pousse-pousse. Celui-ci s'approcha et quand il se fut arrêté, Aqiang fit d'abord monter Xiaomei avant de s'installer lui-même.

— À l'hôtel Hujiang.

Le tireur de pousse acquiesça d'une voix sonore et partit au pas de course. Leur vie, jusqu'ici aussi calme qu'une eau stagnante, avait commencé à tanguer sur le petit bateau à auvent de bambou quand ils avaient quitté le village de Xili pour Shendian, et à présent elle se mettait à courir comme un pousse-pousse à Shanghai.

À l'hôtel Hujiang, ils virent pour la première fois une lampe électrique. Dans la soirée, alors que Aqiang cherchait une lampe à pétrole dans la chambre, Xiaomei, en levant la tête, remarqua une ampoule qui pendait du plafond. Elle demanda à Aqiang ce que c'était. Aqiang leva la tête à son tour, cette ampoule lui disait quelque chose. Il continua à chercher dans ses souvenirs de la lecture des vieux journaux, et la mémoire lui revint.

— C'est une lampe électrique ! s'exclama-t-il, ravi.

Xiaomei se rappela que le client qui était déjà allé à Shanghai avait parlé de ces fameuses lampes électriques, des lampes bien plus lumineuses que les lampes à pétrole.

— Oh ! dit-elle, c'est donc ça !

Puis elle demanda :

— Comment est-ce que ça s'allume ?

Aqiang remarqua un cordon qui pendait à côté de l'ampoule, il le saisit et tira dessus, et la lampe s'alluma. Tous deux s'extasièrent en même temps.

— Pas besoin de craquer une allumette, dit Aqiang, il suffit de tirer une fois.

— Et si on tire une deuxième fois ? demanda Xiaomei.

Aqiang tira de nouveau sur le cordon et la lampe s'éteignit :

— Si on tire encore, elle s'éteint.

Là-dessus Aqiang proposa à Xiaomei de faire un essai et de tirer sur le cordon trois fois de suite : la lampe s'alluma, s'éteignit et se ralluma. Aqiang retrouva dans sa mémoire un mot qu'il avait lu dans un vieux journal, "électrocution". Montrant l'ampoule, il dit à Xiaomei :

— Il ne faut pas que tu touches à cette lampe, autrement tu risques de t'électrocuter.

Comme Xiaomei ignorait la signification du mot, Aqiang expliqua que si elle touchait l'ampoule elle risquait de mourir, de mourir d'un choc électrique. Xiaomei en eut le souffle coupé, et dans les jours qui suivirent, chaque fois que Aqiang tirait sur le cordon, elle l'avertissait :

— Fais attention !

Près du temple Jing'an, ils aperçurent un tramway : le véhicule s'approcha en grondant et s'arrêta lentement après que sa cloche eut retenti. Des gens en descendirent et d'autres y montèrent, et quand la cloche eut retenti de nouveau, le tramway repartit en grondant.

— C'est quoi, ces deux grosses voitures attachées ensemble ? demanda Xiaomei.

Comme Aqiang venait d'entendre un passant à côté de lui annoncer en shanghaïen qu'il allait prendre le tram, il répéta le nom :

— C'est un tram, une voiture électrique.

En apprenant qu'il existait aussi des voitures électriques, Xiaomei demanda à Aqiang :

— Est-ce qu'on risque de s'électrocuter en montant dedans ?

— Oui, affirma Aqiang sans réfléchir.

Xiaomei regarda le tram qui s'éloignait et reprit :

— Comment se fait-il que les passagers ne se soient pas électrocutés ?

Aqiang se corrigea aussitôt :

— Non, on ne risque pas de s'électrocuter en prenant le tram.

Ils se promenaient à Shanghai toute la journée, tantôt en tramway, tantôt en pousse-pousse, tantôt en brouette[50]. Mais la plupart du temps, ils marchaient pendant des heures. Ils s'arrêtaient longuement devant les devantures des magasins, ou bien, depuis la porte, ils jetaient un coup d'œil à l'intérieur, éblouis par tous ces étalages de marchandises. Toutefois, même si leurs yeux brillaient d'émerveillement, jamais ils n'en franchissaient le seuil. Les clients à l'intérieur portaient soit des tenues à l'occidentale, soit des longues robes ou des *qipao*, et tous étaient apparemment des gens riches. Sans doute par timidité, Aqiang ne se risqua pas à entrer, et Xiaomei naturellement pas davantage.

En revanche, ils n'hésitaient pas à franchir la porte des restaurants, même celle des grands restaurants à la carte bien fournie. Aqiang y emmenait Xiaomei, ils s'asseyaient et passaient commande. La faim avait eu raison de sa timidité.

Un de ces restaurants disposait d'une fumerie où les clients pouvaient consommer de l'opium après le repas. Ils y mangèrent des légumes et des nouilles à la viande de porc. Alors que Aqiang s'extasiait sur la taille et l'épaisseur des morceaux de viande dans son bol, il entendit un client demander au serveur quelle variété d'opium local ils proposaient. Le serveur répondit qu'on venait de faire rentrer de l'opium brut du Yunnan. Le client demanda qu'on lui en prépare des boulettes, qu'il irait goûter ensuite dans la fumerie. Là-dessus le patron du restaurant vint discuter avec lui des différentes variétés d'opium. Il raconta que le mois précédent des célébrités de Shanghai étaient venues avec de l'opium sabot de cheval produit en Inde, qu'ils avaient fumé à la fin du repas. À en croire le client, l'opium sabot de cheval était le meilleur de tous les opiums produits à l'étranger, et il coûtait quatre taëls d'argent l'once. Le patron déclara qu'il n'en avait jamais vu avant ce jour-là, et qu'à sa grande surprise la forme était en effet celle d'un sabot.

Aqiang en aurait volontiers goûté, mais les quatre taëls d'argent le firent sursauter, et rétrospectivement il se félicita d'avoir gardé cette pensée pour lui.

En sortant du restaurant, Aqiang acheta pour trois sapèques un paquet de cigarettes de la marque Pirate. Après en avoir allumé une avec une allumette, tout en marchant il aspirait et recrachait la fumée en se donnant l'illusion qu'elle avait le goût de l'opium sabot de cheval produit en Inde. Les gestes raides qu'il faisait en fumant et son air béat amusèrent Xiaomei, qui marchait à côté de lui.

Aqiang emmena Xiaomei au centre de loisirs du Grand Monde, dans la galerie des miroirs déformants. Lorsqu'elle se vit dans une des glaces aussi filiforme qu'une perche de bambou, et toute tordue, Xiaomei poussa un cri.

— C'est ton fantôme, dit Aqiang.

Xiaomei, effrayée, se cacha derrière Aqiang et ferma les yeux, n'osant plus se regarder. Elle entendit Aqiang éclater de rire et comprit qu'il la taquinait. Elle rouvrit les yeux et vit que dans le miroir Aqiang était lui aussi filiforme et tordu. La différence, c'était que sous sa tête il y avait une autre tête :

— Ton fantôme a deux têtes, dit Xiaomei.

— L'autre tête, c'est la tienne, répliqua Aqiang.

— Nos deux fantômes sont ensemble ? demanda Xiaomei.

— Oui.

Sur ce Aqiang étendit les bras, puis les jambes, et il suggéra à Xiaomei d'en faire autant. Le fantôme devant eux avait deux têtes, quatre bras et quatre jambes, et il gesticulait dans le miroir.

Dans un autre miroir, ils se virent aussi petits et aussi aplatis qu'une jarre à eau.

— Les fantômes peuvent changer de forme ? demanda Xiaomei en riant.

— Oui, dit Aqiang, ils peuvent prendre toutes sortes de formes.

— Sauf celle d'un être humain, précisa Xiaomei.

Aqiang emmena Xiaomei visiter le temple du Dieu de la ville, où ils dégustèrent des bonbons au sirop de poire, tout en observant le vendeur. Debout sur un tabouret, un petit gong dans la main gauche et une petite mailloche dans la main droite, celui-ci tapait comme un sourd sur son instrument tout en récitant avec beaucoup de bagout des monologues satiriques. Les gens qui l'entouraient riaient à gorge déployée. Sur le coup, Aqiang n'avait pas saisi les grivoiseries qu'il débitait, et voyant Xiaomei baisser la tête en souriant, il lui souffla :

— Tu comprends ce qu'il raconte ?

Xiaomei fit oui de la tête et aussitôt rougit.

— C'est curieux que je ne comprenne pas, s'étonna Aqiang.

Lorsque, les plaisanteries grivoises se succédant, il eut enfin compris, il éclata d'un rire si exagéré que tout le monde se retourna vers lui.

Après avoir écouté le bateleur, Aqiang alla acheter deux bouteilles d'"eau hollandaise", autrement dit du soda. Il expliqua que c'était la boisson que buvaient les Occidentaux. Xiaomei et lui n'en avaient jamais bu auparavant, et à la première gorgée ils ouvrirent de grands yeux. Ils avaient reconnu d'emblée le goût sucré de la boisson, mais son goût pétillant les déconcerta. Cette fois, Xiaomei fut la première à réagir :

— C'est du gaz, murmura-t-elle.

— Oui, c'est du gaz, s'exclama Aqiang comme s'il venait de le découvrir.

Tous les deux sirotèrent leur soda, et peu à peu ils ne sentirent plus son goût pétillant.

— Qu'est devenu le gaz ? demanda Aqiang.

— Il s'est peut-être échappé ?

— C'est ça, conclut Aqiang, comme si la lumière s'était faite dans son esprit. Il a dû s'échapper.

Puis Aqiang annonça à Xiaomei qu'il comptait l'emmener manger un repas occidental. Trois jours plus tard, ils prirent le tramway jusqu'à la concession britannique et entrèrent dans un restaurant de cuisine occidentale. Alors qu'ils discutaient à voix basse de ce qu'ils allaient commander, le serveur leur apporta du pain et du beurre. Aqiang et Xiaomei se regardèrent, puis regardèrent le serveur, étonnés qu'on leur apporte à manger alors qu'ils n'avaient encore rien commandé. Le serveur leur expliqua que le pain et le beurre étaient offerts, que c'était gratuit. Du coup, ils se sentirent rassurés, et après avoir vu les gens de la table voisine étaler leur beurre sur le pain, ils les imitèrent. Ils prirent d'abord une bouchée avec précaution, puis ils engloutirent le reste.

— C'est bon, dit Aqiang.

Xiaomei approuva de la tête. Aqiang avait entendu le serveur prononcer le mot "pain", mais il n'avait pas fait attention au mot qu'il avait employé à propos du beurre.

— Cette chose onctueuse, comment ça s'appelle ? demanda-t-il à voix basse.

Xiaomei n'avait pas fait attention non plus : lorsque le serveur leur avait apporté le pain et le beurre, elle avait été tellement surprise qu'elle n'avait pas bien saisi ce qu'il disait. C'est alors qu'elle entendit les gens à la table voisine prononcer le mot "beurre" en disant que celui-ci avait bon goût. Elle baissa la tête en souriant et murmura :

— Du beurre.

Ils s'attardèrent longtemps sur le Bund, dans la concession internationale. Les maisons magnifiques qui avaient surgi devant leurs yeux avaient arrêté leurs pas. Tandis que Aqiang poussait des exclamations admiratives, Xiaomei entendit le bruit d'un moteur, et aussitôt elle vit apparaître sur le fleuve un énorme bateau à vapeur. Sa cheminée crachait des volutes de fumée noire qui en se dispersant ressemblaient à une bannière qui se déployait. Aqiang l'avait vu lui aussi, et ses exclamations admiratives de tout à l'heure se transformèrent en cris de surprise.

— Ce gros bateau ne marche pas avec des rames, dit-il, il avance tout seul.

— Est-ce que c'est un bateau électrique ? demanda Xiaomei.

Aqiang fouilla de nouveau dans ses souvenirs des vieux journaux, et de nouveau il y trouva ce qu'il cherchait :

— C'est un bateau à vapeur.

Ils passèrent par les "douze pavillons aux trois mille beautés" de Shanghai. Ils avaient vu des maisons closes à Xizhen, mais ici le quartier des plaisirs avait une tout autre allure. Les façades étaient magnifiquement décorées, et les femmes somptueusement parées. Les sons des *erhu* et des *pipa*[51] mêlés aux chants et aux rires s'élevaient par intermittence.

Ils s'arrêtèrent ébahis devant une entrée, et découvrirent à l'intérieur une pièce dont la porte et les fenêtres étaient ouvertes. Le client et la prostituée étaient assis l'un en face de l'autre. L'un jouait de la cithare à sept cordes et l'autre de la flûte droite. Les maisons closes de Xizhen n'étaient pas aussi raffinées.

— Ça, on ne le voit pas dans les bordels de Xizhen, commenta Aqiang.

À une autre entrée, ils surprirent une autre scène. La pièce avait elle aussi sa porte et ses fenêtres ouvertes. Deux hommes étaient allongés là et bavardaient. Six prostituées, par groupes de trois, les entouraient. Elles leur martelaient le dos et les jambes, et leur massaient les pieds, et le son des rires parvenait par vagues.

— Ça, on le voit dans les bordels de Xizhen, commenta Aqiang.

Comme ils s'apprêtaient à partir, ils virent, sortant d'une maison close, un homme qui portait une toute jeune fille. La jeune fille était assise, légèrement de côté, sur l'épaule gauche de l'homme. L'homme avançait d'un pas ferme en lui tenant les jambes avec ses deux mains. Aqiang et Xiaomei apprirent, en entendant discuter les passants, que la jeune fille était une prostituée mineure et l'homme, l'homme à tout faire du bordel. C'était la règle dans le monde des maisons closes : lors de sa première prestation, une prostituée mineure ne pouvait pas se rendre seule auprès du client, c'était l'homme à tout faire qui devait l'amener en la portant sur ses épaules.

Aqiang et Xiaomei passaient leurs journées à flâner dans Shanghai. Ils n'auraient su dire depuis combien de jours ils étaient là quand soudain Aqiang poussa une exclamation en se tapant sur le front : il s'était souvenu de la promesse qu'il avait faite devant chez le tailleur de Shendian. Là-dessus, il conduisit Xiaomei dans une maison de couture. Car, expliqua-t-il, dans une ville de l'importance de Shanghai, les boutiques de tailleur s'appelaient des maisons de couture.

Aqiang, qui commençait à bien connaître Shanghai, ne montrait plus la moindre timidité. Il entra avec Xiaomei dans la boutique en chaloupant et en faisant tinter à dessein les pièces d'argent dans sa poche. Il commanda pour Xiaomei un *qipao* dans une étoffe à petites fleurs, un *qipao* dans le style de Shanghai, serré à la taille et fendu. Il sortit une pièce d'argent et la tendit au maître tailleur de la maison de couture. Celui-ci la fit sonner sur le comptoir et, jugeant qu'elle était vraie, il l'encaissa.

En sortant de la maison de couture, Aqiang n'avait pas assez de mots pour louer le geste du tailleur : non seulement les tailleurs de Shanghai avaient un savoir-faire remarquable, mais ils étaient capables de distinguer les pièces d'argent authentiques des fausses rien qu'en les faisant sonner sur le comptoir. Ceux de Xizhen, eux, donnaient une pichenette sur la pièce avant de la mordre.

Trois jours plus tard, dans l'après-midi, Xiaomei passa le *qipao* dans la chambre d'hôtel. Elle fit remarquer que les fentes étaient hautes et qu'elles dépassaient un peu les genoux. Ne risquait-on pas de voir ses cuisses ? Aqiang vérifia, d'abord debout puis accroupi, et il conclut :

— Quand on regarde de haut en bas on voit tes genoux, quand on regarde de bas en haut on voit un peu tes cuisses.

— Je ne pourrai jamais sortir avec à Xizhen, dit Xiaomei.

— C'est pour porter à Shanghai, répliqua Aqiang, et il ajouta : Nous ne retournerons pas à Xizhen.

Ce furent les dernières bonnes paroles que Xiaomei entendit de la bouche de Aqiang. Le soir venu, le Aqiang plein d'entrain avait disparu et le Aqiang absent était de retour.

Aqiang était assis sur un tabouret près de la fenêtre, la tête inclinée, aussi terne qu'une aubergine frappée par le gel. Xiaomei fut surprise de ce changement fulgurant, et elle eut un mauvais pressentiment. Elle s'assit sur le lit dans les dernières lueurs du soleil couchant. La voix hésitante de Aqiang se fit entendre. Il lui expliqua que depuis plusieurs jours il n'avait fait que dépenser sans rien gagner, et qu'il ne lui restait pratiquement plus rien des pièces d'argent qu'il avait emportées en quittant la maison.

Les pépites d'or dans les yeux de Xiaomei pâlirent. Cette lumière, qui n'avait pas cessé un seul jour de briller depuis son départ du village de Xili à Wanmudang, s'éteignait maintenant avec le coucher du soleil et la tombée de la nuit.

Pendant tout ce temps où elle n'avait pas eu à repriser ni à faire le ménage ou la cuisine, Xiaomei avait oublié son passé. Elle n'avait pensé à rien, s'imaginant que cette vie continuerait éternellement. Or cette vie s'arrêtait brutalement avec l'arrivée de la nuit. Xiaomei se figura les jours à venir : une vie errante à ne pas savoir de quoi demain sera fait, mais une vie toujours auprès de Aqiang, qui pourrait compter sur elle comme elle pourrait compter sur lui.

Cette nuit-là, quand Aqiang fut endormi, Xiaomei réfléchit longuement. Les jours qu'elle avait passés à Shanghai lui avaient ouvert l'esprit et elle ne manquait pas d'idées pour l'avenir. Elle pouvait se remettre au reprisage. Au début, bien sûr, elle n'aurait pas de clients, alors elle irait les chercher en faisant du porte-à-porte. Si le reprisage ne marchait pas elle s'embaucherait comme vendeuse dans un magasin, elle en avait la capacité, ayant déjà reçu les clients et tenu le livre de comptes dans la boutique des Shen. À défaut, elle se placerait comme domestique dans une grande famille, et si aucune grande famille n'acceptait de l'engager, elle serait domestique dans une famille ordinaire, et si même une famille ordinaire ne voulait pas d'elle… Elle songea alors à ce qu'elle avait vu et entendu dans le quartier de plaisirs de Shanghai : elle n'hésiterait pas à vendre son corps pour nourrir Aqiang.

Là-dessus elle s'endormit paisiblement.

XVIII

Au réveil, Xiaomei eut la surprise de trouver Aqiang debout au pied du lit. Aqiang avait recouvré son entrain.

— Aujourd'hui, nous partons pour la capitale, annonça-t-il d'un ton enjoué, quand il vit qu'elle s'était réveillée.

Et il expliqua à Xiaomei qu'ils iraient à Pékin pour se placer sous la protection d'un parent du côté maternel. Ce dernier avait travaillé au palais du prince Gong et il devait être bien introduit à la capitale. Il pourrait lui trouver une charge là-bas, une charge intéressante qui plus est. Xiaomei, d'abord transportée par cette perspective, songea aux plans qu'elle avait échafaudés au cours de la nuit, et l'idée qu'elle ait pu un seul instant envisager de vendre son corps la fit rougir de honte malgré elle.

Xiaomei rangea son *qipao* et revêtit ses vêtements de grosse toile bleue. Elle se couvrit la tête d'un foulard de toile bleue à motifs blancs, et prit avec Aqiang le chemin de la capitale. Ils passèrent d'une voiture à une autre, d'une voiture à douze chevaux sur trois rangs à une voiture à trois chevaux sur deux rangs. Ils montèrent même deux fois sur un char à bœufs qui avançait presque à la même vitesse que s'il avait labouré un champ, de sorte que tous les passagers somnolaient. Ils passèrent d'une auberge à une autre, des grandes auberges ou des auberges sans confort, mais où chaque fois ils étaient plusieurs à dormir dans la même chambre. Xiaomei se retrouva souvent couchée entre Aqiang et un inconnu, et pour parer à toute éventualité, elle avait ramassé sur le bord de la route une pierre qu'elle avait fourrée dans son ballot et qu'elle posait la nuit entre eux deux au moment de s'endormir.

Ce qu'elle redoutait ne manqua pas de se produire : une nuit, en se réveillant, elle sentit qu'une main s'était introduite dans son pantalon et fourrageait entre ses cuisses. Comprenant que cette main appartenait à l'homme couché à sa gauche, elle s'empara de la pierre et la lui écrasa sur le bras. Dans un cri de douleur étouffé, la main s'échappa de son pantalon. Elle ne retrouva pas le sommeil et garda la pierre dans sa main droite.

Elle ne parla de rien à Aqiang. Simplement, quand ils arrivaient dans une auberge, elle se précipitait pour prendre la place la plus proche du mur. Elle dormait ainsi coincée entre la cloison et Aqiang. Et si la place située contre le mur était déjà occupée, et qu'elle devait dormir au milieu, elle gardait sa pierre dans la main et ne fermait pas l'œil de la nuit.

En route pour la capitale Aqiang était plein d'entrain, mais cette belle humeur ne dura que trois jours, après quoi il afficha de nouveau son air absent.

À cet instant, ils étaient serrés dans une voiture à douze chevaux sur trois rangs, où des gens de tous âges parlaient avec toutes sortes d'accents. Le cocher assis à l'avant de la voiture tenait les rênes à deux mains et lançait sans cesse des appels : les *"Jia ! Pa ! He"* alternaient avec les *"Wu, wu"*, les *"Wo, wo"*, les *"Yue, yue"*, ou bien les *"Dai, dai"*. Et sous les cris du cocher, la voiture avançait tout droit, tournait à gauche, tournait à droite, montait une côte, ou bien franchissait un seuil de pierre posé au milieu d'une rue… La capitale à laquelle ils se rendaient faisait fantasmer Xiaomei. C'était l'endroit où résidait l'empereur. Là-bas, les bâtiments et les rues devaient être encore plus magnifiques qu'à Shanghai. Là-bas, Aqiang trouverait une charge intéressante, et elle-même pourrait de nouveau exercer la profession de repriseuse. La perspective de s'installer à la capitale la plongeait dans une vive excitation. Mais cette excitation, elle aussi, ne dura que trois jours. Alors que la voiture tournait à droite sur la grande route, l'humeur de Aqiang changea. Plein d'entrain jusque-là, il était redevenu absent à la sortie du virage. Xiaomei comprit ce que cela signifiait, elle baissa la tête, son humeur suivait celle de Aqiang, comme l'ombre suit le corps.

Dans la soirée, alors qu'ils étaient à la porte d'une auberge, Aqiang avoua à Xiaomei qu'il ne connaissait pas le nom de ce fameux parent. Il avait simplement entendu parler par sa mère de l'existence de cet homme haut placé qui, tout jeune, était allé à la capitale et une fois devenu adulte était rentré à Shendian le temps de se marier avec une cousine de sa mère. C'est à peu près tout ce que cette dernière lui avait raconté, et elle n'avait pas mentionné son nom. D'après elle, ce grand personnage avait travaillé au palais du prince Gong, mais manifestement, il avait déjà quitté les lieux.

Aqiang s'inquiétait :

— La capitale est tellement grande, dit-il à Xiaomei, comment faire pour le retrouver ?

Xiaomei comprit que Aqiang hésitait et qu'il se sentait perdu. Puisqu'il n'était pas question pour eux de retourner à Xizhen et qu'ils n'avaient pas d'autre endroit où aller, la seule solution, songea-t-elle, était de continuer à avancer : une fois à la capitale, s'ils parvenaient à retrouver le parent de Aqiang ils auraient quelqu'un sur qui compter.

Certes, la capitale était très grande, dit-elle à Aqiang, mais ils n'auraient pas de peine à trouver le palais du prince Gong, et son parent ne devait pas être un inconnu là-bas. Il leur suffirait de se poster devant l'entrée de la résidence et de demander à chaque personne qui en sortirait si elle connaissait un homme originaire de Shendian au Jiangnan. Il y aurait bien quelqu'un qui pourrait leur donner de ses nouvelles.

Aqiang reprit courage et suivit le conseil de Xiaomei. Ils poursuivirent donc ensemble leur périple vers le nord, ils continuèrent à emprunter toutes sortes de voitures, et à changer d'auberge tous les soirs. Ils se parlaient de moins en moins, non pas qu'ils fussent en froid, mais parce que plus ils avançaient et plus le parent de la capitale paraissait irréel. Sans se l'avouer, ils partageaient la même angoisse quant à leur destination finale.

XIX

À l'automne, ils traversèrent le fleuve Jaune et ils passèrent la nuit dans un endroit appelé Dingchuan. Aqiang ignorait qu'il y avait encore un long chemin à parcourir jusqu'à la capitale. Il s'imaginait qu'une fois le fleuve Jaune franchi, ils seraient pratiquement arrivés. Aussi recommanda-t-il à Xiaomei de mettre dès le lendemain son *qipao* en tissu à petites fleurs, tandis que lui-même enfilerait sa robe bleu roi : il fallait qu'ils soient bien habillés pour faire leur entrée dans la capitale.

Ils partageaient une voiture à trois chevaux sur deux rangs avec quatre autres voyageurs quand au petit matin, dans le bruit des sabots, ils sortirent de la ville de Dingchuan.

Dans la voiture qui brinquebalait, Xiaomei était assise avec Aqiang à sa droite et une femme à sa gauche. Les trois hommes assis en face d'elle avaient les yeux rivés sur les fentes de son *qipao*. Elle rougit légèrement, colla sa cuisse droite contre la cuisse gauche de Aqiang et posa le ballot qu'elle tenait en main sur la fente gauche du *qipao*. Au bout d'un moment, elle observa à la dérobée les trois hommes qui lui faisaient face, ils avaient tourné leurs regards ailleurs, et elle eut le sentiment d'avoir réussi son camouflage.

À midi, ils firent halte pendant deux heures dans une petite auberge sans confort. Le cocher donna du fourrage et de l'eau à ses trois chevaux, et les passagers, assis dehors sur des pierres, mangèrent les provisions de voyage qu'ils avaient emportées. Quand ils repartirent, la femme qui était assise à la gauche de Xiaomei ne remonta pas dans la voiture. Un ballot suspendu au poignet, elle était debout à la porte de l'auberge, jetant des regards circulaires comme si elle attendait qu'on vienne la chercher.

La voiture continua sa route. Xiaomei, bercée par le bruit monotone des sabots et le roulement monotone des roues, s'était endormie contre Aqiang. Celui-ci engagea la conversation avec les trois hommes assis en face d'eux. Il s'enquit du lieu où ils allaient, et ils lui posèrent la même question. Aqiang dit qu'il se rendait à la capitale, et les trois hommes prononcèrent les noms de trois lieux dont Aqiang n'avait jamais entendu parler auparavant. C'est ainsi qu'il comprit que les trois hommes ne voyageaient pas ensemble. Ils parlèrent de choses et d'autres. Leurs voix étaient aussi monotones que le bruit des sabots et des roues.

La voiture poursuivait sa route. Au bout d'un long moment, une des roues émit tout à coup un grincement sonore. Xiaomei se réveilla, et alors qu'elle se demandait ce qui se passait, la roue se disloqua et la voiture versa sur le côté. Xiaomei vit les trois hommes en face d'elle rouler par terre, et elle-même, avant d'avoir eu le temps de crier, se retrouva au sol avec Aqiang.

Le cocher, qui s'était agrippé de toutes ses forces aux rênes, n'était pas tombé. Le corps de guingois il cria *"xu, xu"*, et les trois chevaux qui traînaient la voiture gémissante s'arrêtèrent.

Le cocher sauta au bas de la voiture couchée sur le côté, il inspecta d'abord la roue dont les éclats étaient dispersés sur le sol, puis il regarda les cinq passagers qui s'étaient relevés et époussetaient leurs habits. L'air catastrophé, il leur annonça que la voiture ne pouvait plus rouler, et que son salaire d'un mois allait passer dans la réparation de la roue. Il pointa du doigt l'horizon et leur indiqua une auberge qui se trouvait une dizaine de *li* plus loin : ils pourraient l'atteindre avant la nuit à condition de se dépêcher. La mine piteuse, il les pria, une fois qu'ils seraient à l'auberge, de demander à l'aubergiste d'envoyer quelqu'un lui apporter une roue neuve.

Les passagers s'en allèrent en abandonnant le malheureux cocher. Les trois hommes marchaient devant, Aqiang et Xiaomei marchaient derrière. Xiaomei ralentit le pas à dessein pour creuser la distance avec les trois hommes. Ceux-ci n'arrêtaient pas de tourner la tête dans leur direction. Xiaomei scrutait les environs quand elle aperçut une petite rivière qui, après avoir dessiné un coude, se rapprochait d'eux et coulait parallèlement à la route sur laquelle ils avançaient. À l'orée du crépuscule, la rivière forma de nouveau un coude et s'éloigna.

Xiaomei s'arrêta. Elle redoutait d'avoir à marcher jusqu'à la nuit noire avec les trois hommes qui les précédaient. Elle tira Aqiang par sa tunique et lui montra un sentier sur le côté. Les yeux de Aqiang suivirent le chemin et il aperçut un village. Xiaomei proposa de chercher une maison où ils pourraient passer la nuit. Aqiang comprit les craintes de Xiaomei. Après un dernier regard vers les trois hommes qui marchaient devant, il se retourna et s'engagea avec Xiaomei sur le sentier.

XX

Aqiang et Xiaomei entrèrent dans le village : ils y furent accueillis par une grande demeure de brique avec cour, entourée de chaumières. Aqiang ne put retenir un léger cri d'admiration face à ces bâtiments en briques. Il se dirigea vers l'endroit où le mur d'enceinte rejoignait le bâtiment de façade. Là, deux fenêtres étaient ouvertes. Il se mit sur la pointe des pieds pour regarder à l'intérieur. Par une des fenêtres, il vit une bibliothèque, sur les rayons de laquelle étaient soigneusement alignés des livres reliés à l'ancienne. Il poussa à nouveau un petit cri et Xiaomei se hissa à son tour sur la pointe des pieds pour regarder à l'intérieur : dans cette position, elle aperçut l'étagère supérieure de la bibliothèque.

Ils passèrent le long des fenêtres et arrivèrent devant l'entrée de la résidence. Trouvant porte close, ils restèrent là à discuter : ce doit être une famille riche, dit Aqiang ; des gens éduqués, ajouta Xiaomei. C'est alors que la porte s'ouvrit et que la haute silhouette de Lin Xiangfu se dressa devant eux.

Pendant qu'il parlait avec Aqiang, Lin Xiangfu regarda à plusieurs reprises la belle Xiaomei, et il remarqua avec étonnement qu'elle portait un *qipao* de style shanghaïen. Comme la fente était haute, il détourna les yeux en rougissant, et quand il regarda de nouveau Xiaomei, il s'aperçut qu'elle rougissait elle aussi. La jeune femme lui sourit.

Durant toute la soirée, Xiaomei regarda sans rien dire Aqiang et Lin Xiangfu. Tandis qu'elle les écoutait parler, elle était troublée intérieurement. Depuis que Aqiang était venu à l'improviste au village de Xili pour l'emmener, il avait par intervalles un comportement étrange, et ce soir-là ce fut encore le cas. Quand Aqiang apprit que Lin Xiangfu vivait seul dans cette maison en briques constituée de six pièces sur deux bâtiments, il expliqua à celui-ci que Xiaomei était sa petite sœur et prétendit que leurs parents étaient morts. Lin Xiangfu voulut savoir d'où ils étaient originaires, et au lieu de répondre "Xizhen", il prononça un nom que Xiaomei ne connaissait pas : Wencheng.

Aqiang avait retrouvé son entrain, il était intarissable, et cet homme du nom de Lin Xiangfu parlait beaucoup lui aussi. Leurs yeux à tous les deux brillaient, et le regard de Lin Xiangfu se posait souvent sur le visage de Xiaomei à travers la lumière de la lampe à pétrole. Lorsque Xiaomei lui répondait d'un sourire, il détournait les yeux précipitamment, et c'est seulement quand il commença à s'adresser à elle qu'il prit une expression plus naturelle.

En voyant Aqiang parler avec entrain, Xiaomei eut un pressentiment. Pendant un temps, elle n'entendit plus les voix des deux hommes, absorbée qu'elle était dans ses souvenirs de Aqiang. À dix ans, en arrivant chez les Shen, elle avait découvert un garçon à l'air absent, puis ce garçon avait grandi d'un seul coup dans sa mémoire. Huit années avaient passé comme un éclair, et sa mémoire s'arrêta un instant sur leur nuit de noces, puis sur le moment où elle était retournée au village de Xili à Wanmudang. Mais l'épisode sur lequel sa mémoire s'arrêta le plus longuement, ce fut celui où Aqiang avait surgi brusquement devant elle pour l'arracher à sa honte. Cet homme avait commis la faute la plus grave qui soit en partant avec elle loin de chez lui, et ils ne s'étaient plus quittés depuis.

Tard dans la nuit, Aqiang, couché sur le *kang*, le regard tourné vers la lune qui brillait par la fenêtre, tenait tout bas des propos hachés, décousus. Xiaomei, couchée sur le flanc à côté de lui, le regardait : le treillis de la fenêtre se dessinait sur son visage éclairé par la lune.

Aqiang parla de l'inquiétude qu'il éprouvait à l'idée de poursuivre sa route vers la capitale. Il doutait maintenant de l'existence de ce parent qui aurait travaillé au palais du prince Gong. Sa mère ne l'avait jamais rencontré, pis encore, elle n'avait jamais vu cette cousine éloignée qui l'avait épousé. Ici, Aqiang s'arrêta, attendant la réaction de Xiaomei. Une fois arrivés à la capitale, dit celle-ci, quand ils auraient repéré le palais du prince Gong ils sauraient si un parent à lui y avait travaillé. Aqiang avait déjà renoncé à l'idée de se rendre à la capitale, mais pas Xiaomei. Aqiang lui fit observer que si le parent en question n'avait jamais travaillé au palais du prince Gong, ils auraient beau se rendre là-bas, ils n'obtiendraient aucun renseignement sur lui. L'argument n'ébranla pas Xiaomei : quand bien même ils ne parviendraient pas à mettre la main sur ce parent, ils trouveraient bien un moyen de s'établir à la capitale, dès lors qu'ils étaient prêts à travailler dur. Aqiang lui demanda comment elle pensait s'y prendre. Elle répondit qu'elle pourrait toujours compter sur son savoir-faire de repriseuse. Tôt ou tard, elle aurait sa propre boutique, qui leur permettrait de rester à la capitale.

Aqiang se tut, et quand il reprit la parole, il avait changé de sujet. Il expliqua qu'il avait la bourse plate et que même en économisant au maximum ils ne tiendraient pas longtemps. Xiaomei proposa aussitôt de mettre en gage son *qipao* : on en tirerait bien un peu d'argent. Ce ne pouvait être qu'un expédient provisoire, pas une solution à long terme, soupira Aqiang. Mais sa remarque n'entama pas l'optimisme de Xiaomei. Elle était persuadée qu'ils sauraient trouver un moyen de survivre : le ciel laissait toujours une porte ouverte, et même s'il fallait mendier tout le long du chemin, ils finiraient bien par arriver à la capitale.

Aqiang ne dit plus rien. Puis il commença à parler de Lin Xiangfu. Il dit que c'était un homme bien, et riche de surcroît. Xiaomei acquiesça de la tête, elle aussi trouvait que Lin Xiangfu était quelqu'un de bien. Là-dessus, la voix de Aqiang se fit hésitante : il annonça à Xiaomei qu'il partirait seul le lendemain, et qu'il souhaitait qu'elle reste ici. Il aurait eu encore beaucoup de choses à ajouter, mais il ne parvenait pas à les exprimer. Sa bouche s'ouvrit à plusieurs reprises sans qu'il en sorte aucun son.

Xiaomei regardait tranquillement le visage de Aqiang à la lumière de la lune et l'écoutait parler. Elle savait ce que Aqiang aurait voulu dire ensuite, elle attendit un moment mais Aqiang ne parlait pas, et elle comprit que les mots n'arriveraient pas à sortir. Alors elle lui demanda calmement :

— Où m'attendras-tu ?

Aqiang, pris de court, regarda Xiaomei, puis il lui dit :

— Au relais de Dingchuan.

Xiaomei insista :

— Tu m'attendras, c'est sûr ?

Aqiang prit Xiaomei dans ses bras. Tout en la caressant il lui ôta ses habits, puis se déshabilla lui-même. Son corps ne pouvait pas se détacher de celui de Xiaomei. Xiaomei n'avait jamais ressenti une telle douceur. Elle comprit que c'était là la réponse de Aqiang, et elle le caressa avec la même douceur. Le clair de lune vit les deux corps enchevêtrés sur le *kang*, deux corps enlacés qui se cherchaient mutuellement, comme s'ils voulaient se souder l'un à l'autre.

XXI

Xiaomei passa chez Lin Xiangfu la moitié de l'automne et un hiver entier, et elle s'enfuit en cachette au début du printemps. Lin Xiangfu était robuste comme la terre du Nord. Il était généreux, plein de vie et toujours content. Avec lui, Xiaomei découvrait un homme totalement différent de Aqiang et une vie totalement différente de celle qu'elle avait vécue à Xizhen. Ici, tandis que la brise d'automne se transformait en vent glacé, elle vit les feuilles tomber les unes après les autres, et la terre se dessécher peu à peu.

Xiaomei s'inquiétait pour Aqiang. Elle se demandait à quoi il passait ses journées, et s'il ne lui était pas arrivé quelque mésaventure au relais de Dingchuan. Mais quand Lin Xiangfu rentrait des champs où il était allé inspecter les récoltes, et qu'il surgissait devant elle, ses pensées quittaient Aqiang pour s'attacher à lui. Lin Xiangfu la rassurait. Lorsque Lin Xiangfu, dans son atelier, faisait résonner son marteau et crisser son rabot, elle faisait chanter en écho son métier à tisser. Le temps qui s'écoulait était comme le flot que l'épée ne rompt pas[52] : plus elle se faisait du souci pour Aqiang plus elle s'accoutumait à sa vie d'ici. À la longue, un changement subtil s'était produit en elle, et une expression différente avait percé dans son regard. Tout en s'inquiétant pour Aqiang, elle attendait le moment où Lin Xiangfu rentrerait des champs.

Les jours s'égrenèrent ainsi insensiblement jusqu'à l'épilogue du mariage précipité. Pendant les noces, Xiaomei aperçut, parmi les villageois venus féliciter les mariés, cet homme qui portait une robe bleu roi. Son cœur se serra, elle eut l'impression que c'était la tunique de Aqiang, et ses doutes ne furent apaisés que lorsque le villageois lui eut expliqué qu'il l'avait achetée contre un demi-sac de maïs à un homme dans la cinquantaine. Tard dans la nuit après les festivités, Lin Xiangfu sortit le coffret en bois caché dans le mur et lui montra les lingots. Alors Xiaomei, comme si elle se réveillait en sursaut, sentit qu'elle allait partir, et aussitôt après elle eut une sensation de vide comme si brusquement elle avait été abandonnée au milieu d'un désert sans chemin.

Cette nuit-là, quand Lin Xiangfu se fut endormi, Xiaomei se tourna et se retourna sur le *kang* : la robe bleu roi refusait de quitter son esprit. De nouveau il lui sembla que c'était la robe de Aqiang. Ses dimensions correspondaient exactement à celles de la tunique de Aqiang, simplement elle portait quelques taches qui n'avaient pas pu disparaître au lavage. Après y avoir longuement repensé, elle conclut que ce n'étaient pas des traces de sang et elle en fut un peu rassurée. Ensuite elle se rappela qu'en partant d'ici Aqiang n'avait sur lui que deux dollars d'argent et treize sapèques, et qu'avec cela il n'aurait pas eu de quoi tenir jusqu'à aujourd'hui. Elle supposa donc qu'il avait engagé sa robe bleu roi chez un prêteur sur gages de Dingchuan, et qu'après avoir changé plusieurs fois de mains, celle-ci était arrivée, avec quelques taches en plus, sur le dos du villageois. Aqiang avait peut-être mis en gage tous les vêtements qui avaient un tant soit peu de valeur. En songeant à la cicatrice que portait sur le front l'homme dont avait parlé le villageois, Xiaomei frémit : elle craignait que Aqiang n'eût reçu un coup de couteau. Heureusement, le villageois avait précisé que l'homme avait la cinquantaine : cela ne pouvait pas être Aqiang.

Lorsque la robe bleu roi se fut effacée, c'est Aqiang qui surgit à sa place. Un Aqiang à l'air misérable et abandonné. L'apparition de ce Aqiang sans sa robe bleu roi ramena brutalement les pensées de Xiaomei vers le coffret aux lingots d'or. Elle frissonna. Sa décision était prise, elle allait partir. Elle éprouvait depuis quelque temps des sensations inhabituelles qui l'avaient alertée, mais elle ne s'en était pas inquiétée plus que cela.

Lin Xiangfu se rendait tous les jours aux champs pour surveiller la croissance de son blé. À la maison, Xiaomei lui confectionna un habit neuf et deux paires de chaussures en toile, puis, dans la cuisine, elle lui prépara de quoi se nourrir pendant quinze jours.

Xiaomei n'utilisa pas de règle. Elle prit les mensurations de Lin Xiangfu avec les paumes de ses mains, qu'elle déplaçait alternativement en les collant l'une contre l'autre. Elle promenait ainsi ses paumes sur le corps de Lin Xiangfu et celui-ci, sous les chatouilles, se tortillait en riant. Tandis qu'elle mesurait la plante de ses pieds avec ses paumes, les chatouilles furent telles que Lin Xiangfu, allongé sur le *kang*, riait à gorge déployée. À deux reprises il retira ses pieds et Xiaomei les ramena vers elle, les gardant un moment contre sa poitrine avant de recommencer à mesurer. Lorsque les vêtements et les chaussures furent terminés, Xiaomei les fit essayer à Lin Xiangfu. Tout lui allait parfaitement. Lin Xiangfu félicita Xiaomei pour son habileté et déclara qu'aucune femme au monde ne pouvait se comparer à elle. La joie sincère de Lin Xiangfu fut sans effet sur Xiaomei : un soupçon de tristesse se lisait dans ses yeux, mais Lin Xiangfu ne remarqua rien. La nourriture qui s'entassait sur la table de la cuisine et sur le rebord du fourneau ne lui mit pas davantage la puce à l'oreille. Cet amas de victuailles lui rappela les préparatifs du Nouvel An, et il fit remarquer en riant à Xiaomei que le Nouvel An venait de se terminer : allait-on le célébrer une deuxième fois ?

La veille de son départ, tandis que Lin Xiangfu était aux champs pour inspecter son blé, Xiaomei sortit le coffret en bois caché dans le mur de la pièce du fond. Elle l'ouvrit et regarda les dix-sept gros lingots d'or et les trois petits. Après avoir hésité, elle retira du coffret sept gros lingots et un petit, qu'elle enveloppa dans une étoffe blanche et fourra dans un petit sac, avant de replacer le coffret dans sa cachette. Puis elle rassembla ses vêtements dans l'armoire, mais ne les mit pas immédiatement dans le gros ballot qu'elle avait préparé.

Xiaomei ne dissimula pas le sac qui contenait les lingots, elle le posa sur le *kang*, près du mur. Elle ignorait elle-même pourquoi elle faisait cela. Apparemment, c'était une façon d'attendre le verdict du destin : est-ce que Lin Xiangfu allait le remarquer ?

Avant de se coucher, Lin Xiangfu vit bien le petit sac, mais il crut que Xiaomei comptait l'emporter le lendemain pour aller brûler de l'encens au temple de Guanyu. Il s'approcha et le noua solidement, car il n'avait pas été attaché. Xiaomei le regarda se diriger vers le sac, il aurait suffi qu'il le soulève pour qu'il sente le poids des lingots. Mais il ne le souleva pas, il se contenta de le nouer soigneusement. Tandis qu'elle le regardait s'approcher et faire ce geste, Xiaomei ressentait un calme étonnant, elle s'en remettait au destin.

Puis, avant l'aube, Xiaomei descendit du *kang* et ouvrit l'armoire, elle en sortit ses vêtements sans précipitation, les posa d'abord sur le *kang*, puis les mit dans le gros ballot qu'elle noua solidement. Au-dessus des vêtements de Lin Xiangfu, elle déposa le foulard avec une pie perchée en haut d'un prunus et celui sur lequel était représenté un lion jouant avec une boule en broderie de soie. En les laissant derrière elle, peut-être voulait-elle laisser une trace d'elle-même, ou bien l'expression de son remords. Le bruit qu'elle fit réveilla Lin Xiangfu, il s'arrêta de ronfler, marmonna quelques mots, se retourna et se rendormit.

Debout devant le *kang*, à la lumière de la lune, Xiaomei regarda intensément Lin Xiangfu endormi, la douleur de la séparation jaillit dans son cœur, en même temps qu'un sentiment de culpabilité. Elle allait dire adieu définitivement à cet homme, mais jamais elle ne l'oublierait. Les larmes coulaient sur son visage, et elle fit entendre quelques sanglots étouffés. Les ronflements de Lin Xiangfu s'interrompirent un moment, mais aussitôt il se retourna et continua à dormir.

Xiaomei, le petit sac accroché à son poignet droit et le gros ballot sur son dos, franchit le portail de la demeure de Lin Xiangfu dans le clair de lune qui s'estompait progressivement, et elle s'engagea sur le sentier qui traversait le village. Le vent matinal soufflait les larmes sur son visage. Quand elle fut arrivée au bout du sentier et s'engagea sur la grande route qui menait à Dingchuan, le vent avait déjà séché ses larmes, et maintenant son esprit était tout à Aqiang. Elle réalisait qu'elle était séparée de lui depuis cinq mois, et elle marchait d'un pas rapide sur la grande route comme si elle avait voulu enjamber au plus vite ces cinq mois. Elle entendit derrière elle un bruit de sabots et les cris du cocher. Elle s'arrêta et attendit que la voiture arrive à sa hauteur. Elle monta dans la voiture, pour enjamber encore plus vite le temps de sa séparation d'avec Aqiang.

Xiaomei ne trouva pas Aqiang au relais de Dingchuan. Elle n'y avait passé qu'une nuit et l'aubergiste ne se souvenait plus d'elle. Elle lui posa des questions sur Aqiang et le lui décrivit. L'aubergiste se souvenait de Aqiang et confirma qu'il avait bien séjourné chez lui, et qu'il était parti au bout de quelques jours.

Xiaomei se tenait debout au bord de la route, désemparée. Une unique pensée occupait son cerveau : où était Aqiang ? L'idée ne l'effleura pas qu'il pouvait l'avoir abandonnée, elle était convaincue qu'il l'attendrait le temps qu'il faudrait, mais Aqiang n'était pas là. Où donc était-il ? À côté d'elle des voitures partaient et d'autres arrivaient. Elle sentait dans son dos un mouvement continu de gens qui entraient dans le relais ou en sortaient. Sans s'en rendre compte elle resta plantée là du début de l'après-midi jusqu'au soir, et c'est alors qu'elle vit un mendiant en haillons arriver de loin en courant, qui lui faisait des signes et lui criait :

— Xiaomei !

En entendant la voix de Aqiang, elle se précipita à la rencontre du mendiant et reconnut ce visage : Aqiang était maigre, le teint bruni, et il avait de longs cheveux sales. Il cessa de courir, regarda tout autour de lui comme s'il avait peur de quelque chose, puis il s'approcha de Xiaomei et lui dit d'une voix tremblante :

— Te voilà, Xiaomei.

Xiaomei scruta le front de Aqiang, il n'avait pas de cicatrice.

— Oui, me voilà, dit-elle en hochant la tête.

— Je croyais que tu ne viendrais plus, dit Aqiang.

Peinée de voir Aqiang dans un tel état, Xiaomei lui demanda :

— Qu'est-ce qui t'est arrivé ?

Aqiang expliqua à Xiaomei qu'après avoir dépensé tout l'argent qu'il avait sur lui, il avait mis ses vêtements en gage et qu'ensuite il avait dû se résoudre à mendier pour survivre. Il ajouta qu'il n'avait pas mis en gage le bel habit de Xiaomei, il n'en avait pas eu le cœur. C'est seulement alors que Xiaomei remarqua le ballot usé qu'il portait sur le dos, il avait l'air de flotter, sans doute contenait-il seulement le bel habit. Tout en parlant, Aqiang montra du doigt l'endroit au loin d'où il était arrivé en courant, et où il se postait chaque jour pour surveiller le relais. Il venait plusieurs fois par jour, et même quand il s'était persuadé que

Xiaomei ne viendrait plus, il avait poursuivi son manège quotidien. Arrivé à ce point de son récit, Aqiang fondit en larmes.

— Te voilà enfin, dit-il à Xiaomei.

Xiaomei ne distinguait plus le visage de Aqiang, elle avait les yeux brouillés par les larmes. Elle avait beaucoup de choses à raconter à Aqiang, mais rien ne sortait de sa bouche que de faibles sanglots.

XXII

Les cinq mois de séparation s'évaporèrent dès l'instant de leurs retrouvailles. On eût dit qu'ils ne s'étaient jamais quittés. Comme cinq mois auparavant, ils vivaient dans un mouvement perpétuel, passant sans arrêt d'une voiture à l'autre. Ils ne faisaient plus route vers le nord, mais vers le sud. Ils ne s'étaient pas interrogés sur leur destination, ils se contentaient d'aller droit vers le sud. Le Sud leur manquait, c'était leur unique refuge. Quant à savoir où était précisément leur refuge, ils n'en savaient rien pour l'heure, ils attendaient d'avoir traversé le Yang-tsé-kiang pour en décider.

Ils ne fréquentaient plus les auberges bruyantes, ils passaient la nuit dans des hôtels convenables. Aqiang ne s'attendait pas à ce que Xiaomei rapporte de chez Lin Xiangfu autant de lingots d'or. Désormais, Xiaomei et lui seraient à l'abri du besoin jusqu'à la fin de leurs jours. Dans la voiture qui les emmenait vers le sud, Aqiang était d'humeur joyeuse, il parlait de tout avec tout le monde, on entendait continuellement le son de sa voix, mêlé à celui des sabots des chevaux avançant sur la route.

Xiaomei ne partageait pas cette gaieté et son regard était triste. Le sourire qui s'était épanoui sur son visage quand elle avait retrouvé Aqiang s'était fané peu à peu dans les cahots de la route. Plus elle s'éloignait de Lin Xiangfu, plus elle avait le sentiment d'avoir laissé là-bas beaucoup d'elle-même, des choses qu'elle n'avait pas pu emporter et qui faisaient partie de leur vie commune, comme le foulard avec la pie perchée en haut d'un prunus et celui sur lequel était représenté un lion jouant avec une boule en broderie de soie.

Alors qu'elle était encore chez Lin Xiangfu, son corps avait déjà réagi de façon inhabituelle, mais ces manifestations devinrent plus évidentes dans la voiture qui les emmenait vers le sud après qu'ils eurent franchi le fleuve Jaune. À plusieurs reprises, elle pria le cocher d'arrêter les chevaux, et quand la voiture se fut immobilisée elle vomit, penchée au bord du chemin.

Elle avait compris qu'elle était enceinte et un soir, à l'hôtel, elle en informa Aqiang. Celui-ci se contenta de marquer une légère surprise, avant de reprendre un visage normal. Lorsqu'ils auraient traversé le Yang-tsé-kiang, dit-il, ils chercheraient un endroit où s'installer et où Xiaomei accoucherait. Xiaomei lui fit remarquer que l'enfant était de Lin Xiangfu. Aqiang hocha la tête, comme pour confirmer que naturellement il le savait.

Xiaomei s'était tue, mais l'agitation régnait dans son esprit. Aqiang affirma qu'il traiterait l'enfant comme si c'était le sien, et Xiaomei hocha légèrement la tête : elle était certaine qu'il tiendrait sa promesse. Il ajouta qu'il enseignerait à l'enfant les techniques du reprisage, ce qui fit sourire Xiaomei. Aqiang, qui était bien conscient de n'être pas expert en la matière, changea de discours : mieux vaudrait faire faire des études à l'enfant pour que plus tard il réussisse les examens et obtienne un poste de fonctionnaire. La pie en grimpant en haut des branches deviendrait un phénix.

Le calme revint dans l'esprit de Xiaomei. Les propos de Aqiang l'avaient rassurée. Elle demanda à Aqiang avec un soupçon de malice ce qu'il ferait si l'enfant à naître était une fille : lui enseignerait-il les techniques du reprisage, ou bien lui ferait-il faire des études ? Aqiang se gratta la tête, ne sachant que répondre : en ce temps-là, les filles ne pouvaient pas passer les examens ni obtenir un poste de fonctionnaire. Au bout d'un moment Aqiang, au lieu de répondre à la question, déclara que même si avec leurs lingots d'or ils avaient de quoi vivre jusqu'à la fin de leurs jours, il leur faudrait néanmoins épargner pour l'avenir de l'enfant. Si c'était un garçon, les économies serviraient à couvrir les frais de son mariage, et si c'était une fille, elles serviraient à lui constituer une dot. Xiaomei regardait Aqiang, confiante, les mains posées sur son ventre, comme pour protéger le fœtus. Lorsqu'ils auraient traversé le Yang-tsé-kiang et qu'ils auraient trouvé un endroit où s'installer, murmura-t-elle, ils devraient ouvrir une boutique de reprisage plutôt que de rester à ne rien faire. Aqiang acquiesça : si l'enfant était une fille, c'est Xiaomei qui lui enseignerait les techniques du reprisage. Xiaomei sourit à nouveau. Elle savait que si Aqiang parlait ainsi, c'était parce qu'il manquait de confiance dans ses propres capacités. Et si c'était un garçon, enchaîna-t-elle, c'est Aqiang qui se chargerait de le faire travailler pour qu'il réussisse les examens et qu'il obtienne un poste de fonctionnaire. Aqiang songea au bel habit qui se trouvait toujours dans le ballot : si c'était une fille, dès son plus jeune âge elle porterait un habit pareil à celui-là, et par la suite chaque année jusqu'à ce qu'elle se marie, on lui en confectionnerait un nouveau. Xiaomei sourit, des larmes dans les yeux.

Durant le reste du voyage, Xiaomei resta soucieuse, et à son contact l'humeur de Aqiang s'était assombrie. Dans la voiture, il bavardait rarement avec les autres passagers. Il sentait que c'était le fœtus qu'elle avait dans son ventre qui causait du souci à Xiaomei. Il aurait voulu lui dire quelque chose, mais il ne trouvait pas les mots appropriés. Il ne sut lui dire que des banalités, puis il se tut. Comme Xiaomei, il s'enfonçait de plus en plus dans le silence.

Quand ils arrivèrent au bord du Yang-tsé-kiang, le ventre de Xiaomei s'était déjà un peu arrondi et ses pieds avaient gonflé. Aqiang proposa de passer la nuit sur place et de traverser le fleuve le lendemain.

Dans cet hôtel où l'on voyait le Yang-tsé-kiang sans entendre les battements de l'eau contre la rive, Xiaomei se mit tout à coup à pleurer en silence. Lin Xiangfu lui avait tout donné, or elle lui avait volé ses lingots d'or et lui avait pris son enfant. Elle était rongée d'angoisse et de culpabilité. Elle avait le sentiment que le Yang-tsé-kiang était une frontière et que si elle la franchissait elle ne reviendrait pas en arrière, et alors Lin Xiangfu ne verrait jamais son enfant et ne connaîtrait pas même son existence.

Xiaomei sécha ses larmes et elle formula les pensées qui la poursuivaient depuis quelques jours : elle voulait revenir en arrière, retourner auprès de Lin Xiangfu, et mettre leur enfant au monde là-bas.

En protégeant son ventre des deux mains, elle dit :

— C'est la chair de sa chair.

Aqiang regarda Xiaomei, surpris, mais sur le coup il ne réagit pas. Xiaomei répéta :

— C'est la chair de sa chair.

Xiaomei avait prononcé ces mots sur un ton qui n'admettait pas de réplique. L'expression de Aqiang passa de l'étonnement à l'inquiétude, et de l'inquiétude à l'angoisse. Au bout d'un moment, il dit d'une voix bégayante :

— Tu as volé les lingots et si maintenant tu les rapportes…

— Pourquoi les rapporterais-je ? s'étonna Xiaomei.

Aqiang était perplexe :

— Tu ne veux pas lui rapporter ses lingots ?

— Non, fit Xiaomei, c'est son enfant que je veux lui rapporter.

— Ah bon ! s'exclama Aqiang. Mais aussitôt il prit peur : Si tu ne rapportes pas les lingots, est-ce qu'il ne risque pas de te tuer ?

Xiaomei regarda Aqiang, les yeux dans le vague :

— Je ne sais pas, dit-elle.

Au bout d'un moment, elle secoua la tête et ajouta :

— C'est quelqu'un de bien, il ne me tuera pas.

Un moment passa encore, elle sourit :

— Même s'il devait me tuer, il attendra que l'enfant soit né.

La décision de Xiaomei était prise, elle retournerait auprès de Lin Xiangfu pour mettre l'enfant au monde. Malgré ses craintes, Aqiang ne pouvait que s'incliner. Cette nuit-là, au bord du Yangtsé-kiang, Xiaomei et Aqiang intervertirent les rôles : dorénavant, ce ne serait plus Xiaomei qui suivrait Aqiang, c'est Aqiang qui suivrait Xiaomei.

Après en avoir discuté entre eux, ils décidèrent de retourner à Dingchuan, où Aqiang attendrait à nouveau.

— Cette fois, dit Xiaomei, tu devras m'attendre longtemps.

— Je t'attendrai tout le temps qu'il faudra, déclara Aqiang.

— Et s'il m'arrivait malheur et que je meure là-bas ? demanda Xiaomei.

— J'attendrai à Dingchuan jusqu'à ma mort, dit Aqiang.

Ils se regardèrent les yeux pleins de larmes, puis ils se sourirent à travers leurs larmes.

— Est-ce que tu me rejoindras à Dingchuan dès que tu auras accouché ? demanda Aqiang.

Après un moment de réflexion, Xiaomei répondit :

— Je te rejoindrai à Dingchuan quand l'enfant aura un mois.

Puis ils se parlèrent à voix basse. Les lingots d'or étaient lourds, dit Xiaomei, et il était dangereux de les transporter sur les routes. Le lendemain, ils chercheraient une grande banque pour les échanger contre des billets à ordre. Xiaomei prit une aiguille et du fil pour coudre une poche intérieure dans les sous-vêtements de Aqiang : il n'aurait qu'à plier les billets pour les glisser dedans, c'était à la fois commode et sûr. Aqiang assura qu'une fois à Dingchuan, il ne séjournerait ni au relais ni dans un hôtel. C'étaient des endroits très fréquentés, et il y avait des voleurs parmi les clients. Au cours des cinq mois qu'il avait passés à Dingchuan, il avait repéré une maison à louer. Il comptait en louer une aile pour y habiter tout seul, et ainsi il aurait l'assurance que les billets à ordre ne seraient pas dérobés. Il précisa que la maison était toute proche du temple : celui-ci était juste au bout de la rue, il irait tous les jours y brûler de l'encens et prier pour qu'il n'arrive rien à Xiaomei.

XXIII

Au terme d'un long voyage, ils arrivèrent à Dingchuan. Maintenant que Xiaomei était tout près de Lin Xiangfu, son cœur était aussi étale qu'un plan d'eau. Au milieu des cahots de la route, elle avait envisagé toutes les punitions qu'il serait susceptible de lui infliger. Quelles qu'elles fussent, elle était prête à les accepter pourvu qu'il la laisse mettre au monde son enfant, et elle était sûre qu'il le ferait.

Xiaomei et Aqiang passèrent une nuit paisible à Dingchuan. Dans l'aile de la maison qu'il avait louée, au milieu des aboiements de chiens qui résonnaient de temps à autre dans la cour, au milieu des coups frappés par le veilleur de nuit sur son tube de bambou, sous la lueur vacillante de la lampe à pétrole, Aqiang regardait Xiaomei anxieusement. Le lendemain, au petit matin, il la conduisit au relais, et son regard était toujours aussi anxieux quand il l'aida à monter dans la voiture. Lorsque la voiture se mit en branle, Xiaomei ne vit plus l'anxiété sur son visage, car il avait baissé la tête.

La voiture dans laquelle Xiaomei avait pris place quitta Dingchuan et s'en alla sur les routes du Nord. La poussière soulevée par le vent voltigeait devant ses yeux. À travers la poussière, elle voyait le blé onduler dans les champs, et elle se dit que Lin Xiangfu devait s'apprêter à moissonner. Comme la fois précédente, c'est à midi qu'ils arrivèrent à la petite auberge sans confort, mais la halte fut de courte durée, une heure peut-être. Le cocher donna de l'avoine et de l'eau aux trois chevaux, et la voiture repartit. Xiaomei commença à scruter les deux côtés de la route. Elle se souvenait de la petite rivière, et quand, depuis la voiture, elle la vit arriver de loin en faisant un coude, son cœur bondit dans sa poitrine. Elle allait voir d'un instant à l'autre Lin Xiangfu. Elle savait que la voiture avait déjà dépassé l'endroit où s'était produit l'accident la fois précédente. Elle regardait la petite rivière et la route cheminer de concert, et quand elle vit la rivière dessiner un coude et s'éloigner, elle descendit de la voiture. Elle resta debout un moment au bord de la route, à regarder les silhouettes dans les champs. L'une d'entre elles aurait pu être celle de Lin Xiangfu, une autre également. Puis elle s'engagea sur le sentier familier, et l'angoisse la gagna.

Lin Xiangfu l'accueillit avec sa générosité d'homme de la terre. Aucune des punitions imaginées par Xiaomei ne lui fut infligée, et elle reçut toutes les marques de sollicitude possibles. Un nouveau mariage fut célébré. La cérémonie fut plus formelle que la précédente : une carte de naissance fut remplie et l'on compara les caractères cycliques des époux. La carte resta posée un mois sur le rebord du foyer, et pendant tout ce temps le dieu du Foyer leur accorda sa protection. Lin Xiangfu fit venir deux artisans laqueurs et un tailleur. Les deux artisans laqueurs passèrent sur les meubles plusieurs couches de laque brillante, et le tailleur confectionna pour Xiaomei une ample tunique rouge. Puis Lin Xiangfu transforma une table carrée en palanquin et Xiaomei y prit place vêtue de sa tunique rouge. Et après quelques péripéties, sa fille naquit finalement sans encombre.

Ensuite, ils coulèrent des jours apparemment calmes et heureux. Mais si Lin Xiangfu était complètement immergé dans le bonheur, la joie de Xiaomei, elle, était forcée. La naissance de sa fille avait été comme un signal qui la pressait de repartir.

Xiaomei, couchée sur le *kang*, ne quittait pas sa fille une seconde. Le jour, elle ne se lassait pas de la tenir serrée contre elle, et la nuit, quand elle se réveillait, elle tendait la main pour caresser délicatement le visage du nourrisson, elle le caressait interminablement comme si elle voulait emporter l'odeur de sa fille et la garder éternellement sur elle. C'est seulement lorsque Lin Xiangfu faisait son apparition dans la pièce, que les yeux de Xiaomei se détachaient un instant de sa fille pour le suivre du regard.

Xiaomei espérait que le jour où sa fille aurait un mois arriverait le plus tard possible, mais chaque jour, à peine le soleil s'était-il levé que déjà c'était la nuit. Puis la sage-femme se présenta avec le barbier, et beaucoup de gens du village leur emboîtèrent le pas. Comme il n'y avait pas assez de place dans la cour, ils furent quelques-uns à rester à l'extérieur de la demeure. Pour profiter du spectacle, les enfants grimpèrent sur les arbres ou s'assirent sur le mur d'enceinte. Le barbier rasa avec précaution les cheveux et les sourcils du bébé, et tandis que Xiaomei enveloppait les cheveux et les sourcils de sa fille dans un morceau d'étoffe rouge, ses mains tremblaient.

Quand Xiaomei eut fini de les envelopper, la sage-femme déclara que le rituel de la cérémonie du premier mois exigeait aussi que le bébé change de maison : sa grand-mère maternelle ou son oncle maternel devait le prendre quelque temps chez lui. Lin Xiangfu expliqua que la grand-mère maternelle de sa fille n'était plus de ce monde et que son oncle maternel vivait au sud du Yang-tsé-kiang, à mille *li* de là, ce qui rendait la chose difficile. Soit, concéda la sage-femme après avoir réfléchi, laissons tomber le changement de maison, mais il va falloir quand même faire faire au bébé la marche du premier mois. Lin Xiangfu demanda à la sage-femme comment on s'y prendrait, et la sage-femme répondit qu'on ferait au mieux : il suffisait qu'une parente ou une amie de la mère apporte des vêtements pour le bébé et fasse un bout de chemin en direction du sud avec lui sur son dos, puisque c'était là-bas qu'habitait l'oncle. De cette façon, on pourrait considérer que le rituel avait été respecté. Lin Xiangfu désigna du doigt Tian l'Aîné : c'est sa famille qui représenterait le côté maternel. Mais quant aux vêtements, trois jours étaient nécessaires pour les préparer. Entendu pour les trois jours, dit la sage-femme, après cela on procédera à la marche du premier mois. Avant de partir, la sage-femme recommanda à Xiaomei de couper une branche de pêcher et d'y attacher au moyen d'une cordelette rouge cinq cacahuètes teintes en rouge et sept sapèques. La branche de pêcher servait à chasser les mauvais esprits, les cacahuètes symbolisaient la longévité, et les sapèques représentaient les sept étoiles qui brillent au ciel et qui attirent sur vous la chance et la prospérité.

Trois jours plus tard, Xiaomei, qui tenait dans sa main une branche de pêcher à laquelle étaient attachées des cacahuètes et des sapèques, sortit de la résidence de Lin Xiangfu en compagnie de la fille de Tian l'Aîné, laquelle portait sur son dos le bébé dans ses langes. Les gens du village étaient venus en masse. Lin Xiangfu voulut suivre Xiaomei et la fille de Tian l'Aîné, mais la sage-femme qui marchait à ses côtés l'en empêcha : la marche du premier mois était l'affaire des femmes, les hommes n'avaient pas à s'en mêler. Lin Xiangfu s'arrêta et dans le brouhaha des voix il lança tout fort à la fille de Tian l'Aîné :

— Faites d'abord le tour du village, et quand vous serez sur la grande route marchez encore un peu en direction du sud.

La fille de Tian l'Aîné se retourna pour lui dire qu'elle avait compris.

— Il ne faut pas se retourner quand on fait la marche du premier mois, intervint la sage-femme. Sinon, il faut revenir en arrière et tout recommencer.

Xiaomei, sa branche de pêcher à la main, et la fille de Tian l'Aîné, le bébé sur son dos, rebroussèrent chemin, et aucune des deux n'osa plus regarder derrière elle. Quand elles furent revenues à la porte de la résidence de Lin Xiangfu, la sage-femme, prise d'un doute, s'adressa à ce dernier :

— Avez-vous mis à l'intérieur des vêtements de l'enfant une feuille de papier avec quelque chose d'écrit dessus ?

Lin Xiangfu secoua la tête et avoua que non.

— Mettez-en une, lui conseilla la sage-femme, plus tard l'enfant sera quelqu'un d'instruit.

Lin Xiangfu se précipita chez lui, il prit une feuille sur laquelle il avait écrit quelque chose, et revint en courant l'apporter à la sage-femme. Celle-ci plia soigneusement le papier et le glissa dans les langes du bébé.

— Est-ce que c'est tout ? demanda Lin Xiangfu.

La sage-femme réfléchit et dit :

— Allez chercher deux ciboules.

Lin Xiangfu courut dans une autre pièce de la maison et en rapporta deux ciboules. La sage-femme les glissa dans les langes du bébé. On aurait cru qu'elles avaient poussé là, et la tête du bébé, qui dormait profondément, reposait dessus, ce qui provoqua l'hilarité des villageois. Lin Xiangfu et Xiaomei éclatèrent de rire à leur tour. La fille de Tian l'Aîné, portant le bébé dans son dos, ne pouvait voir cet étrange tableau, mais constatant que tout le monde riait autour d'elle, elle se mit à rire elle aussi. Seule la sage-femme ne riait pas :

— Avec les ciboules, assura-t-elle à Lin Xiangfu, le bébé, plus tard, sera intelligent et capable.

La marche du premier mois débuta. La fille de Tian l'Aîné, le bébé dans son dos, fit le tour du village, encadrée par la sage-femme et par Xiaomei, qui tenait sa branche de pêcher. Les gens du village marchaient devant et derrière. Quand la route se rétrécissait, la foule se rétrécissait aussi, et quand elle s'élargissait, la foule s'élargissait aussi. Lorsqu'ils furent hors du village et qu'ils commencèrent à marcher vers le sud sur la grande route, le bébé qui dormait profondément jusqu'alors se réveilla, la tête toujours appuyée contre les deux ciboules. Il regarda tous ces gens et écouta toutes ces voix avec ahurissement.

Quand elle s'aperçut que le bébé s'était réveillé, la sage-femme lui dit en montrant un villageois :

— Tu le connais ?

Le bébé ne réagit pas. Écarquillant ses yeux d'un noir brillant, il regardait tantôt ici, tantôt là. La sage-femme lui montra un autre villageois et lui posa la même question :

— Tu le connais ?

Le bébé n'avait toujours pas de réaction. Les villageois s'approchèrent l'un après l'autre et imitant la sage-femme ils disaient au bébé en montrant quelqu'un d'autre :

— Tu le connais ?

Au son de toutes ces voix différentes aux inflexions si amusantes, le bébé ouvrit sa bouche sans dents et sourit. Comme le bébé avait souri, les villageois se bousculèrent pour venir lui poser la fameuse question. L'un d'eux prit un accent cocasse qui fit rire le bébé, alors tous les autres se mirent à lui parler en forçant le ton. Le bébé riait sans cesse, et les deux ciboules n'arrêtaient pas de trembler.

XXIV

Xiaomei ne partit pas aussitôt passée la marche du premier mois. Bien que chaque matin, au réveil, elle se dît que le moment approchait où elle devrait se séparer de sa fille et de Lin Xiangfu, elle repoussait de jour en jour l'échéance. Quand elle allaitait sa fille, la tête de l'enfant était appuyée contre le creux de son bras, et ses petites mains s'agitaient doucement sur sa poitrine, et c'étaient ces mains-là qui la retenaient et qui ébranlaient sa résolution de partir.

Ce jour-là, Lin Xiangfu eut enfin un moment libre. Il prit sur lui trente dollars d'argent et se rendit en ville en tirant son âne. C'était ce qu'il avait économisé sur le produit de la récolte de l'année. Il voulait échanger ces dollars à la banque Juhe contre un petit poisson jaune.

Dans l'après-midi, Xiaomei, dans un habit de grosse toile bleue, s'assit à la porte de la résidence avec sa fille dans les bras. Le regard perdu dans le vague, elle fixait la grande route qui commençait à la sortie du village. Dans ses bras, l'enfant contemplait sa mère avec de grands yeux. Lin Xiangfu, qui était parti le matin, tardait à revenir. Le soleil déclinait déjà à l'ouest, quand Xiaomei entendit le son de la clochette de l'âne qui flottait au vent. Elle scruta l'entrée du village : Lin Xiangfu arrivait en tirant son âne.

Dans sa main libre, Lin Xiangfu tenait une brochette d'azeroles caramélisées. Il se dirigea tout sourire vers Xiaomei. Il lui tendit les azeroles et se pencha pour regarder sa fille, puis il entra dans la cour avec Xiaomei. Il fit tourner l'âne lentement dans la cour, expliquant à Xiaomei, qui s'était assise devant la porte de la maison sa fille dans les bras, qu'après avoir retiré leur harnais aux animaux il fallait absolument les promener.

C'était un crépuscule rougi par les lueurs du couchant. Assise sur le seuil, Xiaomei approchait de temps en temps les azeroles au goût sucré des lèvres de sa fille pour qu'elle les lèche. Les lueurs du soir les éclairaient, et l'habit de grosse toile bleue de Xiaomei paraissait aussi rouge qu'une feuille d'érable.

Cette nuit-là, Lin Xiangfu et Xiaomei s'endormirent très tard. Lin Xiangfu sortit le coffret en bois du compartiment du mur et il y déposa le petit poisson jaune. Tous les deux s'étendirent sur le *kang*, leur fille entre eux. Lin Xiangfu raconta que sur le chemin du retour il avait senti contre sa poitrine le poids du petit poisson jaune. Dorénavant, chaque année, il y en aurait un autre, et dans dix ans cela ferait un gros poisson jaune de plus, onze au total. Quand sa fille aurait seize ans et qu'elle se marierait, il y aurait donc onze gros poissons jaunes et huit petits. À ce moment-là il faudrait absolument lui constituer un beau trousseau pour qu'elle fasse une entrée digne chez ses beaux-parents.

En entendant ces mots, Xiaomei se mit à pleurer. Lin Xiangfu, qui ignorait la cause de ses pleurs, pensa qu'elle se faisait des reproches. Il avoua qu'il lui arrivait aussi parfois de se mettre en colère à la pensée des lingots dérobés, mais cela ne durait pas, le passé était le passé.

Sur ce Lin Xiangfu s'endormit profondément. Xiaomei dormait depuis peu de temps quand elle fut réveillée par les cris de sa fille, qui avait faim. Elle se redressa, descendit du *kang* et alluma la lampe à pétrole avant de se rasseoir sur le *kang* pour allaiter sa fille. Quand celle-ci fut rassasiée, elle défit ses langes et la coucha à plat ventre sur ses cuisses pour la changer. C'est alors qu'elle eut la joie de constater que le bébé avait levé la tête. Jusqu'ici elle avait toujours eu besoin qu'on la soutienne. Mais son cou avait soudain pris de la force, elle avait levé la tête et regardait tout autour d'elle.

Xiaomei réveilla Lin Xiangfu, elle voulait partager ce moment avec lui. Lin Xiangfu se redressa sur ses coudes et leva vers elle ses yeux ensommeillés. Xiaomei lui dit de regarder sa fille, et aussitôt il poussa une exclamation, réveillé pour de bon.

Le bébé tournait sa tête tantôt à gauche, tantôt à droite, tantôt vers le haut. Ses yeux noirs et brillants regardaient dans toutes les directions. Lin Xiangfu se mit à rire. Il trouvait que sa fille bougeait la tête comme une tortue :

— C'est comme ça que fait la tortue quand elle sort sa tête, commenta-t-il.

Xiaomei avait le visage inondé de larmes. Lin Xiangfu s'en amusa :

— Plus tard, quand notre fille se mariera, tu te transformeras sûrement en bonhomme de larmes.

Lin Xiangfu ignorait que les larmes de Xiaomei étaient des larmes d'adieu. Sa fille avait brusquement levé la tête, c'était le signe qu'elle commençait à grandir. Maintenant qu'elle en avait été témoin, Xiaomei se disait qu'il était temps pour elle de partir.

XXV

Avant que les étoiles ne se retirent, Xiaomei était déjà sur la grande route menant à Dingchuan. Elle marchait dans le clair de lune qui précède l'aube, et les larmes dans ses yeux miroitaient.

Une voiture à cheval arriva dans les rayons du soleil levant. Xiaomei monta à bord, la tête basse, son ballot dans les bras, et après s'être assise, la tête basse, elle sécha ses larmes avec sa manche. Quand elle releva la tête, elle avait le visage figé et sans expression. Elle regarda les deux femmes et l'homme assis dans la voiture avec elle, puis elle regarda les champs qui s'étendaient à l'infini. Elle ne voyait que du vide, et son cœur aussi était vide.

La fois précédente, quand elle était partie, Xiaomei était déchirée par la douleur de la séparation et par le sentiment de culpabilité. Cette fois-ci, elle accomplissait un triste voyage. Ce n'était plus seulement Lin Xiangfu qu'elle quittait, mais sa fille tout juste venue au monde.

Dans l'après-midi, elle descendit de la voiture au relais de Dingchuan. Elle alla jusqu'au carrefour et s'arrêta pour regarder autour d'elle. Elle se souvint qu'il fallait prendre une rue qui allait sur la gauche. Elle savait qu'en avançant tout droit dans cette rue, quand elle apercevrait le temple, elle serait presque arrivée à la maison que louait Aqiang. Elle avait vécu là-bas une nuit d'angoisse, la veille du jour où elle devait retourner auprès de Lin Xiangfu, ignorant tout de l'accueil que le destin lui réserverait.

Xiaomei traversa un coin de rue, et une pensée lui vint soudain à l'esprit : et si Aqiang ne l'avait pas attendue, et s'il était reparti à Xizhen pour rejoindre ses parents ? Dans ce cas, elle retournerait auprès de Lin Xiangfu et de sa fille. Cette pensée ne fit que l'effleurer, elle avait la conviction que Aqiang ne pouvait pas être parti et qu'il l'attendrait toujours. Elle en était là de ses réflexions quand, après avoir dépassé un autre coin de rue, elle entendit un cri derrière elle :

— Xiaomei, Xiaomei.

C'était la voix de Aqiang. Xiaomei se retourna et le vit qui courait vers elle tout excité. Quand il fut arrivé à sa hauteur, il la prit par la main et l'entraîna en courant en sens inverse. Xiaomei ne comprenait pas ce qu'il voulait faire. Tout en courant, Aqiang lui dit :

— Viens vite voir la chaise à porteurs tirée par des chevaux.

Aqiang entraîna Xiaomei jusqu'au coin d'une rue, il tourna à droite et continua à courir, jusqu'à ce qu'ils arrivent devant les chevaux et la chaise à porteurs. Alors il s'arrêta, et la main droite pointée vers la chaise il s'écria, tout excité :

— Regarde, regarde.

Xiaomei vit une chaise portée par deux chevaux, l'un devant et l'autre derrière. Deux porteurs les conduisaient, l'un devant et l'autre derrière. Plusieurs personnes étaient installées dans la chaise. Aqiang fit observer le pas des chevaux à Xiaomei : ils marchaient à un rythme aussi régulier que des soldats à l'exercice.

— Si les deux chevaux ne marchaient pas au même pas, expliqua Aqiang, les gens assis à l'intérieur tomberaient.

Et il ajouta :

— C'est la première fois que je vois une chaise portée par des chevaux.

Puis Aqiang regarda Xiaomei avec beaucoup d'attention. Il remarqua que son ventre naguère arrondi était plat, et que son visage était plus plein. Il riait de la voir saine et sauve, et il pensa qu'il n'y était pas pour rien.

— Je suis allé brûler tous les jours de l'encens au temple, dit-il.

Là-dessus, gagné par l'émotion, il dit encore d'une voix étranglée :

— Te voilà enfin.

Xiaomei regardait Aqiang avec la même attention. Elle trouvait qu'il avait grossi. Elle n'avait jamais vu la tunique qu'il portait, il avait dû se la faire confectionner par un tailleur de

Dingchuan. Un sourire se dessina sur son visage, c'était la première fois qu'elle souriait en cette journée mouvementée.

Après avoir passé une nuit à Dingchuan, Xiaomei reprit son voyage au long cours avec Aqiang. Ils allaient plein sud, se déplaçant de jour dans des voitures à cheval, et dormant le soir dans des hôtels. Comme Xiaomei était murée dans le silence, Aqiang parlait peu lui aussi. Quand ils eurent traversé le Yang-tsé-kiang, le Sud se déploya sous leurs yeux : des arbres et des herbes touffus, des cultures luxuriantes, des cours d'eau sillonnant les champs, et des fumées s'élevant des maisons paysannes. Quand ils avaient quitté Dingchuan, ils n'avaient pas d'autre but que de retourner dans le Sud, mais une fois le Yang-tsé-kiang franchi, ils ne pouvaient plus se contenter d'une destination aussi vague.

Xiaomei continuait à prendre des voitures qui descendaient dans le Sud. Aqiang ignorait où elle voulait se rendre, et il se contentait de la suivre. À l'approche de Shanghai, il crut que c'était là que Xiaomei voulait aller, dans cette ville où était gravé le souvenir de leurs moments les plus heureux. Mais quand il lui posa la question, elle secoua la tête : la vie là-bas était trop chère. Aqiang était perplexe. Au bout d'un moment il reprit :

— Alors où va-t-on ?

La réponse de Xiaomei le stupéfia.

— On retourne à Xizhen.

XXVI

Après que Aqiang était allé rechercher Xiaomei au village de Xili, à Wanmudang, pour l'emmener dans une autre région, la sévérité avait fait place à la tristesse sur le visage de Mme Shen. Jamais M. Shen n'aurait cru son fils capable d'une telle chose : il avait volé à la maison cent dollars d'argent et raflé toutes les sapèques contenues dans le tiroir du comptoir. La lettre laissée par son fils en main, il soupirait :

— Fils indigne.

Une dizaine de jours plus tard, un vieux client vint récupérer ses vêtements à la boutique. Par sollicitude, il s'inquiéta de savoir s'il y avait du nouveau concernant Aqiang et Xiaomei. Mme Shen secoua la tête sans rien laisser paraître, tandis que M. Shen restait coi. Quand le client fut parti, M. Shen, la mine chagrine, s'étonna qu'il soit au courant pour Aqiang et Xiaomei.

— On n'enferme pas le feu dans du papier, dit Mme Shen.

Un an plus tard, Aqiang et Xiaomei n'avaient toujours pas donné signe de vie, et l'entreprise de reprisage des Shen battait de l'aile. Si la boutique n'avait jamais été très fréquentée, elle n'était plus hantée désormais que par les silhouettes de deux vieillards aux gestes lents. Comme souvent ils étaient incapables de livrer en temps voulu le travail demandé, les clients se faisaient de plus en plus rares, et ils finirent par rester plusieurs jours sans en voir aucun. Les deux vieillards, après avoir retiré les battants de porte le matin, restaient assis sans bouger jusqu'au soir, et ils remettaient alors en place les battants de porte.

M. Shen avait toujours apprécié jusqu'alors cette bru diligente, économe et vive, et après que Mme Shen avait insisté pour la renvoyer, il avait été peiné pendant plusieurs jours. À présent, il lui arrivait souvent de la maudire, il la traitait d'ensorceleuse, et prétendait que si son fils avait quitté la maison, c'était à cause de cette diablesse qui l'avait égaré. Et pour finir, il regrettait en soupirant qu'on se soit montré trop faible par le passé : on aurait dû renvoyer Xiaomei dès le début, quand elle avait enfilé en catimini son bel habit.

Mme Shen écoutait tristement son mari tempêter contre Xiaomei, et ne disait pas un mot. Depuis que son fils avait quitté la région avec Xiaomei, elle n'y avait pas fait la moindre allusion, et pour le reste elle parlait de moins en moins. Elle se levait tôt le matin et se couchait tard le soir pour s'occuper de la maison, jusqu'au jour où elle tomba malade.

Mme Shen était clouée au lit et toussait sans arrêt. Une servante balourde était venue chez eux pour s'occuper de la maison à la place de Mme Shen. Dès lors, on entendit régulièrement, chez les Shen, le bruit de la vaisselle qui se brise en tombant par terre. Un praticien de médecine traditionnelle grisonnant était devenu un habitué des lieux. Il franchissait le seuil de la maison tous les quinze jours, se rendait dans la chambre de Mme Shen, suivi de près par un apprenti sec comme un coup de trique. Le praticien grisonnant s'asseyait sur un tabouret à côté du lit et tâtait le pouls de Mme Shen, tandis que l'apprenti s'asseyait devant la console. Après avoir pris le pouls de sa patiente, le médecin chantait son ordonnance comme un air d'opéra, et l'apprenti, assis devant la console, d'un pinceau rapide, copiait sur une feuille blanche, en petits caractères réguliers gros comme des têtes de mouche, l'ordonnance chantée par le maître. Puis il attendait un moment, et quand l'encre était sèche, il présentait des deux mains l'ordonnance à M. Shen, qui en retour lui donnait une sapèque, et il remerciait. Le praticien grisonnant faisait quelques recommandations à M. Shen, puis il se levait et s'en allait, toujours suivi de près par l'apprenti sec comme un coup de trique, lequel semblait avoir peur de se perdre.

L'ordonnance à la main, M. Shen filait à l'herboristerie pour qu'on lui prépare les médicaments et de retour à la maison il allait directement à la cuisine et s'occupait personnellement des tisanes pour son épouse, car la servante balourde avait déjà cassé un pot à décoction.

Le praticien grisonnant chantait ordonnance sur ordonnance, c'était toujours la même composition de neuf ingrédients, seul le dosage variait. Et tandis qu'il chantait, l'état de santé de Mme Shen ne cessait de s'aggraver. Lorsqu'elle toussait, elle expectorait des filets de sang rouge foncé. Par la suite, on posa un baquet au pied de son lit, et l'eau claire dont on le remplissait au matin était, le soir venu, visqueuse et d'un rouge sombre.

Quand elle était tombée malade, Mme Shen avait gardé à côté de son oreiller le livre de comptes de la boutique de reprisage. Elle utilisait comme signet l'épingle à cheveux en argent que Xiaomei avait abandonnée en partant. Lorsqu'elle refermait le livre de comptes, elle marquait la page avec cette épingle. Au début, elle était encore capable de s'asseoir à moitié et vérifiait les comptes en toussant, même si à vrai dire il y avait déjà peu de rentrées à l'époque. La maladie s'aggravant, elle n'eut plus la force de feuilleter le livre, mais malgré tout elle refusait de s'en séparer. Au réveil, sa main gauche se posait dessus en tremblant, comme si ce livre eût été son existence même.

Cette femme qui en imposait tant autrefois avait maintenant le regard vide et parfois son esprit s'embrouillait. Un soir, alors qu'elle était à l'article de la mort, elle appela soudain Xiaomei, à plusieurs reprises, de façon de plus en plus pressante. M. Shen, qui dormait dans la pièce voisine, arriva affolé, une lampe à huile à la main :

— Xiaomei n'est pas là, dit-il.

— Fais-la venir, commanda faiblement Mme Shen, je veux lui confier le livre de comptes.

— Confie-le-moi, dit M. Shen, en tendant la main.

Mme Shen continuait à appeler d'une voix faible mais obstinée :

— Xiaomei, Xiaomei.

M. Shen se tenait là, impuissant. Mme Shen, à force d'appeler, commençait à s'essouffler. Après une pause, elle reprit :

— Fais venir Xiaomei.

— Xiaomei n'est pas là.

Mme Shen, comme si elle ne l'avait pas entendu, répéta :

— Fais venir Xiaomei.

— Elle n'est pas là, dit M. Shen, elle est partie avec ce fils indigne.

— Partie…

Mme Shen se calma, elle ferma lentement les yeux. Son souffle se dissipait peu à peu, et c'est, semble-t-il, en pensant à Xiaomei qu'elle s'éteignit. Cette femme sévère, cette femme qui toute sa vie avait refoulé ses sentiments, avait, au moment de quitter ce monde, trahi son attachement pour Xiaomei.

Quand elle fut placée dans son cercueil, Mme Shen portait des sous-vêtements en percale écarlate, avec par-dessus une veste et un pantalon en soie verte. Elle était coiffée d'un bonnet sur lequel était cousue une perle, et sur l'oreiller où reposait sa tête étaient brodés un soleil et un coq.

Le jour de l'enterrement, sept parents vinrent de Shendian, tout de blanc vêtus. M. Shen, la tête baissée, marchait devant en pleurant. Ils accompagnèrent le cercueil de Mme Shen jusqu'à son lieu de sépulture, à Xishan. De son vivant, et quand elle était encore lucide, Mme Shen avait à maintes reprises donné des instructions pour que ses funérailles soient le plus simples possible. Aussi M. Shen ne fit-il pas venir les prêtres taoïstes du pavillon du Dieu de la ville. On ne les vit donc pas alignés solennellement sur deux rangs, et on n'entendit pas le concert mélodieux des flûtes traversières, des flûtes droites, des *suona* et des poissons de bois. M. Shen avait fait venir de la campagne un groupe de joueurs de *suona* qui se faisaient payer beaucoup moins cher. Les sons de leurs *suona* n'avaient rien de mélodieux, mais ils étaient beaucoup plus sonores que la musique jouée par les prêtres taoïstes. Les joues gonflées ils soufflèrent gaillardement dans leurs instruments jusqu'à Xishan.

XXVII

L'inscription gravée sur l'enseigne en bois rectangulaire suspendue à côté de la porte de la boutique de reprisage était maintenant couverte de crasse, et le mot “Reprises” avait fini par s'effacer au fil du temps. Les battants de porte étaient certes retirés au lever du soleil et remis en place au coucher du soleil, mais il n'y avait plus de clients. M. Shen passait invariablement ses journées assis dans sa boutique. Quand son épouse avait quitté ce monde, c'était comme si son âme à lui l'avait suivie, il restait immobile comme une potiche à côté du comptoir. La servante s'activait toujours chez les Shen, le bruit de la vaisselle cassée continuait de résonner, et ce bruit mettait finalement un peu de vie dans la maison.

Une autre année passa et ce fut au tour de M. Shen de tomber malade. Il semblait souffrir du même mal que sa femme. Il toussait en permanence et expectorait des filets de sang. Le praticien de médecine traditionnelle grisonnant et son apprenti sec comme un coup de trique redevinrent des habitués des lieux. M. Shen n'était pas alité, il se faisait examiner assis dans la boutique, si bien que lors des visites du médecin on voyait se profiler à la porte de la boutique les silhouettes de gens venus l'écouter : il déclamait ses ordonnances sur un ton chantant, avec les mêmes inflexions que les acteurs qui tiennent le rôle des vieillards dans les opéras. L'apprenti sec comme un coup de trique se tenait debout à côté de lui, et penché sur le comptoir il faisait virevolter son pinceau. C'était chaque fois la même prescription à neuf plantes.

Un après-midi, au début de l'hiver, deux chaises à deux porteurs s'arrêtèrent devant la boutique de reprisage des Shen. Quelqu'un descendit de la première, c'était Aqiang. Il s'avança vers la boutique d'un pas hésitant et observa son père assis à l'intérieur. Deux ans seulement avaient passé, et son père était comme une chandelle au vent.

— Père, s'écria Aqiang, d'un ton mal assuré.

Son père le regarda sans bouger, et Aqiang appela de nouveau. Alors son père poussa un long soupir et dit d'une voix tremblante :

— Te voilà.

Aqiang hocha la tête :

— Votre fils indigne est de retour.

— Xiaomei est de retour aussi ?

— Oui, elle est de retour.

Le père se leva en tremblant, et jeta un coup d'œil dehors.

— Où est-elle ?

Aqiang marqua un temps d'arrêt :

— Elle est dans la chaise à porteurs.

Le père regarda les deux chaises à porteurs et appela :

— Xiaomei, Xiaomei.

Xiaomei descendit de la deuxième chaise à porteurs et resta là, la tête basse. Elle entendit son beau-père lui dire :

— Entre.

Xiaomei suivit Aqiang dans la boutique, la tête basse. Quand elle la releva, elle découvrit face à elle un vieillard méconnaissable.

— Vous voilà enfin, dit le beau-père.

Ces paroles firent comprendre à Xiaomei que la famille Shen l'avait adoptée. Aqiang remarqua qu'il y avait maintenant une servante à la maison, mais il ne voyait pas sa mère.

— Où est ma mère ?

Le père eut une quinte de toux et quand celle-ci fut apaisée il dit :

— Elle est partie, elle est à Xishan.

— Elle est à Xishan ?

Aqiang, sur le coup, n'avait pas compris.

— Elle est morte, cela fait un an.

Aqiang resta d'abord interdit, et aussitôt ses larmes coulèrent.

— Je suis un fils indigne, dit-il en s'essuyant les yeux, je me suis mal conduit envers ma mère.

Xiaomei s'était mise à pleurer elle aussi.

— Tout cela, c'est à cause de moi, dit-elle à son beau-père.

Son beau-père les conduisit tous les deux d'un pas chancelant dans la chambre à l'étage. Il sortit de l'armoire le livre de comptes qu'il tendit à Xiaomei, en lui expliquant d'une voix triste :

— À la veille de sa mort, elle n'arrêtait pas de t'appeler, car elle voulait te confier le livre de comptes. Je lui disais que tu n'étais pas là, mais elle ne m'écoutait pas et continuait à t'appeler.

Au moment où Xiaomei prenait le livre de comptes, l'épingle à cheveux en argent qui était coincée dedans tomba par terre. Xiaomei, surprise, se pencha pour la ramasser, puis elle dit en pleurant :

— Tout cela, c'est de ma faute.

— C'est le destin, soupira le beau-père.

La nouvelle du retour de Aqiang et de Xiaomei se répandit très vite dans tout Xizhen, et il y eut à nouveau du mouvement devant la boutique de reprisage de la famille Shen. Aqiang et Xiaomei avaient nettoyé l'enseigne à côté de la porte et s'étaient remis à l'ouvrage. La plupart des gens venaient à la boutique pour savoir ce qui leur était arrivé au cours de ces deux années, rares étaient ceux qui leur apportaient des vêtements à réparer. Tout en reprisant, Aqiang et Xiaomei leur répondaient de manière évasive. Ils racontaient qu'ils étaient allés à la capitale et que là-bas ils avaient continué à travailler dans le reprisage. Comme il y avait beaucoup de monde à la capitale, l'entreprise était prospère, mais là-bas les hivers étaient froids et secs, et ils n'avaient pas pu s'y habituer. Tandis qu'ils parlaient, leurs mains s'activaient toujours avec la même rapidité, après tout c'était une technique qu'ils avaient apprise dès l'enfance. Cette animation ne dura que quelques jours, après quoi les clients désertèrent de nouveau la boutique. Aqiang et Xiaomei n'avaient plus envie de continuer dans le commerce de reprisage, c'était seulement pour ne pas décevoir M. Shen qu'ils restaient assis là.

Après le retour de Aqiang et de Xiaomei M. Shen, rassuré, se coucha pour ne plus se relever. Son état s'aggravait de jour en jour, il toussait de plus en plus fort, et les filets de sang qu'il expectorait coulaient des coins de sa bouche jusqu'à son menton. Pour lui aussi on avait installé un baquet de bois devant le lit. Le matin on le remplissait d'eau claire, et le soir l'eau était d'un rouge sombre. Conscient qu'il n'en avait plus pour très longtemps, il fit venir à son chevet son fils et sa belle-fille et leur donna ses instructions pour ses funérailles. Après sa mort, il n'était pas nécessaire d'acheter de l'eau au puits du pavillon du Dieu de la ville pour le baigner, il suffirait de le laver avec celle du puits qui se trouvait derrière la maison. Pour les vêtements funéraires, il ne fallait pas utiliser de satin : "satin" étant un homophone en chinois de "couper", cela risquait de porter malheur, en laissant entendre que la famille resterait sans héritier. Comme il faisait très sombre dans l'au-delà, il convenait d'éviter le noir. Ses sous-vêtements devraient être rouges, confectionnés dans une percale écarlate. Il expliqua qu'en arrivant dans l'au-delà on passait d'abord dans le pavillon où l'on vous ôte vos vêtements : des petits démons dépouillaient le défunt des vêtements qu'il portait dans le monde des vivants, et quand ils voyaient du rouge, croyant qu'ils l'avaient dépouillé jusqu'au sang, ils arrêtaient de le déshabiller. Pour le cercueil, on ne devait pas lésiner. Il faudrait choisir comme matériau un vieux pin bien droit pour que le cercueil ne pourrisse pas trop facilement. Le jour des funérailles, il était inutile de faire venir les prêtres taoïstes du pavillon du Dieu de la ville. Les joueurs de *suona* de la campagne se faisaient payer beaucoup moins cher et ils ne ménageaient pas leur peine.

M. Shen regarda son fils, en état de sidération, et sa belle-fille en larmes, et leur fit cette ultime recommandation :

— Aujourd'hui, notre patrimoine est bien maigre. Dorénavant, il vous faudra économiser sur tout.

Trois jours plus tard, M. Shen mourut subitement. Aqiang et Xiaomei organisèrent ses funérailles selon ses vœux, des funérailles dignes à défaut d'être solennelles. Après quoi, ils décrochèrent l'enseigne suspendue à côté de la porte et fermèrent boutique à compter de ce jour. Désormais on apercevait rarement leurs silhouettes à tous les deux, mais on rencontrait fréquemment la servante. Elle sortait au petit matin, un panier à provisions en bambou au bras et, de retour du marché, elle poussait la porte et rentrait.

Aqiang et Xiaomei vivaient là dans le silence. Parfois seulement, au cœur de la nuit, on entendait des sanglots pathétiques. Les gens se disaient que c'était Xiaomei qui pleurait, et leur imagination commença à vagabonder. Ils échafaudaient des hypothèses sur les deux années que Aqiang et Xiaomei avaient passées au loin. Mais en à peine trois mois, les rumeurs qui couraient à leur propos s'apaisèrent. Ils habitaient toujours à Xizhen mais Xizhen les avait déjà oubliés.

XXVIII

Depuis leur retour à Xizhen, Aqiang et Xiaomei étaient immergés dans le passé. Les petits matins qui se levaient n'étaient pas les leurs, les crépuscules qui s'éteignaient n'étaient pas les leurs. Leur vie paraissait avoir fermé boutique elle aussi.

Chaque jour, la servante avait devant les yeux une Xiaomei impeccablement coiffée, une épingle à cheveux en argent plantée dans son chignon. Xiaomei la traitait avec bienveillance, lui épargnant les travaux de force et partageant avec elle les tâches domestiques. Elle avait le geste sûr et prompt, et à son contact la servante, autrefois si balourde, était devenue plus soigneuse. Désormais on entendait rarement des bruits de vaisselle cassée.

Quant à Aqiang, la servante lui trouvait l'air absent, elle ignorait qu'il avait toujours été comme cela. Il restait souvent assis longtemps dans la petite cour intérieure sans bouger, et il fallait que Xiaomei l'appelle pour qu'il consente à se lever et à rentrer. Parfois, Xiaomei venait s'asseoir à côté de lui dans la cour, et si un léger sourire se dessinait au coin de ses lèvres, c'est qu'elle s'était rappelé le moment où Aqiang avait surgi au village de Xili, ou bien que les jours heureux de Shanghai, avec un Aqiang métamorphosé, avaient refait surface dans son esprit.

Aqiang et Xiaomei ne se parlaient pas beaucoup, mais ils s'entendaient bien. Un jour, la servante fut témoin de leur complicité. Ils étaient assis l'un en face de l'autre, tenant entre leurs mains une tunique, qui devait appartenir à Aqiang. La tête baissée, l'air sérieux, ils réparaient les endroits usés ou déchirés. Leurs doigts à tous les deux se mouvaient avec agilité, mais Xiaomei était à l'évidence plus habile que Aqiang. Ses reprises étaient quasiment invisibles, contrairement aux siennes. Aqiang la regarda en souriant, comme pour lui dire qu'il n'était pas aussi doué qu'elle, et Xiaomei sourit à son tour, arguant qu'elle s'était occupée des accrocs alors que lui s'était occupé des endroits usés.

— Les accrocs sont plus faciles à réparer que les endroits usés, dit-elle.

La servante savait que Xiaomei était entrée chez les Shen comme enfant fiancée. Les enfants fiancées jouissaient généralement d'un statut inférieur au sein des familles qui les accueillaient, mais pour Xiaomei, il en allait différemment, c'était elle la maîtresse de maison. Même si Aqiang avait souvent l'air absent, pour les travaux de force qui réclamaient l'aide d'un homme, il suffisait que Xiaomei l'invite d'une voix douce à s'en occuper pour qu'il se mette immédiatement à l'ouvrage.

Quand la jarre à riz était presque vide, Xiaomei s'approchait de Aqiang un sac à la main et lui disait :

— On arrive bientôt au fond de la jarre.

Aqiang se levait aussitôt, il prenait le sac des mains de Xiaomei, et partait chercher un autre sac plus petit. Lui qui habituellement ne sortait pas revenait de ces expéditions avec un grand sac sur son épaule gauche et un petit sac dans sa main droite. À force de le voir rentrer à la maison épuisé, Xiaomei décida par la suite d'aller acheter le riz avec lui.

Lors de leurs rares apparitions dans les rues de Xizhen, Aqiang gardait la tête baissée et Xiaomei saluait du chef les gens qu'ils croisaient. Ceux qui les connaissaient leur rendaient leur salut :

— Ça fait longtemps qu'on ne vous avait pas vus.

Aqiang restait impassible et Xiaomei répondait en souriant :

— On va acheter du riz.

Le patron du magasin de riz s'étonna auprès d'eux qu'ils achètent le riz par sacs entiers et non par demi-sacs comme la plupart des gens. Un jour il leur raconta qu'il avait malencontreusement déchiré sa robe : la boutique de reprisage ayant définitivement fermé, il avait dû prendre lui-même une aiguille et du fil pour la raccommoder, mais le résultat donnait l'impression que le tissu était balafré. Aqiang ne réagit pas, mais Xiaomei saisit la balle au bond : bien que la boutique soit fermée, les vieux clients pouvaient toujours apporter leurs vêtements en cas de brûlure ou d'accroc, ils les repriseraient avec soin.

Quand ils sortaient du magasin de riz, ils offraient aux habitants de Xizhen l'image du couple parfait. Aqiang, le gros sac de riz sur son épaule, marchait devant, et Xiaomei, le petit sac de riz à la main, suivait derrière. Aqiang marchait plus vite que Xiaomei et s'arrêtait à plusieurs reprises pour l'attendre. Tous les deux faisaient une courte halte en traversant le pont de pierre. Xiaomei posait son sac sur les marches, et Aqiang mettait le sien sur la rambarde, en le retenant des deux mains : s'il l'avait déposé sur les marches il aurait eu le plus grand mal à le hisser ensuite sur son épaule. Ils restaient là tous les deux à reprendre leur souffle. Xiaomei s'épongeait avec un mouchoir, et Aqiang avec sa manche. Les gens qui les voyaient passer ne comprenaient pas pourquoi ils achetaient autant de riz à la fois : ils achetaient en une fois ce qu'ils auraient dû acheter en deux ou trois fois.

Dans ses moments de loisir, Xiaomei s'asseyait à la fenêtre de la chambre, à l'étage. Ses yeux regardaient rarement dehors. La tête baissée, elle cousait à la lumière du jour. En faisant le ménage dans la pièce, la servante avait remarqué qu'elle confectionnait des habits, des chaussons et des bonnets de bébé. Elle crut d'abord que Xiaomei était enceinte, mais s'aperçut plus tard qu'il n'en était rien. Sans doute était-ce sa façon d'implorer le ciel pour qu'il lui donne un fils. Après tout, elle n'avait toujours pas d'enfant après plusieurs années de mariage. La servante ignorait que si Xiaomei confectionnait des vêtements pour bébé, c'était parce qu'elle pensait à sa fille et qu'elle mettait toutes ses pensées dans chacun de ses points.

Les premiers temps de son retour à Xizhen, Xiaomei ne pouvait s'empêcher parfois de sortir le morceau d'étoffe rouge de l'armoire. Elle le dépliait, et quand elle voyait les cheveux et les sourcils de sa fille elle fondait en larmes. Un jour, le chagrin la fit s'évanouir. Elle resta étendue toute seule sur le plancher de la chambre et quand elle revint à elle, tout était normal : la servante faisait du bruit dans la cuisine, et Aqiang était toujours assis, immobile, dans la petite cour. Par la suite Xiaomei ne sortit plus jamais le morceau d'étoffe de l'armoire, et elle fit tout pour retrouver une certaine sérénité. Si elle y parvenait dans la journée, la nuit ses sentiments étaient plus forts qu'elle : elle voyait sa fille en rêve, et dans ses rêves chaque fois sa fille la quittait. Alors le chagrin la submergeait et elle se réveillait en larmes. Les sanglots pathétiques que des habitants de Xizhen entendaient au cœur de la nuit étaient les pleurs que Xiaomei versait parce qu'elle avait perdu sa fille en rêve.

Les blessures guérissent et le chagrin se dissipe. Quand Xiaomei eut terminé les vêtements destinés à sa fille, elle les rangea au fond de l'armoire en les enterrant sous des piles de vêtements, les siens et ceux de Aqiang. En fermant la porte, elle eut l'impression de dire adieu à son passé, c'était comme si elle l'avait enfermé dans l'armoire. Elle avait vécu deux fois avec Lin Xiangfu, elle avait eu une fille, mais tout cela c'était avant.

XXIX

Après le passage de la tornade, un homme du Nord de haute taille fit son apparition dans les rues ravagées et désolées de Xizhen. Il portait sur son dos un énorme ballot et serrait contre lui un bébé. La tête de la petite fille était enveloppée dans un foulard à motifs de phénix et de pivoines entrelacés. Avec son fort accent du Nord, il interrogeait les habitants de Xizhen à propos d'un endroit appelé Wencheng.

Le vent avait emporté les tuiles du toit de la maison des Shen, et bien qu'à la tuilerie située à l'extérieur de la porte sud, les colonnes de fumée aient commencé à monter dans le ciel, il faudrait encore attendre pas mal de temps avant que la toiture ne soit refaite. Xiaomei et Aqiang s'étaient donc installés provisoirement au rez-de-chaussée, et le plancher du premier étage leur servait provisoirement de toit.

C'est la servante qui rapporta la nouvelle de l'apparition de Lin Xiangfu à Xizhen. Comme elle sortait chaque jour pour faire les courses, elle revenait toujours avec des commérages sur les uns ou sur les autres. Tout en travaillant, elle relatait les derniers potins. Xiaomei les accueillait sans qu'on sache à l'expression de son visage si elle écoutait ou pas ce que lui rapportait la servante. Quand celle-ci cessait de parler, c'était pour Xiaomei ni plus ni moins qu'une voix qui s'interrompait. Cette fois, ce fut différent. En entendant les détails relatés par la servante – un homme du Nord portant un énorme ballot, une fillette, un foulard à motifs de phénix et de pivoines entrelacés, Wencheng –, Xiaomei changea brusquement de couleur. La servante en fut surprise, et Xiaomei vit qu'elle la regardait avec un drôle d'air.

Elle comprit qu'elle avait perdu contenance. Elle laissa échapper l'assiette qu'elle tenait, et le bruit de la vaisselle cassée fit sursauter la servante, dont l'attention se porta sur l'assiette tombée au sol. Xiaomei prétendit que celle-ci lui avait glissé des mains. Elle pria la servante de la ramasser et de l'apporter dans l'après-midi à l'ouvrier de la boutique de porcelaine pour qu'il la raccommode.

Puis Xiaomei sortit de la cuisine et se rendit dans la petite cour intérieure. C'était l'endroit où Aqiang se réfugiait dans ses moments d'absence. Elle ne s'assit pas à côté de lui comme elle en avait l'habitude, mais en face de lui. Aqiang lui sourit pour lui signifier qu'il savait qu'elle était là, mais aussitôt il resta interdit : il avait vu les larmes briller dans les yeux de Xiaomei. Il la fixa, perplexe et inquiet, attendant qu'elle parle.

À cet instant, la mémoire de Xiaomei entendit la voix de Lin Xiangfu. Au cours d'une de ces nuits lointaines passées dans le Nord, Lin Xiangfu avait déclaré d'un ton déterminé que si elle partait de nouveau, il se lancerait à sa recherche en prenant avec lui leur fille, et qu'il la retrouverait même à l'autre bout de la terre.

Xiaomei leva sa main gauche pour essuyer les coins de ses yeux.

— Il nous a retrouvés, dit-elle à Aqiang.

— Il nous a retrouvés ?

Aqiang ne comprenait pas.

— Lin Xiangfu, ajouta Xiaomei.

Le corps de Aqiang sauta de son tabouret comme mû par un ressort, on aurait dit qu'il voulait s'enfuir. Mais constatant que Xiaomei restait assise, il regarda de tous côtés et réalisa qu'il était chez lui. Son corps redescendit lentement, ses mains trouvèrent le tabouret, et il se rassit. Ensuite le silence se fit dans la petite cour, on n'entendit plus que le son léger du vent qui semblait frotter les tuiles du toit, et de temps à autre un bruit provenant de la cuisine.

Aqiang et Xiaomei se regardaient sans se voir. Les yeux de Aqiang étaient remplis de terreur, et ceux de Xiaomei étaient pleins de larmes. Les yeux terrorisés ne voyaient pas les larmes d'en face, et les yeux pleins de larmes ne voyaient pas la terreur d'en face.

Chacun était dans son monde, comme l'eau du puits et l'eau de la rivière, et leurs pensées n'allaient pas dans le même sens. L'apparition subite de Lin Xiangfu avait plongé Aqiang dans la panique. Jamais il n'aurait imaginé que Lin Xiangfu ferait un si long chemin pour les retrouver, et que ses pas le conduiraient jusqu'à Xizhen. Quand Xiaomei pensait à Lin Xiangfu, ses pensées allaient aussi à sa fille. Elle se disait que sa fille était ici, Lin Xiangfu l'avait prise avec lui quand il était parti à sa recherche. Après avoir gardé le silence un moment, tous les deux se mirent à parler, et leurs paroles n'allaient pas non plus dans le même sens. Aqiang se sentait pris au piège : qu'allaient-ils faire, s'inquiétait-il d'une voix tremblante, maintenant que les lingots d'or avaient été échangés contre des billets à ordre, et qu'ils en avaient dépensé une partie ? Leur destin était scellé. Xiaomei, en apparence, était aussi calme qu'une eau stagnante, mais des remous invisibles agitaient son cœur. C'était elle que Lin Xiangfu était venu chercher, chuchota-t-elle, et non pas les lingots.

À cet instant, Aqiang entendit frapper à la porte. Son corps, une nouvelle fois, bondit de son tabouret comme mû par un ressort, et il devint livide : Lin Xiangfu les avait retrouvés, s'écria-t-il, et c'est lui qui frappait à la porte. Xiaomei se concentra sur les bruits et conclut que ce n'étaient pas des coups frappés à la porte : c'était la servante qui tranchait des légumes à la cuisine sur la planche à découper. Aqiang tendit l'oreille, l'air soupçonneux, et quand il se fut assuré que c'étaient bien les bruits du hachoir sur la planche à découper, il se rassit sur son tabouret, encore sous le coup de la frayeur.

Xiaomei ne savait plus où elle en était, tout se brouillait dans son esprit. Tandis qu'il se levait puis se rasseyait dans la panique, Aqiang lui était apparu aussi flou qu'une ombre. En revanche, Lin Xiangfu et sa fille, eux, lui semblaient aussi réels que s'ils avaient été physiquement présents. Elle croyait voir la scène : Lin Xiangfu, sa fille dans ses bras, accomplissant un long voyage épuisant pour la retrouver. Sa fille, à peine née, était partie sur les chemins, affrontant le vent, le soleil et la pluie pour venir jusqu'ici.

— Pourquoi ne va-t-il pas à Wencheng ? demanda subitement Aqiang à Xiaomei.

Xiaomei, retrouvant sa lucidité, regarda Aqiang. Elle ne comprenait pas pourquoi il parlait de Wencheng.

Aqiang n'avait jamais prononcé le nom de Xizhen devant Lin Xiangfu. La ville dont il lui avait parlé s'appelait Wencheng, c'est pourquoi il se disait que Lin Xiangfu aurait dû chercher Wencheng. Or il se trouvait maintenant à Xizhen.

— Pourquoi ne va-t-il pas à Wencheng ? répéta Aqiang.

— Où est Wencheng ? demanda Xiaomei.

Aqiang n'en savait rien non plus. Il secoua la tête.

— Est-ce que tu lui avais parlé de Xizhen ? demanda-t-il à Xiaomei.

Xiaomei réfléchit un moment :

— Il ne connaît pas Xizhen.

— S'il ne connaît pas Xizhen, pourquoi ne va-t-il pas à Wencheng ?

— Où est Wencheng ? répéta Xiaomei.

Aqiang secoua à nouveau la tête. Xiaomei se souvint de ce que la servante lui avait dit à l'instant : Lin Xiangfu interrogeait les gens dans la rue à propos d'un endroit nommé Wencheng. Elle en fit part à Aqiang et la panique qui se lisait sur le visage de ce dernier commença à se dissiper : Xizhen n'était pas la destination que cherchait Lin Xiangfu, il ne faisait que passer par là, c'est à Wencheng qu'il voulait se rendre.

— Personne ne sait où est Wencheng, dit-il, soulagé.

Puis une pensée lui vint, il se leva et se dirigea vers la cuisine d'où provenaient les bruits. La servante était en train de préparer le déjeuner. Depuis le pas de la porte, il lui demanda à brûle-pourpoint depuis combien de jours cet homme du Nord qui se renseignait sur Wencheng était arrivé à Xizhen. La servante, s'interrompant dans sa tâche, déclara en s'essuyant les mains sur son tablier qu'elle le voyait depuis déjà trois jours. Aqiang hocha la tête, se retourna et s'éloigna. Perplexe, la servante resta immobile un moment avant de reprendre son travail.

L'étonnement de la servante persista pendant les trois jours qui suivirent. Quand elle rentrait des courses, Aqiang venait lui demander si elle avait aperçu l'homme du Nord. Oui, répondait-elle, il arpentait les rues avec sa fille dans les bras, comme s'il cherchait quelqu'un.

Xiaomei, elle aussi, tentait de se renseigner auprès de la servante. Elle n'abordait pas le sujet directement, mais tandis qu'elles travaillaient ensemble, elle amenait insensiblement la conversation sur l'homme du Nord et sa fille. Elle écoutait patiemment les ragots sur Xizhen que lui rapportait la servante, en posant de temps en temps quelques questions. Mais quand la servante en venait à parler de Lin Xiangfu, les questions de Xiaomei se faisaient discrètement plus nombreuses.

— Le ballot qu'il porte, il est gros comment ?

La servante écarta ses bras pour lui montrer :

— Les gens racontent qu'il a mis toute sa maison dedans.

Xiaomei hocha la tête tristement et demanda à la servante où il couchait la nuit, et pourquoi il ne laissait pas son ballot là où il logeait. La servante secoua la tête, elle ignorait où il passait la nuit. Elle ajouta que la première fois où elle l'avait vu il portait sur son dos cet énorme ballot, mais que dernièrement il ne l'avait plus.

Xiaomei poursuivit son interrogatoire :

— Et sa fille ?

— Quand elle sera grande, dit la servante, ce sera certainement une beauté.

Un sourire se dessina au coin de la bouche de Xiaomei :

— Est-ce qu'elle a fait ses dents ?

— Elle va les faire bientôt, répondit la servante après un instant de réflexion.

Et elle expliqua à Xiaomei qu'elle avait toujours vu le bébé en train de dormir dans le porte-bébé contre la poitrine de son père. Elle ne l'avait vue éveillée qu'une seule fois : la fillette écarquillait ses yeux d'un noir brillant contre la poitrine de son père, et elle avait ouvert la bouche pour sourire aux passants. La servante avait aperçu deux taches blanches dans sa bouche, ce devait être les incisives sur le point de percer.

XXX

Quand Lin Xiangfu avait fait son apparition à Xizhen avec sa fille dans les bras, Aqiang avait d'abord été pris de panique puis il s'était ressaisi. Si la servante apercevait Lin Xiangfu dans la rue chaque fois qu'elle sortait, expliqua-t-il à Xiaomei, c'est que très certainement il était à leur recherche et attendait qu'ils se montrent. Il suffisait donc qu'ils se terrent à la maison, et Lin Xiangfu, ne les voyant pas, finirait par quitter Xizhen.

Ils passèrent ainsi quatre jours en s'entourant d'un luxe de précautions. Le cinquième jour au matin, Aqiang poussa subitement un cri. Xiaomei n'en fut pas effrayée, habituée qu'elle était à ses sautes d'humeur. Si Lin Xiangfu ne connaissait pas Xizhen, déclara Aqiang, il connaissait leurs noms à eux, puisqu'ils les lui avaient révélés.

Xiaomei resta interdite. Elle avait oublié ce détail. Depuis quatre jours, toutes ses pensées étaient tournées vers Lin Xiangfu et vers sa fille. L'énorme ballot sur le dos de Lin Xiangfu, sa fille qui souriait aux gens en ouvrant une bouche où les dents étaient sur le point de percer, ces images, plus ou moins présentes selon les moments, ne lui étaient jamais sorties de la tête.

— S'il demande après nous, dit Aqiang, il nous trouvera certainement.

Xiaomei hocha la tête. Elle était convaincue, elle aussi, que si Lin Xiangfu demandait après eux, il les trouverait.

Aqiang était aux cent coups. Il sentait qu'une épée de Damoclès était suspendue au-dessus de leur tête. Si l'affaire du vol de lingots éclatait au grand jour, c'était la prison qui les attendait.

Xiaomei, quant à elle, était résignée : s'ils ne pouvaient pas éviter la prison, elle accepterait son sort sereinement.

— Nous l'avons mérité, dit-elle.

Aqiang regarda Xiaomei. Surpris par sa réaction il s'en prit à elle :

— Je n'aurais pas dû t'écouter, nous n'aurions pas dû rentrer à Xizhen.

— Tu n'aurais pas dû revenir me chercher au village de Xili, riposta Xiaomei.

Ces mots réduisirent Aqiang au silence. Sentant qu'elle l'avait blessé, Xiaomei adoucit le ton :

— Si tu n'étais pas venu me chercher, nous ne serions pas dans la situation désastreuse d'aujourd'hui.

Aqiang ne parla plus, il alla s'asseoir dans la petite cour intérieure. Xiaomei ne le suivit pas, elle ne bougea pas de sa place. À travers la porte grande ouverte elle voyait Aqiang assis là, la tête basse.

Après être resté assis un moment, Aqiang se releva brutalement et retourna à l'intérieur de la maison.

— Partons d'ici, dit-il à Xiaomei.

— Pour aller où ?

— Peu importe. L'essentiel, c'est de partir.

— Avant de partir, il faut décider où nous irons.

— Allons d'abord à Shendian. Il faut partir tout de suite.

Sur ce, Aqiang fut à nouveau pris de panique : dans la rue, ils risquaient de tomber sur Lin Xiangfu qui était sur leurs traces. Au contraire de lui, Xiaomei n'avait pas perdu son calme : dès que la servante serait revenue des courses, elle lui demanderait de passer à la Guilde des commerçants devant laquelle étaient garées les chaises à porteurs, et d'en faire venir deux. Une fois installés à l'intérieur, rideaux tirés, ils seraient à l'abri des regards. Aqiang acquiesça plusieurs fois de la tête. S'ils quittaient le bourg en chaise à porteurs, admit-il, Lin Xiangfu ne les verrait pas.

Xiaomei se dit qu'ils ne resteraient pas longtemps à Shendian. Ils rentreraient dès que Lin Xiangfu serait parti. Inutile donc pour le moment de renvoyer la servante, elle se chargerait de garder la maison. Aqiang continua à hocher la tête et répéta après Xiaomei :

— Elle se chargera de garder la maison.

Xiaomei demanda à Aqiang de lui montrer les billets à ordre qu'il avait dans la poche de son tricot de corps. Après leur retour à Xizhen, ils avaient caché ces billets, avec les dollars d'argent en dessous, dans un pot en porcelaine enfoui dans le sol de la petite pièce qui servait de remise. Mais comme ils craignaient qu'ils ne prennent l'humidité, ils les avaient ensuite retirés de là, et à défaut d'autre cachette ils les dissimulaient dans les poches que Xiaomei avait cousues sur les tricots de corps de Aqiang. Chaque fois qu'elle en lavait un, Xiaomei retirait elle-même les billets à ordre et les plaçait dans la poche d'un tricot propre avant que Aqiang ne l'enfile.

La main de Aqiang se glissa sous son vêtement et défit le bouton intérieur en tissu. Il retira les billets à ordre enveloppés dans une étoffe de soie et les tendit à Xiaomei. Xiaomei prit le paquet, elle ouvrit l'enveloppe de tissu, jeta un coup d'œil sur les billets et, après les avoir enveloppés à nouveau, elle les rendit à Aqiang et le regarda les remettre en place et reboutonner la poche.

Xiaomei s'affairait dans la pièce. Elle sortit un dollar d'argent et un petit sac de sapèques qu'elle comptait laisser à la servante. Au moment de les ranger dans le tiroir de l'ancien comptoir de la boutique, elle hésita. Et s'ils étaient absents plus longtemps que prévu ? Elle alla donc chercher un autre dollar d'argent qu'elle mit dans le tiroir. Puis elle se dirigea vers l'armoire, qui avait été installée provisoirement au rez-de-chaussée depuis que la tornade avait arraché les tuiles du toit. Elle en sortit leurs vêtements à tous les deux et les déposa sur deux morceaux de tissu bleu à motifs blancs. C'était l'été. Elle prit les vêtements d'été et d'automne et jeta un regard sur les vestes et robes matelassées d'hiver sans y toucher, persuadée qu'ils ne resteraient tout de même pas absents aussi longtemps. Elle noua les deux pièces de tissu en deux ballots, mais en refermant la porte de l'armoire, elle s'aperçut que les vêtements, les chaussons et les bonnets de bébé confectionnés par elle étaient maintenant bien en évidence.

Le chagrin se mit à couler en elle comme un ruisseau, avec un léger bruit, celui des pleurs qu'elle versait au fond de son cœur. Ces vêtements, ces chaussons et ces bonnets de bébé, elle ne les avait pas tant confectionnés pour sa fille que pour elle-même.

Elle avait mis toutes ses pensées dans ses doigts, dans chaque point, sans se demander si sa fille les porterait jamais.

Elle regarda fixement les vêtements, les chaussons et les bonnets de bébé, puis elle referma la porte de l'armoire, mais après s'être retournée, elle fut incapable de quitter la pièce, c'était comme si elle ne savait plus marcher. Malgré elle, elle ouvrit de nouveau l'armoire. C'est alors qu'elle entendit la servante de retour du marché ouvrir et refermer la porte de la maison avant de se rendre dans la cuisine. Alors, d'un geste décidé, elle sortit de l'armoire les vêtements, les chaussons et les bonnets de bébé, et partit rejoindre la servante dans la cuisine.

Sur le seuil de la pièce, Xiaomei annonça à la servante que Aqiang et elle allaient passer quelques jours ailleurs. Elle ne précisa ni le lieu, ni la date à laquelle ils reviendraient, elle se contenta de lui dire qu'ils lui confiaient la maison dans l'intervalle. La servante fut très surprise, car rien ne laissait présager ce départ subit. Avant qu'elle ait eu le temps d'acquiescer, Xiaomei lui demanda de passer à la Guilde des commerçants devant laquelle étaient garées les chaises à porteurs, et d'en faire venir deux. La servante ne s'attendait pas à ce qu'ils partent immédiatement.

— Je dois y aller tout de suite ? s'enquit-elle.

— Oui, confirma Xiaomei.

La servante ôta son tablier, prête à quitter la cuisine, mais Xiaomei, debout devant la porte, ne bougeait pas et l'empêchait de passer. La servante s'arrêta, elle sentit que l'expression de Xiaomei avait changé. Xiaomei lui tendit les vêtements, les chaussons et les bonnets de bébé qu'elle tenait dans ses mains. Cela ne servait à rien de les garder, déclara-t-elle, mieux valait les offrir à cet homme du Nord, peut-être sa fille en aurait-elle l'usage. Xiaomei recommanda instamment à la servante de ne pas révéler à l'homme du Nord l'identité du donateur. Quand la servante eut pris les vêtements, les chaussons et les bonnets de bébé, Xiaomei tourna les talons et s'en alla, mais au bout de quelques pas elle s'arrêta et recommanda à la servante de porter d'abord les vêtements de bébé à l'homme du Nord, avant d'aller chercher les chaises à porteurs à la Guilde des commerçants.

XXXI

La servante déposa les vêtements, les chaussons et les bonnets de bébé dans un panier en bambou propre, et son panier au bras elle s'en alla dans les rues de Xizhen, demandant après l'homme du Nord aux passants qu'elle croisait. Quelqu'un déclara l'avoir vu se diriger vers le sud, alors elle partit dans cette direction, s'enquérant de l'homme du Nord tout le long du chemin. Quand elle apprit qu'il avait déjà franchi la porte sud, elle se mit à courir son panier au bras, et au sortir de la porte sud, elle l'aperçut enfin. Ce qu'elle vit d'abord, ce fut l'énorme ballot qui se balançait sur la route devant elle. Elle rattrapa le ballot et barra le chemin à l'homme. Elle sortit les vêtements, les chaussons et les bonnets du panier en bambou, les lui fourra dans la main et, montrant le bébé endormi dans le porte-bébé contre sa poitrine, elle lâcha à la hâte ces quelques mots :

— Pour la p'tite personne.

La servante se rappela les recommandations de Xiaomei : elle ne devait pas lui révéler l'identité du donateur. Après lui avoir mis entre les mains les vêtements, les chaussons et les bonnets de bébé, elle tourna les talons et s'en alla à grands pas. Elle entendit l'homme du Nord l'appeler, mais elle ne se retourna pas, et franchit la porte sud à la même allure.

Parmi les chaises à porteurs qui attendaient devant la Guilde des commerçants, la servante héla deux chaises à deux porteurs, et elle guida les quatre porteurs avec leurs deux chaises jusque chez les Shen. Elle pria les quatre hommes de déposer leurs chaises et d'attendre dans la rue, tandis qu'elle-même entrait dans la maison et annonçait à Aqiang et à Xiaomei :

— Les chaises sont devant la porte.

Aqiang et Xiaomei étaient assis derrière l'ancien comptoir de la boutique de reprisage. En voyant la servante arriver, ils abandonnèrent leur posture figée, se levèrent, passèrent de l'autre côté du comptoir et saisirent leurs ballots respectifs. Xiaomei, accrochant le sien à son bras, voulut savoir si la servante avait bien remis les vêtements de bébé à l'homme du Nord.

La servante répondit que oui, et elle ajouta que l'homme du Nord avait déjà franchi la porte sud et quitté Xizhen, et qu'elle avait dû courir pour le rattraper.

Les paroles de la servante laissèrent Xiaomei sans voix. Elle jeta un coup d'œil vers Aqiang, il avait l'air stupéfait. Alors qu'ils étaient déjà arrivés à la porte, ils s'arrêtèrent et se regardèrent.

Lin Xiangfu avait quitté Xizhen, et face à cette nouvelle inattendue Aqiang, l'espace d'un instant, ne savait plus que faire. Il vit Xiaomei poser son ballot sur le comptoir et comprit qu'elle avait renoncé à partir. Alors il posa à son tour le sien sur le comptoir. Xiaomei repassa derrière le comptoir, elle sortit du tiroir les deux dollars d'argent et le petit sac de sapèques qu'elle avait laissés pour la servante et tendit les dollars à Aqiang pour qu'il les range, puis elle prit quatre sapèques dans le petit sac et les tendit à la servante afin qu'elle les donne aux quatre porteurs qui attendaient dehors.

— Nous n'avons plus besoin d'eux, annonça-t-elle à la servante, dites-leur de s'en retourner.

Ce jour-là la servante s'était trouvée à trois reprises face à des situations déroutantes. D'abord Aqiang et Xiaomei avaient décidé, sans crier gare, de quitter Xizhen ; ensuite, sans crier gare, ils avaient changé d'avis. Enfin, Xiaomei lui avait demandé d'apporter à l'homme du Nord les vêtements, les chaussons et les bonnets de bébé, et ce geste lui avait paru aussi soudain qu'incompréhensible.

Le départ de Lin Xiangfu avait procuré à Aqiang un immense soulagement. Il avait l'impression que le danger était écarté, et au cours des jours qui suivirent, lorsqu'il était assis dans la petite cour intérieure, un sourire se dessinait de temps en temps sur ses lèvres. Xiaomei, en revanche, se tourmentait. À peine sortie de la mélancolie qui la rongeait, elle était tombée dans un sentiment de vide sans fond. Lin Xiangfu avait été à deux pas d'elle avec sa fille dans les bras, et pourtant elle n'avait pas réussi à les voir, sa fille surtout. Cela faisait plus de huit mois qu'elle l'avait quittée. Quand elle était partie, la petite dormait encore, elle avait l'air tellement minuscule dans ses langes sur ce *kang* si vaste. À présent elle devait avoir grandi, et elle devait être bien mignonne... Elle regrettait de ne pas être sortie pour les épier, cachée à un coin de rue. Elle imaginait la scène : sa fille l'apercevait et lui souriait la bouche ouverte, puis Lin Xiangfu la remarquait à son tour et lui souriait, magnanime, sans manifester une once de réprobation à son égard.

Aqiang ignorait ce qui tourmentait Xiaomei, il croyait qu'elle avait encore peur.

— Il va s'éloigner de plus en plus, dit-il à Xiaomei, il cherche Wencheng.

À ce nom de Wencheng, Xiaomei ne put s'empêcher de réitérer sa question :

— Où est Wencheng ?

— Il doit bien y avoir un endroit qui s'appelle ainsi, dit Aqiang.

Ce Wencheng insaisissable était devenu une souffrance au fond du cœur de Xiaomei. Il signifiait l'errance et la quête sans fin de Lin Xiangfu et de sa fille.

XXXII

Lin Xiangfu s'éloignait de plus en plus. Il se dirigeait vers le sud et n'interrogeait plus personne pour savoir où était Wencheng. Il s'était rendu compte que le Wencheng dont avait parlé Aqiang était une ville inventée. Tout le monde ignorait où était Wencheng. Puisque Wencheng était une ville inventée, il en avait conclu que les noms de Aqiang et de Xiaomei étaient faux également.

La route s'étirait interminablement. Lin Xiangfu alternait marches et arrêts. Il marcha jusqu'au bout de l'automne puis entra dans l'hiver. Il s'abîmait souvent dans ses réflexions, et tandis que son corps allait de l'avant ses pensées retournaient en arrière. Plus il mettait de distance entre Xizhen et lui, et plus Xizhen, paradoxalement, était net dans son esprit.

Une personne ne cessait de le hanter, cette jeune femme avec son panier de bambou au bras qui lui avait barré le chemin sur la grande route au-delà de la porte sud de Xizhen, et qui avait sorti en souriant de son panier des vêtements, des chaussons et des bonnets de bébé tout neufs. Elle les lui avait tendus tout à trac, et, après avoir prononcé quelques mots rapides, elle avait tourné les talons et était repartie. Il n'avait pas compris ce qu'elle lui avait dit car elle parlait trop vite, et il était resté stupéfait avec les vêtements dans les mains. Le temps qu'il réagisse et qu'il la rappelle, la jeune femme s'était déjà éloignée à grands pas et avait regagné Xizhen par la porte sud.

Ce soir-là, quand il fit halte pour la nuit, Lin Xiangfu examina soigneusement à la lumière de la lampe à huile les vêtements, les chaussons et les bonnets de bébé que la jeune femme lui avait remis. Ils avaient été confectionnés à la main dans de la soie écarlate. Lin Xiangfu s'extasia sur la finesse de la soie et la précision du travail. Il se dit que cette jeune femme avait vraiment bon cœur. Elle avait dû certainement le voir errer dans les rues de Xizhen avec sa fille dans les bras, et prise de compassion lui avait fait cadeau de ces vêtements de bébé. Mais qu'en était-il de son propre enfant ? Lin Xiangfu commença à se sentir mal à l'aise. L'enfant avait-il été victime de la tornade ? Lin Xiangfu se rappela comment lui-même avait cru perdre sa fille, et malgré lui son cœur se serra, il n'osa pas pousser plus avant ses réflexions.

Au cours des jours qui suivirent, tandis qu'il marchait vers le sud avec sa fille dans les bras, Lin Xiangfu n'arrêta pas de s'interroger sur ce qu'avait bien pu lui dire la jeune femme au panier dans son débit rapide. Alors qu'il puisait de l'eau avec son bol dans une petite rivière qui longeait la route et la faisait couler dans la bouche de sa fille après l'avoir gardée un moment dans sa propre bouche, il comprit enfin le sens des mots de la jeune femme :

— Pour la p'tite personne, avait-elle dit.

Il se mit à rire : p'tite personne, c'était comme cela que les habitants de Xizhen appelaient les enfants. Il trouvait le dialecte de Xizhen très difficile à comprendre, mais cependant qu'il s'éloignait de la petite rivière et rejoignait la route pour continuer son chemin vers le sud, beaucoup de mots du dialecte de Xizhen qu'il n'avait pas compris lui devenaient subitement clairs.

Plus Lin Xiangfu avançait en direction du sud, plus les accents qu'il entendait étaient bizarres et moins ils ressemblaient à la façon dont Xiaomei et Aqiang se parlaient entre eux. À la réflexion, il conclut que Xizhen était ce qui ressemblait le plus au Wencheng dont avait parlé Aqiang. Il se rappela – cela lui revint d'un seul coup – que quand Aqiang avait parlé de Wencheng, il avait précisé que la ville était située à quelque six cents *li* au sud du Yang-tsé-kiang, or ce devait être à peu près la distance qui séparait Xizhen du fleuve.

Ensuite le "Pour la p'tite personne" de la jeune femme ne cessa de résonner dans sa tête, et une scène surgit dans sa mémoire : chez lui, dans le Nord, quand il avait mis à sécher au soleil des grains de blé dans la cour avec les frères Tian, il avait expliqué à Xiaomei qu'après la période de la Rosée blanche on sèmerait ces graines dans le champ, et Xiaomei, qui était assise devant la maison, et qui avait fini de coudre un vêtement de bébé, le lui avait montré en disant :

— À ce moment-là, il y aura une p'tite personne dans cet habit.

Après être resté longtemps debout sur un pont, Lin Xiangfu décida de retourner à Xizhen. Il avait la conviction que le Wencheng dont avait parlé Aqiang était Xizhen. Bien qu'il ignorât à quel endroit Aqiang et Xiaomei se trouvaient à cet instant, il se disait qu'ils reviendraient tôt ou tard à Xizhen, il lui fallait donc les attendre là-bas, un an, deux ans ou peut-être plus longtemps.

Sous le soleil du début de l'hiver, Lin Xiangfu fit demi-tour et marcha vers le nord, passant d'une voiture à l'autre, et après un long voyage, il entra dans Xizhen en même temps que les flocons de neige qui tourbillonnaient.

XXXIII

Lin Xiangfu refit son apparition à Xizhen avec sa fille dans la neige et le froid, et Aqiang et Xiaomei n'en surent rien. Habituellement, c'était la servante qui sortait tous les jours, mais à présent la neige et le verglas l'empêchaient de circuler, et il en allait de même pour tous les habitants de la ville. Il n'y avait plus une boutique ouverte à Xizhen. Heureusement, chaque fois que Aqiang et Xiaomei achetaient du riz, ils en prenaient deux sacs entiers, de sorte qu'il restait encore une vingtaine de livres dans la jarre au moment où la neige et le froid s'abattirent. Par chance aussi, à la fin de l'automne, ils avaient préparé deux pots de légumes marinés. Comme ils ignoraient quand la neige cesserait, Xiaomei et Aqiang se montrèrent prévoyants : pour leurs deux repas quotidiens, la servante et eux prenaient du gruau de riz accompagné d'un peu de légumes en saumure, et le repas fini ils s'allongeaient sur leur lit et réduisaient leurs activités physiques de façon à retarder la venue de la faim.

Même si Aqiang et Xiaomei vivaient déjà retirés, le froid et la neige les coupèrent totalement du monde, c'était comme s'il n'y avait plus de vie autour d'eux. Tandis qu'un silence de mort s'étendait dehors, plus fort de jour en jour, Aqiang commença à s'agiter. Au début, comme tout un chacun à Xizhen, il avait cru que ce n'était qu'un épisode passager : la neige tourbillonnerait un ou deux jours avant de s'arrêter, le soleil brillerait de nouveau sur Xizhen et ferait fondre la neige accumulée. Or les flocons tourbillonnaient sans fin dans le ciel de Xizhen et Aqiang, allongé sur le lit, s'inquiétait. Alors que son corps aurait dû rester tranquille, il remuait dans tous les sens, si bien que la sensation de faim revenait vite.

Xiaomei, couchée elle aussi, était calme comme une orchidée dans une vallée obscure. Aqiang pouvait bien gigoter, son corps à elle n'en était pas affecté et restait longtemps dans la même position comme s'il était en dehors du lit. Mais son esprit ne trouvait pas le repos. Une scène que lui avait rapportée la servante l'obsédait : Lin Xiangfu, sa fille dans les bras, allant par les rues après le passage de la tornade ; une sapèque à la main, guettant les pleurs des nourrissons dans les maisons, il frappe aux portes, et à la femme qui allaite il tend sa sapèque en la suppliant de nourrir sa fille.

La servante avait raconté cela à Xiaomei après le départ de Lin Xiangfu. Elle n'avait pas été témoin elle-même de la scène, mais elle en avait entendu parler. En allant faire les courses, elle avait bavardé avec des femmes dans la rue : l'une d'entre elles avait évoqué cet homme du Nord qui venait de partir, et c'est alors qu'une autre avait rapporté la scène en question, après quoi plusieurs femmes avaient conclu que le bébé avait dû boire du lait chez tout le monde.

Xiaomei avait écouté le récit de la servante, mais quand celle-ci en était venue à dire que le bébé avait bu du lait chez tout le monde, elle n'avait pas pu en écouter davantage. Retenant avec peine ses larmes, elle avait tourné le dos et était partie. Elle était montée à l'étage sous le regard ahuri de la servante et, assise sur le lit, elle avait pleuré en silence. Les larmes coulaient le long de ses joues jusqu'à son cou, puis de son cou à sa poitrine, avant d'être absorbées par son vêtement.

Puis Xiaomei recouvra son état normal. Elle avait repris son calme habituel, mais l'image de Lin Xiangfu implorant ces femmes, une sapèque dans la main, et celle de sa fille passant de foyer en foyer et buvant du lait chez tout le monde s'étaient fixées dans son cerveau et lui revenaient à chaque instant. Voilà pourquoi elle avait le cœur constamment serré, et la souffrance ne s'apaisait plus en elle, tel un ruisseau qui ne tarit jamais.

Pendant cette période de neige, en pleine nuit, Xiaomei fut arrachée à son sommeil. Elle ouvrit les yeux et fixa l'obscurité qui l'environnait. À ses côtés, Aqiang dormait toujours. Il poussa quelques cris, puis prononça une suite de paroles incohérentes. Même endormi, il était agité. Xiaomei n'entendit ni ces cris ni ces paroles car elle avait aperçu Lin Xiangfu et sa fille dans l'obscurité. Ils se tenaient debout dans une rue inondée par le soleil de l'été ; sa fille était dans les bras de Lin Xiangfu et les yeux de Lin Xiangfu la cherchaient, elle. Ce genre de scènes réveillait en elle un mélange de douleur et de nostalgie. Elle se voyait marchant vers eux ; une fois arrivée devant Lin Xiangfu, elle retirait une minuscule feuille d'arbre de ses cheveux couverts de poussière, puis elle lui prenait le bébé et le serrait entre ses bras.

Xiaomei songea au morceau d'étoffe rouge qu'elle avait rangé au fond de l'armoire et qui contenait les cheveux et les sourcils de sa fille. Jusqu'ici, chaque fois qu'elle le dépliait, elle avait le cœur brisé, et depuis la fois où elle s'était évanouie elle n'osait plus le regarder. Or, maintenant, il lui tardait de le revoir.

Elle se leva tout doucement et avança dans l'obscurité les bras tendus devant elle. Elle se heurta à l'armoire, l'ouvrit avec précaution, y plongea sa main droite et fouilla à l'intérieur. Lorsqu'elle toucha l'étoffe, il lui sembla que la chaleur envahissait ses doigts. Elle dégagea le minuscule paquet des vêtements qui l'entouraient, referma discrètement la porte de l'armoire, retourna vers le lit à petits pas dans l'obscurité et se recoucha. Elle plaqua le morceau d'étoffe sur sa poitrine en le protégeant de ses mains À cet instant, elle n'éprouvait plus de chagrin, mais une douce sensation : c'était comme si elle pressait sa fille contre elle. Et tandis qu'elle s'imaginait étreindre la petite, elle avait l'impression d'être elle-même étreinte par Lin Xiangfu. Sa fille et elle étaient toutes les deux dans les bras de Lin Xiangfu.

Quand le jour approcha, Xiaomei s'assit sur une chaise pour coudre. Elle ajouta une poche intérieure latérale à chacun de ses trois sous-vêtements et confectionna des boutons en tissu. C'est là qu'elle voulait conserver les cheveux et les sourcils de sa fille.

Tandis qu'elle cousait les poches paisiblement et en s'appliquant, Aqiang, allongé sur le lit, ne tenait pas en place. Il ne se retournait plus dans tous les sens sur le lit, mais à plusieurs reprises il se leva, se dirigea vers la fenêtre et regarda dehors à travers les carreaux de papier. Comme il ne voyait pas grand-chose, il finit par ouvrir la fenêtre : le ciel gris était chargé de neige, une rafale de vent froid s'engouffra, entraînant avec lui des flocons. Il referma la fenêtre.

La rafale de vent, en soufflant jusqu'à elle, avait fait tomber des flocons sur les doigts de Xiaomei. Elle interrompit son ouvrage et leva la tête vers Aqiang. Aqiang s'aperçut qu'elle avait de la neige sur les cheveux. Il comprit qu'il avait eu tort d'ouvrir la fenêtre, et expliqua, penaud, qu'il avait voulu voir si la tempête avait cessé. Xiaomei hocha la tête et lui sourit, puis elle le regarda se recoucher. Aqiang s'était calmé provisoirement.

Une fois qu'elle aurait achevé de coudre les poches sur ses sous-vêtements, les cheveux et les sourcils de sa fille seraient placés tout contre sa poitrine, ils l'accompagneraient jour et nuit, et en même temps elle sentirait la présence permanente de Lin Xiangfu. Quand elle appellerait sa fille en son for intérieur, elle appellerait du même coup Lin Xiangfu. Pour elle, sa fille et Lin Xiangfu resteraient aussi inséparables que le vent et le bruit du vent.

Une fois, tard dans la nuit, Xiaomei songea que sa fille n'avait pas encore de prénom. Elle ignorait si Lin Xiangfu lui en avait donné un, et elle se mit elle-même en quête d'un prénom. Elle en choisissait un puis l'abandonnait, en choisissait un autre qu'elle abandonnait encore. Elle en essaya de nombreux à la suite qu'elle se répétait pour elle-même, puis elle prononça à plusieurs reprises le nom de Lin Xiangfu comme si elle discutait avec lui du prénom de leur fille. Tous ces prénoms qu'elle inventait et qu'elle appelait sans arrêt la délivrèrent pour un temps de sa souffrance secrète et lui firent oublier la neige interminable qui tombait dehors.

XXXIV

Ce jour-là, quelqu'un vint frapper à la porte. La vie revenait dans leurs existences depuis longtemps coupées du monde. La servante alla ouvrir. À l'étage Xiaomei et Aqiang tendirent l'oreille. C'était un émissaire de la Guilde des commerçants chargé de les informer que la Guilde avait organisé au pavillon du Dieu de la ville un sacrifice au ciel : là-bas on implorait le ciel pour qu'il mette fin à la tempête de neige et fasse en sorte que le soleil brille de nouveau à Xizhen.

Pendant les deux jours qui suivirent, il y eut une animation incessante à leur porte : ceux qui se rendaient au pavillon du Dieu de la ville et ceux qui en revenaient se parlaient devant chez eux, s'interpellant d'une voix forte. Les premiers demandaient aux seconds s'il y avait beaucoup de monde à la cérémonie : oui, répondaient les seconds, le pavillon du Dieu de la ville était plein du matin au soir de gens agenouillés. Les premiers demandaient s'il y faisait froid : non, répondaient les seconds, on avait installé deux rangées de braséros à charbon de bois dans le pavillon, et même sans cela il y avait tellement de monde rassemblé là qu'on ne risquait pas d'avoir froid. Les voix de dehors arrivaient par vagues, et pour Aqiang et Xiaomei, ainsi que pour la servante, c'était comme si des flaques de soleil entraient dans la maison.

Au troisième jour de la cérémonie, Xiaomei proposa de se rendre au pavillon du Dieu de la ville. Elle vit Aqiang et la servante marquer leur assentiment en hochant la tête. Xiaomei recommanda à la servante de ne pas préparer de gruau de riz pour le déjeuner, mais un plat de riz consistant car il faudrait avoir l'estomac plein pour aller prier.

L'après-midi, quand ils arrivèrent tous les trois au pavillon du Dieu de la ville, après avoir marché péniblement dans l'épaisse couche de neige, ils trouvèrent l'endroit déjà bondé de gens agenouillés. Xiaomei regarda Aqiang et la servante, tous les deux avaient l'air réjoui. Ici tout respirait la vie.

Ils se joignirent tous les trois à la foule agglutinée sur les marches du pavillon du Dieu de la ville. Ceux qui faisaient la queue dehors surveillaient les gens agenouillés à l'intérieur et attendaient qu'ils sortent pour pouvoir entrer à leur tour se prosterner et prier le ciel. À côté d'eux quelqu'un qui était déjà venu les deux jours précédents déclara qu'il n'y avait jamais eu une telle affluence et qu'on n'arriverait pas à entrer. Un autre expliqua qu'il piétinait depuis près de deux heures, et que seules une dizaine de personnes étaient sorties. À l'entendre, la plupart des gens qui étaient à l'intérieur priaient pour leur propre compte, et quand ils avaient fini pour eux ils priaient pour tous leurs proches. Un homme ajouta que tout le monde était là pour la cérémonie, tout le monde venait pour implorer le ciel, ce n'était pas le moment de prier pour son propre compte. Et il ne put s'empêcher de jurer contre ces poules qui occupaient le nid sans pondre. Quelqu'un le blâma pour ses propos, et lui promit le châtiment céleste : une telle phrase avait peut-être ruiné trois jours de prières. Comprenant qu'il avait laissé échapper des paroles malheureuses, l'homme baissa la tête et se tint coi. Un autre le défendit : critiquer "les poules qui occupent le nid sans pondre", cela n'avait rien de grossier, et le ciel ne s'en offusquerait pas ; ce n'était pas comme s'il leur avait reproché d'"occuper les latrines sans chier". Mais c'est vous qui venez de parler d'"occuper les latrines sans chier", s'écria une femme d'une voix aiguë, et pour le coup le ciel va sûrement se fâcher. Quelqu'un lui fit alors remarquer qu'elle aussi avait prononcé les mots qu'il ne fallait pas dire, et il conseilla à l'assistance de se taire, car plus on parlait plus on risquait de déraper. Un vieillard déclara posément que peu importait ce qu'on disait, l'essentiel était d'être sincère.

À cet instant, sur le terre-plein situé devant le pavillon du Dieu de la ville, plusieurs dizaines d'hommes et de femmes étaient agenouillés et priaient le ciel. Un homme, debout sur les marches, se dirigea vers le terre-plein et déclara qu'il n'en pouvait plus d'attendre, et qu'il allait se prosterner dehors : ce serait une plus grande marque de sincérité. Plusieurs personnes l'imitèrent, et Xiaomei lui emboîta le pas, suivie par Aqiang et par la servante.

Quand ils furent arrivés au bord du terre-plein, Aqiang remarqua qu'on ne voyait pas les jambes des personnes agenouillées dans la neige. Il s'arrêta, pris d'un doute, mais Xiaomei s'engagea dans la foule, et la servante en fit autant. Aqiang, non sans hésitation, les suivit. Xiaomei trouva un endroit libre pour s'agenouiller, et elle enfonça ses genoux dans la neige. La servante et Aqiang s'agenouillèrent à côté d'elle, les genoux enfoncés dans la neige. Au milieu des flocons qui virevoltaient, au rythme des poissons de bois frappés en cadence, au son mêlé des flûtes traversières, des flûtes droites et des *suona*, dans le parfum des viandes grillées offertes en sacrifice, ils avaient posé leurs bras sur la neige, et se prosternaient, le front sur les mains, et quand ils relevaient la tête, leur visage était couvert de neige.

Sans arrêt, de nouveaux venus s'agrégeaient au groupe des gens qui s'étaient installés sur le terre-plein, ils s'agenouillaient à côté de Xiaomei, de Aqiang et de la servante. Sur les traces de pas que ceux-ci avaient laissées en arrivant, il y avait maintenant plein de gens agenouillés. Leurs traces avaient disparu, et avec elles le chemin par lequel ils étaient arrivés jusque-là. Une musique harmonieuse s'échappait du pavillon du Dieu de la ville, et leurs corps à tous les trois, comme les corps de tous ceux qui étaient sur le terre-plein, s'inclinaient et se relevaient alternativement dans un mouvement de vagues au-dessus de la neige accumulée et parmi les flocons qui tombaient.

Un par un, des gens entraient dans le cercle et s'agenouillaient ; un par un, des gens se levaient péniblement pour en sortir. Ceux qui se levaient avaient les jambes ankylosées : ils se penchaient en avant, se donnaient des tapes sur les mollets puis tentaient de s'extraire de la foule, mais le passage était maintenant encombré. Ils étaient obligés d'attendre que la personne prosternée qu'ils avaient devant eux se redresse pour avancer d'un pas, et de s'immobiliser quand au contraire elle baissait la tête. Celui qui voulait sortir devait ainsi se frayer un chemin au milieu des corps qui se baissaient et se relevaient, en s'arrêtant entre deux pas. Quelqu'un en se relevant heurta les genoux d'une personne qui voulait sortir, et il s'ensuivit une prise de bec. Celui qui était prosterné s'écria : Qu'est-ce que tu fiches devant moi ? c'est au ciel que j'adresse mes prières, pas à toi. Et l'autre de répliquer : Qui t'a demandé de m'adresser des prières, moi je suis bien vivant, ce que je veux, c'est sortir. L'homme qui était prosterné poursuivit : Si tu veux sortir, sors, qu'est-ce que tu as à rester planté devant moi et à te taper sur les jambes ? Ce à quoi l'autre répondit : Je ne reste pas devant toi par plaisir, j'ai les jambes et les pieds gelés.

Xiaomei, Aqiang et la servante étaient agenouillés là. Au début, ils sentirent un froid pénétrant et Aqiang ne tarda pas à s'en plaindre. Maintenant qu'ils s'étaient prosternés et qu'ils avaient adressé leurs prières au ciel, n'était-il pas temps de rentrer ? La servante hocha la tête et jugea à son tour qu'il était temps de rentrer. Xiaomei eut l'air de ne pas les entendre, son corps se baissait et se relevait alternativement au son de la musique qui s'échappait du pavillon du Dieu de la ville. Aqiang jeta un regard circulaire, autour de lui il n'y avait que le mouvement des corps qui se prosternaient. Son propre corps resta droit un moment, puis recommença à se baisser et à se relever avec celui de Xiaomei, et le corps de la servante continua lui aussi à suivre le rythme de leurs corps à tous les deux.

Xiaomei psalmodiait des prières au ciel, Aqiang et la servante psalmodiaient également, et tout le monde autour d'eux. Ces prières bourdonnaient sur le sol enneigé devant le pavillon du Dieu de la ville. La neige tourbillonnait, elle tombait sur leurs cheveux, leurs cheveux devenaient blancs ; elle tombait sur leur corps, leurs vêtements devenaient blancs ; elle tombait sur leurs yeux, leurs regards devenaient vides.

Au bout d'un long moment, le froid qu'ils ressentaient commença à s'écouler doucement de leurs corps, comme le sang qui coule goutte à goutte quand on s'est coupé le doigt. Aqiang eut l'impression de ne plus sentir le froid, et il n'avait plus de sensations dans les jambes.

— Rentrons, dit-il à Xiaomei, agenouillée à côté de lui.

Xiaomei ne réagit pas. Après avoir imploré le ciel, elle implorait Lin Xiangfu. Lin Xiangfu était venu de très loin avec sa fille pour la retrouver, elle en ressentait une peine infinie et une immense culpabilité. Elle s'adressa à lui intérieurement :

— Dans une vie prochaine je te donnerai encore une fille, dans une vie prochaine je veux aussi te donner cinq fils… Dans une vie prochaine, si je ne mérite pas d'être ta femme, je serai ton bœuf ou ton cheval. Si tu cultives la terre, je serai le bœuf qui laboure pour toi ; si tu es cocher, je serai le cheval qui tire ta charrette, et tu lèveras ton fouet pour me frapper.

Aqiang voulut se lever, il posa ses bras raidis sur le dos courbé de Xiaomei, cherchant un point d'appui pour se lever, mais il ne sentait plus ses jambes. Il répéta :

— Rentrons.

Xiaomei ne réagissait toujours pas. Elle voyait maintenant Lin Xiangfu, debout devant elle, qui lui disait :

— Rentrons.

Aqiang dit qu'il avait chaud, il retira sa robe matelassée ; la servante dit qu'elle avait chaud, elle retira sa veste matelassée. Beaucoup de gens sur le terre-plein tout blanc étaient en train d'ôter leurs vestes ou leurs robes matelassées. Xiaomei, elle aussi, avait de plus en plus chaud. Elle avait le souffle court et son cœur s'était accéléré. Elle défit les boutons en tissu de sa robe matelassée et l'ouvrit, mais elle avait toujours aussi chaud, alors elle la retira et commença à déboutonner son vêtement de dessous.

À cet instant, Xiaomei vit sa fille qui lui souriait, radieuse, la bouche ouverte. Dans sa bouche il y avait deux points blancs, ses incisives avaient percé. Xiaomei fondit en larmes, et ces deux rangées de larmes furent les dernières traces de chaleur qui émanèrent d'elle.

XXXV

Quand, au troisième jour de la cérémonie de sacrifice au ciel, Lin Xiangfu passa devant le pavillon du Dieu de la ville avec sa fille dans les bras, il y avait plus d'une centaine d'hommes et de femmes qui priaient agenouillés dehors sur le terre-plein. Leurs corps n'arrêtaient pas de se baisser et de se relever au son de la musique qui s'échappait du pavillon.

Avant le début de la cérémonie, les prêtres taoïstes avaient nettoyé la neige à cet endroit, mais en trois jours, trois jours seulement, elle était revenue en couche épaisse. Quand il passa, Lin Xiangfu ne vit pas les jambes de tous ces gens prosternés. La neige les avait recouvertes et les avait effacées. Les souffles chauds que leurs bouches rejetaient, en se mêlant, avaient formé un brouillard qui montait et se dissipait dans le ciel gris.

Cet après-midi-là, Lin Xiangfu entra pour la première fois chez Chen Yongliang. Il resta chez lui un bon moment, et dès lors naquit entre eux une amitié qui devait durer toute sa vie.

Quand Lin Xiangfu quitta la maison de Chen Yongliang et repassa devant le pavillon du Dieu de la ville, une scène effroyable se déploya devant ses yeux : nombre de gens qui priaient le ciel à genoux sur le terre-plein étaient morts de froid. Ils étaient toujours agenouillés, mais on ne voyait plus leur souffle chaud s'élever dans le ciel, ils étaient muets et ne bougeaient pas. C'était comme si Lin Xiangfu avait longé un cimetière. La neige enveloppait les corps agenouillés qui étaient comme autant de stèles serrées les unes contre les autres.

Lin Xiangfu constata qu'il y avait maintenant ici beaucoup de monde : ceux qui auparavant se prosternaient dans le pavillon du Dieu de la ville en étaient ressortis eux aussi et se tenaient là, debout. C'était la première fois, depuis le début de la tempête de neige, que Lin Xiangfu voyait autant de gens rassemblés. Les pleurs des femmes étaient devenus rauques, tandis que les voix des hommes, au contraire, étaient devenues stridentes.

À cet instant tragique, ils étaient tous là à crier des noms, et devant chacun des cadavres gelés des groupes se formaient. Avec leurs doigts ils grattaient la neige accumulée sur le visage des morts pour essayer de retrouver leurs proches. Mais en raclant la neige, ils arrachaient également les cheveux et les sourcils du défunt, et même la peau du nez et du visage.

Lin Xiangfu aperçut un homme maigre : c'était Gu Yimin. Debout sur les marches du pavillon du Dieu de la ville, il parlait d'une voix sonore, et la vapeur qui sortait de sa bouche couvrait son visage. Lin Xiangfu comprit vaguement qu'il criait de ne pas gratter la neige sur les morts. Il demandait aux gens de rentrer chez eux et de faire bouillir de l'eau, dont ils aspergeraient le visage du mort pour faire fondre la neige.

— De grâce, préservez leurs cadavres, implorait-il en s'inclinant, les deux mains jointes.

L'appel de Gu Yimin décida beaucoup de gens à partir. Ils revinrent ensuite avec des cuvettes d'eau chaude, et avec cette eau ils arrosèrent le visage des morts. La vapeur fumante envahit comme un brouillard épais le terre-plein devant le pavillon du Dieu de la ville. Et quand, au milieu de la vapeur, les visages se révélèrent un à un, les cris se firent encore plus rauques et encore plus stridents. Les gens soulevaient leurs proches et s'éloignaient tristement sur la neige blanche qui paraissait en deuil.

Lorsque la chaleur fumante se fut dissipée, les cris déchirants se dispersèrent eux aussi. En coulant dans la neige, l'eau chaude dont on avait aspergé la tête des morts avait formé de la glace, et le sol couvert de glace et de neige était maintenant tout bosselé.

Il restait six cadavres sur le terre-plein devant le pavillon du Dieu de la ville. Ils avaient l'air abandonnés là, sans personne pour les reconnaître et les récupérer. Lin Xiangfu, debout au milieu des flocons de neige qui tourbillonnaient, ignorait que là-bas, parmi ces six cadavres, se trouvaient ceux de Xiaomei et de Aqiang. À cause des flocons, il avait la vue brouillée, et il ne distingua pas, de là où il était, le visage baissé de Xiaomei. À cet instant les yeux de Xiaomei étaient encore grands ouverts, mais ils n'avaient plus de regard.

Lin Xiangfu vit Gu Yimin, debout sur les marches, glisser quelque chose au supérieur des moines taoïstes. Il entendait sa voix mais pas ce qu'il disait. Puis il vit une dizaine de moines taoïstes sortir du pavillon du Dieu de la ville et s'avancer sur le sol bosselé couvert de glace et de neige. Ils soulevèrent les six cadavres et, traversant la glace et la neige, ils les emportèrent à l'intérieur du pavillon.

Lin Xiangfu regarda le dernier cadavre partir sur le terre-plein accidenté couvert de glace et de neige. Deux moines taoïstes tenaient la femme, l'un par les jambes, l'autre par les épaules, et sa tête pendait sur le côté.

Puis un sentiment de vide enveloppa Lin Xiangfu comme les flocons de neige tourbillonnants. Les pleurs de sa fille le tirèrent de sa torpeur. Il sentit le vent et la neige frapper ses yeux, et les cris de sa fille lui rappelèrent qu'il était resté trop longtemps debout dans la neige. Alors il se remit à marcher, mais il ne sentait plus ses pieds ni ses jambes, et tandis qu'il avançait il ne sentait que ses cuisses. Il comprit que sa fille pleurait parce qu'elle avait faim, et mécaniquement il se dirigea vers la maison de Chen Yongliang. Pas après pas, au milieu du bruit du bois qui éclatait et des oiseaux qui tombaient à terre, il arriva jusqu'à la porte de Chen Yongliang. À cet instant, il sentait de nouveau un peu ses jambes.

Lin Xiangfu ne vit pas la dernière image de Xiaomei : son visage pendait, touchant presque la couche épaisse de glace et de neige. L'eau chaude dont on l'avait arrosé avait déjà formé une mince pellicule de glace traversée de sillons. C'était un visage transparent et craquelé. Ses cheveux qui pendaient ressemblaient à des stalactites tombant d'un toit et tandis qu'on la transportait ils avaient tracé sur la glace et la neige bosselées une ligne qui s'interrompait de loin en loin, avec des bruits légers de stalactites qui se brisent. Au moment où il s'en allait, le beau visage transparent et craquelé de Xiaomei avait l'air de flotter sur la glace et la neige.

XXXVI

Gu Yimin organisa au nom de la Guilde des commerçants les obsèques de Xiaomei et de Aqiang, tandis que les parents de la servante emportaient avec eux sa dépouille. Xiaomei et Aqiang furent enterrés dans un endroit isolé au pied de Xishan, entre un ruisseau et un sentier. Le ruisseau coulait toute l'année, et le sentier s'interrompait là. On était sur le versant nord de Xishan, qui ne voyait pas le soleil de toute la journée, l'endroit était envahi par la mousse, et les herbes et les arbres étaient d'un vert sombre. C'est ici que se trouvait le cimetière de la famille Shen. Sept stèles s'y dresseraient désormais, dont l'une porterait, gravée dans la pierre, cette inscription : "Tombe de Shen Zuqiang et de Ji Xiaomei."

Au moment de la mise en bière, les servantes et les serviteurs de la famille Gu trouvèrent sur le corps de Xiaomei des cheveux et des sourcils de bébé enveloppés dans un morceau d'étoffe rouge, et sur celui de Aqiang des billets à ordre enveloppés dans de la soie. Gu Yimin s'étonna à part lui du montant élevé de ces billets à ordre. Une activité de repriseurs pouvait difficilement expliquer de tels revenus. La servante défit le paquet en tissu rouge et montra à Gu Yimin les cheveux et les sourcils de bébé. Elle ajouta qu'en lavant la dépouille de Xiaomei, elle avait remarqué des vergetures sur son ventre.

Gu Yimin resta perplexe. Il se demandait ce que tous les deux avaient bien pu faire après avoir quitté Xizhen pour le Nord. Une chose était sûre, Xiaomei avait eu un enfant là-bas. Ses domestiques lui expliquèrent que dans les jours qui avaient suivi leur retour à Xizhen, des gens avaient entendu Xiaomei sangloter au cœur de la nuit. Gu Yimin se dit que si Xiaomei avait conservé précieusement les cheveux et les sourcils de l'enfant dans une poche de ses sous-vêtements, c'était peut-être que l'enfant était mort peu de temps après sa naissance. Peut-être l'avaient-ils enterré dans ce Nord lointain, à proximité d'une large route par exemple, ou bien au bord d'une rivière aux flots agités.

Gu Yimin exhorta ses servantes et ses serviteurs à ne pas ébruiter ce lourd secret. Comme Aqiang n'avait plus de proches parents et que Xiaomei avait encore son père et sa mère, Gu Yimin préleva la plus grande partie des billets à ordre qu'on avait extraits de la poche du sous-vêtement de Aqiang et les fit porter chez les Ji au village de Xili, à Wanmudang. Le reste serait conservé à la Guilde des commerçants : on paierait dessus les obsèques de Aqiang et de Xiaomei, et la somme servirait aussi plus tard à rétribuer la personne chargée d'entretenir les tombes de la famille Shen et de nettoyer les stèles.

Gu Yimin avait pris tout en main personnellement. Il avait ordonné à ses serviteurs de trouver un menuisier qui fabriquerait les deux cercueils. Même pour le choix du bois, il avait un avis :

— Les cercueils devront être en pin ou en cyprès, pas en saule, avait-il dit. Le pin et le cyprès symbolisent la longévité. Le saule ne produit pas de graines, c'est un bois de mauvais augure : ils risqueraient d'être privés de postérité.

Aussitôt après avoir prononcé ces mots, il s'était avisé de ce que sa remarque n'avait pas de sens, puisque Aqiang et Xiaomei, de toute façon, n'avaient pas d'héritiers. Il n'avait pu s'empêcher de rire, et au bout d'un moment il avait conclu :

— Il vaut mieux tout de même utiliser du pin ou du cyprès.

Quand Aqiang et Xiaomei furent déposés chacun dans son cercueil, les serviteurs et les servantes de la famille Gu demandèrent à Gu Yimin s'il ne fallait pas placer dans le cercueil de Shen Zuqiang la moitié des sourcils et des cheveux de bébé qu'ils avaient retirés de la poche du sous-vêtement de Ji Xiaomei. Après tout, c'était lui le père. Gu Yimin réfléchit un moment, mais il fut d'un avis contraire : puisqu'ils avaient été trouvés dans la poche du sous-vêtement de Ji Xiaomei, c'était là qu'on devait les remettre.

Xiaomei avait rejoint sa dernière demeure. De son vivant elle avait connu la disparition de la dynastie Qing et les débuts de la république de Chine, mais en mourant elle avait échappé aux affrontements entre seigneurs de la guerre, à la multiplication des bandes de brigands, aux souffrances et aux privations de ces temps de troubles.

Xiaomei reposait là. Les jours et les années se succédèrent sans que jamais Lin Xiangfu ne passe dans ces parages. Il était venu à de nombreuses reprises à Xishan, il avait escaladé la colline avec Chen Yongliang, et du sommet il avait contemplé Xizhen. Il tenait Lin Baijia dans ses bras, puis il l'avait tenue par la main. Plus tard encore, ils avaient gravi la colline ensemble, elle devant et lui derrière. Mais jamais il n'était allé dans cet endroit reculé. C'est seulement dix-sept ans après sa mort que Xiaomei accueillit ici Lin Xiangfu.

Le matin où les frères Tian avaient franchi la porte nord de Xizhen en traînant la charrette à bras sur laquelle reposait le cercueil de Lin Xiangfu et de Tian l'Aîné marqua le début de la bataille acharnée qui opposa, au hameau des Wang, la troupe de Chen Yongliang aux brigands de Zhang Yifu. Les frères Tian s'étaient à peine éloignés du bourg quand ils virent une foule de gens en fuite arriver vers eux. Ces gens avertirent les frères Tian qu'ils ne pourraient pas aller plus loin, car on se battait au hameau des Wang, plusieurs centaines d'hommes s'affrontaient. Comme ils parlaient vite, les frères Tian ne comprirent pas ce qu'ils leur disaient, mais à leurs airs affolés ils sentirent qu'il y avait du danger. Ils arrêtèrent la charrette à bras et interpellèrent ceux qu'ils croisaient en posant toujours la même question, jusqu'à ce que quelqu'un s'exprime dans une langue compréhensible pour eux.

— Qui se bat contre qui ? lui demanda Tian le Deuxième.

L'homme, qui ne savait quelle différence il y avait entre Chen Yongliang et Zhang Yifu, répondit :

— Ce sont des brigands qui se battent contre d'autres brigands.

Les frères Tian n'osaient pas aller plus avant, ils demandèrent à l'homme s'il y avait un autre chemin qui permettait de contourner la zone de combat. L'homme leur montra un petit chemin qui menait à Xishan : en sortant de l'autre côté de la montagne, ils auraient contourné le hameau des Wang.

Un autre réfugié, intrigué par la voiture des frères Tian, s'approcha et tendit la main pour toucher le cercueil. Lui aussi parlait en des termes qu'ils comprirent :

— Qu'est-ce qu'il y a dans cette énorme caisse ? Avec en plus un auvent de bambou par-dessus.

Tian le Quatrième fut fâché qu'on parle ainsi du cercueil.

— C'est un cercueil, pas une caisse, dit-il.

À cette annonce, l'homme retira bien vite sa main, il recula de deux pas et s'exclama, comme s'il avait peur d'avoir attiré le malheur sur lui :

— Un cercueil de cette largeur, c'est incroyable !

— Il y a deux personnes à l'intérieur, lui expliqua Tian le Deuxième, l'un est notre frère aîné, l'autre est notre jeune maître. Nous retournons dans le Nord.

Les frères Tian quittèrent la grande route et s'engagèrent sur le petit chemin qui menait à Xishan. Tian le Cinquième, devant, tirait la charrette ; Tian le Deuxième et Tian le Quatrième la soutenaient l'un à gauche, l'autre à droite ; et Tian le Troisième la poussait par-derrière. Le petit chemin devant eux était cabossé, tantôt large et tantôt étroit. Là où il était large, le passage était aisé ; là où il était étroit, le passage était périlleux. À un moment où le chemin rétrécissait, Tian le Cinquième tira la charrette avec précaution, guidé par ses trois frères aînés qui se penchaient sur les côtés pour surveiller les roues et lui criaient d'aller un peu vers la gauche ou un peu vers la droite. Les deux roues avançaient tout doucement en frôlant le bord du chemin. Au sortir de ce passage étroit, alors qu'ils abordaient une portion plus large, Tian le Quatrième fit observer qu'un tailleur n'aurait pas eu le coup de ciseau aussi précis.

Quand le chemin s'élargit, les quatre frères commencèrent à parler des brigands, et Tian le Troisième, qui poussait la charrette par-derrière, évoqua les brigands de leur pays natal, dans le Nord.

— Les Sun, de la banque privée Juhe en ville, ont eu quelqu'un de chez eux kidnappé par les brigands. Ils ont dû verser un tas de pièces d'argent pour le racheter.

— Lequel des Sun a été enlevé ? demanda Tian le Cinquième, qui tirait la charrette.

— Le vieux maître Sun, répondit Tian le Troisième.

— Comment l'avait-on capturé ? reprit Tian le Cinquième.

— Les brigands sont entrés dans la résidence des Sun et ont frappé à la porte du vieux maître Sun, expliqua Tian le Troisième. Il était endormi, il s'est levé pour aller ouvrir la porte coulissante, et à peine commençait-il à écarter les deux battants qu'un fusil a surgi par la fente.

Tian le Quatrième évoqua les deux bandes de brigands qu'ils avaient croisées alors qu'ils étaient en route vers le sud :

— Dès que les brigands ont vu notre frère mort, ils ont eu peur que ça leur porte malheur, et ils se sont tous écartés.

Tian le Cinquième, qui était à l'avant, dit :

— Les brigands n'ont pas peur des hommes, mais ils ont peur des démons.

La remarque ne plut pas à Tian le Troisième :

— Notre grand frère, un démon !

— Quand on meurt, on devient un démon, dit Tian le Cinquième.

Tian le Troisième reprit :

— Après sa mort, notre grand frère n'est pas devenu un démon, c'est un mort.

Tian le Deuxième ordonna à ses deux jeunes frères d'arrêter de se chamailler. Il s'inquiétait :

— À l'aller, il n'y avait pas de cercueil sur la charrette, et les brigands ont pu voir au premier coup d'œil que nous transportions notre frère mort. Pour le retour, nous avons un cercueil sur notre charrette, mais il ressemble plus à une caisse qu'à un cercueil. J'ai bien peur que les brigands n'essaient de nous le voler.

Tian le Troisième abonda dans le sens de Tian le Deuxième :

— À l'instant, dit-il, quelqu'un nous a demandé ce qu'il y avait dans la caisse.

Tian le Cinquième, qui était toujours devant, penchait également dans leur sens :

— Quand ils verront le cercueil, les brigands eux aussi risquent de le prendre pour une caisse, et ils vont nous demander de l'ouvrir pour regarder ce qu'il y a à l'intérieur.

— Si les brigands soulèvent le couvercle, dit Tian le Quatrième, leur ombre entrera dans le cercueil, et leur âme restera enfermée dedans. Ils n'oseront pas soulever le couvercle.

— Ils n'oseront pas soulever un couvercle de cercueil, mais le couvercle d'une caisse, si, fit remarquer Tian le Troisième.

La charrette arriva sur une nouvelle portion étroite, et de nouveau les quatre frères firent progresser la charrette avec autant de précision que le coup de ciseau d'un tailleur. Au-delà, le chemin rétrécissait encore.

— Ça ne passera pas, dit Tian le Cinquième, catastrophé.

Tian le Deuxième se dirigea vers l'avant pour vérifier l'état du chemin. Il avança d'une dizaine de mètres, et au retour il annonça à ses trois jeunes frères :

— Le passage impraticable doit faire une dizaine de mètres, nous n'avons qu'à porter la charrette sur nos épaules.

Les quatre frères se postèrent dans les fossés qui bordaient le chemin des deux côtés, Tian le Deuxième et Tian le Cinquième à gauche, Tian le Troisième et Tian le Quatrième à droite, Ils s'accroupirent, hissèrent la charrette sur leurs épaules, crièrent d'une seule voix "un, deux, trois" et soulevèrent la charrette. Ils marchaient dans le fossé en s'enfonçant par endroits, et avançaient en s'encourageant de la voix. Ils avaient parcouru environ six mètres, quand l'aîné, Tian le Deuxième, sentit ses jambes flancher, il tomba à genoux et la charrette versa. Tian le Cinquième tenta désespérément de la retenir avec son épaule et Tian le Troisième se précipita du côté gauche pour l'aider. Puis les trois frères s'accroupirent lentement et posèrent sur le chemin le plancher de la charrette : seule une des roues était en appui dans le fossé, les trois autres ne touchaient pas le sol. Aussitôt après avoir posé la charrette, ils s'écroulèrent assis par terre, haletant et ruisselant de sueur.

Tian le Deuxième, agenouillé là, tentait de retrouver son souffle. Au moment où ses jambes avaient flanché et où il était tombé à genoux, il avait entendu un bruit dans le cercueil. Ce devait être Tian l'Aîné qui avait roulé sur le corps de Lin Xiangfu. Après que Tian le Troisième était venu aider à redresser la charrette, Tian l'Aîné, apparemment, avait repris sa place initiale. Tout en s'épongeant Tian le Deuxième, hors d'haleine, se tourna vers la charrette :

— Grand frère, jeune maître, pardonnez-moi.

Après s'être reposés un moment, les quatre frères hissèrent de nouveau la charrette sur leurs épaules et sortirent de cette portion de route particulièrement étroite, en s'encourageant de la voix. Ensuite, ils ne cessèrent de monter et de descendre, avançant péniblement, et vers midi ils arrivèrent à l'endroit où se trouvait Xiaomei. Ils virent sept stèles et constatèrent que le chemin s'arrêtait là.

Ils étaient épuisés et leurs estomacs criaient famine. Ils entendirent le bruit de l'eau et virent qu'un ruisseau coulait juste devant eux. Tian le Deuxième proposa de faire halte ici, de boire un peu d'eau et de manger un morceau avant de repartir.

Ils arrêtèrent la charrette juste à côté de la stèle de Xiaomei et de Aqiang. Le nom de Ji Xiaomei était inscrit à droite de la pierre, et Lin Xiangfu était allongé à gauche dans le cercueil. Une infime distance les séparait.

Les frères Tian, en marchant avec précaution sur la mousse qui recouvrait le sol, allèrent jusqu'au bord du ruisseau où ils s'assirent. Ils sortirent de leur sac un bol avec lequel ils puisèrent de l'eau. L'eau du ruisseau était glacée. Après en avoir bu une gorgée, ils poussèrent des "Ah ! ah !", et Tian le Deuxième dit :

— L'eau est trop froide. Il faut la boire à petites gorgées, et la garder un moment dans la bouche avant de l'avaler.

Ils burent à petites gorgées, et mangèrent à grandes bouchées.

— L'eau d'ici est douce, remarqua Tian le Cinquième.

Ses trois frères trouvaient eux aussi qu'elle était douce : celle que l'on remontait du puits dans leur village était un peu alcaline, alors que celle-ci avait un goût agréable.

Tian le Deuxième s'inquiéta de nouveau des brigands qu'ils pourraient rencontrer sur leur route.

— Quand nous serons sortis de la montagne, proposa-t-il, nous irons voir chez les habitants alentour s'il n'y a pas du tissu blanc à vendre. Si on en trouve, on le découpera en lanières qu'on attachera à la voiture, et qu'on suspendra sous l'auvent de bambou. Les gens verront comme ça tout de suite qu'il s'agit d'une voiture funéraire, et les brigands ne viendront pas nous attaquer.

— Il y a une pièce de tissu blanc dans le cercueil, dit Tian le Cinquième. C'est le président Gu qui nous l'a fait porter. On n'a qu'à la sortir et la découper, et on attachera les lanières tout de suite.

— Ce tissu est là pour couvrir les corps de notre grand frère et de notre jeune maître, déclara Tian le Quatrième, il ne faut pas y toucher.

Tian le Deuxième et Tian le Troisième étaient aussi d'avis de ne pas toucher au tissu blanc dans le cercueil.

— Tu racontes vraiment n'importe quoi ! gronda Tian le Deuxième à l'adresse de Tian le Cinquième.

Là-dessus, les frères Tian rebroussèrent chemin en tirant la charrette, ils franchirent une portion étroite, tournèrent pour s'engager dans une autre portion étroite, et au bout de deux ou trois *li*, ils tournèrent de nouveau et abordèrent une portion large. Ils aperçurent au loin des chaumières, des fumées s'élevaient des toits. La charrette se dirigea vers les chaumières, ils voulaient se renseigner sur la façon de sortir de Xishan.

À cet instant, le temps était radieux, le soleil était doux, Xishan baignait dans le calme. Des arbres touffus couvraient les sommets vallonnés et dégringolaient le long des pentes accidentées. Des bosquets de bambous se mêlaient à eux, glissant leur couleur émeraude dans le vert continu de leur feuillage. L'herbe verte poussait, luxuriante, entre les levées de terre et les canaux, écoutant couler le ruisseau cristallin. Le chant des oiseaux perchés sur les branches ou volant dans les airs racontait l'insouciance des lieux.

Le bruit des roues s'éloignait, et en même temps le son des voix des frères Tian. Ils comptaient les jours : ils voulaient ramener leur frère aîné et leur jeune maître à la maison avant le Jour de l'an.

NOTES DES TRADUCTEURS

1. Le *mu* est une unité de surface correspondant à environ un quinzième d'hectare.
2. Le *li* est une unité de distance correspondant à environ 500 mètres.
3. *Suona*, instrument à vent à anche double, dont la forme comme le son sont proches de ceux de la bombarde bretonne.
4. Les sapèques sont des pièces en cuivre de faible valeur. Elles étaient trouées en leur centre, ce qui permettait, pour en faciliter le transport, de les réunir en ligatures de cent ou mille.
5. Dans la Chine impériale les fonctionnaires, qui constituaient l'élite du pays, étaient recrutés sur concours. Trois degrés de concours étaient distingués, donnant respectivement droit aux titres de "bachelier" *(xiucai)*, de "licencié" *(juren)*, ou de "docteur" *(jinshi)*.
6. Le *Classique des trois caractères (San zi jing)* est un manuel d'enseignement élémentaire datant de l'époque Song (960-1279), composé, à des fins de mémorisation, en vers de trois mots. En quelque mille caractères, il donne un large aperçu des connaissances fondamentales. – L'*Histoire des Han (Hanshu)* est une chronique de l'histoire chinoise qui couvre la période des Han occidentaux (– 206 à 25). – Les *Mémoires historiques (Shiji)*, ouvrage monumental qui retrace l'histoire de la Chine depuis les origines jusqu'à l'époque où vécut l'auteur du récit, soit le Ier siècle avant notre ère, est l'œuvre de l'historien Sima Qian (145-86 av. J.-C.). Il en existe une version française, entreprise jadis par Édouard Chavannes et poursuivie plus récemment par Yves Hervouet, Max Kaltenmark et Jacques Pimpaneau (éditions You Feng, Paris, 2015).
7. *Kang*, lit de briques chauffé par en dessous.
8. *Qipao*, robe traditionnelle mandchoue, fendue sur le côté.

9. Jiangnan (littéralement : sud du fleuve), région proche de Shanghai, où l'on trouve notamment Suzhou et Hangzhou.

10. Le prince Gong (1833-1898), membre influent de la famille impériale mandchoue, qui exerça la régence pendant quatre ans. Son ancienne résidence est un lieu touristique connu de Pékin.

11. Comprendre des pieds bandés. La pratique des pieds bandés, pratique relevant du fétichisme qui était en vigueur dans la Chine ancienne et qui consistait à comprimer les pieds des femmes dès leur plus jeune âge afin d'en réduire la longueur par atrophie, fut interdite à compter de 1912, après la chute de l'empire et la fondation de la république.

12. Le papier de Xuanzhou, papier traditionnel qui tire son nom de la localité de la province de l'Anhui où il était produit, est un papier particulièrement apprécié des peintres et des calligraphes.

13. Symbole de l'union heureuse des deux époux formé par le redoublement du caractère qui signifie "bonheur".

14. Un "gros poisson jaune" pesait 10 onces d'or, soit environ 312 grammes ; et un petit, donc, 1 once.

15. Guan Yu (Guan Yunchang ou encore Guan Gong), personnage réel, général de la fin de la dynastie Han et des débuts de la période des Trois Royaumes. Divinisé quelques siècles après sa mort.

16. Banquet réunissant les fleurons des gastronomies mandchoue et han, qui fut donné pour la première fois à l'occasion du soixante-sixième anniversaire de l'empereur Kangxi (1654-1722), le souverain mandchou qui gouvernait alors la Chine, dans l'intention de célébrer l'unité entre les deux ethnies.

17. Instruments à percussion ayant la forme d'un poisson, avec lesquels les prêtres taoïstes ou bouddhistes battaient le rythme tandis qu'ils psalmodiaient les textes sacrés.

18. Divination basée sur l'année, le mois, le jour et l'heure de la naissance de l'individu concerné. Chacun de ces quatre éléments est affecté de deux caractères appartenant, pour l'un à la série des "troncs célestes" et pour l'autre à la série des "rameaux terrestres", l'ensemble constituant les huit caractères de naissance.

19. Précepteur chargé d'enseigner les classiques aux enfants d'un même clan ou de plusieurs familles.

20. Dans le calendrier traditionnel chinois, l'époque de la "rosée blanche" est une des vingt-quatre périodes solaires, débutant entre le 7 et le 9 septembre pour s'achever entre le 22 et le 24 du même mois.

21. Une des "quatre beautés de la Chine antique", avec Xishi, Wang Zhaojun et Yang Guifei. Mais au contraire de celles-ci, lesquelles ont réellement existé, Diaochan est un personnage fictif, une héroïne du roman *Les Trois Royaumes*, que son auteur, Luo Guanzhong (1330 ?-1400 ?), fait naître vers l'an 169.
22. Canal très ancien (certaines parties remontent au ve siècle avant J.-C.) et long de quelque 1 700 kilomètres, qui va de Pékin à Hangzhou.
23. Rien à voir avec le vin jaune du Jura : il s'agit ici d'un alcool de riz.
24. Lin Baijia, littéralement : Lin "Cent familles".
25. D'abord monnaie d'origine étrangère, le dollar d'argent fut frappé par la suite, vers la fin du XIXe siècle, en Chine même, avant de devenir en 1914 l'unité standard.
26. Entre 1912, date à laquelle la république fut instaurée, et 1931, soit en l'espace de vingt ans, on ne compte pas moins de dix-huit présidents de la République.
27. L'empereur Yongzheng (1677-1736), empereur mandchou de la dynastie Qing, régna de 1722 jusqu'à sa mort. En 1670, son père, l'empereur Kangxi, avait promulgué le Saint Édit, une suite de seize maximes en sept caractères destinées à faire connaître à la population les valeurs confucéennes et à lui rappeler, entre autres, qu'elle devait respecter la hiérarchie sociale et le pouvoir établi. Le texte était affiché en tout lieu mais comme il était rédigé en chinois classique il devait être lu et commenté par les lettrés locaux, seuls capables de comprendre cette langue. En 1724, peu après avoir succédé à son père, Yongzheng en publia une version augmentée de ses propres commentaires, longue de quelque 10 000 caractères, l'"Amplification du Saint Édit".
28. Le prénom de la fille de Gu Yimin et celui de son frère aîné étant homophones, et le français ne permettant pas de refléter la différence orthographique qui existe en chinois, nous avons choisi, pour les distinguer, d'introduire cette apostrophe qui contrevient aux règles normales de la transcription pinyin.
29. Jeu populaire très ancien, qui se joue au pied en utilisant un volant, à savoir un embout en métal garni de plumes. Le volant peut être rattrapé avec d'autres parties du corps (tête, épaule, dos, poitrine, ventre).
30. Les *Entretiens de Confucius (Lunyu)*, le *Mencius (Mengzi)*, *La Grande Étude (Daxue)* et *L'Invariable Milieu (Zhongyong)* forment ce qu'on appelle les Quatre Livres *(Si shu)*, à savoir quatre textes classiques

compilés par un lettré de la dynastie Song, Zhu Xi (1130-1200), afin de servir d'introduction à la philosophie chinoise et au confucianisme. Le *Livre des rites (Liji)* fut compilé sous les Han ; quant au *Classique de la piété filiale (Xiao jing)*, qui serait l'œuvre d'un des disciples de Confucius, il se présente comme un dialogue entre le maître et l'élève.

31. Le taël était alors l'unité de poids de l'argent – il équivalait à un seizième de livre chinoise et se présentait sous la forme d'un lingot – en même temps que l'unité de monnaie : 1 taël *(liang)* valait 10 *mace (qian)* ; 1 *mace* valait 10 candarins *(fen)* ; et 1 candarin valait 10 sapèques *(li)*.

32. L'armée Beiyang (littéralement : armée de l'océan du Nord) était une armée moderne, organisée sur le modèle des armées occidentales, dont le gouvernement mandchou des Qing se dota à la fin du XIXe siècle. Devenue l'armée personnelle de celui à qui on en avait confié le commandement, elle finit par se morceler en factions dévolues au service de plusieurs de ses chefs, les futurs seigneurs de la guerre.

33. Comprendre les troupes aux mains du Guomindang, le Parti nationaliste, qui devint l'armée officielle de la république de Chine quand celle-ci fut proclamée. Elle affronta l'armée Beiyang à partir de 1926 au cours de l'expédition du Nord.

34. Xishi, qui vécut vers 506 av. J.-C., à l'époque des Printemps et Automnes, est donc une autre des "quatre beautés de la Chine antique".

35. Shengzhou, ville de la province du Zhejiang, berceau de l'opéra de Yue, appelé encore opéra de Shaoxing.

36. Le *pai gow* est un jeu de hasard qui se joue avec trente-deux tuiles semblables à des dominos. À la table, il y a les joueurs ainsi qu'un banquier qui dirige la partie, le jeu consistant pour gagner à avoir une main plus forte que la sienne.

37. Hanyang est une ville du centre de la Chine – devenue aujourd'hui un district de Wuhan, la capitale du Hubei – où se trouvait un arsenal qui fabriquait un fusil, le "type 88", copie chinoise du Gewehr 1888, le fusil à répétition allemand.

38. Comprendre les troupes régulières, l'armée impériale.

39. Une des factions rivales des seigneurs de la guerre nées de l'éclatement de l'armée Beiyang après 1916, qui porte le nom de la province où étaient nés son fondateur et plusieurs de ses chefs, province intérieure située à l'est de la Chine. La clique de l'Anhui contrôlait l'Anhui, mais également d'autres zones limitrophes.

40. La nuit, dans la Chine ancienne, était divisée en cinq “veilles de garde”, dont la troisième durait de 23 heures à 1 heure.
41. Connu en anglais sous le nom de *Shanghai News*, le *Shenbao* était un journal chinois qui a paru de 1872 à 1949.
42. Comme indiqué déjà 100 candarins équivalaient à 1 taël d’argent ou bien encore à une once d’argent.
43. Selon une des méthodes de calcul les plus simples, on utilise l’index, le majeur et l’annulaire de la main gauche, une signification faste ou néfaste étant attribuée à chaque articulation. Pour interroger le sort sur un événement, il faut “entrer” les chiffres correspondants (date, heure…) en comptant dans le sens des aiguilles d’une montre, et l’articulation sur laquelle on tombe indique l’issue bonne ou mauvaise. Il existe d’autres méthodes de divination basées sur les troncs célestes ou les rameaux terrestres, qui sont disposés dans un ordre donné sur tous les doigts à l’exception du pouce.
44. Figures formées de trois traits superposés, utilisées dans la divination chinoise.
45. Dans la Chine ancienne, le jour était divisé en douze heures, une “heure” équivalant à deux heures d’aujourd’hui. Chacune de ces heures était désignée par un caractère correspondant à un des douze rameaux terrestres : *zi*, *chou*, *yin*, *mao*, *chen*, *si*, *wu*, *wei*, *shen*, *you*, *xu* et *hai*.
46. Le flux d’énergie naturelle, ou encore souffle.
47. Dans la Chine ancienne, les carreaux des fenêtres n’étaient pas en verre, mais faits d’un papier translucide.
48. Équivalent chinois de la pendaison de crémaillère.
49. *Aoqun*, nom générique pour l’ensemble, veste courte et jupe longue, que portaient les femmes à l’époque.
50. La brouette (avec une place de chaque côté de la roue) était devenue un moyen de locomotion courant à Shanghai à partir de la fin du XIXe siècle, surtout pour les personnes de condition modeste.
51. Le *erhu* et le *pipa* sont respectivement un genre de violon à deux cordes et une sorte de luth.
52. Allusion à un vers de Li Bai (701-762), le poète de la dynastie Tang.

OUVRAGE RÉALISÉ
PAR L'ATELIER GRAPHIQUE ACTES SUD
REPRODUIT ET ACHEVÉ D'IMPRIMER
EN JUIN 2023
PAR NORMANDIE ROTO IMPRESSION S.A.S.
À LONRAI
POUR LE COMPTE DES ÉDITIONS
ACTES SUD
LE MÉJAN
PLACE NINA-BERBEROVA
13200 ARLES

DÉPÔT LÉGAL
1re ÉDITION : SEPTEMBRE 2023
N° impr. : 2302743
(Imprimé en France)